MICHAIL OSSORGIN
**EINE STRASSE
IN MOSKAU**

# MICHAIL OSSORGIN
# EINE STRASSE IN MOSKAU

Roman

Aus dem Russischen
übersetzt, mit Anmerkungen
und einem Nachwort
versehen von **Ursula Keller**
unter Mitarbeit
von Natalja Sharandak

ПЛАНЪ
ГОРОДА МОСКВЫ
СЪ ПРИГОРОДАМИ

ИЗДАНІЕ Т-ва А. С. Суворина «НОВОЕ ВРЕМЯ»

# TEIL
## EINS

# Der Ornithologe

In der Unendlichkeit des Weltalls, im Sonnensystem, auf der Erde, in Russland, in Moskau, in einem Eckhaus der Straße Siwzew Wrashek saß in seinem Arbeitszimmer im Lehnstuhl der Ornithologe Iwan Alexandrowitsch. Das Licht der Lampe fiel, vom Abatjour gelenkt, auf ein Buch, berührte die Ecke des Tintenfasses, den Kalender und einen Stapel Papier. Der Gelehrte aber sah nur jenen Teil der Seite mit der farbigen Abbildung eines Kuckuckskopfes.

Nicht gelehrte Gedanken gingen ihm durch den Kopf, sondern die ganz irdische Frage, wie lange ihm noch zu leben bliebe. Diese Frage trug ihn fort in die Tiefe des Waldes, wo der Kuckuck ruft. Man hat, so glaubt es das einfache Volk, noch so viele Jahre zu leben, sooft der Kuckuck ruft, und dies ist nicht dümmer als jeder andere Glaube an Vorhersagen. Der Kuckuck täuscht sich, wie auch die Ärzte sich täuschen. Kein Arzt kann schließlich vorhersagen, wann jemand von einer Straßenbahn zermalmt wird.

Der Professor, graubärtig, mit breitem, russischem Gesicht, wollte noch nicht sterben, aber er fürchtete den Tod auch nicht, denn er war, in Jünglingsjahren wie im Greisenalter, ein ganzer Mann und ein kluger Kopf. In der Gelehrtenwelt war er bekannt, und er liebte seine Wissenschaft auf besondere Weise; seiner Wissenschaft wohnte Schönheit inne: die Färbung der Federn, der Gesang, die Natur, der Anbruch des Frühlings, der Abschied vom Sommer. Seiner Wissenschaft wohnte Poesie inne: Einen jeden Vogel kannte er, und einen jeden liebte er ebendieses Wissens wegen. Sterben wollte der Professor der Ornithologie nicht. Leben, leben wollte er. Aber wie viele Jahre versprach ihm der sorgen- und bindungslose Kuckuck?

Der Kuckuck rief drei Mal. Der Professor lächelte. Abergläubisch war er nicht und an seine Uhr gewöhnt. Er legte einen Zettel zwischen die Seiten und schloss das Buch. Er gähnte – ein gutes Zeichen. Im Alter litt er unter Schlaflosigkeit. Er

7

erhob sich, rieb sich den Rücken, gähnte noch einmal und ging, nachdem er das Licht gelöscht hatte, ins Schlafzimmer.

Eine Stunde später, als absolute Stille das Haus umgab und der Kuckuck vier Mal rief, kroch unter dem Bücherschrank eine Maus hervor und horchte aufmerksam. Die Lage schien günstig, alles schlief, die Augen der Katze waren nicht zu sehen. Die Maus wirbelte mit dem Schwanz, zog das Näschen zusammen und machte sich auf den Weg.

Der Weg führte sie durch das Schlafzimmer des Professors, unter der Tür hindurch ins andere Schlafzimmer und durch dieses ins Speisezimmer. Ein kleiner Ausflug auf der Suche nach Krümchen. Eine längere Wanderung war der Weg in die Küche, allerdings war dieser überaus gefährlich (die Katze). Und man begann ihn besser durch den anderen Ausgang hinter der großen Truhe im Korridor. Dort befand sich ein weiteres Loch im Boden.

Die Maus sah lediglich ein kleines Stück des Bodens und die Umrisse der weiter weg stehenden Gegenstände gut genug, um nicht vom Weg abzukommen. Könnte sie doch nur so gut sehen wie die Katze!

An der Tür angekommen, zwängte die Maus ihr Fett durch den Schlitz darunter hindurch und überzeugte sich mit einer Bewegung des Schwanzendes, dass sie auf der anderen Seite angekommen war. Wieder ein Halt und eine kleine Aufregung. Der Ornithologe schlief den leichten Schlaf nicht mehr junger Menschen. Er sprach im Traum: »Was? Warum? Ach, das ist ganz gleich!« Doch dann atmete er wieder gleichmäßig, er schlief.

Sein ganzes Leben hatte er der Wissenschaft verschrieben. Einen Vogel erkannte er von weitem am Gefieder, am Umriss, am leisesten Gezwitscher, aber erkannte er auch die Menschen mit dieser Leichtigkeit? Ihres Gezwitschers wegen hatte er seine Freundin fürs Leben erwählt, Junge schlüpften, drei an der Zahl. Es wuchs ihnen ein Federkleid, sie wurden flügge, flogen davon. Und nun schlief dort, hinter der Wand, die Enkelin Tanjuscha, die ohne Eltern geblieben war.

Die einst gezwitschert hatte, war älter geworden und hatte vierzig Jahre lang mit dem Vogelkundler gelebt. Einen Vogel kann man nicht aussuchen, wie er sich seine Frau ausgesucht hatte. Doch selbstverständlich hatte es in seinem Leben allerlei gegeben, besonders in jungen Jahren …

Wieder wälzte sich der Mann im Bett herum, und der kleine weiche graue Ball schlüpfte unter der Tür hindurch ins benachbarte Schlafzimmer.

Es war stickig hier. Ein großes Bett, ganz mit Kissen beladen, ein Ende der Decke heruntergerutscht. In diesem Bett schlief, wie ein Kind zusammengerollt, eine kleine, graue Frau, die Gattin des Professors. Auf dem Nachttisch ein Glas Wasser, Pülverchen und Konfekt, in Papier verpackt. Ein gemütlicher durchgesessener Sessel. Es roch nach Lavendel und Vergangenheit.

Hier brauchte man keine Bange zu haben, und die Maus lief geruhsam über den Teppich, blieb stehen, ruhte sich aus, versank in Gedanken.

Hier war es friedlich wie nirgends sonst, und nirgends sonst drohte weniger Gefahr. Der Atem der Frau war absolut lautlos, es träumte ihr Schlichtes und wenig Interessantes. Sie schlief mit fest geschlossenen Lippen, ihre Zähne lagen im Glas im Wasser.

Auf dem weiteren Weg aber lag nun ein Zimmer, das man besser schnellstens und ohne Halt durchquerte. Ein furchterregender Raum, hallend und unbewohnt. Der Geruch der Schlafzimmer hat etwas überaus Friedvolles, Alltägliches, aber der Salon mit den großen Fenstern und den fernen Umrissen ist bedrohlich.

Die Maus sah in ihrer Nähe etwas aufblitzen und sprang zurück. Die Nase und das Bärtchen in ihrem kleinen Gesicht begannen sich zu bewegen. Aber das war ja gar nicht schlimm: nur die glänzenden Beine des Flügels. Ach Gott! In einer solch großen Welt schien der kleinen, schutzlosen grauen Maus alles furchterregend.

Eine kleine Maus und ein riesiger Flügel, der mit all seinen Saiten zu erschallen und alles zu übertönen vermag. Der Flügel war Herr des Hauses.

Der Professor spielt: »Wenn Sie mögen, lasse ich für Sie eine Nachtigall erklingen. Am Anfang macht sie so: Fju-i, fju-i; dann tiefer, furrr … und ein Triller …, aber wie sie schnalzt, das kann man nicht imitieren!« Seine Frau, die bejahrte Aglaja Dmitrijewna, spielt sehr gut, doch es ist nicht leicht, sie dazu zu überreden. »Ach, meine Hände sind alt, ich kann die Finger ja kaum noch bewegen!« Tanjuscha, die Enkelin, eine angehende Musikerin, ist noch voller Schwung, interessiert sich für die Musik und ist begabt. Tanjuscha studiert am Konservatorium. Bei kleinen Konzerten tritt sie ohne Lampenfieber auf. Aber leibhaftig zu leben beginnt der Flügel nur an jenen Abenden, an denen Tanjuschas Professor Eduard Lwowitsch zu Gast ist. Dann lebt er tatsächlich. Dies ist fast jeden Sonntag der Fall. Die Mäuse im Keller finden an diesen Abenden lange keinen Schlaf und kommen auch in der folgenden Nacht nicht zu ihren Erkundungsreisen hervor.

Eduard Lwowitsch ist ein älterer Herr, sieht nicht eben gut aus, ist kein anregender Gesprächspartner, aber ein hervorragender Pianist. Und Komponist. Mag süßen Zwieback zum Tee. Niemals in seinem Leben hat er Wodka getrunken. Ein etwas merkwürdiger Mensch.

Die Maus ist unterdessen schon auf dem Rückweg aus dem Speisezimmer. Hat reichlich Krumen gefunden. Hat einen Blick in den Flur geworfen, doch dort polterte etwas, und sie musste die Flucht antreten. Im Speisezimmer schritt sie alles ab. Nun also erneut durch den Salon und die Schlafzimmer, hinter dem Bücherschrank ins Loch, und fast war sie schon wieder zu Hause. Es dämmerte. Ist es dunkel, hat man Angst, ist es hell, noch mehr. Immer hat man Angst.

Als kleine graue Kugel lief die ewige Angst durch die Zimmer der Professorenwohnung und wurde von niemandem bemerkt. Niemand wusste, dass eine ganze Mäusefamilie dem

Holzwurm dabei behilflich war, die Grundfesten des Fundaments und die massiven, aber nicht unvergänglichen Mauern zu zerfressen. Die Erde erkühlt, von Gebirgen gehen Felsbrocken hernieder, Flüsse versanden und werden trocken, alles strebt zum Ursprung zurück, die Energie der Welt versiegt – doch noch weit ist es bis zum Ende.

Noch einen Augenblick war der Mäuseschwanz zu sehen, dann verschwand er.

Der Kuckuck rief sechs Mal. Das Bett des Professors quietschte. Die Sonne berührte den Vorhang vor dem Fenster.

Mit ihr kam eine Schwalbe ans Fenster geflogen, die heute aus Zentralafrika in der Straße Siwzew Wrashek angekommen war.

# Ein bemerkenswerter Tag

Ein Morgen ward geboren – rotwangig und im weißen Kleid. Mit milchigen Flügeln klopfte er an das Fenster. Der Riegel klappte, und das Fenster wurde aufgestoßen. Tanjuscha prallte mit dem Morgen zusammen und blinzelte, die Kälte ergoss sich über die Haut. Auf Zehenspitzen hüpfte sie schnell zurück ins Bett, sich noch ein wenig wärmen, glücklich sein, weil ein schöner Tag begann.

Welche Gedanken gehen einem Mädchen von sechzehn Jahren bei geöffnetem Fenster so früh am Morgen durch den Kopf? Der erste – welch schöner Tag, der zweite – heute ist Sonntag. Statt eines dritten Gedankens – ein Lächeln ohne erkennbaren Grund. Dann die Sorgen: Lenotschka muss ich anrufen, damit sie am Abend unbedingt kommt. Sich im Bett räkeln tut gut, zugleich aber das Gefühl der Vorfreude auf das erfrischende Waschen mit kaltem Wasser. Nach dem Kaffee wird sie die neuen Noten durchsehen. Und am Abend wird der lustige und liebe Eduard Lwowitsch spielen.

Als Enkelin des »Vogelprofessors«, die sie war, hatte sie sofort bemerkt, dass die Schwalben angekommen waren. Das musste sie unbedingt dem Großvater erzählen. Gestern waren sie noch nicht da gewesen, das also bedeutete, dass heute der erste richtige Frühlingstag war.

Glockengeläut, Glockengeläut, die Geräusche der erwachenden Straße und das »Tschirr« der Schwalben. Das Leben, das vor ihr lag, war noch so lang. Mit den schlanken Fingern (die Nägel kurzgeschnitten, wie es einer Musikerin ansteht) streichelte sie die Rundung der Schulter, von der das Nachthemd herabgerutscht war. Jetzt aber schnell, die Füße aus dem Bett – sie sprang auf und lief geschwind zum Spiegel, um ihr Gesicht zu betrachten. »So hässlich bin ich doch gar nicht!«

Im Alter von sechzehn Jahren kennt ein Mädchen seinen Anblick und schneidet verächtlich eine Grimasse; doch der Spiegel verriet Tanjuscha noch nichts vom Geheimnis der entblößten Schulter. Eine Minute zeigte der Spiegel nüchtern das Bild der erhobenen Hand, die den Krug hielt, und des Strahls, der sich über den Körper ergoss, wohl aber nur für die Schwalbe, die am Fenster vorbeiflog. Und geschäftig, fest tat das flauschige Handtuch seine Arbeit. Schon war Tanjuscha bereit.

An der Wand eine Fotografie, die auf einem Diwan sitzende Menschen zeigt, die der Musik lauschen.

Als der Knopf angenäht ist, ist es schon nach acht Uhr. Den Großvater zu wecken ist Tanjuschas Privileg. Sie klopft an die Tür:

»Großvater, stehen Sie auf! Es ist ein herrlicher Tag und es gibt eine Neuigkeit: Die Schwalben sind angekommen!«

»Guten Morgen, Tanjuscha, ja, ja, ich stehe schon auf …«

»Wie haben Sie geschlafen?«

»Gut, und du?«

»Auch gut. Ach, Großvater, was für ein Tag! Ich lasse Kaffee bringen.«

An diesem Tag wurden in vielen Moskauer Häusern am Morgen die Fenster aufgestoßen, und junge, alte, verschlafene, frische Gesichter blickten hinaus, kniffen die Augen zusammen, hörten das sonntägliche Glockengeläut. Der alte, hartgewordene Kitt mit der an ihm haftenden Watte blätterte ab, die Gläser mit Säure, die zwischen den Fenstern gestanden hatten, wurden herausgenommen und ausgeschüttet, die Fensterbrette gefegt. Staub rieselte hinab. Sonne, Luft und Glockenklang strömten in wuchtigen Wogen in die oberen Etagen hinein und zerstoben an Wänden, Öfen und Möbeln. Den Gläubigen war österlich zumute, den Ungläubigen brachte der Frühling haltloses Glück.

Auf dem Hof wurden Teppiche geklopft, die Köchin stellte einen Kasten mit Erde ins Küchenfenster und drückte Zwiebeln, die Keime getrieben hatten, hinein.

An der Ecke der Malaja Bronnaja kaufte ein Student eingelegte Äpfel und spazierte nach Hause, die auseinanderfallenden Seiten des Römischen Rechts unter den Arm geklemmt. Unter der Brücke warf ein Knabe, die Zunge im Mundwinkel hin- und herbewegend, einen Faden mit daran gebundener Sicherheitsnadel aus und hoffte, ein dicker Fisch möge anbeißen. Seine Hosenbeine wurden bis zu den Knien nass.

Die Straßenbahn klingelte wütend, aber vergebens, und ein Gendarm sorgte mit weißen Zwirnhandschuhen für die verkehrsregelkonforme Fahrt zweier Droschken und eines Lastfuhrwerks.

An diesem Tag beschloss der Seminarist, der ein halbes Jahr schon über Selbstmord nachdachte, diesen noch ein wenig aufzuschieben, und eine Ärztin, einsam und nicht eben hübsch, erstand errötend einen preisgünstigen Hut, ganz gleich, welchen; trotzdem setzte sie ihn an diesem Tag noch nicht auf, sondern ging mit dem alten aus, denn seit ihrer Jugend hatte sie daran gearbeitet, nicht jedem Wunsch sogleich nachzugeben. Das Réaumur'sche Thermometer erhöhte lächelnd seinen Einsatz im Spiel.

Es war insgesamt ein bemerkenswerter Tag.

# Friedhöfe

ber es gibt auch Fenster, die niemals geöffnet werden; und andere mit Gittern, wie im Gefängnis. Durch die von Staub überzogenen Scheiben fällt fahles Licht auf Schränke und Registraturen, die mit Papieren vollgepackt sind.

In Paris, Berlin, London, wo der Frühling früher angebrochen war, hatte er beklommen einen Bogen um die alten Gebäude gemacht, und nicht ein Lichtstrahl war durch die Fenster der diplomatischen Archive gedrungen. Männer von höchstem Verstand, polyglott und gewandt darin, in Chiffren zu denken, behüteten diese Friedhöfe von beschriftetem Papier, Skizzen und Negativen.

Der Sonne schien es, sie gebiete über das Leben auf Erden. Alles menschliche Leben stellte sich ihr als ausschließliche Verkörperung der Energie ihres Lichts dar. Sie hatte den nördlichen Polarkreis mit höchsten Formen der organischen Welt besiedelt. Als die Zeit gekommen war, hatte sie eine schreckliche Katastrophe entfesselt, die Hochkultur an den Polen vernichtet und die unentwickelte Kultur am Äquator zu vollendeter Form emporgebracht. Sie lachte über das Streben der irdischen Organismen nach Anpassung, über ihren Existenzkampf, der nur wenig zur Vervollkommnung der Gattung und zur Verbesserung des Lebens beitrug. Alles, was Polyp oder Mensch taten, war ihr, der Sonne, Werk, war Verkörperung ihres Lichts. Verstand, Wissen, Erfahrung, Glaube, wie auch der Körper, Nahrungsaufnahme, Tod – waren lediglich von ihrer Lichtenergie bewirkte Umgestaltungen.

Doch der kleine, an Schnupfen leidende, in Stoffstreifen mit Knöpfen eingenähte Mensch, der sich vor der Sonne mit Mauern schützte und lediglich das benötigte Strahlenbündel Licht an einem Draht durch ein verlötetes Glas einließ, probierte, über sein Leben auf seine Art zu verfügen. Er tauchte die Feder in Tinte, schrieb, flüsterte und befahl.

Aus den Stapeln beschriebenen Papiers wurden Hekatomben geschaffen. Durch die Drähte flossen Wahrheit und Lüge, erwärmten sich und schufen eine Tatsache, ein Motiv, eine Ursache und einen Anlass. Das menschliche Gehirn rang mit der Sonne, bestrebt, alles Lebendige dem toten Willen zu unterwerfen. Umfriedete ein Stück Land mit einem Zaun, die Stadt mit Mauern, den Staat mit Grenzen, die Rassen mit Farbe, die Nationalität mit Traditionen, die Gegenwart mit der Geschichte, das alltägliche Leben mit der Politik. Das erfindungsreiche und wissbegierige Gehirn baute eine Pyramide aus Lebenden und Toten, erklomm voller Anstrengung ihren höchsten Punkt – und stürzte mit ihr zu Boden.

Die Sonne lachte über den Menschen, und dieser lachte über die Sonne. Zuletzt jedoch lachte stets die Sonne. Mit für den menschlichen Verstand nicht zu erfassender Kraft schleuderte sie Bündel von Energie auf die Erde hinab, die einem elektromagnetischen Wirbelsturm entsprungen waren. Wie ein Rammsporn schlugen ihre Strahlen auf die Erde, und alles, was der Mensch für aus seinem Verstand hervorgegangene Schöpfung hielt, ward zerstört, und alles, was Schöpfung der Sonne nur sein kann, ward erschaffen.

Ein überaus schweigsamer, ganz in sich verschlossener Beamter zerpflückte Wort für Wort einen chiffrierten Brief und übersetzte ihn in abgehackte, genaue deutsche Prosa. Der Gesandte las ihn, lächelte, pflichtete ihm bei, da man im Brief auch ihm beipflichtete.

Der Gesandte meinte, er wisse alles, was die höchsten Kreise Berlins wissen, doch wusste er nur einen großen Teil davon. Die höchsten Kreise Berlins wussten alles außer jenem, was nur ein kleiner serbischer Gymnasiast wusste. Der Gymnasiast aber wusste überaus wenig, fast nichts. Er war vergiftet von einem kleinen Tropfen nationalen Gifts, war aufrichtig, aufbrausend, ehrlich und hysterisch. Er übte auf ein Ziel zu schießen, das auf die Außenwand eines Hühnerstalls gemalt war. Das hätte die bunten Hühner und ihren laut schreienden Pascha teuer zu stehen kommen können, doch durch einen glücklichen Zufall wurden sie nicht ein einziges Mal von einer Kugel auch nur gestreift.

Als der kleine Serbe gut schießen gelernt hatte, beschloss er, ein Nationalheld zu werden. Dafür muss man einen Volksfeind vernichten – eine andere Methode, zum Helden zu werden, ist noch nicht erfunden. Und weil zahlreiche kleine Serben auf ein an eine Außenwand des Hühnerstalls gemaltes Ziel zu schießen geübt hatten, musste das Schicksal einem von ihnen ein neues Ziel senden – die Brust des Erzherzogs von Österreich.

Dies hätte auch nicht geschehen können. Dann aber wäre etwas anderes geschehen. Was auch immer aber geschehen wäre – in den Archiven hinter den mit Staub überzogenen Fenstern lag die Antwort auf jegliches schon bereit. Die Sonne schuf Geschichte, der Mensch schrieb den Kommentar dazu und hielt sich selbst für den Urheber des Geschehens. Deshalb umgab er sich mit Mauern und stieß die Fenster nicht einmal im Frühling auf. Den Friedhof von Dokumenten und Geheimnissen, die durch freundschaftliche Verbindungen und Spionage erlangt worden waren, hielt er für die Signalstation der Welt und für den Puls des Lebens.

Solche Friedhöfe gab es viele, große und kleine; sie waren der ganze Stolz der Länder, Herrscher und Völker.

Und obgleich im Laufe der Jahrhunderte und im Kreisen der Sternhaufen die vereinigte Kraft dieser Friedhöfe nicht mehr bedeutete als: Ob Lenotschka wohl heute Abend zum Hauskonzert kommen wird? – im Leben Lenotschkas und jenem der kleinen Moskauer Straße Siwzew Wrashek, wie im Leben aller, die pflügen und schreiben, säen und lieben, gestern gelebt haben und morgen leben werden, spielten diese papiernen Friedhöfe doch eine überaus große und entscheidende Rolle.

Und in jenem Moment, als ein Mädchen von sechzehn Jahren das Fenster aufstieß und die erste Schwalbe erblickte, entzündete ein Funke der Fernmeldestation die Luft, wand sich ein Gedanke wie ein listiger Wurm durch das Hirn des Diplomaten, neigte ein Huhn auf der Stange ganz zufällig den Kopf und entging so der Kugel eines Gymnasiasten, blies die Feder eines Zeitungsschreibers die Blase des Nationalstolzes auf.

Durch die feuchte und fruchtbare Erde, die es mit seinen Hufen niederstampfte, zog ein Pferd den Pflug.

Mit der leichten Bewegung eines Hebels ließ ein Arbeiter geschmolzenes Metall aus einem Tiegel in eine Form fließen.

Die Knospen der jungen Birke schwollen. Das Gras grünte.

Jener, der hinter dem Pflug ging, wusste noch nicht, dass er auf der Wiese, ganz in der Nähe der von einem Geschoss niedergemähten Birke fallen würde, durchdrungen und betäubt von einem erkalteten und wieder erhitzten Metall. Niemand wusste dies. Es war nicht wichtig. Und blieb ohne jegliche Spur.

Auf den papiernen Friedhöfen ersetzen Kreuze die Ziffern. In gerundeten Ziffern verschwinden überflüssige Einerstellen. Jener, der hinter dem Pflug ging, existierte dort nicht und wird dort nicht existieren; nicht der Arbeiter noch die Birke noch das Geschoss, das sie niedermähte.

Das Leben verschwindet in der gerundeten Ziffer.

# Kosmos

Am Abend waren die Fenster des Hauses in der Straße Siwzew Wrashek gastfreundlich erleuchtet.

Als er sich dem Gebäude näherte, hob Eduard Lwowitsch den Kopf und sein Blick fiel auf die roten Vorhänge des Salons. Ihm wurde warm und wohlig. Die musikalischen Hände waren in den Taschen des leichten Mantels kalt geworden, nun kehrten Blut und Beweglichkeit in sie zurück. Er war heute ein wenig zu spät und traf ein, als alle anderen sich bereits im Speisezimmer zum Tee versammelt hatten.

Neben dem Samowar Aglaja Dmitrijewna, mit Brille und großer, altmodischer Brosche; der Professor disputierte mit seinem jungen Freund, dem Physiker Poplawski, auch dieser ein Professor. Tanjuscha und Lenotschka hörten zu.

Lenotschka hat ein rosiges, rundes Gesicht mit runden Augen. Wenn Lenotschka zuhört, scheint sie erstaunt. Wenn sie erstaunt ist, heben sich ihre Brauen und der Knopfmund öffnet sich. Tanjuscha vermag zuzuhören, dabei den Sprechenden aufmerksam zu betrachten und zugleich über ihn und seinen Gesprächspartner, über sich selbst nachzudenken, über das drollige Staunen Lenotschkas, darüber, wie viel man doch wissen muss und möchte.

Weitere Gäste waren der subalterne und unangenehm altkluge Student Ehrberg und Onkel Borja, der älteste Sohn des Ornithologen, mit seiner Frau – beide unauffällige Menschen.

Eduard Lwowitsch trat ein, die Hände aneinanderreibend. Sein angestammter Platz – zur Linken Aglaja Dmitrijewnas – harrte seiner. Schlechterdings war alles in jener Ordnung, die sich in den zwei, drei Jahren der Bekanntschaft eingebürgert hatte.

Man trank Tee. Der Physiker Poplawski diskutierte mit dem Professor über das Michelson-Morley-Experiment und über die Geschwindigkeit der Lichtwellen. Der Ornithologe fragte zweifelnd, ob die Physik nicht ratlos sei.

»Ihr Lichtäther ist fragwürdig! Allzu vieles muss angepasst und arrangiert werden. Die Physiker sind in einer Sackgasse!«

Poplawski widersprach nicht, gab aber zu bedenken, ob dies die Wissenschaft tatsächlich erschüttern könne. »Warten wir doch die Zukunft ab!«

Nach dem Tee begab man sich in den Salon. Auf dem ausladenden Diwan ließen sich der Professor, Onkel Borja und Tanjuscha gemütlich nieder. Aglaja Dmitrijewna nahm in ihrem Sessel unter der Lampe Platz, das Strickzeug in den Händen. Lenotschka erstaunt auf einem Stuhl. Poplawski in der dunkelsten Ecke. Onkel Borjas Frau irgendwo, unbemerkt.

Eduard Lwowitsch spielte täglich an unterschiedlichen Orten, der schönste Tag aber war für ihn der Sonntag in der Familie des Ornithologen. Und er war aufgeregt. Eduard Lwowitsch war nicht alt, aber er wirkte greisenhaft: Sein schütteres Haar hing am Hinterkopf und an den Schläfen in langen, ungekämmten Strähnen. Ein Auge sah schlecht. Eduard Lwowitsch hielt sich krumm, schämte sich seiner Hässlichkeit und rieb häufig die Hände aneinander.

Er nahm am Klavier Platz, sprang jedoch sofort wieder auf und schraubte lange am Stuhl, um ihn in der richtigen Höhe zur Klaviatur einzurichten. Schlug einen Akkord an, spielte einen Lauf, wieder ließ ihm etwas keine Ruhe. Er untersuchte den Deckel des Flügels, blickte unter ihn. Auch Tanjuscha wurde unruhig, eilte zu Hilfe. Es stellte sich heraus, dass ein Stück des Teppichs unter ein Bein des Flügels geraten war. Mit Unterstützung von Onkel Borja zog man es hervor. Wieder ein Akkord – jetzt war es gut.

Statt des »l« sprach Eduard Lwowitsch ein unsauberes »r«. Er sagte:

»Ich würde gern zu spieren probieren …, aber nur, wenn Sie es hören worren …, ich kann auch etwas anderes spieren …«

Tanjuscha verstand:

»Spielen Sie, Eduard Lwowitsch, uns eine Ihrer Kompositionen vor, vielleicht die, von der Sie schon einmal erzählt haben. Ist sie denn fertig?«

»Ob sie denn fertig ist, wie sorr ich sagen …, ich weiß nicht recht. Aber es ist ja an sich fast eine Improvisation. Ich nenne sie …, man könnte sie ›Kosmos‹ nennen.«

Der Physiker rief aus:

»Kosmos, das ist … interessant. Denn nur die Musik kann wohl zur Gänze …«

Lenotschka saß erstaunt da. Eduard Lwowitsch bat verlegen:

»Wenn es mögrich wäre, wäre mir etwas weniger Richt rieber …«

Tanjuscha löschte die Lichter. Nur die Lampe über der Handarbeit der Hausherrin leuchtete weiterhin.

Und Eduard Lwowitsch spielte.

Lenotschka blickte erstaunt auf die Finger des Komponisten, die im Halbdunkel über die Tasten glitten, auf seinen Kopf, den er nach hinten und vorne warf. Lenotschka hörte die Töne, jeden für sich und in der Verschmelzung und dachte, dass dies nicht wie eine Melodie, ein Tanz, eine Ouvertüre einer Oper sei. Sie dachte auch darüber nach, dass man Eduard Lwowitsch als genial bezeichnete, dass sein linkes Auge schiele und dass sie, Lenotschka, dem Spiel eines Genies lausche. Ihre Gedanken zu einem Gesamten zu vereinigen gelang Lenotschka nicht, und ihre Brauen hoben sich erstaunt.

Onkel Borja blickte finster. Er ist Ingenieur, aber nicht mit Erfolg gesegnet. Seine Frau ist nicht sehr hübsch und wirkt älter, als sie ist. In vielem ist er nicht eben bewandert, unter anderem in der Musik. Beethoven, Grieg, diese Namen sind ihm bekannt, aber wie soll man ihre Musik unterscheiden? Skrjabin – bloß Dissonanzen. Warum nur trägt das, was Eduard Lwowitsch spielt, den Titel Kosmos? Kosmos, das ist doch etwas Astronomisches … Prächtig wäre es, wenn sich alles, was den gedanklichen Horizont Onkel Borjas überstiege, als Hirngespinst und dummes Zeug erwiese. Dann wüchse Onkel Borja zu einer Kapazität heran. Und überhaupt ... warum sollten Dampfmaschinen von geringerem Wert sein als Musik? Was verstehen sie denn schon von Dampfmaschinen? Schmerzlich erkannte Onkel Borja, dass Musik fraglos etwas Höheres sei als Dampfkessel und dass dies ihn, Onkel Borja, herabsetzte, ihn erbärmlich und uninteressant machte.

Der betagte Ornithologe lag mit geschlossenen Augen halb auf dem Diwan. Die Töne wogten über ihm, berührten ihn mit ihren Flügeln, stiegen in die Höhe empor. Bisweilen überfielen sie ihn wie ein wilder Schwarm, mit lautem Gewirr und Gekrächze, bisweilen sangen sie von fern melodisch und durchdringend. Nicht auf Erden spielte dies alles, doch ganz nah über der Erde, nicht höher als die Wolken und der Flug der Lerche. Eduard Lwowitschs Kosmos ruft keinerlei Furcht hervor! Ja, und gar nicht kompliziert ist er, nicht einmal exotisch – er ist wie die russische Natur. Wie wundervoll! Das ruhige Altenteil, der Diwan, die reizende Enkelin, die Empfänglichkeit für jenes Höhere, das man Kunst nennt. Ich bin Professor, habe einen Namen, bin alt, will noch nicht sterben, doch, natürlich kann ich beruhigt sterben, wie jemand, der ein erfülltes Leben hatte, seiner selbst sicher und zu gehen bereit ist. Die Töne sind wie Blumen, die Musik ist eine bunte Wiese, Wälder, Wasserfälle. Eine komische Figur ist er schon, dieser Eduard Lwowitsch, aber er ist ein Meister und erfühlt vieles, das andere nur durch Wissenschaft, Verstand, Alter erkennen.

In den Weiten der Welt, inmitten der Nebel, Wirbelstürme, Sonnen, kreise ein erkalteter Planet – die Lampe Aglaja Dmitrijewnas. Die Alte lauschte, strickte und ließ keine Masche fallen. Sie hörte der Musik mit Vergnügen zu, dann fiel ihr ein, dass nur noch wenig Wasser im Samowar sei, die Kohlen aber noch heiß waren. Aber Dunjascha würde schon daran denken. Eduard Lwowitsch ist ein großartiger Musiker und ein ausgezeichneter Lehrer. Tanjuscha ist jetzt sechzehn Jahre alt, da soll sie ruhig noch ein wenig studieren. Doch maßgeblich ist das ja nicht, denn ohnehin wird sie heiraten, das ist ja doch das Wichtigste. Mit der Musik kann sie eine bessere Partie machen. Aber die historischen Wissenschaften soll sie ruhig auch zu Ende führen, sie hat es ja nicht eilig. Tanjuscha ist eine Waise, aber eine Waise, deren Großeltern noch nicht verstorben und wohlgestellt sind, ist eine glückliche Waise. Er spielt aber lange heute. Aglaja Dmitrijewna schaute über ihre Brille und hätte doch fast eine Masche fallen lassen.

In der dunkelsten Ecke auf einem Polsterstuhl sitzend gab sich auch Professor Poplawski seinen Gedanken hin. Das Weltengebäude ist riesengroß, aber um es zu begreifen, muss man sich das Atom vorstellen. Und das Atom ist ja noch längst nicht das kleinste aller Teile. Eduard Lwowitsch will das Weltengebäude mit den Mitteln der Musik erfassen, mit ihren sieben Grundtönen – aber Wissen kann doch nicht durch künstlerische Mutmaßung ersetzt werden. Die sieben Farben des Lichtspektrums bringen viel mehr, und so wiegen wir mit einer genauen Waage die siedende Masse eines fernen Sterns, bestimmen die komplexe stoffliche Zusammensetzung eines Himmelkörpers, sein Alter. Vielleicht aber hat ja die Musik auch recht, da sie denselben Weg der Erkenntnis geht und zum selben Trugbild über das Weltengebäude führt. Der Astronom erforscht das Universum. Aber welches? Es existiert ja in dieser Form schon gar nicht mehr. Im Teleskop sehen wir nur die Vergangenheit der Sterne, Planeten, Nebel. Die Sonne, die wir sehen, war so vor acht Minuten, der Stern vor einem Jahrtausend, ein anderer Stern vor zehn, hundert Jahrtausenden. Großartiges Trugbild! Aber Eduard Lwowitsch spielt tatsächlich ausgezeichnet. Die Musik ist hervorragend, weil sie nicht mit Worten, Ziffern operieren muss, weil sie nicht in eine unzulängliche Sprache übersetzt wird. Mag sein, dass in diesen Noten der Kosmos nicht ist, aber wenn man sie in die Sprache der Worte und Ziffern übersetzt, dann gelingt es … die Euklidische Geometrie.

# Tanjuscha

Tanjuscha saß auf dem Diwan, die Beine angezogen und den Kopf an die Schulter des Großvaters gelehnt.

Zuerst versank sie in den Tönen, dann wurde sie in die Harmonien getragen. Wie ein kleiner, siedender Punkt schwebte sie im luftleeren Raum, umgeben von den ewigen, unbeantwortbaren Fragen der Sterne, Planeten, Nebel, vom Alltäglichen, das bis zum Universum emporwuchs, vom Universellen, das in die Welt der Belanglosigkeiten hinabsank.

Sie suchte in der Musik nicht den Kosmos, sondern nahm sie einfach in sich auf und lebte mit ihr, in ihrem Orbit. Übergab ihren leichten Körper und die beruhigende Wärme der großväterlichen Schulter, das Halbdunkel des Salons und das Wogen der Töne der Bearbeitung durch das Unterbewusstsein.

Erfüllte den großen Raum mit Wesen und sah deren Geburt unter der Zimmerdecke, einen Reigentanz um die Lampe, Explosionen zufälliger Begegnungen und einen wohlgesetzten Tanz. Flog mit ihnen – über die Grenzen der Mauern hinaus. Sie öffnete den Mund beim Atmen, um das Lauschen nicht zu stören. Nahm demütig in die Speicher ihres Verstandes neue Ballen eines noch nicht entfalteten Gedankenganges auf, Vorrat an Rohmaterial, an dessen Bearbeitung sie sich im Nachhinein, mit neuer morgendlicher Kraft machen würde. Fürchtete sich nicht, wusste jedoch, dass es schwierig sein würde, war froh und ernst.

Der Kosmos? Tanjuscha hatte ihn noch nicht erblickt. Er ist Einheit und Vollendung, sie stand am Beginn ihres Lebens, hatte gerade erst die Grenzen des Chaos überschritten, aus dem sie als Kind herausgetreten war. Sie begann gerade erst, die Körnchen realen Wissens zusammenzusammeln, befand sich ganz in der Welt der Fragen, der ersten, wichtigen, widersprüchlichen Empfindungen. Strebte begierig nach Klarheit, Grundsätzlichem, zog Theorien in Zweifel, entrüstete sich über bigotte Lösungen, war nicht angewiesen zu glauben.

Wusste, dass all dies wichtig sei, sogar das kitzelnde Haar des großväterlichen Bartes – aber es war so wenig Zeit und so viel Arbeit, dass sie mit ihren Gedanken einen Sprung von den Details (über sie würde sie später nachdenken) zum riesigen Allgemeinen tat, von der zerknitterten Falte des Tischtuchs zum süßen und fürchterlichen »Was ist der Sinn des Lebens?«, und besonders »Wie soll man leben?«. Einmal hatte sie schon so weit gedacht, dass der Sinn des Lebens im Prozess des Lebens liege, dann aber quälte sie wieder der Zweifel – ist dem denn tatsächlich so? Hat sie den Sinn des Lebens damit nicht entwürdigt? Die Bestimmung des Daseins nicht herabgesetzt?

Einmal, im Gespräch mit dem Großvater, hatte Poplawski gesagt, drei Punkte auf einer Sichtlinie könnten keine Gerade ergeben, alles sei relativ. Sie hat das nicht ganz verstanden, doch sie war erschrocken: Wie sollte sie dann mit jenem umgehen, das sie bereits für gelöst hielt, an dem sie ihre Schlussfolgerungen überprüft hatte? Wie nur konnte der Großvater lächeln und ruhig sein – der gelehrte Großvater? Wusste er denn wirklich mehr? Als Poplawski über die eigenartigen Punkte sprach, waren sogar seine Augen traurig geworden. Und der Großvater, der das doch verstehen und wissen sollte, war absolut ruhig und scherzte:

»Sprechen Sie doch vor Tanjuscha nicht über solch schreckliche Dinge! Sie wird nicht einschlafen können.«

Und tatsächlich – Tanjuscha schlief an jenem Abend lange nicht ein, obgleich sie gar nicht über jene Punkte nachdachte, sondern ganz allgemein darüber, wie man denn leben könne, wenn es nichts absolut, absolut Gewisses gebe? Und damals durchschaute Tanjuscha ganz nebenbei, dass es Menschen gibt, welche etwas schon Fertiges nehmen und darauf ihr Glück bauen, und andere, welche nichts haben, worauf sie ihr Glück bauen könnten, da der Grund unter ihnen aufgrund stets neu entstehender Fragen beständig wankt. Der Großvater gehörte zu den Ersteren; aber vielleicht wissen jene Ersteren ja etwas noch Höheres, etwas, das höher als alle Fragen und durch nichts zu erschüttern ist? Und sie, mit ihrem wissbegierigen Intellekt, gehörte zu den anderen?

Aufmerksam nahm Tanjuschas musikalisch geschultes Gehör die dichte Folge der Töne liebevoll in sich auf, sah sie mitunter in den fünf Notenzeilen vor sich, und der merkwürdigen und gewaltigen Improvisation ihres Lehrers lauschend, dachte sie über eigene Fragen nach, über Kleines, Gewöhnliches, Alltägliches – aber zugleich Bedeutendes, das die feinen Nervenbahnen ihres Bewusstseins noch nicht entwirren konnten. Ihr Weltengebäude befand sich noch im Aufbau.

Gleich würde Eduard Lwowitsch zu spielen aufhören, gleichsam mit einem Canto. Alles, was er gesucht und erzählt hatte, führte er in einigen wenigen schlichten Tönen zusammen. Ist denn für ihn tatsächlich alles derart klar? Er war zu Ende – und alle schwiegen. Er erhob sich, rieb die Hände aneinander, blickte schuldbewusst in Richtung der Lampe, und Aglaja Dmitrijewna antwortete mit einem wohlwollenden Blick über den Brillenrand:

»Das war so schön, dass mir die Worte fehlen. Beim Zuhören habe ich vollkommen die Zeit vergessen!«

Das geriet ihr gänzlich schlicht. Die anderen dachten darüber nach, was sie sagen sollten, doch es gab nichts zu sagen. Und Tanjuscha erwachte aus ihrer Versenkung und atmete tief auf.

# Lasius flavus

In der Dämmerung des anbrechenden Tages warf der Engel des Lebens Samen in die schwarze, feuchte, aufnahmebereite Erde.

Die Sonne stieg auf, und der vor Erwartung zitternde Same wurde von warmem Dunst umgeben, schwoll an, platzte und trieb einen saftigen hellen Spross und eine fadendünne Wurzel.

Die Wurzel strebte in die Tiefe, suchte nahrhaftes Feucht, krallte sich an die fetten Erdbrocken; der Trieb strengte alle Kraft an, um sich aufzurichten, ein grünes Blatt zu entfalten und sich der Sonne entgegenzustrecken.

Und als die Sonne unterging, trug der Engel des Todes einen Korb voll Unkraut hinaus aufs Feld und warf Samen des Bösen und der Zwietracht zwischen das aufkeimende Grün. Am nächsten Morgen wurde auch ihr trügerisches Grün von der gleichgültigen Sonne gewärmt, und der Mensch erfreute sich der reich aufgegangenen Saat der bestellten Felder.

Der Große, welcher nicht existiert, hatte in jenem Jahr dem Engel des Todes den Sieg versprochen. Und als der erste Halm sich streckte und Ähren zu tragen begann, wurde er hastig von einer Ameise der Gattung Lasius flavus erklommen. Sie war kein Jäger. Ihr Ameisenhügel am Waldrand lag in einem Gebiet mit einer großen Blattlausherde und war deshalb bestens versorgt mit deren süßer Milch. Doch die Kundschafter hatten gemeldet, dass die Gegend unsicher sei, dass die Ameisenrepublik von einem Einfall der Stämme des Jägervolks der Formica fusca bedroht sei, die schon den neu aufgeschütteten Damm der im Bau befindlichen Eisenbahnstrecke überschritten hätten und ihre Streitkräfte am Feldrand zusammenzögen. Nicht der Kampf machte Angst, sondern die drohende Knechtschaft. Obendrein zu einem Zeitpunkt, als die beflügelten Weibchen bereits von ihrem ersten Flug flügellos zurückgekehrt waren und sich anschickten, als Mütter einer neuen Generation von Arbeitern das Leben zu schenken.

In der Sonnenglut des Juli entbrannte die erste Schlacht. Stahlkiefer bohrten sich in Fühler und Beine des Gegners, durchschnitten sie mit einer einzigen Anspannung des Muskels, Körper verflochten sich ineinander, und der Stärkere durchbiss die Taille des Schwächeren.

Dort, wo die Armeen aufeinandertrafen, ward der Sandweg mit abgerissenen Beinen und Kiefern und zuckenden, runden kleinen Körpern bedeckt. Auf den Nebenwegen raubten die Diebe eilends die verpuppten Larven und versorgten sich so mit Sklaven für die Zukunft. Manch ausgehungerter Krieger drang in die Ställe des Feindes ein und molk gierig eine vollgefressene Laus, doch kaum eine Minute später wand er sich schon im Todeskampf mit dem das Eigentum seines Stammes verteidigenden Hirten.

Die Schlacht währte bis Sonnenuntergang, und der Ameisenhügel war bereits von immer neu anrückenden Armeen des blassgelben Gegners umgeben. Doch dann geschah etwas, das selbst die besten Ameisenstrategen nicht hatten vorhersehen können.

Die Erde erzitterte, dumpf tönende Schatten zogen heran, und jäh wurde der Ameisenhaufen von einem Stoß hinweggefegt, von dem niemand wusste, woher er kam. Auf den Wegen geriet alles durcheinander, und die sich in noch nicht erkalteter Schlacht gegenüberstehenden Feinde wurden von einer unbekannten und unsichtbaren Macht zerdrückt.

Ringsumher ward das Grün niedergetreten, Sandkörner wurden in Ameisenkörper gedrückt, und von den wohlgeordneten Armeen blieb keine Spur. In Sphären, die womöglich dem schärfsten Ameisenverstand unbekannt waren, in einer ihm fremden Dimension, schritt, wie ein unerwartetes Gewitter, wie eine Weltkatastrophe, eine göttliche, unabwendbare, alles vernichtende Kraft vorbei.

Nicht nur die Ameisenarmeen waren vernichtet. Vernichtet war auch die Saat auf dem Feld, niedergetreten von Soldatenstiefeln. Es erstarben auch die zu Boden gedrückten, zertretenen Büsche des Heidekrauts, Millionen lebendiger und sich auf das Leben vorbereitender Wesen – Larven, Puppen, Käfer, Grasflöhe, die Nester der Feldvögel, die kleinen Kelche von eben erst sich entfaltenden Blüten – all dies ward vernichtet von den Füßen einer am Waldrand vorbeimarschierenden Einheit. Und nachdem sogleich nach der Truppe die müden Pferde die Waffenausrüstung vorbeigezogen hatten, war statt einer Welt voll Leben nur noch ein zertretener Streifen Erde mit einer tiefen Fahrrinne geblieben.

Noch lange strauchelte durch den zur Wüste gewordenen Garten Gottes ein wie durch ein Wunder unversehrt gebliebener Kundschafter des Hirtenvolkes Lasius flavus, fand weder Freund noch Feind, erkannte die Gegend nicht wieder, war verloren, unglücklich, ein kleines Opfer der heraufziehenden Weltkatastrophe.

Dem Befehl folgend, machte die Einheit im Dorf Halt. Hunde bellten und suchten winselnd das Weite, Soldaten machten sich mit Eimern und Feldflaschen zum Fluss auf, eine heisere Stimme sprach Kommandoworte, aufgescheuchte Hühner gackerten, und die Nacht legte sich über das Land, ohne sich auch nur eine Sekunde zu verspäten.

Und am Himmel erstrahlten Sterne mit dem Licht von Milliarden von Jahren.

# Pläne

**D**as Programm der Schwalbe, die aus Zentralafrika in die kleine Moskauer Straße Siwzew Wrashek geflogen war und nun über Tanjuschas Fenster lebte, war im Großen und Ganzen erfüllt. Junge waren geboren worden, herangewachsen, hatten fliegen gelernt und nun waren sie bereit für das selbstständige Leben. Der Sorgen waren es nur wenige, das Interesse am Leben war nicht so gewaltig, und das größte Streben der Schwalbe und des gesamten Schwalbenvolks beschränkte sich auf eine kräftigende Ernährung, um den Rückflug im Herbst gut zu überstehen. Nur die Jugend ergötzte sich freimütig des Lebens, die Jugend, der die Leidenschaften noch fremd sind, die frohgemut ist und bereit, den ganzen Tag von einem Ort zum anderen zu eilen, Mücken zu jagen, auf dem Telegrafendraht Unsinn zu schwatzen und im Abendlicht in den Höhen die Strahlen der untergehenden Sonne zu fangen, während in der Tiefe bereits die Dunkelheit heraufsteigt.

Das Lebensprogramm des unangenehm altklugen Studenten Ehrberg war komplizierter. Er schloss gerade sein Studium ab, hatte vor, seinem Abschluss entsprechend (Staatsrecht) weiter an der Universität zu verbleiben und zu heiraten, aus Liebe und mit Vorteil. Da er es damit aber nicht eilig hatte, konnte er sich ausführlich und aufmerksam umsehen, bevor er seine zukünftige Gattin unter den Professorentöchtern erwählte. Eine der Kandidatinnen seines Glücks war Tanjuscha. Ihretwegen suchte der Student Ehrberg an den Sonntagen die Familie des Professors der Ornithologie auf. Doch während er sich Tanjuscha in Reserve hielt, fuhr der Student Ehrberg fort, sich ganz in Ruhe umzusehen, vollkommen überzeugt davon, dass es keinen Mangel an Angebot geben werde.

Im Juli wurde der Krieg erklärt. Unter der halben Milliarde von Menschen, deren unmaßgebliche Pläne der Krieg erschütterte, war auch der unangenehm altkluge Student Ehrberg, der soeben das Staatsexamen abgelegt hatte. Wie alle klugen Men-

schen, die von der Weisheit der staatlichen Wissenschaften gekostet hatten, meinte er, der Krieg könne nicht länger als zwei,
drei Monate dauern. Und weil er sich seine Karriere nicht verderben wollte, indem er sich eilig einen Platz im friedlichen
Hinterland sicherte, begann er die Ausbildung zum Fähnrich.
Die Uniform stand ihm gut, die des Offiziers würde ihm noch
besser stehen. Die Zwangspause nach der geistigen Anstrengung kam gelegen. Der militärische Drill ertüchtigte den Körper. Ehrberg lernte rasch den festen Schritt, den Rapport, den
Gürtel eng geschnallt zu halten und die Kleidung zur Nacht
in akkurater Ordnung zusammenzulegen. Er war von hohem
Wuchs und auf dem Exerzierplatz der Flügelmann.

Am meisten von allen war das Stubenmädchen Dunjascha
in Ehrberg verliebt, deren Bruder schon in den ersten Tagen in
den Krieg gezogen war. Ehrberg, der zukünftige Offizier, schien
ihr ein höheres, unerreichbares Wesen; für Dunjascha war er
tatsächlich ein solches, und ihr Gesicht ward vom Kinn bis
hinter die Ohren von roten Flecken übersät, wenn sie ihm
beim Ablegen seines Junkermantels behilflich war. Und Dunjascha war es auch, die zuerst bemerkte, dass Lenotschka ihre
runden, erstaunten Augen nicht von Ehrberg ließ. Das war verständlich, denn er sah sehr gut aus, war imposant und sprach
mit dem gleichen Sachverstand über Kriegsoperationen, mit
dem er zuvor über das Theater Stanislawskis und über Fragen
des internationalen Rechts gesprochen hatte. Aber in seiner
Uniform war er dem Herzen eines einfachen Mädchens noch
teurer, jünger und näher.

Hätte Tanjuscha jedoch gewusst, dass sie eine der Auser-
wählten Ehrbergs war, so hätte sie ihn gefürchtet. Aber Ehrberg ließ ihr keine besondere Aufmerksamkeit zukommen,
es sei denn durch einnehmende Ehrerbietung und besondere
Liebenswürdigkeit Aglaja Dmitrijewna gegenüber. Dies gefiel
Tanjuscha, und sie hatte Ehrberg recht gern. Seine Interessen
verstand und teilte sie nicht. Doch er war schon ein tapferer
Bursche, weil er sich nicht wie andere im Hinterland verste-

cken wollte und sich als Fähnrich zum Dienst in der Armee gemeldet hatte. Alle im Hause des Professors hießen dies gut, und Tanjuscha war es zufrieden, dass er ein Bekannter von ihr war. Lenotschkas Gefühle erahnte sie, doch es war eine Zeit, in der man wenig über Persönliches, über Gefühle, ja auch nur über Musik nachdachte oder sprach: Der Krieg hatte alle ergriffen, über anderes zu sprechen wäre absonderlich gewesen.

Ehrbergs Mutter war schon betagt, mit ihr machte er niemanden bekannt – entweder hatte es sich nicht ergeben oder es wäre ihm kein Vorteil daraus erwachsen. Sein verstorbener Vater war ein Baltendeutscher aus Riga, die Mutter entstammte dem Moskauer Kleinbürgertum und war gänzlich unbedeutend. Sie hatte die Vorstellung, dass alles im Leben so zu sein hätte, wie ihr unvergleichlicher Sohn es wünschte. Schließlich war zuvor alles danach gegangen, wie sein Vater es gewünscht hatte, und nichts Schlechtes war dabei herausgekommen. Die Männer wissen doch viel mehr, als die Frauen auch nur erahnen können. Sie trug ihre Haube, führte den Haushalt und sorgte für die Tadellosigkeit der auf den Sesseln liegenden gediegenen feinen Häkeldecken.

Ehrberg pflegte der Mutter die Hand zu küssen. Hätte sie die seine geküsst, so wäre auch dies schlicht und natürlich gewesen. Ging er aus, so fragte die Mutter nicht, wohin er gehe und wann er zurückkehre. Wenn sie es wissen müsste, so sagte er es ihr von sich aus.

Die Schwalbe bereitete sich auf einen unruhigen, halsbrecherischen Flug vor, Ehrberg auf Beständigkeit und Verwurzelung. Wenn Ehrberg Tee trank, stellte er das Glas in der Mitte der Untertasse mit sicherer, ruhiger, schöner Hand wieder ab.

# Zeit

Im Kellerraum unter dem Arbeitszimmer des Ornithologen war an der Wand, dort, wo sich einer der Balken in die Grundmauer stemmte, ein grünlicher, mit dem Flaum weißen Schimmels bedeckter Fleck. Auf den feuchten Steinboden war aus kleinsten Teilchen verfaulten Holzes und feuchten Kalkstaubs ein kleiner Hügel herabgerieselt.

In den Augen der Maus war der Fleck so etwas wie ein Gobelin. Die Zeichnung des Pilzes war wohlüberlegt, fein und reich schattiert. Tausende von Generationen hatten an ihr gearbeitet. Die Ausdünstungen des feuchten gelöschten Kalks erweckten Leben in den Mauerritzen zwischen den Backsteinen unter dem Putz. Ohne Generalbefehl, gleichsam ohne Plan vollzog sich das Werk der Zerstörung. Mikroskopische Wesen, die auf eigene Art liebten und sich ernährten, pflügten und bestellten ihr Pilzfeld. Sie gingen zugrunde, schieden Wärme aus und regten die Aktivität des fetten Pilzgewächses an, das zu einem undurchdringlichen Wald aus schlanken Palmen, hängenden Weiden und emporkletternden, phantastischen Lianen erwachsen war.

Ebendieses unausgesetzte Leben und die unentwegte Arbeit ohne Stunden oder Minuten der Erholung erwärmten den Holzbalken. Ein überaus kleiner und überaus feiner Wurm mit stahlhartem Kopf bohrte Gänge durch die Fasern des Holzes. Müde geworden, verpuppte er sich, verwandelte sich in einen Käfer, legte ein Ei, starb. Ein neuer Wurm bahnte einen neuen Weg und konturierte in das weiche Holz die vorbestimmte Zeichnung. Und der tote, kalte Baum, der einst unbändig aus der Erde gesaugt und seine Kuppel aus grünem Blatt den Strahlen der Sonne entgegengestreckt hatte, ward wieder warm, sog den Odem von Millionen von Nestern und Werkstätten ein, träumte davon, in der Erde mit neuen Lebenssäften aufzuerstehen.

Geschäftig, beharrlich, mit blitzenden runden Augen, die

Muskeln des Schwanzes gespannt, brach die graue Maus mit ihren Zähnen und Krallen kleine Späne von der dicken Bodenplatte ab. Diese Arbeit hatten bereits ihre Vorfahren begonnen. Hatten eine genaue technische Berechnung von Entfernung und Ausrichtung vorgenommen.

Diese Berechnung war bereits vergessen, doch die Spuren der Zähne und Krallen wiesen den rechten Weg. Mit ihren Hinterbeinen stemmte sich die Maus gegen die unebene Wand und den nachgebenden Schotter und erledigte zwei Dinge auf einmal: Sie setzte die kulturvolle Arbeit ihrer Vorfahren fort und schliff ihre allzu schnell wachsenden Zähne.

Lärm von draußen versetzte der fleißigen Arbeiterin im Untergrund einen Schreck. Über das Pflaster der Moskauer kleinen Straße polterte ein Wagen. Von der Mauer des Hauses rieselten einige Schuppen Putz herab. Dieses Sediment verstopfte den Weg des Wurms. Eine verfaulte Faser des Holzes im Balken barst. Das alte Bürgerhaus des Professors erbebte und legte sich um wenige Linien zur Seite, unmerklich sogar für das scharfe Auge der Maus. Ein noch nicht getrockneter Tropfen des gestrigen Regens rann zwischen Pflasterstein und Außenwand. Auf dem Dach des Hauses barst ein rostiger Nagel, der eines der Dachbleche hielt. Die Schwalbe unter dem Fenster flog aus ihrem Nest, betrachtete in der Luft stehend die Befestigungen des von ihr erbauten Heimes und kehrte beruhigt zu den verlassenen Eiern zurück. Ihr Haus war neu und sicher.

Der Professor suchte nach einer Zahlenangabe. Lange blätterte er in einem dicken deutschen Band, dann fiel ihm ein, dass er bereits in einer seiner früheren Arbeiten diese Ziffern angeführt hatte. Er zog eine Schachtel aus dem Schriftenordner, nahm das Manuskript einer lange zurückliegenden Arbeit heraus, begann zu suchen, war erstaunt über seine damalige Schlussfolgerung: Das neue Material revidierte sie. Das Manuskript hatte das gleiche Format wie das neue, jüngst begonnene und trug die gleiche Linierung. Doch das alte Papier war vergilbt. Und die Handschrift des Professors, einst ausladend und sicher, war kleiner geworden und unruhig und neigte sich nach rechts. Der Professor bemerkte dies nicht. Von der Wand blickte seine junge Gattin auf ihn, in einem Kleid mit Puffärmeln, ihre Taille noch schmal, sie lächelte – doch auch dies bemerkte er nicht.

Im Zimmer nebenan nahm die Frau, alt geworden, das Gebiss aus dem Glas und rieb es trocken. Setzte es ein, kaute ein wenig, brachte es in die richtige Stellung und blickte in den Spiegel: Die eingefallenen Wangen waren wieder straff und glatt. Sie atmete tief auf und rückte die Haube zurecht.

Tanjuscha war nicht zu Hause. Tanjuscha saß im großen, halbleeren Hörsaal und lauschte aufmerksam der Vorlesung. Sehr vorsichtig, da er allzu weit abzugleiten fürchtete, untergrub der Professor schrittweise die Theorie des Fortschritts. Sein kritischer Geist hielt eine historische Gesamtschau für notwendig. In die Tiefe der Jahrhunderte gehend, entwarf er ein prächtiges Bild der untergegangenen Kultur des Orients. Und vor der erstaunten Tanjuscha, die ihren siebzehnten Frühling erlebte, zerstörten oder erneuerten die Völker an den Ufern des Mittelmeeres, deren Kulturen man sie im Gymnasium zu bewundern gelehrt hatte, lediglich Bruchstücke einer noch älteren Kultur, die von Völkern, welche noch vor ihnen den Erdball besiedelt hatten, begründet worden war.

Aus den Tiefen der Jahrhunderte erstand ein großartiges religiöses System, das alle Bereiche des Lebens umfasste, in alle Belange des Geistes und in die kleinsten Bestandteile des alltäglichen Lebens eindrang, indem es das gesamte Dasein des Menschen ausfüllte.

Unter den Schichten der griechischen Wissenschaft und Religion, die jäh ihrer Einzigartigkeit enthoben waren, blickte Babylon hervor, blitzten die großartigen Gedankenwelten der Ägypter, Perser und Hindus auf. Die nie unterbrochene Abfolge der historischen Entwicklung war eine Kette aus Kulturen, die untergegangen waren, und Prozessen, die an ihr Ende gekommen waren.

Beim betagten Professor erwuchs daraus Pessimismus und Bitterkeit der Überzeugungen, bei jungen Seelen erwuchs daraus etwas anderes: Begeisterung für vergangene Zeiten, Verehrung für weit entfernte Vorfahren, nicht jene menschenähnlichen, sondern für die Denker, Poeten, Politiker.

Aus den Ruinen der Antike spross ein neuer Lebensquell, die Idee strebte nach Auferstehung.

Doch ebenso wie den Alten war auch den Jungen der Zusammenbruch von Werten, die absolut zu sein beanspruchten, die Unsicherheit des heutigen Daseins, die Nähe des Gewitters, das über dem neuen Babylon aufzog, offenbar.

Tanjuscha lauschte dem Professor, beobachtete aufmerksam, wie ihm immer wieder der goldene Pincenez von der Nase rutschte, blickte in die Vergangenheit, fühlte die Zukunft und wuchs. Mit schnellem Strich wurden in ihrem zarten Hirn die Aufzeichnungen der kindlichen Gedankenwelt und des schlichten Glaubens getilgt, die Krakeleien der kindischen Tagebücher verschwanden unter der Stenographie neuer Worte, und in die süße Freude des Herzens fiel ein der Wermutstropfen des Verstandes.

Tanjuscha lauschte, und ihr Mund stand halb offen.

# Soldaten

**M**it dem Bürgerhaus in der Straße Siwzew Wrashek war Dunjaschas Bruder, Andrjuscha, gemeiner Soldat Koltschagin, Infanterist, nur wenig verbunden.

Vor der Einberufung lebte er auf dem Dorf, der Krieg erwischte ihn im dreiundzwanzigsten Jahr seines Lebens. Kaum hatte er es sich versehen, lag er im Schützengraben, schon bald jedoch wurde die Stellung geräumt und der Rückzug begann.

Apropos – ob sie nach vorne marschierten oder zurück, das wusste der gemeine Soldat Koltschagin nicht. Unter die Augen kam der Feind ihm nicht, nur hören konnte er ihn. Weswegen man Krieg führte, war ihm nicht begreiflich, aber was man ihm befahl, führte er gewissenhaft aus. Er war zählebig und mit der Essensration zufrieden. Unverheiratet und ohne eigenen Hausstand, hatte er weniger Heimweh als die anderen. War er müde, schlief er. Er konnte durchaus auch einmal einen trinken, wenn vom Sold etwas übrig war oder wenn jemand einen ausgab. Vor den Offizieren, die nicht prügelten, hatte er Respekt, mehr aber noch vor jenen, die prügelten, und ebendiese hielt er für richtige Offiziere.

Solche wie ihn gab es Tausende, ja Millionen – älter, jünger, dümmer, gescheiter. Als Masse waren sie eine gewaltige kriegerische Kraft, als Einzelne waren sie Iwan, Wassili, Mikolaj aus dem Dorf Wytjaschki im Stadtkreis Krutojar. Und tausend oder zweitausend Werst von ihrem Dorf entfernt gab es andere kleine Ortschaften mit Häusern aus Stein und haufenweise Stallmist: Blaukirchen, Johanniswald. Die Soldaten aus diesen Ortschaften trugen kupferne Helme, hatten mehr gelernt, begriffen mehr und marschierten besser. Vereint auch sie ein furchterregendes Heer, als Einzelne Hans, Wilhelm, kleine Bauern, Knechte, Arbeiter. Noch weiter gen Westen zogen aus Ortschaften mit Namen wie Massy und Bièvre Jean und Basil an die Front, weiter südlich verabschiedeten die Frauen im malerisch am Meeresstrand gelegenen Pieve di Castello und im Bergdorf Rocco di San Antonio junge Männer mit Namen Giovanni, Giuseppe und Basilio. Die Einberufenen hielten sich, vor allem in Gegenwart der Frauen, wacker und brav, in ihren Herzen aber war ein Gefühl der Sinnlosigkeit, das sie hinter beklommener Verständnislosigkeit versteckten. Doch es waren zahlreiche einfache, leicht zu wiederholende Phrasen und recht hübsche Redewendungen erdacht worden, die in allen Sprachen ähnlich lauteten, als Ersatz für eigene Gedanken und Hilfestellung beim Denken. Mit der Erfindung solcher Phrasen waren Advokaten mit geringer Praxis beschäftigt, die vermittels des Journalismus ins Parlament zu gelangen strebten. Davon, dass all dies gut, redlich und sogar klug sei, waren viele gute, redliche und kluge Menschen überzeugt, und dies verlieh dem Krieg und dem Patriotismus wahrhaft Gewicht.

Unter den Gebäuden der diplomatischen Friedhöfe verliefen Abflussrohre, durch die eine ekelhafte Flüssigkeit in das Hauptrohr der Kanalisation floss, und von dort floss sie weiter und berieselte die Felder, auf denen wundervoller Blumenkohl wuchs. Auf diese Weise verwandelten sich Lüge und Abscheulichkeit der Beamten durch sorgfältige Reinigung in schönes Heldentum und reine Tränentropfen. Die einfachen Leute sprachen von gewöhnlichem Betrug, was allerdings nicht ganz zutreffend war: Der Betrug war komplex und großartig. Deshalb wurden Menschen mit niedriger Stirn Defätisten, die weisen zogen sich aus dem Leben zurück, manche für viele Jahre, andere für immer.

Die einen unterschieden sich von den anderen und wieder anderen so wenig, so unmerklich nur, dass das Schicksal beschloss, ihnen allen, ohne sich in Details zu begeben und weil es mögliche Fehler zu vermeiden suchte, das gleiche Los zu bescheiden. Es schwang die Peitsche und hinterließ auf allen Leibern einen roten, nicht heilen wollenden Striemen.

Nun ist es aber so, dass es sehr viel Wichtigeres gab als derartige Erörterungen, und zwar die Frage der Hemden und Hosen. Die staatlichen Lieferungen waren sogleich in Verzug geraten, Badestuben gab es im Feld gleich gar keine. Ein eigenes, von anverwandter Hand gearbeitetes Hemd zu besitzen ist etwas Besonderes, das man in kurzen Worten nicht beschreiben kann, jemandem von Verstand leuchtet das aber ohnehin ein. Während ein Bad also dem österlichen Feiertag gleichkam, so war ein Hemd gleichsam ein Sonntag, wie frische Luft nach der stickigen Baracke. Deshalb schrieb Andrej einen Brief an Dunjascha, dieser passierte die unumgängliche Zensur, kam in der Küche des Hauses in der Straße Siwzew Wrashek an und gelangte von dort ins Speisezimmer des Herrn Professor.

Tanjuscha las den Brief vor, alle erörterten ihn, und Dunjascha versuchte zu überschlagen, wie viel es wohl kosten möge, dem Bruder ein Hemd zu schicken, das sie selbst genäht hatte.

Nach dem Essen kam Tanjuscha in die Küche und gab Dunjascha Geld, sehr viel mehr, als dieser vonnöten war, gleich für zwei Hemden und zwei Paar Hosen. Tanjuscha war peinlich berührt, und Dunjascha hätte sich wohl gefreut, wenn sie doch nur hätte begreifen können, warum ihr die Herrschaften der Notlage ihres Bruders wegen Geld gaben. Sie war schon lange im Hause, hielt sie für großherzig, oft gab man ihr über den Lohn hinaus, offensichtlich war man mit ihren Diensten zufrieden. Warum sie aber etwas zu Andrjuschas Hemd beisteuerten, verstand Dunjascha nicht ganz. Und deshalb nahm sie es als Aufmerksamkeit für sich selbst.

Nun war alles einfacher. Dunjascha erstand Tuch von guter Qualität, nähte des Abends, und als die Hemden fertig waren, schickte sie sie ab. Tanjuscha hatte für sie in Erfahrung gebracht, wie man Andrej das Paket an die Front schicken konnte, hatte selbst die Adresse darauf geschrieben. Auch einen Brief hatte sie geschrieben. Und es schien Dunjascha überaus seltsam, dass ein Brief und Hemden aus dieser Küche direkt an die Front gingen, an der Andrjuscha auf die Deutschen schoss.

So aber geschah es. Ein Monat verging, und wieder kam

eine kurze Nachricht mit der Feldpost: Andrej hatte die Hemden erhalten, sie kamen gerade zupass. Mit dem Feind sind wir schon bald fertig. Auch Hans schrieb seiner Frau nach Blaukirchen. Am schönsten von allen jedoch schrieb Giovanni aus Pieve di Castello an seine Braut. Er schickte ihr *mille baci*, und am Ende seines Briefes hieß es:

»*L'amore e invicibile, come la forza italiana.*«

Nebenbei bemerkt stand seine Einheit immer noch in der Nähe von Verona. Aber das tat nichts zur Sache. Die Postkarte war wunderhübsch, in der linken Ecke das Wappen des Hauses Savoyen. Rosina zeigte sie ihrer Freundin, und beide waren entzückt.

Als sie zu Bett ging, legte Rosina den Brief unters Kopfkissen. Und schlief erst nach vielen Seufzern ein. In ihrem Dorf galt sie als die schönste aller Jungfrauen.

# Bei Tanjuscha

An Tanjuschas Geburtstag (17 Jahre!) war in der Straße Siwzew Wrashek bis zum Morgen Musik, aber es spielte nicht Eduard Lwowitsch, sondern ein Pianist, der für diesen Abend engagiert worden war. Im Hause des Professors, das so überaus zivilisiert und solide war, erschien zum ersten Mal uniformierte Jugend, und dies gleich sehr zahlreich – Offiziere, vor allem Junker, und Belouschin als einziger Freiwilliger. Dunjaschas Bruder hatte nach einer leichten Verwundung für einen Erholungsurlaub dienstfrei bekommen und half ihr beim Bedienen der Gäste. Er sagte zu Dunjascha:

»Was ist das hier denn schon! Bei uns an der Front, in unserer Einheit, da wird erst getanzt! Und die Musik ist die beste aller Musiken, weil ein Regimentsorchester aufspielt. Was ist das hier denn schon!«

Vor den Offizieren stand Andrej stramm, den Junkern stellte er sich zur Seite, den Freiwilligen übersah er geflissentlich, wenn er Tee einschenkte.

Der imposanteste unter den Offizieren war Stolnikow, jung noch, aber bereits Oberleutnant, an der Front befördert. Athletisch, schlank, braungebrannt, ein kluger Kopf und guter Tänzer. Besser als er tanzte nur Ehrberg, der noch Unteroffizier war, aber kurz vor dem Abschluss seiner Ausbildung stand. Wenn Lenotschkas Herz noch unsicher war, so hätte nur Stolnikow dessen Aufmerksamkeit von ihrem lang bewunderten Idol ablenken können. Stolnikow war geradliniger und offener, aber Ehrberg machte Eindruck mit Ernsthaftigkeit und Unergründlichkeit. An diesem Abend in der Straße Siwzew Wrashek war Lenotschka heiter, und ihre Brauen bogen sich weniger als sonst erstaunt in die Höhe.

Stolnikow würde schon in wenigen Tagen an die Front zurückkehren – mit großer Freude. In Moskau hielt er sich in dienstlichen Angelegenheiten auf, er war abkommandiert worden, um Pferde zu kaufen. An die Front hatte er sich bereits gewöhnt, hier fühlte er sich nur noch als Gast. Er war Artillerist, kannte den Geruch des Schießpulvers hinlänglich, hatte viel zu erzählen, war ganz mit seiner Einheit verschmolzen. Ihm schien, dass das Leben sich im Moment dort abspiele, nicht hier. Doch auch hier fühlte er sich wohl, wenn es ausgelassen war, wenn niemand Unfug über den Krieg redete, von dem er nichts verstand.

Ehrberg konnte es passieren, dass er demnächst an die Front geschickt würde. Mittlerweile war allen klar geworden, dass der Krieg noch lange dauern würde.

Auch Hochschüler waren anwesend: der Medizinstudent Muchanow, die künftigen Juristen Mertwago und Trynkin und Wassja Boltanowski, Student der Naturwissenschaften. Dieser war ein guter Freund Tanjuschas – idealistisch, gläubig, Theater- und Musikliebhaber. Wassja, mit dem Tanjuscha offen und unbefangen über alles reden konnte, war der Ansicht, dass die Welt wohl den Verstand verloren habe, dass dies aber kein Unglück sei, sondern überaus interessant.

»Wir sind Zeugen derartiger Dinge, derartiger Vorgänge, die man gar nicht erfinden könnte. Es ist überaus interessant, in Zeiten wie diesen zu leben, Tanjuscha!«

Der Ornithologe mochte Wassja Boltanowski besonders gern, schon dessen Vater hatte er gut gekannt, als dieser noch ein ebenso hitzköpfiger und lebensfroher Student war. Wassja war der Einzige, den der Professor, der allen gegenüber auf altmodische Art ausgesucht höflich war, mit »Du« ansprach, den er liebevoll am Schopf packte und väterlich ans Herz drückte.

»Das Leben, mein Lieber, ist zu allen Zeiten interessant, dafür braucht es keine besonderen Ereignisse, wenn schon, dann ist es genau umgekehrt. Solcherlei Ereignisse stören nur, das Buch der Natur aufmerksam zu lesen. Du bist doch Naturwissenschaftler und solltest dies daher besser als andere verstehen. Den Krieg sollte man besser nur durch das Mikroskop betrachten. Es lebt sich besser in Friedenszeiten.«

Wassja wandte ein:

»Unter dem Mikroskop betrachtet man Insekten, hier aber geht es um den Menschen. Und ich rede ja nicht nur vom Krieg. Da, Herr Professor, steht die Welt ja auf dem Kopf! Und kaum dass der Krieg zu Ende ist, werden Dinge geschehen ..., aufregend und vergnüglich zugleich.«

»Aufregend ja, aber nicht besonders vergnüglich! Wenn man dich totschlägt, wird deiner Mutter nicht vergnüglich zumute sein. Man darf so nicht reden, Wassja! Denk doch an das Blut, das vergossen wird. Das ist doch der Preis!«

Wassja sagte nachdenklich:

»Ja. Da haben Sie recht. Damit sich abzufinden ist schwer. Wenn aber kein Blut vergossen würde ...«

Der Medizinstudent Muchanow, der den Kurs in Osteologie noch nicht abgeschlossen hatte, machte einen soliden Zwischenruf:

»Ohne Blut keine Operation, Herr Professor.«

Worauf er sich vom Professor, der kein Freund der Medizin war, dieses einhandelte:

»Nun, es gibt sehr wohl Operationen, die ohne Blut vonstatten gehen. Wenn Sie sich zum Beispiel Ihren Kiefer ausrenken, schneiden die Ärzte nicht. Was aber viel wichtiger ist: Die ganze Tierwelt lebt ohne jegliche Operationen, und dies nicht schlechter als wir, deshalb gibt es nichts, worauf wir stolz zu sein hätten. Gewaltsame Eingriffe in die friedliche Evolution nimmt die Natur nicht widerspruchslos hin; sie rächt sich dafür, und zwar auf grausame Weise.«

Tanjuscha dachte bei sich, dass der Großvater recht habe, aber nur, weil er ein guter Mensch war und weil der Mord an einem Menschen etwas Widerwärtiges ist. Aber Krieg ist doch nicht dasselbe wie Mord, und gibt es denn tatsächlich so etwas wie »friedliche Evolution« in der Natur? Auch dort gibt es doch jähe Übergänge, auch dort gibt es Krieg, Revolution, Kampf. Der Großvater hätte gern, dass alles einfach, friedlich und gut sei. Aber die Wirklichkeit ist ganz und gar nicht so.

Aber auf diese Frage hatte Tanjuscha keine Antwort.

Hinsichtlich des Krieges hatte auch Dunjaschas Bruder Andrej eine Meinung. Er legte sie in der Küche Dunjascha mit folgenden Worten dar:

»Menschen habe ich wahrscheinlich schon getötet, aber nicht mit meinen Händen, sondern mit einer Kugel natürlich. Wenn es sein müsste, würde ich auch jemanden mit dem Bajonett aufspießen. Und trotzdem bin ich doch kein Mörder, ich bin ja Soldat. Wir führen Krieg, Dunjascha, doch aus Gründen für den Staat, nicht für uns selbst. Mir ist der Deutsche restlos egal, obwohl ich ihn eigentlich hassen müsste, weil ich wegen ihm leide, wegen dem Eid, den ich geschworen habe. Es wird befohlen, und wir ziehen gehorsam los, um verwundet zu werden oder sogar um zu sterben. Aber ob ich den Krieg will? – Ich kann ihn nicht nur nicht wollen, sondern mir wäre es sogar lieber, wenn er nicht wäre, das sage ich dir ganz offen. Und dann noch die Läuse! Warum soll ich denen Nahrung sein? Denn das sind wir, nebenbei gesagt. Das muss man verstehen.«

Auf die Frage des Professors: »Wann also schlagt ihr die Deutschen?«, antwortete Andrej schneidig:

»Jawohl, unbedingt, wir werden ihnen bald ein Ende machen zum Ruhme des Vaterlands. Da führt kein Weg dran vorbei.«

Und schielte zu dem jungen forschen Offizier hinüber. Dieser sagte: »Bestens, Soldat!«, und Andrej stieß hervor: »Stehen zu Diensten, Euer Wohlgeboren.«

Alle lachten, die Junker waren neidisch, und Lenotschka beschloss endgültig, dass Stolnikow heute beachtenswerter sei als Ehrberg.

Als er in den Korridor trat, rempelte Andrej, gleichsam von ihm selbst unbemerkt, den Freiwilligen mit seinem Ellenbogen an. Dunjascha erklärte er in der Küche:

»Nur ein Einziger von denen da ist einer von uns, so wie er sein soll. Aber die anderen da sind nur Laffen, haben ja nicht einmal Schießpulver gerochen.«

# Der Pianist

In einer Ecke des Salons, in einem tiefen Sessel, saß, die Beine ungelenk angezogen und tief gebeugt, Eduard Lwowitsch, von allen versehentlich vergessen, der am wenigsten interessante Gast des Abends. Als er hörte, wie der Pianist die Tasten des Flügels wie eine Trommel bearbeitete, runzelte er, ohne es zu wollen, die Stirn, und das Instrument tat ihm in der Seele leid.

Es wäre unmöglich gewesen, dieser Abendeinladung von Tanjuschas großem Tag (17 Jahre!) nicht zu folgen. Allmählich hätte Eduard Lwowitsch sich nun verabschieden können, ohne noch bis zum Essen auszuharren, aber er konnte sich noch nicht dazu durchringen.

Aus seiner Ecke heraus sah er hin und wieder Tanjuschas Kleid vorbeifliegen, bisweilen auch ihr wunderhübsches russisches Köpfchen mit dem glattgekämmten Haar. Tanja erblüht und wird zweifelsohne einmal eine üppige und schöne Frau sein. Sie ist nicht allein durch ihre Jugend bezaubernd, sie ist wahrhaftig eine Schönheit. Sie ist gerade so schön, wie Eduard Lwowitsch bedauernswert und unansehnlich ist. Sie ist jung, er beinahe schon alt. Er hat Talent, aber das gereicht ihm den anderen gegenüber nicht zum Vorteil. Sogar Wassja Boltanowski, schiefnasig, mit verwirrtem Haar, ein lustiger Vogel, hat mehr Chancen als Eduard Lwowitsch, denn er ist jung und verwegen. Er fasst Tanjuscha um die Taille und dreht sie über das Parkett. Und Tanjuscha atmet in seiner Nähe. Der Pianist bearbeitet die Tasten, und dies ist überaus quälend.

Den Salon betraten der Student Mertwago, feingliedrig, altmodisch wirkend, glattrasiert, und eine junge Dame, deren Namen Eduard Lwowitsch nicht kannte, da sie von allen nur »Mertwagos Braut« genannt wurde. Sie war nur ein Jahr älter als Tanjuscha, aber schon ganz Dame: gesetzt, gewählt gekleidet und, wie es hieß, wohlhabend. Der Student Mertwago würde nächstes Jahr sein Studium beenden. In einem Jahr also würde er die Robe überstreifen und »Herren Richter und Herren Geschworene« rufen und des Abends Akten durchblättern, auf deren Bögen der Name des Gründers der Kanzlei steht. Eine Einberufung erhält er nicht – er ist der einzige Sohn. Er hat Glück, der Student Mertwago!

Doch ihn beneidete Eduard Lwowitsch nicht. Und eigentlich beneidete er auch Wassja nur in dem Moment, in dem dieser mit Tanjuscha tanzte. Ehrberg hingegen beneidete er überaus und oft. Ihn fürchtete Eduard Lwowitsch sogar ein wenig, denn dieser war gescheit und berechnend. Wie seltsam aber, dass gerade er Offizier wurde und in den Krieg zog. Vielleicht hatte Ehrberg sich ja doch verrechnet?

Der Professor hatte den Komponisten endlich gefunden:

»Es ist doch großartig, wie die Jugend sich amüsiert! Auch Sie sollten tanzen.«

Eduard Lwowitsch rieb die Hände aneinander:

»Ja. Das heißt, nein. Ich kann das schon gar nicht mehr. Aber ich schaue mit großem Vergnügen zu.«

»Unsere Tanjuscha wird erwachsen!«

Dieses »unsere« schloss Eduard Lwowitsch als Familienmitglied ein. Das war ganz selbstverständlich, denn er war Tanjuschas Musiklehrer. Eduard Lwowitsch blickte schief zum Professor und sah ein breites und glückliches Lächeln. Und da beschloss er, nun nach Hause zu gehen. Doch er konnte diesbezüglich keine angemessenen Worte finden, und er wusste nicht, ob es der richtige Zeitpunkt war, davon anzufangen. Und rieb nur noch einmal die Hände aneinander. In diesem Moment spielte der Pianist geradezu ungehörig falsch und brach ab.

Der Professor wandte den Blick zu den zukünftigen Eheleuten Mertwago, trat zur Braut, klopfte dem Studenten auf die Schulter, fand nichts anderes zu sagen als: »Nun, wie steht's? Aha, ja, ja, gut«, und begab sich schwerfällig ins Speisezimmer, wo Aglaja Dmitrijewna gestreng die Gedecke kontrollierte: Ob auch alles an seinem Platze sei, ob man sich auch nicht verzählt habe, ob Tanja auch die Tischkarten mit den Namen verteilt habe. Als ihre Tischnachbarn hatte sie Wassja und Eduard Lwowitsch erwählt. Die Großeltern nahmen am Essen nicht teil. Doch der Professor ging zum Tisch und trank ein halbes Gläschen Wodka und aß darauf einen Pilz. Da wurde ihm warm und heiter zumute. Mit gewissem Neid blickte er auf die gedeckte Tafel, erinnerte sich der schwachen Gesundheit seiner Frau und sagte zu ihr: »Großmutter, du hast dich redlich abgemüht«, küsste ihre faltige Hand und wollte sich ins Arbeitszimmer zurückziehen. Auf der Schwelle jedoch hielt er inne und kehrte um. Trat noch einmal zu seiner Frau:

»Ich habe mir, Großmütterchen, unsere Tanjuscha einmal näher angeschaut. Unsere Tanjuscha, ja, du weißt schon, sie wird nun erwachsen, nicht wahr?«

Aglaja Dmitrijewna blickte ihren Mann an und rechnete im Kopf, wie viele Gabeln fehlten. Der Professor tätschelte ihr die Wange, und die Großmutter vergaß, was sie ausgerechnet hatte. Der Professor sagte noch einmal:

»Siebzehn Jahre, was? Das ist doch etwas! Unsere Tanjuscha! Unsere Enkelin!«

Und da hellte sich das liebe Gesicht Aglaja Dmitrijewnas durch ein Lächeln auf. Vielleicht war ihr eingefallen, dass auch sie einmal siebzehn war, vielleicht, wie viele Gabeln noch fehlten. Die beiden alten Leute blickten einander an. Und plötzlich fiel aus den Augen des Professors, direkt auf den Bart, ein Tropfen. Er wurde verlegen, tat geschäftig, blieb mit einem Knopf seines Überrocks am Spitzenjäckchen seiner Frau hängen und sagte: »Eijeijei, was ist das denn! Ich habe, musst du wissen, gerade einen Pilz gegessen.«

Und die beiden kleinen Alten wischten einander die Augen trocken. Aglaja Dmitrijewnas Mund legte sich in Falten, der Tropfen fiel aus dem Bart des Vogelprofessors auf seinen Überrock, und die Hand der Großmutter wurde feucht davon.

Um den Salon nicht durchqueren zu müssen, schlich Eduard Lwowitsch durch das Speisezimmer und schlüpfte seitlich durch die Tür in den Korridor. Dort suchte er lange seinen Paletot in einem Haufen von Uniformmänteln – einen rötlichen Paletot mit kariertem Futter. Dann öffnete er die Tür zur Küche und bat kleinmütig:

»Dunjascha, Sie werden es doch nicht abrehnen, die Tür hinter mir zu schrießen?«

»Wie denn, der Herr bleiben nicht zum Essen?«

»Ja. Nein, ich danke …«

Und bis er endlich um die Ecke gebogen war, wurde der verschüchterte Komponist von dem energischen Pianisten verfolgt.

# Visionen

Der Soldat Andrej Koltschagin, Dunjaschas Bruder, war im Krieg verwundet worden, sehr leicht. Eine Kugel hatte seinen Kopf gestreift, ein kleines Stück strohblonder Borste abgerissen und war weitergeflogen. Vielleicht hatte sie sich dann in die Erde gebohrt, vielleicht auch in das Herz eines anderen. Sie waren gerade zum Angriff auf einen Schützengraben der Österreicher marschiert. Und hatten ihn eingenommen. Andrej Koltschagin aber war von den Sanitätern aufgesammelt worden, denn er war hingefallen, sei es wegen des Blutverlusts oder aufgrund der Konfusion.

Die Wunde war schnell verheilt, im Lazarett hatte Andrej vor allem wegen des Kopfschmerzes gelegen: Dieser hatte ihm einfach keine Ruhe gelassen. Manchmal hatte er geheult, ein andermal sich nicht bewegen können. Als es ihm besser ging, hatte er Urlaub erhalten. Und in Moskau, wo er sich erholen konnte, wurde er wieder ganz gesund. Er hatte keine eigene Bleibe, schlief bei Dunjascha in der Küche und sie in ihrer Kammer. Aß dasselbe wie die Professorenfamilie und war sehr dankbar dafür. Wo immer er konnte, machte er sich im Hause nützlich, übernahm Botendienste. Einen Monat lang hatte er Urlaub.

Eines allerdings war ihm von der Verwundung zurückgeblieben: ein unruhiger Schlaf, bisweilen Alpträume. Vor allem, wenn er einmal zu viel getrunken hatte. Im Allgemeinen trank Andrej Koltschagin aber nicht übermäßig, nur dann und wann, an Feiertagen. Aber da es ohnehin nicht immer Wein zu kaufen gab, mithin nur, wenn sich eine Gelegenheit bot.

In der Nacht wachte Andrej von seinen eigenen Worten auf. Laut und vernehmlich hatte er »Zu Befehl!« gesagt. Und in der linken Seite hämmerte es wie ein Maschinengewehr gegen den dünnen Strohsack, auf dem er auf dem Boden lag: nicht schneller, nicht langsamer und ebenso laut. Und der Schlaf war augenblicklich verflogen.

Er hatte sich an dieses Leiden bereits gewöhnt. Lag da in einem Zustand zwischen Wachen und Schlaf, sann über das eine oder andere nach. Im Lazarett hatte er neben einem gelegen, der sich freiwillig gemeldet hatte, einem Bürgersohn – was dieser Andrej nicht alles erzählt hatte: ein hervorragender Kopf, alles konnte der erklären! Das Leben und den Krieg – dass der nämlich vielleicht ganz und gar sinnlos sei –, und vielerlei Betrug. Über alles sprach er furchtlos, denn man hatte ihm einen Fuß amputiert, und ihm war alles gleich – er brauchte keine Angst mehr zu haben. Aus ebendiesem Grunde vertraute Andrej ihm auch nicht allzu sehr, umso mehr, als er ein Bürgerlicher war, Lehrer war er gewesen. Doch was sollte er auch machen, er hatte ihm zugehört.

Nun konnte sich Andrej an nichts aus diesen Reden mehr erinnern, nur an eines, nämlich daran, dass der Krieg vielleicht ganz und gar sinnlos und nur ein einziger Betrug sei. Dass die Soldaten für dumm verkauft würden. Dass die Läuse sie an der Front bis zur Unerträglichkeit aussaugten. Und all dies für das Vaterland. Und warum gibt es dort denn keine Banja? Und wie das Maschinengewehr bellt, ganz genau wie gerade in der linken Seite: Ta-ta-ta …

Dann sann Andrej über Stiefel nach. Über Stiefel im Allgemeinen und über neue Stiefel und stutzerhafte Stiefel im Besonderen. Erinnerte sich an die verschiedensten Stiefel, die er je zu Gesicht bekommen hatte. Für Offiziersstiefel (in der Etappe an Feiertagen zu tragen) hätte er, mit Verlaub, seinen halben Urlaub gegeben. In den Schützengräben allerdings waren die absolut nicht zu gebrauchen.

Dann sann er über die Küche nach, aber nur kurz. Dass es dort Mäuse gebe, dass Dunjascha schwer durch die Nase atmete, dass es nach gebratenen Zwiebeln rieche und dass man überhaupt nicht aufstehen und zum Austreten in die Kälte hinaus mag. Das Maschinengewehr in der Seite sang zu alldem sein Lied, und auf Andrejs Stirn lag Schweiß. Was ist das nur für eine Krankheit, die nicht vergehen will?

Aus irgendeinem Grund begann er, an seinen Kompaniechef zu denken – wie die Soldaten ihn doch hassten! Die anderen Offiziere, ja, da gab es solche und solche, aber der Kompaniechef war ein Unmensch, ein Tier. In der Schlacht war er tapfer, da konnte man nichts sagen, vor nichts hatte er Angst, aber beim Drill oder im alltäglichen Umgang war er kein Mensch, sondern wie ein Wolf! Ein Auge, das schielt, jeden schreit er an und teilt Prügel aus. Kein Offizier ist schlimmer als der, der ohne Grund, aus reiner Gemeinheit austeilt.

Und da begann Andrejs Alptraum. Ihm schien, der Kompaniechef schlage ihn, und er, Andrej, schlage zurück. Aber er schlägt ins Leere, schlägt in die Luft, kann ihn nicht treffen. Andrej bekommt es mit der Angst, kann nicht mehr innehalten, verloren ist er ohnehin, so gibt es wenigstens einen Grund dafür. Seine Brust bebt vor Wut, als ob ihm das Herz aus dem Hemd springen wolle. Mit der Linken hält Andrej sein Herz, mit der Rechten drischt er dem anderen in seine Visage, zwischen die schielenden Augen – und schlägt doch immer vorbei. Das bedeutet also, dass er grundlos verloren ist, und am meisten ärgert ihn, dass er nicht wenigstens dieses eine Mal seine ganze Wut an dieser schnurrbärtigen Offiziersvisage auslassen kann. Und dann lacht ihn dieses schielende Auge des Offiziers auch noch spöttisch an, niemals zuvor hat er je gelacht.

Andrej versuchte aufzuwachen – Ehre sei dir, oh Herr! Da ist nichts, aber plötzlich steht er vor dem Kompaniechef, und der schlägt ihn mit einem Holzlöffel auf die linke Seite, eins-zwei, eins-zwei. Der Löffel dringt ein. Es tut nicht weh, aber es macht wütend. Und wieder wird die Wut größer, und wieder steht der Kompaniechef vor Andrej, und wieder dieselbe Geschichte. Andrej packt ihn an der Gurgel, unterm Kragen, drückt zu, aber der Hals ist weich, wie ein Lappen, und nichts geschieht. Der Kompaniechef rollt mit dem Auge und stößt hervor: »Ich werde dich erschießen, du Hundesohn!« Greift nach dem Löffel und reißt ihn zusammen mit dem Fleisch aus Andrej heraus. Andrej stöhnt auf und erwacht.

Dreht sich auf die andere Seite. Sein Nachbar, der, der sich freiwillig gemeldet hatte, hält sich das eine Nasenloch zu, schnäuzt und spricht mit ruhiger Stimme: »Der ganze Krieg ist umsonst, aber den Kompaniechef zerlegen wir jetzt in Stücke.« Nimmt sein Bettlaken, als ob es der Kompaniechef sei, reißt es auseinander, legt die Stücke aufeinander, reißt sie auseinander, legt die Stücke aufeinander. Und Andrej denkt: »So etwas aber auch, du bist doch ein Herr, für dich ist das alles doch nur ein Spiel.« Plötzlich ein Pfiff, und etwas streift ihn, Andrej, am Kopf. Er stößt einen Fluch aus und erwacht noch einmal, dieses Mal ganz.

Es war bereits hell. Eine große Fliege prallte lärmend wieder und wieder gegen die Fensterscheibe, und Andrejs Kopf schmerzte. Er hielt den Nacken unter den Wasserhahn, das hatte der Feldscherer geraten, ging nach draußen auf den Austritt, der Wecker zeigte kurz nach sechs. Andrej beschloss, sich nicht noch einmal hinzulegen, ohnehin war es schon bald Zeit aufzustehen. Stieg in die Hosen, warf das Hemd über und trat aus dem Tor heraus, wo der Hausknecht die Straße mit dem Kratzeisen säuberte und den Kehrricht in einem Eimer sammelte. Andrej sah ihm ohne besondere Neugier, aber wohlwollend dabei zu. Wenngleich er ein Militär war, sah er doch in der Arbeit eines Hausknechts nichts Niederes.

Dann standen sie eine Weile zusammen und rauchten. Der Hausknecht sagte:

»Heute ist er früh aufgestanden.«

»Seit dem Lazarett finde ich keinen rechten Schlaf.«

»Wie viele Tage bleiben ihm noch?«

»Morgen bricht die letzte Woche an. Und dann darf ich wieder die Läuse füttern.«

»Und wie ist es, hast du Lust dazu oder nicht?«

»Ach, was soll's, auch dort gibt es normale Menschen. Aber wenn man es doch nur wüsste – vielleicht ist dieser ganze Krieg ja doch sinnlos.«

Der Hausknecht, der seit zwanzig Jahren Dienst im Hause

tat, dachte kurz nach und bemerkte dann mit seiner ganzen Autorität:

»Das, Bruder, ist nicht unsere Angelegenheit. Das können wir nicht beurteilen. Aber wenn in Russland der Feind steht, also, dann muss man eben kämpfen.«

Andrej antwortete:

»Das Blut aber vergießen ja wohl wir.«

»Was heißt das schon, wir vergießen unser Blut. Wer braucht schon jemanden wie dich? Wie Müll wirst du in den Eimer geworfen. Im Jenseits wird dann Bilanz gezogen.«

Andrejs Kopf schmerzte. Und dennoch brachte er Dunjascha eine Armvoll Brennholz für den Herd.

Der Tag – ein Montag – war ein schwerer Tag. Nur langsam erwachten alle in der Straße Siwzew Wrashek.

# De Profundis

**S**tahl, Kupfer, Eisen bilden ihren starken, eleganten Körper. Ihre Beine runden sich zu Rädern, in ihren Adern Dampf und Öl, im Herzen Feuer. Sie steht unbewegt.

Dann ächzt sie aus tiefster Brust und hustet in kurzen Stößen. Sie erzittert, und die gesamte Kette der Waggons erzittert, poltert und erwacht zum Leben. Über ihr eine Kugel aus Rauch, in ihrer Brust wirbelt ihr Pfleger, ihr Nutznießer und Schmeichler, der schwarzgesichtige, ölgetränkte Heizer. Mehr Nahrung dem Feuer, durch das sie atmet! Und schon ist sie weit.

Riesengroß, rundbrüstig, kraftvoll – in der Ferne verwandelt sie sich in den Kopf einer Raupe, die über die Erde kriecht. Sie ist gefügig und zieht unermüdlich alles hinter sich her, das ihrer Kraft überantwortet ist. Stöhnt, stößt Pfiffe aus, eilt, fürchtet auch nur eine Minute zu verlieren, und erbietet mit dahinfliegendem Gelärme den ihr entgegenkommenden beharrlichen Arbeiterinnen einen Gruß, die ihre eigene Bürde schleppen. Sie alle sind eiserne Sklaven des Menschen.

In einem Transportwaggon, überladen mit lebenden Körpern, hatte sie den gemeinen Soldaten Koltschagin an die Front gebracht. Nun karrte sie im Personenwaggon junge Offiziere, unter ihnen den unangenehm altklugen Ehrberg, in hübscher neuer Uniform, ernst, stets unergründlich für verliebte Lenotschkas. Ehrberg beobachtet die Zeiger seiner Uhr und zählt die Stöße des Zuges.

Zwei Minuten die Werst – das ist langsam! An den Fenstern flogen Pfähle mit Tafeln vorbei. Ein großer Pfahl und vier dazwischenliegende Steine als Angabe der zurückgelegten Sashen. Und wenn Ehrberg nun nicht zurückkehren wird? Sie berechnender junger Mann, wissen Sie um Ihr Schicksal? Die Kugel kennt ihren Weg, und ohne zu bemerken, dass sie auf ihn zufliegt, geht der Mensch ihr entgegen. Und wenn Ehrberg nun am gestrigen Tage zum letzten Mal Moskau gesehen hat – die Kuppeln des Kreml und die Straße Siwzew Wrashek? Ti-ta-ta, ti-ta-ta. Wie seltsam das doch ist! Aber möglich! Ehrberg steckt die Uhr weg und knöpft die Uniformjacke zu.

Ein Ruck. Die gefügige Riesin hat angehalten, Wasser geschlürft, neues Feuer entzündet, Rauch ausgestoßen. Eilig klettern Soldaten in die Waggons. Auf den Schultern Tornister, in den Tornistern Zwieback von zu Hause, bei dem einen oder anderen auch eine Hammelkeule. Aber wohin so eilig? Dort wird man euch doch töten! Hier sitzt ein junger Offizier in seinem Coupé – dort aber ist das Feld, über dem Feld der Himmel und auf dem Feld ein Körper, in Stücke gerissen von einem Geschoss. Auch dieser Körper war ebendiesen Weg gefahren mit ebendiesen Hoffnungen.

Ein Soldat warf seinen Tornister in den Transportwaggon, stemmte sich mit dem linken Knie hinauf, das rechte Bein schwang hin und her, welch plumper, naiver Bauer. He du, Kamerad, sieh dich vor, komm nicht zu spät aus dem Urlaub zurück! Beeil dich, deine Tage zu leben. Lass dir einen Georg für Tapferkeit verleihen und nimm einen Eimer mit Kalk für die faulenden Wunden, auf dass auch dein Mund zusammenklebe, damit du dich im Jenseits nicht beschweren kannst. Einen Hügel Erde obendrauf und eine Totenmesse für alle Soldaten zusammen. Und der Tornister? Wohin nur mit deinem Tornister? Iss schnell deine Hammelkeule auf – ach, ihr Soldaten seid doch wirklich Schafsköpfe! Aber da ist ja auch jener altkluge junge Mann, der berechnende junge Herr mit euch auf dem Weg, ihr werdet von derselben Dampflok gezogen. Vielleicht hat die Welt ja tatsächlich den Verstand verloren? Und wieder setzt sich der Zug in Bewegung.

Die Dampflok brachte jene an die Front und kehrte mit empfindlicher Fracht zurück: zertrümmerte Menschenleiber. Auf zehn Personen kommen fünfzehn Beine – das muss reichen! Einer hat ein kleines Loch im Rücken, unter dem Schulterblatt – eine Kugel hat ihn durchbohrt, unter der Brustwarze ist sie wieder ausgetreten. Er hustet, das heißt, er lebt. Und der hier ist blind, auch er also am Leben. Sehende gibt es nicht mehr auf dieser Welt.

In den Zug steigen junge Damen mit roten Kreuzen, verteilen Tee, Tabak, Blumen. Jener mit dem Loch in der Brust bekommt einen kleinen Strauß aus Feldglockenblumen – für seinen Offiziersgrad, seine Jugend und Tapferkeit. Und wenn er nun aufspränge und die junge Dame mit letzter Kraft würgte, würgte und mit seiner Krücke auf das rote Kreuz, auf ihre gesunden Brüste einschlüge und sie mit seinem Holzstock plattdrückte: Nimm dies für deinen Strauß! Doch die Verwundeten lächeln: Auf den Lippen der Schwestern liegen Ergriffenheit und Honig. So wenig haben die jungen Krieger, die der Zug nach Hause bringt, von diesem Honig bis jetzt nur probiert!

Am Ziel angekommen, kippte der Zug seine Fracht am Bestimmungsort aus, und zurück, unermüdlich. Dieses Mal zog die Lokomotive eine gewichtige Ladung: Maschinengewehre – um damit zu töten, Gasmasken – damit man nicht getötet wird, Geschosse – um damit zu töten, Medikamente – damit man nicht stirbt, Minenwerfer – um damit zu töten, Wagen – für die Verwundeten … Was noch? Wo ist der Fleischwolf, in dessen Trichter die Hirne der Iwans und die Herzen der Peters geworfen, sodann hindurchgedreht und durch die eiserne Lochscheibe gedrückt werden sollen? Wo sind Pech und Schwefel, mit denen die ausgeweideten menschlichen Körper zu Fackeln gemacht werden – ob das Leben dann heller wird? Und dann noch die Eisenkatze mit den runden Krallen: einzuführen in die Augenhöhlen, um die Schädeldecke in Splitter und Stücke zu bersten. Stattdessen werden Verbände gebracht, um kleine Kratzer zu verbinden: Ein armer Soldat hat Kienspäne geschnitten und sich am kleinen Finger verletzt. Den Span hat man herausgezogen, dann Jod, Watte und einen Verband darauf – der sah aus wie ein Püppchen. Und wenn der Soldat zu murren beginnt? Und ihr habt gedacht, die Soldaten blieben an der Front, wenn ein frischer Wind zu wehen beginnt? Ja! Die Welt hat den Verstand verloren! Des Verstandes wegen ist ihr Böses zugestoßen. Doch nicht jeder ist schließlich verpflichtet, klug zu sein: Der Narr wollte Kaiser werden.

Auch diese Fracht brachte die Lokomotive ans Ziel. Zieht nun einen Postwaggon – von Mikolaj an Darja, mit Grüßen an alle Nachbarn. »Mir geht's gut, ich bin gesund.« Der Brief eilt über die Gleise, und der ihn schrieb, ruft ihm aus der Erde heraus hinterher: »Bleib stehen, warte, ich bin ja schon tot.« Für Darja von Mikolaj eine neue Nachricht: »Hat das Zeitliche gesegnet.« Er hat nicht lange gelebt, sehr kurz sogar nur, in der Erde verscharrt im zwanzigsten Jahr.

Auch von Ehrberg sind zwei Briefe dabei – einer an die Mutter, ein anderer in die Straße Siwzew Wrashek. »In die Schlacht bin ich noch nicht gezogen, aber mach Dir um mich keine Sorgen. Das alles ist durchaus nicht so fürchterlich, wie es scheint.«

Und an Tanjuscha: »Meinen Gruß an alle im Hause. Oft erinnere ich mich an Ihre musikalischen Sonntagabende. All das erscheint nun so fern … Und ich bin hoffnungsfroh, noch etliche Mal zu hören, wie …«

Hoffnungsfroh? Oh Ehrberg! Oh berechnender Ehrberg, hören Sie das zischende Pfeifen – dieses Geräusch ist Ihnen noch nicht bekannt? Oh Ehrberg, beugen Sie sich zur Seite, laufen Sie, Ehrberg! Werfen Sie sich zu Boden, vergraben Sie sich mit dem Kopf voran, tiefer, tiefer. Warum schämen Sie sich: Soldaten machen das so. Ihre Pose kann Sie das Leben kosten, Sie sind doch berechnend. Hat nicht getroffen? Da, schon wieder dieses zischende Pfeifen! Oh, Ehrberg!

An jenem Tag spielte Eduard Lwowitsch im Haus in der Siwzew Wrashek *De profundis*.

# Die Schwalben ziehen fort

Nicht sehr hoch am Himmel flogen die Schwalben wie eine Wolke von Russland nach Zentralafrika – nur für den Winter, um dort zu bleiben, solange die Kälte währte, und dann wieder zurückzukommen.

Ihre Heimat war Russland, das war auch das Land, das sie liebten. Auf seinen Feldern, unter den Fenstern war das Beste: Futter, Obdach, Liebe. Auf der anderen Seite des Erdballs nur Müßiggang. Doch in der Heimat schien des Winters nur allzu selten die Sonne, und das Herz der kleinen Schwalbe hätte zu einem Eisklumpen gefrieren können. Aber allzu unheilvoll brannte die Sonne des Sommers in Zentralafrika – die Schwalbe musste achtgeben, an ihrer Liebe nicht zu verbrennen. Es gab noch andere Gründe für den Zug der weißbrüstigen Vögel, doch diese zu kennen ist dem Menschen nicht gegeben, selbst jenem Professor nicht, an dessen Fenster ein solide gebautes Nest aus Moskauer Lehm zurückgeblieben war.

Auf ihrem Weg erblickten die Schwalben aus ihren Höhen: Auf grünem Grund – die Fäden der Flüsse und die kühlen Flecken der Seen. Wie Haufen von Unrat – die Städte und Städtchen, um sie herum waren die Wälder dünner und das Grün der Felder dürftiger, als ob ihr Dunst und Schmutz die Natur befremde und sie sich zurückzöge.

Wenn sie tiefer flogen, sahen sie den bedächtig arbeitenden Bauern hinter dem bedächtig dahintrottenden Gaul und dahinter wiederum eine Spur in der aufgeworfenen Erde.

Und sie sahen einen Zug auf zwei Eisenbändern dahinrasen und Automobile auf grau gewalzten Straßen dahingleiten, doch der Flug der Schwalben war schneller.

Außerdem sahen sie die Einheiten der Soldaten wie riesige Würmer von zwei Seiten auf dieselbe Grenze zukriechen, wo Gräben ausgehoben waren und die Würmer sich auflösten und in der Erde verschwanden.

Einmal tauchte am Himmel ein furchteinflößender und

monoton dröhnender Vogel von bis dahin ungekannter Größe auf, um den herum weiße und gelbe Knäuel wie Bälle sprangen. Einige der Schwalben gerieten in eines dieser gelben Knäuel, das dieser wunderliche Vogel hinter sich herzog, und plötzlich fielen sie mit schweren Flügeln wie Kugeln zu Boden. Jenen, welche neben ihnen flogen, wurden die Sinne von den Giften vernebelt, die der Mensch in den Himmel schickte.

Aber all dies jagte in schnellem Flug blitzartig vorbei, aus der Höhe schien die Erde wieder die alte, der Mensch auf ihr war kaum zu sehen. Nur das Grün und Grau der Felder hat er mit geraden Linien gezeichnet und in kleine Quadrate unterteilt.

Es flogen die Schwalben auch über das Meer und sahen aus ihren Höhen bis auf dessen Grund. Wie kleine, vom Wind dahingetriebene Blätter auf einem Teich schwammen die Schiffe auf dem Meer, eines hinter dem anderen, und ihre verschwindende Größe auf dem riesigen Ozean veranschaulichte gewiss nicht die Allmacht, sondern allein die Nichtigkeit des Menschen. Auf einem dieser Schiffe ließen sich die müden Vögel auf ihrem Weg nieder. Es war dunkel, ihre Augen sahen nichts.

Als die Schwalben des Morgens erwachten, um ihren Flug fortzusetzen, erschien in den Tiefen des Meeres ein seltsamer, plumper Fisch, schwamm auf das Schiff zu, erhob sich an die Oberfläche, spie aus und tauchte wieder ab. Die Luft wurde dadurch derart erschüttert, dass es den gefiederten Tieren fast die Flügel gebrochen hätte. Dann neigte sich das Schiff zur Seite und sank langsam auf den Grund des Meeres. All dies sahen die Schwalben, aber sie begriffen es nicht, und sie machten sich auch keine Gedanken darüber, warum der Fisch ein mit Menschen vollbesetztes Schiff, das friedlich den Ozean kreuzte, versenkt hatte.

Später flogen die Schwalben über sandige Gegenden, wissend, dass ihr Ziel nahe sei, und zählten ihre Verluste.

Die Verluste waren erschreckend. Der Leitvogel ließ sie

sich sammeln und am Ufer Siziliens rasten. Und in der Nacht kamen Menschen mit Körben, Netzen und Stöcken und begannen, die kleinen Vögel zu erschlagen. Viele von ihnen gingen zugrunde. Die weichen, schlaffen kleinen Vogelleichen wurden in den Körben vom Ufer weggetragen. Viele wurden auch zertreten und zurückgelassen, und als die unversehrt gebliebenen Vögel im Morgengrauen aufstoben und weiterflogen, war der Sand schwarz.

Dieses furchtbare Tun des Menschen nahmen die Schwalben hin, wie sie einen Orkan hinnehmen oder den jähen Überfall des Mörders Frost: Wer sich retten konnte, lobpreiste das Leben und besang die Sonne.

Und als auf dem Flug die Schwalben die warmen Gefilde sichteten, begrüßten sie sie mit einem fröhlichen »Tschirr«.

# Tod eines Menschen

**A**ls die Schwalben vom Ufer Siziliens weiterflogen, wo sie eine große Zahl toter, niedergetretener Angehöriger ihres Stammes hatten zurücklassen müssen, konnte eine Unglückliche mit gebrochenem Flügel dem Schwarm nicht folgen. Mit dem gesunden Flügel schlug sie in die Luft, warf den ermatteten Körper gegen die Erde und reckte den Hals in die Richtung, in die ihre Freundinnen fortzogen. Ihr »Tschirr« war ein kaum vernehmbares Flüstern, durch ihr Leid wurde der Summe des Leids auf der Welt insgesamt nichts hinzuaddiert.

Als die Sonne höher stieg, zog sich ein blauer Vorhang vor die Augen der Schwalbe und sie begann, nach der heißen Luft zu schnappen. Als die Sonne wieder unterging, war die Schwalbe tot. Es war ebenjene, die am Fenster des Hauses in der Straße Siwzew Wrashek drei Jahre in Folge im Frühling ihr altes Nest mit einem neuen Polster aus weichen Flaumfedern ausgelegt hatte. Jene, die das Menschenkind Tanjuscha mit dem über der entblößten Schulter erhobenen Krug geschaut hatte, deren Gesang für den Professor süßer klang als der Ruf des Kuckucks seiner Kuckucksuhr. Es war ebenjene Schwalbe, die den am Balken unter dem Dach nagenden Wurm aus dem Holz gepickt hatte.

Und es lag in einem Tal, in einiger Entfernung des von den Geschossen zerfetzten Waldes, hundert Werst weit von der Grenze, auf fremder Erde – als gehörte nicht die ganze Erde uns allen! – ein schwer verletzter Mensch in Fähnrichuniform. Der Splitter eines Schrapnells hatte seine Brust durchschlagen, in der Wunde klebten Fetzen eines Papiers, auf denen das Blau des Stempelabdrucks und das nunmehr überflüssige Wort »Ehrberg« von Rot überdeckt wurden.

Er war noch am Leben, dieser unangenehm altkluge Mensch, der stets so berechnend war. Nun aber war er nicht mehr berechnend, sondern der Weisheit nah. Mit dem Auge, das nicht zerquetscht war, blickte er in den von Tränen trüben, entfachten Himmel, mit den Fingern der unversehrten Hand packte er das Gras bei den Wurzeln. Sein Ohr vernahm ein Stöhnen, ganz aus der Nähe, vertraut – sein eigenes; dann wurde aus dem Stöhnen ein Röcheln, in der Brust rasselte es, und der entfremdete Körper wurde ein weiteres Mal von Kälte erfasst. Ob das Bewusstsein noch wach war – das wusste nur jener, dessen Name in der offenen Wunde klebte.

Eine Maus steckte ihre Nase aus einem Loch, ihr Schnurrbart zitterte, und sie versteckte sich wieder, denn sie witterte Böses. Das Böse konnte ein Raubvogel sein oder ein hungriger Wolf. An diesem Tage würden die Raubvögel und Wölfe satt werden.

Ein Käfer mit goldenem Rücken, auch er anscheinend vom Rang eines Offiziers, krabbelte träge und teilnahmslos vorbei. Er suchte einen Platz für den Winter, denn er dachte, er würde ihn überleben. Doch auch seine Stunden waren gezählt.

Die Sonne ging auf und stieg hoch an den Himmel, schaute finster, verschwand als kleines Halbrund wieder am Horizont und hinterließ einen roten Streifen.

Ehrberg hatte eine Mutter in Moskau, eine betagte und sorgenvolle Frau. Sie wusste nicht, dass es ihr beschieden war, weniger als eine Stunde lang nur noch Mutter zu sein.

All dies war schlicht, gewöhnlich, notwendig und zugleich nicht notwendig. In der Rechnung der Welt ist der Verlust gleich null, in der Rechnung des Lebens eines Einzelnen – alles. Aber dieses alles währt nur, solange letzter Atem Luft durch die trockenen blauen Lippen stößt.

Und plötzlich flog von jenem Punkt, an dem das Bewusstsein sich versteckte, das um sich gekämpft und begehrt hatte, sein Licht möge nicht gelöscht werden, ein Gedanke auf und erhob sich wie eine Schwalbe gen Himmel. Der Mittelpunkt der Welt hatte aufgehört, Mittelpunkt zu sein, die Welt hatte ihre Stütze verloren, sich zu drehen begonnen und war dem Gedanken nachgeflogen. Genau in diesem Moment rissen mit dem leisen Knistern eines elektrischen Funkens alle Fäden der

Träume, Zweifel, Verbundenheiten eines dahingegangenen Lebens, und alles ward klar, und alles ward einfach, und mit leichtem Rascheln fiel das aus Spielkarten englischen Blatts gebaute Haus zusammen.

Einfacher und besser, als es nunmehr war, hätte es der weiseste Menschenverstand sich nicht ausdenken können. Das Einzige, was nun noch zu tun blieb, war, die äußere Hülle gewöhnlichen Stolzes, den Körper ohne Namen, die Wunde ohne Schmerz, das rotbraun gefärbte Papier ohne jegliche Bedeutung fortzuschaffen und mit Erde zu bedecken.

Da erschien am Himmel ein Stern, blickte auf die Erde hernieder, sah den dort liegenden Körper Ehrbergs und spiegelte sich in dessen offenstehendem Auge. Spiegelte sich undeutlich und widerwillig, gleichsam aus Pflichtbewusstsein und Respekt dem aus dem Leben Geschiedenen gegenüber. Bald wurde der Stern – bis zur morgigen Nacht – von einer Wolke verdeckt.

# Das törichteste aller Tiere

**M**öglicherweise haben die Historiker des Krieges bereits erforscht oder werden noch erforschen können, wer das Kommando gab und wessen Finger mit leichter Bewegung bewirkte, dass das erste Geschoss des Weltkriegs in die Höhe flog und am Himmel explodierte.

Möglicherweise entstammte der erste Schuss einer schwachen Büchse, möglicherweise war es eine Maschinengewehrsalve – den Namen des ersten Brudermörders festzustellen wird nicht mehr möglich sein.

Und hat denn die erste Kugel tatsächlich in frischem Blut gebadet, hat der Splitter der ersten Granate tatsächlich einen Knochen in Stücke gehauen, oder gruben sich beide, nachdem sie ihr Ziel verfehlt hatten, beschämt in die Erde? Welch wertvolles Forschungsgebiet! Wie viel gäbe doch ein amerikanischer Sammler für das kleine Stück erstes Blei oder Eisen!

Wie lautet der Name der ersten Mutter, die ihren Sohn verlor? Hat man ihr ein Denkmal gesetzt mit einem Springbrunnen – einem Springbrunnen aus Tränen? Wessen Album ziert die Marke des ersten Briefs, den ein Soldat von der Front nach Hause schrieb? Und ist das erste Stöhnen eines Verletzten vom Phonographen aufgezeichnet worden? Wurde das erste laut ausgesprochene Fluchwort von einem Strick erdrosselt oder von einem Stein erschlagen?

Vom heutigen Tage an wird für viele Jahre lang kein suchender Gedanke, keine malende Feder mehr das Feld ohne den roten Mohn des Krieges pflügen und bestellen.

Die Zeit von Kornblume und Feldaster ist nunmehr Vergangenheit. Die Erde atmet das Böse und trieft von Blut.

Dort, wo kein roter Mohn mehr wachsen wird, wachsen das Mutterkorn an der Ähre und die Rotkappe unter der raunenden Espe. Purpurrot geht die Sonne am Meer unter, in flammend roten Sturzbächen fließt das Blut an den Säulen des Nordlichts hinab. Und nicht wie eine schwarze Schmeißfliege, sondern wie eine vollgesogene Laus klebt die Erinnerung am schlechten Gewissen.

Gleichwohl – das alles trifft doch nicht zu, denn die Natur hat sich nicht verändert. An jenem Tag, als der Krieg in Europa begann, wurde nicht ein einziger Grashalm auf der Wiese, nicht ein einziges weißes Blümchen, das aus unerfindlichem Grund blühte, von der Erhabenheit des Moments erschüttert, nicht ein einziger Bergbach beschleunigte seinen klaren Lauf, nicht eine einzige Wolke vergoss eine überflüssige Träne.

Die Störche, die ihre alten Nester auf den zerstörten Häusern nicht mehr fanden, brachten die Kinder in die Nachbardörfer. Der Apfel, dessen eine Wange errötet war, hielt der Sonne die andere hin. Der Maulwurf ist blind, die Maus flink, der Igel stachlig. Unbekannt ist uns, wie die Biene den kürzesten Weg durch die Luft findet und warum der Käfer wie eine Basssaite brummt.

»Was ist mir?« – fragt, aufquellend, die Erbse. »Ach, wie schwer!« – hebt, sich krümmend, der frische Keimling die Erde. »Hier sind wir!« – verkündet der Steinpilz, der im Regen badet. »Wir auch!« – spricht ihm der bleiche Giftpilz nach. Aber die Himmelskuppel ist auf immer von einer goldenen Nadel durchstochen.

Es platzte die Puppe des Schmetterlings, und ein Falter mit zerknitterten Flügeln schlüpfte heraus.

In ein und derselben Straße starb ein Mensch, der seinen Todestag nicht aufgeschoben hatte, bis eine Bilanz der Ereignisse gezogen werden konnte, und ein Kind wurde geboren, das die Zukunft nicht fürchtete. Und in ihren Familien waren diese Begebenheiten bedeutender als der Große Krieg.

Und auch dieses geschah: Mit einem enorm großen Gänsekiel schrieb eine alte Frau in alter Schrift geschwind auf eine enorm große Papierrolle eine Geschichte. Als die erste Maschinengewehrsalve ertönte, erzitterte der Kiel und ein Blutstropfen fiel hinab. Ein sich windender kleiner Tintenwurm lief aus dem Tropfen, wie eine Schlange, eine graue Strähne der Alten fiel auf das Pergament und verschmierte den Tropfen über eine ganze Elle breit auf dem Papier.

Als die Alte dies bemerkte, hob sie die Strähne auf, leckte sie mit trockener Zunge und schob sie hinters Ohr. Der Tintenwurm aber lief weiter, wand sich, verbummelte kleine Teile wie Kommata, kroch unter Linien, warf liederlich Klammern zwischen die alten Schriftzeichen. Er log, färbte die Sünden schön und die Heldentaten schwarz, spottete über Heiliges und verwässerte die Galle der Worte mit Krokodilstränen. Und der hinter der Alten stehende Teufel grabschte nach der Spitze des Federkiels, kitzelte den sehnigen Frauenhals, flüsterte der Alten jugendliche Verführungen ins Ohr, machte sich wie ein kleines Kind über sie lustig.

Zahnlos undeutlich murmelnd, den Teufel mit der freien Hand vertreibend, schrieb die Alte weiter und es dünkte ihr, sie schriebe eine wahrhaftige Geschichte nieder. Vielleicht war dies ja der Fall. Als es Morgen wurde, krähte der Hahn, der Teufel floh, und die Alte schlief über der rot verschmierten Pergamentrolle ein.

Die Katze der Alten hatte ein kleines graues Kätzchen – eine Frucht der Liebe auf Nachbars Dächern. Als die Alte eingeschlafen war, sprang es auf ihren Schoß und von dort auf den Tisch. Auf einem Haufen im Laufe der Zeiten vergilbten Papiers brannte noch das Licht. Das Kätzchen hörte das Schnarchen der Alten, war verwundert, drehte sein Köpfchen zur Seite und berührte mit der Pfote die bärtige Lippe.

In ebendiesem Augenblick sah die Frau im Traum eine schnurgerade Straße. Auf der Hälfte des Weges war die Straße mit Stacheldraht gesperrt.

Sie hatte dies nicht bemerkt und blieb in vollem Lauf mit der Oberlippe an einer Stachel des Drahtes hängen. Da schlug sie mit den Händen, das Kätzchen sprang zur Seite und warf die Lampe um.

Öl ergoss sich, das Pergament loderte auf, doch es verbrannte nicht zur Gänze. Weise und Gelehrte werden später, jeder auf seine Weise, jeder auf andere Weise, Wort für Wort des verkohlten Papiers auslegen. Nur der Anfang der Rolle war verbrannt, auf dem die Alte mit großen Buchstaben geschrieben hatte: »Sie tragen die Schuld.« Und diese Frage wird nun auf viele Epochen Grund für Disput sein.

Das Kätzchen verspürte nach dem Schreck Hunger, lief zu seinem Tellerchen, schlürfte Milch und besudelte sich dabei die Schnauze. Dann setzte es sich in die Mitte des Zimmers, putzte sich und dachte, wie öde das Leben doch selbst in der Jugend sein könne.

Es war dies das törichteste aller Tiere auf diesem Erdball.

# Die Begebenheit mit der Uhr

In der alten und geliebten Uhr des Professors, der Kuckucks-uhr, war vor langer Zeit schon eine Schraube locker gewor-den, an welcher der Haken befestigt war, der die Antriebs-feder hielt.

Um zwei Uhr nachts zog der Professor wie immer beide Ge-wichte auf – dunkel-kupferfarbene Tannenzapfen – und ging zu Bett. Die Schraube saß plötzlich schief und wartete.

Gegen drei Uhr brachte das gezähnte Steigrad durch eine kaum merkliche Bewegung die Schraube in noch größere Schieflage, und sie fiel heraus. Die Antriebsfeder fühlte so-gleich eine nicht gekannte Freiheit und begann aufzuspringen, das Rad bot keinerlei Widerstand. Die Zeiger gerieten in Be-wegung und rannten über das Zifferblatt, und der Kuckuck, der nicht dazu kam, den Schnabel überhaupt zu öffnen, war stumm vor Angst.

Während alle im Hause schliefen, flog die Zeit rasend dahin. Der Schorf des Putzes wirbelte von den Wänden des Hauses, die Befestigungen des Daches barsten, die Würmer, augen-blicklich sich verpuppend, wurden zu Käfern, vermehrten sich, bohrten sich durch die Balken, erstarben. Die alternde Katze verschlang im Schlaf Hunderte von Mäusen, die Dutzende von Gängen unter dem Fußboden genagt hatten. Die Schwalbe, nicht mehr jene, sondern schon eine andere, war, ohne ihr Köpfchen unter dem Flügel hervorzuziehen, zwei Mal bereits in Zentralafrika gewesen.

Am Bett der Großmutter Aglaja Dmitrijewna stand bereits der Schatten im alten Leichengewand und blickte misstrau-isch zur einen Spaltbreit geöffneten Tür des Ornithologen, während die Röte jugendlichen Blutes die Brust der schlafen-den Tanja überzog.

An allen Fronten wurden Wehre und Leben von einem Feu-ersturm hinweggefegt. Der Ball des Erfolgs, der Tapferkeit und der Strategie flog von Feind zu Feind. Nicht trocknende Tränen bildeten einen Bach, zu dem sich die Soldaten mit ihren Feldflaschen hinabbegaben. Die Gräber der Gefallenen wuchsen zu hohen Wällen an, und der Leichnam des einen schlummerte gleichgültig an der Brust eines anderen, den er gestern, ohne zu zielen und ohne es zu wissen, mit der Drehung des Griffs seines Maschinengewehrs getötet hatte.

Als von den Maschinengewehrsalven die Erde erbebte, schmiegten sich die Knochen von Hans noch näher an die Knochen von Iwan, und mit einem Lächeln fragte sein Totenschädel:

»Wir sind doch in Sicherheit, Feind Iwan? Unser Unterstand ist der sicherste von allen.«

Und Iwan antwortete, mit den Zähnen klappernd:

»Zwei Tode kann niemand sterben, Feind Hans!«

Und in der Kälte des behaglichen Grabes lachten die beiden über jene, die ganz in der Nähe in ihren Schützengräben langsam von der fetten grauen Laus zerfressen wurden.

Ruhig und friedlich hatten es jene, die das Privileg genutzt hatten, nicht mehr am Leben zu sein. Die übrigen blickten mit wachsendem Grauen darauf, wie sich mit erstickenden Gasen der glutrote Nebel der Zukunft über die Erde legte, und warfen sich eilig, aus Furcht, sie könnten zu spät sein, einander mit spitzen Ellenbogen stoßend, auf das Essen, suchten Liebe, drückten sich aneinander und brachten Nachkommen zur Welt, für die diese großartige Menschheitskomödie gegeben wurde.

Als die Reserve der Antriebsfeder erschöpft war, blieb die Kuckucksuhr stehen. Doch zu spät: Niemand kann das Geschehene rückgängig machen. Beim Erwachen am nächsten Tag wird der Professor noch älter geworden sein und nicht wissen, womit seine Schwäche zu erklären sei – vielleicht wieder ein Katarrh? Aglaja Dmitrijewna wird sich zur gegebenen Zeit nicht von ihrem Bett erheben, sondern zum Gatten sagen:

»Ich bleibe heute noch ein wenig liegen. Fühle mich

schwach, mein Lieber. Schick doch bitte Tanjuscha einmal zu mir.«

Und nie wieder wird sie sich fortan erheben und nie wieder im Speisezimmer neben dem Samowar sitzen. Wenn am Sonntag Eduard Lwowitsch kommt, wird man die Tür zum Schlafzimmer Aglaja Dmitrijewnas einen Spalt öffnen, damit auch sie die Musik hören kann.

Zwei so schnell dahingeflogene Jahre – für die Großmutter sind sie verloren, für die Enkelin gewonnen. Und wenn sie den Krug über die entblößte Schulter heben wird, wird Tanjuscha deren anmutige Rundung bemerken und einen schamvollen Blick zum Fenster werfen: Ob die Schwalben auch nicht schauen? Und wenn sie sich mit dem frischen Handtuch abgetrocknet haben wird, wird sie sich recken und strecken und vom ihr neuen Gefühl der Lebenskraft und des Begehrens erschauern. Und der gleichgültige Spiegel, der einen jeden Zug im Antlitz des Kindes und Mädchens Tanjuscha studiert hat, wird in seinem Spiegelgedächtnis notieren:

»An diesem und jenem Tag ward die Frau geboren.«

Gegen Morgen trat der Hausknecht Nikolaj mit ergrauten Schläfen, den Besen und das Kratzeisen in der Hand, auf die Straße hinaus. Bekreuzigte sich, schaute gen Himmel, lenkte den Blick dann geschäftig auf das Pflaster, gähnte und fegte emsig an der Wand entlang den Staub und Schorf des abgebröckelten Putzes auf.

Im Haus schliefen alle noch. Nur er und die Schwalbe waren fleißig. Doch das Scheppern des Fuhrwerks des Gemüsehändlers, der auf den Arbat fuhr, war schon zu vernehmen.

# Onkel Borja

**W**ährend des Lebens in Friedenszeiten hatte jeder seine Klause gefunden, hatte sich in ihren Wänden dauerhaft eingerichtet, eine Nummer angebracht, anhand derer man ihn finden konnte. Eine jede Begabung trat hinaus in die Welt und wurde vermessen. Von der Masse hob sich eine kleine Schar Auserwählter ab, und dieser Schar wurde allgemeine Anerkennung entgegengebracht.

Den Dichter hob die Muse mit einem Fingerzeig hervor, den Gelehrten die Anerkennung durch die Unwissenden, den Künstler das Raunen des Publikums. Um Haupteslänge überragte der Architekt den Zimmermann, im Vergleich mit dem Maler war der Anstreicher nur ein Wicht. Auf einem Baum wuchsen zwei Äpfel, und während der eine in der Sonne rote Bäckchen bekam, wurde der andere vom Wurm gefressen. Der Herrgott hatte den Kommissionären befohlen, auf den Ladentischen des Lebens die menschliche Ware auszulegen, das Gesicht vorzuzeigen – die Besseren nach oben, die Schlechteren nach unten. Der Glanz der Sonne ist anders als der eines trüben kleinen Lichts.

Aber das Leben war vom Krieg durcheinandergeschüttelt worden, und alles hatte sich verändert. Wer brauchte da noch Eduard Lwowitschs Kosmos? Und wer das überholte Wissen des Vogelgelehrten? Das Weltengebäude war erschüttert, die Vögel verjagt vom Dröhnen der Waffen. Versuche doch, den Flug einer Kugel mit tiefschürfenden philosophischen Gedanken aufzuhalten! Oder mit reiner Poesie erstickende Gase zu vertreiben! Blei und Eisen gieren nach namenlosem Fleisch, es ist keine Zeit, das Hirn zu wiegen. Ruhm jenem, der heute gebraucht wird, nur heute, für den neuen Gott, den einzigen Gott des Krieges. Und in diesen Zeiten wurde Onkel Borja, der Sohn des Professors für Ornithologie, zu einem großen Mann.

Onkel Borja, der Chopin von Skrjabin nicht unterscheiden

konnte, Onkel Borja, die geduldete Null, der gewöhnliche Maschinenbauingenieur, der nicht nach den Sternen griff. Nun aber wurde er gebraucht, dieser Onkel Borja!

Er stand in aller Frühe auf und war schon beim zweiten Heulen der Sirene in der Fabrik. Dort, wo zuvor Knöpfe gestanzt worden waren, produzierte er nun Feldtelefone. Statt Pflugscharen goss er Stahl für anderes. An der Kama, bei Perm, baute er eine Zufahrt zu einem Werk für Superphosphat – nicht zum Nutzen der Landwirtschaft, die muss warten, sondern als Opfergabe für den alles erstickenden Gott des Krieges. Anstelle von Spulen für Nähmaschinen bohrte er Maschinengewehrläufe.

Onkel Borja hatte viele Gesichter, er war allerorts, in Russland, in anderen Ländern, überall war er der Mensch, der aufs dringendste gebraucht wurde. Dringender wurden nur der hochgewachsene preußische General mit dem Sturkopf, der behaarten Brust und dem Stiernacken gebraucht und vielleicht noch ein, zwei erfahrene Spione, die lange in Diensten standen. Vielleicht noch ein Arzt, ein furchtloser junger Chirurg, der das Bein mit dem abgerissenen Fuß am Knie absägt. Dieser allerdings lediglich für unser Gewissen – schließlich kann man ja nicht ganz ohne Gewissen leben. Onkel Borja und der General aber wurden für das Wesentliche gebraucht – für das Morden.

Onkel Borja hat natürlich niemals jemanden je umgebracht. Eigentlich tat der echte Onkel Borja, Boris Iwanowitsch, der Professorensohn, ganz bescheiden seinen Dienst – leitete die Arbeit in der Fabrik, erschien morgens, ging spät in der Nacht und schaute auch an den freien Tagen nach dem Rechten. Doch nun war er höher gestiegen als jene, die Eduard Lwowitschs Kompositionen im Halbdunkel gelauscht hatten. Stand für lange Zeit höher als sie alle zusammen, denn nun war unerheblich, ob eine Gerade tatsächlich die kürzeste Entfernung zwischen zwei Punkten sei.

Plötzlich traten Menschen auf den Plan, die noch vor kurzem niemand gekannt und anerkannt hatte. Nicht jene, die das Kanonenfutter abgaben (auch jetzt wurden diese nur als Ziffern bekannt), sondern die, welche eine Stufe höher standen, obgleich auch sie schlicht, beschränkt, unscheinbar waren, aber verdiente Persönlichkeiten. Es war ihre Stunde: Alle wähnten, dass diese nun die wahren Menschen seien.

Onkel Borja, ein Mann von gewissem Alter bereits, trug nun ein French-Jacket und wirkte jünger. Er hatte seinen Bart rasiert, einen leicht grauen Schnurrbart aber stehen lassen. Tanjuscha sagte:

»Onkel Borja, Sie sehen jetzt so interessant aus, dass ich um Lenotschkas Herz fürchte.«

Seine Frau schaute mürrisch drein, Onkel Borja aber war's zufrieden. Er war geradezu heiter. In den Gesprächen nahm er sich nicht mehr zurück, trat nicht mehr in den Hintergrund. Wartete ab, ergriff dann das Wort, und alle sahen, dass Onkel Borja nicht nur seine eigene Meinung hatte, sondern auch wusste, wovon er sprach. Früher hatte man einfach keine Vorstellung davon gehabt, worüber man sich mit Onkel Borja hätte unterhalten sollen – doch nicht über Dampfmaschinen! Und deshalb hatte man ein Thema erdacht in der Art von Dampfmaschinen, das für alle verständlich und doch für alle gleichermaßen uninteressant war.

Onkel Borja wurde nun von vielen in vielerlei Angelegenheiten gebraucht. So war er es, der den Juristen Mertwago, der gerade erst geheiratet hatte, im Semgor untergebracht hatte. Mertwago wurde nun von allen ironisch »Semhusar« gerufen, erinnerte seine Uniform doch sehr an eine militärische. Onkel Borja wurde nun auch des Öfteren in der gehobenen Gesellschaft einiger Großkaufleute gesehen. Vielleicht wollten diese den angesehenen Ingenieur täuschen und für ihre Zwecke benutzen; möglicherweise ging es da um irgendwelche Lieferungen oder etwas in der Art. Aber niemand konnte auch nur den geringsten Zweifel an der Ehrlichkeit Onkel Borjas, des Professorensohns und Onkels Tanjuschas, hegen. Die anderen Onkel Borjas, ja, die anderen machten bei ihrer Arbeit für die Allgemeinheit auch eigene Geschäfte. Es war eben eine Zeit, in der die persönlichen Interessen mit denen von Staat und Gesellschaft häufig übereinstimmten. In Friedenszeiten ist dies seltener der Fall, kommt aber auch vor.

Wenn Eduard Lwowitsch an den Sonntagabenden spielte, saß Onkel Borja nun in seinem French und ohne Bart, beschienen von ihrer Lampe, auf Aglaja Dmitrijewnas Platz und hörte mit Genuss Skrjabin, den er für Chopin hielt.

Eines Abends, als Eduard Lwowitsch eine seiner Kompositionen beendet hatte (jene, in denen die Töne langsam verklingen und begreifbar wird, wie das Leben erlischt), war es Onkel Borja, der als Erster laut etwas sagte:

»Großartig! Sie sind heute gut in Form, Eduard Lwowitsch. Sehr angenehm, das zu hören. Aber leider muss ich jetzt gehen: Ich werde in der Fabrik erwartet. Wir haben jetzt Sonntags- und Nachtschichten. Arbeiten unter Volldampf!«

Er verabschiedete sich und ging hinaus. Niemand sonst sagte noch etwas zu Eduard Lwowitsch. Und Eduard Lwowitsch spielte an diesem Abend nichts anderes mehr. Man sprach noch über dies und das und ging früh auseinander.

Als sie sich schlafen gelegt hatte, dachte Tanjuscha an Eduard Lwowitsch. Und zum ersten Mal kam ihr in den Sinn:

»Ob Eduard Lwowitsch jemals jemanden geliebt hat? Er ist doch nicht verheiratet.«

Und dann dachte sie noch:

»Wie unglücklich er doch ist!«

Tanjuscha hatte ein kleines, spitzenumhäkeltes Ohrkissen, das auf dem großen Daunenkissen lag. Auf dieses bettete sie ihren Kopf, etwas zur Seite, dass der leichte Flaum sich in ihr Ohr drückte. Und schlief ein.

# Der Kratzer

Tanjuschas Freund aus Kindheitstagen, der Liebling des Ornithologen, Wassja Boltanowski, hatte sein Studium beendet. Nach dem letzten Examen lief er nach Hause, machte sich frisch und blickte in den Spiegel.

Während der Examen war er hager geworden, doch seine Augen blickten vergnügt. Der Schopf wie immer zerzaust. Der Schnurrbart nicht schlecht, der Bart aber eine Schande, eine wirkliche Schande. Auch der Rock, Wassjas einziges ausgehfeines Kleidungsstück – eine Schande. Aber die Examen – Teufel noch eins! – vorbei. Und mit ihnen auch das Studentenleben. Das ist – fabelhaft! Wassja versuchte den Schnurbart zu zwirbeln – im Spiegel sah er ein albernes Bild. Er wurde ein wenig verlegen.

Er hatte ab-so-lut nichts zu tun. Von einem Augenblick auf den anderen hatte er nichts mehr zu tun. Wassja war an der Universität belassen worden, es erwartete ihn also viel Arbeit. Aber bis dahin – gab es tatsächlich gar nichts zu tun, wie dumm aber auch! Vielleicht Visitenkarten bestellen? Oder sich rasieren lassen?

Wassja hielt den Bart zu. Das sah gar nicht so schlecht aus. Von den ganzen Prüfungen hatte er das Gefühl, irgendwie schmutzig zu sein, vom Bücherstaub und von der Tinte. Vielleicht zur Maniküre? Ach nein, das ist doch Firlefanz, aber der Bart …

Der Barbier seifte ihm das Gesicht ein und sagte dann wohlbedacht:

»Tatsächlich, bei einem solch exquisiten Gesicht ist der Bart vollkommen überflüssig. Sie haben ein klar ausgeprägtes Kinn, mit einem Grübchen, verstecken muss man das nicht. Es ziert, wie man so sagt, seinen Besitzer. Den Kopf einmal etwas höher, noch ein wenig! Hat der Herr schon von den Siegen an der Front gehört?«

Zu Mittag aß Wassja in der Troizkaja-Mensa am Ende des

Twerskoj-Boulevards. Er kannte alle, die dort zu essen pflegten. Den Mann mit dem kleinen Buckel und der Kokarde, die Armenierin vom Konservatorium, das unglücklich verheiratete Paar, das bereits beim zweiten Gang anfing, sich leise zu streiten, den Privatdozenten mit einem Binder nach dem Dernier Cri. Und, selbstverständlich, Anna Akimowna, die wie immer am Fenster zur Linken saß und zu jedem Mahl zehn Scheiben Brot verspeiste.

Nach dem Borschtsch bestellte Wassja von dem Ferkelbraten, aber, wenn möglich, bitte ein Stück aus der Keule. Er bekam ein Stück aus der Keule, in Sülze und dazu einen Schlag Sauerrahm mit Meerrettich. Zum Essen trank er einen Krug Kwas, zum Nachtisch gab es Kissel mit Milch – ein Festtagsmenü! Als er sich dann den Mund mit der Serviette abwischte (seiner eigenen, mit seinen Initialen auf dem Ring), fiel ihm ein, dass er keinen Bart mehr hatte. Wie angenehm glatt das doch war! Und hinter den Ohren so frisch – auch dort hatte der Friseur das Haar kurz geschnitten.

Wassja schritt feierlich über die Boulevards in Richtung Siwzew Wrashek. Schwang den Spazierstock und blickte den Entgegenkommenden mit forschem Vergnügen ins Gesicht. Denn seit dem heutigen Tage war er, Wassja, vollkommen erwachsen. Mit den Studenten, die ihm entgegenkamen, empfand er herzliches Mitleid: Wie viel mussten sie noch daherschwadronieren!

An der Ecke des Boulevards begegnete ihm eine hübsche junge Dame, und diese schenkte ihm einen Blick. Wassja erwiderte ihn und beschleunigte dann seinen Schritt, um noch schneller beim Herrn Professor und, nicht zuletzt, bei Tanjuscha zu sein. Wobei der Herr Professor noch gar nicht zu Hause war, denn er war immer noch bei den Examina.

Liebenswertes Haus! Wie alt du doch schon bist. Zuvor hatte Wassja das noch nie bemerkt, aber heute, nachdem er den Bart abgenommen hatte, bemerkte er es sogleich. Das Professorenhaus stand kerzengerade, und doch schien es, als habe es sich ein wenig zur Seite geneigt. Das Tor ganz bestimmt. Und ziemlich viel Putz war schon herabgefallen.

Tanjuschas Fenster im ersten Stock stand offen. Wassja trat in die Mitte der Straße und schmetterte mit seinem jämmerlichen Tenor:

»Vi – rosa, vi – rosa, vi – rosa, belle Tatjana.«

Tanjuscha erschien am Fenster:

»Kommen Sie, Wassja, ich mache Ihnen auf. Haben Sie bestanden?«

»Alles bestanden. Bin nun ein freier Mensch.«

»Und wo ist der Bart? Warum haben Sie das getan?«

Wassja dachte: »Was soll das heißen – warum?«, und trat zur Tür. Die Tür wurde geöffnet, und in diesem Augenblick begriff Wassja, dass er schon in frühester Kindheit hoffnungslos, unwiderruflich und auf immer in Tanjuscha verliebt war, was im Übrigen auch absolut nicht erstaunlich schien, da es keine andere auf der Welt gibt oder je gab, die netter, liebenswürdiger, vertrauter und schöner war als sie. Auch wenn ihm dies nicht schon zuvor aufgefallen war, so bestand doch keinerlei Zweifel daran. Ob er auf die Knie fallen sollte und hinter ihr die Treppe hinaufrutschen oder etwas in dieser Richtung, um irgendwie seine Gefühle auszudrücken? Sie war so streng – die weiße Bluse, das Krägelchen –, und er starb vor Liebe.

Als Tanjuscha ihm die Hand reichte und bemerkte: »Ich muss Ihnen sagen, Wassja, das steht Ihnen wirklich bedeutend, ja wirklich bedeutend besser!«, wurde Wassja von seinen Gefühlen überwältigt, sank auf der Treppe nieder und verkündete, er werde sich keinen Schritt mehr von dort wegbewegen, und wenn Tanjuscha nicht seinen Kopf streichelte, werde er auf der Stelle sterben.

Sie tat dies nicht, er starb nicht, und gemeinsam stiegen sie die Treppe zu Tanjuschas Zimmer hinauf. Dort wurde ihm leichter. Der Spiegel betrachtete Wassja ohne den bedauernswerten Bart und dachte bei sich: »Oho, er ist ja tatsächlich verliebt.«

»Wie geht es der Großmutter?«

»Heute etwas besser, aber insgesamt nicht sehr gut.«

»Ist der Herr Professor schon zurück?«

»Großvater ist noch bei den Examina. Sie müssen unbedingt bleiben, bis er kommt, er hat schon nach Ihnen gefragt. Was haben Sie heute Abend vor?«

Eine gute Frage! Wassja hatte doch überhaupt nichts zu tun, weder an diesem Abend noch den ganzen Sommer über.

»Nichts.«

»Bleiben Sie? Bleiben Sie doch, auch ich habe heute nichts vor.«

Die Katze kam herein. Wassja packte sie am Schlafittchen, hob sie vor sein Gesicht, und die Katze kratzte sein frisch rasiertes Kinn. Wassja warf die Katze hinunter und wischte das Kinn mit dem Taschentuch trocken.

»Verdammtes Vieh! Tanjuscha, ich liebe Sie wie ein Hündchen ...«

Er errötete, denn nicht ganz grundlos schien ihm, er habe etwas Dummes gesagt. Hätte er doch nur »Ich liebe Sie« gesagt, aber aus irgendeinem Grund hatte er noch das mit dem Hündchen anhängen müssen.

Immer frei heraus, verbesserte er sich:

»Tanja, das mit dem Hündchen war fehl am Platz. Aber ich liebe Sie ganz einfach, der Teufel weiß, wie ...«

Nun war es noch peinlicher. Doch wenn sie nur wollte, so könnte sie ihn verstehen. Aber sie sagte ganz ruhig:

»Sie sollten das besser mit Eau de Cologne ... Zeigen Sie einmal her. Ja, da hat sie Sie wirklich ganz schön gekratzt! Aber Sie haben ja selbst schuld ...«

Hätte er sich nicht rasieren lassen, wäre der Kratzer gar nicht zu sehen gewesen. Da hatte er aber auch wirklich den richtigen Zeitpunkt gefunden, sich rasieren zu lassen! Und wie weh das doch tat. Wassjas Liebe begann zu schwinden.

Sie setzten sich nebeneinander auf das Kanapee. Sprachen darüber, wie beide den Sommer zu verbringen gedachten. Wegen der kranken Großmutter würde man leider nicht aufs Land fahren können. Sie erinnerten sich gemeinsamer Bekannter, die im Krieg waren. Ehrberg war vor langer Zeit schon gefallen – er war der Erste aus ihrem Kreis gewesen, der den Tod gefunden hatte. Es gab weitere mehr. Nun waren zahlreiche alte Freunde an der Front. Von Stolnikow hört man nur selten etwas, aber bisweilen schreibt er – ein netter Junge, dieser Stolnikow! Lenotschka ist jetzt Hilfskrankenschwester, nicht an der Front, sondern in Moskau, auch sie wird den Sommer über in der Stadt bleiben. Sie erzählt viel von den Verwundeten und ist gleich in mehrere der Doktoren verliebt. Die weiße Schwesterntracht mit dem roten Kreuz steht ihr überaus gut.

»Ich könnte das nicht, Wassja. Das heißt, natürlich könnte ich es, doch …, wie soll ich sagen … Es wäre nichts für mich …, ich weiß auch nicht …«

Tanjuscha war heute so ernst. Auch sie war nach den Examina erschöpft. Sie gingen hinunter ins Speisezimmer. Der Professor kam gerade nach Hause, hatte großen Hunger, umarmte Wassja und gratulierte ihm. Während der Großvater speiste, spielte Tanjuscha auf Wunsch der Kranken, die im Nebenzimmer lag, etwas, das diese besonders liebte. Die Großmutter erlosch ohne großes Leiden, ja ohne schwer krank zu sein, aber allen war ihr baldiges Ende offenbar. Ihre Lebenskraft war aufgebraucht, leise schied sie dahin. Soweit dies möglich ist, hatten sich alle an diesen Umstand gewöhnt. Die Monate ihrer Erkrankung hatten den Professor zunehmend niedergedrückt, doch er hielt sich.

Am Abend kam eine Freundin Tanjuschas, eine Kommilitonin vom Konservatorium, auf einen Sprung vorbei. Wassja legte ihnen die Karten:

»Auf Cœur liegt eine Treff-Acht, bald also werden Sie einen Herzensbrief erhalten.«

Die Konservatoriumsstudentin war es zufrieden, denn sie erwartete einen Brief.

Später begleitete Wassja Tanjuschas Freundin nach Hause.

Als er wieder allein war, wusste er nicht mehr, in welche von beiden er denn nun verliebt sei, in Tanjuscha oder in ihre Freundin. Aber er entschied sich: in Tanjuscha! Und doch, es war merkwürdig, schließlich kannte er sie seit Kindertagen, und sie waren wie Bruder und Schwester. Nachdem er sich entschieden hatte, bereute er noch einmal, dass er das mit dem Hund gesagt hatte:

»Aus Verlegenheit!«

Dann war er zu Hause, in Girschi. Auf dem Tisch ein Stapel Bücher und eine nicht abgewaschene Tasse. Im abgestandenen Rest Tee – ein paar Fliegen und der gelb gewordene Filter einer Papirossa. Morgen sollte man die Wäsche zur Wäscherin bringen. Und eigentlich sollte man im Sommer irgendwohin fahren. Bei der Familie würde er morgen vorbeischauen. Das muss man schließlich auch manchmal tun.

Und ebenso plötzlich, wie am Tage sich anscheinend die Liebe zu Tanjuscha erhoben hatte, eröffnete sich vor ihm das Leben. Die Jugend lag hinter ihm, ein neuer, schwerer Abschnitt des Weges begann. Vielleicht ist es ja wahrhaftig so, dass man jemanden an seiner Seite brauchte? Wer aber konnte das sein? Tanjuscha? Die Freundin aus Kindertagen? Voller Zärtlichkeit dachte er nun an sie. Dachte an sie und gestand sich voller Verwunderung ein, dass er Tanjuscha ja gar nicht richtig kannte. Früher wusste er, wie sie war, aber jetzt nicht mehr.

Das war für ihn eine Offenbarung. Wie war das nur geschehen? Und noch etwas: Er war immer noch ein Jüngling, Tanjuscha aber schon ganz Frau. Das hatte er, solange er über den Büchern gesessen hatte, ja völlig übersehen.

Verlegen wollte er sich den Bart kraulen, doch das Kinn war glatt rasiert und hatte einen Kratzer.

Tanjuscha nicht zu lieben war unmöglich, aber sie auf ebenjene besondere Weise zu lieben, wie es in Romanen beschrieben wird, war ihm, Wassja Boltanowski, ebenso unmöglich. Wie kann das denn nur sein, es ist geradezu schlimm, peinlich!

Es war auch sehr traurig. Dann griff er nach einem Buch und las, bis ihm die Augen zufielen.

Wassja Boltanowski war im Besitz einer glücklichen Eigenschaft: Er schlief wie ein Murmeltier und wachte stets erfrischt auf wie der junge Morgen. Deshalb auch liebte er das Leben und kannte es nicht.

# Hinter dem Vorhang

**A**uf dem Stuhl bei der Tür saß die Katze, die gestern das frisch rasierte Kinn des Universitätsabsolventen zerkratzt hatte. Fass niemanden am Schlafittchen! Die Katze putzte und ärgerte sich. In der Nacht hatte sich ein großes Ungemach ereignet: Die alte Ratte, die berühmte alte Ratte der unterirdischen Gewölbe, war ihren Krallen entronnen.

Sehr mitgenommen war sie entronnen. War schon in ihren Händen gewesen ... – wie hatte das nur geschehen können? Sie schmeckte ja gar nicht mehr, aber darum ging es nicht. Wie konnte das nur geschehen? Der Katze Ehrgefühl als Jägerin war verletzt. In solchen Fällen ärgerte sie sich, gähnte, ihre Augen wurden fahl: die Augen, die sonst mit grünem Feuer im Dunkel leuchteten.

Sie hatte es sich bequem gemacht, doch die Vorderpfoten hielt sie gestreckt, um in Kampfbereitschaft zu bleiben, sie döste, nur die Ohren wach. Bis zum Morgen waren es wohl noch zwei Stunden.

Die alte Ratte zitterte immer noch nach dem durchlebten Schrecken. Kauerte sich in den hintersten Winkel des Kellers und leckte ihre Wunden. Die Wunden selbst bargen keine Gefahr – aber die jungen Ratten durften sie nicht bemerken. Dann würden sie sie belauern, ihr auf Schritt und Tritt folgen und sie bei der ersten Schwäche, die sie zeigte, totbeißen. Das war die wirkliche Gefahr. Kein Mitleid würden sie zeigen, trotz ihres grauen Fells und des kahlen Rückens. Verfluchte Nacht!

Über Aglaja Dmitrijewnas Bett beugte sich eine hochgewachsene, hagere Gestalt in Grau. Streckte die Hand aus und bohrte unter der Decke ihre scharfen Nägel in die welke Brust. Die Großmutter stöhnte auf vor Schmerz.

Der Tod stand eine Weile am Bett, hörte dem Stöhnen der Alten zu und trat dann in eine Ecke. Den zweiten Monat schon wachte er am Bett von Tanjas Großmutter, bewahrte sie vor den Versuchungen des Lebens und bereitete sie darauf vor, ins Nichts hinüberzugehen. Wenn die Krankenwärterin einnickte, gab er der Kranken zu trinken, legte die Decke über sie, zwinkerte ihr liebevoll zu. Und die Kranke, die den Tod nicht erkannte, sprach mit schwacher Stimme: »Danke, meine Liebe, vielen Dank.«

Und wenn die Kranke einschlief, begann der Tod, seine Späße zu treiben: warf die Decke zur Seite, kniff die Kranke in die Seite, hielt ihr mit seiner knöchernen Hand den Mund zu, damit sie keine Luft bekam. Und kicherte dabei leise und krächzend und zeigte seine verfaulten Zähne.

Gegen Morgen verflüchtigte der Tod sich, verschwand in den Falten der Bettdecke, in der Kommode oder in einer Fensterritze. Schlüge jemand schnell die Decke zurück oder zöge einen Schub der Kommode heraus – nichts wäre zu sehen außer einem Staubkörnchen oder einer toten Fliege. Am Tage ist der Tod unsichtbar.

Die jungen Ratten haben die alte umringt, beobachten sie mit runden schwarzen Augen, lauschen ihrem Wimmern. Diese zeigt die Zähne und ihr langer Schwanz zuckt. Bewegt sie sich auch nur leicht, weicht der Halbkreis der jungen Ratten zurück. Sie fürchten die Alte: Sie hat noch Kräfte. Doch ihren Blick wenden sie nicht ab, beäugen das geleckte Fell, auf dem ein roter Fleck zu sehen ist, feucht von Blut.

Das Wimmern der Ratte hört auch die Katze und spitzt ihre Ohren. Aber alles ist ruhig, alle im Haus schlafen noch. Die Ratten sind gewarnt, werden sich heute nicht noch einmal zeigen.

Die Kranke streckt die Hand zum Nachttisch, zum Glas mit dem Sauertrunk. Die knöcherne Hand kommt ihr zu Hilfe, für einen Moment berühren die vertrockneten Gelenke der Kranken und des Todes einander. Ein Schauer läuft über die Hand.

»Ach, du mein Tod«, stöhnt die alte Frau auf.

»Hier bin ich, hier, sei ganz ruhig«, spricht der Hagere in Grau. Und beruhigt die Alte: »Dort ist nichts, und nichts hast du zu fürchten! Deine Zeit hast du gelebt, sei nicht versucht, von der Zeit der anderen etwas zu nehmen. In jungen Jahren hast du dich amüsiert, hast getanzt, schöne Kleider getragen, die Sonne lachte dir. Hast du denn schlecht gelebt? Warst du nicht glücklich mit deinem Mann? Und haben dir deine Kinder keine Freude bereitet?«

»Den Sohn, Tanjuschas Vater, hast du allzu früh zu dir genommen«, beklagt sich Aglaja Dmitrijewna.

»Den Sohn habe ich genommen, weil es sein musste. Dafür habe ich euch die Enkelin gelassen, als Hoffnung und Trost.«

»Aber wie soll sie nur ohne uns leben? Auch mein Mann ist alt und wird nicht ewig leben.«

»Nun, der Alte hat noch eine gewisse Zeit, er ist rüstig. Außerdem ist sie ja jetzt schon richtig erwachsen. Das Mädchen ist klug, es wird nicht untergehen.«

»Und wie wird es mir ohne ihn in jener Welt ergehen? Und wie soll er ohne mich in dieser sein? So lange haben wir miteinander gelebt.«

Da lacht der Tod auf und gluckst vor Vergnügen, und ohne Bosheit antwortet er:

»Was du dir für Gedanken machst! Das soll deine Sorge nicht sein – lig du in deinem Grabe und ruh dich aus. Sie kommen auch ohne dich zurecht, es wird schon gehen. Welche Freude ist denn eine Alte und Kranke? Was außer Kummer bereitest du ihnen denn noch? Das sind doch alles Läppereien!«

Aus dem Kabinett ertönt der Ruf der Kuckucksuhr vier Mal. Draußen ist es bereits hell, doch die schweren Vorhänge vor dem Fenster sind zugezogen.

»Ach, mein Tod«, stöhnt Aglaja Dmitrijewna.

»Das Kissen muss ich aufschütteln«, sagt die Krankenwärterin. »Ist schon ganz flachgelegen.«

Sie schüttelt das Kissen auf, setzt sich wieder in den Lehnstuhl am Bett und döst erneut ein.

Das Licht des Morgens dringt bis in den Keller. Die jungen Ratten haben sich in die hintersten Winkel zurückgezogen.

Auch die alte, verwundete Ratte ist eingedöst. Die Katze sitzt nun am Fenster und fängt gelangweilt eine große verschlafene Fliege. Drückt sie nieder und lässt sie wieder los. Und diese krabbelt weiter. Es ist Sommer und schon taghell.

Gegen Morgen sieht Tanjuscha einen dritten Traum; wieder träumt sie von Stolnikow, er ist heiter, zufrieden, lacht.

»Sie haben dienstfrei? Auf lange?«

Stolnikow erwidert fröhlich:

»Jetzt für immer!«

»Wie denn, für immer? Warum?«

Stolnikow streckt ihr die Hand entgegen, sie ist lang und breit wie eine Tafel; auf der Innenfläche steht mit Rot geschrieben:

»Beurlaubt ohne Frist.«

Und Tanjuscha bekam einen Schreck: Warum »ohne Frist«? Jüngst hatte er doch noch geschrieben, dass man sich nicht allzu bald sehen werde, da er eine Abkommandierung abgelehnt habe. »Momentan ist es nicht möglich, die Front zu verlassen, und ich habe auch gar keine Lust, die Zeit ist nicht danach.«

Stolnikow trocknet die Hand mit einem Taschentuch; sie ist nun klein, das Rot jetzt auf dem Stoff. Tanjuscha erwacht – welch seltsamer Traum!

Erst sechs Uhr. Tanjuscha legte die Arme hinter den Kopf und schlief noch einmal ein. Ein Lichtstreif fiel durch den Spalt des Vorhangs, durchschnitt wie ein helles Band das weiße Laken und erhob sich wie eine Säule auf der Wand über dem Bett. Ein Haar hatte sich gelöst und lag hauchdünn auf dem Kissen. Auf der rechten Schulter Tanjuschas, etwas unter dem Schlüsselbein, ein kleines Muttermal. Ebenmäßig hob und senkte sich, vom Atem der jungen Frau bewegt, die Decke.

# Die fünfte Karte

Stolnikow suchte mit dem Fuß die in die Erde gehauenen Stufen und stieg dann in den Gemeinschaftsunterstand der Offiziere hinunter. Dort war es stickig und verraucht. Auf der Bank neben dem Eingang spielte der Doktor mit einem jungen Fähnrich Schach. Am Tisch setzte eine Gruppe von Offizieren das Spiel fort, das nach dem Essen begonnen worden war. Stolnikow trat zum Tisch und zwängte sich zwischen die Spieler.

»Du musst zweimal aussetzen, Sascha. Spielst du mit?«

»Ja, ich spiele. Ich weiß.«

Als die Reihe an ihm war, fühlte er nach den Scheinen in der Tasche und sagte:

»Ein wenig habe ich noch. Wie viel ist gesetzt?«

»Hundertdreißig, mit einer Karte.«

»Geben Sie.«

Die Augen der Spieler wandten sich wie auf Kommando von der Karte des Bankhalters zur Karte Stolnikows, als er sagte:

»Nun, nun, noch eine Karte.«

»Eine Niete für Sie, eine Niete für uns. Zwei Punkte.«

»Drei«, sagte Stolnikow und griff nach dem Einsatz.

Die Karten gingen an den Nächsten.

In diesem Moment war der Krieg zu Ende. Alles war ausgelöscht, es existierte nur noch der Tisch, das von Hand zu Hand gereichte Geld, die krumpeligen, speckigen Karten. Stolnikow war nie Student gewesen, hatte nicht mit Tanjuscha an ihrem Geburtstag getanzt, war nicht vom frischgebackenen Offizier zum kampferprobten Hauptmann mit Georgskreuz geworden, war nicht gestern in der Oper gewesen und wird nicht dorthin zurückkehren, wo kein Krieg herrschte. Ein Schleier aus Tabakrauch trennte ihn von der Welt. Auch er zündete sich eine Papirossa an.

»Du, Sascha, hältst jetzt die Bank.«

»Da habt ihr's, ich setze meinen ganzen Gewinn. Für den Anfang ... eine Neun. Ich hebe nicht ab. Für Sie eine Drei, für mich – wieder eine Neun. In der Bank sind dreihundertsechzig. Für dich die Hälfte, für Sie hundert, für dich, Ignatow, den Rest? Ach, jetzt noch einmal eine Neun ... Sie sind an der Reihe, nehmen Sie.«

Stolnikow gab den »Kartenschlitten« weiter, der aus einer Zigarettenhülsenschachtel der Marke »Katyk« gebastelt worden war. Es spielten zehn Personen, nun also hieß es wieder warten. Aller Augen wanderten zu den Händen seines Nachbarn zur Linken weiter. Aller Ohren vernahmen:

»Nur Nieten! Teufel aber auch! Zu sechs?«

»Nein, bei uns nur zu sieben. Ich hebe die Hälfte ab. Du riskierst aber was! Also keine dritte Karte!«

»Ich habe ja noch nicht einmal eine zweite bekommen ... Man muss das Glück herausfordern.«

Sie forderten das Glück heraus, schimpften »faules Spiel«, probierten es, indem sie zwei Mal damit aussetzten, die Bank zu halten, stopften das Geld in alle Taschen des Frenchs (für alle Fälle). Es gab eine vierte Karte, und plötzlich ward der Mensch erhaben, besser, gütiger, war bereit, eine Karte gegen Kredit auszugeben. Dann schwand sein Geld bei drei hohen Points dahin, und nervös fühlte er nach dem »für den äußersten Notfall« zurückgehaltenen Schein.

Der Fähnrich am anderen Ende des Tisches setzte aus. Ihn beachtete man nicht mehr.

»Bist du abgebrannt?«

»Ganz und gar.«

»Das, Bruder, kommt vor. Das ist eine Pechsträhne.«

»Mein ganzes Leben ist eine Pechsträhne.«

Doch er blieb. Schaute zu. Als könne das Glück auch jenen treffen, der nicht mitspielte. Oder ... vielleicht würde ja einer, der unversehens reich geworden war, ihm etwas zu borgen anbieten, denn bitten wollte er nicht.

Stolnikow hatte Glück.

»Ich habe jetzt schon den zweiten Tag Dusel. Gestern im Einsatz, heute im Spiel.«

Bei den Worten »im Einsatz« schreckten alle kurz auf, doch nur für einen Moment, und das war unerquicklich. Kein anderes Leben als dieses sollte es geben.

»Motorengeräusche, Herrschaften.«

»Der Deutsche? Ich komme. Verteufelt aber auch, gerade jetzt, wo ich gleich die Bank halten darf.«

»Geben Sie ihm Saures, Ossipow!«

Der Artillerist ging, aber keiner geleitete ihn mit einem Blick hinaus. Als er aus der Tür trat, hörte man von draußen den Lärm eines noch weit entfernten Motors am Himmel, an den sich alle bereits gewöhnt hatten. Einige Minuten später donnerte das Geschütz.

»Ossipow müht sich redlich. Warum fliegen die Deutschen denn in der Nacht?«

Es schlug ein. Das war die Antwort des deutschen Fliegers. Doch Ossipow hatte den Feind am Himmel bereits gesichtet: Das Hämmern der Maschinengewehre war zu vernehmen. Es schlug näher ein. Alle blickten auf.

»Ach, soll er zur H … Gib mir eine Karte. Sieben. Verkauf die Bank, sonst wird sie nach der Sieben gesprengt. Nun, dann also, gib mir eine Karte …«

Mit furchterregender Kraft schlug es direkt neben dem Unterstand ein. Die Kerze fiel um, verlöschte aber nicht. Die Offiziere sprangen auf, rafften das Geld zusammen. Von der Decke rieselte zwischen den Balken Erde herunter.

»Teufel, hat er uns doch fast auf den Kopf getroffen. Da muss man aber einmal nachsehen gehen.«

Stolnikow sagte laut:

»Die Bank halte weiterhin ich, die Runde ist noch nicht zu Ende!«

Die Offiziere kletterten hinaus. Der Scheinwerfer erleuchtete den Himmel fast direkt über ihnen, doch der Strahl seines Lichts senkte sich schon. Das Geschütz donnerte, das Maschinengewehr hämmerte ohne Pause. Einer der älteren Offiziere sagte:

»Stehen Sie nicht in einer Gruppe zusammen, meine Herren, das kann bitter bestraft werden.«

»Er ist doch schon weg.«

»Vielleicht kommt er zurück. Und jagt Sie mit Artilleriefeuer auseinander!«

Der Krater der Explosion war ganz nah. Glücklicherweise gab es keine Opfer, der Deutsche hatte eine leere Drohung ausgestoßen.

Stolnikow fiel ein, dass er keine Papirossas mehr hatte, und ging zu seinem Unterstand. Dort angekommen, blieb er stehen. Der Himmel war von seltener Klarheit. Der Scheinwerferstrahl neigte sich in die Tiefe und zeigte dem Feind nun den Weg zurück – jenen kaum leuchtenden Punkt auf dunklem Grund. Wieder schlug es ein – der Himmelsgigant hatte seinen ersten eisernen Fuß auf die Erde gesetzt. Ein Artilleriegeschoss antwortete ganz in der Nähe.

»Warum habe ich denn gar keine Angst?«, dachte Stolnikow. »Mich zu töten wäre ihm ein Leichtes! Im Kampf, ja, da ist es schrecklich, doch da hat man gar keine Zeit, darüber nachzudenken. Aber diese Ratschen vom Himmel …« Dann fiel ihm ein: »Ich halte ja noch die Bank. Vier habe ich schon gestochen. Ich lasse den gesamten Einsatz in der Bank. Es wäre doch fein, noch einen fünften Stich zu machen … Das wird ein hübscher Gewinn!«

Er stellte sich vor, wie er eine Neun aufdeckt. Und lächelte unwillkürlich.

Als das letzte Geschenk des Deutschen einschlug, stürzten die Offiziere zum Unterstand. Horchten an der Tür, wie der Motorenlärm sich entfernte und die Maschinengewehre verstummten. Dann war wieder alles still, und sie kehrten an den Tisch zurück. Offensichtlich hatte der Deutsche die Position der Reserve gut ausgekundschaftet, aber nur falsch gespielt, und den jungen Soldaten lediglich einen Schrecken eingejagt.

»Ossipow kommt gleich. Wie sollte er diesen Vogel denn auch abschießen.«

»Er flog zu hoch.«

»Auf unsere Plätze also? Wer hält die Bank?«

»Stolnikow. Er hat schon vier Karten gestochen.«

»Wo ist Stolnikow denn? Sollen wir auf ihn warten?«

»Das müssen wir.«

Jemand sagte:

»Er ist was zu rauchen holen gegangen, wird wohl gleich kommen.«

Der Ordonnanzoffizier kam herbeigerannt. Zum Doktor.

»Herrschaften, der Herr Hauptmann ist verwundet.«

Und als er die Hand wieder von der Mütze genommen hatte, sagte er einem derer, die daraufhin hinausgingen:

»Die Beine hat es ihm, man stelle es sich vor, vollkommen abgerissen, Herr. Von der teutschen Bombe ...«

# Ein Augenblick

**D**unkle Nacht hatte das Haus umgeben und lastete auf seinen Wänden. War überall eingedrungen – in Keller, Dachboden und in den Salon, wo die Katze an der Tür wachte. Kroch auch ins Halbdunkel des großmütterlichen Schlafzimmers, in dem die Nachtlampe glomm. Nur Tanjuschas geöffnetes, hell erleuchtetes Fenster schreckte und verjagte die Nacht.

So still war es, dass die Stille zu hören war.

Die Beine im Sessel untergeschlagen, in ein Plaid gehüllt, blickte Tanjuscha in ein Buch, ohne die Zeilen wahrzunehmen. Das Gesicht hohlwangig, ihr Blick wie in die Ferne gerichtet, als ob sie auf eine Leinwand schaue. Auf der Leinwand zogen lautlos Bilder von Ereignissen vorüber, die sich zugetragen oder auch nicht zugetragen hatten, Bekannte und Unbekannte blickten Tanjuscha entgegen, und eine Hand schrieb in nie zuvor gesehenen Schriftzeichen ihre Gedanken nieder.

Wassja Boltanowski mit dem fast verheilten Kratzer war flüchtig zu sehen, Eduard Lwowitsch blätterte Noten um, Lenotschka mit dem roten Kreuz auf der schneeweißen Schwesternschürze und den erhobenen Augenbrauen unter der Haube. Und die Front: eine schwarze Linie, Uniformmäntel, Bajonette, lautlose Schüsse. Die Hand auf der Leinwand schrieb weiter: Lange schon war kein Brief von Stolnikow gekommen. Und auch sie, Tanjuscha, war auf der Leinwand zu sehen: ging vorüber, ernst, sich selbst fremd.

Wieder Nebel – die Müdigkeit. Sie schloss die Augen, öffnete sie: Alles war wieder klar, stand an seinem angestammten Platz. Wenn die Minuten und Stunden des Schweigens vergangen sind, erwacht alles wieder zum Leben. Sei es durch das Rumpeln einer Droschke, sei es durch ein Rufen oder auch nur durch das Rascheln einer Ratte. Oder auf der Straße schlägt eine Pforte zu. Der Augenblick, in dem alles erstorben schien, war vorüber. Wieder war Wassja auf der Leinwand zu sehen, mit dem frisch rasierten Kinn. Er zerbrach eine Zündholzschachtel und sagte:

»Angesichts der Tatsache, dass Sie, Tanjuscha, ohnehin heiraten werden, würde ich doch zu gern wissen, ob Sie mich heiraten? Wenn Sie doch, hol es der Teufel, ohnehin heiraten.«

Splitter fielen zu Boden, Wassja hob sie einzeln auf, um den Kopf nicht sogleich wieder zu heben.

»Nun, aber nein, Tanjuscha, ganz im Ernst. Das würde ich irrsinnig gern wissen ...«

Tanjuscha antwortete ernst:

»Nein.«

Nachdem sie ein wenig nachgedacht hatte, fügte sie hinzu:

»Ich glaube – nein.«

»Soso, also«, sagte Wassja. »Klare Sache. Eine gehörige Ohrfeige, hol's der Teufel. Aber warum nicht? Das würde ich furrrrchtbar gern wissen.«

»Weil ... wie denn ... warum denn Sie, Wassja? Wir kennen uns halt eben ... und da soll ich Sie plötzlich heiraten!«

Wassja lachte gekünstelt.

»Das heißt, Sie heiraten notwendigerweise einen Unbekannten? Das ist ja raffiniert!«

Wassja suchte nach etwas, das er noch zerbrechen könnte. Von dem Kästchen war nur noch Staub übrig.

Tanjuscha versuchte zu erklären:

»Ich denke, heiraten, das ist, wenn plötzlich jemand in dein Leben tritt ... und einem klar wird, dass man sich von genau diesem Menschen nie mehr trennen und mit ihm das ganze Leben verbringen will.«

Wassja bemühte sich, zynisch zu sein.

»Nun denn, wenn's gleich für's ganze Leben sein soll! Man kommt zusammen, geht auseinander ...«

»Ich weiß. Aber das tut man, wenn man sich getäuscht hat.«

Wassja zerbrach finster eine Feder.

»Das ist doch alles ein eitel Ding. Man täuscht sich, täuscht sich nicht. Und überhaupt – zum Teufel damit. Ich persönlich werde wohl kaum einmal heiraten. Die Freiheit ist mir mehr wert.«

Tanjuscha war klar, dass Wassja beleidigt war. Doch sie begriff schlechterdings nicht, warum. Von allen Freunden war er der beste. Wenn man sich auf jemanden verlassen konnte, dann auf ihn.

Wassja verschwamm auf der Leinwand. Der Schatten jenes, »der plötzlich in ihr Leben trat«, blitzte im Nebel auf, doch er wollte sich nicht deutlicher zeigen. Und es wäre auch unendlich schauerlich, wenn sich ein reales Antlitz zeigte, mit Augen, Nase, vielleicht einem Schnauzbart ... Es wäre ja doch ein vollkommen Unbekannter.

Plötzlich schloss Tanjuscha die Augen und erstarrte. Ein kalter Schauer lief über ihren Körper, die Brust wurde eng, der Mund erzitterte und öffnete sich leicht. Ein Augenblick. Dann strömte Blut in ihre Wangen, Tanjuscha kühlte sie mit ihren noch zitternden Händen.

Vielleicht drang die Kälte durchs Fenster? Welch sonderbares, rätselhaftes Gefühl. Rätselhaft für Körper und Seele.

Die Leinwand war verschwunden. Entreakt. Tanjuscha versuchte, sich auf das Buch zu konzentrieren.

»Das angeführte Zitat zeigt recht anschaulich ...«

Welches »angeführte Zitat«? Zitat woraus?

Tanjuscha blätterte eine Seite zurück und suchte nach den Anführungszeichen. Sie erinnerte sich ganz und gar nicht, wessen Worte der Autor zu welchem Zweck zitierte.

Auf der Treppe die Schritte der Krankenwärterin:

»Gnädiges Fräulein, kommen Sie zur Großmutter ...«

# Tod

I m Keller hatte sich ein großes Ereignis vollzogen: Die alte Ratte war nicht zurückgekehrt. Wie schwach sie auch gewesen sein mochte, hatte sie sich nachts doch stets in die Kammer durch jenen Spalt hindurchgezwängt, der von Generationen von Mäusen genagt worden war, von der nun alle aus dem Keller verschwunden waren.

In der Kammer standen Truhen und Koffer, ein Kinderwägelchen, lagen zusammengeschnürte Packen alter Zeitungen und Journale zuhauf, war keinerlei Leben. Doch nahebei, über den Korridor nur, lag die Küche, unter deren Tür hindurchzuschlüpfen nicht schwierig war. Die anderen Zimmer, vor allem jenes große, den Salon, betrat die Ratte nicht, denn sie erinnerte sich noch gut daran, wie sie dort einmal der Katze in die Hände gefallen war. Dieses Mal aber war die alte Ratte im Morgengrauen nicht in die Unterwelten des Kellers zurückgekehrt. Die feinen Ohren der jungen aber hatte die ganze Nacht über ihr Wimmern vernommen.

Als Dunjascha am Morgen die zerschundene Ratte zur Mistgrube hinaustrug, sagte der Hausknecht:

»Da hat er ja mal eine erledigt! Dieser Waska aber auch! Die ist ja fast hundert Jahre alt!«

An Jahren zählte die Ratte zwar nicht so viel wie ein unreifer junger Mann, doch hatte sie ein für Ratten hohes Alter erreicht.

Niemand kam zum Morgenkaffee ins Speisezimmer. Der Professor saß im Sessel an Aglaja Dmitrijewnas Bett. Die Krankenwärterin kam zwei Mal und strich die Decke glatt. Tanjuscha blickte mit großen, erstaunten Augen auf die vom Tod geglätteten Fältchen der wächsernen Großmutter. Die Arme der alten Frau waren über Kreuz gelegt, die Finger fein und spitz.

Die Krankenwärterin hatte nicht gewusst, ob sie das Gebiss hätte einsetzen sollen, und zu fragen hatte sie nicht gewagt.

Deshalb war das Kinn stark eingefallen. Das Gebiss lag im Glas im Wasser und schien das einzig Lebendige zu sein, das von der Großmutter geblieben war.

Über den Bart des Professors lief eine Träne, blieb an einem Haarschnörkel hängen, kullerte hin und her und verschwand in der Tiefe. Denselben Weg, ohne zu stocken nun aber, lief eine zweite. Als der Großvater aufschluchzte, wandte Tanjuscha ihm den Blick zu, errötete und warf sich jäh an seine Brust. In diesem Augenblick war Tanjuscha wieder ein winziger Säugling, dessen kleines Gesicht die Wärme des Busens sucht: In dieser neuen Welt war ihm so furchtbar. Es war, als hätte sie nie eine Vorlesung in Geschichte gehört und als hätten ihre Gedanken gerade erst in der salzigen Essenz der Tränen das Schwimmen gelernt. In diesem Augenblick war der gelehrte Ornithologe winzig klein, wehrte mit seinen kleinen Füßen die böse Ratte ab, war abgrundtief gekränkt und suchte nun Schutz bei einem jungen Mädchen, seiner Enkelin, die ebenso klein, wohl aber tapfer war. Und das massige Bett der dahingegangenen alten Frau von großer Weisheit, die so unabänderlich mit ihnen gebrochen hatte, war für sie beide die halbe Welt. In diesem Augenblick verdunkelte sich die Sonne und löste sich in einer Seele auf, brach der kleine Steg zwischen den Ewigkeiten zusammen, und im Leib, dem einzig-unsterblichen, keimte neue, mühevolle Arbeit.

An Aglaja Dmitrijewnas Bett blieben zwei Kinder zurück, ein sehr altes und ein sehr junges. Dem alten Kind blieb nichts, dem jungen blieb das ganze Leben. Am Fenster des Nebenzimmers saß die Katze, putzte sich und sah ohne Neugier einer Fliege zu, die mit ihren Beinchen vor dem Flug ihre Morgentoilette machte.

Im Schlafgemach des Professorenhaushalts in der Straße Siwzew Wrashek hatte sich etwas Unwiderrufliches vollzogen. In der übrigen Welt war alles vortrefflich, obwohl auch dort Leben zu Ende gingen, Wesen geboren und Gebirge abgetragen wurden – doch alles dies vollzog sich in unhörbarem

Einklang. Hier jedoch, im Laboratorium der Trauer, mischte sich eine trübe mit einer klaren Träne.

Hier allein war die Wirklichkeit:

Die geliebte Großmutter war nicht mehr.

»... aus Erde geformt sind wir und müssen zurück zu derselben Erde, wie Du befahlest, der Du uns schufest und sprachst: Erde bist du und sollst wieder zur Erde kommen! Dahin werden alle Sterblichen gehen. So wehklagen wir jetzt und singen als Grablied: Halleluja.«

# Nacht

**D**er Vogel der Nacht hat seine Schwingen über das Haus des alten verwitweten Vogelprofessors gebreitet. Und verhüllt Sternenglanz und Mondlicht. Zwei Schwingen, die ihn vor der Welt schützen und der großen Trauer des alten Mannes Tribut zollen.

Im gemütlich durchgesessenen Lehnstuhl, umgeben von der Aureole des ergrauten, von der Lampe beschatteten Schopfes, von unendlicher Stille, die von irdischer Kümmernis bis ans Ende der Welt reicht, sitzt ein alter, alter Mann, um tausend Jahre älter als jener, der er gestern war, als Tanjuschas Großmutter Aglaja Dmitrijewna sich mit schwachem Atem noch an das Leben klammerte. Und im Salon, in dem der auf glänzenden Beinen stehende Flügel auf die am Sarg leuchtenden Kerzen blickt, murmelt einer Nonne Stimme monoton und inbrünstig, plätschert wie ein ruhiger Wasserlauf ein Strom bedeutender Worte, deren die sprachlose Zuhörerin unter dunklem Brokat nicht mehr bedarf. Und das Kinn der Dahingeschiedenen ist fest in Richtung der Nase fixiert.

Der Professor ist ganz in Erinnerung, in die Vergangenheit versunken. Blickt in die Tiefe seiner selbst und schreibt in seinen Gedanken Seite um Seite in kleiner Schrift nieder. Schreibt, legt das Geschriebene zur Seite, nimmt sich die Hefte wieder zur Lektüre vor, näht sie mit festem, grobem Faden zusammen – und kommt doch nicht zum Schluss mit seiner alltäglichen Geschichte, bis zu einer neuerlichen Zusammenkunft. Er glaubt selbstverständlich nicht an eine Wiedervereinigung in einem neuen Sein, und sie ist ja auch nicht vonnöten. Aber im Nichts wird sie sich bald vollziehen. Die Jahre, Tage und Stunden sind gezählt, und die Stunden, Tage, Jahre gehen dahin. Denn Staub bist du, und zum Staub wirst du zurückkehren.

Die Wände mit Büchern, die Regale voll Schriften – all dies liebte er, und all dies war Frucht seines Lebens. Auch dieses wird dahingehen, wenn »sie« ruft. Und da sieht er sie plötzlich als junge Frau vor sich, mit lachenden Grübchen in den Wangen, ruft sie ihm über das Roggenfeld zu:

»Mach einen Bogen, du darfst das Korn nicht niedertreten! Ich werde warten, was soll ich machen.«

Sie schritten gemeinsam auf dem schmalen Weg zwischen den Feldern – doch wann und wo hatte sich dies zugetragen? Und weshalb erinnerte er sich so gut daran? Vielleicht wegen des hellen Lichts der Sonne?

Gemeinsam hatten sie damals den Weg beschritten und waren gemeinsam angekommen. Dieses Mal aber hatte sie nicht gewartet, sondern war vorangegangen. Und wieder geht er, nun mit dem Gang des alten Mannes, um das goldene Roggenfeld herum.

Tanjuscha trat ein, in Morgenrock und Hausschuhen. Heute Nacht werden die beiden keinen Schlaf finden. Der Vogel der Nacht scheidet Großvater und Enkelin von der übrigen Welt. Und in dieser kleinen Welt schläft die Trauer nicht.

»Ohne die Großmutter müssen wir nun weiterleben, Tanjuscha. Aber die Großmutter gehört doch zu unserem Leben. Es wird schwer.«

Tanjuscha saß auf einem Bänkchen zu Füßen des Großvaters, den Kopf auf seinen Knien. Die weichen Zöpfe hatte sie nicht hochgesteckt, sie fielen ihr auf die Schultern.

»Warum war die Großmutter ein besonderer Mensch? Ein besonderer Mensch war sie, weil sie uns gut war. Unsere arme Großmutter.«

Und lange sitzen sie beisammen, haben am Tage schon alle Tränen vergossen.

»Schlafen werden wir wohl nicht können, Tanjuscha?«

»Ich möchte bei Ihnen sitzen, Großvater. Sie schlafen ja auch nicht … Aber legen Sie sich doch etwas hin, und sei es auch nur auf den Diwan, ich bleibe bei Ihnen. Legen Sie sich doch etwas hin.«

»Das mache ich, aber ich habe mich festgesessen, vielleicht ist es besser so.«

Und wieder schweigen sie lange. *Jenes* kann man nicht aussprechen, doch beiden geht es nicht aus dem Sinn, denn durch die Wände dringt der murmelnde Wortfluss der Nonne, sie sehen die Kerzen, den Sarg und warten weiterhin auf die Müdigkeit. So ein besonderer Mensch war für sie beide die Großmutter, die nun im Salon von flackernden Kerzen umgeben unter dunklem Brokat gebettet ist.

Man tritt ein in diese Welt durch eine schmale Tür, ängstlich, weinend, weil man das beruhigende Klangchaos verlassen musste, das schlicht wohlige Unbegreifliche. Man tritt in die Welt, stolpert über die Schwelle der Lust und geht mit der Menge, wie mondsüchtig, in eine einzige Richtung zur nächsten schmalen Tür. Dort, vor dem Aufgang, möchte ein jeder noch erklären, dass dies alles ein Fehler sei, dass sein Weg weiter, viel weiter in die Höhe hätte führen sollen und nicht in dieses furchtbare Mahlwerk, und dass er noch gar nicht vermocht hätte, alles richtig zu betrachten. An der Tür ertönt ein Lachen, und das Zählwerk des Drehkreuzes klappert.

Das ist alles.

Es gibt keinen Schlaf und auch die Bilder bleiben unklar. Im Zustand zwischen Schlafen und Wachen hört der alte Mann die Stimme einer jungen Frau jenseits der letzten Tür:

»Ich warte hier …«

Er möchte ihr auf direktem Wege folgen, doch er darf den Roggen nicht niedertreten. Und alles ist in Sonnenschein gehüllt. Der alte Mann eilt über den schmalen Weg dorthin, wo sie ihn erwartet und ihm ihre schmalen Hände entgegenstreckt.

Er öffnete die Augen und traf mit seinem Blick die großen flehend-flammenden Augen Tanjuschas:

»Großvater, legen Sie sich doch etwas hin, ruhen Sie sich ein wenig aus.«

# Stiefel

Der Hausknecht Nikolaj saß in seiner Hausknechtshütte und betrachtete lange, aufmerksam und nachdenklich die Stiefel, die vor ihm auf der Bank lagen.

Etwas Merkwürdiges, schier Unglaubliches war geschehen. Die Stiefel waren vor langer Zeit, nein, nicht genäht, sondern geradezu erschaffen worden von Roman Petrowitsch, einem großen Vertreter der Schuhmacherkunst, einem unerhörten Trunkenbold, aber auch einem Meister, wie man ihn nicht mehr getroffen hat, seit er in einer Winternacht die Treppe hinuntergefallen war, sich den Kopf aufgeschlagen hatte, erfror und seine trunkene Seele an den Ort ihrer Bestimmung zurückgekehrt war. Nikolaj war gut mit ihm bekannt gewesen, hatte seine haltlose Trinkerei streng missbilligt, sein Talent jedoch ehrfürchtig bewundert. Nun aber hatten auch die von Roman gefertigten Stiefel ihr Ende gefunden.

Nicht, dass es gänzlich unerwartet mit ihnen zu Ende gegangen war. Nein, Anzeichen ihres kritischen Alters waren schon früher zu bemerken gewesen, und zwar wiederholt. Drei Paar Absätze und zwei Paar Sohlen hatte Nikolaj an ihnen aufarbeiten lassen. An beiden Füßen fanden sich überdies aufgenähte Lederflicken an jenen Stellen, an denen am untadeligen schiefen kleinen Zeh für gewöhnlich Schwielen zu sein pflegen. Einer dieser Flicken über der Scharte, die das Beil in den Stiefel gehauen hatte; Nikolaj hätte sich damals beinahe den halben Zeh abgehackt, doch das dicke Leder hatte ihn gerettet. Der andere Flicken an jener Stelle, die mit der Zeit durchgerieben war. Absätze und Sohlen hatte noch Roman selbst repariert. Beim letzten Mal hatte er Nikolaj ein besonders kräftiges Schuheisen auf den neuen Absatz gehämmert und damit dessen Beständigkeit für viele Jahre gewährleistet. In die Sohlen hatte er je ein Dutzend geschmiedete Nägel mit großen Köpfen gehauen und an den Seiten eiserne Leisten angebracht. Danach wogen die Stiefel ein ganzes Pud, waren schwer und laut – aber seitdem war Nikolaj frei der Sorge um ihre Abnutzung.

Wie sie nun aber an ihr Ende gekommen waren, ist unbekannt. Eines schönen Tages hatte es zu tauen begonnen, und die dicken Walenki mussten gegen die Stiefel getauscht werden. Nikolaj hatte sie aus der Kiste beim Ofen hervorgeholt, in die er sie gelegt hatte, nachdem er sie gewissenhaft mit Fett eingerieben hatte, damit das Leder nicht reiße. Er hatte sie also hervorgeholt und bemerkt, dass sich an beiden Stiefeln die Sohle gelöst hatte, an dem einen zur Gänze, am anderen etwas weniger, und dass zwischen den Stiften der Nägel alles morsch und ein großes Loch war. Nikolaj bog die Sohle und das Loch wurde ohne Knarren noch größer. Und da hatte er mit einem Mal gesehen, dass auch der Stiefelschaft derart abgetragen war, dass es hindurchschimmerte, und als er mit dem Finger etwas fester bohrte, bildete sich ein kleiner Buckel, der nicht mehr zurückging.

Er hatte die Stiefel zum Schuhmacher gebracht, dem Erben Romans, der allerdings nur der Erbe der Werkstatt, nicht jedoch dessen Talents war. Nachdem dieser die Stiefel bei Lichte näher betrachtet hatte, sagte er ohne zu zögern, dass da nichts mehr zu machen sei, das Leder hielte das nicht mehr aus. Nikolaj hatte das ja selbst schon gesehen und keinerlei Hoffnung gehegt.

»Das heißt also – das war's mit den Dingern?«

»Ja, ganz genau … Da lohnt nicht einmal der Gedanke an Reparatur. Über neue solltest du nachdenken.«

Nikolaj war also mit den Stiefeln nach Hause zurückgekehrt, hatte sie auf die Bank gelegt und war, wenngleich nicht in Trauer, so doch in Gedanken versunken.

Er dachte über Stiefel nach und über die irdische Endlichkeit an sich. Wenn ein solches Paar schließlich abgetragen ist, was also ist unvergänglich? Er blickte die Stiefel von weitem an – sie schienen dieselben wie früher, die wie gewohnt dienstfertig an den Fuß schlüpften, aber nein, es sind ja gar keine

Stiefel mehr, es ist nur noch nutzloser Schund, der nicht einmal mehr geflickt werden kann, geschweige denn zur Arbeit des Hausknechts taugt. Das Schuheisen schien noch nicht ganz durchgelaufen, der Nagel noch einwandfrei, aber innen hatte er schon Rost angesetzt.

Das Erstaunlichste für Nikolaj aber war, wie unerwartet die Lage derart hoffnungslos geworden war. Beim letzten Flicken hatte der Schuhmacher nicht den Kopf geschüttelt und damit den Untergang der Stiefel prophezeit, sondern lediglich mit dem Finger gezeigt, dass er von hier bis dort etwas aufnähe und am Rand ein bisschen ausgleiche. Eine gewöhnliche Reparatur war das, kein Kampf ums Überleben. Wäre es ein Kampf gewesen, fiele der Verlust nun leichter. Aber zum jetzigen Zeitpunkt kam das endgültige Ende vollkommen unerwartet.

»Es scheint, dass es innen gefault hat. Die Nägel sind rostig, das Leder ist verrottet. Und schon ganz ordentlich. Aber das Schlimmste ist, dass es keine gewöhnlichen Stiefel waren, sondern welche aus der berühmten Werkstatt von Roman. Heute arbeitet keiner mehr so.«

Während er den Docht an der Lampe richtete, sann er weiter, aber weniger darüber, dass er sich nun neue Stiefel nähen lassen musste, als vielmehr über die Vergänglichkeit alles Irdischen. Etwas scheint unverwüstlich, von außen tadellos. Und es kommt der Tag, es bläst ein Wind, Regen fällt – und im Innern ist alles schon verrottet, und plötzlich hast du keine Stiefel mehr. Mit allem ist das doch so. Ein Haus steht lange Zeit da, und dann stürzt es plötzlich ein. Einem Menschen kann es ganz genauso ergehen.

Gegen Abend kam der Hausknecht des Nachbarn vorbei, auch er bereits älter und nicht mehr wehrpflichtig. Nikolaj erzählte ihm von den Stiefeln. Zusammen nahmen sie sie noch einmal zur Hand und untersuchten sie gründlich.

»Da ist nichts mehr zu machen. Du brauchst neue. Musst Geld auf den Tisch legen. Aber solche wie diese findest du nicht noch einmal.«

»Ich komm schon zurecht. Nicht um's Geld tut's mir leid. Um die Arbeit. Seine Werkstatt war berühmt.«

Sie rauchten. Die Luft in der Kammer des Hausknechts wurde beißend, stickig und dick.

»So ist es«, sagte Fjodor, »jetzt mit allem. Die Zeiten sind unsicher. Nimm doch nur den Krieg und alles andere, was nicht mehr ordentlich funktioniert. Unser Gendarm hat gestern ein bisschen erzählt – was nicht so alles vor sich geht! Demnächst, hat er gesagt, kann es passieren, dass man uns alle entlässt. Und dann ist keiner mehr auf dem Posten, und wir sitzen zu Hause und trinken Tee.«

»Das habe ich auch gehört.«

»Und in Piter erst«, sagte er, »das kann man sich gar nicht vorstellen! Vielleicht wird sogar der Zar abgesetzt. Aber was soll dann werden, ohne den Zaren? Unvorstellbar.«

»Wie soll das denn gehen, den Zaren absetzen?«, fragte Nikolaj und blickte erneut auf seine Stiefel. »Nicht wir waren es doch, die ihn eingesetzt haben.«

»Wer weiß das schon, die Zeiten sind heute so. Und alles nur wegen dem Krieg, nur wegen ihm.«

Bevor er aus der Hausknechtshütte trat, nahm er noch einmal den schlechteren der beiden Stiefel in die Hand und schüttelte den Kopf.

»Die Dinger sind *kaputt*!«

»Das sehe ich selbst«, erwiderte Nikolaj übel gelaunt.

Als der Nachbar gegangen war, warf er die Stiefel in den Kasten zum Kehricht und vernahm ungehalten, wie die Eisen gegen das Holz schlugen. Wenigstens waren die Walenki mit Leder umnäht. Er nahm sein Schabeisen, das in der Diele stand, und ging zur abendlichen Arbeit hinaus.

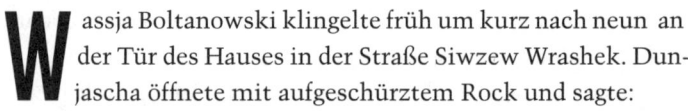

# »Feuer!«

**W**assja Boltanowski klingelte früh um kurz nach neun an der Tür des Hauses in der Straße Siwzew Wrashek. Dunjascha öffnete mit aufgeschürztem Rock und sagte: »Das Fräulein und der gnädige Herr sind im Speisezimmer. Stolpern Sie nicht über den Eimer, ich wische die Böden.«

Tanjuscha kam ihm entgegen.

»Was ist passiert, Wassja, dass Sie so früh schon hier sind? Möchten Sie Kaffee? Also, erzählen Sie.«

»Ziemlich viel ist passiert. Ich grüße Sie, Herr Professor. Und gratuliere: Revolution!«

Der Professor hatte den Kopf über ein Buch gebeugt und sah auf.

»Was ist dir Neues zu Ohren gekommen? Sind denn heute wieder keine Zeitungen erschienen?«

Wassja berichtete. Die Zeitungen seien nicht erschienen, weil die Redakteure immer noch mit Mrosowski verhandelten. Ja, selbst die »Russkije wedomosti« – das ist doch wirklich eine Schande! In Petersburg habe ein Umsturz stattgefunden, die Macht sei in Händen der Duma, eine provisorische Regierung sei eingesetzt worden, es heiße sogar, der Zar habe abgedankt.

»Die Revolution hat gesiegt, Herr Professor. Diese Nachricht ist glaubwürdig. Jetzt ist es endgültig.«

»Nun, wir werden sehen … Das alles ist nicht so einfach, Wassja.«

Der Professor vertiefte sich wieder in sein Buch.

Tanjuscha nahm das Angebot, ein wenig durch Moskau zu spazieren, freudig an. An Tagen wie diesen bleibt man nicht gern zu Hause. Ungeachtet der für Moskau noch frühen Stunde waren zahlreiche Menschen auf den Straßen, und es war ihnen anzusehen, dass sie nicht in alltäglichen Angelegenheiten unterwegs waren.

Tanjuscha und Wassja gingen über die Boulevards zur Twerskaja und dann über die Twerskaja zur Stadtduma. Auf dem Platz hatte sich eine große Zahl Menschen versammelt, die in Gruppen zusammenstanden, den Verkehr aber nicht behinderten. In der Menge zahlreiche Offiziere. Irgendetwas ging in der Duma vor sich. Es stellte sich heraus, dass man ohne Schwierigkeiten hineingelangen konnte.

Im länglichen Saal saßen Männer, die eindeutig nicht dorthin, in die Duma, gehörten. Von den Eintretenden verlangten sie Passierscheine, doch da es keine Passierscheine gab, wurden die Schaulustigen einfach aufgrund mündlicher Erklärung einer nach dem anderen eingelassen. Wassja gab an, er sei ein »Vertreter der Presse«, mit Blick auf Tanjuscha knurrte er: »Sekretärin«. Es war offensichtlich, dass eine ziemlich zufällig zusammengewürfelte Gruppe von Menschen am Tisch saß. Auf die Frage: »Wer tagt hier?«, lautete die Antwort: »Der Arbeiterrat.« Die Versammlung verlief nicht sehr lebhaft, die Reden waren von einer gewissen Hilflosigkeit geprägt. Ein Soldat, der am Rande stand und übrigens auch »Delegierter« genannt wurde, sprach furchtloser als alle anderen. Voller Ärger rief er:

»Was sollen wir noch reden? Nicht reden müssen wir, sondern handeln. Auf, zu den Kasernen – und damit hat sich's. Ihr werdet schon sehen, dass sich auch die Soldaten uns anschließen. Warum also noch warten! Ihr habt gut reden hier, weitab von der Front.«

Eine nicht allzu große Gruppe machte sich auf den Weg. Bis zum Ausgang jedoch wuchs sie an. Jemand, der die anderen überragte, hielt eine Rede, doch seine Worte waren nur schlecht zu vernehmen. Ein wohlbekanntes spießbürgerliches Zaudern war zu spüren. Allein die Anwesenheit einiger Soldaten und eines Offiziers mit einem leer baumelnden Mantelarm verlieh etwas Mut. Ein kleines Grüppchen bewegte sich in Richtung Theaterplatz, die Menge folgte. Zunächst schauten sie sich zu allen Seiten um, ob nicht die berittene Polizei im Anmarsch sei, aber nicht einmal ein Schutzmann war zu sehen. Die Menge wurde größer, und nachdem sie den Lubjanskaja-Platz passiert hatten, zogen schon einige tausend

Menschen die Lubjanskaja und die Sretenka Uliza entlang. Einzelne Gruppen stimmten die *Marseillaise* oder *Unsterbliche Opfer, ihr sanket dahin* an, doch es klang nicht eben melodisch. Die Revolution hatte noch keine eigene Hymne. Sie überquerten die Sucharewka, aber als sie sich der Spasski-Kaserne näherten, lichteten sich die Reihen wieder. Es hieß, aus der Kaserne werde geschossen.

Wassja und Tanjuscha gingen in einer der ersten Reihen. Es war schauerlich und aufregend.

»Sie fürchten sich doch nicht, Tanja?«

»Ich weiß nicht. Ich glaube, es wird alles gut gehen. Auch dort wissen sie doch schon, dass in Petersburg die Revolution gesiegt hat.«

»Aber warum kommen die Soldaten denn nicht aus ihren Kasernen heraus?«

»Sie haben wohl noch nicht den Mut dazu. Aber wenn sie die Menschenmenge sehen, dann schließen sie sich ihr an.«

Das Tor vor der Kaserne war verschlossen, die Pforte aber stand offen. Es lag Unentschlossenheit in der Luft, möglicherweise war der Befehl erteilt worden, die Menge nicht zu provozieren. Einige suchten das Gespräch mit dem Wachposten. Zum Erstaunen derer, die in den ersten Reihen waren, wurden sie eingelassen, und ein Teil der Menge, etwa zweihundert Personen, betrat den Kasernenhof. Die anderen blieben besonnen zurück.

Nur wenige Fenster der Kaserne waren geöffnet. Dort waren Soldaten zu sehen, in Uniformmänteln, mit erregten und neugierigen Gesichtern. Die Soldaten waren eingeschlossen.

»Kommt heraus, Genossen! In Petersburg ist Revolution. Der Zar wurde gestürzt!«

»Kommt heraus, kommt heraus!«

Die Menschen in der Menge schwenkten Flugblätter und versuchten, sie bis zu den Fenstern hinaufzuwerfen. Baten, die Offiziere mögen zu Gesprächen herauskommen. Und obwohl sie den Soldaten freundschaftlich und aufmunternd zulächelten, wusste niemand, mit wem man es zu tun hatte: mit Feinden oder mit neuen Freunden. Und ängstlich schwirrte Misstrauen durch die Fenster hinein und heraus.

Die Kaserne schwieg.

Die Menge näherte sich der Tür. Jäh wurde diese aufgestoßen. Die Menge sprang zurück, als sie eines Offiziers in Felduniform und einen ganzen Zug von Soldaten gewahr wurden, die mit aufgepflanzten Bajonetten die Treppe besetzt hielten. Die Gesichter der Soldaten waren bleich. Der Offizier stand da, wie in Stein gehauen, antwortete nicht auf Fragen und sagte kein einziges Wort.

Befremdlich und aberwitzig war es. Einer lauten Menge wurde gestattet, auf einem Kasernenhof Losungen zu rufen, ungeheuerliche Worte zu rufen, neue, aufrührerische, verführerische – doch die Soldaten kamen nicht heraus. Aus einigen Fenstern rief es:

»Wir sitzen hier fest. Wir können nicht heraus.«

Aus anderen waren skeptische Rufe zu vernehmen:

»Ja, redet ihr nur! Wenn man euch mit Maschinengewehrfeuer auseinanderjagt, dann habt ihr eure Revolution.«

Und wie als Antwort darauf liefen plötzlich aus einer Seitentür Soldaten eines ganzen Zuges hintereinander heraus und brachten sich, die Gewehre im Anschlag, gegenüber der Menge in Stellung. Ein junger Offizier führte das Kommando. Es war deutlich zu sehen, wie seine Zähne klapperten. Die jungen Soldaten wirkten bleich und verloren.

Fast im selben Moment ertönte das Kommando:

»Feuer!«

Und Schüsse.

Tanjuscha und Wassja standen in der ersten Reihe, direkt vor den Gewehrläufen. Instinktiv ergriffen sie die Hand des anderen und sprangen zurück. Die seitlich standen, rannten zum Tor. Wer in der Mitte stand, duckte sich und drückte sich an die Mauer.

»Feuer! Feuer!«, wieder Schüsse.

Mit aufgeregter, fast weinender Stimme flüsterte Wassja, der sich, nervös zitternd, vor Tanjuscha stellte:

»Tanjuscha, Tanjuscha, sie schießen, sie schießen auf uns, auf ihre eigenen Leute, das kann nicht sein, Tanjuscha.«

Es gab keine Möglichkeit zur Flucht, entweder würden sie erschossen oder es würde ein Wunder geschehen.

Als die Gewehre verstummt waren, blickte Wassja sich um: kein Stöhnen, keine Verwundeten, keine Toten. Eine Minute der Grabesstille. Allein vom Tor war Geschrei zu hören: Dort rannte die Menge auseinander.

Plötzlich – die dünne, scheppernde Stimme eines jener Burschen, die stets und überall vor einer Menge hergehen:

»Mit Platzpatronen schießt ihr, mit Platzpatronen!«

Und er sprang aus den Reihen und begann vor den Soldaten Gesichter zu schneiden:

»Mit Platzpatronen schießt ihr, mit Platzpatronen!«

Und dann sprangen einige Arbeiter auf die Soldaten zu, griffen nach ihren Gewehren, brachten Unordnung in ihre Reihen, riefen ihnen etwas zu, versuchten, sie von etwas zu überzeugen. Diese gehorchten dem Befehl ihres Offiziers, lösten sich irgendwie aus dem Gewühl und verschwanden in der Kaserne.

Abermals erhob sich Lärm, aus den Fenstern ertönten Rufe, abermals begann die Menge von der Straße durch das Tor zu strömen.

»Kommt heraus, Genossen, schließt euch uns an!«

Tanjuscha stand an die Mauer gedrückt und zitterte. Tränen standen in ihren Augen. Wassja hielt ihre Hand.

»Tanjuscha, Liebe, was ist das denn nur! Wie entsetzlich! Welch ein Wahnsinn! Wie können sie so etwas tun – schießen, an einem Tag wie heute. Natürlich, sie müssen Befehle befolgen, aber so etwas können sie doch nicht tun. Auf die eigenen Leute schießen! Tanjuscha!«

Auch sie immer noch zitternd, griff Tanjuscha ihn am Ärmel:

»Wassja, lassen Sie uns gehen. Mich friert.«

An der Mauer entlang liefen sie schnell aus dem Kasernenhof, ließen die lärmende Menge hinter sich, gingen schweigend, untergehakt, zurück zur Sretenka und nahmen die erste Droschke.

»In die Siwzew Wrashek.«

Tanjuscha holte ihr Taschentuch hervor, wischte sich die Augen trocken, lächelte und blickte Wassja beschämt an.

»Seien Sie mir nicht böse, Wassja.«

»Aber, wie könnte ich ...«

»Nein, aber ich war nur schrecklich aufgeregt. Das war doch das erste Mal ...«

»Ich war ja selbst ganz außer mir, Tanjuscha.«

»Wissen Sie, Wassja, mir war aus irgendeinem Grund sehr traurig zumute. Ich hatte keine Angst, selbst als sie geschossen haben. Aber sie hatten solch traurige Gesichter, die Soldaten, dass mir plötzlich die ganze Welt leid tat, Wassja. Das sind doch keine Unmenschen, sondern bemitleidenswerte Wesen. Das alles ist so schäbig ...«

»Die Soldaten haben doch keine Schuld, Tanja.«

»Ich gebe ihnen doch keine Schuld, aber ... wie furchtbar, Wassja, wenn Soldaten mit Gewehren einer Menschenmenge gegenüberstehen. Und ich dachte, eine Revolution sei etwas Heldenhaftes. Aber tatsächlich haben alle nur Angst und begreifen nichts ...«

Nach einer kurzen Pause fügte sie hinzu:

»Hören Sie, Wassja, mir gefällt Ihre Revolution nicht.«

# Ein Wunder

Die Beine runde Räder, in den Adern Rauch und Öl, im Herzen Feuer. Sie arbeitet in jenen Jahren für Blut, nur für Blut, ist selbst aber rein und hell: Man hat sich Mühe gegeben, all ihre kupfernen Bestandteile und ihre Nummer zu polieren. Heute brachte sie den lebenden Rest dessen, der in früheren Zeiten einmal der junge Offizier Stolnikow gewesen ist und nicht mehr erfahren hat, welches die fünfte Karte war.

Die freiwilligen Krankenschwestern nahmen die Verwundeten am Moskauer Bahnhof nicht mehr mit dem einstigen Eifer, sondern mit bürokratischer Gewohnheit in Empfang. Es war kein Spektakel mehr, sondern Alltagsgeschäft. Sie traten vor allem zu den Offizieren und sprachen mit ihnen. Zu Stolnikow aber kamen sie nicht: Um den furchteinflößenden Stumpf kümmerte sich sein Bursche Grigori, der dabei half, ihn auf eine Trage zu legen.

Der ältere der Ärzte sagte zum jüngeren:

»Ein Wunder, dass dieser … am Leben ist. Und am Leben bleiben wird!«

Der Herr Doktor wollte sagen: »dieser Mensch«, doch er sprach es nicht aus – ein Stumpf ist kein Mensch. Dieser Stumpf war der Stumpf eines Menschen.

Als sie angekommen waren, wollte Grigori das Georgskreuz an Stolnikows Brust heften. Der aber schüttelte den Kopf, also legte Grigori das Kreuz ins Etui zurück und steckte dieses in die Innentasche der Jacke.

Verwandte hatte Stolnikow nicht, Freunde kamen nicht, um ihn abzuholen, sie wussten von nichts. Er hatte niemanden in Kenntnis gesetzt. Denn er war schwach, wenngleich er doch ein Wunder war. Ein halbes Jahr hatte er in einer kleinen Stadt im Lazarett gelegen, den Transport hatte man gescheut. Nun würde er durchkommen.

Man brachte ihn ins Lazarett. Und auch dort staunten die

Herren Ärzte über das »Wunder«. Keiner aber fand den Mut, dem Offizier ohne Arme und Beine Trost zuzusprechen. Junge Ärzte traten an sein Bett, um festzustellen, dass die Knochen am Knie mit blauen Narben überzogen waren und dass der Rest der rechten Schulter sich noch bewegen konnte. Sie wusste nicht, weshalb, aber sie massierten sie. Stolnikow betrachtete ihre Gesichter, ihre Schnauzbärte, ihre geschickten Finger. Und wenn sie fortgingen, blickte er ihnen nach: Da gingen sie also auf ihren Beinen, wie auch er einst gehen konnte – eins, zwei, eins, zwei …

Ihm, dem Wunder, gab man ein kleines Einzelzimmer. Grigori war immerfort bei ihm, er war aus dem Militärdienst entlassen, denn er hatte das wehrpflichtige Alter überschritten.

Von den alten Gefährten, Kommilitonen, besuchten ihn zwei; beiden war er dankbar, doch er sagte, sie bräuchten nicht mehr zu kommen, er wolle noch niemanden sehen. Sie verstanden ihn. Auch ihnen war es ja schwer: Worüber sollten sie nur mit ihm sprechen? Über die Freuden oder die Sorgen des Lebens? Über die Zukunft? Von Tanjuscha überbrachten sie Blumen. Er sagte:

»Übermitteln Sie ihr meinen Dank. Wenn es mir besser geht, lasse ich es sie wissen. Ich werde sicher bald entlassen, was soll man mich auch weiter behandeln. Ich bin ja gesund. Ich nehme irgendwo eine Wohnung, zusammen mit Grigori. Dann können Sie mich besuchen.«

Drei weitere Monate lag er noch im Lazarett. Gesund war er, nahm sogar zu. Die Herren Doktoren sagten: »Ein Wunder! Sehen Sie doch einmal, wie er aussieht. Was für eine Pferdenatur!«

Und Stolnikow wurde entlassen. Im Studentenviertel, in der Malaja Bronnaja, mietete Grigori für ihn und sich zwei Zimmer. Und war ihm fürsorgliches Kindermädchen.

Was die beiden verband? Die Hilflosigkeit des einen und die Heimatlosigkeit des anderen. Beide hatten Außergewöhnliches erlebt, der einfache Soldat und der Offiziersstumpf.

Des Abends unterhielten sie sich lange. Vor allem Stolnikow sprach, und Grigori hörte zu. Riss in der Dunkelheit ein Streichholz an, steckte dem Stumpf eine Papirossa in den Mund und stellte einen Unterteller auf seine Brust, für die Asche. Er selbst rauchte nicht. Oder Stolnikow las vor, und Grigori, der ehrfurchtsvoll der ihm schwer verständlichen Lektüre lauschte, blätterte auf ein Zeichen hin die Seite um. Allmählich lernte Stolnikow dies selbst zu tun, und zwar mit Hilfe eines Bleistifts mit Radiergummi, seines »Zauberstabs«, den er in den Mund nahm. Er las Grigori fast den gesamten Shakespeare vor. Grigori lauschte erstaunt und mit wichtiger Miene: wunderliche Figuren, absonderliche Dialoge. Er verstand auf seine Art.

Wie ein Kind erlernte der Stumpf das Leben. Sein Geist war immerfort damit beschäftigt, Neues auszutüfteln. Er kam auf die Idee, über dem Kopfende seines Bettes eine kleine Leiter schräg geneigt aufstellen zu lassen, damit er sich an dieser durch die Kraft der Halsmuskulatur aufrichten könne. Ohne diese Leiter war der Körper im Ungleichgewicht mit den Stümpfen der Beine. Obgleich es aber eigentlich nicht notwendig war, dass Stolnikow sich aufrichtete. Er brachte sich bei, mit dem Mund eine Papirossa vom Wandbord zu nehmen und sie mit seinem »Zauberstab« sogar anzuzünden, indem er diesen, den er mit der Papirossa zwischen den Zähnen hielt, auf das am Wandbord befestigte Feuerzeug drückte. Eine ganze Woche lang hatte er dies geübt, einmal war er dabei im Bett fast in Flammen aufgegangen, doch schließlich konnte er es.

Stolnikow verfügte über bescheidene Geldmittel, die für *dieses* Leben ausreichten. Er erwarb einen Rollstuhl und erfand eine ihm erreichbare Vorrichtung, um ihn in Bewegung zu setzen, allerdings bewegte er sich damit nur in seinem Zimmer. Grigori schob ihn in diesem Stuhl über den Twerskoj-Boulevard bis zu den Patriarchenteichen spazieren. Stolnikow beschaffte sich eine Schreibmaschine und brachte sich bei, mit Hilfe eines gekrümmten Holzes mit einem darauf aufgesetzten Gummi zu schreiben, den Wagen bewegte er mit einem Hebel, der an seinem Rollstuhl in Höhe der linken Schulter angebracht war. Es ärgerte ihn, dass nur Grigori Papier einlegen konnte, ordnete an, lange Blätter zusammenzukleben, und schrieb in engem Zeilenabstand. Sein Tisch war überladen mit einer ganzen Kollektion eigenartiger, von ihm erfundener Gerätschaften, die entweder Grigori oder ein Handwerksmeister auf Bestellung gefertigt hatte. Schweigend legte Grigori dem Stumpf einen Reif, an dem Löffel und Gabel angebracht waren, am Kopf an, und der Stumpf erlernte, sich des für ihn überaus komplizierten Hilfsmittels mit Bewegungen der Stirnmuskulatur zu bedienen. Wasser und Tee trank er durch einen Strohhalm. Häufig geschah es, dass Grigrori, wenn er die ermattete Hilflosigkeit sah, sagte:

»Aber so erlauben Sie mir doch, gnädiger Herr, dass ich Sie füttere. Warum muss er sich unnötig quälen?«

»Warte. Das ist nicht unnötig! Ich bin am Leben, das heißt, dass ich das Leben lernen muss. Begreifst du?«

Gespräche in dienstlichen Angelegenheiten waren kurz.

Der Stumpf hatte keine Prothesen. Die Ärzte befanden sie für entbehrlich.

»Wenn Sie welche möchten, gern, doch die wären nur Staffage. Im Ausland könnte man noch welche beschaffen, aber auch dort wohl nur eine für die rechte Hand, für die gibt es noch ein wenig Hoffnung.«

Als Staffage jedoch konnte er auch den French mit den ausgestopften Ärmeln überziehen.

Er wollte dies tun, als er Tanjuschas ersten Besuch erwartete. Aber dann überlegte er es sich anders und blieb, als er sie das erste Mal empfing, im Bett.

Tanjuscha, die um Stolnikows Unglück bestens Bescheid wusste, war verwundert: »Wie gesund er aussieht, obwohl er doch ganz unbewegt daliegt.«

Bei ihrem Krankenbesuch begleitete Tanjuscha der betagte Ornithologe. Sie blieben nicht lange. Als sie gingen, versprach

Tanjuscha dem jungen Mann, ihn noch einmal zu beehren, wenn er sie darum bäte.

Zu Hause weinte sie lange in Erinnerung an den Besuch, und Tanjuscha weinte nur selten. Mit Stolnikow verband sie nichts Besonderes, er war nur ein zufälliger Bekannter. Doch er war selbstverständlich der unglücklichste Mensch von allen, die sie kannte und die sie sich vorstellen konnte.

Vor dem Schlafengehen trat sie, noch nicht ganz entkleidet, vor den Spiegel und erblickte zwei wunderschöne, bewegliche Arme, mit denen sie das Haar zu einem dicken Zopf zusammennehmen konnte. In diesen Armen waren Leben, Jugend und Kraft. Welch Glück war es doch, Arme und Hände zu haben! Und als sie sich plötzlich der blauen Narben über den abgehauenen Knochen erinnerte, erschauerte Tanjuscha, wich zurück, warf sich mit dem Gesicht auf ihr Kissen und begann laut zu weinen, aus Mitleid, aus furchtbarem Mitleid dem Stumpf gegenüber, für das sie keinen Ausdruck fand. Sein Anblick war schwerer, als eines Toten ansichtig zu werden – ein vom Leben zertrümmerter Mensch, der immer noch zuckte.

»Er hasst mich, selbstredend, er muss alle Menschen hassen …«

# Von der Front

Vom Bahnhof, am Smolenski-Markt entlang, über den Arbat zog ein großer Menschenstrom, der schließlich in kleinen Bächen auseinanderlief, des Morgens, am Tage und in der Nacht – Schatten in zerlumpten Soldatenmänteln trugen den Schmutz der Schützengräben mit sich und ungewaschene Hemden im Tornister, und ihre Teekessel schlugen klappernd gegen die Gewehrkolben. Sie zogen über die Trottoirs, ungeordnet, wie freie Bürger, ohne den Versuch, in Reih und Glied zu gehen. Den Krieg trugen sie von der Front tief ins Landesinnere hinein, aber sie dachten nicht an ihn, sondern an ihr Dorf.

Sie hatten keine Gesichter. Nur Mäntel und laut dröhnende Stiefel. Ihre Gesichter waren verschwunden in unrasierten Wangen, hatten sich in die Augenhöhlen zurückgezogen, in Schlaflosigkeit, ins Gewissen des Deserteurs, in dumpfen Trotz, nicht zurückblicken zu wollen. So zogen sie also dahin, ohne auch nur einmal zurückzublicken, ohne den Weg zu kennen, ohne zu sprechen, aber auch ohne den Rücken des Vorgängers aus dem Auge zu verlieren. Sie zogen an den Wegmarken vorbei, wie eine Herde, bis sie sich in den Seitengassen verloren. Dann fragte der Vorderste einen erschreckten Passanten nach dem Weg, und die anderen folgten ihm dumpf.

Schließlich sammelten sie sich wieder in den Vorhallen, Wartesälen und auf den Perrons der Bahnhöfe, wie sie es gewöhnt waren, sich in den Schützengräben zu sammeln, bereit zu warten, bis ein lautloses Kommando den Befehl zur Attacke auf den Zug gab, den Fern-, Regional- oder Stadtbahnzug, wohin auch immer dieser führe, nur weiter, weiter, nach Hause. Andere aber winkten ab, ihnen war alles gleich, sie trieben sich durch die Stadt, brachten Unruhe und die elenden Läuse aus den Schützengräben.

Die einen hatten Gewehre, die anderen hatten diese Last,

die ihnen zu viel geworden war, abgeworfen oder verkauft, am Koppel baumelte in der Scheide nur noch das Bajonett, das man bei Verrichtungen im Haushalt gut gebrauchen konnte. Und wenn ihnen auf ihrem Weg durch die Stadt ein frisch aussehender Junker in frisch gewichsten Stiefeln begegnete, warfen sie einen kurzen und verwunderten Blick auf ihn, strengten ihr abgestumpftes und müdes Hirn aber nicht allzu lange an.

Ohne sich von irgendwem zu verabschieden, bog ein Soldat in eine kleine Seitenstraße ein, rückte das Gewehr auf dem Rücken zurecht, den Lauf mit dem aufgepflanzten Bajonett nach unten, rückte auch die Uniformmütze zurecht und beschleunigte seinen Schritt. Offensichtlich kannte er den Weg. In der kleinen Straße Siwzew Wrashek schließlich marschierte er stramm, obgleich große Müdigkeit aus seinem unrasierten und verdreckten Gesicht sprach. Mit der freien Hand wollte er die Pforte aufstoßen, die jedoch verschlossen war. Er klopfte energisch mit der Faust, dann sah er die Klingel und zog daran. Und sein halb kleinlauter, halb gespielt draufgängerischer Blick aus geschwollenen Augen begegnete dem gestrengen Blick des Hausknechts Nikolaj.

»Was ist sein Begehr?«, fragte der Hausknecht schroff.

»Dem Genossen Nikolaj meine Aufwartung. Erkennt er mich denn nicht?«

»Dunjaschas Gebruder etwa?«

Der Hausknecht sah ungläubig aus. Es dämmerte bereits.

»Er selbst, der gemeine Soldat Koltschagin, grauer Held außer Diensten. Wieder zur Einquartierung hier.«

Sie begrüßten sich. Doch Nikolaj sah ablehnend aus.

»Wie das, hat er denn seinen Dienst beendet?«

»Man kann doch nicht sein Leben lang Krieg führen.«

»Er ist doch nicht etwa geflohen?«

»Sehr wohl. Den Obersten habe ich nicht gefragt. Wie wir in den Krieg hineingeraten sind, so haben wir ihn auch beendet.«

»So, so. Und nun ins Dorf zurück?«

»Sicher, wenn ich mich erholt habe. Einen ganzen Monat war ich unterwegs und bin müde.«

»So, so.«

Dunjascha war froh und erschrocken zugleich. Allzu furchterregend war der Anblick des geliebten Bruders nach dessen langem Marsch.

»Du machst mir die Küche ganz dreckig. Und warum hast du denn die Schießbüchse mitgeschleppt? Die gehört dir doch nicht?«

»In den heutigen Zeiten fragt man nicht, was dem Staat ist und was nicht. Aber ich bräuchte ganz dringend ein Bad.«

»Die Banja ist gerade heute angeheizt worden, als ob man auf dich gewartet hätte. Wäsche aber hast du?«

»Die findet sich. Ich wasche sie selbst. Hauptsache ein Bad. Sonst schlepp ich dir noch Getier ein.«

Wie in jedem guten Haus mit Tradition gehörte auch hier eine Banja zum Anwesen. Und bis zum späten Abend kam der gemeine Soldat Koltschagin aus dieser nicht mehr heraus. Wusch sich, die Wäsche, trocknete sie. Auch den Tornister hatte er mit hineingenommen. Zum Tee erschien er rot, erhitzt und frohgemut in einem frischen Soldatenhemd.

»Das Hemd ist wirklich einwandfrei! Ist mir beim Abschied zugefallen. Das Geschmeiß, Dunja, ist samt und sonders mit dem Dampf erledigt. Eine gediegene Banja habt ihr, mein ganzes Leben könnte ich da drin bleiben. Ja, es stimmt schon, die Herrschaften leben anders als wie wir.«

Dunjascha erzählte vom Tod der Hausherrin.

»Nun denn, sie war ja auch schon alt. Wir aber sind jung an der Front umgekommen, durch den Feind oder durch Krankheit, und alles nur zum Wohle des Kapitalismus.«

»Wer ist denn das?«

»Den hab ich schon kennengelernt! Genug hab ich von diesem Betrug!«

Im Übrigen bat er die Schwester, sich bei den Nachbarn

hinsichtlich seiner Ankunft nicht zu verplappern. Auf Dunja-schas Nachfragen antwortete er ausweichend.

»Was hätte ich denn da noch bleiben sollen? Der Krieg ist doch sowieso zu Ende.«

Zur Nacht legte er sich auf die Bank am Ofen und schlief sofort ein.

Dunjascha räumte den Tisch ab und berührte mit ihrem Ärmel den Hahn des bereits erkalteten Samowars. Aus dem Hahn ergoss sich in dünnem Strahl Wasser auf den Fußboden, verzweigte sich in kleinen Bächen, suchte sich die Ritzen in den Holzdielen, floss hinein und verschwand.

Die Katze hob ihren Kopf und schaute zu, wie das Wasser aus dem Hahn lief, aber als ihre Pfoten in der Pfütze nass wurden, schüttelte sie sich voll Ekel und lief weg.

Als Dunjascha aus ihrer Kammer in die Küche zurückkam, war der Samowar leer. Der gemeine Deserteur Koltschagin schnarchte durchdringend.

# Am Denkmal

**D**ass es bei unserem Spaziergang heute, gnädiger Herr, nur keinen Regen gibt.«

Bevor er den Rollstuhl aus der Sackgasse auf die Straße hinausschob, warf Grigori dem Stumpf einen kurzen Regenmantel über die Schultern.

»Den braucht es nicht, Grigori, es ist warm genug.«

»Nur für alle Fälle, gnädiger Herr, wegen der Epauletten, damit nichts passiert.«

In jenen Tagen kam es bisweilen vor, dass Offizieren die Epauletten abgerissen wurden. Ob man sich aber tatsächlich an einem Krüppel vergehen würde? Nun, das Volk ist tumb, und Grigori war besorgt.

Der Stuhl rollte auf hohen Rädern auf den Boulevard. An der Bogoslowski-Gasse hatte eine Gruppe einen Kreis gebildet, in dessen Mitte ein Herr mit Brille, hager und mit Spitzbart, mit einem Soldaten stand. Der Soldat ließ sich über die Läuse in den Schützengräben aus, der Herr sprach von Frankreich und England. Die im Kreis um die beiden Herumstehenden hörten aufmerksam zu.

Stolnikows Rollstuhl begleiteten sie aus den Augenwinkeln heraus und hörten weiter aufmerksam zu, reckten die Hälse über die vor ihnen Stehenden: Sie glaubten weniger den Worten als den Gesichtern. Einer bemerkte halblaut:

»Schaut doch, wie viele Versehrte es gibt!«

Ein Kindermädchen, das einen Kinderwagen schob, aus dem unter weißer Haube die weit geöffneten blauen Augen eines kleinen Mädchens blickten, kam dem Stumpf entgegen. Als beide Wagen auf gleicher Höhe waren, trafen sich zwei Blicke – die des Kindes und die des Erwachsenen. Der Stumpf lächelte nicht.

Je näher man Puschkin kam, desto größer wurden die Gruppen, in denen sich Streitende sammelten. Man debattierte über Landbesitz, über die Konstituierende Versammlung, über die Parteien, vor allem jedoch über die Front. Satzfetzen drangen durch die Menge:

»... und was ist mit denen, die es sich zu Hause behaglich gemacht haben ...«

»... warum soll ich mein Blut vergießen ...«

»... woher soll ich denn wissen, wer Sie sind? Eine Soldatenuniform kann jeder ...«

»... was gebraucht wird, sind doch auch Gelehrte, die Bildung unters Volk bringen ...«

Die größte Gruppe hatte sich, wie immer, am Denkmal versammelt. Es redete ein Offizier, mit verbundenem Bein und auf eine Krücke gestützt. Seine Mütze wurde durch die Menge gereicht, und alle gaben vertrauensvoll etwas für die Versehrten. An der Seite, vor einem Verkaufsstand, stand ein kleiner Tisch, und der Mann, der daran saß, schüttete die Spenden in einen Geldkasten. Die Leute, die zum Tisch kamen und etwas gaben, wussten mitunter nicht einmal, wer eigentlich wofür sammelte.

Als der Rollstuhl des Stumpfes sich näherte, teilte sich die Menge, und Grigori schob ihn fast bis zum Denkmal. Der bereits heisere Redner zeigte auf Stolnikow, wischte sich den Schweiß ab und schrie:

»Wofür haben solche wie er dort, schauen Sie, ihr Blut vergossen? Damit wir nun Russland den Deutschen überlassen? Nein, Mitbürger, das lassen wir nicht zu!«

Der Verband des Redners unter der Hose war deutlich zu sehen. Eine rote, noch recht frische Narbe spannte sich, wenn er den Mund öffnete, über dem Wangenknochen, und die Haut auf der Narbe glänzte. Als er seine Rede beendet hatte, trat ein Ziviler an seine Stelle, und die Menge kam interessiert etwas näher. Schon eine Minute später aber fingen die Leute zu pfeifen an, denn er sprach gegen den Krieg. Jemand grölte:

»Schämen sollte er sich! Seht doch, hier, ein Offizier ohne Arme und Beine.«

Der Zivile tönte:

»Und deshalb auch ist es genug …«

Sogleich fiel die Menge über ihn her. Zwei Matrosen und ein Soldat riefen:

»Es gilt die Meinungsfreiheit, Genossen, so geht es doch nicht!«

Der Stumpf neigte den Kopf zur Seite, bohrte seine Zähne in die Epaulette, riss an ihr und sagte dann zu Grigori, der sich hinuntergebeugt hatte:

»Nimm sie ab. Die andere auch. Nimm beide ab. Und wirf sie auf ihn.«

»Auf wen, gnädiger Herr?«

»Auf den Schwarzhaarigen, der da redet. Wirf sie ihm in seine Fresse!«

Grigori führte den Befehl aus, und die Epauletten flogen auf die Brust des Redners. Die Menge heulte auf, und der Schwarzhaarige verschwand zusammen mit dem Soldaten und den Matrosen.

Nun umringten die Menschen Stolnikows Rollstuhl. Riefen ihm zu: »Recht so!« Eine Dame kreischte schwer Verständliches, versuchte, alle zu überzeugen, dass noch mehr in den Krieg ziehen müssten, um die Deutschen zu besiegen. Eine barmherzige Schwester mit Locken stellte sich neben Grigori, umfasste einen Griff des Rollstuhls und forderte die anderen durch Zeichen auf – ihre Stimme war nicht zu vernehmen –, die Mützen vor dem versehrten Offizier zu ziehen. Die in den vorderen Reihen standen, taten es, die von hinten drängelten. Jemand rief:

»Ruhe, Herrschaften, er wird sprechen!«

Tatsächlich verstummte die Menge, und der Kreis öffnete sich. Stolnikows Blick wanderte über die Menge, und als Stille eingetreten war, sprach er laut und vernehmlich in diese hinein:

»Ich habe euch nichts zu sagen. Sklaven seid ihr, und der dort, der Schwarzhaarige, der gegen den Krieg geredet hat, ist vielleicht ein Lump, doch er hat recht. Zum Teufel mit eurem Krieg! Grigori, bring mich weg von hier!«

Die erste Reihe trat auseinander. Die barmherzige Schwester ließ den Griff des Rollstuhls los. Die in den hinteren Reihen standen, hatten nichts hören können, und doch riefen sie: »Richtig so, Sie haben recht, danke, Herr Offizier!« Ein Herr mit Bart erklärte seiner Gattin: »Ein schwerkranker Mensch, ein Krüppel. Es ist absolut verständlich, dass er verbittert ist.« Und nur ein einziger Soldat in Offiziershemd mit offenem Kragen schrie atemlos vor Begeisterung:

»Da habt ihr's, ihr Hurensöhne! Jetzt, wo's ihnen die Beine abgerissen hat, begreifen also auch sie es! Ha! Das ist gut!«

Er griff in die Hosentasche, holte eine Handvoll Sonnenblumenkerne hervor und widmete sich ihnen. Hinter seinem linken Ohr steckte eine Papirossa.

Der froh gestimmte Soldat hieß Andrej Koltschagin.

# Der Hausknecht

Im Oktober fiel kein Schnee. Nächtens fror es, tags taute es. Noch bevor es richtig hell war, trat der Hausknecht mit seinem Kratzeisen und dem schiefen Besen aus der Pforte des Professorenhofes. Er fegte lange, bis alles sauber war, warf beim Weggehen ungnädig einen Blick auf Trottoir und Straße vor den Nachbarhäusern, die gehörig vernachlässigt aussahen, und befand, dass bei all den neuen Freiheiten das Volk doch reichlich faul geworden sei. Der Tag hatte begonnen, und die Straße war noch nicht gefegt.

Der Gemüsehändler hielt kurz an, um ein wenig mit seinem alten Bekannten zu plaudern. Sie drehten sich zwei windschiefe Dinger und begannen zu rauchen. Das Pferd warf einen scheelen Blick zu den Fenstern hinauf.

»Der alte Herr ist so weit wohlauf?«

»So weit ja. Hat sehr gelitten natürlich, doch jetzt hat er sich daran gewöhnt. Mit der Enkelin ist es nicht ganz so schlimm für ihn. Sonst wäre es nicht so leicht.«

Der Gemüsehändler kannte den Professor gut, seit zwanzig Jahren wohl schon. Er war es gewesen, der ihm den Hausknecht vermittelt hatte, der aus demselben Dorf stammte wie er.

»Auf dem Markt gehen Gerüchte«, sagte der Gemüsehändler und blickte zur Seite, »besonders über die Soldaten, die in die Stadt kommen. Die Flinten, sagen sie, geben wir nicht mehr her. Und ich frag, auf wen wollen die denn jetzt schießen? Dann heißt es, auf die, die es verdient haben. Auf die Herren. Und ich frage, ja und dann? Und dann, sagt er, dann machen wir ein für alle Mal Schluss mit dem Krieg und nehmen ihnen ihre Ländereien weg. Aber du hast doch schon Schluss gemacht mit dem Krieg, bist einfach weggelaufen, sag ich. Ach was, sagt er, von wegen weggelaufen. Wir sind jetzt frei! Hab ich denn zum Vergnügen den Läusen Futter gegeben?«

»Dummes Pack«, antwortete der Hausknecht.

»Keine Frage, sie sind dumm. Aber das alles ist nicht ohne. Du weißt doch, wie viele da an den Bahnhöfen ankommen. Bei Tag und Nacht ziehen sie hier herum. Sieht ja schon ganz so aus, als ob keiner mehr an der Front ist. Und bis sie es in ihr Dorf geschafft haben, müssen sie doch von irgendwas leben. Und da werden ihnen dann hier die Köpfe verdreht.«

»Wer verdreht ihnen denn die Köpfe?«

»Die Agitatoren. Auf jedem Platz rotten die sich doch jetzt zusammen. Da heißt es, dass man die Bourgeoisen vernichten muss und die Macht der Regierung. Und die Soldaten hören das und schreiben es sich hinter die Ohren.«

Das Pferd warf wieder einen scheelen Blick zum Fenster hinauf. Der Gemüsehändler zog am Zügel.

»Ich glaube nicht, dass das alles friedlich endet. Ja, wenn alles wie früher wäre, aber heute gibt es ja niemanden mehr, der für Ordnung sorgt. Und dann haben sie ja auch noch ihre Flinten.«

»Das soll nicht unsere Sache sein«, sagte der Hausknecht.

Der Gemüsehändler schwieg. Sie rauchten zu Ende. Verabschiedeten sich bis zum nächsten Mal. Das Fuhrwerk setzte sich Richtung Arbat-Platz in Bewegung.

Es schien, als wolle die Wintersonne sich zeigen, aber im milchigen Weiß des Himmels war sie nicht zu sehen. Einige Pforten in der Straße klapperten, es begann nach Rauch zu riechen. Fröstelnd die Hände in die Ärmel seines Soldatenmantels gezogen, eine Aktenmappe aus Pappe unter den Arm geklemmt, klapperte ein Mann, der aussah wie ein Schreiber, auf seinen Absätzen vorbei. Der Hausknecht blickte ihm lange hinterher und dachte angestrengt darüber nach, wer schließlich siegen würde – die herrschaftliche Staatsgewalt oder die rebellierenden Soldaten. Er ging zum Tor und untersuchte es genau. Es müsste vielleicht einmal repariert werden, doch es würde noch viele Jahre stehen. Er dachte:

»Ich müsste dem Herrn mal sagen, dass es gut wäre, einen Hund anzuschaffen, wegen der Einbrecher. Es zieht doch viel

Pack herum, und die Wache ist liederlich. Der Wächter schläft lieber oder ist betrunken. Polizei lässt sich auch nicht blicken. Es ist keine gute Zeit, zu viel Unordnung.«

Gedankenversunken wandte er sich zum Dienstbotenanbau, sein Gesicht war streng, beherrscht. Der Ofen war angeheizt. Zum Tee ging der Hausknecht zu Dunjascha in die Küche.

Und lärmte mit den Eisen seiner für die Ewigkeit gefertigten neuen Stiefel über die Hintertreppe.

Er war alleinstehend, alt, fast schon ein Greis. Unwirsch. Schwerfälligen, aber unbeirrbaren Verstands. Beim Eintreten in die Küche bekreuzigte er sich mit weit ausholender Geste, sagte seinen Gruß, setzte sich schweigend zum Tee, strich den Schnurrbart glatt, damit dieser nicht störe. Die Brotkrumen sammelte er in der hohlen Hand und beförderte sie dann in den Mund.

»Wenn der Herr aufgestanden ist, sag mir Bescheid, Dunja. Ich will mit ihm über einen Hund sprechen.«

»Wozu brauchst du denn einen Hund? Dann muss man den auch noch füttern!«

»Einen Wachhund braucht man für den Hof. Die Zeiten sind schlecht.«

»Aber das Tor ist doch immer verriegelt.«

»Das Tor ... Das hat vielleicht früher jemanden abgehalten, aber heute kommen sie auch über das Tor. Hergelaufenes Pack, ehe man's sich versieht, ist es schon drin. Ein Hund würde zu bellen anfangen, das wäre ihnen eine Warnung. Also, wenn er aufgestanden ist, dann ruf mich.«

»Ja gut, ich rufe dich.«

Er trank eine zweite Tasse, stellte sie verkehrt herum ab und wischte den Schnurrbart mit einem karierten Taschentuch trocken.

»Brauchst du Brennholz?«

»Für zwei Öfen. Im Speisezimmer heizen wir nicht, dort ist es warm genug.«

Und wieder trampelte er mit den Eisen seiner neuen Stiefel über die Hintertreppe.

»Es hat noch gar nicht geschneit. Dabei wäre es langsam an der Zeit.«

Für einen Augenblick erstand vor dem inneren Auge des Hausknechts das Bild seines Dorfes: Felder, Äcker, Wald – alles von tiefem Schnee bedeckt. Rein, weder von Schlittenkufen durchpflügt noch von Erde und Mist besudelt. Der Schnee ist ein Freund, nicht diese Unflat hier.

Einen Augenblick lang sah er dieses Bild, doch sogleich war er wieder der Alte – von ganzer Seele Hausknecht des Professorenhauses in der Straße Siwzew Wrashek.

# Neid

**W**arum kommt er denn nicht, Grigori?«
»Er wird schon kommen, gnädiger Herr, es ist doch noch früh.«

»Aber wie wird er es denn finden? Bringt ihn jemand?«

»Er findet den Weg selbst. Wohnt ja nur zwei Häuser weiter. Er geht ja auch allein zum Krämer einkaufen.«

Der Fähnrich Kaschtanow, im Krieg erblindet, kam erst nach acht Uhr. Grigori, der seine Schritte und seine Stimme gehört hatte, ging hinaus und geleitete den Blinden zum Tisch, an dem der Stumpf saß.

»Wo bist du denn, mein Freund?«

»Hier. Sei gegrüßt.«

Dann fügte Stolnikow hinzu:

»Schon wieder streckst du mir die Hand entgegen. Das ist sinnlos. Ich habe keine, die ich dir geben kann.«

»Nun ja. Wir sind beide nicht schlecht. Nehmen uns nichts.«

Kaschtanow bewegte sich in die Richtung, aus der die Stimme kam, und klopfte dem Stumpf auf die Schulter.

Zunächst schwiegen sie. Rauchten. Grigori brachte Tee. Stolnikow war erregt und wandte den Blick nicht von seinem Freund: Vor ihm stand ein Mensch, der, vielleicht, ebenso unglücklich war wie er selbst (war das denn möglich!). Ein Mensch, nicht imstande, die Welt, ihre Schönheiten, ihre hinreißenden Konturen zu sehen. Stolnikow konnte die Welt sehen, sie aber nicht umarmen. Kaschtanow konnte die Welt umarmen, aber nicht sehen, wen und was er umarmte. In diesem Augenblick schien Stolnikow diese »Welt« eine Frau zu sein.

Zuerst sprachen sie nicht über sich, sondern über die politischen Ereignisse, über gemeinsame Freunde aus ihrer Einheit. Aber als Grigori sich in seine Kammer zurückgezogen hatte, kam ihr Gespräch bald auf ihrer beider Elend. Eilig, flüsternd fast, vorsichtig, aber auch einander unterbrechend, wetteiferten sie, wessen Leid das größere sei, sprachen dem anderen gegenüber das aus, was sie in ihrer Einsamkeit gedacht hatten, während langer, nutzloser Tage der eine, in dunkler, ewiger Nacht der andere.

Der blinde Kaschtanow sprach raunend und schnell, griff sich immer wieder an den Kopf und gestikulierte wild:

»Du sprichst von Armen und Beinen – wozu brauche ich die! Wohin soll ich denn gehen, was soll ich mit meinen Händen anfangen? Kannst du dir vorstellen, Sascha, wie das ist, wenn nichts außer Dunkelheit um dich herum ist? Und in dieser Dunkelheit Geräusche, Stimmen, Lärm, Musik, Gelächter – und all dies, Sascha, nicht Traum und nicht Wirklichkeit. Du siehst dein Zuhause und was auf der Straße passiert, wirst spazieren gefahren, für mich aber gibt es das alles nicht, sondern nur Nacht. Du sagst: Du fühlst deine Beine. Ich fühle das Licht – so wie ich es kannte. Ich sehe Häuser, Menschen, Frauen, möchte mich ihnen entgegenstürzen, aber es gibt sie ja gar nicht, ganz und gar nicht, sie sind in der Nacht ertrunken. Wenn ich weiß, dass es spät ist und dunkel, dann ist es mir leichter. Aber wenn ich auf meinem Gesicht die Sonne fühle, wie sie mich wärmt – dann ist es nicht auszuhalten. Sie liebkost mich, und ich verfluche sie für ihre Schwäche, weil sie es nicht vermag, die ewige Dunkelheit zu vertreiben.«

Stolnikow unterbrach ihn, flüsternd, und als ob sie beide ein Geheimnis zu hüten hätten, schrie er auf:

»Du, Kaschtanow, hast es doch besser. Du siehst nichts und sagst: Da ist nichts. Aber ich sehe es, weiß, dass da etwas ist – aber nicht für mich. Du gehst einkaufen, bist allein zu mir gekommen, mich aber muss Grigori im Rollstuhl schieben und mit dem Löffel füttern. Begreif doch – bin ich denn ein Mensch? Du bist wenigstens in der Nacht allen anderen gleich – aber ich nie. Du kannst eine Frau umarmen …«

»Aber sie existiert doch gar nicht, Sascha, weil ich sie mit meinen eigenen Augen nicht sehen kann!«

»Ich weiß, dass du sie nicht sehen kannst, aber umarmen kannst du sie. Aber ich kann sehen und lieben, vielleicht liebe ich ja sogar jemanden, Kaschtanow, schon lange sogar, aber ich kann sie nicht berühren, sie nicht bei der Hand nehmen. Ich bin ihr zuwider, Kaschtanow, denn ich bin kein Mensch, ich bin ein blau angelaufener Stumpf, ein Stumpen, ein Missverständnis. Ich kann kein Wasser lassen ohne Hilfe, soll der Teufel mich ..., soll der Teufel mich doch holen ... Schau, ich heule und kann mir nicht einmal allein die Tränen abwischen, muss den Kopf hin- und herwerfen. Sie laufen mir in die Nase, zum Teufel mit ihnen, zum Teufel ...«

Er schluchzte und warf den Kopf hin und her. Da stand Kaschtanow auf, nahm sein Taschentuch, suchte tastend Stolnikows Gesicht und wischte ihm die Augen trocken.

»Sascha, beruhige dich.«

Sie schwiegen. Doch nicht lange. Schon mit den nächsten Worten begann ihr leidenschaftlicher Streit erneut, laut flüsternd und schluckend begann Kaschtanow wieder:

»Das alles mag so sein, Sascha, ich weiß. Aber ich sage dir Folgendes, Sascha. Ich gäbe nicht nur Arme und Beine, sondern alles, um auch nur für einen Augenblick mit meinen Augen sehen zu können. Du sagst, du liebst jemanden, aber weißt du, wie sehr ich jemanden geliebt habe, und diese Frau existiert wirklich, sie hat mich einmal besucht, ich habe ihre Stimme gehört – erinnere mich an jede Nuance. Sie hatte Augen, Sascha, ich sage, hatte, denn für mich hat sie nun keine mehr, so blaue, unfassbar blaue Augen. Nun aber existieren sie für mich nicht mehr, Sascha, diese Augen. Du sprichst von Umarmungen, aber ich will sie mit meinen Augen umarmen, will ihr Lächeln sehen, denn sonst scheint mir jedes Wort Lug und Trug, und das will ich nicht. Und die Sonne soll ich auch umarmen? Und dann gibt es ja auch noch das Meer, die Ferne, die Wälder auf der Welt, die Schönheit, Gemälde, wo ist das alles hin, Sascha? All das ist jetzt zum Teufel. Versteh das doch. Und da brauch ich auch keine Arme und Beine und auch sonst nichts mehr. Wozu? Am liebsten würde ich mir diesen Vorhang vor den Augen mit den eigenen Fingernägeln wegreißen.«

»Du kannst geheilt werden, Kaschtanow. Ich habe davon gelesen, dass es möglich ist, durch ein Gerät an den Schläfen die Augennerven zu stimulieren.«

»Lüg mich nicht an! Warum sagst du so etwas? Beide Augäpfel hat man mir rausgenommen, ich habe nur noch zwei Höhlen!«

»Wer weiß, vielleicht fällt ihnen da auch noch etwas ein.«

»Ja, bestimmt fällt ihnen da auch noch etwas ein. Da hast du ganz sicher eher Prothesen.«

»Was soll das denn heißen? Soll ich mit eisernen Stöcken eine Frau umarmen und ihre Brust liebkosen? Ja?«

Und worüber sie auch immer sprachen, kamen sie letzten Endes doch immer wieder auf die Frau, die der eine nicht sehen, der andere nicht umarmen konnte. Sie waren jung, der Stumpf und der Blinde. Sie unterhielten sich, bis in ihnen bebender Zorn und Neid aufeinander entbrannte, Zorn des Blinden auf den Stumpf, Neid des Stumpfes auf den Blinden. Sie waren einer Frau wegen eifersüchtig, die nicht existierte, die sie nicht kennen wollte – eine ausnehmende Schönheit mit blauen Augen und zartem Teint.

Grigori kam herein und sah ihre wutverzerrten Gesichter, hörte ihr grimmiges Reden und versuchte, sie mit Worten zu beschwichtigen.

»Gnädige Herren, die Nachbarn schlafen schon, werden sich wieder beschweren. Es ist schon spät, gnädige Herren.«

Er geleitete Kaschtanow nach Hause, und nach seiner Rückkehr brachte er den geschwächten und hilflosen Stolnikow ins Bett, jenen bemitleidenswerten Überrest dessen, der ein gutaussehender und mutiger Offizier, ein guter Kamerad und passabler Tänzer gewesen war.

Nur drei Jahre waren vergangen, seit er zum letzten Mal fröhlich getanzt hatte, auf Tanjuschas Geburtstagsfeier, zu Beginn ihres siebzehnten Jahres.

# Oktober

An jenen Oktobertagen hätten kleine weiße Schmetterlinge und Mücken fliegen sollen, die den Weg Schicht um Schicht bedeckten. Kinder hätten Schneebälle werfen sollen, bis ihre Finger rot gefroren und die Kragen so feucht waren, dass der Geruch ihrer Pelze sich ausbreitete, wenn Mama sie zum Trocknen an den Ofen hängte. Von den Augen auf die Lippen hätte jenes heitere Glück überspringen sollen, das der erste flauschige Schnee bringt, der rein, köstlich, quirlig und sanft ist.

Doch es fiel kein Schnee. In jenen Tagen flogen Hummeln aus Blei durch die Straßen, über die Dächer, aus den Fenstern heraus, in die Fenster hinein. Und die Menschen bewarfen sich mit furchtbaren Bällen, von deren Explosionen die Ziegel auf dem Dach des Hauses in der Straße Siwzew Wrashek erbebten.

Zuerst fiel der Schnee aus Bleikugeln auf dem Twerskoj Boulevard. Zur gewohnten Stunde ging Wassja Boltanowski, nachdem er den Vormittag im Labor der Universität verbracht hatte, in die Troizkaja-Mensa, deren Fenster zum Boulevard gelegen waren. Er setzte sich, wie gewohnt, ans Fenster und legte die Serviette in ihrem Ring mit den Initialen auf den Tisch neben den Teller. Das Leben verlief im alltäglichen Rhythmus in geschliffenen Gleisen, und wenngleich der Schinken in Sülze auch sehr teuer geworden war, gab es doch an den Sonntagen Bliny mit Marmelade und Kissel mit Moosbeerensoße, die im Milchsee lilafarbene Inseln bildete. Die Zeiten waren unruhig, doch das Leben wollte hartnäckig immer weitergehen.

Nach der Suppe mit Klößchen gab es Schweinebraten mit Kartoffelpüree. Und als Wassja Boltanowski mit der Brotrinde den Rest der Soße auf dem Teller aufwischte, begann am Ende des Boulevards, gegenüber dem Haus des Stadtkommandanten, eine Schießerei. Beim Blick aus den Fenstern auf den Boulevard sah man Menschen, die rannten, Passanten vielleicht, oder jene, die nach einer neuen Ordnung gierten, vielleicht aber auch jene, die die alte verteidigten. In der Mensa beeilte man sich mit dem Essen. Wassja trank seinen Kwas aus und ging auf den Boulevard. Die Bleihummeln, die aus ihrem Nest geflogen waren, schwirrten sinn- und ziellos durch die Straße. Und schon kurze Zeit später durchbrach eine von ihnen eine Fensterscheibe der berühmten Studentenmensa.

Auf dem Pflaster des Boulevards lag kein Schnee und es wurde früh dunkel. In zahlreichen Quartalen der Stadt donnerten Schüsse aus unsichtbaren Waffen. Man schoss aufeinander – zugegebenermaßen schoss freilich der Bruder auf seinen Bruder. Auf die Flinten folgten Maschinengewehre, auf diese schließlich schwere Geschütze. Den ganzen Abend, die ganze Nacht hindurch, fünf Tage in Folge hörten die Einwohner der Stadt, die sich in die hintersten Winkel ihrer vier Wände drückten, das anhaltende Donnern der Geschütze und das Rattern der Maschinengewehre. Bleierne Angst legte sich über die Dächer, suchte den Feind, flog durch die Fenster, durchlöcherte die Hauswände.

In der ersten Nacht wurde es unweit des Nikitski-Tores plötzlich hell: Das Haus, welches die direkte Einfahrt in die Straße versperrte, ging in Flammen auf, und auch die Troizkaja-Mensa, in der Wassja Boltanowski am Tage noch Schweinebraten mit Kartoffelpüree gegessen hatte, brannte bis auf den Grund nieder. Ohne in Flammen aufzugehen, verglühte die Serviette, und der verkohlte Ring mit den Initialen barst entzwei.

Als das Haus niedergebrannt war, griff das Feuer auf das nächste über, auf das große Gebäude an der Zufahrt zum Boulevard, und der bleiche Morgen erblickte statt eines Wohnhauses ein schwarz gewordenes, rauchendes Kolosseum, an dessen Anblick sich noch niemand erfreut hatte.

Aus den brennenden und beschossenen Häusern floh die Behaglichkeit, voller Entsetzen brach das Elend aus, und beide gerieten in den Feuerhagel. Mit jedem Schuss war man dem

Sieg näher, gab es einen Feind weniger. Aus der kleinen Pension, die sich im Haus der Mensa befunden hatte, liefen zehn alte Frauen mit ihren Bündeln heraus und rannten aufgeregt hin und her. Manche schützten sich vor dem Kugelregen, indem sie sich in ihren Schal einhüllten, und flohen, andere starben vor Schreck, wieder andere bekamen eine Kugel ab oder verbrannten – die Freiheit war nah. Eine Handvoll junger Soldaten schoss aus dem Eckhaus auf eine Handvoll ebenso junger Junker gegenüber. Mancher kam ums Leben, anderen gelang es, im Schutz der Mauern zu entkommen und sich zu verstecken – und wieder war das ersehnte Reich der Gleichheit und Brüderlichkeit ein Stück näher.

Ein Soldat hatte das Gewehr von sich geschleudert, lag, die Arme zurückgeworfen, tot auf der Straße und zeigte lachend dem Himmel die Zähne. So wird er denn niemals erfahren, für wessen Wahrheit er gefallen ist und welche Seite ihn in die Reihen der gefallenen Helden aufgenommen hat. In der Deckung eines Torbogens hustete, Blut spuckend, ein blonder junger Bursche mit hoher Pelzmütze, der zuvor heiter und hitzköpfig mit seiner Flinte drauflosgeschossen hatte, ganz gleich auf wen und wohin, auf Junker, auf einen jeden Schatten, der sich bewegte, auf den Bruder oder die alte Frau. Meist jedoch schoss er vorbei und die Kugel knallte gegen den Putz einer Hauswand. Und nun hatte er selbst eine Kugel im Lungenflügel stecken, war schon nicht mehr von dieser Welt – leb wohl, armer, dummer Junge! Und wieder war die Freiheit einen Schritt näher.

Hinter dicken Mauern kamen in Zimmern, deren Fenster nicht zur Straße gelegen sind, Menschen in Zivil zusammen, disputierten, trafen Verabredungen, gaben Kommandos und Anweisungen, Menschen, die es selbst nicht verstanden, den Lauf eines Gewehrs abzudrücken oder das Maschinengewehr mit dem Munitionsmagazin zu bedienen. Doch sie hatten eigentlich keine Macht, und es ging nicht um sie. Was geschehen musste, geschah, wurde vom Zufall entschieden, von einer heiteren Kugel, die jene, die von der Front geflohen waren, noch übrig hatten. Es gab ja noch den Kreml, das Arsenal, die Alexander-Fachhochschule, und es gab Verwirrung und Zwist zwischen Menschen, die immer im Recht sind und nur dann siegen, wenn sie ohne Sinn und Verstand losmarschieren. Aber ebendies war es, was so furchtbar war, dass nämlich unter dem Luftgewölbe der Kugeln und Schrapnells der Verstand sich fortmachte, sich verirrte und verwirrte, der Verstand, der gestern erst aus der Hirnschale gekrochen war und nun stritt, verloren ging, verzweifelte, zu verstehen suchte und in die Netze eines anderen Verstandes geriet.

Siegen musste jener, der gewohnt war nicht nachzudenken, nicht abzuwägen, der nichts zu schätzen wusste und nichts zu verlieren hatte. Und er war es auch, der den Sieg errang. Menschen in Zivil gaben, nachdem sie beratschlagt hatten, mit die Erklärung heraus: »Wir haben gesiegt.« Und jagten jene, die den Sieg errungen hatten, fort, um die Kommandoposten in der sterbenden Stadt zu übernehmen.

All dies war recht und gerecht, ebenso hätten an ihrer Stelle auch ihre Gegner gehandelt.

Wassja Boltanowski lebte in Girschi in der Bronnaja Uliza, im zweiten Gebäudetrakt. Aus seinem Fenster war des Nachts der brandrot gefärbte Himmel zu sehen, und wie alle anderen schlief auch Wassja nicht. Es schien ihm seltsam, dass er – jung, nicht feige, nicht gleichgültig – zu Hause saß und sich keiner der beiden Seiten anschloss. Schon einen Augenblick später aber wurde ihm klar, dass es tatsächlich gar keine unterschiedlichen Seiten gab, sondern dass dies lediglich die Entfesselung der Elemente, die von einem achtlos hingeworfenen Zündholz entfachte Feuersbrunst war. Und es gab nichts, um diesen Brand zu löschen. Ohne eine Waffe hinausgehen? Wozu? Sich eine Waffe besorgen und schießen? Auf wen? Auf welche der beiden Wahrheiten? Aber kann es denn zwei Wahrheiten geben? Es gibt nicht nur zwei, sondern viele. Die Natur hat ihre Wahrheit, der Mensch die seine, welche zu jener der

Natur im Widerspruch steht. Und ein anderer Mensch hat eine ganz andere Wahrheit. Jeder streitet für die seine – das ist der Kampf ums Überleben. Nun aber zieht einer los, um für einen anderen zu sterben, ganz gegen die eigenen Interessen. Auch im Streben nach Vorteil und Selbstaufopferung ist Wahrheit. Auf wessen Seite also war er, Wassja Boltanowski, Absolvent der Universität und Freund Tanjuschas? Nicht auf Seiten jener, die von der Macht träumten. Seine Wahrheit war es, dass er ungestört seiner Arbeit nachgehen wollte und dass Tanjuscha glücklich sei. Dies war seine ehrlich eingestandene Wahrheit.

Gegen Morgen schlief Wassja ein, doch schon bald wurde er von Schüssen ganz in der Nähe seines Hauses wieder geweckt. Es war dies ein zufälliger, ungeordneter Schusswechsel, vielleicht wurde da jemand verfolgt, vielleicht war es auch purer Übermut. Wer schießt denn in einem friedlichen Studentenquartier!

Ans Studieren war heute wohl nicht zu denken. Ob er wirklich versuchen sollte, durch die kleinen Seitenstraßen ins Labor zu gelangen?

Nach acht verließ Wassja das Haus, eilte hastig zum Nikitski-Tor, war aber aufgrund der Schusswechsel gezwungen, umzukehren. Er wandte sich also in Richtung Sadowaja und überquerte die Bolschaja Nikitskaja auf Höhe der Skarjatinski-Gasse. Die Powarskaja war menschenleer, und neugierig wollte Wassja bis zur Kirche St. Boris und Gleb, ja vielleicht bis zum Arbat gehen. Doch kaum war er an der Boris-und-Gleb-Gasse angekommen, wurde die Luft von der Explosion eines Geschützes erschüttert, bei der eine der Kuppeln der Kirche heruntergerissen wurde. Wassja stöhnte auf und murmelte vor sich hin: »Was geht hier vor, was geht hier nur vor!« Er beschleunigte seinen Schritt und bog in die nächste kleine Straße ein. Er versuchte nicht zu begreifen, was geschehen war, doch er hatte sich ordentlich erschreckt. Auf dem Sobatschja-Platz war alles ruhig, das Chomjakow-Haus blickte finstergravitätisch und unerschüttert drein. Nun blieb eigentlich nur noch eins – über den Arbat direkt zur Universität zu gelangen. An der Ecke zum Arbat blieb Wassja stehen und blickte neugierig nach links, von dort kamen zahlreiche Schüsse. Sollte er es versuchen?

Man musste wirklich ein in Kriegsdingen ganz und gar unerfahrener und naiver Universitätsassistent sein, um ruhig stehen zu bleiben und die herumschwirrenden Kugeln nicht zu bemerken. Niemand hielt Wassja auf, und ihm kam absolut nicht in den Sinn, dass er es war, auf den geschossen wurde. Die Bücher unter den Ellenbogen geklemmt, wie die Studenten es zu tun pflegen, ging er geruhsam über den Arbat. Er wusste nicht, dass die Bewohner der Häuser hinter zugezogenen Vorhängen standen und ihn erstaunt und erschrocken beobachteten und dass drei Schritte von ihm entfernt eine Kugel im Straßenpflaster einschlug. Nein, den Arbat entlangzugehen war nun doch zu schauderhaft, ob er denn auch über den Platz kommen würde? Dort in der Nähe war ja die Alexander-Fachhochschule, dort wurde vermutlich gekämpft. Da war es doch einfacher, den vertrauten Weg um die St. Nikolaj-Kirche herum in die Straße Siwzew Wrashek zu gehen, wo man im Haus des Professors sicher noch beim Morgenkaffee saß, und wenn nicht, so würde Dunjascha ihm bestimmt noch eine Tasse davon aufwärmen. Heute würde es ja doch nichts mit der Arbeit.

Der Vormittag war verloren, das war klar. Doch man konnte ihn für etwas anderes nutzen. Schließlich gab es genügend mit dem Herrn Professor zu besprechen, der, selbstverständlich, zu Hause war. Und mit Tanjuscha könnte man seine Eindrücke teilen. Obwohl es gar nicht so viele Eindrücke waren, eher eine drückende Stimmung, ein Gefühl der Sinnlosigkeit.

Wassja zog an der Klingel, und als er Schritte auf der Treppe vernahm, lächelte er beglückt.

# Zwischen zwei Fenstern

Der Rost, der langsam die Dachziegel aus Eisen fraß, der Wurm, der sich durch die Balken bohrte, die Ratten, die neue Gänge für wilde nächtliche Rennen bauten, die Feuchtigkeit, der Schimmel, die Milliarden von winzigen, unsichtbaren Organismen, die sich durch Liebesakte vermehrten, ihr Recht auf Leben beanspruchten und die Grundmauern des Hauses in der Straße Siwzew Wrashek untergruben, erhielten beste Unterstützung durch das Angstbeben, das Moskau erfasst hatte, und von der Angst, die kleine, durch die Luft schwirrende Kugeln und über die Feigheit höhnende Geschosse verbreiteten. Die Fensterscheiben erzitterten und der trocken gewordene Kitt platzte ab, ein kleiner Nagel löste sich, Schichten alter Farbe bröselten herab, Staub fiel von den Mauersteinen, in schmierigen Brocken fiel der Ruß, der sich im Ofenrohr abgelagert hatte, wieder herunter in den Ofen.

Eine neue kleine Falte in einem alten Gesicht ist kaum zu bemerken. Hoch über dem Dach durchschnitt ein Geschoss die Luft, auf den Sperlingsbergen von einem schlechten Schützen aufs Geratewohl abgefeuert, und das friedliche Professorenhaus duckte sich ängstlich, kniff die Augen zusammen und blinzelte, hielt den Atem an und kam wieder zu sich – und wieder hatte es eine Falte mehr. Doch keiner bemerkte sie, hinter der Tapete war lediglich ein leichtes Rascheln zu vernehmen. Vielleicht war eine Kakerlake auf dem Weg in die Küche.

Der Professor sagte:

»Geh heute lieber nicht nach Hause, Wassja, wir lassen dich nicht fort. Und auch uns ist wohler, wenn du bei uns bist. Wenn die Schießereien morgen aufhören, kannst du dich auf den Weg machen.«

»Ich habe keine Angst, Herr Professor.«

»Was soll ein junger Mann denn auch fürchten. Aber ohne Grund sollte man nichts riskieren. Dort, am Nikitski-Tor, wo du wohnst, geht es besonders heiß her. Aber vor allem würdest du uns einen Gefallen tun. Mit dir zusammen wird es uns leichter sein. Tanjuscha und auch mir.«

Lenotschka rief an, sie wohnte an den Sauberen Teichen:

»Bei uns ist es furchtbar. An der Post wird geschossen. Es heißt, die Telefonstation ist umstellt.«

Das Fräulein vom Amt wiederholte die Nummer und fragte:

»Aus welchem Stadtteil telefonieren Sie? Wie ist die Lage bei Ihnen?«

»Wir wohnen in der Siwzew Wrashek. Hier ist alles ruhig, und bei Ihnen?«

»Bei uns ist es furchtbar! Wir wissen nicht, was wird.«

Sie stellte die Verbindung her. In vielen anderen Stadtteilen funktionierte das Telefon bereits nicht mehr.

»Wollen wir zu mir nach oben gehen, Wassja? Großvater wird ein wenig arbeiten.«

Der Professor rückte nicht von seinem gewohnten Tagesablauf ab. Von Atlanten und Tabellen umgeben, arbeitete er bis tief in die Nacht, betrachtete das Gefieder der Turteltaube auf dem Kreidepapier und trug Korrekturen in die veraltete Klassifikation ein. Mit einem Buchmesser aus Elfenbein schnitt er die Seiten einer englischen Fachzeitschrift auf, die irgendwie die Grenzen überwunden hatte und zugestellt worden war, rückte die Brille von der Stirn vor die Augen, folgte mit der Nase den Worten in den Zeilen und machte am Rand mit Bleistift seine Anmerkungen. All dies war doch so wichtig: der Vogelzug, der Gesang, kleine Eier mit grauen Tüpfelchen, ein gebogener Schnabel, ein heller Punkt auf den Flügeln ... All dies war sehr, sehr wichtig, denn es war ewig und für die Ewigkeit.

Auf dem Hausdach aber schlug kaum hörbar eine ganz und gar verirrte und fanatische Kugel ein, die entweder vom Arbat oder vom Smolenski-Markt herübergeflogen war.

»Ich ziehe mich in mein Kabinett zurück, aber ihr jungen

Leute bleibt ruhig noch etwas. Für dich, Wassja, wird man das Bett in Großmutters Zimmer herrichten oder im Salon, ganz wie du möchtest. Tanja wird sich darum kümmern.«

»Das mache ich, Großvater, gehen Sie ruhig. Wir sitzen noch ein wenig in meinem Zimmer zusammen.«

»Aber setzt euch bitte nicht ans Fenster. Man kann nie wissen! Setzt euch besser an die Wand zwischen den Fenstern.«

»Das machen wir, Großvater.«

Sie wünschten einander eine gute Nacht, und dann gingen die beiden zu Tanjuscha hinauf. Hier konnten sie reden und schweigen.

»Wie soll das alles nur enden, Wassja?«

»Den Kreml werden sie nicht einnehmen. Und dort ist das Arsenal.«

»Und wenn sie ihn doch einnehmen?«

Sie unterhielten sich, besprachen die unterschiedlichsten Gerüchte. Tanjuscha dachte: »Wie seltsam. Wassja ist kein Feigling, und doch scheint ihm alles gleich, als ob es ihn nicht beträfe. Ein anderer an seiner Stelle ...«

Wer denn? Schnell ging sie im Gedächtnis ihre Bekannten durch, die in Uniform und die in Zivil, die Lebenden und die schon Verstorbenen. Ob Ehrberg gekämpft hätte? Möglich. Und Stolnikow, wenn er denn könnte? Selbstverständlich! Der Arme, was er durchmachen muss! Aber sie, in ihrer absoluten Arglosigkeit, konnte gar nicht ermessen, was der Stumpf in jenen Tagen durchlebte.

Wassja rauchte. Und Tanjuscha öffnete das kleine Lüftungsfenster. Das Knattern der Schüsse in der Ferne wurde lauter. Tuk-tuk-tuk ... Vermutlich ein Maschinengewehr.

Sie horchten und schwiegen. Saßen nah beieinander auf dem Diwan. Tanjuscha sann über die Revolution nach. Und Wassja dachte: »Ich weiß, dass ich sie liebe. Und dass sie mir nur freundschaftliche Gefühle entgegenbringt. Und dass ich sie trotzdem ganz furchtbar liebe. Was soll nur daraus werden?«

Mit diesem Gedanken hob er den Kopf und blickte Tanjuscha aufmerksam an.

»Was ist, Wassja?«

»Nichts, es ist nichts.«

Tanjuscha stand auf und schloss das Fenster.

»Brr, wie kalt es heute ist.«

»Ja, und es hat immer noch nicht geschneit. Obwohl der Oktober doch schon fast zu Ende ist.«

Der Oktober neigte sich dem Ende zu. Der lange, große und qualvolle Oktober jedoch hatte gerade erst begonnen.

Als der fünfte Tag der Moskauer Wirren vergangen war und die Bleihummeln nicht mehr flogen, fiel der erste Schnee. Am Morgen des sechsten Tages, in dicken Flocken, spärlich, zaghaft, aber allen unentbehrlich. Der Schnee legte sein Weiß auf die durchlöcherten Dächer, deckte einen Leichnam, den niemand fortgetragen hatte, mit einem weißen Leintuch zu, puderte das Blut auf den Straßen und Höfen und ließ es gefrieren.

Mit einem Mal ward es in Moskau still. Furchtsam blickten die Bewohner der Stadt aus den Fenstern, doch die Neugier trieb sie hinaus. Die Neugier und die Not: Die Vorräte an Brot, Essbarem, Petroleum und Brennholz waren aufgebraucht. Irgendwie musste das Leben ja weitergehen. Gebeugt traten die Menschen durch die halb geöffnete Tür des Ladens.

Und fragten, wenn ihnen ein Bekannter über den Weg lief:

»Wer hat die Oberhand gewonnen?«

»Es heißt, die Bolschewiki.«

»Und wie geht es nun weiter?«

»Wie soll es schon weitergehen? Lange werden sie sich nicht halten. Die Armee wird anrücken und für Ordnung sorgen. Ist das denn die Möglichkeit – in ganz Moskau zu schießen! Dass wir das noch erleben müssen.«

»Hat unser Bäcker geöffnet?«

»Ja. Aber gehen Sie lieber über den Hof.«

Mit weit aufgerissenen Augen um sich blickend, dicht an die Hausmauern gedrückt, ging ein jeder in seinen Angelegenheiten seines Weges, gebeugt und schnellen Schrittes, bereit, sich jederzeit in einem Torbogen, in einer Seitenstraße, hinter einer Litfaßsäule zu verstecken.

Und wenn es etwas gab, das das Auge erfreute, so war dies allein der reine, noch nicht niedergetretene, erfrischende Schnee, der das in jenen Tagen erschreckte und müde gewordene Moskau und seine Bewohner zugedeckt hatte.

# Die Kugel

Eduard Lwowitsch wäre nie in den Sinn gekommen, dass er eine neue Bettdecke hätte kaufen können, die, auch wenn er sie bis unters Kinn hochzieht, bis unter die Füße reichte. Die Unannehmlichkeit der zu kurzen Decke empfand er schon lange, doch er bekämpfte sie lediglich mit einer zweifelhaften Maßnahme: Er deckte die Füße mit seinem alten, kariert gefütterten Paletot zu. Der Grund dafür war nicht Geiz, sondern eine gewisse Lebensuntüchtigkeit. Eduard Lwowitsch litt keine Armut, er lebte bescheiden und konnte einiges für Noten und Bücher über Musik aufbringen. Er schickte auch regelmäßig Geld an eine alte Tante in Riga; obgleich er diese seit zwanzig Jahren nicht mehr gesehen hatte, hielt er daran aus Tradition und Gewohnheit fest, denn er hatte damit noch zu Lebzeiten seiner Mutter begonnen.

Die Bettdecke also deckte die Füße nur unzureichend zu, und deshalb musste Eduard Lwowitsch mit angezogenen Beinen auf der Seite liegend schlafen. So hörte das eine Ohr den Widerhall des eigenen Pulses im Kissen, das andere das Knattern der Maschinengewehre auf den Straßen: Tuk-tuk-tuk. Der Sinn des Maschinengewehrfeuers war Eduard Lwowitsch vollständig und unabänderlich fremd (das war nicht von seiner Welt), doch sein Rhythmus war genau sein Fachgebiet. Die Decke rutschte langsam von den Füßen herab, diese wurden kalt, und der Schlaf wurde unruhig. Eduard Lwowitsch bewegte sich im Schlaf, die harten Bartstoppeln seiner unrasierten Wange kratzten über das Leinen des Kopfkissens.

Der Rhythmus des Pulses stimmte mit dem des Maschinengewehrs nicht überein. Die beiden Rhythmen mussten miteinander vereint werden, in Ordnung und System des Notenpapiers überführt werden. Und da begann nun eine schreckliche Verwirrung. Kleine, schwarze Noten mit großen Köpfen und kleinen Schwänzchen entflohen in die ganze Welt. Ein Teil von ihnen ließ sich auf Hügeln und Dächern nieder und schwärzte den Horizont mit Alleen und Telegrafenmasten. Der andere Teil kroch über die Bettdecke, griff in die Zeilen eines Notenpapiers, zupfte sie wie Saiten, geriet dabei in den falschen Notenschlüssel und warf sich von Dur nach Moll. Eduard Lwowitsch versuchte sie herbeizulocken, deckte sie mit einem Dach aus Legato zu, doch die schwarzen Kaulquappen schlugen mit ihren Schwänzen, rissen sich los und liefen wieder auseinander, die einen auf die Hügel, die anderen in die Falten der Decke.

Eduard Lwowitsch war klar, dass es unmöglich war, eine vollständige Vereinigung jener am Horizont mit diesen auf der Decke zu erreichen. Von einer Melodie konnte keine Rede sein. Großartig, so seien es eben Dissonanzen, auch sie können Grundlage eines musikalischen Themas sein, doch muss es ein einheitliches, für alle verbindliches Harmoniegesetz geben. Als Antwort hörte er jedoch nur das dröhnende Lachen des Maschinengewehrs und das klägliche Klopfen auf dem Kissen. Eine Vereinigung war offensichtlich nicht möglich.

Aber welche Seite bereitete die Schwierigkeiten? Jene auf den Hügeln waren erstaunlich gleichgültig und standhaft. Sie schienen tot, wie Friedhofskreuze vor dem Hintergrund des Himmels. In regulärer Aufstellung, alle Köpfe schauten in dieselbe Richtung, fast ausschließlich Viertel und Achtel. Ganz anders diese, die das Kopfkissen mit unaufhörlichem, regellosem Pochen umgaben, das sich keinem Takt unterwarf. Dort – bewährte Standhaftigkeit, hier – Wirrnis, Gärung. Eduard Lwowitsch versuchte eines dieser kleinen Wesen am doppelten Schwänzchen zu fassen, doch er griff fehl, streckte seinen Arm viel zu weit in den luftleeren Raum. Dann stellte er sich auf die Zehenspitzen, mit bloßen Füßen auf einem schneebedeckten Hügel stehend, und begann einen Chor von Noten-Kaulquappen zu dirigieren, in der Hoffnung, sie würden sich ihm fügen.

Zu Eduard Lwowitschs Erstaunen erwies sich der Chor als grandios. Durch nichts behindert, hob er sich in die Höhe und flog mit weit ausholenden Bewegungen der Arme an nicht enden wollenden Notengrenzen entlang, von Horizont zu Horizont, und schließlich wurde ihm immer deutlicher, dass die Dissonanzen nur aus der Nähe dem Ohr schneidend schienen, sich in der Höhe und Ferne jedoch eine großartige Harmonie ergab, ein wunderschönes Zusammenspiel und vollendete Musik erklang. Er wollte auch die weit entfernten, kaum am Horizont sichtbaren Instrumente in das Spiel einbeziehen, doch es gelang ihm nicht, aus seinen furchterregenden Höhen zu ihnen herunterzugelangen: Ein Glockenschlag ertönte und der Komponist verlor das Gleichgewicht.

Eduard Lwowitsch erwachte, wusste aber nicht, welches Geräusch ihn geweckt hatte. Er deckte die Füße wieder zu und horchte eine Weile: Hatte jemand an der Tür geläutet? Aber alles war still. Und das Geräusch hatte eher nach einem zerbrochenen Glas geklungen. Er sann über seinen Traum nach – wie wunderbar war er gewesen. Besonders interessant schien ihm, dass dort die Vereinigung und Harmonie derart offensichtlich unterschiedlicher Rhythmen möglich geworden war. Dies hatte einen tieferen Sinn. Man muss alles von ferne und aus der Höhe betrachten. Ihm kam die Idee zu einer neuen, ungewöhnlichen Komposition, die diffizil, aber möglich schien. Sie zu begreifen und sich vorzustellen war das eine, aber konnte er sie auch zum Leben erwecken?

Es zog und war kalt. Eduard Lwowitsch legte den Paletot wieder über die Füße, rollte sich ein, kratzte mit der unrasierten Wange über das Kopfkissen und versuchte, sich nicht zu bewegen, damit ihm warm würde. Es zog und war kalt, die Luft schien frisch. Die Noten verschwanden, die Hügel ebenso, das Hämmern des Maschinengewehrs jedoch schien schneller und näher. Aber das Ohr hatte sich bereits daran gewöhnt. Eduard Lwowitsch schlief ein.

Als es zu tagen begann, wurden in beiden Scheiben des Lüftungsfensters zwei kleine Löcher sichtbar, durch die ein Lichtstreif fiel. Als es schließlich ganz hell war, war auch ein kleines Loch in der Tapete, in der Wand gegenüber dem Fenster zu sehen. Um das Loch herum hatte sich die Tapete unter dem zerbröckelten Putz nach oben gewölbt.

Niemand hatte das Fenster in Visier genommen. Die Kugeln des Oktobers flogen ohne besondere Rücksicht auf ihr Ziel. Aus unerfindlichem Grunde war die nutzloseste und zugleich harmloseste in das Schlafzimmer des Komponisten geflogen und hatte für einen Augenblick seine musikalischen Traumbilder gestört.

# Koltschagins Karriere

Am sechsten Tag kam Andrej Koltschagin auf einen Sprung in der Küche des Professorenhauses vorbei. Er war unrasiert, rotwangig, heiter, wenngleich er auch immer wieder zusammenfuhr, denn die vergangenen Tage hatten seinen Nerven doch ziemlich zugesetzt. Er kam mit seinem Gewehr und einem übervollen Ranzen. Darin befanden sich Wurst, ein Laib Käse, ein großer Klumpen Butter, an der das Zeitungspapier festgefroren war. Und auch sonst noch so einiges, das er Dunjascha allerdings nicht zeigte. Er schenkte ihr einen Wecker, ein bereits angebrochenes Fläschchen mit Eau de Cologne und eine Seidenbluse mit eng anliegenden Ärmeln und Spitzenbesatz.

»Was ist denn das? Woher hast du das alles?«

»Gefunden. Auf einem Hof ist eine Truhe kaputt gegangen.«

»Was soll ich damit? Da passe ich doch gar nicht rein! So etwas tragen die gnädigen Fräuleins.«

»Mit den gnädigen Fräuleins hat es jetzt ein Ende, Dunjascha. Mit den Damen und Herren auch. Die Macht ist nun unser.«

»Wo bist du denn gewesen? Hast du denn auch geschossen?«

»Ganz klare Sache. Ich war da, wo's am heißesten herging. Die Telefonstation haben wir eingenommen.«

»Wer macht denn so was?«

»Ja, wer schon? Wir, die Bolschewiki.«

»Sag bloß, bist du wirklich einer von denen?«

»Was denn sonst! Wir sind auf der Seite des Volkes! Gegen die Junker und die ganze Bourgeoisie! Die Zeiten von denen sind vorbei, wir haben gesiegt.«

»Ich begreife sowieso nicht, warum da geschossen wird. Ein richtiges Durcheinander ist das alles.«

»Du brauchst das auch nicht zu begreifen. Nimm einfach die Bluse und das Parfüm. Davon können wir jetzt so viel haben, wie wir nur wollen.«

»Aber das ist doch nicht uns!«

»Nicht uns, was du nicht sagst! Eine dumme Pute bist du, eine Landpomeranze.«

Sie solle, sagte er jedoch noch, die Geschenke den Herrschaften aber lieber nicht zeigen, das ginge diese gar nichts an. Und er sagte doch tatsächlich: »den Herrschaften«. Andere Worte gab es noch nicht, und er wusste auch gar nicht so genau, ob denn tatsächlich »Bourgeois« in diesem Professorenhaus wohnten, dessen Küche ihm stets behagliche Bleibe gewesen war.

Koltschagin blieb nur kurz, wollte nicht übernachten, auch in die Banja ging er nicht, obwohl sie gerade angeheizt worden war. Er verabschiedete sich und warf sich das Gewehr mit dem Lauf nach unten über die Schulter. Auch den Ranzen nahm er mit, hatte zuvor jedoch alles, was darin gewesen war, in seiner Truhe verstaut und verschlossen.

Sicheren Schrittes ging Andrej Koltschagin die Straße entlang. Unter der Mütze lugte nach Kosakenart eine Strähne seines Haares hervor, obgleich er doch Infanterist war. Die ihm entgegenkamen, blickten ihn nicht eben freundlich, ja ängstlich an, aber er würdigte sie keines Blickes. Andrej Koltschagin fühlte sich nicht wie ein gewöhnlicher Mensch und gemeiner Soldat, sondern wie ein Held, ähnlich hatte er sich gefühlt, als er aus seinem Dorf an die Front zog.

Er ging geradewegs zum Sowdep in der Tschernyschewski-Gasse, vor dessen Tor schon zahlreiche Soldaten herumlungerten, die Gewehre trugen auch sie mit dem Lauf nach unten über der Schulter. Er blieb auf einen Plausch stehen, rauchte eine Papirossa, erkundigte sich, an welchem Eingang er mit dem Wisch, den er hatte, hereinkomme. Einige derer, mit denen er die Telefonstation eingenommen hatte, traf er hier wieder, sie hatten keinen solchen Wisch. Dann drängte er sich durch die Menge, reihte sich in die Schlange ein und schaffte es irgendwie. Er gab sich nicht wie ein Bauernlümmel, sondern selbstbewusst wie ein Recke, und er fand die richtigen Worte.

An einem Tisch in einem stickigen und verrauchten Zimmer saß ein schwarzhaariger, schwächlicher, aber durchaus forscher Mann im Jackett, nahm die Eintragungen vor und setzte den Stempel darauf. Sprach in lautem Ton mit dem Soldatenvolk. Er blickte Koltschagin nicht an, schrieb dessen Namen auf ein Dokument, stempelte es und sagte:

»Hier, Genosse, damit gehen Sie an den Ihnen zugewiesenen Ort.«

»Aber wohin denn?«

»Da steht es doch. Nach Chamowniki. Der Nächste.«

Koltschagin musste also dorthin zurück, woher er gekommen war. Das Dokument mit dem Stempel steckte er in den Aufschlag seines Ärmels.

In Chamowniki, in einem Herrenhaus, das man in Besitz genommen hatte, herrschte Gedränge und vollkommenes Durcheinander. Wer dort die Leitung innehatte und das Kommando führte, war nicht feststellbar. Die Soldaten saßen in Sesseln, auf Tischen, auf Fensterbänken, das Parkett war vollgespuckt und mit Zigarettenkippen übersät. Dem, der am lautesten schrie, gehorchten sie.

Auf der Suche nach jemandem, dem er das Dokument, das ihm ausgestellt worden war, aushändigen könne, ging Koltschagin durch die Räume, doch er fand niemanden. Es waren lediglich einige andere ebenso auf der Suche wie er. Schließlich forderte Koltschagin sie auf, ihm ihre Dokumente zu geben, kontrollierte sie und warf ihnen nachlässig entgegen: »Gut, alles in Ordnung, wartet.« Dann begann er, die Dokumente aller Neuankömmlinge zu prüfen, und plötzlich mutete es ihn an, er habe das Kommando. Wenn niemand die Befehlsgewalt ausübte, musste man diese eben selbst organisieren. Das also tat Andrej Koltschagin, und allen schien, es habe damit seine Richtigkeit. Bald wandten sich alle mit einer gewissen Ehrerbietung an ihn, als sei er der Dienstälteste. Dann kam ein Herr in Zivil in einem klapprigen Automobil vorgefahren, stürmte in eines der Zimmer und rief: »Seien Sie gegrüßt, Genossen, gleich wird alles so weit sein«, aber keiner nahm von ihm Notiz. Er eilte hin und her, legte sein Portefeuille von einem Tisch auf den anderen, suchte das Tintenfass, und es war offensichtlich, dass er nicht wusste, was weiter zu tun sei. Da trat Andrej Koltschagin vor ihn hin, die Ruhe selbst, mit seiner Soldatenmütze auf dem Kopf und einer Papirossa zwischen den Zähnen, und sagte:

»Die Zuweisungen sind geprüft, Genosse. Alle in Ordnung. Wir stellen jetzt noch Wachposten auf, sonst kann ja jeder ohne Berechtigungsschein hier herein. Ich ordne an, dass die Türen verschlossen gehalten werden müssen und dass niemand ohne Schein hereinkann.«

Der Ankömmling war hoch erfreut, sodass er sogar völlig vergaß, sich wichtig zu machen und den Chef zu spielen. Es war offenkundig, dass dieser in Person von Andrej Koltschagin bereits vor ihm stand.

Alle waren ausgehungert. Koltschagin wählte fünf aus und schickte sie los, etwas zu »besorgen«. Auch ein Papier stellte er ihnen aus. Er selbst konnte zwar nur schlecht schreiben, doch es fand sich einer, der das besser konnte, und dieser wurde auf Andrejs Anordnung hin seine Schreibkraft. Er unterzeichnete aber selbst: »Kommandoführender Genosse Koltschagin«.

Die fünf besorgten etwas in einem Laden auf dem Arbat, der zum Wohle der Kämpfer notgedrungen geöffnet werden musste, und da der Ladenbesitzer nicht anwesend war, konnte ihm keine Empfangsbescheinigung ausgehändigt werden. Sie schleiften in Säcken Folgendes herbei: einen großen Laib Käse, die erstbeste Wurst, die zu finden war, viel Butter, verschiedene Päckchen. Koltschagin nahm alles entgegen und befahl, es in einem der Zimmer zu verschließen. Dann übernahm er selbst die Zuteilung. Und stopfte auch seinen Ranzen für alle Fälle so voll, wie es nur ging.

Manch einer ging wieder, andere blieben. Geschlafen wurde, ohne dass man sich auskleidete, auf dem Boden. Koltschagin wurde das Sofa überlassen. Dies war angemessen, denn er, der das Kommando führte, hatte schließlich schwerer gearbeitet als andere. Bevor er sich schlafen legte, inspizierte Andrej noch die Wachposten und bestimmte die Ablösung.

Am Morgen des nächsten Tages kamen wieder ein paar Organisatoren in einem Auto angefahren, drängten sich durch das Haus, sprachen von Schreibmaschinen, hängten Schilder an den Zimmertüren auf, rückten Tische hin und her, gingen fort und kamen wieder. Koltschagin blieb stets an ihrer Seite, half ihnen, die Tische zu rücken, machte sich auf einem Zettel Notizen und setzte sich, als sie gegangen waren, an den Schreibtisch im ersten Zimmer, blickte wachsam um sich und sprach in lautem Tonfall mit allen, die hereinkamen. Die Leute kamen und gingen, Koltschagin blieb.

So gingen die Tage dahin. In den Zimmern des Hauses war nun das Kratzen der Schreibfedern zu vernehmen, an der Anmeldung drängte sich zuerst nur Soldatenvolk, später kamen auch gewöhnliche Bürger, verängstigt und umständlich. In dieses Haus brachte man requiriertes Hab und Gut, Verhaftete, in diesem Haus wurden die Befehle des Sowdep des Bezirks Chamowniki ausgegeben – und nichts geschah ohne Wissen und Genehmigung Andrej Koltschagins, der Kommandant genannt wurde. Niemand hatte ihn eingesetzt, gewählt oder seinen Rang bestätigt. Koltschagin war unentbehrlich, selbstverständlich, unumgänglich. Und wenn einer der Bittsteller, der schon in jedem der Zimmer vorgesprochen hatte, jegliche Hoffnung hatte fahren lassen, so sagte man ihm:

»Wenden Sie sich an den Genossen Kommandanten.«

Und der Bittsteller klopfte beklommen am »Dienstzimmer des Kommandanten«, in dem bei Tee mit Zucker und Brötchen der im gesamten Bezirk Chamowniki bekannte Genosse Koltschagin am Schreibtisch saß, gescheit, mächtig, keinen Zweifel zulassend. Manche schickte er weiter, die Angelegenheiten anderer wiederum entschied er selbst und stellte ein Dokument aus, das er unterzeichnete und mit seinem Kommandantenstempel versah.

# Die Nächte des Stumpfes

Schlimmer als die Tage waren die Nächte des Stumpfes. Wieder und wieder sah er in seinen von Alpträumen geplagten Nächten in einem Zustand zwischen Schlafen und Wachen einen letzten Aufstand der Krüppel und Missgestalten vor sich.

Auf niedrigen Wägelchen, mit einem kurzen Stock in jeder Hand, um sich auf der Erde abstützen zu können, rasen die Krüppel des Krieges in einem schildkrötenhaften Strom einem neuen Krieg entgegen. Und er, der vollkommenste aller Krüppel, das Wunder der Chirurgie, eilt allen voran und gibt das Kommando. Ihm folgen Blinde, Gekrümmte, Menschen ohne Gesichter, Taube, Stumme, Vergiftete, Verwirrte – ein Zug von mit Georgskreuzen behängten Missgestalten.

Eine neue Revolution, eine, wie sie noch nie dagewesen ist, eine letzte: den Gesunden und Unversehrten die Gliedmaßen abschlagen, sie zu Krüppeln machen, alle Menschen seien gleich! Mit den Zähnen die Finger an den noch vollständigen Händen abreißen, mit den Wagen die Beine, die noch gehen können, überfahren, Augen, die noch sehen können, ausstechen, Lungen, die noch atmen können, mit Gift traktieren, mit einem Donnerschlag die Schädeldecken zertrümmern. Alle Menschen seien gleich!

Auch die Frauen! Her mit den verkrüppelten Frauen, die uns ebenbürtig sind. Jene mit unversehrten Armen und Beinen, mit sehenden, scheinheiligen Augen, werden uns verachten und verstoßen. Auch die Frauen sollen Krüppel sein, wir lassen ihnen nur ihre Brüste. Ohne Arme und Beine werden wir uns aufeinander wälzen und miteinander vereinigen. Und die Kinder, die geboren werden, sollen so sein wie wir.

Alles wird anders! Die Menschen sollen in Säcken gehen und mit den Zähnen ihre Arbeit verrichten. Nur den Blinden und Wahnsinnigen seien Gliedmaßen zugestanden, denn sie sollen die Krüppel tragen und in Rollstühlen schieben. Ist es denn nicht dasselbe? Haben denn nicht früher schon Blinde und Wahnsinnige uns geführt? Wenn die Stummen und Tauben es wollen, so reiße man allen Gesunden die Zungen heraus und durchstoße ihre Ohren mit glühenden Nadeln! Den Greisen, den Knaben und den Mädchen!

Auf dass Ruhe herrsche in einer Welt, die Kriegsmärsche und Hymnen in Ton gesetzt hat, Trommelwirbel und dröhnende Geschütze.

Ein Alptraum, ein Alptraum – die abgehauenen Gliedmaßen brennen auf Scheiterhaufen auf den Plätzen der Städte. Und diese Scheiterhaufen sind Mittelpunkt von Karussellen mit den Rollstühlen der Beinlosen, die sich rasend schnell drehen – ein Aufstand der Krüppel – ein Hexensabbat der Missgestalten –, und die Wahnsinnigen werfen Bücher, Stühle, Klaviere, Gemälde, Schuhe, vor allem Schuhe, auch Handschuhe, Eheringe, die niemand mehr braucht, ins Feuer, all jenes Zeug, das nur Unversehrte benötigen, die aber nicht mehr existieren und nicht mehr existieren werden. Nun habt ihr begriffen!

Von vollkommener Schönheit sind Narbe und Stumpf. Wer am stärksten zerhackt und zerschnitten ist, ist der Schönste von allen. Auf den Scheiterhaufen mit jenen, die anders zu denken wagen! Auf Ikonen und Gemälden müssen Arme und Beine geschwärzt, Gesichter verunstaltet werden, damit von der einstigen Schönheit nichts in Erinnerung bleibt. Antike Statuen in Museen müssen gestürzt und zertrümmert werden, lediglich Torsi und Büsten mit abgebrochenen Nasen dürfen erhalten bleiben. Auf allen großen Plätzen der Städte sollen Kopien des Herkules-Torsos aus dem Vatikan aufgestellt werden – das einzig würdige Standbild, Schönheitsideal in nachkriegerischen Zeiten!

Ein blau gefärbter, glänzender Stumpf wird die Welt regieren. Und wenn die Welt auch untergeht – dies ist der Weg, den sie gehen soll!

In seinen alptraumhaften Schimären und Trugbildern

stöhnte der Stumpf lange und qualvoll. Er spannte die Rücken-
muskulatur und versuchte, sich auf die Seite zu drehen. Er
konnte dies recht schnell, mit einer abrupten Bewegung, den
Kopf ins Kissen gedrückt, mit dem starken Hals nachhelfend.
Bisweilen jedoch, wenn er zu viel Schwung nahm, fiel er auf
den Bauch und begann vor lauter Anstrengung zu weinen
wie ein Kind. Um in eine andere Lage zu kommen, bewegte er
sich lange hin und her, spannte wieder den Hals und bohrte
sich in die Kuhle der weichen Matratze. Wenn er sich von der
Anstrengung erholt hatte, schloss er die Augen, und sein Alptraum begann von neuem im Halbschlaf seiner quälenden
Nacht.

An etwas anderes denken? Woran? Sich an Vergangenes erinnern, daran, wie er auf seinen Beinen die Welt hätte um-
runden, mit seinen Armen jemanden umfassen oder zurück-
stoßen können, an Zeiten, als ihm alles möglich war, spielen
und kämpfen, gehen und tanzen, gestikulieren und arbeiten?
Als er sich an der Schulter kratzen konnte, ohne aufreibend
lange den Kopf bewegen zu müssen, um wenigstens mit dem
Kinn dorthin zu gelangen? Es war ihm, als habe es noch niemals irgendjemanden derart an der Schulter gejuckt, und mit
kaltem Entsetzen dachte er daran, dass es ihn plötzlich auch
an der Seite oder der Brust jucken könnte! Sollte er dann Grigori rufen? Der arme Grigori! Was hätte er, der Stumpf, dafür
gegeben, um ebenso »arm« dran zu sein wie Grigori. Und sei
es auch nur, ein Soldat zu sein, der nicht mehr jung war und
kaum lesen und schreiben konnte. Ganz gleich wer, ganz
gleich welch schmutzige Arbeit er zu verrichten hätte. Ein
Zuchthäusler – ja, auch ein Zuchthäusler. Sogar ein Spion! Jedes Leben war besser als das seine.

Ihm fielen die ständigen elenden und sinnlosen Streite-
reien mit seinem Nachbarn Kaschtanow ein, der im Krieg das
Augenlicht verloren hatte. Und nun fielen ihm noch Tausende
neue Gründe und Beweise dafür ein, dass das Leben eines Blinden viel leichter sei, dass dieses Leben seinen Namen verdiene

und voll der Möglichkeiten sei. Des Nachts, in dieser Nacht zum Beispiel, wenn es dunkel ist, ist Kaschtanow wie alle anderen auch. Liegt behaglich in seinem Bett, kann sich umdrehen, etwas Wasser in ein Glas gießen, es trinken, kann sich strecken, wieder einschlafen. Kann bei einer Frau liegen und sie liebkosen, wenngleich er sie auch nicht sieht. Und dieser Glückspilz wagt es, sich zu beschweren, wagt es, sich mit ihm zu vergleichen!

Er bohrte sich mit dem Nacken in das Kissen und hob den Rücken etwas an, spannte den Körper und begann langsam und angestrengt, mit durch die Zähne gestoßenem, herausgedrücktem tierischem, wolfsähnlichem Heulen, sich wieder hinunterzulassen.

Im Nebenzimmer knarrte das Bett und klatschten die bloßen Füße Grigoris über den Fußboden.

»Ist Ihnen nicht wohl, warum stöhnen Sie? Brauchen Sie etwas?«

Er gab ihm Wasser zu trinken, nahm das Nachtgeschirr aus dem Schränkchen, umsorgte den Stumpf wie ein Kind, zog das Laken glatt, wickelte ihn in die Decke, zündete ihm eine Papirossa an und stellte ihm die Untertasse für die Asche auf die Brust – all dies im Schein der Nachtlampe. Saß bei ihm auf dem Bett, hielt sich die Hand vor den gähnenden Mund.

»So wirst du dich denn immer um mich kümmern, Grigori?«

»Aber sicher, soll ich Sie denn sich selbst überlassen! Ich bin es zufrieden, wenn ich Ihnen nur das Leben leichter machen kann. Denken Sie nicht darüber nach, gnädiger Herr. Je weniger man nachdenkt, desto besser schläft es sich.«

»Glaubst du denn wirklich an Gott, Grigori? Oder sagst du das nur so dahin und versuchst, an ihn zu glauben?«

»Ich glaube an Gott, wie kann man denn nicht an ihn glauben?«

»Und ist er denn gut, dein Gott?«

»Gut muss er nicht sein. Er ist streng.«

»Und warum hat er mich zum Krüppel gemacht, dein Gott?«

»Wie können Sie, gnädiger Herr, das war doch nicht Gott, das haben die Menschen getan!«

»Aber er hat es zugelassen.«

»Dann hatte er seine Gründe, was wissen wir schon. Sie, gnädiger Herr, müssen sich damit abfinden, das ist nun mal Ihr Schicksal.«

»Nun gut, ich werde mich damit abfinden, Grigori. Geh zu Bett.«

Grigori gähnte und machte ein Kreuzzeichen über dem Mund.

»Wenn Sie noch etwas brauchen, so rufen Sie, quälen Sie sich nicht unnötig ab.«

»Danke, Grigori, und nun geh.«

Er dachte über Grigori und dessen strengen Gott nach, der für alles schon seine Gründe hat. Über die Gläubigen, die sich mit jeglichem Unglück abzufinden vermögen. Und wie merkwürdig auch – er beneidete sie nicht. Sie allein beneidete er nicht. Er konnte ihren Glauben nicht finden und suchte ihn auch nicht. Denn er war Betrug!

Aber während er über sie nachdachte, wurde er ruhiger, fand sich tatsächlich ab und erlaubte dem Schlaf, mit leichter Hand seine Augen zu berühren. Im Traum sah er sich selbst gesund und unversehrt, nicht eilend, seine Unversehrtheit, seine Arme und Beine, seine Jugend zu nutzen. Sah eine Frau, scherzte mit ihr.

Der Stumpf war keine dreißig Jahre alt. In diesem Alter hat der Mensch sein Leben noch vor sich. Der Stumpf jedoch war kein Mensch.

# Stadt der Affen

**M**an hatte einen Graben in Form eines geschlossenen Kreises ausgehoben, seine Außenmauer fiel steil ab. Darin eine kleine Insel, von der es keinen Weg auf die andere Seite gab.

Inmitten der Insel stand das Gerippe eines Baumes mit nackten Ästen. Daran konnten die Affen gut ihre Gymnastik machen.

Unter dem Baum kleine Häuschen mit Fenstern, Dachböden und Dächern – ganz wie die Häuser der Menschen. Gute Schaukeln. Ein Bassin mit zu- und abfließendem Wasser, darüber ein Balken mit einem Ring an einem Seil. Alles für den kurzweiligen Zeitvertreib.

Die große Familie der Meerkatzen lebte wie in Freiheit. Sie pflanzten sich fort, vermehrten sich, besiedelten ihre Stadt.

Der Direktor des zoologischen Gartens hatte Voraussicht bewiesen: Die Stadt der Affen wurde zur großen Attraktion für das Publikum. Man warf den Meerkatzen Nüsse, Brot, Kartoffeln hinüber, erfreute sich ihrer Kunststücke, lachte über ihre Liebesspiele und Familienzwistigkeiten.

Der Direktor beschloss, in der Stadt auch eine Gruppe roter Brüllaffen anzusiedeln. Noch ein Haus wurde gebaut mit einem stabileren Dach. Die neuen Bewohner waren ein wenig größer, kräftiger bemuskelt und von frecherem Wesen.

Anfangs ging alles gut. Es kam naturgemäß zu Raufereien, doch ohne Raufereien geht es in keinem auf Dauer angelegten gesellschaftlichen Verband ab. Schließlich war das Kräfteverhältnis offensichtlich und die rassistische Gewalt begann.

Unter den Roten war einer, der war ein regelrechter Bandit. Stark, leichtfüßig, bösartig, hatte er bei den Seinen das Kommando und wurde zur wahrhaften Plage für die Grauen. Er ließ keine Gelegenheit aus, sie zu schubsen, am Bein zu ziehen oder ihnen ins Genick zu beißen.

Zuerst wagte er nicht, die Affenmutter anzurühren, um die

ein nacktes, zartes Wesen herumhüpfte. Doch letztendlich schlich er sich einmal leichtfüßig an, packte das Junge kurz mit seinen weißen scharfen Zähnen und rettete sich vor der vor Wut tobenden Mutter auf den Baum.

Dieses Schelmenstück gefiel den Roten, sie spürten ihre Macht. Und zur gleichen Zeit erwuchs in der Affenseele der Grauen das Bewusstsein ihres verhängnisvollen Schicksals, des drohenden, unabwendbaren Untergangs ihres altehrwürdigen Stammes.

Graue Angst zog in der Stadt der Affen ein. Und bald schon bewahrheiteten sich die schlimmsten Befürchtungen.

Der rote Gewalttäter hatte Langeweile. Immer ein und dasselbe, immer ein und dasselbe. Und niemand setzte ihm entschlossenen Widerstand entgegen. Nachdem er einmal ein eingeschüchtertes Opfer ans Ende des Astes, auf dem dieses saß, getrieben und zu einem unglücklichen Sprung genötigt hatte (der Graue brach sich dabei ein Hinterbein), kletterte kein Grauer mehr auf den Baum. Den anderen das Futter zu stehlen langweilte den Roten auch, es war ja auch gar nicht notwendig, denn er hatte selbst genug. Also brauchte es irgendetwas Besonderes.

Aus Langeweile unternahm der Rote strategische Rundgänge, spähte einen Haufen zitternder Affen aus, ließ sich vom Dach direkt in ihre Mitte fallen, griff den erstbesten bei der Mähne, ließ sich dann in einiger Entfernung nieder, kratzte sich, bleckte die weißen Zähne und verspottete und reizte die Feiglinge. Die Gruppe fand sich in einiger Entfernung wieder zusammen, aller Augen blieben jedoch auf ihn gerichtet, und alle im Häuflein klapperten mit den Zähnen. Wohin er auch sprang, wandten sich ihm alle, wie auf Kommando, stets zu, beobachteten aufmerksam seine Bewegungen, bereit, jeden Moment zur Seite zu springen. Wenn er sich weiter entfernte oder im Haus schlief, wagten sie, ihre Wunden zu lecken, an einer Möhre zu nagen, einander zu lausen, und, rasch und ängstlich, sich zu lieben. Wenngleich das Leben auch unerträglich geworden war, musste es doch weitergehen. Doch es war ein Leben zum Untergang Verurteilter.

Als der Rote wieder einmal nichts mit sich anzufangen wusste und tatenlos war, riskierte einer der Grauen ein lustiges Spiel: Er sprang in den Ring über dem Bassin und begann zu schaukeln. Der Rote bemerkte es, begab sich leise in den Graben, ging unten um die Affeninsel herum, visierte sein Ziel an, sprang unerwartet ans Bassin heran, griff den Grauen am Schwanz und schleuderte ihn mit einem kurzen Stoß ins Wasser.

Der Graue schwamm an den Rand, doch sein Feind stand bereits dort. Er schwamm an den anderen Rand, doch auch dort kam er nicht heraus. Kaum hielt er sich am Rand fest, schlug der rote Gewalttäter ihm sogleich fest auf den Schädel und hielt ihn unter Wasser.

Das war doch einmal ein neues und reizvolles Spiel. Das graue Opfer wurde schwächer, sank ins Wasser und Blasen stiegen auf. Als der durchnässte Affenkopf sich ein letztes Mal am Rand erhob, tauchte ihn der Rote, ohne besonderes Feuer bereits, mit kurzer Bewegung unter Wasser und hielt ihn dort kurze Zeit. Nun stiegen nur noch Blasen auf. Aus einiger Entfernung blickten die anderen grauen Affen mit klappernden Zähnen und eingezogenen Schwänzen zitternd auf das Possenspiel des Roten.

Der Rote wartete ein wenig, ging noch einmal um das Bassin herum, den Rücken streitlustig vorgebeugt, dann ging er fort, setzte sich hin, zeigte die Zähne, schüttelte die nasse Hand und begann eine Feuerbohne, die er auf seinem Weg gefunden hatte, zu schälen. Das heitere Spiel war zu Ende, und er langweilte sich von neuem.

Im Großen und Ganzen aber hatte dieses Exempel seinen Gefallen gefunden, und das Bassin zog zunehmend sein Interesse auf sich. Er begann schließlich, neue Opfer ins Wasser zu treiben. Sobald er mit seinen starken Zähnen einen nicht allzu flinken Grauen zu fassen bekam, jagte er diesen, die

Arme und Beine des sich krampfhaft Sträubenden mit Bissen abwehrend, zum Bassin und schubste ihn ins Wasser. Ertränkte ihn ohne Eile, gab dem Opfer immer wieder Zeit, zu Atem zu kommen, indem er hinterlistig zum anderen Rand ging, aber stets rechtzeitig zurückkehrte, um den Kopf des schlechten Schwimmers unter Wasser zu drücken, er ergötzte sich an dem Spiel, sprang in den Ring, schaukelte ein wenig und war wieder rechtzeitig zur Stelle. Sobald er den anderen ertränkt hatte, empfand er wieder Langeweile, machte es sich auf dem Dach des Hauses gemütlich, kletterte auf den Baum, und die Äste bogen sich unter der Kraft seiner Muskeln.

Die Kolonie der Grauen starb dahin. Ihre Angst ging in Hoffnungslosigkeit über. Die anderen Roten begannen dem Beispiel ihres Anführers zu folgen, stürzten sich unerwartet auf die abgemagerten, kahl gewordenen, zitternden Grauen, drangen in ihre Häuser ein und jagten sie hinaus, stahlen ihr Futter, bissen sie und rissen ihnen büschelweise Fell aus. Die Kolonie der Grauen wurde kleiner, die der Roten wuchs und gedieh.

Zu spät bemerkte der Direktor des zoologischen Gartens, dass die Zahl der Grauen sich dezimiert hatte – erst als das Wasser des Bassins zur Reinigung abgelassen wurde. Die Wärter bekamen etwas zu hören. Die restlichen Grauen wurden von der freien Insel in einen eigenen Käfig umgesiedelt. Dort wurden sie aufgepäppelt, eine Tafel mit ihrem lateinischen Namen wurde aufgehängt. Man erlaubte der Frau eines Wärters, auf einem kleinen Tisch neben dem Käfig Pakete mit Feuerbohnen auszulegen. Für die Frau des Wärters war dies ein regelmäßiges kleines Zubrot, besonders an den Sonn- und Feiertagen, und der Zoo sparte so Ausgaben für Futtermittel ein.

Wenn man den nun wieder wohlgenährten Meerkatzen zusah, war es unmöglich zu erraten, ob sie sich ihrer freien Stadt, ihrer verlorenen Heimat erinnerten. Mit ihren eng beieinander liegenden Augen blickten sie das Publikum an, nahmen Almosen entgegen, fletschten die Zähne und taten, ohne Scham zu empfinden, unter den Augen aller all jenes, was ihnen als den Menschen Ähnlichen anstand.

# Invaliden

Seit dem Morgen kamen Männer in feldgrauen Uniformmänteln mit leeren Ärmeln, auf polternden Holzbeinen und mit erregten, erschreckenden, narbenübersäten Gesichtern. Der Stumpf war zu ihrem allgemein anerkannten Anführer geworden, obgleich es bereits eine ähnliche Organisation gab – den Invalidenverband –, und obgleich eine der beiden Forderungen, mit der sie bei ihrer Demonstration an die Öffentlichkeit treten wollten (»Krieg bis zum siegreichen Ende«), nicht seine Zustimmung fand. Die zweite Forderung war jene nach Unterstützung für die Invaliden des Großen Krieges, doch auch dies interessierte ihn nur wenig. Ihn beschäftigte vor allem der Gedanke an den öffentlichen Auftritt der Arm- und Beinlosen und Verunstalteten. Sie waren vergessen, aber nun musste man ihnen zuhören. Und je lauter, schärfer, erboster ihre Worte klängen, desto besser.

Es war beschlossen worden, ihn als den vollkommensten der Invaliden in einem auf ein Gestell gebundenen Sessel dem Zug voranzutragen. Der Aufzug sollte bis vors Haus des Deputiertensowjets gehen, dort wollte man Reden halten.

Gegen zwei Uhr kamen die Invaliden am Twerskoj-Boulevard zusammen, bildeten kleine Grüppchen, setzten sich auf Bänke, gingen vor dem Puschkin-Denkmal auf und ab, schlenderten über den Platz. Als Stolnikow herbeigetragen wurde, strömten alle zu ihm. Die rote Fahne des Invalidenverbandes flatterte im Wind.

Es war eine Gruppe von etwa dreihundert. Das Gestell mit dem Sessel darauf trugen drei starke Männer, Grigori war der vierte. An ihrer Seite gingen Männer ohne Arme und an Krücken. Einige Blinde, darunter Kaschtanow, wurden an der Hand geführt. Zahlreiche Verbände schimmerten weiß in der Menge.

Auf dem Bürgersteig stakste mit lahmem Bein ein furchterregender Soldat ohne Gesicht: Von der glänzenden Haut hoben sich schwarz die Augen ohne Wimpern und Brauen ab, zwei Löcher statt einer Nase, an der Seite ein Büschel des verirrten Bartes.

Als die Demonstration anhielt, traten fünf Männer auf den Balkon des Hauses des Deputiertensowjets. Einer von ihnen, ein Blonder mit Bart, er sah aus wie ein gebildeter junger Kaufmann, beleibt und selbstbewusst, lehnte seinen feisten Körper über die Brüstung und winkte. Die anderen vier blickten, auf die Brüstung gestützt, ohne besonderes Interesse auf den Zug der Missgestalten. Es war kein neuer Anblick für sie.

In ungeordnetem Chor drangen Rufe aus der Menge der Invaliden nach oben. Worte wie »bis zum Siege«, »Schande«, »Wir fordern« waren zu hören. Einige wedelten mit Flugblättern, doch die schlechte Organisation des Aufzuges und die unzureichende Abstimmung der Forderungen derer, die sich eingefunden hatten, waren offensichtlich.

Der Blonde winkte erneut und begann zu reden. Seine Stimme war heiser, wohl von den vielen Reden, die er schon geschwungen hatte, an diesem Tag sprach er bereits zum sechsten Mal vom Balkon zu einer Menge in Soldatenmänteln. Seine Rede wirkte einstudiert, als ob er ein und dieselbe für alle hielt und jeweils nur die Anreden änderte. Nun also sprach er zu den »Genossen Invaliden des imperialistischen Mordens«. Seine Worte prallten auf den Sockel des Skobelew-Standbilds, dessen Bronzefiguren jüngst entfernt worden waren, flogen weiter und verloren sich in den niedrigen Gewölbegängen der Hauptwache. Passanten, die vorübergingen, blieben nicht lange stehen, an die Demonstrationen vor dem Deputiertensowjet hatten sich alle bereits gewöhnt, die Worte, die auf dem Balkon gehalten wurden, waren mittlerweile wohlbekannt. Lediglich der Sessel mit dem die Menge überragenden Stumpf rief Aufmerksamkeit hervor.

Stolnikow schaukelte unter den ungeschickten Bewegungen seiner Träger hin und her und schaute, ohne den Blick abzuwenden, auf den kerngesunden Redner mit seinen zwei

Armen und zwei Beinen. An seinen Sessel gefesselt, empfand er seine Unzulänglichkeit, seine Unfähigkeit sich zu bewegen in diesem Augenblick stärker als sonst.

Nach einer Weile begann man den Redner mit Rufen zu unterbrechen, gegen Ende übertönte das Stimmengewirr seine Worte vollständig. Einige, die in der Nähe des Stumpfes standen, krempelten ihre Ärmel auf und streckten ihre blauen Armstümpfe in Richtung des Balkons, andere schwenkten ihre Krücken und schrien, bis sich ihre Stimmen überschlugen. Auch die Blinden schrien etwas, das aber nicht zu verstehen war. Der Soldat ohne Gesicht trat nach vorn und blökte: Er war stumm.

Der Redner rief noch etwas, wies mit der Hand in die Ferne, nach oben, wischte sich mit einem Taschentuch über die Lippen und verschwand durch die Tür. Nach ihm verschwanden auch die anderen.

Irgendetwas hätte man tun müssen, aber was, das wusste niemand. Die mit einer Liste von Forderungen geschickte Abordnung kam zurück. Die Liste hatte man in Empfang genommen, der Gruppe aber keinen Einlass gewährt. Vor dem Eingang des Gebäudes standen junge Soldaten mit Gewehren, andere hatten auf dem Bürgersteig Aufstellung bezogen und trieben alle, die stehen blieben, weiter. Plötzlich kam aus dem Gebäude ein junger Mann herausgerannt – die Uniform sauberer als die der anderen, der Koppelgürtel strammer, augenscheinlich der Führer der Einheit –, eilte über den Bürgersteig und schrie, bevor er am Beginn des Demonstrationszuges angelangt war:

»Weitergehen, Genossen, auseinander, genug jetzt! Machen Sie den Platz frei!«

Er ging zurück und ließ eine Einheit auf dem Bürgersteig vor dem Gebäude Aufstellung nehmen. Die Menge der Invaliden zog nicht mehr weiter, die am Rande standen und die einigermaßen gesund waren, begannen zurückzuweichen. Jene, die das Banner trugen, zogen in Richtung Straße.

In diesem Augenblick übertönte ein schriller und ungezügelter Schrei, der in ein Heulen überging, das Lärmen der
Menge.

»Banditen! Ban-di-ten!«

Das Tragegestell mit dem Sessel geriet ins Wanken. Mit der
freien Hand griff Grigori reaktionsschnell nach dem Körper
des Stumpfes, der aus dem Sessel gefallen war und dabei das
dünne Holz, auf dem dieser befestigt war, zerbrochen hatte.
Aus der Menge eilte man ihm zu Hilfe. Fast gleichzeitig kam
auch der Kommandoführer der Wache mit zwei Soldaten an-
gelaufen.

»Weg mit ihm, tragt ihn fort, bevor es zum Äußersten
kommt. Genossen, hört auf den Befehl: Auseinander, sofort!«

Der Stumpf war bewusstlos. Grigori übergab seinen Platz
an der Tragestange einem anderen, begann an den Lehnen des
Sessels ein Seil zu befestigen und band damit die Brust des
Stumpfes an der Rückenlehne fest. Dann stieß er den jungen
Kerl mit verbundener Wange, der am vorderen Teil der Trage
stand, in die Seite und befahl dumpf:

»He du, steh nicht dumm rum. Lauf los.«

Die Menge verstummte und bewegte sich plötzlich. Einige
gingen hinter Stolnikow her, andere liefen am zusammenge-
rollten Banner vorbei und zerstreuten sich in der entgegenge-
setzten Richtung des Twerskoj-Boulevards.

»Hoffentlich passiert nichts Schlimmes«, sagte der Invalide,
der neben Grigori ging. »Sie achten ja gar nicht darauf, dass er
weder Arme noch Beine hat, sondern sehen nur, dass er Offizier ist. Warum musste er ihnen auch so etwas zurufen!«

»Was soll man ihm denn noch nehmen?«, knurrte Grigori.
»Man hat ihm schon alles genommen.«

Er trieb die Träger zur Eile und nötigte die ihnen Entgegenkommenden allein durch seinen unwirschen, strengen Blick,
dem befremdlichen Zug den Weg freizumachen.

Der Stumpf kam zu sich, suchte mit dem Blick Grigori, ließ
den Kopf wieder sinken und öffnete die Augen nicht mehr, bis

sie zu Hause angelangt waren. Lediglich wenn das Tragegestell ungelenk hin- und hergeschaukelt wurde, verzog sich sein Gesicht vor Schmerzen.

# Der Kreis wird kleiner

Dunjascha hatte den Ofen im Wohnzimmer geheizt, in dem nun der Flügel das halbe Zimmer einnahm. Tanjuscha hatte mittlerweile das Zimmer der Großmutter neben dem Schlafzimmer des Großvaters bezogen.

Das erste Stockwerk wurde nicht mehr geheizt, denn Brennholz war nur noch schwer zu bekommen. Zuletzt hatten Nikolaj und Dunjascha irgendwo Brennholz geholt. Der Gemüsehändler hatte ihnen sein Fuhrwerk geliehen, und sie waren mit erstklassigem, gut getrocknetem Birkenholz zurückgekehrt – woher es stammte, blieb Nikolajs Geheimnis, warum sollte er das auch jedem erzählen. Auf dem Weg zurück hatte man versucht, den Wagen an der Weiterfahrt zu hindern, aber Nikolaj hatte sein Holz verteidigt:

»Das ist für mich, um meine alten Knochen zu wärmen. Nehmt anderen Holz weg, aber doch nicht einem Arbeiter wie mir. Mich, lieber Freund, kannst du nicht schrecken! Ich bin selbst ein Sowdep.«

Und sie wurden durchgelassen.

Eduard Lwowitsch spielte Chopin. Er spielte ruhig, ohne Hast. Tanjuscha, die nun die Hausherrin war, schenkte den Tee ein. Der Ornithologe saß nicht auf dem Diwan, sondern im tiefen Sessel. Auch Poplawski war zugegen, ein Schatten seiner selbst, so mager war er geworden – sein Leben war schwer. Selbstverständlich war auch Wassja Boltanowski anwesend, inzwischen ein täglicher Gast, nein, kein Gast war er, sondern er gehörte bereits zur Familie. Ein neuer Bekannter war Alexej Dmitrewitsch Astafjew, ein Philosoph, Privatdozent an der Universität. Wassja hatte ihn Tanja vorgestellt, der Professor kannte ihn flüchtig von der Universität und hatte nichts gegen ihn. Nur Herren, selbst Lenotschka kam nicht mehr, sie hatte kurz vor der Revolution einen Arzt geheiratet.

Es gab echten Tee aus alten Vorräten, Weißbrot, gebacken aus Mehl, das aus Dunjaschas Dorf stammte. Auch Zucker aus der Lebensmittelzuteilung, bisweilen gab es noch welchen.

Der Professor sann darüber nach, dass in der Ecke die Lampe fehle, welche einst das graue Haar und die Haube seiner Frau und ihre Handarbeit beschienen hatte. Dann richtete er den Blick auf Tanjuscha und nahm wahr, dass sie, die nun den Platz der Großmutter neben dem Samowar eingenommen hatte, vollkommen erwachsen geworden war. Gewandt, umsichtig, nachdenklich, zu nachdenklich sogar, in ihrem Alter könnte sie ruhig noch sorgloser sein, aber in Zeiten wie diesen natürlich nicht. In Zeiten wie diesen gibt es niemanden, der keine Sorgen hat. Wassja blickt sie immerfort an. Ein prächtiger Kerl, dieser Wassja, aber Tanjuscha beachtet ihn kaum mehr als andere. Er mag ja ein guter Junge sein, aber offensichtlich war er Tanjuscha nicht gut genug. Sie braucht jemanden, der ganz anders ist als er.

Poplawski sagte:

»Es ist ja sogar warm hier bei Ihnen. Und so gemütlich, gemütlicher noch als früher. Bei mir zu Hause herrscht regelrecht Frost, ich bewohne nur noch ein einziges Zimmer. Im Esszimmer wachsen Stalaktiten von der Decke, wir hatten einen Wasserrohrbruch.«

Eduard Lwowitsch rieb die Hände aneinander, und ihm fiel ein, dass es auch bei ihm kalt sei. Zwar hatte er einen kleinen Kanonenofen, doch diesen zu heizen war recht umständlich, selbst wenn das Holz in kleinen Stücken gleich daneben lag. Eduard Lwowitsch dachte dies nur, sagte aber nichts: Dieses Thema bewegte ihn nicht übermäßig. Das Wichtigste war, dass er seinen Flügel noch besaß. Bei manch anderem war der Flügel ja bereits requiriert worden. Er krümmte sich noch tiefer zusammen und rieb die Hände aneinander.

Tanjuscha wandte sich an Astafjew:

»Und wo wohnen Sie, Alexej Dmitritsch?«

»Ich wohne in der Wladimiro-Dolgorukowskaja. In unserem Haus residieren nun Vertreter der Arbeiterklasse, ich bin das letzte bürgerliche Element dort. Bis jetzt werde ich in Ruhe gelassen, doch vermutlich werde auch ich ausquartiert. Es geht laut her bei uns, doch es ist durchaus unterhaltsam.«

Wassja lachte auf.

»Was ist denn daran unterhaltsam, dass Ihnen alles genommen wird?«

»Nun, was heißt das schon. Schließlich hat man mir nicht alles genommen, die Bücher hat man mir gelassen.«

»Und die Bücherschränke?«

»Deren sind tatsächlich wenige geblieben. Aber ich habe sie selbst verfeuert, denn es war doch recht frisch.«

»Die Bücher wird man Ihnen auch noch nehmen.«

»Das mag sein. Doch auch das wird mich nicht noch mehr betrüben können.«

»Und wie wollen Sie arbeiten?«

Astafjew lächelte und antwortete nicht sogleich.

»Arbeiten? Selbstverständlich wird es nicht möglich sein, dass ich meiner Arbeit wie früher nachgehe, aber das ist ja schon jetzt nicht mehr möglich. Und schließlich – braucht jemand diese Arbeit denn noch?«

Tanjuscha blickte ihn an, und er fuhr fort:

»Die Philosophie ist ja offensichtlich zum überflüssigen Luxus geworden. Wie die Wissenschaft insgesamt. Ich brauche sie, aber ob andere sie auch brauchen ... – ich weiß es nicht. Was soll man denn andere lehren, wenn das Leben selbst besser als alle Philosophen lehrt?«

Tanjuscha dachte: »Was sagt er denn da, meint er das ironisch oder kokettiert er mit Paradoxa?« Poplawski stimmten diese Worte traurig. Und der Ornithologe schreckte auf:

»Ja, aber was soll man denn sonst machen? Als Straßenkehrer arbeiten? Die jahrhundertealten Weisheiten können doch nicht von einem Tag auf den anderen nutzlos sein.«

Astafjew lag nichts ferner, als zu widersprechen. Ihm stand der Sinn eigentlich überhaupt nicht danach, sich zu unterhalten. Es war so gemütlich in diesem altehrwürdigen Bürgerhaus, so warm und traditionsverbunden. Und so wohlig war ihm nach Eduard Lwowitschs Spiel und dem Tee, den Tanjuscha eingeschenkt hatte. Doch er musste wohl antworten.

»Schauen Sie, Herr Professor, sich doch einmal Ihr Fachgebiet an, die Naturwissenschaft, sie ist, nun, wie soll ich sagen, sakrosankt. Die Philosophie hingegen ist ja nicht einmal eine Wissenschaft, obgleich man sie ja als die Wissenschaft der Wissenschaften bezeichnet. Sie wird geboren in einem Leben voll Überfluss oder in einer Lebensmüdigkeit. Sie ist das Naschwerk. Und Häme. Und Ausweg. Das Leben aber ist nunmehr dergestalt, dass es, wenn man sich auch nur für einen Augenblick aus ihm zurückzieht, um Tage davongeeilt ist. Wer überleben will, der muss aufspringen, sich festkrallen am Leben, andere vom Trittbrett schubsen – wie in der Trambahn.«

»Auch das ist Philosophie«, warf der Professor ein. »Wenngleich eine traurige.«

»Aber warum denn eine traurige! Wir sind nur wieder näher an die Natur gerückt. Das menschliche Dasein ist ruppiger und primitiver geworden, und das menschliche Sein muss sich dem anpassen.«

Poplawski warf ein:

»Nun, das Sein wird nicht ruppiger. Das Sein wird, ganz im Gegenteil, feiner. Wir empfinden tiefer. Das Dasein geht seinen Weg, das geistige Leben allerdings …«

»Sie meinen, es würde subtiler? Nun, das glaube ich nicht. Der Kleinbürger wird aufgrund seiner Schwäche ein wenig zum Philosophen, und der Philosoph wird zum Kleinbürger, und beide werden sie zu Zynikern. Dadurch ist für das Sein nichts gewonnen. Das Wichtigste aber ist: Die ganze Philosophie ist nunmehr ebenso entbehrlich, wie sie zuvor unentbehrlich war. Heute hat es Priorität, die Muskeln zu ertüchtigen und zu stählen, wozu braucht es da gedruckte Werke, es sei denn Broschüren zur Volksbildung, Fibeln und, ja, meinetwegen auch Märchenbücher, zur Entspannung.«

Astafjew lächelte derart, dass man seine Worte zugleich als Spaß auffassen konnte, aber vielleicht meinte er sie ja auch ernst.

Eduard Lwowitsch ließ seinen kurzsichtigen Blick über die Runde gleiten und knarrte in selten selbstbewusstem Ton:

»Vierreicht möchten Sie, dass ich noch etwas Krassisches spiele?«

Während Eduard Lwowitsch spielte, betrachtete Astafjew Tanjuscha, die vorsichtig, damit das Klimpern der Löffel nicht störe, die Tassen zusammenstellte. Er dachte bei sich: Was ist sie nur für ein Mensch? So kindlich ihre Gesichtszüge auch noch schienen, war sie doch schon ganz Frau.

Tanjuscha war nun zwanzig Jahre alt. Sie war schmal und schön. Ihr Gesicht streng, fast kalt, aber auch sehr russisch. Ihr Lächeln hingegen bedingungslos, rückhaltlos, warm. Wenn das Lächeln aus Tanjuschas Gesicht entschwand, blieben ihre Wangen noch für einen Moment leicht gerötet und ihre Augen blickten sanft. Dann erschien wieder die Diana. Des Abends schienen ihre grauen Augen dunkel und tiefblau. Die Haare über der hohen Stirn waren glatt zurückgekämmt. Tanjuscha gehörte zu jenen altmodischen Frauen, die keine Bewegung machen können, die nicht anmutig ist, die nicht darüber nachdenken müssen, wie sie ihre Hand halten oder den Kopf neigen. So war sie in Gesellschaft mit anderen Menschen. Wenn sie allein war, war sie eine andere: Die Augen noch weiter geöffnet, erschien auf der Stirn ein Fältchen, und Tanjuscha wurde zum zerbrechlichen, furchtsamen Mädchen, das nicht wusste, welchen Weg es einschlagen, an wessen Tür es klopfen sollte, das auf der ganzen Welt niemanden hatte, der ihr die Richtung weisen oder einen Rat geben konnte. Tanjuscha blickte aus dem Fenster und sah den grauen Himmel. Sie nahm ein Buch zur Hand, das ihr keine Antwort gab. Sie seufzte auf, und ihr Jäckchen schien ihr allzu eng. Das schwere Haar zog den Kopf nach hinten. Die wohlbekannten Gegenstände im Zimmer blickten sie gleichgültig und allzu geradlinig an. Da ging sie zum Großvater und schmiegte sich an seine kratzige Wange. Der Großvater drückte sie an sich und dachte bei sich: »Was wird nur aus meiner Tanjuscha werden?«

Eduard Lwowitsch spielte an jenem Tag mit besonderer Sicherheit, und während er spielte, war ihm bewusst, dass die Menschheit in Verwirrung geraten war und nur er selbst, Eduard Lwowitsch, die Wahrheit kannte. Dass er im Besitz des Unangreifbaren sei. Und dass dieses Unangreifbare unantastbar sei. Das Unangreifbare war die Musik, die Welt der Töne, die Macht der Töne, der Komposition. Er schlug mit dem Finger die Tasten an, und diese antworteten ihm so, wie er es wollte und erwartete.

Draußen fiel Schnee. Niemand war unterwegs, weder im Wagen noch zu Fuß.

In Chamowniki, in einem großen Haus mit erleuchteten Fenstern, gingen Männer in Offiziershemden, Lederjacken und Uniformmänteln ihrer Arbeit nach. Traten in Gruppen auf die Straße hinaus, setzten sich in ein Automobil und rasten schneller als nötig davon. Während Eduard Lwowitsch spielte, suchte der Finger einer ungelenken Soldatenhand die Buchstaben seines Familiennamens auf der Tastatur der Schreibmaschine und drückte sie aufs Papier. Musik und Komposition waren unangreifbar und unantastbar. Ein Flügel jedoch ist ein Gegenstand, der einem genommen werden kann, leichter noch, als man in diesen Zeiten einem anderen das Leben nimmt. Zudem wurde ein Flügel im Arbeiterklub dringend benötigt.

Nachdem sie den Familiennamen des Komponisten auf dem Vordruck des Mandats eingetragen hatte, schrieb dieselbe Hand, nun aber sehr viel gewandter und sicherer, übermütig geradezu, weiter unten mit hübschem Schnörkel noch den eigenen Namen nieder:

»Andrej Koltschagin.«

Und setzte den Stempel daneben.

# Ein Gegenstand

**D**ie Wohnungstür fiel mit einem Krachen zu, von der Treppe jedoch drangen noch Stimmen herein, und die Saiten des Flügels tönten durch die Erschütterungen in verwundertem Bass.

Die Fenster lagen zum Hof, und deshalb sah Eduard Lwowitsch nicht, wie der Flügel zum Pferdewagen getragen wurde.

Einer aus der Requirierungsabordnung kam zurück, klopfte an der Tür und wiederholte tröstend noch einmal, was er dem verwunderten Eduard Lwowitsch bereits zuvor gesagt hatte:

»Aber werter Bürger, jetzt regen Sie sich doch nicht so auf. Sollte sich herausstellen, dass Sie eine Ausnahmegenehmigung der Behörde für Musik haben, dann bekommen Sie ihn zurück. Wenn nicht diesen, dann eben einen anderen. Aber wir können nun einmal nicht gegen die Vorschrift handeln, und die Arbeiterklubs haben größten Bedarf an Musikpianos, deshalb können nicht alle ihres behalten, so einfach ist das. Sie brauchen sich jetzt nicht unnötig aufzuregen, niemand tut Ihnen Unrecht, das alles geschieht nur aufgrund staatlicher Notwendigkeit. Sie als gebildeter Mensch sollten sich sogar freuen. Und wenn Sie wollen, können Sie ja Beschwerde einlegen.«

Er ging fort.

Obgleich Eduard Lwowitsch wie alle gewöhnlichen Menschen aß, trank und schlief, unterschied er sich von diesen jedoch dadurch, dass er kaum bemerkte, was er aß und trank, und schlafen legte er sich allein deshalb, weil es nicht erlaubt war, nachts Klavier zu spielen, da alle anderen schliefen. Darüber hinaus hatten andere Menschen noch weitere Interessen, die Eduard Lwowitsch wenig verständlich waren, nämlich familiärer, beruflicher, politischer Art. Andere Menschen spielten nach Noten, die ihnen das Leben vorgab, musikalische Werke, die dem Komponisten gänzlich fremd waren und außerdem nicht dem Gesetz des Kontrapunkts folgten. Vermutlich war all dies ja tatsächlich notwendig, doch im Angesicht jenes Allumfassenden und Unumstößlichen, welches Musik genannt wird, konnte man auch ohne dies auskommen.

So hatte es die Erfahrung gezeigt. Eduard Lwowitsch hatte die fünfzig bereits überschritten, er hatte weder Familie noch andere Bande, und selbst wenn es in seiner Jugend etwas in dieser Art gegeben haben sollte, dann war dies doch schon lange in der Welt der Töne verschlossen und hatte sich mühelos in die fünf Zeilen des Notenpapiers hineingefunden. Und selbstverständlich hatte Eduard Lwowitsch nicht einmal bemerkt, wie aus ihm als einem ganz gewöhnlichen Menschen – so gewöhnlich wie eine chromatische Tonleiter –, wenngleich einem Menschen mit absolutem Gehör, ein »Bürger« geworden war.

Als jener Mensch, der Eduard Lwowitsch Bürger genannt hatte, fortgegangen war, waren auf dem Boden, dort, wo die drei Beine des Flügels gestanden hatten, Flecken zu sehen, und von diesen Flecken liefen, wie Gleise, auf dem Fußboden drei helle Bänder zur Tür. Die auf dem Regal an der Wand in einem großen alten Ordner liegenden Noten, besonders die selbst verfassten, welche er in einer großen alten Mappe aufbewahrte, waren plötzlich nutzlos. Und noch ein weiterer überflüssiger, alter, abgenutzter Gegenstand, den niemand auf der Welt gebrauchen konnte, war im Zimmer zurückgeblieben – Eduard Lwowitsch. Dieser Gegenstand befand sich inmitten des Zimmers, griff mit der Hand an die spärlichen Haare an der Schläfe und setzte sich dann auf einen Stuhl an der Wand. Der runde Hocker mit dem höhenverstellbaren Sitz stand leer inmitten des Zimmers, sich darauf zu setzen schien nunmehr irgendwie seltsam, denn es war vollkommen belanglos, wohin man sein Gesicht wendete, wenn man auf ihm saß.

Wohl eine halbe Stunde saß der Gegenstand so da. Sich der Wichtigkeit des Geschehenen absolut bewusst, verlor er sich in Details und wusste nicht, was zu tun sei. Es gab sogar einen Augenblick, in dem der Gegenstand lächelte und dachte:

»Aber das kann doch gar nicht sein! Vermutlich ist das ja etwas aus dem Leben der anderen, das mit mir absolut nichts zu tun hat. Man kann doch wirklich nicht erwarten, dass jemand mir aus irgendeinem Grunde fast, nun, nicht nur fast, sondern tatsächlich meine Seele nehmen und mit einem Fuhrwerk forttransportieren würde. Wie soll man denn ohne ein Instrument eine Symphonie oder eine kleine Romanze erarbeiten oder auch nur in groben Strichen entwerfen, ja, wie soll man denn ohne Instrument überhaupt auf dieser Welt leben, wie soll das gehen? Was bleibt?«

All dies war so unbegreiflich, wie ein schlechter Scherz, so unfassbar, dass der Gegenstand, welcher auf dem Stuhl an der Wand saß, zu lächeln versuchte. Dann schloss er für einen Augenblick die Augen. Sogleich verschwanden die drei hellen Bänder auf dem Boden, auf den Flecken standen wieder die Beine des Flügels, und alles war wie früher. Als er aber seine Augen wieder öffnete, sah er erneut die Flecken und die zur Tür führenden Streifen.

Und aus dem hintersten Winkel seines Gedächtnisses, aus einem alten Notenheft, auf dessen vergilbten Seiten die Aufzeichnungen kaum noch zu erkennen waren, trat jäh wie ein vergessenes Motiv der Gedanke zutage, dass sich ein ähnlicher Fall schon einmal zugetragen hatte. Und zwar ganz genau so: Auch damals wurde etwas aus der Wohnung getragen, etwas, das an eine Kiste gemahnte, und auch damals war eine unendliche Leere eingetreten. Diese Kiste war kleiner und leichter gewesen, schmal. Diese Kiste war ein Sarg gewesen, und in ihm hatte Eduard Lwowitschs Mutter gelegen, mit der er sein gesamtes Leben, fast bis er ergraut war, verbracht hatte.

Doch es gab auch einen Unterschied. Aber welcher war das?

Erstens war Eduard Lwowitsch damals hinter dieser Kiste hergegangen und war ihr auf der Straße gefolgt bis zum Grab. Die Kiste wurde in die Erde hinabgelassen. Dann … ja, dann war Eduard Lwowitsch nach Hause gegangen, und die Wohnung (damals war sie noch sein eigen gewesen, keiner hatte sie ihm streitig gemacht) schien ihm vollkommen leer. Und in diesem Augenblick geschah etwas Tröstliches, Versöhnl ... – ja, natürlich. Er hatte sich an den Flügel gesetzt und zu spielen begonnen. Und hatte bis zum Morgengrauen gespielt. Und während er spielte, hatte er vergessen, welch einen Verlust er erlitten hatte. Und jedes Mal, wenn er nun eine solche Leere im Leben zu fühlen begann, hatte er sie fortan mit den Tönen seiner Musik ausgefüllt.

Und nun? Seine Gedanken begannen sich zu verwirren und zu verlieren. Der vernunftbegabte Eduard Lwowitsch verschwand, und auf dem Stuhl war plötzlich ein Gegenstand, dessen niemand bedurfte, alt und vergilbt, genannt Bürger.

Der Kanonenofen war ausgegangen und Eduard Lwowitschs Füße wurden klamm. Zuerst wollte er den Ofen noch einmal anheizen, doch dann begriff er, dass dies nun absolut nicht mehr notwendig sei. Er zog seinen Fuchspelz an und die Walenki, setzte den Hut auf und ging, vorsichtig seine Schritte setzend, um nicht auf die auf dem Parkett gezogenen Linien zu treten, hinaus.

Wie eine trübe Flamme brannte seine Erinnerung daran, dass man hinter der Kiste, in welcher der gesamte Inhalt seines Lebens lag und die nun hinausgetragen worden war, hergehen musste. Man musste hinter ihr hergehen, denn man konnte Beschwerde einlegen. Aber wohin sollte er sich wenden? Welcher Straße sollte er folgen? In welche Richtung gehen?

Damals hatte man die Kiste bis hinter den Platz an der Dorogomilowskaja-Wache getragen. Dann die Straße weiter, durch ein Tor hindurch und noch weiter, dann links, dort war ein kleines von einem Gitter umzäuntes Grab. Und an dem Grab stand eine kleine Bank.

Eduard Lwowitsch war sehr müde, doch er fand das Grab ohne Schwierigkeiten – er kannte es gut, dieses Grab. Sogar die Gräber daneben kannte er gut. Wie schön war es, sie alle wieder einmal zu sehen, wieder im Kreise so schlichter, stiller, liebenswerter Gesellschaft zu sein. Als wären sie die besten

Freunde. Seit damals allerdings war sehr viel Zeit vergangen. Eduard Lwowitsch rechnete ... – fünfzehn oder gar sechzehn Jahre bereits. Wie behaglich war doch das Grab seiner Mutter, wenngleich es auch schlicht war. Und er setzte sich für eine Weile auf die kleine Bank.

Seine Mutter war hochbetagt gestorben. Und nun war auch er fast schon alt. Sein Haar war schütter und grau. Als sein Haar noch voll und nicht ergraut war, da ... – wieder erklangen lange verborgene Motive aus dem alten Notenheft – ... da konnte er sich der Mutter anvertrauen, sich bei ihr über die ersten Misserfolge beklagen, über die Gleichgültigkeit des Publikums, über die Beschränktheit der Kritiker – mannigfaltig waren die Kränkungen, zudem waren beträchtliche darunter gewesen. Doch eine derartige, wie sie ihm soeben widerfahren war, hatte er noch nie zuvor erleiden müssen. Und wenn er sich auch dieses Mal ... wenn er zum Beispiel sich auch dieses Mal bei der eigenen Mutter beklagte (denn eine solche Kränkung, wie sie ihm heute widerfahren war, war noch nie dagewesen und nicht auszuhalten), sie verstünde ihn – fraglos. Die anderen könnten das sicher nicht verstehen, aber sie, die gute Vertraute! Sie verstünde ihn!

In seinen abgetragenen, an der Ferse mit Leder unternähten Walenki, in seinem abgewetzten Pelz, den Hut in der Hand, rutschte dieser Mensch, der nicht wie ein Bürger aussah, sondern wie ein überflüssiger, abgenutzter Gegenstand, grau geworden und von niemandem gebraucht, von der kleinen Bank in den Schnee auf die Knie und begann, den Kopf auf das Gitter gestützt, schluchzend zu weinen wie ein Kind. Auf dem Friedhof weint man gemeinhin um andere, doch er weinte um seiner selbst, denn man hatte ihm eine Kränkung zugefügt, ihm das Spielzeug seines Lebens genommen. Unglücklich wie ein Kind, und doch selbst schon alt. Wie ein Kleinkind hatte er alle Worte vergessen, erinnerte sich nur eines einzigen kurzen Wörtchens, das er immer und immer wiederholte – »Mama«. Andere Worte hatte er nicht mehr. Er wischte die Nase mit dem Ärmel ab, die in Strömen fließenden Tränen stachen kleine Löcher in den Schnee und erstarrten als heller Eiszapfen an einem Schnörkel des Gitters. Die Löcher und den Eiszapfen nahm er durch den Tränennebel kaum wahr, seine Schluchzer aber setzte er in Noten, setzte eine Appoggiatura, unterteilte sie durch Taktstriche, hob sie durch eine Dreiviertelpause hervor.

Als er keine Tränen mehr hatte, erhob er sich, blickte sich um, lächelte beschämt, verneigte sich wohlerzogen vor dem Grab, trippelte auf der Stelle wie im Korridor, wenn er sich nach einem Besuch bei jemandem auf den Weg nach Hause machte, und ging zum Ausgang, im tiefen Schnee der nicht geräumten Wege des Friedhofs versinkend.

Ging zu seinem Haus und schlurfte dann in seinen Walenki noch lange durch die Straßen, trat höflich zur Seite, wenn ihm jemand entgegenkam, und versuchte sein Gesicht vor der Kälte durch den hochgestellten Kragen zu schützen.

Zu Hause wartete sein Zimmer mit dem nicht geheizten Ofen. Im Zimmer war es dunkel, die Flecken und die Streifen auf dem Boden waren nicht zu sehen. Vorsichtig schloss der Gegenstand die Tür auf, trat ein, ertastete in der Finsternis den Stuhl an der Wand und ließ sich auf ihm nieder.

# Die Bronzekugel

Tanjuscha war bei Stolnikow zu Besuch. Dieses Mal empfing er sie im Lehnstuhl sitzend. Er trug einen French mit entbehrlichen Ärmeln. Der Lehnstuhl stand am Tisch, darauf die von ihm erfundenen Hilfsmittel und in der Mitte eine Bronzekugel auf einem dunkelgrünen Blatt.

Bereits beim Eintreten empfand Tanjuscha jene Befangenheit, die sie vom zweiten Besuch so lange abgehalten hatte. Ein sonderbares Gefühl von Anfang an: Sie konnte ihm ja nicht die Hand entgegenstrecken. Vielleicht sollte sie eine Verbeugung machen? Und selbstverständlich musste sie sich bemühen, ganz unbeschwert, wohlmeinend und heiter dreinzublicken. Sie musste den Schein wahren, und das war schwerer als alles andere. Bereits als sie über die Schwelle trat, errötete sie.

Tanjuscha war vollkommen klar, dass sie sich nicht nach der Gesundheit erkundigen oder die Frage »Wie geht es?« stellen dürfe, sondern dass sie beginnen sollte, über irgendetwas oder irgendjemanden zwanglos zu plaudern, etwas zu erzählen, ihn aufzumuntern. Doch das war sehr schwer. Und sie war erleichtert, als Stolnikow selbst ein Gespräch begann. Er sagte:

»Es ist schön, sehr schön, Sie zu sehen, Tanjuscha. Ich nenne Sie Tanjuscha wie früher, obwohl Sie doch nun schon richtig erwachsen sind. Aber ich bin mittlerweile ja so etwas wie ein Greis, wenngleich mich Grigori auch als kleines Kind bezeichnet. Was macht Ihr Studium, Tanjuscha?«

Sie begann zu erzählen, doch sie merkte, dass er gar nicht richtig zuhörte, sondern seinen Gedanken nachhing. Sie fragte:

»Brauchen Sie irgendetwas? Kann ich Ihnen irgendwie behilflich sein?«

»Nun ja, ich hätte Lust zu rauchen. Nehmen Sie eine Papirossa und stecken Sie sie mir ohne falsche Scham in den Mund. Genau so, danke. Und den Aschenbecher stellt Grigori immer direkt vor mich hin.«

»Was haben Sie denn da für eine Kugel?«

»Die Kugel ... Ja, das ist eine ganz bemerkenswerte Kugel.«

Plötzlich veränderte sich sein Gesicht, er sprach schneller und im Flüsterton:

»Diese Kugel, Tanjuscha, kann alles verändern, alles rückgängig machen, mir alles zurückgeben. Sie glauben nicht an Wunder? Ich kann an Wunder glauben, ich bin ja selbst eines, wie es heißt, ein Wunder der Chirurgenkunst und der Unverwüstlichkeit. Ich blicke also auf diese Kugel und warte, dass sie sich bewegt. Und sie kann sich bewegen, wenn ich sie dazu bringe, mit meinem Blick.«

Tanjuscha verstand nicht, doch der Stumpf blickte sie nicht an.

»Man muss eine solche Kraft haben, verstehen Sie, man kann eine solche Kraft entwickeln. Zunächst ist es nur so etwas Belangloses wie diese Kugel, die man zum Rollen bringt, und wenn das erst einmal geschafft ist, verstehen Sie, wird später alles möglich sein, man muss lediglich den Willen trainieren. Wenn ich sie dazu bringen kann, dann brauche ich keine Arme und Beine mehr, ja ich werde ohne sie stärker als die meisten, ja als alle sein, verstehen Sie?«

Mit angespannten Gesichtsmuskeln, sich leicht hin- und herbewegend, fixierte er die Kugel mit seinem Blick und versuchte, sie durch seine Willenskraft in Bewegung zu versetzen. Die Papirossa fiel in den vor ihm stehenden Aschenbecher. In ebensolcher Anspannung, die Augen weit aufgerissen, voll Erbarmen und Erschrecken, blickte Tanjuscha ihn an und dachte voller Angst:

»Was soll ich tun, mein Gott, was soll ich nur tun! Er hat den Verstand verloren, er ist wahnsinnig.«

Nachdem er einen Augenblick die Augen geschlossen hatte, war Stolnikow wieder ganz ruhig, lächelte sein vertrautes Lächeln wie früher, blickte Tanjuscha direkt ins Gesicht und sagte:

»Nein, Tanjuscha, glauben Sie nicht, ich sei verrückt. Das ist etwas ganz anderes. Das ist mein einziger Ausweg, meine einzige Rettung. Mein Leben, das verstehen Sie doch, ist nicht gerade wonnig. Aber wenn ich denn schon leben muss, dann muss ich mir das Leben so erträglich wie möglich machen. So, wie es jetzt ist, ist es unerträglich. So kann ich das Leben nicht aushalten, Tanjuscha. Man kann daran glauben oder auch nicht. Meine Kugel hat nichts mit Wahnsinn zu tun. Menschen ohne Arme schreiben mit den Füßen, Menschen ohne Beine bewegen sich mit Hilfe der Arme fort, Taube hören durch ein Rohr, Blinde können durch irgendwelche Hilfsmittel wieder das Sehen lernen. Dies alles sind Wunder, nicht geringer als jenes Wunder, auf das ich warte. Ich habe ja schon viel erreicht: Ich kann die Suppe mit dem Löffel essen und mir im Bett selbst eine Papirossa anzünden. Man kann unendlich viel erreichen. Mit dem Mund zu schreiben ist kinderleicht. Ich jedoch möchte etwas unvergleichlich Größeres erreichen, denn mein Unglück ist unendlich groß. Es gibt geistige Bereiche, die die Menschheit bis jetzt nur wenig erschlossen hat, die jedoch Realität sind, nicht Phantasie. Es ist möglich, über große Entfernungen Explosionen zu verursachen, ohne eine Lunte. Es ist möglich, in Europa eine Stimme aus Amerika zu hören. Und es heißt, dass es irgendwann möglich sein wird, ein Flugobjekt ohne einen Piloten zu steuern. All dies sind natürlich Wunder. Wunder der Technik. Im geistigen Bereich aber müssten doch noch viel mehr Wunder möglich sein. Nicht alle Fakire sind schließlich Scharlatane. Und das sind nicht die Wunder, nach denen ich strebe. Ich will keinen Berg versetzen, sondern nur eine kleine Kugel zum Rollen bringen. Der Mensch ist eine unerschöpfliche Kraftquelle: Diese Kräfte müssen erforscht und gelenkt werden. Nein, Tanjuscha, ich bin nicht verrückt.«

»Das denke ich doch gar nicht …«

»Doch, ich weiß, dass Sie genau das gedacht haben. Ich fühle vieles stärker als andere, als gesunde, unversehrte Menschen. Doch darum geht es nicht. Es geht um ... Aber wenn Sie wollen, Tanjuscha, sehen Sie doch einmal zu mir her.«

Sie hob den Kopf und sah seinen Blick, der sich wieder verändert hatte, durchdringend war und zugleich wunderlich, wie von einer anderen Welt. Von neuem funkelte in der Tiefe seiner großen dunklen Augen, seiner Pupillen jene Flamme, die Tanjuscha wahnsinnig anmutete.

»Haben Sie keine Angst, sehen Sie her. Und nun schauen Sie auf die Kugel ... aufmerksamer ... ja ..., ja ...«

Tanjuscha erstarrte. Es geschah etwas Unbegreifliches, etwas in seiner Schlichtheit Sonderbares und Unerwartetes: Die Bronzekugel geriet in Bewegung und rollte in Tanjuschas Richtung zum Rand des Tisches, fiel herunter und schlug laut auf dem Boden zu ihren Füßen auf. Tanjuscha schrie auf, sprang zurück und lief zur Tür. Sie fasste sich wieder, blickte sich um und gewahrte den zurückgeworfenen Kopf des Stumpfes. Seine Augen waren fast geschlossen und zeigten nur das Weiß. Grigori trat ins Zimmer.

»Was ist Ihnen, gnädiges Fräulein? Oder ist etwas mit dem Herrn?«

Als er sah, in welchem Zustand der Stumpf war, schüttelte er den Kopf:

»Das hat er schon manchmal. Hat sich wieder einmal mit der Kugel vergnügt. Ach, gnädiges Fräulein, was ist er nur für ein unglücklicher Mensch. Tag und Nacht geht das so. Gehen Sie nur, gnädiges Fräulein, ich komme allein zurecht, das geht vorüber. Gleich ist er wieder der Alte, ich kenne das, da braucht man sich nicht zu beunruhigen. Aber Ihnen ist das doch unangenehm.«

Tanjuscha ging, ihre Beine trugen sie kaum. Etwas Sonderbares und Schreckliches war geschehen. Hatte sie es sich nur eingebildet oder war es Realität? Hatte er vielleicht dem Tisch einen Stoß versetzt? Wie bleich war er doch gewesen und wie wahnsinnig hatten seine Augen geleuchtet. Dies war das Furchtbarste, was Tanjuscha jemals im Leben geschaut hatte.

Der eisige Wind brachte sie wieder zu Kräften. Schnellen Schrittes eilte Tanjuscha zum Konservatorium. Wäre ihr jemand entgegengekommen, den sie kannte, sie hätte ihn nicht bemerkt.

# Besuch

Sie kamen gegen Morgen, hämmerten an Stolnikows Tür und weckten Grigori.

»Sie, Bürger, sind wer?«

Grigori hatte sie zwar verstanden, doch er antwortete unwirsch mit einer Gegenfrage:

»Und wer seid ihr? Was wollt ihr?«

Zu viert standen sie da mit Gewehren, ein fünfter in schwarzer Lederjacke und mit einem roten Halstuch dekoriert führte das Wort und fuchtelte mit einem Nagant direkt vor Grigoris Nase herum.

»Wir müssen uns nicht vorstellen. Offizier Stolnikow, sind Sie das?«

»Was wollt ihr von ihm? Er schläft und will nicht gestört werden.«

»Ja, und wer bist du? Sein Bursche?«

»Sehr wohl, sein Bursche.«

»Dann nehmen wir dich auch gleich mit. Offiziersburschen, mein Freund, gibt es nämlich nicht mehr, hast du das noch nicht begriffen? Und nun rühr dich.«

Sie stürmten in Stolnikows Schlafzimmer.

Grigori blickte finster. Erschrocken war er nicht, er hatte ja schon so einiges erlebt.

Der Stumpf lag im Bett unter seiner Decke, das Gesicht den Besuchern zugewandt. Das Klopfen an der Tür hatte ihn aufgeweckt, er begriff, was vor sich ging, schwieg und blickte übellaunig. In seinen Augen blitzte giftiger Spott.

»Das also ist Offizier Stolnikow. Los, steh auf, keine falsche Scham, hier gibt's keine Weiber.«

Grigori sagte ernst und langsam:

»Frag ihn doch erst einmal, ob er überhaupt aufstehen kann. Ihr habt ja keine Ahnung, zu wem ihr kommt. Ob es sich wohl geziemt, Invaliden zu behelligen?«

Die schwarze Lederjacke schrie:

»Du, Genosse Bursche, rede mal nicht zu viel. Sonst nehmen wir dich gleich mit, und zwar auch ohne Order zu haben. Hilf ihm beim Aufstehen. Wir haben unsere Anweisungen. Und jetzt keinen weiteren Widerspruch. Weisen Sie sich aus, Bürger.«

Stolnikow sagte leise:

»Gib ihnen die Dokumente, Grigori.«

»Ja, was denn, bist du Invalide?«, fragte der in der schwarzen Jacke.

Stolnikow antwortete nicht und blickte ihn voller Spott an.

»Wenn ich frage, haben Sie zu antworten! Und jetzt wird nicht mehr im Bett herumgelegen. Wir haben Weisung, Sie vorzuführen, und dann wird man schon herausfinden, was Ihnen fehlt. Das ist nicht unsere Sache.«

Die Soldaten verfolgten das Geschehen aufmerksam. Gesichtsausdruck und Tonlage des im Bett liegenden Offiziers waren ungewöhnlich. Und sie bemerkten, dass ihr Kommandoführer verunsichert war, obgleich er sich bemühte, den Schein zu wahren.

Grigori übergab die Ausweisdokumente und sagte leise:

»Der Herr haben weder Arme noch Beine. Was wollen Sie mit so einem?«

Der Kommandant blökte:

»Das ist nicht meine Sache. Wir haben Weisung, ihn vorzuführen. Daran gibt es nichts zu deuteln. Laufen kann er ja wohl?«

»Wenn ich doch sage, dass er weder Arme noch Beine hat.«

»Mir ist das eins. Und wenn er keinen Kopf hätte. Der Befehl ist eindeutig, da brauchen wir nicht weiter zu verhandeln. Pass bloß auf, dass wir dich nicht auch noch mitnehmen.«

»Das können Sie nicht machen, ich kümmere mich doch um ihn.«

»Du bist wohl sein Kindermädchen? Und so jemand nennt sich Soldat.«

»Ja und, dann bin ich eben sein Kindermädchen. Da muss ich dich nicht fragen.«

»Jetzt werde mal nicht frech, Genosse. Sonst wirst du zur Rechenschaft gezogen. Und jetzt hilf dem Herrn beim Aufstehen.«

»Du Aas, hast du überhaupt selbst im Krieg gekämpft? Oder bekämpfst du nur Offiziere?«

Der Schwarze schäumte:

»So, Männer, holt ihn aus dem Bett und nehmt ihn mit, wie er daliegt. Haltet keine Maulaffen feil.«

Keiner der Soldaten tat auch nur einen Schritt.

Da trat der Schwarze mit dem Nagant in der Hand an Stolnikows Bett und schrie:

»Aufstehen!«

Ein spöttischer Blick traf ihn. Stolnikow machte keine Bewegung.

Voller Wut griff der Schwarze eine Ecke der Bettdecke und zog sie weg. Aus dem Armschlitz des Nachthemds ragte glänzend die vernarbte Schulter, der andere Ärmel war unter den Rumpf geschoben, der Rest des Nachthemds unter das Becken. Ohne auch nur eine Miene zu verziehen, blickte der Stumpf den Schwarzen stählern an. Da sagte Grigori:

»Brüder, was soll das! Was denkt ihr euch denn!«

Einer der Soldaten schlug mit dem Gewehrkolben auf den Boden und brummte:

»Ach, lass ihn doch in Ruhe. Soll er doch liegen bleiben. Von ihm geht ja wohl keine Gefahr aus.«

Ein weiterer pflichtete ihm bei:

»Was soll das, wer soll sich denn für so einen interessieren? Siehst du nicht, dass er vollständig hilflos ist?«

Grigori ging zum Bett, schob den Schwarzen mit der Schulter zur Seite und legte die Decke wieder über den Offizier. Der Stumpf lag da, die Augen geschlossen. Die linke Wange zuckte. Er biss die Zähne zusammen.

Der Schwarze wusste nicht, was tun, und schrie Grigori an:

»Jetzt zu dir, Genosse. Pack deinen Kram zusammen und komm mit. Rühr dich gefälligst. Und was habt ihr hier für eine Schreibmaschine? Mitnehmen, Männer, für die Schreibstube, das ist ein Befehl! Wir machen noch ein Protokoll und dann ab. Und Sie, Herr Invalide, rühren sich bis zur Einstellung des Verfahrens nicht aus dem Haus, Sie stehen unter Arrest. Ich habe meine Anweisungen, da kann ich gar nichts machen. Und du, Bursche, kommst mit. Dann wird man dir einmal zeigen, wie ein Offizier zugedeckt wird.«

Entschieden erwiderte Grigori:

»Ich komme nicht mit. Du kannst mich ja mit Gewalt mitnehmen, wenn du gar kein Gewissen hast. Große Krieger seid ihr.«

Der Schwarze hob den Nagant und richtete ihn auf Grigori.

»Siehst du den? Und jetzt sag das noch einmal.«

Doch eine Hand zog die Hand mit der Waffe jählings weg. Der junge Soldat war bis unter die flachsblonden Haarspitzen rot geworden und raunzte barsch:

»Lass ihn. Ich sage dir, rühr ihn nicht an. Die Schreibmaschine nimm mit, wenn du meinst, dass sie gebraucht wird, aber ihn lass hier. Wir sind hier falsch. Den hier hat der Krieg übel zugerichtet, und der andere kümmert sich um ihn. Wir sind doch keine Unmenschen. Also los, Abmarsch.«

Der Schwarze schäumte noch mehr und fuchtelte mit seiner Waffe herum.

»Das ist nicht eure Entscheidung, Genossen. Ich allein habe hier zu entscheiden, und ihr habt das zu tun, was ich sage.«

»Ist ja gut, jetzt spiel dich mal nicht so auf. Ich sage noch einmal, nimm die Schreibmaschine mit, und das war's dann.«

Die anderen pflichteten ihm bei:

»Das sehen wir auch so. Dieser Fall hier, Genosse, liegt anders als die anderen. Das muss man doch verstehen.«

Der Schwarze beruhigte sich, steckte den Nagant ins Holster und wandte sich zur Tür.

»Nun denn also, nimm einer die Schreibmaschine.«

»Na gut.«

Die vier wandten sich zu Stolnikow, standen einer nach dem anderen vor ihm stramm und sagten:

»Alles Gute!«

Der junge Soldat blieb kurz stehen, ging dann zur Schreibmaschine, berührte sie mit der Hand und wurde wieder rot.

»Zum Henker mit ihr, was soll man damit. Soll er sie doch behalten.«

Und zu Grigori:

»Du brauchst keine Angst zu haben, Genosse, wir sind doch auch Menschen.«

Und wieder zum Stumpf gewandt:

»Alles Gute dem Herrn Offizier.«

Und ging mit polternden Stiefelschritten hinaus.

# Konzert

Dunjascha mit einem wärmenden Tuch über der Jacke und in Walenki, Tanjuscha in alten Stiefeln, eine graue Pelzkappe auf dem Kopf. Die letzten kalten Tage. Die Stadt erfroren. Nur noch bis zum Frühling aushalten – dann wird alles leichter sein.

An den Türen des Sowdep zahlreiche Aushänge, in defekte Remingtons gehämmert. Farbbänder gab es nicht mehr, deshalb schrieb man mittels Kohlepapier.

Riesige Stempel und rote Unterschriften in zusammengemischter Tinte. Zwei Mal am Tag hat der Kommandant Sprechstunde. Was ist das nur für eine Berufsbezeichnung – Kommandant? Eine Unterschrift in großen Kinderkrakeln: »Koltschagin«. Ein mit rostiger Feder gemalter Schnörkel.

»Zu wem wollen Sie?«

Sie wurden durchgelassen. Doch sie mussten noch eine Zeit lang warten. Glücklicherweise kam er dann selbst und sagte, als er sie sah: »Bitte schönst, bin gleich da.« Und herrschte einen Herrn überaus schroff an:

»Ihr Kommen ist umsonst, werter Bürger, ich habe Ihnen doch gesagt: Kein Einspruch möglich!«

Selbst Dunjascha zuckte zusammen. Tanjuscha blickte ihn aufmerksam an: Das also war jener, der bei ihnen in der Küche untergekommen war, und nun gehörte er zur Obrigkeit. Von ihm hing Eduard Lwowitschs Schicksal und wohl auch das vieler anderer ab.

In seinem »Kabinett« war Koltschagin plötzlich ein anderer. Verlegen begrüßte er sie und war offensichtlich sogar etwas aufgeregt.

»Sie müssen schon entschuldigen, dass Sie warten mussten. Sie haben doch sicher ein Anliegen an mich? Ja, Tatjana Michailowna, so sieht man sich wieder. Die Zeiten sind, wie sie sind. Wir führen ja jetzt eine neue Ordnung ein. Aber setzen Sie sich doch, möchten Sie Tee? Und du, Dunja, setz dich auch einmal hin, wir haben uns ja lange nicht gesehen. Ich lasse Tee bringen.«

»Nein, das ist nicht nötig, wir kommen ja nicht zu Besuch, und die anderen müssten sonst warten.«

»Die können ruhig warten, das macht denen nichts. Es kommen immer mehr in Angelegenheiten, wo sowieso nichts zu machen ist. Trotzdem muss ich mich natürlich damit befassen.«

Er wusste nicht recht, wie er sich geben sollte, Dunjaschas Bruder. Tat geschäftig, wollte wohl auch seine Wichtigkeit zur Schau stellen. Und Tanjuscha wusste nicht recht, wie sie ihn ansprechen sollte. Früher hatte sie ihn Andrej genannt. Dunjascha kam ihr zur Hilfe.

»Andrjuscha, warum habt ihr dem Herrn Eduard Lwowitsch, dem Musiklehrer vom gnädigen Fräulein, den Flügel weggenommen?«

Tanjuscha führte die Frage näher aus. Obgleich Andrej selbst jenes Dokument unterschrieben hatte, wusste er nicht, von wem die Rede war.

»Wäre es denn nicht möglich, dass er ihn zurückerhält? Er ist Komponist und Professor am Konservatorium. Er ist auf das Instrument angewiesen. Was soll er denn ohne es tun?«

Andrej erinnerte sich:

»Ach der, der wo schielt und bei Ihnen gespielt hat?«

»Ganz genau der.«

»Und wer hat das Instrument requiriert?«

Er machte sich an die Nachforschung. Brachte in Erfahrung, dass der Flügel für den Arbeiterklub benötigt würde. Aber noch sei er nicht weiterbefördert, der Klub sei nämlich noch gar nicht eröffnet. Er rief jemanden per Telefon herbei, vor allem, um Einsatz zu zeigen. Schrie in den Hörer, wurde unwirsch, eilte aus dem Zimmer.

»Gleich weiß ich Bescheid und gebe Anweisung.«

Offenkundig freute es ihn, dass er Befehle erteilen und rasch handeln konnte. Etwa eine Viertelstunde war er ver-

schwunden, um die Angelegenheit zu klären. Als er zurückkam, verkündete er:

»Nun, es ist möglich, das wieder rückgängig zu machen. Er
ist Musikant, und das ist natürlich ein besonderer Fall. Die
Requirierung war ein Missverständnis.«

Um die Dringlichkeit zu unterstreichen, fügte Dunjascha
noch hinzu:

»Gib dir mal ein bisschen Mühe, Andrjuscha, es ist ja für
Tatjana Michailowna. Sie hat dir doch damals die Hemden an
die Front geschickt.«

»Was soll das heißen, natürlich geb ich mir Mühe. Ich fahre
selbst mit zum Depot. Das ist ein ganz besonderer Fall, da
ist ein Fehler passiert, auf alles kann ich ja nicht selbst ein
Auge haben. Die Zeiten sind natürlich andere als früher, aber
wir haben absolut nichts gegen den gewöhnlichen Bürger. Wir
machen schon Unterschiede. Sie, Tatjana Michailowna, können ganz beruhigt sein, und wenn es noch einmal zu irgendeinem Missverständnis kommt, das Sie und Ihre Familie betrifft, wenn Sie behelligt werden oder eine Requirierung an-
geordnet wird, dann bitte sofort zu mir, und man lässt Sie in
Ruhe.«

Und wieder verließ er das Zimmer, hatte ein Dokument
ausgefertigt, nun die Stempel. Kurz gesagt: eine Anordnung.

»So, bitte schön, dann fahren wir jetzt zum Depot. Ich fahre
mit, damit alles in Ordnung geht.«

Sie gingen hinaus, am Tor wartete ein Wagen auf sie, ein
lärmendes, zerkratztes, stotterndes Automobil. Koltschagin,
wichtig und herrisch, sagte kurz angebunden zum Fahrer:

»Los, Genosse, zum Lager, wo wir da neulich erst waren.«

Im Depot, einst Remise eines ehemaligen Handelshauses,
türmten sich Möbel, Teppiche, Bilder in zerbrochenen Rahmen, Schreibtische, Klaviere, Spiegel – alles zugerichtet und
ramponiert vom eiligen Transport. Auch zwei Flügel waren
dort abgestellt, und den, der Eduard Lwowitsch gehörte, wie-
derzuerkennen war nicht schwer. Aber, ach lieber Gott, in

welchem Zustand er war: eingestaubt, verdreckt, der Deckel zerkratzt. Tanjuscha freute sich, als sehe sie einen vertrauten Menschen wieder.

»Das ist er ja, Andrej, der dort! Und wie geht es jetzt weiter, wie können wir ihn mitnehmen?«

Koltschagin beschloss, sich bis zum Schluss großzügig und allgewaltig zu zeigen.

»Wir bringen ihn, ich veranlasse das.«

»Sicher? Und wann?«

»Ich fordere einen Lastwagen an. Seien Sie ganz ruhig. Wenn es heute nichts wird, dann morgen. Lassen Sie mir die Adresse da.«

Tanjuscha strich über die polierte Oberfläche des Flügels, klappte den Deckel über der Klaviatur auf – er war nicht verschlossen. Ob der Flügel beim Transport gelitten hatte? Sie nahm auf einer Kiste Platz und beide Hände glitten über die Tasten.

Der gute Eduard Lwowitsch. Wie glücklich wird er sein!

Als der Flügel erklang, kamen zwei Soldaten und ein Mann in Zivil in die Remise. Koltschagin, mit dem Holster am Gürtel, sagte wichtig und selbstgefällig:

»Vielleicht spielen Sie uns etwas vor?«

Tanjuscha blickte erstaunt auf:

»Hier?«

»Ja sicher, warum denn nicht hier. Wir würden Sie gern spielen hören. Aber was sind wir schon für ein Publikum.«

Tanjuscha ward von Glück erfüllt. Spielen? Wenn Eduard Lwowitsch nur seinen Flügel zurückerhielte, war sie zu allem bereit. Ihre Hände waren ganz kalt. Sie blickte sich um und bemerkte, dass an der Tür noch mehr Neugierige zusammengekommen waren. Für sie spielen? Ja, sie würde für sie spielen.

Dunjascha fand einen Stuhl, wischte ihn sauber und stellte ihn an den Flügel. Tanjuscha hauchte den Händen Leben ein, lächelte erfreut (wie seltsam es doch war, hier zu spielen!) und begann mit dem erstbesten Stück, das ihr in den Kopf kam.

Die Tasten waren wie schwarze und weiße Eiszapfen, frostige Nadeln stachen in ihre Finger. Die Musik, die erklang, aber war warm und brachte Tanjuschas unendliche Freude zum Ausdruck: Sie spielte für ihren Lehrer, der mutterseelenallein war, für den sich niemand interessierte, für Eduard Lwowitsch, das gekränkte alte Kind. Zum ersten Mal konnte sie ihm für das Glück, das ihr die Musik geschenkt hatte, Dank erweisen, für die Jahre der gestrengen Aufmerksamkeit, die er ihr und ihren Fortschritten entgegengebracht hatte, für alles. Sie war bereit zu spielen, solange die Finger ihr Gehorsam schenkten, solange Dunjaschas Bruder und die Leute an der Tür es wollten. Es war doch ganz gleich, ob sie in einem kalten Lagerraum oder in einem herrlich erleuchteten Saal, vor einem kultivierten Publikum oder Soldaten spielte. Wie sonderbar und großartig!

Sie spielte voller Anspannung, denn die Finger rutschten immer wieder von den mit Reif überzogenen Tasten. Und sie fühlte, wie in den leichten Stiefeln die Füße auf den Pedalen klamm wurden. Doch sie spielte.

Als das Stück zu Ende war, wusste sie nicht, ob sie weiterspielen sollte. Die Finger waren ganz steif gefroren und wurden selbst durch Anhauchen nicht mehr warm. Mit entschuldigendem Lächeln wandte sie sich um und bemerkte, dass alle schwiegen und sie mit gutmütigen, vergnügten, erschütterten Augen anblickten. An der Tür hatte sich bereits eine große Menge versammelt, die Ersten waren näher gerückt, schwiegen und warteten. So sollte sie also noch etwas spielen? Die Kälte der fast erstorbenen Finger ließ Tränen in Tanjuschas Augen aufsteigen. Aber wenn es doch sein musste …

»Ein großes Dankeschön, Genossin Tatjana Michailowna. Sie spielen ausgezeichnet. Natürlich ist das hier nicht der Ort dafür.«

Auch die anderen bedankten sich.

»Ergebensten Dank auch. Das ist doch wirklich einmal Musik.«

Dunjascha sprang helfend bei:

»Die Hände sind ihr ja schon ganz erfroren. Das ist aber auch eine Kälte hier. Meine Füße in den Walenki sind auch schon ganz erfroren.«

Ein Mann in Lederjacke trat auf Tanjuscha zu: »Wir bitten sie sehr, Genossin, einmal in unserem Klub aufzutreten. Der Klub wird demnächst eröffnet und ein Instrument wird aufgestellt. Wir bitten Sie sehr. Wir werden uns erkenntlich zeigen, soweit es uns möglich ist, mit einer Lebensmittelzuteilung zum Beispiel, alles so, wie es sich gehört.«

»Ja, sicher, ich werde auftreten«, antwortete Tanjuscha peinlich berührt. »Sooft Sie wollen. Wenn nur dieser Flügel dem Besitzer zurückgegeben wird.«

Koltschagin verkündete zum wiederholten Mal in autoritärem Ton:

»Wie ich es gesagt habe. Entweder heute oder morgen, sobald ein Wagen verfügbar ist. Die Anordnung habe ich unterschrieben, jetzt geht es nur noch um den Transport. Machen Sie sich also keine Sorgen, ich habe es Ihnen doch versprochen.«

Sie verließen das Lager zu dritt. Am Tor verabschiedeten sich alle von Tanjuscha, dankten ihr noch einmal, und sie dachte: »Wie nett sie doch sind. Ich habe, glaube ich, ziemlich schlecht gespielt. Doch sie sind wirklich nett. Haben so aufmerksam zugehört. Es scheint noch einmal alles gut gegangen zu sein. Wenn er den Flügel doch nur zurückerhält.«

Deftig rumpelnd rollte das Automobil des Kommandanten durch die Straße Siwzew Wrashek auf das alte Bürgerhaus zu. Tanjuscha und Dunjascha stiegen aus.

»Also, dann tu dein Bestes, Andrjuscha.«

»Ich habe es versprochen, also wird es auch gehalten. Alles Gute Ihnen, Tatjana Michailowna! Wenn irgendetwas ist, kommen Sie am besten gleich zu mir.«

Und mit prahlerischer Wichtigkeit entbot er dem Hausknecht, der aus dem Tor getreten war, seinen Gruß:

»Genosse Nikolaj!«

Zum Fahrer gewandt:

»Zurück zum Sowdep.«

Der Hausknecht Nikolaj blickte dem Automobil nach, schüttelte den Kopf und brummte:

»Das also ist sie, die neue Obrigkeit. Dunjaschas kleiner Gebruder, der Desentör. Sachen gibt's!«

# Der erste Kuss

H at irgendjemand nach mir verlangt, Dunjascha?«
»Ein Genosse war da.«
»Was denn für ein Genosse?«
»Ein Soldat. Schon älter. Er heißt Grigori, sagt er, aus der Bronnaja. Lässt bitten, dass Sie einmal vorbeischauen.«

Schon lange hatte Tanjuscha Stolnikow nicht mehr besucht. Sie hätte es getan, aber sie hatte gespürt, dass ihre Besuche dem Stumpf keine Freude bereiteten, sondern ihn im Gegenteil sogar aufregten. Zudem hatte sie die Szene mit der Bronzekugel nicht vergessen, und sicher erinnerte auch er sich noch daran. Der Unglückliche, es war gewiss nicht leicht für ihn, sie zu sehen, sie, die gesunde junge Frau, mit der er einstmals getanzt hatte. Nach der denkwürdigen Szene war sie noch einige Male bei Stolnikow gewesen, doch stets hatte sie jemand begleitet, meist Wassja Boltanowski, der es vortrefflich verstand, unbefangen, liebenswert, ja sogar frohgemut zu sein. Mit ihm zusammen war es leichter.

Dieses Mal ging Tanjuscha allein. Vielleicht war etwas geschehen, dessentwegen Grigori sie zum Kranken rufen ließ?

Es stellte sich heraus, dass Stolnikow selbst Grigori zu Tanjuscha geschickt und um ihren Besuch gebeten hatte.

Er war dieses Mal nicht förmlich, schien aber irgendwie verlegen.

»Sie haben mir doch sehr gefehlt, deshalb habe ich mir erlaubt, Sie zu bemühen. Ich bin ja die ganze Zeit allein.«

»Aber natürlich, Alexander Ignatjewitsch. Ich hätte auch längst von selbst noch einmal hereingeschaut, aber ich wusste ja nicht, ob Sie mich sehen möchten.«

Stolnikow blickte amüsiert.

»Sie zu sehen ist immer ein Vergnügen, Tanjuscha. Allein, ich bin leider nicht immer in der Verfassung, Besuch zu empfangen, aber heute geht es.«

Und doch wusste Tanjuscha nicht, worüber reden.

»Brauchen Sie vielleicht Lektüre? Ich habe ein paar Bücher dabei, weiß aber nicht, ob sie für Sie von Interesse sind.«

Er dankte und sagte dann:

»Sie müssen nicht unbedingt Konversation treiben, Tanjuscha. Ich wollte sie einfach nur wieder einmal ansehen. Wie erwachsen Sie doch geworden sind, wie schön, bezaubernd. Aber die Zeiten heute sind ja sehr schwer.«

Tanjuscha berichtete von allerlei Begebenheiten zu Hause, davon, dass Eduard Lwowitschs Flügel beschlagnahmt worden war und wie er, der Ärmste, darüber fast den Verstand verloren hatte, wie sie mit Dunjascha den Sowdep aufgesucht hatten, wo Dunjaschas Bruder nunmehr Kommandant ist. Tanjuscha war bemüht, den Faden ihrer Erzählung nicht zu verlieren, und sah die ganze Zeit Stolnikows wohlmeinenden und zärtlichen Blick, den er nicht von ihr wandte. Sie ließ sich von ihrer Erzählung sogar fortreißen.

Bisweilen kam Grigori herein, und auch er blickte sie wohlmeinend an. Er war ihr stets gewogen, denn sie stattete einem Invaliden Besuche ab, und diesem tat das wohl. Eine wirkliche und anständige junge Dame.

In einer Pause bemerkte Stolnikow:

»Ich habe Ihnen einen Brief geschrieben, Tanjuscha, einen sehr langen. Habe ihn aber nicht abgeschickt, denn das braucht es jetzt nicht mehr. In diesem Brief habe ich etwas mehr von mir erzählt. Irgendjemand musste ich das alles erzählen, aber wem denn nur? Es Ihnen zu erzählen fiel mir leicht, und Sie könnten mich dann besser verstehen.«

Tanjuscha schwieg.

»Ich habe dort von meinen Empfindungen geschrieben. Die Welt ist für mich jetzt eine ganz besondere, unterscheidet sich sehr von der der anderen. Als sei sie mir fremd geworden. Mitunter bin ich ganz schrecklich wütend, dann wieder gelingt es mir, mein Schicksal anzunehmen. Anders wäre es unmöglich, gänzlich unmöglich, weiterzuleben. Und so habe ich Ihnen also geschrieben. Von mir, natürlich auch von meinen Schwächen, und von Ihnen. Ich preise Sie sozusagen um des Lebens willen. Das macht Ihnen doch nichts aus, Tanjuscha?«

»Aber bei Gott, nein.«

»Nun denn. Seien Sie bitte nicht böse, wenn ich Ihnen sage ... Ich habe Sie sehr lieb, wissen Sie, auf kameradschaftliche Art. Selbst ein Insekt, nun ja, wie soll ich nur sagen, selbst ein solches Wesen, das man, nun, nicht als Mensch bezeichnen kann, ein Wesen wie mich also, verlangt es nach Gefühlen, nach etwas, das es mit seinem Herzen lieben kann. Ich trage Ihren Namen in meinem Herzen, Tanjuscha. Verzeihen Sie. Das habe ich mir ausgedacht, um mich noch ein wenig ans Leben zu klammern.«

Beide schwiegen, dann fuhr er fort:

»Ja, eingedenk der alten Zeiten. Ich schrecke nicht vor der Erinnerung zurück. Mit Erinnerungsfetzen lässt es sich bisweilen doch noch irgendwie leben ...«

Wie ungewöhnlich Stolnikow heute doch war. Wie konnte er das alles so einfach aussprechen? Merkwürdig.

»Nun denn. Und wissen Sie, Tanjuscha ... Ihr Name ist so bezaubernd ... wissen Sie, vielleicht wird ja dem Leben der Menschen und allem, was sich in ihm ereignet, das individuelle Glück und jegliche Kümmernis – vielleicht wird all diesem ja zu viel Bedeutung beigemessen, in Wirklichkeit aber ist nur ganz wenig tatsächlich von Bedeutung. Der Schlaf beispielsweise. Schlaf ist Glück und allen auf gleiche Weise möglich. Oder die freudige Minute grenzenloser Befreiung – der Tod.«

»Aber sagen Sie doch so etwas nicht, Alexander Ignatjewitsch.«

»Ach nein, Tanjuscha, ich spreche doch nicht über etwas, das traurig ist. Ich philosophiere. Glauben Sie nicht, ich wollte mein Schicksal beweinen ... das ja wahrlich kümmerlich ist. Ich spreche über etwas ganz anderes. Aber das zu erklären ist schwierig.«

Lange suchte er nach Worten. Dann warf er seinen Blick aus den großen Augen wieder auf Tanjuscha und sagte, verlegen, wie ein kleiner Junge, in gekünstelt heiterem Ton:

»Ja ... Ich habe beschlossen, Sie zu bitten, mir in meinen philosophischen Überlegungen auf durchaus unerhörte Weise zu Hilfe zu kommen. Richtiger wäre, zu Hilfe um mein Leben, denn ich lebe ja selbstverständlich irgendwie. Wollen Sie dies tun?«

»Sagen Sie, ich werde alles tun, nur weiß ich nicht ...«

»Nun denn also, Tanjuscha, es ist eigentlich gar nicht schwierig, vielleicht nur etwas exzentrisch ... Ach, ich verliere ja geradezu den Kopf vor Verlegenheit ... Also. Sie gehen ja jetzt gleich nach Hause, es ist vermutlich schon Zeit. Aber wenn Sie gehen, so geben Sie mir doch zum Abschied ei-nen Ku-huss.«

Und setzte erschauernd hinzu:

»Das also wäre Ihr Opfer. Für all das, was ich durchgemacht habe.«

Tanjuscha wurde eiskalt ums Herz. Einen Augenblick lang spürte sie unerträgliche Angst, schlimmer noch als damals, während der Szene mit der Bronzekugel.

Der Stumpf saß da, die Augen geschlossen, den Kopf zurückgelehnt.

Sie erhob sich, trat zu ihm, und mit einem Gefühl zwischen Entsetzen und unendlichem Erbarmen legte sie die Hand um Stolnikows Kopf, beugte sich nieder und näherte sich mit ihrem Mund dem seinen.

Er öffnete die Augen, die so nah riesengroß schienen. Dann küsste sie, vor Aufregung zitternd, mit kalten Lippen die trockenen, heißen Lippen des Stumpfes, der den Atem angehalten hatte und ihr nicht mit der kleinsten Bewegung antwortete. Er war erstorben, sein Gesicht war jenseitig.

Tanjuscha trat einen Schritt zurück, dann ging sie zur Tür und sagte kaum hörbar:

»Leben Sie wohl.«

Er bewegte sich nicht, öffnete die Augen nicht, antwortete nicht. Tanjuscha ging hinaus.

Es war Tanjuschas erster Kuss. Ihren ersten Kuss hatte sie einem Mann gegeben, den man nicht Mann noch Mensch nennen konnte.

# »Ira«

Frühmorgens hatte Grigori das Haus verlassen, um für die Getreideration anzustehen. Der Stumpf saß in seinem Rollstuhl am Tisch, in dessen Mitte, wie immer, die Bronzekugel lag. Durch das geöffnete Fenster drangen polternde Wagenräder und eine kreischende Frauenstimme herauf:

»Ich habe die ganze Nacht angestanden, und dann schlägt man mir die Tür vor der Nase zu. Alles ist aus, behaupten sie, und vor morgen gibt es nichts mehr.«

Eine andere Stimme antwortete:

»Lieber Gott, was machen die denn bloß.«

Stolnikows Zimmer befand sich im ersten Stock. Wenn Grigori mit dem Stumpf einen Spaziergang machen wollte, trug er zuerst den Rollstuhl und dann den Stumpf wie ein Kind auf dem Arm die Treppe hinunter.

Es war Frühling. Ohne Sorgen waren allein die Spatzen und Schwalben – und auch diese nur auf den ersten Blick.

Die Bronzekugel lag bewegungslos. Bewegungslos war auch der Blick des Stumpfes, der sie mit stahlgrauen Augen fixierte.

Die Bronzekugel war klein und nichtig. Um die Kugel herum jedoch bildeten sich Kreise: Der erste umfasste das Leben des Stumpfes, sein trauriges und unmenschliches Dasein. Dann wurden die Kreise weiter. Der nächste umfasste Moskau, ein weiterer Russland, ein dritter die Erdkugel, der letzte schließlich die Unendlichkeit. In den Sphären der Ewigkeit war das nichtige Dasein des Stumpfes unsichtbar, nichtexistent, wie ein geometrischer Punkt. Zugleich jedoch war es der funkelnde, die Augen blendende Mittelpunkt, von dem helle Strahlen ausgingen, welche die ganze Welt mit der furchterregenden Frage nach Sinn und Bedeutung ausleuchteten.

Der Stumpf wandte den Blick von der Kugel ab und warf den Kopf zurück. Statt des Himmels – die verdreckte Zimmerdecke mit dem gelben Wasserfleck über dem Fenster. Sternenlos und verwaist war seine Seele – man kann sie nicht durch

Betrug am Leben halten. Keine Hand, mit der er das Nass hätte wegwischen können, das seinen Blick trübte. Weswegen musste er all dies aushalten? Welchen Traum soll ein Rest Mensch leben? Woher die Kraft nehmen? Wofür?

Die Zähne zusammengebissen, stöhnte er auf:

»Schlag mich tot, Grigori! Knecht, schlag deinen Herrn tot!«

Grigori stand in der Schlange um eine Handvoll Getreide und sechs Stück Zucker an.

Mit dem Rest des einen Beines warf sich der Stumpf auf den von ihm erdachten Hebel, und der Rollstuhl rollte ein Stück zurück. Das war alles, was ihm erreichbar war. Die Bronzekugel geriet ferner und matter. Der Kreis wurde kleiner und umfasste nur noch das Leben des Stumpfes, das niemand brauchte. Auf der Straße schrie eine Frau:

»Das habt ihr ja gut hinbekommen. Und was mache ich jetzt ohne Brot?«

Eine andere Stimme erwiderte barsch:

»Wirst schon nicht krepieren, und wenn, ist das auch kein Verlust.«

Der Stumpf warf sich erneut auf den Hebel und bewegte den Rollstuhl bis zum Fenster. Sein Brustkorb war auf Höhe des Fensterbretts. Im Haus gegenüber standen die Fenster offen, in einem der Fenster lag ein Haufen aus Kissen und Bettdecken, die lange nicht gewaschen worden und voll Flecken waren.

Er sah nur einen Streifen des von den mehrstöckigen Häusern verdeckten Himmels. Eine Wolke zog über den Himmel, dessen tiefes Blau wunderbar war. Es war Frühling, jene, die ihn erwartet hatten, freuten sich darüber, dass er gekommen war. Wie ein kleiner Keil durchschnitt eine Schwalbe den Himmel und schlüpfte in ihr Nest.

Dann stemmte er sich mit dem Stummel seines Armes auf das Fensterbrett, spannte die Muskeln an und hob sich vom Rollstuhl. Wie ein Kind, das auf einen Stuhl zu klettern versucht. Dort, auf der anderen Seite des Fensters, öffnete sich ein weiter Raum. Er drückte sein Kinn auf das kühle Brett, hob mit seinem starken Hals den plumpen Körper und erstarrte. Wenn der Rollstuhl jetzt wegrollte, fiele er zu Boden. Doch der Rollstuhl stand seitlich und sicher.

Durch Bewegungen seines Kiefers bewegte er sich bis zur Leiste des Fensterrahmens und biss sich mit den Zähnen fest. Den Brustkorb auf das Fensterbrett bringen – das war alles, was der Stumpf wollte. Die Kante des Fensterbretts drückte schmerzhaft auf die Brust, doch er hielt aus und wälzte mit letzter Anstrengung seinen Körper auf das Brett. Durch die Bewegung rollte der Rollstuhl weg und das Plaid, mit dem Grigori das, was von den Beinen des Stumpfes übrig war, zugedeckt hatte, rutschte herunter.

Nun lag er auf dem Fensterbrett, kaum bedeckt von seinem langen Hemd, erschöpft von der Qual der übergroßen Anstrengung. Lag da, auf der Vorderseite, mit dem Gesicht zur Straße. Plötzlich war mehr Himmel zu sehen.

Und was war dort unten?

Auf sein Kinn gestützt, kroch er an den Rand des Fensters und hielt den Kopf hinaus. Dort unten waren die nicht gefegten Steinplatten des Gehwegs, und direkt unter dem Fenster lag eine Papirossaschachtel der Marke »Ira«. Diese Marke rauchte auch der Stumpf. Möglicherweise war es ja seine Schachtel, die da lag.

Das Fensterbrett kühlte den Körper. Ein Passant ging am Haus vorbei, blickte nach oben, sah einen Kopf, der nach unten blickte und ging weiter. Dann war es leer auf der Straße.

Der Stumpf kroch weiter an den Rand, betrachtete noch einmal aufmerksam die Schachtel der Marke »Ira«, dann hob er den Kopf und sah, wie die Wolke gerade hinter dem Dach des gegenüberliegenden Hauses verschwand. Der Himmel war nun ganz klar. Auf dem Land, auf den Feldern atmet es sich im Frühling frei und leicht. Aber nur für jene, die zu essen haben und etwas, wofür es sich zu leben lohnt, nur für jene, die bereit sind, für ihre Zukunft zu kämpfen und sich an ihr Dasein zu klammern. Er empfand keine Wut gegen sie. Er empfand keine Wut gegen irgendjemanden. Und auch keine Liebe zu irgendjemandem. Er empfand überhaupt nichts. Über ihm der grenzenlose Himmel, unter ihm eine leere Schachtel auf den schmutzigen Gehwegplatten.

Im Fenster gegenüber, in dem die Kissen lagen, erschien eine Frau. Als sie den Stumpf erblickte, schrie sie auf und rief in das Zimmer hinein:

»Nastasja, Nastasja ...«

Der Stumpf machte eine heftige Bewegung, hob die Brust, streckte den Hals nach oben und warf dann den Kopf nach unten. Der Körper kippte nach vorne, doch die Bewegung verlangsamte sich, und der Körper sank sacht wieder auf das Fensterbrett zurück. Mit einem Seufzer kindlichen Ärgers machte der Stumpf die Bewegung noch einmal. Der verunstaltete Klumpen seines Körpers kippte erneut nach vorne, nur eine Sekunde blieb er bewegungslos und gewann dann Übergewicht. Jäh kam die Schachtel mit der Aufschrift »Ira« näher, flog auf und war plötzlich riesengroß.

## »Vorsicht!«

Ernst und gesetzten Schrittes ging Grigori in seiner geflickten Soldatenmontur und den grauen Wickelgamaschen die Bolschaja Nikitskaja Uliza entlang und schaute durch die schmutzigen Schaufensterscheiben der leeren, mit Brettern vernagelten Läden. Irgendwo, so war ihm, hatte er doch im Vorbeigehen gesehen, was er suchte. War es nicht schräg gegenüber der Kirche gewesen?

Und tatsächlich, dort stand im Schaufenster ein massiver, reich verzierter, aber vollkommen eingestaubter Sarg auf vier Füßen. Vielleicht würde sich hier ja auch ein etwas einfacherer finden. An der Tür ein Vorhängeschloss und ein Schild mit einem Siegel. Grigori ging in den Hof, um sich zu erkundigen.

Er fragte eine Frau, die ihm am Tor entgegenkam, sie verstand zunächst nicht, was er wollte, und antwortete dann erschrocken:

»Ich weiß von nichts, lieber Herr Genosse. Habe absolut keine Ahnung. Der Sarghändler musste zumachen. Er hat nicht hier gewohnt. Frag doch dort drüben, im Domkom, wenn du etwas brauchst.«

Im Domkom erhielt Grigori die Auskunft, dass der Laden unter Sequester gestellt und der einstige Besitzer fort sei, ohne eine Adresse hinterlassen zu haben. Vielleicht sei er ja geflohen.

Grigori blickte finster.

»Und wie geht man heutzutage vor, wenn man jemanden zu beerdigen hat?«

»Man muss zum Sowdep oder in die Bezirksverwaltung. Särge erhält man jetzt auf Zuweisung. Im Volk wird so viel gestorben, dass sie nicht reichen. Da musst du dich eben hinten anstellen. Oder dich an einen Tischler wenden, wenn du einen kennst. Aber Holz gibt es auch nicht. Den Toten geht es nicht besser als den Lebenden. Ist Ihre Frau gestorben?«

Grigori antwortete nicht und ging.

An den Sowdep wandte er sich nicht, nachdem er vom Nachbarn erfahren hatte, dass Särge dort nur vorübergehend für den Transport zum Friedhof zur Verfügung gestellt wurden. Auf dem Friedhof musste der Sarg dann geleert und danach wieder zurückgebracht werden. Und darüber hinaus wurde nicht jedem sofort ein Sarg zugeteilt, das heißt, man musste warten. Da war es doch besser, selbst einen zu tischlern, was auch immer dabei herauskommen möge. Heutzutage wurden die meisten ohnehin ohne Sarg beerdigt.

Er machte einen kleinen Umweg und ging auf den Arbat-Platz, wo in einem kleinen Laden der Kirche, so hatte er gehört, noch Kerzen zu bekommen waren. Sich ängstlich nach allen Seiten umschauend, verkaufte man ihm eine. Zum Bezahlen öffnete er seinen großen ledernen Geldbeutel, doch davor blickte er sich um, denn dort lagen, unter den neuen Geldmünzen, die nichts wert waren, ein in ein Stück Stoff eingenähtes Zehn-Goldrubel-Stück sowie um die fünf Silberrubel.

Zu Hause angekommen, stellte er die Kerze neben dem Entschlafenen auf, entzündete sie, bekreuzigte sich und machte sich erneut auf den Weg. Er hatte zuvor irgendwann einmal in der Nähe ein kleines Geschäft bemerkt, in dem, so war ihm, des Abends Licht brannte. Er ging hinein, um zu fragen, ob sie nicht leere Kisten hätten. Zuerst hieß es, »Die haben wir alle verfeuert«, dann aber war man bereit, gegen fünf Pfund Mehl eine große, stabile, eisenbeschlagene Kiste zu tauschen, die einst für den Transport von Porzellan gedacht war und auf der noch deutlich eine Aufschrift zu erkennen war: »Oben! Nicht Stürzen! Vorsicht!«

Den Rest des Tages verbrachte Grigori geschäftig im Schuppen am Haus. Sägte, hobelte, nagelte. Die Kiste wurde etwas niedriger, doch der Boden blieb quadratisch. Die Zeile: »Oben! Nicht stürzen!« verschwand, nur das Wort »Vorsicht« blieb stehen.

Wenngleich es Grigori im Herzen wehtat, dass er keinen

richtigen Sarg hatte auftreiben können, der sich eines Christenmenschen geziemte, brachte er die Kiste doch hinüber ins Zimmer, stellte sie auf den Tisch, legte sie innen mit einer Decke und einem weißen Laken aus und tat auch noch ein Kissen hinein für den armen zerschmetterten Kopf.

Das alles machte Grigori ganz allein. Der blinde Kaschtanow, der in einer Ecke auf einem Stuhl saß und allem aufmerksam lauschte, konnte ihm nicht behilflich sein. Von den Nachbarn schaute keiner herein. Sie wussten um das Unglück, das geschehen war, doch ein jeder hatte mit seinem eigenen Unglück mehr als genug zu tun. Ein Milizionär kam, machte einen Vermerk und sagte: »Es wird ein Arzt beordert, der den Tod beurkundet.« Bis zum Abend jedoch erschien kein Arzt.

Ebenso misslich gestaltete sich die Sache mit dem Priester. Der Alte aus der Kirche St. Johannes des Gottesgelehrten weigerte sich, einem Selbstmörder die Totenmesse zu lesen. Dort empfahl man ihm, diese auf dem Friedhof selbst halten zu lassen. Gleich am Morgen war er auf dem Dorogomilowo-Friedhof, wo er lange verhandelte. Für das Grab verlangte man dort kein Geld, für das Ausheben desselben jedoch schier Unglaubliches. Grigori musste versprechen, auf die Kreditscheine noch etwas Silber draufzulegen, das letzte Mehl hatte er ja für den Sarg aufgewandt.

An einen Leichenwagen oder einen einfachen Wagen war überhaupt nicht zu denken. In jenen Tagen wurde der arme Mensch mit Hilfe dessen, was im Hause war, zu Grabe gebracht: im Winter auf einem kleinen Schlitten, im Sommer in einer Handkarre, oder der Leichnam wurde, gesetzt den Fall, dass sich jemand fand, einfach getragen.

Außer Kaschtanow hatte dem Stumpf niemand besonders nahe gestanden. Seine Familie, sein Kindermädchen und einziger Freund war Grigori. So musste er den Verstorbenen denn auch allein zur letzten Ruhestätte geleiten.

Der Hauswart borgte seine Handkarre, mahnte aber eindringlich, bis spätestens sechs Uhr müsse er sie zurückhaben, denn darin wurde üblicherweise die Brotzuteilung für die Anwohner herangekarrt.

Kaschtanow konnte nicht sehen, wie Grigori das weiße Tapferkeitskreuz auf das Laken legte, das die Brust des Offiziers bedeckte. Aber er konnte hören, wie Grigori mit dem Hammer die Nägel einschlug. Er erhob sich und bekreuzigte sich, bis der letzte Hammerschlag verklungen war, trat zum Sarg, berührte ihn, seine Wange zuckte, und dann ging er tastend zur Tür. Er konnte seinen unglücklichen Freund nicht begleiten. Aus seinen erblindeten Augen floss keine Träne.

Um drei Uhr trug Grigori mühelos die mit einem zu einem Strick gedrehten Laken umwundene quadratische Kiste hinaus, in der, wenngleich sie mit Füßen versehen war, niemand einen Sarg vermutet hätte, band sie auf den Wagen und brach in Richtung Dorogomoliwo-Friedhof auf.

Die Entgegenkommenden bekreuzigten sich nicht. Auf der schäbigen Kiste lag Grigoris Mütze, an der Seite weiß auf schwarz eine deutliche Aufschrift: »Vorsicht!«

# Axios

Der Liste der Trauer war ein weiterer Tod hinzugefügt worden, jener Tod, dessen man am meisten bedarf, welcher der gerechteste ist, die Befreiung bringt.

In die Ecke des Diwans gekauert, saß Tanjuscha, wieder ganz kleines Mädchen, und hing ihren Gedanken nach. In den Regalen der Bibliothek ihrer Seele, im soeben erst begonnenen Archiv ihres Lebens, standen schwarz gebundene Bände.

Hier, ein dünnes Büchlein mit kühlem Einband, auf dem Rücken der Name »Ehrberg«. Von ihm wusste sie nur wenig, und selten dachte sie an ihn. Ein Leben, das klug seinen Anfang genommen hatte, lange im Voraus war alles berechnet, ein Leben der Ziffern, geometrischen Figuren und wohlerwogenen Aussagen. Und plötzlich ein Fehler in der Berechnung. Ehrberg war der Erste ihrer näheren Bekannten, der aus dem Leben geschieden war, so jung und doch seit frühester Jugend erwachsen daherkommend. Ein Buch mit konsequentlogischer Vorrede und schon nach den ersten Kapiteln zu Ende.

Der alte, dicke, oft zur Hand genommene, nach Lavendel duftende Band, auf dessen erster Seite in altertümlicher und wohlbekannter Handschrift der teure Name der Großmutter stand. Die liebe, kraftlose Großmutter war entschlafen nach einem Leben in Liebe, Sorge und gesegnetem Frieden. Ihre mit einem Moiréband umwundene Hochzeitskerze war niedergebrannt.

Bände des Todes. Und nun ein neuer Tod, ein schwarzes Buch, das niemand lesen würde. Wer wird es wagen, die Seiten dieser quälenden Gedanken umzuwenden, der leidenschaftlichen Suche, des Selbstbetrugs, der unterdrückten Aufwallungen des Neides gegen alles Lebendige, des krankhaften Kampfes des Geistes und des Glaubens an ein Wunder, der instinktiven Gier danach, aus dem Leben zu scheiden. Ein furchterregendes Buch! Von einem großen Märtyrer niedergeschrieben, dessen leblosen Lippen Tanjuscha voller Entsetzen und Erbarmen ihren ersten Kuss geschenkt hatte.

Mit diesem jäh wieder aufflammenden Gefühl kauerte Tanjuscha sich noch weiter in die Ecke des Diwans. Wie furchtbar das gewesen war! Wie furchtbar das Leben doch war.

Wie leicht war hingegen der Frühling einst gewesen. Wie hatte doch die Sonne geleuchtet, als sie erst siebzehn war. In welch geordneten Reihen stellten sich die Fragen und fanden sich Antworten, wie allgewaltig war die Wissenschaft, wie harmonisch die Musik. Wohin war all dies entschwunden, was war geschehen?

Warum geschah es, dass Tod um Tod das Leben überlistete? Schon am Anfang des Weges standen Kreuze, und noch vor der Hymne des Glücks erklangen die Totengesänge. Was würde noch kommen?

Den Großvater fragen? Aber der war ja schon alt, was sollte er antworten? Sie durfte ihn mit solchen Fragen nicht schrecken. Und Wassja? Wassja, der treue, stets um sie besorgte, gute Freund. Er würde vielleicht eine Antwort wissen, doch sicher nicht die, die sie hören wollte. Er wäre sicher beunruhigt und würde sie abzulenken und aufzumuntern versuchen, aber das war es nicht, was sie brauchte. Er würde etwas Amüsantes erzählen, und wenn ihm dies nicht gelänge, so raufte er sich die Haare, setzte sich in eine Ecke und zerbräche eine Zündholzschachtel. Nein, Wassja konnte keine Antwort geben, denn er wusste sie ja selbst nicht. Warum hatte er heute eigentlich nicht hereingeschaut? Trotz allem war ihr in seiner Gegenwart behaglich und geborgen.

Sie ging im Geiste die wenigen guten Bekannten durch, die ihnen in jenen Tagen geblieben waren, und dachte an Astafjew. Er könnte ihr eine Antwort geben, aber wie sollte sie ihn fragen? Kann man denn solche Fragen stellen? Und was genau wollte sie eigentlich wissen? Aber hinsichtlich Astafjews war Tanjuscha sich sicher. Unter denen, die noch in ihrem Haus verkehrten, war er derjenige, den sie am wenigsten kannte, der ihr aber am bemerkenswertesten schien. Es wäre schön, ihn öfter zu sehen. Und noch etwas mehr über ihn und sein Leben zu erfahren. Sie sollte sich einmal bei Wassja über ihn erkundigen, er kannte ihn ja besser.

Die Dämmerung nach einem Frühlingstag brach herein, das Fenster stand offen. Tanjuscha erhob sich und blickte auf die Straße. Es war ruhig, kaum jemand war unterwegs. Sie setzte sich an den Flügel, hob den Deckel, legte die Finger auf die Tasten. Und ihr blonder Kopf, des Denkens müde, sank auf die Hände.

So saß sie lange, ohne sich zu bewegen.

Als sie sich wieder erhob, waren die Tränen in ihren Augen wieder getrocknet – grundlose, zufällige Mädchentränen. Vielleicht hatten sie die Müdigkeit vertrieben und waren deshalb vonnöten gewesen.

Sie streckte sich, legte das Tuch über der Schulter zurecht und empfand plötzlich eine ganz neue Leichtigkeit ihres Körpers.

Es war frisch im Zimmer, der Abend war angebrochen. Was war geschehen? Hatte der Tod tatsächlich alles eingenommen? Woher kam dann jenes Gefühl der Leichtigkeit, jener Wunsch, irgendetwas zu tun, vieles zu wissen, Menschen zu begegnen und unter ihnen jenen zu finden, der mehr als die anderen wusste und ihr Antworten zu geben vermochte?

Geradezu erstaunt spürte Tanjuscha, wie leicht es sich atmete und wie das Gefühl des Lebens die Gedanken an den Tod und den Tod selbst überwältigte. Irgendwohin gehen, irgendetwas tun, schnellstmöglich. Jemanden treffen. Und wenigstens manchmal, wenigstens ab und zu einmal lachen und nicht an das Traurige denken, nicht Schwarz und Weiß gegenüberstellen, um herauszufinden, welches siegen werde. Die Bibliothek füllen schwarze Bände, doch unzählige weiße Seiten sind ja noch unbeschrieben. Damit sollte sie schnellstens beginnen.

Und sie dachte: »Ich bin jetzt zwanzig Jahre alt!«

Und weiter: »Gibt es denn auf der Welt irgendwo umfassendes Glück? Und wo? Wo soll man es suchen? Was ist das überhaupt? Wo ist der Schlüssel zu ihm? Wo sind die Türen zur großen Welt, die nicht begrenzt ist von den Mauern eines alten Hauses?«

Sie legte die Arme hinter den Kopf, streckte sich und sagte laut:

»Ich will leben! Ich will leben!«

Und sie bemerkte nicht, wie der große Spiegel im Dunkel die hochgewachsene, aufgerichtete Figur einer jungen Frau mit zurückgelegten Armen zeigte, wie mit dunklem Gebrumm die Saiten des Flügels antworteten, wie der Abend bei ihren Worten großer Zärtlichkeit und Schlichtheit hellhörig wurde und wie die Gemäuer des Hauses, die Tanjuscha schon als kleines Kind erblickt, ihr erstes Schreien vernommen hatten, sprachlose Zeugen ihres Aufwachsens und beflissene Wächter ihrer Herzensgeheimnisse waren, in Verlegenheit gerieten.

Die Mauern flüsterten es, die Saiten trugen es in die Frühlingsluft, und der Abendhimmel schickte einen ersten Stern als Boten, der den Ratschluss der Gestirne überbrachte:

Axios! Sie ist würdig!

# Abkehr

Gleichmäßigen Schrittes, sein Bündel, an dem ein blecherner Teekessel hing, auf dem Rücken, setzte der alte Soldat Grigori Fuß um Fuß die Stiefel in den Schmutz der Straße und wanderte mit einem einzigen Gedanken auf der Seele Richtung Kiew.

Nach Kiew, weil ihm auf dieser Welt nun nichts und niemand geblieben war – nicht Freund noch Sohn, Haus oder ein Stück Land. Allein der feste Glaube an einen gestrengen Gott war ihm geblieben, der Moskau verlassen hatte und den er nun in der Mutter aller russischen Städte zu finden hoffte oder vielleicht auch an einem noch weiter entlegenen Ort.

Es hieß, es sei unmöglich, nach Kiew zu kommen. Aber der, der nichts zu beschützen und nichts zu verlieren hat, kann frei auf Erden wandern. Überall in der alten Rus zogen Pilger und Notleidende auf der Suche nach Wahrheit oder Almosen durchs Land, arme Mönchsbrüder, fahrende Sänger, und niemand von ihnen ließ Kiew aus. Grigori war gesund und festen Glaubens, nicht blind, nicht notleidend, nicht verrückt – der Soldat kommt an sein Ziel.

Der Weg wurde morastig. Er schlüpfte aus den Stiefeln, band sie an den Laschen mit einem Riemen zusammen, warf sie über die Schulter und watete mit bloßen Füßen durch den Dreck – er wird an sein Ziel kommen. Von Dorf zu Dorf.

In den Dörfern hielt man sich verborgen, wartete, versteckte sich. Vielleicht hatte man ja zu vorschnell so viel Wald abgeholzt? Die frisch gefällten Stämme lagen unnütz herum, niemand brauchte sie, das Holz faulte. Die Geldtruhen gefüllt mit wertlosem Papier – was sollte man damit? Aus den Städten kamen die Menschen, um Brot zu kaufen, schleppten farbenfrohen Kattun, mancher auch Seide oder Spitzenjacken herbei, allerlei Habseligkeiten, die man braucht oder auch nicht, und tauschten sie gegen eine Handvoll Getreide. Doch das Getreide wurde ganz weit hinten versteckt, denn man hatte Angst.

Der Bauer konnte doch nicht alles fortgeben und schließlich selbst mit dem zusammengerafften Gut hungers sterben. Die Bauersfrauen waren der neuen Errungenschaften froh und trugen nun dünne Strümpfe mit Laufmaschen und Jäckchen ohne Kragen. Aber der kluge Mann muss an die Zukunft denken.

In den Dörfern wartete man ab, hielt zusammen, zeigte Schläue und hatte Angst. Die Menschen, die aus der Stadt kamen, schienen undurchsichtig, zwielichtig, neidisch. Wenn sie doch nur den Soldaten nicht noch den Weg wiesen.

Grigori wanderte auf den großen Straßen, um nicht unnötig Kräfte zu verschwenden. Wo er die Richtung kannte, ging er auch geradewegs querfeldein. Er trieb keinen Handel, kaufte nichts und bat nicht um Almosen. Sein Anblick war würdevoll, mit langem Bart und ehrlichen, aufrichtigen Augen. Beim Betreten der Bauernhütten bekreuzigte er sich. Einem solchen wie ihm boten jene, die wenig hatten, ebenso wie jene, die im Überfluss lebten, einen Platz zum Schlafen und einen Kanten Brot und nahmen nach alter Sitte kein Geld dafür. Nicht redselig, antwortete er auf Fragen kurz, ohne leere Worte zu machen, mahnend und weise.

Den gleichen Weg wie Grigori gingen, fuhren, schlichen gebeugt, ängstlich, verirrt, unsicher, noch viele andere, die auf der Flucht aus Moskau nach dem Süden waren, auf der Flucht vor dem Neuen in die alte Zeit, der man nachtrauerte, der Hoffnung entgegen – Kinder eines russischen Landes, das für immer untergegangen war. Ihr Weg war der gleiche, doch Grigori ging allein. Nicht Angst trieb ihn, den alten Soldaten, sondern Einsamkeit und Hingabe an einen unbeirrbaren Gedanken.

Auf unermüdlichen Schultern trug er seinen alten Glauben, seine menschliche Wahrheit aus dem Land des Lasters zu den Dienern Gottes in Kiew oder noch weiter, wohin auch immer der gerade Weg den geradlinigen und im Glauben festen Mann führen würde. Kein Flüchtling war er oder Verräter seines Vaterlandes, kein Feigling, sondern einer, der Staub und Asche der Lüge und sich erkühnenden Schande abgeschüttelt hatte.

An den Grenzen fand er kopfloses Chaos und Feuersbrünste – und Grenzen gab es ohne Zahl: heute hier, morgen hundert Werst weiter, einmal lagen sie hinter ihm, dann wieder vor ihm. Wie ein Gewitter, das aufkommt und weiterzieht, Vieh und Häuser dahinrafft. Unmöglich, den Überblick zu behalten. Zerlumpte Helden, heute weiße, morgen rote, Grab um Grab. Weswegen schlugen sie einander die Köpfe ein? Es ist unbegreiflich.

Mit dem Donner des Maschinengewehrs rollte eine Woge des Hasses und Todes oder einfach nur der Dreistigkeit und Schamlosigkeit durch das Land, und alles für die Freiheit, für die Freiheit, was aber ist Freiheit? Die Menschen hatten Angst, jagten einander Angst ein und klammerten sich angstvoll aneinander. Und wenn man sie gemeinsam an einen Tisch um eine Schüssel mit Kohlsuppe setzte, so waren sie alle gleich, in ihren Gedanken, Wünschen, Gesichtern. Warum waren die einen auf dieser, die anderen aber auf jener Seite? Wie erkannten sie selbst den Unterschied? Erkannten sie ihn denn? Warum kämpfte Iwan gegen Iwan? Auf ihren Gräbern wuchs das gleiche Gras. Dieselbe Sonne schien ihnen, derselbe Regen machte sie nass. Unbegreiflich. Unbegreiflich ist Zwist und Sünde.

Über Grigoris Augen wuchsen dichte graue Brauen, sein Bündel war fest geschnürt, mit bescheidenem Inhalt. Niemand legte Hand an Grigori auf seinem Weg.

Hin und wieder ging Grigori auch einsame Wege. Wanderte an Stoppelfeldern und an Wintersaaten vorbei, und während er ging, erhob sich der Roggen und Ähren blühten auf. Die Felder reichten von Horizont zu Horizont, von der Weite des Morgens bis zur Weite des Abends, und all dies war die alte Rus, die ihre Feuertaufe erhielt, als sie in eitlem Spott über die menschliche Mühsal von der Egge liebkost, dann vom Stiefel des unfreiwilligen Soldaten niedergestampft und nun diszipliniert und zur Räson gebracht wurde.

Als die Wege trocken wurden, erstand Grigori Bastschuhe, um die Stiefel nicht unnütz abzulaufen und die Füße zu schonen. Die leichten Bastschuhe wirbelten den Straßenstaub auf, der lange Wanderstock hinterließ im Staub einen kleinen Kreis, doch nicht für lange: Der erste Windhauch wehte ihn wieder fort. Ein Mensch ging vorüber und hinterließ keine Spuren, wie auch jene, die vor ihm denselben Weg gegangen waren, keine Spuren hinterlassen hatten.

Gewöhnlich wanderte er von Sonnenaufgang bis zum Mittag, dann machte er im Gras unter einem schattigen Baum am Wegesrand Rast. Dort döste er in der Mittagssonne und lauschte dem Gesang der Lerche, der sich vielstimmig über das Firmament ergoss. Und das junge kühle Gras murrte, die Faust unter Grigoris Ohr kitzelnd, ungehalten über die Ameisen.

Ohne Eile, geradewegs, Schritt um Schritt, trug Grigori das alte Russland weiter fort zu den heiligen Städten der inneren Einkehr. Nicht mit schrillem Geschrei und Flüchen wie die anderen, nicht mit großer Habschaft und Koffern, nicht unter dem Schutz der Bajonette, denen das Schicksal der Rückkehr nicht beschieden war, sondern auf dem alten Weg der Pilger und Wallfahrer, derer, welche die einfache menschliche Wahrheit mit sich tragen und die jahrhundertealte Weisheit suchen.

Ob der alte Soldat Grigori tatsächlich bis nach Kiew gekommen ist, ob er gefunden hat, was er suchte, oder ob er sich von dort auf den Weg nach Osten gemacht hat, zu den Einsiedeleien von Perm, oder ob er über das Meer nach Bari oder Jerusalem gefahren ist, ob er seine Wahrheit bis zum Ende mit sich trug oder ob er sie, zusammen mit seinem armseligen, verschlissenen Bündel auf dem Weg fortwarf – dies alles weiß niemand zu sagen.

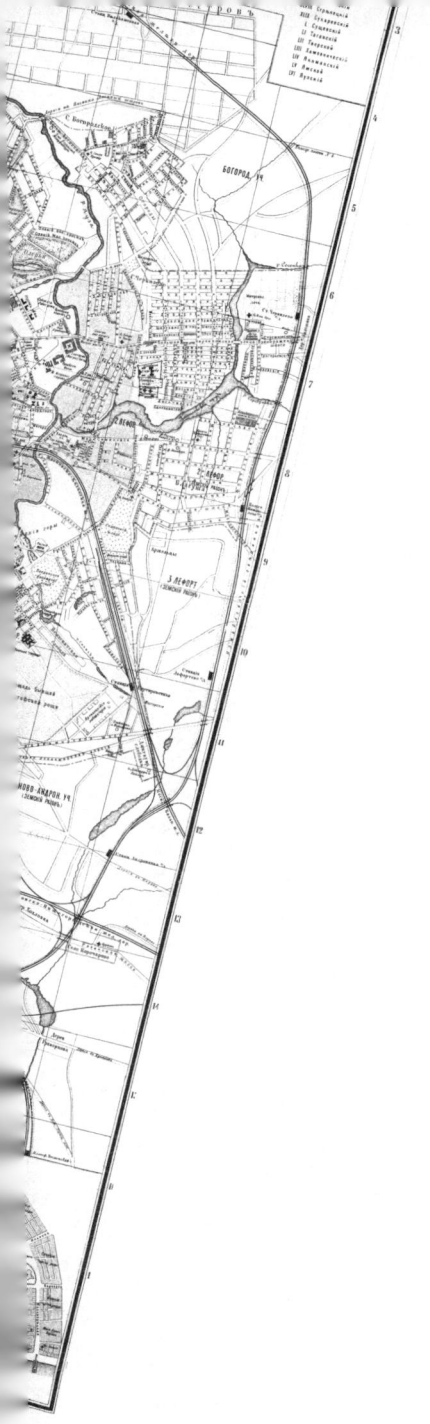

# TEIL
## ZWEI

# Frühling

Der Frühling war gekommen – lang ersehnt, gemach, unwiderruflich. In schmutzigen Sturzbächen, üblen Gerüchen aus verwahrlosten Hinterhöfen und in ansteckenden Krankheiten ergoss er sich über Moskau. Selbst das Haus des Professors, von dessen Dach der Schnee nicht rechtzeitig geräumt worden war, hatte ein wenig gelitten. In anderen Häusern waren die Decken feucht, Tauwasser und Schmutz der im Winter geborstenen Rohre drangen ins Gemäuer, in den überfluteten Kellern tauten die letzten gelben Eiszapfen.

Jetzt brauchte man die kleinen Kanonenöfen nicht mehr, konnte die durchfeuchteten Walenki ausziehen und sogar die großen Vordertüren wieder öffnen, die während des Winters aufgrund von Kälte und Furcht fest verschlossen gewesen waren.

Die Natur übernahm den Frühjahrsputz selbst, doch dort, wo offensichtlich war, dass das Leben weitergehen musste, sei es auch noch so elend und hässlich, versuchten die Menschen, der Natur zu helfen.

Im Hof eines großen Hauses an der Dolgorukowskaja, in dem in fast allen Wohnungen Arbeiterfamilien einquartiert worden waren, fanden auf Anordnung des Domkom Aufräumarbeiten statt. Schaufeln gab es zur Genüge, Schubkarren hingegen nur wenige und nur einen großen Wagen, allerdings kein Pferd. Man schaffte Schnee und Unrat auf die Straße hinaus und hoffte, das in der Gosse fließende Wasser würde sie irgendwohin mitnehmen. Die Aufsicht führte der Domkom-Vorsitzende Denissow höchstpersönlich, ein ehemaliger Kommis des nunmehr geschlossenen Gemischtwarenladens im Haus.

Die Arbeit wurde lustlos verrichtet, eine lästige Pflicht unter Androhung von Strafe, ja Verhaftung gar. Die Frauen mühten sich redlich. Der stärkste und geschickteste unter den Männern war Astafjew, der letzte Vertreter der Intelligenzija und Bourgeois im Hause. Denissow trat zu ihm.

»Gewöhnen Sie sich langsam an die Arbeit, Genosse Astafjew? Sie ist ja schwer und nicht sehr angenehm.«

»Ich habe nicht vor, mich daran zu gewöhnen, aber da sie nun einmal gemacht werden muss, mache ich sie. Besser wäre es gewesen, wenn man das Eis im Winter abgeschlagen und geräumt hätte.«

»Im Winter haben wir das nicht geschafft. Natürlich ist eine solche Arbeit nicht nach Ihrem Geschmack, Sie sind ja ein Gebildeter. Doch auch Sie müssen nun ran, Genosse Astafjew. Früher haben wir für Sie gearbeitet, jetzt ist die Reihe an Ihnen. So sind die Zeiten.«

Astafjew schmunzelte.

»Ich arbeite nicht schlechter als andere. Es ist nichts Schlimmes dabei. Aber irgendwie kann ich mich gar nicht entsinnen, dass Sie, Denissow, irgendwann einmal für mich gearbeitet hätten. Sie haben doch hauptsächlich immer nur hinter dem Ladentisch gestanden.«

»Es geht doch nicht darum, was einer früher getan hat, sondern darum, wie er zur Revolution steht.«

Astafjew hob seine volle Schaufel, leerte sie in die Schubkarre aus und schlug den Haufen fest.

»Jeder steht zur Revolution, wie es ihm zum Vorteil gereicht. Sie auf Ihre Art, ich auf die meine. Da kann man keine Rücksicht nehmen.«

Denissow entfernte sich, und Astafjew dachte: »Offensichtlich versucht er, mich aus dem Haus zu bekommen. Und wird das auch schaffen. Irgendwo komme ich schon unter, das ist kein großes Unglück.«

Er schob die volle Schubkarre auf die Straße und schüttete den Inhalt in die Straßenrinne – doch diese war schon übervoll, sodass das Wasser den Unrat nicht mit sich nahm. Nun denn, was soll's. In seinen Stiefeln durch das sich ausbreitende Feucht watend, schob er die leere Schubkarre wieder zurück. Auf dem Weg kam ihm eine der Hausbewohnerinnen mit einer vollen Schubkarre entgegen, eine offensichtlich schwache und kränkliche Frau. Zuerst wollte er ihr zu Hilfe eilen, dann dachte er: »Ach was, soll sie sich doch anstrengen!«

Er holte seine Pfeife aus der Tasche. Astafjew rauchte Machorka, einen anderen Tabak gab es nicht. Der Machorka-Tabak schien ihm, da er sich mittlerweile an ihn gewöhnt hatte, inzwischen sogar bekömmlich und schmackhaft. Und mit derselben Leichtigkeit, mit der ihm einstmals auf Reisen im Ausland die Havanna-Zigarre zur Gewohnheit geworden war, hatte er sich nun an den Machorka-Tabak gewöhnt.

Bei der Arbeitseinteilung war Astafjew ein nicht eben kleines Karree des Hofes zugewiesen worden. Er kam schnell damit zurande, da konnte der Domkom-Vorsitzende absolut nicht mäkeln. Als er fertig war, brachte er die Schubkarre unters Vordach, stellte die Schaufel daneben, wischte seine Stiefel mit einer Zeitung sauber, die auf der Treppe herumgelegen hatte, und ging in seine Wohnung.

Von drei Zimmern der Wohnung gehörten ihm nur noch zwei, im dritten wohnte ein alleinstehender Arbeiter, ein zurückhaltender und unsicherer Mensch. Er kam gewöhnlich erst abends von der Arbeit nach Hause und ging sogleich zu Bett, sodass Astafjew ihm so gut wie nie begegnete.

Auch das zweite Zimmer, in dem seine Bibliothek untergebracht war, hatte man ihm schon streitig zu machen versucht, doch bisher war es ihm gelungen, mit Hilfe eines behördlich bestätigten Anrechts, das er seiner Lehrtätigkeit verdankte, das Zimmer zu behaupten. Im Winter war es nicht geheizt und unbewohnbar, im Sommer gedachte er dort zu arbeiten und Sprechstunde zu halten, wenn sich denn jemand einfände und er etwas zu arbeiten hätte.

Er zog sich um, stopfte sich eine neue Pfeife und nahm ein Buch zur Hand.

Mit dem Gestank des Unrats vom Hof drang Frühlingsluft durch das offene Fenster. Die Lektüre wollte nicht gelingen. Vielleicht wäre es besser, sich anderes vorzunehmen? Denn Arbeit gäbe es genug: die ausgefranste Hose säumen, die Taschentücher mit Lehmseife waschen, den aus einer Flasche bestehenden Kerzenleuchter richten, für den Fall, dass wieder einmal der Strom abgestellt würde. Es war Samstag, morgen würde er auf einen Besuch zum Ornithologen in die Siwzew Wrashek gehen. Was ist eigentlich von seiner Enkelin zu halten? Sie ist ganz und gar nicht wie andere junge Frauen, nicht so leicht zu verstehen. Aber liebenswürdig ist sie, ganz offensichtlich.

Es klopfte an der Tür. Ohne besonderes Interesse überlegte Astafjew, wer das denn sein könne. Der bei ihm einquartierte Arbeiter trat ein, ein bescheidener Mann, obgleich kräftig und muskulös, in gänzlich abgetragenem Herrenrock und Stiefeln mit abgelaufenen Absätzen. Unter der Weste blickte kein Hemd hervor.

»Ich möchte zu Ihnen, Alexej Dmitrijewitsch, verzeihen Sie die Störung. Ich weiß gar nicht, wie ich Sie fragen soll.«

»Keine Umstände bitte.«

»Natürlich, keine Umstände, aber heutzutage braucht doch jeder alles selbst. Ich dachte, vielleicht findet sich ja ein altes Buch, das nicht so schwer ist und das ich lesen könnte.«

»Bücher habe ich genug, nehmen Sie, welches auch immer Sie möchten. Nur weiß ich nicht, welches das richtige für Sie wäre. Worüber soll es denn sein?«

»Ich weiß nicht, irgendwas über das Leben. Ich kenne mich ja nicht so gut aus.«

»Arbeiten Sie heute denn nicht, Sawalischin?«

»Wir haben frei heute. In der Fabrik fehlt Material, deshalb ist Produktionsstopp. Der Lohn wird gezahlt, das macht also nichts.«

»Ein Buch können Sie gern haben, allein, was haben Sie davon? Glauben Sie, es könnte Sie etwas fürs Leben lehren? Oder Ihnen etwas erklären? Setzen Sie sich doch, Sawalischin, dann unterhalten wir uns einmal. Ich sage Ihnen, ein Buch kann Ihnen nicht weiterhelfen. Ja, ist Ihr Leben denn wirklich so schwer?«

»Ob schwer oder nicht, jeder versucht doch den Durchblick zu bekommen.«

»Was verstehen Sie denn nicht?«

Sawalischin wurde verlegen, zögerte, suchte nach Worten.

»So wie ich alles sehe, ist es irgendwie nicht richtig.«

Holprige Ausführungen folgten. Früher schien alles so, dass es ganz gleich ist, was man denn selbst unternehme, man lebte dahin, und alles ergab sich irgendwie. Und heute heißt es nun allseits: Wir müssen unser Leben selbst in die Hand nehmen. Aber was genau heißt das? So, wie es seit neuestem ist, ist es jedenfalls schlecht. Viel Geschrei, aber nichts Gescheites ist bisher dabei herausgekommen. Aber das alles musste doch irgendeinen Sinn haben.

»Sie sind zu ungeduldig, Sawalischin. Da heißt es abwarten.«

»Abwarten ist nicht das Problem, das musste man früher ja auch. Wenn man nur wüsste, was man denn zu erwarten hat.«

Astafjew ging durch den Kopf: »Das also ist sie, die Fäulnis der Arbeiterschaft. Keinen Deut besser als die Intelligenzija. Der Kommis Denissow ist zwar ein Widerling, aber immerhin glaubt er an den Aufbau des Neuen ...« Er sagte:

»Ich verstehe Sie, Sawalischin. Sie sind beunruhigt, weil es Ihnen an Sicherheit fehlt. Früher war das Leben zwar auch nicht besser, aber zumindest gab es Sicherheit. Nun ist alles Alte zum Teufel gegangen, etwas Neues ist noch lange nicht in Sicht, doch zum früheren Einerlei will man auch nicht wieder zurück. Es fehlt Ihnen an innerer Stärke, Sawalischin.«

»Ja, daran fehlt es sicher. Deshalb mache ich mir wohl auch so viel Sorgen, Alexej Dmitritsch. Aber das Wichtigste ist doch, dass man versteht, was vor sich geht.«

»Aber warum zum Teufel machen Sie sich Sorgen? Sie sind Junggeselle, bei bester Gesundheit, bekommen, zumindest bis jetzt, Ihren Lohn. Pfeifen Sie doch drauf. Trinken Sie?«

»Nun ja, wenn es was gibt, dann trinke ich auch mal einen. Aber saufen tu ich nicht, also ich bin kein Säufer.«

»Sie müssen mehr trinken, Sawalischin. Vielleicht kann ich ja etwas besorgen, und dann trinken wir einmal einen zusammen. Mit nüchternem Kopf kann man das alles nicht begreifen.«

»Sie machen sich lustig über mich, Alexej Dmitritsch!«

»Aber keineswegs. Ich sage es Ihnen geradeheraus: So ein Mensch wie Sie taugt nicht fürs Leben. Was wollen Sie denn Neues aufbauen? Sie besitzen keinen rechten Glauben, sind nicht unverfroren genug und auch nicht in der Lage zu stehlen – man wird Sie also in Stücke hacken und dann auf den Müll werfen. Und da machen Sie sich auch noch solche Gedanken. Da wäre es doch besser, sich dem Suff zu ergeben. Der Trinker ist weise.«

»Der Suff ist das Letzte. Was sind Sie mir denn für eine Hilfe, Alexej Dmitritsch. Und ich bin zu Ihnen gekommen, weil ich gedacht habe, Sie als Gebildeter könnten mir weiterhelfen.«

»Sie sollten in Ihr Dorf zurück, Sawalischin. Haben Sie denn kein Dorf, in das Sie zurückgehen können?«

»Nein, ich bin in der Stadt geboren. Was soll ich denn auf dem Land?«

»Das ist schlecht. Hören Sie zu, Sawalischin. Ich weiß nicht, was Sie für ein Mensch sind, ob Sie zimperlich sind oder nicht. Im Übrigen ist mir das auch ganz gleich, das ist Ihre Sache. Soll ich Ihnen einmal ehrlich etwas sagen? Sehen Sie, ich bin ein gelehrter Mann. Habe so viele Bücher gelesen, von denen Sie nicht einmal die Titel verstehen würden. Aber das hilft auch nichts fürs Leben. Ob man sie nun gelesen hat oder nicht, ist ganz egal. Auch ich mache mir mitunter Sorgen. Auch ich bin keiner, der etwas Neues aufbaut, auch wenn ich – ich bilde mir darauf nichts ein – möglicherweise sogar mehr innere Stärke habe als Sie. Tatsächlich ist alles sehr einfach. Sie wollen sich Ihren Weg bahnen? Dann seien Sie ein Schwein und keine Heulsuse. Die Zeiten sind niederträchtig, mit Anstand erreicht man nichts. Wenn Sie das nicht wollen, dann, so lautet mein Rat, ertränken Sie Ihre Sorgen am besten in Alkohol. Schlucken Sie Brennspiritus, um schnellstmöglich zu krepieren, das wirkt großartig. Was sind Sie nur für ein Kämpfer? Wenn niemand Angst hat vor Ihnen, so wird auch niemand Respekt vor Ihnen haben. Sie sind schüchtern, und so einer bringt es heute nicht weit. So jemand wie dieser Denissow, unser Domkom-Vorsitzender, dieser Gauner und Lump, zerdrückt Sie mit seinem Fingernagel, einfach nur so, ungeachtet dessen, dass Sie ihm möglicherweise überlegen sind. So jemand wie er wird nicht untergehen. Im Übrigen ist das natürlich Ihre Angelegenheit.«

Sie schwiegen. Dann erhob sich Sawalischin.

»Nun denn also, Alexej Dmitrijewitsch, dann danke ich sehr ergebenst. Mit jemandem wie mir ist ein Gespräch natürlich nicht sehr anregend für Sie, ich bin ja ein einfacher Mensch.«

»Ach, Sawalischin, gehen Sie mir weg mit Ihren Flausen. Ich bin selbst ein einfacher Mensch, vielleicht einfacher noch als Sie. Kommen Sie heute Abend noch einmal vorbei, dann trinken wir einen zusammen.«

Er wandte sich ihm mit freundlichem Lächeln zu:

»Ich hoffe, Sie nehmen mir das nicht übel. Ich rede so, weil es mir selbst auch nicht allzu gut geht.«

»Ich verstehe, Alexej Dmitritsch. Es ist schon in Ordnung, keine Sorge.«

Als er gegangen war, dachte Astafjew: »Vielleicht war das ja doch etwas viel für ihn. Und vielleicht habe ich mich auch in ihm getäuscht. Schüchtern und charakterschwach, das ist er, ganz ohne Zweifel. Aber sein Blick funkelte böse. Beleidigt habe ich ihn. Es ist gut, dass er noch in der Lage ist, sich zu erbosen. Dann kann er überleben. Faszinierend!«

Er lächelte: »Ist zu mir gekommen, um Hilfe zu erbitten oder ein Buch. Damit am Ende dann die Bücher und ich schuld an seinem Kummer sind und es jemanden gibt, den er hassen kann.«

Gegen Abend ging Astafjew heiter die Dolgorukowskaja entlang nach Hause, unter dem Mantel eine Flasche Brennspiritus und Kärgliches zur Stärkung. Ob er wohl käme? Sawalischin kam. Und dieses Mal klopfte er schon etwas sicherer.

»Sind Sie beschäftigt, Alexej Dmitritsch?«

»Gleich finden wir uns eine Beschäftigung.«

Gegen Mitternacht war Sawalischin betrunken, Astafjew sehr erregt und überaus fasziniert. Untersuchte seinen Protegé gleichsam durch ein Mikroskop. Und war erstaunt: »Wie interessant, er ist ja gar nicht so schlicht. Aus ihm kann ja doch noch etwas werden, ein richtiger Mistkerl. Die Fäuste dazu hat er, und das ist das Wichtigste.«

Der stumpfe Blick des Arbeiters streifte über die Teller und mit schwerer Zunge brummte er:

»Sagen wir so: Ich bin besoffen. Und kann doch begreifen, wie der Hase läuft. Danke für diese Lehrstunde der Wissenschaft, wer will denn schon untergehen. Nein, das wollen wir nicht. Es kann ja sein, dass wir unsere eigenen ... unterschiedliche ... Pläne haben. Für die Bewirtung sehr ergebensten Dank, und dafür, dass Sie sich nicht zu fein waren, ein Gebildeter.«

Astafjews Gesicht verfinsterte sich:

»Lass gut sein, basta, ab ins Bett ... besoffenes Monstrum.«

Sawalischin geriet in Verlegenheit und schielte:

»Was ist los?«

»Geh ins Bett, sag ich. Ich habe genug von dir. Schlaf deinen Rausch aus, und wenn du dann als Mistkerl aufwachst – dein Glück. Aber wenn du immer noch ein Schwächling bist, dann komm weiterhin zum Saufen zu mir.«

Er packte ihn am Schlafittchen und stieß ihn mit Kraft in Richtung der Tür.

# Bücher

Der Ornithologe blätterte langsam das Buch durch und betrachtete aufmerksam die Abbildungen darin. Bevor er es in das bereits prall gefüllte Portefeuille legte, blickte er prüfend auf den Buchrücken und brachte eine kleine Ecke des farbigen Einbands, die sich gelöst hatte, mit befeuchtetem Finger wieder an ihren Platz.

Ein gutes Buch und nicht schlecht erhalten.

Plötzlich aber fiel ihm etwas ein, er zog es rasch wieder aus der Tasche hervor, setzte sich an den Schreibtisch und entfernte mit einem kleinen Messer vorsichtig seinen Namen in der Widmung:

»Dem hochverehrten Lehrer ... vom Verfasser.«

Er legte den an der Garderobe in seinem Kabinett hängenden Mantel an und setzte den doch schon ziemlich alten Hut auf, klemmte die Tasche so komfortabel wie möglich unter den Arm und machte sich, nachdem er die Haustür mit dem amerikanischen Sicherheitsschlüssel abgeschlossen hatte, auf den Weg.

Im Speisezimmer des Hauses wohnten nun Fremde, die nach der Nationalisierung des Hausbesitzes einquartiert worden waren. Dunjascha bewohnte das Zimmer im oberen Stockwerk neben jenem, das einst Tanjuscha gehört hatte. Tanjuschas Zimmer hatte Andrej Koltschagin bezogen, er war allerdings nur selten zu Hause, denn er übernachtete meist im Sowdep, wo in seinem Dienstzimmer ein Diwan stand, auf dem er schlafen konnte.

Dunjascha half aus alter Freundschaft von Zeit zu Zeit auch weiterhin im Haushalt aus, sie war nicht mehr Hausmädchen, hatte aber ein behördliches Anrecht auf ein Zimmer.

Der Professor war noch recht gut auf der Höhe. Auf seinem Weg in die Leontjewski-Gasse ruhte er sich drei Mal auf einer der Bänke an den Boulevards aus, aber nur, weil seine Tasche so schwer war und ihm der Arm schmerzte. Er ließ sich

227

jeweils nur kurz nieder, und während er so dasaß, überlegte er, wie oft er mittlerweile den Schriftstellerbuchladen in der Leontjewski aufgesucht hatte und für wie viele Male der Bestand seiner Bücher wohl noch reichen würde.

Eines schönen Tages war absolut kein Geld mehr im Hause gewesen. Eine Zuteilung des grauslichen Kommissbrots hatte man erhalten, aber Dunjascha, die damals noch Hausmädchen war und in der Küche wirtschaftete, verkündete, dass weder Kartoffeln noch Graupen oder sonstige Vorräte mehr vorhanden seien und sie deshalb nichts kochen könne.

Tanjuscha meinte, der Großvater habe noch Geld, und war sehr beschämt, als sie erfuhr, dass dem nicht so war. Sie lieh sich daraufhin eine kleine Summe von Wassja Boltanowski.

Am Abend jenes Tages erörterte Tanjuscha sehr lange Hauswirtschaftsfragen mit Wassja, am nächsten Morgen verschwand sie früh, kehrte erst gegen Mittag zurück und berichtete aufgeregt und nicht ohne Verlegenheit, man habe ihr angeboten, bei Konzerten in den Arbeiterklubs aufzutreten.

»Das ist ein überaus interessantes Angebot, Großvater. Ich werde mit Naturalien entlohnt.«

An jenem Tag hatte auch Poplawski vorbeigeschaut und berichtet, welch wunderbare alte Bücher er im Schriftstellerbuchladen in der Leontjewski gesehen habe. Es würden heutzutage Bücher angeboten, die man früher nie hätte bekommen können.

»Ich habe eine Originalausgabe der gesammelten Werke von Lavoisier gefunden – für Moskau eine außergewöhnliche Rarität. Und dann habe ich auch noch ein überaus interessantes Buch gesehen, und zwar wohl das erste in Russland gedruckte Mathematikbuch, noch in Altkirchenslawisch, aus dem Jahr 1682. Es hat einen wirklich wunderhübschen Titel: ›Bequemes Rechnen, mit dessen Hilfe ein jeder Mann, der Verkäufer ebenso wie der Käufer, auf einfache Weise die Zahl einer jeden Sache ermitteln kann.‹ Auch Logarithmustafeln aus petrinischer Zeit findet man dort.«

»Und haben Sie etwas erstanden?«

»Ich? Aber nein, Herr Professor, ganz im Gegenteil. Ich habe etwas verkauft. Man bekommt dort einen guten Preis oder kann etwas in Kommission geben.«

Auf den unteren Regalen seines großen Bücherschranks bewahrte der Professor die Autorenexemplare seiner wissenschaftlichen Werke auf. Als er am nächsten Tag zu seinem Morgenspaziergang aufbrach, nahm er je eins davon mit. Im Buchladen wurde er freundlich und ehrerbietig begrüßt, hinter dem Ladentisch standen sogar ein paar junge Universitätsdozenten, die er kannte. Die Bücher nahmen sie gern, bezahlten dafür und sagten, solche Ware sei gerade jetzt sehr gefragt, denn Werke wie diese würden dringend für die neu gegründeten öffentlichen Bezirksbibliotheken in der Provinz sowie für die Universitätsbibliotheken benötigt. Man bat ihn, noch weitere Bücher zu bringen. Und keiner war erstaunt, dass ein angesehener Wissenschaftler, der nicht mehr der jüngste war, höchstpersönlich seine Bücher zum Verkauf feilbot.

Da er ein großer Buchliebhaber war, stöberte er aus Neugier ein wenig in den Regalen. Und war hocherfreut, als er zwischen wertlosem Schund eine überaus seltene Ausgabe fand, die mit drei Abbildungen versehen war: »Beschreibung eines Huhns mit menschenähnlichem Profile«. Achtsam blätterte er das Heft durch und las glückerfüllt mit unterdrücktem Lachen die Bildunterschrift:

»Die Zeichnung bildet das Huhn exakt ab und erinnert an das Ansehen eines menschlichen Profils, und zwar das eines alten Weibes. Darstellung Nr. 2 präsentiert die Vorderansicht des Kopfes, welcher einem Satyr ähnlich ist. Darstellung Nr. 3 bietet das Huhn gähnend dar und zeigt dabei auch seine Zunge.«

Der Professor betrachtete das Heft von allen Seiten und erkundigte sich, wie viel es koste. In jenen Zeiten hatten alte und seltene Bücher allerdings nur einen lumpigen Preis.

»Herr Professor, wir verkaufen hier Ausgaben aus der Epoche Peters des Großen oder Katharinas billiger als soeben veröffentlichte Gedichtbände der Imaginisten. Normalerweise nehmen wir so etwas gar nicht. Das ist uns nur zufällig in einer der Bibliotheken, die wir angekauft haben, untergekommen. Machen wir es doch so: Wir überlassen Ihnen dieses Heft, wenn Sie uns versprechen, uns Ihre Bücher in Kommission zu geben.«

»Aber das ist doch ein ganz besonderes bibliographisches Kleinod, wenngleich die Ausgabe auch nicht sehr alt ist.«

»Umso besser. Bei Ihnen, Herr Professor, ist das Büchlein sehr gut aufgehoben.«

Bester Laune kehrte der Professor nach Hause zurück. Am Abend las Wassja Boltanowski beim Tee aus dem Büchlein vor, und der Ornithologe erfreute sich wie ein kleines Kind an jedem einzelnen Wort. Und am nächsten Morgen trug er eine ganze Tasche voll »entbehrlicher« Bücher zusammen und brachte sie in den Laden, in dem man ihn so zuvorkommend behandelt hatte.

»Tanjuscha, ein wenig Geld habe ich noch, sei nicht beunruhigt.«

Aber längst zählte man den Rubel nur noch in Hunderten und näherte sich der Million. Die Autorenexemplare gingen bald zur Neige. Beim Durchsehen der Bücherregale stieß der Ornithologe auf neue Handelsware, zunächst trennte er sich von den Doubletten, dann von den populären Ausgaben, die, wenngleich in der Sammlung seiner Bibliothek durchaus wesentlich, für seine wissenschaftliche Arbeit nicht unbedingt vonnöten waren, danach von den Atlanten und Tabellensammlungen, auf die man durchaus verzichten konnte, schließlich von den Widmungsexemplaren mit den Unterschriften der Verfasser. Die Bücherschränke des Professors leerten sich, aber Tanjuscha war doch so blass und erschöpft nach ihren Konzerten in den Arbeiterklubs. Der Professor glaubte, sie wisse nichts von seinen häufigen Besuchen im Buchladen, und er war froh, dass er in seinem Alter, in dem er ja von niemandem mehr gebraucht wurde, wenigstens seiner geliebten Enkelin nicht zur Last fiel und ihr zumindest eine kleine Hilfe sein konnte. Er wusste nicht, dass Tanjuschas Kinderbücher, die in ihrem Schrank gestanden hatten, längst im selben Buchladen verkauft waren, zu keinem schlechten Preis, denn Kinderbücher waren immer gefragt.

Ebendarum hatte der Großvater auch noch nie Klöpse aus Pferdefleisch essen müssen, und seinen Tee süßte Tanjuscha immer noch mit einem Stück echten Zucker, während sie in ihr eigenes Glas heimlich eine Sacharintablette fallen ließ.

»Zucker ist inzwischen vermutlich ziemlich teuer?«

»Das weiß ich gar nicht, Großvater, ich erhalte ihn ja als Sonderzuteilung für meine Auftritte.«

# Ein Fremder

T anjuscha war nicht zu Hause. Sie klimperte in irgendeinem Lenin-Klub für die Arbeiter.

In ihrem Zimmer lag ein altes Album aufgeschlagen auf dem Tisch. Darin Porträts von Großvater und Großmutter, als beide noch jung waren. Großvater im taillierten Gehrock, Großmutter in ein Korsett eingeschnürt, ihre Hände ruhen auf der Krinoline. Großvaters Kneifer hatte bei der Aufnahme gespiegelt und deshalb war an der Stelle des einen Auges ein weißer Fleck. Die Photographie ist schon stark vergilbt.

Weiter rechts eine Photographie von Tanjuschas Mutter in einem Kostüm nach der Mode der neunziger Jahre.

Im Zimmer ist niemand, das graue Haupt der Zeit hat sich über das Album gebeugt. Aufmerksam betrachtet sie die Photographie und flüstert:

»Ganz genau so war sie – ihre Augen, ihr Haar, ihr Mund und ihre Ernsthaftigkeit. Auch sie wollte so gern leben, aber auch sie wusste nicht, was kommen würde.«

Die Zeit blättert im Album.

Zwei Studenten, etwas älter der eine, mit Bart, in der Uniform des zukünftigen technischen Beamten – Onkel Borja. Der andere, mit einem kleinen Schnurrbart, hoher Stirn, ein gutaussehender Hochschüler – Tanjuschas Vater.

Auf der nächsten Seite warfen die junge Frau und der Student sich von zwei Photographien Blicke zu, sie hatten sich ineinander verliebt und geheiratet. Und gleich darauf zeigte das Album den großen Kopf eines Kindes mit grauen Augen, erstaunt erhobenen Brauen, flauschigen Härchen, in unförmigem Kleidchen, das sich im Rücken hochgeschoben hatte und im Nacken spannte. Das erste Porträt Tanjuschas.

Alle haben Mutter und Vater, oft sind diese alt, manchmal schon hochbetagt. Tanjuschas Eltern aber waren nicht alt geworden. In jenem Alter, in dem die Photographien sie zeigten, hätten die Eltern nun Tanjuschas Altersgenossen, ja Freunde sein können. Beide waren jung gestorben, ohne dass sie ihrer Tochter einen Rat mit auf ihren Weg hätten geben können, wie sie leben solle, damit sie glücklich werde. Die Großeltern haben ihr die Eltern ersetzt, seit sie ein kleines Mädchen war. Die Mutter hatte ihr nur die grauen Augen und die goldenen Zöpfe und darüber hinaus auch die ernste Nachdenklichkeit übereignen können. Fragende Augen – wer gibt ihnen Antwort?

Der Vater – vertraut und doch fremd. An ihn konnte Tanjuscha sich überhaupt nicht erinnern, er starb, als sie noch nicht einmal zwei Jahre alt war. Tanjuscha schien es seltsam, dass sie die Tochter eines Studenten war, der selbst nie richtig erwachsen geworden war. Dass ihre Mutter auch fast noch ein Mädchen gewesen war, schien ihr irgendwie begreiflicher. An sie erinnerte sie sich ein ganz klein wenig, wenngleich vielleicht ja auch nur auf Grundlage dessen, was ihr erzählt worden war. Es war vor allem das Gefühl, das die Mutter gab, an das sie sich erinnerte, alles andere entsprach wohl dem Bedürfnis zu wissen, wie die Mutter war.

Die Mutter – das war Tanjuscha, wie sie leibte und lebte, aber in der Vergangenheit. Auch sie hieß Tatjana. Wenn Tanjuscha im alten Album blätterte, betrachtete sie stets lange und aufmerksam die Gesichtszüge ihres Vaters. Und manchmal dachte sie, dass auch sie vielleicht ja irgendwann einmal, wie ihre Mutter, einen solchen jungen Mann träfe. Bisweilen gibt es ja so etwas wie Vorsehung des Schicksals. Etwas anderes war nur schwer vorstellbar. Tanjuscha war gar ein wenig in den jungen Mann, den die Photographie zeigte, verliebt: Wenn sie das Album zur Hand nahm, war es, als ginge sie zum Rendezvous mit ihm.

Die Zeit, deren Haar auf die Seiten fällt, blättert weiter. Die kleine Tanjuscha wuchs heran, wurde größer, und da ist sie auch schon mit der weißen Schürze der Gymnasiastinnen-Uniform zu sehen. Mit diesem Augenblick beginnt ihre Geschichte, deren Daten noch nicht vergessen sind. Die fünfte

Klasse ist noch nicht allzu weit zurückliegende Vergangenheit. Das alte Album sieht nun nicht mehr so alt aus und seine Seiten führten bis zum heutigen Tage, endeten sie nicht abrupt, denn es gibt keine leeren Seiten mehr.

Auf der letzten Seite ist ein Porträt eines Mannes aus jüngster Zeit zu sehen, von dem es heißt: »Das ist ein Bekannter, er ist sehr nett, aber an seinen Namen kann ich mich nicht mehr entsinnen.« Aus irgendeinem Grund hatte jemand auf dem letzten freien Platz des Albums diese Photographie eingeklebt – eine erste Verbindung zu einer fremden Welt. Hätte man das Porträt wieder herausgenommen (schließlich handelte es sich ja um ein Familienalbum), wäre sein Platz leer geblieben. Und so war der Fremde ganz zufällig in der Familie geblieben.

Da lächelt die Zeit:

»Waren denn Großmutter und Großvater ebenso wie Mutter und Vater einst einander nicht auch fremd und unvertraut? Wie Tanjuscha jener, dem sie früher oder später auf ihrem Weg begegnen wird.«

Die Zeit ließ ein wenig Staub auf die Seiten des Albums fallen, ließ das Porträt von Tanjuschas Mama ein wenig verblassen, rieb die Ecken des Ledereinbands etwas ab und ließ es auf derselben Seite aufgeschlagen liegen.

Tanjuscha war nicht zu Hause. Sie spielte an diesem Tag in einem Arbeiterklub auf einem lausigen und verstimmten Flügel Bach.

Vor ihrem Auftritt hatte ein Genosse Braude eine Rede über die internationale Lage gehalten, es folgte eine Nummer mit humoristischen Erzählungen eines Hanswurst, vorgetragen vom Genossen Smechatschow, der sich in den Arbeiterklubs großer Beliebtheit erfreute. Genosse Smechatschow war das Pseudonym des Privatdozenten der Philosophie Alexej Dmitritsch Astafjew.

Astafjew stand hinter den Kulissen und lauschte Tanjuschas Spiel. Er trug einen zerschlissenen Zylinder auf dem

Kopf, seine Wangen waren mit Kreide weiß geschminkt, die Nase leicht rot angemalt. Schon allein seine Erscheinung rief Heiterkeit hervor. Gewöhnlich verlangte das Publikum nach seinem Auftritt eine Zugabe.

Auch Tanjuscha hatte ein Pseudonym gewählt. Auf den Plakaten der Konzerte in den Klubs nannte sie sich nach dem Mädchennamen der Mutter (der bezaubernden jungen Frau aus dem Album) Genossin Tatjana Gorjajewa, philharmonische Künstlerin.

Tanjuschas weiße, flinke Finger betrachtend, dachte Astafjew: »Wie ernst sie ist, als wäre dies ein echtes Konzert. Und im Publikum kauen sie Sonnenblumenkerne. Ich mache mich für ein Fresspaket zum Affen, lasse meinen ganzen Zorn heraus. Sie ist wegen der gleichen Heringe hier wie ich, aber sie schenkt den Zuhörern ihre ganze Seele. Was ist sie nur für eine Frau.«

# Abenddämmerung

**W**assja Boltanowski schaute selbstredend auch an diesem Tag herein, doch er verabschiedete sich wieder, noch bevor es Abend geworden war. Sorgfältig und beharrlich bereitete er seine Fahrt ins Gouvernement Tula vor und sammelte »Handelsware« für Tauschgeschäfte gegen Essbares zusammen. Tanjuschas Seidenbluse gab Anlass zu großen Hoffnungen, und im Besitz des Herrn Professor fanden sich alte, aber ausgezeichnete Jagdstiefel – vortreffliches Gut für Tauschgeschäfte.

Wassja hatte einen kleinen Feldblumenstrauß mitgebracht, er wirkte ein wenig kärglich, war aber frisch.

»Der ist für Sie, Tanjuscha. Raten Sie, wo ich ihn gepflückt habe.«

»Waren Sie auf dem Land?«

»Nein.«

»Ja, dann weiß ich es nicht, vielleicht in irgendeinem Garten?«

»Sie erraten es nicht. Hier, ein Hahnenfuß und eine Glockenblume. Und hier, schauen Sie, eine Roggenähre. Und den ganzen Strauß habe ich in den Straßen Moskaus gepflückt! Auch an Ihrem Zaun habe ich eine Rispe gefunden. Woanders sind die Straßen fast gänzlich zugewuchert.«

Der Ornithologe untersuchte aufmerksam jedes Pflänzlein und betastete die Halme.

»Weißt du was, Wassja, diesen Strauß müsstest du trocknen. Er erzählt ja eine ganze Geschichte, und die muss man sorgsam bewahren. Der Strauß wäre etwas für das Museum.«

»Ich kann ja noch einen pflücken, Herr Professor. Am Stadtrand könnte man sogar richtige Kränze flechten, da sind an manchen Orten die Straßen wirklich zugewachsen. Diesen Strauß habe ich mitten in der Stadt gepflückt, ohne den Boulevardring zu verlassen. Für Tanjuscha, von ihrem edlen Ritter.«

Während Tanjuscha den Strauß ins Wasser stellte und Wassja dabei ihre Hände betrachtete, sah der Professor lange und liebevoll Wassja an. Dieser bemerkte den Blick.

»Warum schauen Sie mich so an, Herr Professor?«

»Ich schaue eben. Komm doch einmal her.«

Als Wassja Boltanowski zu ihm getreten war, umarmte der Professor ihn, ohne sich zu erheben.

»Neig doch deinen Kopfe einmal herunter zu mir altem Mann, ich möchte dir einen Kuss geben. Du hast ein wahres Wort gesprochen, Wassja, du bist wirklich ein edler Ritter. Deinen Vater hatte ich gern, und auch dich habe ich gern.«

Nachdem Wassja wieder gegangen war und Tanjuscha sich mit einem Buch auf ihrem gewohnten Platz in der Ecke des Diwans niedergelassen hatte, sah der Ornithologe mit dem gleichen Blick lange seine Enkelin an.

»Tanjuscha.«

»Was ist, Großvater?«

»Ist er denn nichts für dich, unser Ritter Wassja?«

»Wie, ist er nichts für mich, Großvater?«

»Nun, als Ehemann. Aber ich habe schon verstanden – er ist nichts für dich. Wie schade. Für dich und für ihn. Er hat dich sehr lieb. Weißt du das?«

Tanjuscha legte das Buch zur Seite.

»Ich weiß, Großvater. Ich habe ihn auch sehr gern. Er ist ein wunderbarer Mensch, wir sind sehr gute Freunde. Aber, nun, wie Sie schon sagten … das heißt, heiraten würde ich ihn aber natürlich nicht, Großvater.«

»Das ist mir nun auch klar.«

»Aber sähen Sie es denn gern, wenn ich heiratete?«

Der Professor schwieg eine Weile und erwiderte dann:

»Früher oder später wirst du es gewiss. Allzu früh solltest du es aber nicht tun. Wassja ist natürlich auch viel zu jung für dich, ihr habt ja fast das gleiche Alter.«

»Aber ich möchte eigentlich gar nicht heiraten, Großvater. So gut wie mit Ihnen kann es mit keinem anderen sein.«

»Nun, nun, das werden wir sehen.«

Die Fenster standen offen, die Luft war frisch, und Stille hüllte die Straße Siwzew Wraschek ein. Im tiefen, behaglichen Sessel, in dem viele Jahre lang Aglaja Dmitrejewna in der Abenddämmerung geruht hatte, döste nun der betagte Ornithologe, den grauen Bart auf die Brust gelegt. Tanjuscha blätterte keine Seite um, ihre Augen folgten nicht den Zeilen, sie hing ihren Gedanken nach und lauschte der Stille.

Stille herrschte auch im oberen Stockwerk, wo der Kommandant des Sowdep Koltschagin und seine Schwester wohnten, und ebenso im Zimmer nebenan, bei den Leuten, die einquartiert waren, sowie in den Kellergewölben, wo das Rattenvolk die Ausflüge der kommenden Nacht überdachte. Alles im alten Professorenhaus döste, erinnerte sich des Vergangenen und versuchte, die Zukunft zu schauen. Und gleichmäßig tickte die geliebte Kuckucksuhr des Professors an der Wand.

Zwischen den Pflastersteinen der lange nicht mehr gefegten Moskauer Straßen wuchs, ängstlich zuerst, ein grünes Pflänzlein, dann wucherte, etwas mutiger, das Grün. In den Straßenrinnen und an den langen Zäunen wuchs es selbstgewiss, und neben der Brennnessel lugte listig eine gelbe Blüte hervor. Wäre da nicht noch der sture und wild träumerische Mensch gewesen, der ebenso, koste es was es wolle, dort zu leben und die Gemäuer der Stadt mit seinem bedauernswürdigen Leib zu besiedeln begehrte, so hätte das Grün den Sieg über die Mauern errungen, sie geschleift und geschmückt, hätte das alltägliche Dasein zu Geschichte gemacht und deren Seiten im Grün des Vergessens und der Märchen vom Guten versinken lassen.

In den Stunden der Abenddämmerung hielt das unruhige Leben inne, die Spatzen und Schwalben schliefen längst in den Nestern und Dachluken. Der Vorhang des dunkelblauen, ruhigen Augenlides hatte den scharfen Blick verhüllt.

Das Professorenhaus war im vergangenen furchtbaren Jahr älter, grauer, fahler geworden. Am Tage hielt es sich noch wacker, aber wenn es Nacht wurde, fiel es ein wenig in sich zusammen, beugte sich, Balken und Putzwerk stöhnten knarzend.

Wie schade war es doch um die alte Zeit, sie war behaglich, voll stillem Glück und in den Jahren gewachsener Zufriedenheit! Doch die alte Zeit war müde geworden, sie suchte Ruhe und Abkehr in die Ewigkeit. Mit Spaten und Maschinen wird man die Pflastersteine entfernen, Asphalt auf die Erde gießen und Holzbohlen darüberlegen, und an der Stelle der erstorbenen und niedergerissenen alten Häuser mit ihren Säulen, alten Nestern und guten Hausgeistern, an der Stelle der alten Mauern, die Zeugen des Vergangenen waren, werden neue Mauern von großen neuen Häusern mit allem Komfort und Luxus errichtet. Für viele Jahre wird sich das Grün in die Wiesen zurückziehen und warten, bis auch diese Seite umgeblättert wird, bis der Lack abblättert, der nun noch frisch ist, bis auch diese Schimäre alt wird und wieder vergeht. Und dann wird sich in den Ritzen der steinernen Stadt wieder der Staub der Vergänglichkeit ablagern und mit der Feuchtigkeit den Boden bereiten für den sich lustig machenden, eigensinnigen gemeinen Hahnenfuß. Und vielleicht wird ja das Grün des Vergessens dann obsiegen, ebenso wie es einst den Sieg über die Akropolis und das Forum Romanum errang, wie es den Sieg über Unzähliges errang und dieses, gemeinsam mit der Erinnerung daran, begrub, über Unzähliges, von dem selbst die Archäologen niemals Kenntnis erhalten werden. Aber vielleicht wird auch – wenngleich nur für wenige Stunden in der Zeitrechnung der Epochen – der Mensch seinen Sieg ausrufen.

»Großvater! Schlafen Sie, Großvater?«

Der Abend war an die Stelle der Dämmerung getreten. Es war frisch geworden.

Tanjuscha entzündete eine Lampe.

»Haben Sie geschlafen, Großvater?«

»Ich habe wohl wirklich ein wenig geschlummert, Tanjuscha.«

»Wollen wir Tee trinken?«

Sich mit beiden Händen auf die Lehnen stützend, erhob sich der Professor aus dem Sessel.

»Aber gewiss doch, Tanjuscha, ein Glas Tee trinke ich sehr gern.«

# Im weißen Kleid

**D**ie Zeit war um drei Stunden vorgestellt worden, und Moskau erwachte sehr früh.

Zuerst erwachte es auf der Presnja, in Blaguscha, in Sokolniki und auf allen Bahnhöfen. Dann begannen gähnend auch Samoskworetschje, Rogoschskaja, Sucharewka und der Smolenski-Markt sich zu regen.

Über die Tschernogrjaskaja Sadowaja rumpelte ein Fuhrwerk, auf der Pokrowka giftete der wachhabende Milizionär schrill einen abgemagerten, räudigen Hund an, den Boulevard hinunter, von der Sretenka Richtung Trubnaja, hasteten zwei Frauen und ließen aufgeregt ihren Zungen freien Lauf, vermutlich hatten sie es eilig, sich in der Schlange für Sonnenblumenöl einzureihen.

Und schließlich strömten wie auf Kommando aus allen Moskauer Häusern mit schlagenden Türen, klappernden Absätzen, die Sonne mit leichtem Niesen begrüßend, die zerzausten und verschlafenen Gestalten der sowjetischen Beamten mit blutleeren Gesichtern – Kopistinnen, Abteilungsleiter, Kommissionsvorsitzende, Genossen Kuriere, Bedienstete der Abteilung für Verkehrswesen, Experten und leitende Angestellte. Die meisten gingen den Weg zur Arbeit zu Fuß, denn sie vertrauten der Straßenbahn nicht, die über die zugewachsenen Gleise auf der Bolschaja Nikitskaja holperte, mit kreischenden Rädern die Kurve auf den Lubjanskaja-Platz nahm und sich dann durch die enge Durchfahrt des Roten Tores zwängte. Darüber hinaus war die Straßenbahn eine große Rarität, nur wenige schafften es aufzuspringen, und die, die es schafften, stießen mit den Ellenbogen, keiften sich gegenseitig an und warfen der Schaffnerin scheele Blicke zu.

Früh erwachte auch das Leben im Professorenhaus in der Straße Siwzew Wrashek, wo, wie in den vergangenen, glücklichen Tagen des freien Moskau, die Schwalbe ihr Nest unter dem Dach gebaut hatte und nun ihre Jungen aufzog.

Die Fenster standen offen und der Teelöffel klimperte in der großen Lieblingstasse des Ornithologen.

»Bleiben Sie heute zu Hause, Großvater?«

»Ich werde bis Mittag ein wenig schreiben. Aber du solltest spazieren gehen, Tanjuscha, an einem so schönen Tag!«

»Ja, ich gehe gleich aus, ich habe etwas zu erledigen, es ist ziemlich weit, am Roten Tor. Ich werde wohl nicht vor zwei Uhr zurück sein, Großvater.«

Tanjuscha räumte die Tassen ab, spülte sie in der Küche und legte dann mit einem besonderen Gefühl der Frische, Kühle und Reinheit ihr weißes Kleid mit den kurzen weiten Ärmelchen und dem Gummizug in der Taille an, das sie gestern gebügelt hatte. Weiße Schuhe hätten sicher gut dazu gepasst, aber jegliches zusätzliche Paar Schuhe war in den neuen Zeiten unerschwinglicher Luxus. Sie setzte den Strohhut auf, einen alten, den sie umgeändert, mit Zitronensäure gereinigt und mit einem farbigen Band aus alten Beständen versehen hatte.

Aus dem Spiegel lächelte Tanjuscha eine bekannte junge Frau in Weiß entgegen und richtete mit beiden Händen das Haar unter dem Hut. Plötzlich wurde sie ernst, blickte von nahem, Auge in Auge, noch einmal genau hin, drehte sich zur Seite, strich das Kleid glatt, verabschiedete sich von Tanjuscha und verschwand aus dem Rahmen des Spiegels.

Das verarmte, zugewucherte, niedergeschmetterte Moskau war trotz allem wunderschön an jenem Sommertag, eine etwas verluderte Schönheit und doch über alles geliebt – ruhmreiche russische Stadt. Ihre Straßen und Gassen, krumm und gepflastert, und ihre Plätze, die so liebgewonnene Namen tragen – die Pljuschicha, Ostonshenka, Powarskaja, Spiridonowka, Ordynka, Skatjertni, Satschatjewski, Nikolopeskowski, Tschernyschewski, Kiselni, Trubnaja-Platz, Roter Platz, Lubjanskaja- und Woskressennskaja-Platz –, verzweifelt und heruntergekommen, notleidend und angsterfüllt, wurden von der weitherzigen Sonne überflutet, welche die Gemäuer färbte, auf Dächern und Kuppeln spielte und die violetten Schatten mit goldener Borte umschloss. Wie in früheren Zeiten rauschten die Fluten des Flusses Moskwa an der Bolschoj Kamenny Most, wie in früheren Zeiten hüllte die Jausa den Unrat, den sie mit sich führte, in einen siebenfarbigen Regenbogen ein.

Auf dem Arbat waren die Schaufenster der Geschäfte mit Brettern vernagelt und von Staub bedeckt. Es gab keine Auslagen mehr, Ladenschilder gab es noch, aber sie besagten nichts. An den Straßenecken und Kreuzungen drückten sich, stets bereit, die Flucht zu ergreifen, Jungen herum, die Papirossas verkauften.

Eine Frau hatte die Idee gehabt, auf dem Arbat-Platz einen kleinen Eimer mit Feldblumensträußen aufzustellen – weiße und gelbe, Vergissmeinnicht und Stiefmütterchen. Tanjuscha blieb stehen, betrachtete sie, erkundigte sich nach dem Preis und ging weiter. Aber es wäre doch so schön gewesen, einen kleinen Strauß in der Hand zu tragen, an ihm zu riechen, ihn an den Kragen oder den Gürtel zu stecken – an einem so herrlichen Morgen wie diesem.

Die Boulevards hatten sich mit dem Grün der Bäume geschmückt. Die schnurgerade Allee war wie das Leben, lockte mit zitternden Sonnenklecksen, verwunderte mit Schatten, enteilte als kleiner Weg in die Ferne. Leicht und beschwingt war der Weg auf den Boulevards, obwohl er doch einen kleinen Umweg bedeutete. Es schien, dort sei alles beim Alten. Die Häuser waren grauer, schmutziger, heruntergekommen – aber unter den Bäumen war es schön, ganz wie in früheren Zeiten, schöner vielleicht sogar, denn sie waren nicht geschnitten und ihr Grün deshalb dunkler.

Auf einer Bank saßen zwei junge Burschen in Militärhemden und Wickelgamaschen und mit Schiebermützen auf dem Kopf. Als Tanjuscha vorübergegangen war, riefen sie ihr ein keckliches Wort hinterher und lachten vergnügt. Tanjuscha hörte es gar nicht, sie hing ihren Gedanken nach. Blendend und doch liebevoll sprangen die Strahlen der Sonne über ihre Lider, die der Hut nicht verdeckte, Tanjuschas Gang war leicht.

Sie ging auf den Boulevards bis zum Strastnoj und bog in die Twerskaja ein, lief schräg über den Sowjetplatz, auf dem an der Stelle, an der früher das Standbild des Generals Skobelew gestanden hatte und nun provisorisch ein Obelisk aufgestellt werden sollte, und kam an der Uliza Kusnezki Most heraus. Sie war keineswegs müde, doch von nun an ging es bergan.

Die Straße, einstmals vornehm und schmuck, mit zahlreichen Geschäften, hatte ihren früheren freundlich-stolzen Anblick verloren. In den Schaufenstern der Passage türmte sich vergessenes Gerümpel, es gab zahlreiche weiße Aushänge unterschiedlicher neuer Institutionen mit langen unbeholfenen Bezeichnungen, und die Menschen, denen man begegnete, passten nicht zur stilvollen, wohlhabenden Moskauer Straße. Je näher man dem Lubanskaja-Platz kam, desto mehr uniformiert Gekleidete kamen einem entgegen, in neuen Frenchs mit unbequemen, schlecht sitzenden Kragen, in übertriebenen Reithosen, manche in Lederjacken, obgleich es doch Sommer war. Die meisten trugen Aktenmappen mit sich. Und nur wenige der Entgegenkommenden würdigten die junge Frau im weißen Kleid keines Blickes, einige warfen sich regelrecht in Positur, spannten die Brust und hämmerten militärisch mit den Absätzen, als ihre Augen unter die Hutkrempe wanderten. An diesem strahlenden Tag hatte Tanjuscha nichts dagegen – sollten sie doch schauen.

Alles hätte sie an einem solch strahlenden Tag verziehen, auf alles mit einem Lächeln geantwortet. Aber warum war sie an solch einem Tag allein? Gab es denn unter jenen, die ihr begegneten, von denen die einen nach ihrem persönlichen Geschmack vornehm gekleidet waren und die anderen Armut und Schmutz zur Schau stellten, unter den Kühnen, Vergessenen, Zufriedenen, Sorgenvollen, Flanierenden, Eilenden, Schönen und Hässlichen, keine ihr verwandte Seele, niemanden, der an diesem Tag nicht an sich selbst, sondern an sie dachte, an Tanjuscha, die nun doch ein wenig müde und von der Sonne berauscht war? Gäbe es doch wenigstens einen!

Warum und wofür lebt man an Tagen wie diesen? Wird es lange so bleiben? Es war doch alles einmal anders!

Als sie die Straße überquerte, blickte sie sich um: Da ist sie ja, die Uliza Kusnezki Most – auch früher ist sie diesen Weg oft zu Fuß gegangen, damals, um Noten zu kaufen. Da ist sie also – verändert und doch ganz die alte. Dieselben Silhouetten, derselbe exaltierte und selbstsichere Schwenk, den die Straße nahm, und an der Ecke die Kirche der Immerjungfrau Maria. Moskau wird immer das alte bleiben.

Auf der Mjasnizkaja traf Tanjuscha Onkel Borja, direkt vor dem Eingang zur Wissenschaftlich-Technischen Abteilung, wo er seinen Dienst tat. Er war erfreut, sie zu sehen, drückte ihr die Hand und erkundigte sich nach der Gesundheit des Großvaters – seines Vaters, dem er nunmehr nur noch selten einen Besuch abstatten konnte, da sein Dienst und die Beschaffung von Lebensmitteln ihn gänzlich in Anspruch nahmen. Und er sagte:

»Wie hübsch du doch bist. In einem weißen Kleid – eine richtige Bourgeoise!«

Er begleitete sie bis zur Ecke, dann hatte er es plötzlich eilig:

»Ich muss zurück, sonst verpasse ich womöglich noch die Zuteilung. Heute wird Fleisch ausgegeben – und das ist eine überaus wichtige Angelegenheit! Nun denn also, leb wohl, meine Nichte!«

Und sie ging ihren Weg allein weiter.

Beim Postamt überlegte sie kurz: »Warum eigentlich nicht ein Abstecher nach rechts, zu den Sauberen Teichen, dann könnte ich durch die Seitenstraßen weitergehen, es wäre kein großer Umweg.«

Sie bog in die mit Bäumen bestandene Straße ein, und wieder spürte sie keinerlei Müdigkeit. Wie ruhig es war – im Vogelgezwitscher konnte man sogar die einzelnen Stimmen unterscheiden.

Sie ging bis zum Teich. Das Grün am Ufer war niedergetrampelt, die niedrige Umzäunung als Brennholz fortgetragen worden, im Wasser unweit des Ufers trieben die Seiten einer Zeitung, Eierschalen und eine faulende Bastmatte. Aber wie in früheren Zeiten spiegelten sich Büsche und Bäume im Wasser, war seine Kühle zu spüren, und die Wasseroberfläche kräuselte sich. Es fuhren keine Boote über den See – sie waren wohl eingelagert oder im Winter verfeuert worden. Wer wollte denn jetzt auch Boot fahren?

Tanjuscha erinnerte sich, wie sie früher im Winter ihre Freundin aus dem Gymnasium besucht hatte, die ganz in der Nähe wohnte, und sie auf dem See Schlittschuh liefen. Gleich nach dem Mittagessen waren sie losgegangen und bis zum Abend gelaufen, und gegen sieben Uhr fuhr Tanjuscha, mit von der Kälte geröteten Wangen, in beschwingter Stimmung und angenehm müde nach Hause unter die Fittiche der Großmutter, in die Fürsorge des Großvaters, und zum Tee gab es süßen Zwieback. All dies war wohl unwiederbringlich vergangen.

Sie drehte sich um, da sie Schritte gehört hatte, und erblickte einen Mann in Soldatenuniform mit ängstlich zusammengekniffenen Augen:

»Wollen Sie vielleicht Speck kaufen? Echten Kiewer Speck? Er ist nicht teuer, wollen Sie?«

Schon zog er aus seiner Jacke ein schmieriges Päckchen, doch Tanjuscha antwortete:

»Nein, ich kaufe nichts.«

Für einen Augenblick zog sich die Sonne hinter eine Wolke zurück, der See verfinsterte sich und Tanjuscha ging weiter.

Sind die Boote, das Schlittschuhlaufen, die einstige Sorglosigkeit denn tatsächlich auf immer verloren?

Sie verließ den Boulevard über eine Seitenstraße, überquerte die Straße und ging dann auf der schattigen Seite der Charitonjewski-Gasse, beschleunigte ihren Schritt, ein wenig unruhig, im weißen taillierten Kleid, allein, an einem solch herrlichen Sommertag.

Als sie an die Sadowaja kam und das Haus mit dem Vorgarten sah, in dem es grünte, das Rote Tor und in der Ferne, am Ende der Straße, den Sucharew-Turm, blieb sie, einem plötzlichen Impuls folgend, noch einmal stehen, und wie schon auf der Uliza Kusnezki Most ging es ihr durch den Sinn: »Ach, trotz allem – wie schön, wie schön ist Moskau doch, geliebtes Moskau! Es ist ganz wie früher, unverändert. Die Menschen verändern sich, aber Moskau bleibt immer es selbst. Es war ein wenig traurig, und wenngleich es auch ungestalt und liederlich ist, so bleibt es doch mein schönes, geliebtes Moskau ...«

# Geständnis

D as Lastautomobil konnte nicht alle, die an der Aufführung teilgenommen hatten, nach Hause bringen. Tanjuscha und Astafjew wurden am Strastnaja-Platz abgesetzt. Sie trugen Bündel mit Naturalien, die sie sich verdient hatten: ein wenig Zucker, fünf Pfund Mehl, ein Pfund Graupen, etwas Marmelade und je zwei Heringe. Der Klub des Bezirks, in dem sie heute aufgetreten waren, war großzügig und gut situiert. In Astafjews Bündel lagen außer den Esswaren noch sein zerschlissener Zylinder, ein großer Kragen aus Papier und ein grellbunter Schlips – Zubehör seiner Hanswurst-Garderobe. Kreide und Farbe hatte Astafjew sich so weit als möglich hinter der Bühne des Arbeiterklubs vom Gesicht gewaschen.

»Sie müssen ja über die Malaja Dmitrowka, und ich gehe hier lang, durch die Seitenstraßen.«

Astafjew erwiderte:

»Nein, wir gehen zusammen, ich begleite Sie.«

»Das ist nicht nötig, Alexej Dmitritsch, ich habe keine Angst.«

»Aber ich habe Angst um Sie. Noch dazu mit einem solchen Bündel. Es ist schon nach zwölf.«

Tanjuscha war bewusst, dass dies für jemanden, der, ebenso wie sie, in zwei Klubs aufgetreten und deshalb müde war, ein beträchtliches Opfer war. Aber in der Nacht allein den Weg zu gehen, machte sie doch beklommen, und Astafjew ließe es ohnehin nicht zu. Der Arme – sein Heimweg zurück bis zur Dolgorukowskaja würde so noch weiter sein.

Sie war ihm dankbar, er war wirklich ein wahrer Freund. Ihr Bündel zu nehmen erlaubte sie ihm aber nicht: Den reichen Lohn ihrer Arbeit wollte sie selbst nach Hause tragen. Das war keine Bürde, sondern Freude. Vor allem der Zucker für den Großvater.

Auf dem Lastautomobil war es derart laut gewesen, dass man sich nicht hatte unterhalten können. Auch als sie nun zu Fuß gingen, schwiegen sie zunächst. Dann sagte Tanjuscha:

»Es fällt Ihnen sicher nicht leicht, Alexej Dmitritsch, in dieser Rolle aufzutreten?«

»Als Hanswurst? Ach was, das ist nicht schwer für mich. Alles andere fiele mir schwerer. Zum Beispiel könnte ich nie eine Rede über ›die internationale Lage‹ halten. Dafür muss man schon ein Idiot sein, wie dieser Redner, oder ein Lump.«

»Und doch scheint es mir seltsam, dass Sie sich für die Schauspielerei entschieden haben. Wie das, Alexej Dmitritsch? Wie sind Sie darauf gekommen?«

Astafjew lachte leise auf.

»Was hätte ich denn sonst tun sollen? Vorlesungen über Philosophie abhalten? Das habe ich ja getan, solange es möglich war, bis man mich von meinem Professorenstuhl gestoßen hat. Dann war es recht einfach. Schon früher war ich gezwungen, mit kleinen komödiantischen Szenen bei diversen Wohltätigkeitsabenden aufzutreten, natürlich auch damals nur als Laie. Und in Studentenzirkeln bin ich aus dem Stegreif als Possenmacher aufgetreten, da war ich gar nicht schlecht. Und als ich mir nun einen neuen Beruf suchen musste, fiel mir das wieder ein. Als Schauspieler lebt es sich nicht schlecht – man wird mit Mehl und Hering bezahlt. So also wurde ich zum Genossen Smechatschow mit weiß gemalter Visage. Und wie Sie sehen, habe ich Erfolg.«

»Aber es fällt Ihnen nicht leicht?«

»Ihnen fällt es ja auch nicht leicht, mir ebenso wenig. Wir haben es alle schwer. Aber Sie, Tatjana Michailowna, bringen Ihre Musik mit Ernst auf die Bühne, während ich es mir leichter mache, indem ich mich über jene lustig mache, die ich zum Lachen bringe, über jeden laut grölenden Esel.«

»Aber warum machen Sie sich über die Arbeiter lustig, Alexej Dmitritsch? Das gefällt mir an Ihnen nicht.«

»Sie sind ein guter Mensch, ich weniger. Ich liebe die Menschen, vor allem diese Masse, nicht sonderlich. Ich kann nur für einen ganz bestimmten Menschen Liebe empfinden, der sich für mich durch etwas ganz Besonderes auszeichnet. Die Masse – nein. Und nun pudere ich, der Professor und Philosoph, mein Gesicht mit Mehl, färbe mir die Nase mit Roter Bete und verbiege mich vor der Masse, die den Sieg errungen hat und mich dafür mit Heringen und saurer Marmelade entlohnt. Und je einfallsloser und abgedroschener die Scherze sind, die ich zum Besten gebe, je geschmackloser die Pointen, die ich ihnen darbiete, desto zufriedener sind sie und desto lauter lachen sie. Und das betrübt mich sehr.«

Er schwieg eine Zeit lang und fuhr dann ohne Gereiztheit fort:

»Sie kennen mich doch ein wenig, Tatjana Michailowna. Und Sie begreifen doch, dass es mir nicht leichtfällt, mir diese Abgeschmacktheiten auszudenken und dann auch noch vorzutragen. Aber ich denke sie mir aus und schreie sie laut heraus. Und je dümmer etwas ist, das mir einfällt, desto glücklicher bin ich es. Hinzu kommt vielleicht ein gewisses Bedürfnis, Rache zu nehmen – an den Herren unseres Heute, an meiner Wissenschaft, die niemand mehr braucht, an meinem überflüssigen Wissen, meinem entbehrlichen Verstand.«

»Warum denn entbehrlich?«

»Er ist mir hinderlich bei meiner neuen Karriere. Genau genommen nicht mir, sondern dem Genossen Smechatschow. Der Philosoph Astafjew versucht fortwährend, dem Genossen Smechatschow echte Satire in den Mund zu legen, wahrhaft Scharfsinniges, etwas mit künstlerischem Gehalt. Astafjew schämt sich für Schmechatschow – obwohl das absolut nicht notwendig wäre, aber es zeigt, dass Astafjew, der Professor und Philosoph, selbst noch nicht auf dem Olymp der Philosophie angekommen ist, sich noch nicht von gelehrter Gefallsucht befreit hat, noch nicht stark und stoisch und noch nicht Stoiker ist – Sie mögen Ihrem beigeordneten Hanswurst diesen billigen Scherz nachsehen. Es ist offensichtlich wirklich schwer. Wie Diogenes in der Tonne zu leben ist leicht.

Aber sich von niederer Gefallsucht frei zu machen ist schwer. Der Ausspruch: ›Geh mir aus der Sonne‹ – ein Satz, den man nun seit Jahrhunderten wiederholt – ist seinem Wesen nach tatsächlich aber auch nur wohlfeile Gefallsucht. Ein wahrhafter Zyniker hätte einfach nur gesagt: ›Scher dich zum Teufel‹ oder, besser noch, er hätte geschwiegen, gegähnt, wäre eingenickt, hätte sich am Rücken gekratzt. Da hat doch der Leibhaftige ihm tatsächlich auch noch Alexander den Großen vorbeigeschickt, wo es doch ohne ihn schon schlimm genug ist und ohne ihn schon eine Masse von Idioten die Tonne und ihren Bewohner anstiert. Stattdessen aber spricht Diogenes einen historischen Satz – und ist es selbst zufrieden und mit ihm alle anderen. Eine wohlfeile philosophische Weisheit dieser Art ist genau das, was dem Publikum gefällt.«

»Hören Sie auf, Alexej Dmitritsch.«

»Aber warum, ist das denn nicht die Wahrheit?«

»Vielleicht ist es ja die Wahrheit, aber sie ist doch allzu garstig, Ihre Wahrheit. Sie macht einen nicht gerade glücklich. Auch Ihnen selbst macht sie es nicht leichter. Und mir verursacht es Unbehagen, das zu hören.«

Astafjew schwieg. Unter einer Laterne an der Ecke des Arbat wandte Tanjuscha sich ihm zu und blickte ihm in die Augen. Sein Gesicht war grau, sein Blick kummervoll.

»Sie sind doch nicht gekränkt?«

Er suchte nach einer Antwort. Er war nicht gekränkt, das war das falsche Wort. Doch er tat sich selbst leid. Nur ein »Nein« wäre nicht die richtige Antwort gewesen.

»Ein wenig haben Sie ja recht, Tatjana Michailowna, ich bringe einiges durcheinander und tue gelehrt. Auch dies ist Gefallsucht, obgleich sie nicht gewollt ist.«

Unweit ihres Zuhauses sagte Tanjuscha:

»Wissen Sie, früher hatte ich Angst vor Ihnen. Sie sind ein sehr kluger und unkonventioneller Mensch, nicht so wie andere. Mittlerweile habe ich weniger, nein, eigentlich gar keine Angst mehr.«

Er hörte aufmerksam zu.

»Und zwar habe ich deshalb keine Angst mehr vor Ihnen, weil ich sehr viel begriffen habe, seit ich meinen Lebensunterhalt verdienen muss, seit ich Menschen begegne, die ganz neu für mich sind. Ich hatte angenommen, dass wir alle furchtsame Kinder sind – ich, Sie, mein Großvater, die Arbeiter, Genosse Braude, wir alle. Wir alle beschäftigen uns mit absonderlichen Kleinigkeiten und sprechen darüber – über Hering, Revolution, die internationale Lage –, aber tatsächlich ist all dies nicht bedeutsam. Ich weiß nicht, was bedeutsam ist, aber all dies ist es nicht. Was ist Ihnen wichtig, Alexej Dmitritsch?«

»Das will ich Ihnen sagen. Für mich ist wichtig … Für mich ist es unerlässlich und wichtig, Sie zu sehen, Tatjana Michailowna, mich mit Ihnen zu unterhalten, so, wie wir es gerade tun. Und dass Sie mich in unserem Gespräch zu überzeugen vermögen. Aber was ist für Sie von Bedeutung?«

»Für mich? Ich glaube, das Wichtigste wäre für mich, bisweilen einen unkomplizierten Menschen von gesundem Geist an meiner Seite zu wissen, nach Möglichkeit keinen Philosophen, aber auch keinen Hanswurst.«

»Und das ist jetzt aber nicht allzu garstig, Tatjana Michailowna?«

»Nein, denn ich bin ganz und gar kein garstiger Mensch, Sie selbst haben das ja eingestanden. Aber ich brauche Luft und nicht jenes düstere Gefängnis, in das es Sie alle zieht und in das auch Sie mich sperren wollen.«

»Wer will Sie denn …«

Tanjuscha unterbrach:

»Ich bin jetzt, Alexej Dmitritsch, zwanzig Jahre alt, denken Sie wirklich, es ist schön für mich, fortwährend trübsinnige Litaneien und böse Reden zu hören? Und, was noch wichtiger ist, fortwährend drehen alle sich ausschließlich um sich selbst, alles wird nur auf sich selbst bezogen, und das ist bei allen so, sogar bei denen, die aus der Menge herausstechen. Nun ja, die Sorge meines Großvaters gilt wohl mir, das mag sein, aber das ist dasselbe, als dächte er an sich selbst. Wie ist das bei Ihnen, Alexej Dmitritsch, denken Sie, außer an sich selbst, noch an jemand anderen?«

Das müde Gesicht Astafjews wurde plötzlich von seinem klugen Lächeln belebt:

»Es ist erstaunlich, wie sehr doch ein Zuviel an Worten den ursprünglichen Sinngehalt verderben kann. Sie haben meinen Redeschwall mit einer ausgezeichneten Anmerkung unterbrochen und mich unversehens von meiner Position abgebracht. Alsdann aber sind Sie in Ihren Gedanken und Worten selbst der Gefallsucht erlegen, und ich bin gerettet, fühle mich zumindest nicht mehr unangenehm berührt. Wie furchtbar töricht ist sie doch, diese Sprache von uns ach so Intelligenten. Was wollen Sie eigentlich sagen? Was fragen Sie mich? Ob für mich außer mir selbst noch jemand anders existiert? Ich kann Ihnen schlicht und einfach antworten: Ja, für mich existieren auch noch Sie. Andernfalls hätte ich Sie nicht begleitet und wäre nicht Ihretwegen besorgt gewesen. Das heißt also, dass Sie nicht gänzlich recht haben.«

»Ich danke Ihnen, Alexej Dmitritsch.«

»Keine Ursache.«

Dann sagte Astafjew, jedes Wort besonders betonend, wie er es immer tat, wenn ihm etwas auszusprechen schwerfiel oder er seiner Worte nicht sicher war:

»Das alles ist doch relativer Mumpitz, Gespräche solcher Art. Ganz und gar kein Mumpitz aber ist es, dass ich ..., dass Sie, so scheint es, allzu sehr für mich zu existieren beginnen. Ja, das ist ganz genau das, was Sie jetzt denken: Es ist der Beginn einer Art von Geständnis. Weitere Geständnisse können aber heute nicht abgelegt werden, denn erstens sind wir am Ziel angekommen, und zweitens ist eine gewisse Verstimmung meinerseits Ihnen gegenüber noch nicht ganz abgeklungen. Vermutlich ist meine männliche Eigenliebe verletzt. Nun denn also, gehaben Sie sich wohl und grüßen Sie den Herrn Professor.«

Er gab Tanjuscha die Hand und wartete, bis zu hören war, wie auf ihr Klingeln am Tor die Tür der Hausknechtshütte aufgestoßen wurde, drehte sich dann abrupt um und ging die Straße Siwzew Wrashek zurück.

Mit der Stirn an den kühlen Pfosten der Pforte gelehnt, dachte Tanjuscha: »Ist es denn üblich, ein Geständnis derart kühl abzulegen? Und warum bin ich kein bisschen aufgeregt?«

# Im Dickicht des Waldes

Um sieben Uhr morgens klingelte der edle Ritter bereits am Tor.

Tanjuscha blickte aus dem Fenster und rief gut gelaunt: »Ich bin schon so weit, Wassja. Wollen Sie noch hereinkommen? Haben Sie schon Tee getrunken?«

»Ja, das habe ich, denn wir haben nur wenig Zeit. Kommen Sie am besten gleich herunter, Tanjuscha. Aber vergessen Sie die Körbe nicht. Ich habe einen großen Sack und ausreichend Brot.«

»Aber warum einen Sack?«

»Was heißt warum? Für die Tannenzapfen. Wir bringen welche zum Anfeuern nach Hause mit. Und auch sonst – für alle Fälle.«

Es war ein wunderschöner Sommertag. Ein schräger Strahl der Morgensonne glitt über Tanjuscha, im dunklen Fenster wirkte sie hell, klar, freundlich. Wie schön das Leben doch ist – bisweilen.

»Sie sind heute aber elegant, Wassja.«

Wassja Boltanowskis Eleganz bestand hauptsächlich in noch recht neuen Sandalen, die er an den bloßen Füßen trug, sowie in einem russischen Hemd mit Stehkragen und Ledergürtel. Einen Hut trug er nicht, und zwar erstens aus Gründen der Hygiene (das Haar braucht Luft!), zweitens weil der Hut, den er besaß, speckig und zerschlissen und es unmöglich war, irgendwo einen neuen zu finden, und falls doch, so war dieser unbezahlbar.

Elegant zu sein hieß in jenen Tagen, saubere Wäsche und akkurat gestopfte Kleidung zu tragen, und mochte die Garderobe auch noch so wunderlich sein. Aufgrund des Mangels an Tuchen, Knöpfen und Paspelbändern verlegten sich die einstigen Modenarren einfallsreich darauf, Gewandungen aus Portieren sowie Wäsche aus Tischtüchern zu schneidern, die Damen trugen Hüte aus grünem und rotem Filz, der von den heimischen Spieltischen und den Schreibtischen der Sowjetbehörden entfernt worden war. Man hatte versucht, dies mit Strafe zu belegen, doch das war im Sande verlaufen, denn die Beweislage war schwierig. Hosen mit Bügelfalten stellten nicht nur bürgerliches Ressentiment zur Schau, sondern waren geradezu eine Kampfansage an die neue Ideologie.

Selbst für den anspruchsvollsten Geschmack waren Wassja und Tanjuscha – er im russischen Hemd und mit Sandalen, sie im zwar nicht neuen, aber frischen und geplätteten weißen taillierten Kleid, beide ohne Hut und Strümpfe – ein überaus elegantes junges Paar. Die Körbe am Arm und der leere Leinensack über Wassjas Schulter machten diesen Eindruck keineswegs zunichte, denn wer ging in jenen Tagen schon ohne einen Sack aus dem Haus.

Die Morgensonne war zärtlich. Die beiden waren jung und heiter. Sie hatten einen ganzen Tag in der Natur vor sich. Was, wenn nicht dies, sollte man Glück nennen?

Die großen und kleinen Häuser der Straße Siwzew Wrashek verabschiedeten sie mit einem Lächeln. Selbst das Professorenhaus, durch sein Alter finster geworden, strahlte an jenem Tag gestärkt. Tanjuscha, gemeinhin ernst und emsig, erwiderte an jenem Tag die Albernheiten, mit denen Wassja, der sich wie ein kleiner Junge und Gymnasiast fühlte, um sich warf, mit freudigem Lachen. Die Beine liefen wie von selbst und mussten fortwährend gezügelt werden. Was, wenn nicht dies, nennt man Glück?

Der Zug bestand ausschließlich aus Wagen vierter Klasse, die Mitreisenden waren hauptsächlich Milchfrauen, die mit ihren leeren Kannen auf dem Rückweg waren. Die Züge in die Sommerhausvororte fuhren nur zwei Mal, am Morgen und am Abend. Doch für die Fahrt mit ihnen war keine Sondergenehmigung erforderlich, wie dies bei den Fernreisezügen der Fall war.

Eine Stunde lang kroch der Zug die zehn Werst. Ohne ersichtlichen Grund stand er lange an drei Stationen. Tanjuscha und Wassja stiegen an der Station Nemtschinowo aus.

»Die Fahrt also liegt hinter uns. Wohin wollen wir gehen, Tanjuscha?«

»Baldmöglichst in den Wald.«

»Der Wald gleich in der Nähe ist nicht sehr groß. Aber wenn wir eine halbe Stunde über die Felder gehen, kommen wir zu einem herrlichen Wald, der sich bis zur Moskwa hinzieht. Haben Sie Lust?«

Die Beine liefen wie von selbst, ohne zur Eile angetrieben werden zu müssen. Sie liefen an der Sommerhaussiedlung vorbei, die halb zerstört und verwahrlost dalag. Die Sommerhäuser standen unter Verwaltung des örtlichen Sowdep, nur nach einer ganzen Reihe von Scherereien, Gesuchen und Winkelzügen konnte man sie anmieten, und auch dann nur auf den Namen einer Organisation. Wenn man Beziehungen hatte, konnte das ruhig auch eine Organisation sein, die man sich ausgedacht hatte. Im vergangenen Winter waren viele der Häuser abgetragen und das Holz verfeuert worden, obgleich ganz in der Nähe der Wald lag.

Sie kamen an die Felder, die Ähren standen dünn, am Wegrand waren sie niedergetreten. Doch eine goldene Woge lief über das Roggenfeld, zwischen den Halmen schimmerten die blauen Blüten der Kornblumen, am Himmel sang irgendwo eine Lerche. Die Natur war eigensinnig: Setzte ihr Leben einfach fort und rief zu leben auf.

Tanjuscha schlüpfte aus ihren Schuhen und lief barfuß zwischen den Spurrillen. Mitunter trat sie auf grünendes Gras, das den Fuß angenehm kühlte, sich zwischen den Zehen aufrichtete und liebkosend wieder entglitt. Wassja öffnete den Kragen seines Hemdes und sang in einem fort furchtbar disharmonisch, ohne auch nur einen Ton zu treffen. Ihm fehlte jegliches musikalisches Gehör, und nur an einem leuchtenden Tag wie diesem war es möglich, dass die musikbegabte Tanjuscha unter diesem Gesang nicht litt. Nur wenn sein Geknödel sie allzu sehr verzweifeln ließ, hielt Tanjuscha sich die Ohren zu und rief Wassja mit einem Lachen zu:

»Wassja, ich bitte Sie, verschonen Sie mich! Sie verjagen ja alle Vögel.«

»Dafür werden auf unserem Rückweg heute Abend die Frösche dankbar sein. Mein Gesang ist ganz nach ihrem Geschmack.«

Sie waren fröhlich wie Kinder, rannten um die Wette, wanden Kränze aus Kornblumen, kauten auf dem unreifen Roggenkorn und auf den süßen Enden seiner Halme. Gegen zehn kamen sie, nachdem sie die Felder hinter sich gelassen und eine große Schlucht durchquert hatten, endlich zu dem Weg, der in den Wald führte.

Zunächst umschloss der Wald sie mit jungen Bäumen – Eichen, Birken und Nussbäumen –, alsbald umarmte er sie mit der kühlen Frische alter Birken, Espen, Tannen, Kiefern. Ein kurvenreicher Weg, der nur selten befahren wurde, führte hindurch, die Radspuren machten einen Bogen um das Buschwerk und liefen über die sich verzweigenden Wurzeln, zwischen den Spurrillen und an beiden Wegseiten wuchsen Täublinge mit rosafarbenen und grünen Hütchen.

Sie begegneten nur wenigen Menschen, ausschließlich Fußgängern. Bis zum Dorf, das am Steilufer der Moskwa lag, zog sich der Wald etwa vier Werst hin. Waldbeeren gab es kaum, vielleicht hatte schon jemand vor ihnen sie gepflückt, oder sie wuchsen in dieser Gegend nicht. Aber die Haseln begannen schon zu reifen und ihre milchfarbenen Kerne in der grün gezackten Haube wurden langsam fest.

Gegen Mittag gingen sie an den versprengt daliegenden Häusern und Sommerhäuschen des Dorfes vorbei und kamen an den Fluss. Wassja hatte unterwegs etwas Milch erstanden, und auf der Anhöhe des Ufers hielten sie Rast.

Noch nie hatte graues und pappiges Kommissbrot mit grobem Salz derart gut geschmeckt. Tanjuscha war voll der Bewunderung für die hauswirtschaftliche Umsicht ihres Begleiters. In seinem Korb fanden sich nicht nur die Milchflasche, sondern auch zwei dickwandige Gläser.

»Für Sie, Tanjuscha, ist dieses Glas, es dient mir auch sonst zum Trinken.«

»Und das andere?«

»Das andere nehme ich eigentlich sonst beim Rasieren. Aber ich habe es gut gespült. Ich erkenne es an dem Bläschen im Glas, sehen Sie, hier.«

»Wassja, wie drollig und reizend Sie doch sind. Lassen Sie uns anstoßen.«

Wassja seinerseits lief rot an und seufzte, als sich der Inhalt von Tanjuschas Proviantpaket offenbarte: zwei große Fleischklopse.

»Das ist ja, Teufel weiß was ... Das ist ja geradezu ein Gelage – ein königliches Mahl!«

»Und glauben Sie nicht, Wassja, dass die aus Pferdefleisch sind. Das ist richtiges Fleisch, und ich habe sie selbst in Butter aus Kuhmilch gebraten.«

Sie teilten sich einen Klops und hoben den anderen für das Abendessen auf. Sie aßen schweigend, als begingen sie eine heilige Handlung, und dachten an Bedeutsames.

Als sie zuletzt auch die gebratenen Kartoffeln verzehrt hatten, war der Proviantkorb gleich leichter.

»Und zum Dessert Waldbeeren.«

»Aber nur, wenn wir genügend finden. Wir müssen auch Großvater welche mitbringen.«

»Heidelbeeren und Preiselbeeren wachsen in diesem Wald in rauen Mengen.«

Sie saßen hoch oben am steil abfallenden Ufer und genossen den Blick auf den Fluss. Unter ihnen, auf der anderen Flussseite, lag ein kleines Dörfchen, in der Ferne war Archangelskoje zu erahnen.

»Herrlich!«

»Herrlich!«

»Gefällt es Ihnen, Tanjuscha?«

»Ob es mir gefällt? Ich bin glücklich! Und Sie, Wassja?«

»Das bedeutet dann, dass ich doppelt so glücklich bin.«

»Warum denn doppelt so glücklich?«

»Doppelt so glücklich durch mein Glück und durch das Ihre.«

Tanjuscha blickte Wassja zärtlich und nachdenklich an.

»Wassja, Sie Herzensguter, ich danke Ihnen.«

»Wofür?«

»Für alles. Für Ihre fürsorgliche und treue Freundschaft.«

»Ja, für die Freundschaft, das ist nur billig. Aber ich danke Ihnen, Tanjuscha, dafür, dass es Sie gibt. Für meine Liebe zu Ihnen. Ihnen ist sie ja nicht wichtig, mir aber ermöglicht sie das Leben auf dieser Welt. Ach, Tanjuscha, ich liebe Sie so sehr, dass …«

Wassja warf sich ins Gras und schlug mit der geballten Faust auf den Boden:

»Sei es auch dumm, aber ich muss das jetzt machen. Hören Sie nicht hin, Tanjuscha, die Sonne raubt mir wohl den Verstand. Ach, was bin ich doch heute für ein Narr, oh, oh, oh – das tut ja geradezu wohl.«

So blieben sie noch eine Zeit lang – er mit dem Gesicht im Gras, sie mit nachdenklichem Blick in die Ferne. Als er den Kopf hob, sagte Tanjuscha einfach:

»Gehen wir jetzt in den Wald?«

»Ja, jetzt gehen wir in den Wald. In den Wald also, in den Wald.«

Er sprang auf.

»Dann los. Ganz hier in der Nähe fängt der richtig alte Wald an, der Bannforst. Dort stehen noch Fichten aus Zeiten des Zaren Alexej Michailowitsch. Sie werden sehen. Wir werden uns auf jeden Fall die Beine ramponieren, da besteht absolut kein Zweifel, aber dafür ist es dort ganz wundervoll, Tanjuscha. Ich war schon oft hier und kenne die Gegend sehr gut.«

Hohes Gras schlug gegen ihre Beine. Es gab immer weniger Wege. Sie traten in den Bannforst wie in eine Höhle, mussten die Äste hochgewachsener Büsche auseinanderschieben. Und obgleich es die Mittagshitze an einem Sommertag war, war es plötzlich kühl und feucht.

Die Baumwipfel verschlangen sich zu Hunderten dunklen Kuppeln, auf dem Boden wucherte, obgleich er von den Bäumen tief verschattet war, fleischiges, erquicklich-kühles Gras. Sie sanken im modernden weichen Laub ein, und der weiße Grashalm musste sich lange durch das Laub hindurchquälen, bis er, endlich an die Freiheit gelangt, grünen konnte.

Noch tiefer im Wald gab es nichts, was auch nur an einen Weg erinnerte, ringsumher eine Wand aus Gebüsch und die schwarzen Säulen Aberhundert Jahre alter Stämme. An einer Stelle lag eine Fichte, deren Holz faulte – viele Jahre zuvor war sie gefallen, ihr Stamm hatte eine Schneise durch die Büsche und jungen Bäume geschlagen und ihr Wipfel verlor sich in dunkler Ferne. Der Umfang der Fichte erreichte Manneshöhe, und sie mussten, wie um eine Wand, die sich jäh vor ihnen erhoben hatte, in einem großen Bogen um sie herumgehen.

»Wo sind Sie, Wassja?«

»Hier, ganz nah bei Ihnen. Ich bin in ein solches Dickicht geraten, dass ich gar nicht weiß, wie ich wieder herauskommen soll.«

»Es ist so schön hier, Wassja. Was für ein Wald, was für ein Wald! Können Sie mich sehen?«

»Ihr Kleid blitzt bisweilen durch das Gestrüpp, Ihr Gesicht sehe ich nicht.«

»Ich würde so gern hier leben.«

»Sie würden Heimweh bekommen, es würde Sie zurück in die große Welt ziehen.«

»In der großen Welt, Wassja, ist das Leben jetzt nicht eben süß.«

»Das geht vorbei. Alles wird besser.«

»Glauben Sie?«

»Aber wie kann man denn nicht daran glauben? Schauen Sie doch, welche Reichtümer wir haben. Allein dieser Wald –

unbezahlbar. Und im russischen Norden erst ... Oh, ich habe mich an einem Ast aufgespießt ...«

»Was wollten Sie sagen, im russischen Norden ...?«

»Ich wollte sagen, im Norden, wo ich als Kind gelebt habe, sind die Wälder noch um vieles schöner, Nadelwälder, die sich über Tausende von Werst ziehen. Kaum denke ich an sie, scheint alles – die Menschen, die ganze Politik, die Wohnungs-frage, die Dekrete und alles, was es sonst noch gibt – lächer-lich.«

»Lieben Sie das Leben, Wassja? Haben Sie keine Angst vor ihm?«

Durch das Gebüsch schien Wassjas russisches Hemd zu sehen zu sein.

»Oh Tanjuscha, jetzt bin ich ganz und gar gefangen. Der Korb hindert mich beim Weitergehen. Und was das Leben betrifft – wie könnte man es denn nicht lieben? Ich liebe es! Mehr als das Leben liebe ich nur Sie, Tanjuscha.«

»Schon wieder fangen Sie damit an.«

»Ich sage nur die Wahrheit. Ich sage Ihnen sogar Folgen-des. Warten Sie. Bewegen Sie sich nicht. Ich helfe Ihnen gleich, da herauszukommen. Hören Sie mich zuerst aber einmal an. Bei diesem Walde gelobe ich Ihnen, Tanjuscha, dass ich Sie niemals um irgendetwas bitten, aber jederzeit mein Leben für Sie hingeben werde. Warten Sie einen Augenblick, lassen Sie mich aussprechen. Bei diesem Walde gelobe ich: Sollte Ihnen irgendwann einmal meine Hilfe vonnöten sein, was auch im-mer geschehen mag – Tanjuscha, bitte vergessen Sie niemals, dass ich auf immer Ihr treuer Freund sein werde und alles für Sie tun werde, sogar in den Tod gehen, und zwar, Tanjuscha, sogar mit Freuden. So. Ich sage Ihnen dies in vollkommenem Ernst, aber ich sage es nicht noch einmal.«

Die Zweige knackten nicht mehr, und keine Vögel waren mehr zu hören.

»Wassja.«

»Ja?«

»Wassja … Wo sind Sie?«

»Ich hänge fest.«

»Kommen Sie.«

»Ich kann nicht, die Zweige sind so dicht. Und irgendetwas sticht mich.«

»Reichen Sie mir die Hand.«

Wieder knackten die Zweige, und durch sie hindurch war Wassjas große Hand zu sehen.

»Oh, Wassja, Sie haben sich ja die Haut an der Hand aufgerissen.«

»Das ist nicht schlimm.«

»Sie Armer … Also, jetzt nehmen Sie meine Hand.«

Tanjuscha lehnte sich gegen einen Busch und streckte ihre Hand Wassjas Fingern entgegen.

»Haben Sie sie?«

»Ich habe sie.«

»Aber ziehen Sie nicht, sonst falle ich. Wassja, mein lieber Wassja, ich weiß all dies, und ich weiß es zu schätzen. Allein über mich selbst weiß ich noch nicht allzu viel. Es ist so schön hier mit Ihnen, zu Hause aber, in der Stadt, ist es mir in der Seele oft so schwer. Es gibt so vieles, das ich nicht verstehe, an mir selbst. Verurteilen Sie mich nicht deswegen, Wassja.«

»Aber wie könnte ich denn …«

»Es ist mir so schwer, Wassja, so schwer.«

»Nun, nun, aber das verstehe ich doch.«

»Wassja, Sie sind mein einziger, wahrer Freund, so. Und nun lassen Sie die Hand wieder los. Irgendwie müssen wir aus diesem Dickicht doch wieder herausfinden.«

Die Zweige öffneten sich etwas weiter und Wassjas Schopf mit zerzaustem Haar kam zum Vorschein und berührte mit den Lippen Tanjuschas Fingerspitzen.

»Wir finden heraus, Tanjuscha, ganz sicher. Ich habe es versprochen, und ich komme Ihnen zu Hilfe. Hier ganz in der Nähe muss ein kleiner Weg sein. Ich führe Sie hier wieder heraus, Tanjuscha, haben Sie keine Angst.«

# Das zweite Gespräch

Astafjew hatte Wasser auf dem Kanonenofen erwärmt und wusch sich die letzten Spuren des Mehls und der Farbe vom Gesicht. Im Spiegel sah er den Spalt der nur angelehnten Tür und dort das aufgedunsene Gesicht seines Nachbarn, des Arbeiters Sawalischin.

»Hören Sie auf, mich heimlich zu beobachten, Sawalischin, kommen Sie herein.«

»Sie machen Toilette?«

»Ich wasche mir das Mehl aus der Visage.«

»Haben Sie sich eingesaut?«

»Vermutlich. Wie geht es Ihnen?«

Sawalischin trat ein, wärmte seine Hände am Ofen und sagte dann bestimmt und selbstgewiss:

»Es geht mir gut. Ich scheffele Geld.«

»Immer noch in der Fabrik?«

»Von wegen Fabrik. Ich arbeite jetzt in einer ganz anderen Sparte. Ganz wie Sie, Genosse Astafjew, mir geraten und mich klar und deutlich unterwiesen haben.«

»Ich kann mich gar nicht erinnern, dass ich Ihnen einen Rat erteilt hätte. Was soll das gewesen sein?«

»Sie haben mich angewiesen zu kämpfen, und auch was die Niedertracht betrifft. Ansonsten, haben Sie gesagt, gehst du unter, Sawalischin, und sie werden dich fressen. So kämpfe ich jetzt also.«

Astafjew blickte seinen Nachbarn interessiert an.

»Und, klappt es?«

»Ich kann nicht klagen, die Lage hat sich gebessert. Ich bin ja eigentlich zu Ihnen gekommen, Genosse Astafjew, um Ihnen einen auszugeben, als Dank sozusagen, für Ihre Gastfreundschaft. Natürlich nur, wenn Sie sich nicht zu fein sind. Und ich habe keinen Selbstgebrannten, sondern echten Cognac, zwei Flaschen noch aus Vorkriegszeiten.«

»Mit Niedertracht, sagen Sie, haben Sie die erworben?«

»Sehr wohl. Mit regelrechtester menschlicher Niedertracht. Sie sind sich doch nicht zu fein?«

»Interessant.«

»Was soll denn daran interessant sein. Bei Ihnen finden sich sicher zwei Gläser? Etwas Essbares bringe ich gleich noch, ein geräuchertes Bruststück und sonst noch so einiges.«

Astafjew blickte seinen Nachbarn noch einmal voll Interesse an. Eine augenfällige Veränderung. Er war besser, ja sogar sehr gut gekleidet, die einstige Scheu und Gehemmtheit waren verschwunden, obgleich er augenscheinlich keine wirkliche Selbstsicherheit besaß. Er tat nur so, als sei er ein Draufgänger, und er gab an.

Sawalischin brachte den Cognac, eine Marke von nicht eben bester Qualität, doch echter Cognac aus der Vorkriegszeit. Er wickelte das Bruststück aus, beförderte Kaviar aus dem Paket hervor und fragwürdigen grauen Zwieback. All das stellte in jenen Tagen fraglos einen großen Luxus dar. Sie rückten den kleinen Tisch näher an den Ofen.

Sawalischin goss zwei Gläser zur Hälfte voll.

»Auf Ihre Gesundheit, Genosse Gelehrter. Ich bin Ihnen für alles ergebenst dankbar, für die Lehre, die Sie mir haben zuteil werden lassen, für Ihre Ratschläge. Sie haben dem Dummkopf Verstand beigebracht.«

»Aber was machen Sie denn jetzt, Sawalischin? Machen Sie lange Finger? Sind Sie unter die Räuber gegangen?«

»Was denn, ich bitte Sie. Ich gehe einem geregelten Dienst nach.«

»Wo?«

»Nun ja, das ist geheim, Genosse Astafjew. In einem Wort – eine Dienststelle, eine richtige Arbeit. Eine Arbeit, die absolut gebraucht wird, im Inträsse der Republik. Aber darüber darf man nicht mit jedem reden.«

»Na, dann hol Sie doch der Teufel, trinken Sie.«

Sie tranken schweigend, aßen Kaviar und dicke Stücke der geräucherten Brust dazu. Astafjew war hungrig – ein großer

Mann braucht viel zu essen. Der Cognac wärmte und hob die Befindlichkeit. Sawalischin hingegen fiel rasch in einen Dämmerzustand, doch er trank voller Gier weiter. Blut schoss ihm in den Kopf, seine Augen wurden klein und blickten stumpf ins Glas.

Das feuchte Holz knackte im Kanonenofen.

In seinem Sessel vergaß Astafjew ganz die Anwesenheit seines Gastes. Zwei Gedankenstränge überlagerten sich. Er dachte an Tanjuscha und an das letzte Gespräch mit ihr, in dieses Gespräch aber mischten sich Spöttereien aus seinem Bühnenauftritt jenes Abends, irgendwelche derben Verse, mit denen er das Publikum unterhalten hatte. Und auch ein Klavier war zu hören: Tanjuscha spielte Bach.

Astafjew schreckte auf, als sein Nachbar mit der Faust auf den Tisch schlug.

»Bleib stehen, keine Bewegung, sonst …«

»Was ist denn los, sind Sie betrunken, oder was?«

Sawalischin hob den dumpfen Blick.

»N…nein, ich will nicht, dass er sich bewegt.«

»Wer?«

»Überhaupt …, n…nein, ich will es nicht.«

Er lachte ein kraftloses Lachen.

»Das habe ich nur so gesagt. K…keine Aufregung, Genosse. Ich, Genosse, kann alles.«

»Nein, Sawalischin, nicht alles. Überhaupt sind Sie ein Schwächling, auch wenn es den Anschein hat, Sie seien stark.«

»Ich, ein Schwächling? Ich soll ein Schwächling sein? Ich kann ohne Probleme einen umbringen, da haben Sie Ihren Schwächling.«

»Und wenn schon. Jemanden umbringen kann selbst ein Kind, besonders, wenn es über einen Revolver verfügt. Dafür braucht es keine Stärke. Zu mehr sind Sie wohl nicht imstande.«

»Was denn noch mehr?«

»Etwas hervorbringen. Etwas herstellen. Hier, zum Beispiel ein Feuerzeug oder was auch immer.«

»Ich bin kein Schlosser.«

»Oder ein Feld bestellen.«

»Wozu? Das ist die Arbeit der Bauern.«

»Und Sie sind Proletarier, gnädiger Herr! Das ist die Arbeit der Bauern, aber Brot wollen Sie essen. Sie, Sawalischin, sind zu nichts zu gebrauchen, Sie verstehen nicht einmal Cognac mit Genuss zu trinken. Sie kippen ihn herunter, als sei es irgendein billiger Fusel, und sind schon nach dem ersten Glas besoffen.«

»Ich kippe ihn so, wie ich es eben kann, Herr Astafjew. Unsereins hat so etwas nicht auf der Universität gelernt. Unsereins hatte keine Zeit, in kleinen Schlucken zu trinken. Wir saufen ohne abzusetzen. Schauen Sie, so!«

Er goss sein Glas voll und schüttete es in einem Zug herunter, verschluckte sich dabei jedoch und griff nach der Räucherbrust, um sich mit zitternder Hand ein Stück abzuschneiden.

Auch Astafjew leerte sein Glas, schenkte sich nach, ohne dem anderen nachzustehen, und hing wieder seinen Gedanken nach. Ein angenehmer Schwindel hatte ihn erfasst.

Sawalischins Gemurmel riss ihn aus seiner Versunkenheit.

Die Arme auf den Tisch gestützt und den berauschten Kopf in die Hände gelegt, blickte Sawalischin seinen Trinkgenossen mit roten Augen blinzelnd an.

»Für solche Worte kann man dich ein für alle Mal einlochen. Für das Feuerzeug und für den Bauern. Einlochen und sogar als Abgang verbuchen.«

»Tschekist! Wenn Sie besoffen sind, dann gehen Sie schlafen. Dann trinken wir morgen weiter.«

»Morgen? Morgen habe ich frei, Urlaub s…sozusagen. Für morgen gibt es kein dringendes Material.«

Und wieder lachte er trunken und hinterhältig.

»Material gibt es morgen keins, den Bestand von heute ha-

ben wir erledigt. Ich, Sawalischin, habe ihn erledigt. Tschik –
und das war's gewesen.«

Plötzlich schlug er wieder mit der Faust auf den Tisch und
schrie:

»Ich sage dir: Stell keine Fragen, das steht dir nicht zu!«

Mit zitternder Hand schenkte er sich nach und schüttete
das Glas herunter. Der Cognac brannte in der Kehle. Sawalischins Augen traten hervor, er stöhnte auf, griff nach der Räucherbrust und fiel im selben Moment mit dem Kopf auf den
Tisch.

Astafjew stand auf, griff seinen Gast am Kragen, schüttelte
ihn, hob seinen Kopf auf und sah ein bleiches Gesicht, in dem
trunkenes Entsetzen stand. Sawalischins Zähne klapperten,
seine Zunge versuchte etwas zu sagen. Astafjew zog ihn am
Kragen hoch, hielt ihn fest und schleifte ihn zur Tür.

»Du Aas bist ganz schön schwer. Dann mal auf, stolzer
Krieger!«

Er schleifte ihn bis in sein Zimmer, warf ihn aufs Bett und
schob die Beine hinauf. Der Betrunkene lallte unverständliche
Worte. Astafjew beugte sich zu ihm und lauschte:

»Ach, Mutter, ach, Mütterchen, wohin hat es mich, wohin
soll ich …«

Astafjew kehrte in sein Zimmer zurück, räumte die Reste
des Imbisses, die leere und die zur Hälfte geleerte Cognac-
flasche zusammen und brachte alles zu Sawalischin. Als er
wieder zurückgekehrt war, öffnete er das Fenster, um durch-
zulüften, legte sich auf das Bett und nahm das erstbeste Buch
zur Hand.

# Feldzug

Die Wagen polterten schwerfällig aufeinander, und der Zug hielt an. Für die Strecke, die man früher in weniger als einem Tag zurückgelegt hatte, brauchte man nun fast eine Woche.

Der Zug stand stunden- und bisweilen tagelang an kleinen Stationen und Haltepunkten, die Reisenden wurden in den Wald geschickt, um Brennholz für die Lokomotive zu sammeln, zwei Mal wurden die Wagen abgehängt, und die Passagiere mussten in andere umsteigen. Und die graue Masse der Schieber und Spekulanten trampelte mit Stiefelschritten über die Dächer der Wagen, erdrückte sich gegenseitig fast auf den Plattformen und warf sich unter Schimpfen und Klagen in den Kampf um die Plätze. In der Menge dieser Reisenden bahnte sich, mit den Ellenbogen stoßend und unter Mühen einen kleinen Koffer und einen Sack mit seinen Siebensachen schleppend, auch Wassja Boltanowski, Assistent der Universität, dem Haus in der Straße Siwzew Wrashek treu ergebener Ritter, seinen Weg.

Längst hatte er vergessen, wann er sich zum letzten Mal gewaschen hatte. Er fuhr, wie es alle taten, mit seinen fünf Fingern unters Hemd und kratzte Brust, Schultern und Rücken blutig – soweit der Arm reichte. Eine Nacht lang fuhr er auf dem Dach des Zuges mit, gewöhnlich aber gelang es ihm, sich ein Gepäckregal im Innern zu sichern, und von dort oben blickte er triumphierend auf den Haufen durch schlaflose Nächte, Schmutz, Schweiß, Gezänk und Spötteleien über das eigene Los fest zusammengeschweißter Menschenkörper hinab. Glückspilze waren jene, die auf dem Boden, in den Gängen, unter den Bänken schlafen konnten; wer Pech hatte, musste im Stehen schlafen, und sein Kopf schaukelte hin und her.

Gegen Ende der Reise wurde es leerer in den Wagen, und die Dächer waren nicht mehr besetzt. Der Großteil der Schieber und Spekulanten stieg nach und nach aus und verteilte sich auf die Dörfer. Wassja fuhr weiter als die meisten, denn er hielt es für gewinnbringender, seine Handelsware in abgelegenen Ortschaften einzutauschen. Auf der Fahrt hatte er mit einigen erfahrenen Händlern, die schon zum zweiten oder dritten Mal diesen chaotischen Feldzug um Korn und Brot unternahmen, Freundschaft geschlossen.

Nachdem sie aus dem Zug gestiegen waren, teilten sie sich in kleine Gruppen auf, streckten ihre Glieder, machten sich zurecht, legten ihre Säcke so passlich wie möglich über die Schulter und setzten sich in verschiedene Richtungen in Bewegung.

Wassjas Weggefährten waren zwei dem Moskauer Kleinbürgertum entstammende Frauen mit einschlägiger Erfahrung und ein, wie er selbst sagte, »ehemaliger Ingenieur« in gediegenen Stiefeln und militärisch anmutender Aufmachung, statt einer Soldatenmütze trug er allerdings eine fuchsrote Kappe. Die Leute hielten ihn für einen Militär und nannten ihn »Genosse«. Mit ihm hatte sich Wassja auf der Fahrt besonders angefreundet, seine Autorität und Erfahrung erkannte er bereitwillig an. Der Name des ehemaligen Ingenieurs war Pjotr Pawlowitsch Protassow. Schmutzig, unrasiert, verschlafen wie alle anderen, hatte er es gleichwohl vermocht, sein heiteres Gemüt zu bewahren, war stets zu Scherzen aufgelegt, hatte von seinen früheren »Feldzügen« erzählt, wusste, wie man im Zug kochendes Wasser bekam, hatte bei Streit vermittelt, Salz gegen Tabak getauscht, seinen Platz vorübergehend an Erschöpfte oder Frauen abgetreten, und bei einem langen Halt hatte er einem wenig erfahrenen Heizer bei der Reparatur des Dampfkessels der Lokomotive geholfen. Er war so etwas wie der Stubenälteste im Wagen und hatte sich mit besonderer Aufmerksamkeit und Fürsorge Wassjas angenommen, den er Professor nannte.

Der Ingenieur Protassow war etwa Mitte dreißig, breitschultrig, athletisch und kraftstrotzend, zuvorkommend und freundlich. Er verstand es, mit jedem eine gemeinsame Sprache und Themen für ein Gespräch zu finden. Keiner, der ausstieg, versäumte es, sich von ihm zu verabschieden, die neu Zugestiegenen nahm Protassow sogleich unter seine Fittiche.

Die kleine Gruppe ließ die Station hinter sich und machte sich auf den Weg.

»Bis hierher haben wir es also geschafft. Und nach Hause fahren wir mit vollen Säcken!«

»Das wird man sehen. Wir sind nicht die Einzigen.«

»Ja, aber nicht alle schaffen es. Manche kommen nicht zurück.«

»Die Kontrollpunkte zu passieren ist nicht leicht.«

»Irgendwie kommen wir schon durch. Es ist zu früh, sich jetzt schon den Kopf darüber zu zerbrechen. Jetzt geht es darum, gut zu tauschen.«

»Die Beine wollen gar nicht gehen.«

»Das macht nichts. Sie werden schon noch in Tritt kommen. Im Wald machen wir ein Päuschen.«

»Das ist ja wunderbar. Mitten im Regen!«

»Wir finden schon ein trockenes Plätzchen. Vielleicht finden wir ja irgendwo Einlass.«

»Was für ein Leben!«

»Aber immerhin besser als im Zug.«

Und tatsächlich – an der frischen Luft kamen sie nach dem stickigen Zug wieder zu sich.

Über herbstlich morastige Wege zwischen regengetränkten Feldern gelangten sie zu einem kleinen Dorf, dessen Hunde und Bewohner die Ankömmlinge misstrauisch empfingen. Es war offensichtlich, dass hier keine guten Geschäfte zu machen waren, doch vielleicht konnten sie sich ein wenig aufwärmen, ihre Sachen trocknen und sich ein wenig umhören.

Trotz allem gewährte man Ihnen Einlass. Die Bauern waren gleich etwas gastfreundlicher, als sie hörten, dass die ungebetenen Gäste Tee bei sich hatten, sie stellten daraufhin ihrerseits einen Krug Milch auf den Tisch und legten ein ordentliches Stück Brot daneben. Und zwar richtiges Brot, das schmeckte und satt machte, nicht das Moskauer Kommissbrot. Gegen einige Prisen Tee heizten sie sogar die Banja und bereiteten ein Nachtlager. Das war ein großes Glück, denn ein Bad war das, was die Gäste dringendst brauchten.

Nach einer Woche nahm Wassja Boltanowski also zum ersten Mal wieder die Kleider vom Leib, und unter Anleitung seines erfahrenen Gefährten verbrachte er viel Zeit damit, diese von Flöhen und Läusen zu befreien. Sie zogen sich wieder sauber an und schliefen sich in der Nacht aus, ohne auf die Bisse der Wanzen zu achten, die durchaus harmlos und auszuhalten waren.

Kaum war es am nächsten Morgen hell, machten sie sich auf der Suche nach Bauern, die reicher und besser bevorratet waren, auf ihren unwägbaren Weg.

Im ersten Weiler, zu dem sie kamen, blieben ihre Weggefährtinnen zurück – vielleicht hatten sie ihre Handelsgeschäfte schon zu Ende gebracht, vielleicht meinten sie auch, es sei der Sache nicht förderlich, zu viert unterwegs zu sein. Wassja gelang sein erstes Handelsgeschäft, im Tausch gegen ein altes Kleid und eine Sommerbluse Tanjuschas erhielt er einen regelrechten Schatz – ein halbes Pud Buchweizen. Protassow befürwortete das Geschäft uneingeschränkt. Als er seinen Sack zuschnürte, sah Wassja entsetzt, wie das junge Bauernweib Tanjuschas Bluse über ihre alte, schmuddelige zog, um sie anzuprobieren, wie sie ihre von der Arbeit roten Arme in die Ärmel zwängte und dann mit geballten Händen die Brüste zurechtschob. Aber das Geschäft war abgeschlossen, und es war ein gutes Geschäft – und er hatte es für Tanjuscha gemacht!

Die Bauern blickten die Händler finster an und versuchten, den Preis der nicht zum Verkauf stehenden Stiefel des Ingenieurs zu erfahren. Für die Sense und den Schleifstein boten sie eine lächerliche Summe – es war noch nicht an der Zeit, an die nächste Heumahd zu denken. Wassja wollte wissen, wie der Ingenieur zu einer vollkommen neuen, noch nicht gedengelten Sense gekommen war. Dieser erzählte ihm, dass den Angestellten seiner Dienststelle bei der Zuteilung die merkwürdigsten Dinge ausgegeben wurden, die zwar keiner erwartete, aber jeder gern nahm, da man sie bei Gelegenheit für ein Tauschgeschäft gebrauchen konnte.

Sie beschlossen, nicht allzu weit landeinwärts zu gehen, um sich nicht zu verirren, sondern sich in der Nähe der Eisenbahnlinie zu halten. Am schwierigsten war es, jedes Mal wieder ein Nachtlager zu finden. Man ließ sie nur ungern ein, denn die Bauern misstrauten den Stadtmenschen. Aber wenn sie einmal irgendwo untergekommen waren, so fragte man sie gern aus – über Moskau, die Deutschen, die Preise und was die Zukunft wohl bringen werde. Dass der Krieg zu Ende war, wusste man auf den Dörfern schon, aber wer jetzt in Russland das Sagen hatte, ob der Zar tatsächlich deportiert worden sei und was die Ziele der Bolschewiki waren – von all diesem hatten die Bauern recht verworrene, ja verschrobene Vorstellungen. Mehr als die Politik interessierten sie aber Gerüchte über Steuern und über Pläne, das Getreide der Bauern einzukassieren, und sie fragten, ob denn die Gutsbesitzer wieder zurückkämen. Den Antworten lauschten sie mit angehaltenem Atem, doch glaubten sie augenscheinlich den Fremden nicht ganz und bewerteten deren Ausführungen auf ihre ganz eigene Weise.

Nach fünf Tagen waren die Säcke der fliegenden Händler wieder wohlgefüllt, nachdem sie sich von Blusen, Strümpfen, Kattun, Möhrentee und Blatttabak getrennt hatten. Im letzten Dorf tauschte Wassja die Jagdstiefel des Herrn Professor der Ornithologie gegen ein Pud Weißmehl und ein Pud Hirse, ein Geschäft, das der Ingenieur ganz und gar nicht befürwortete, denn er hielt es für schlecht. Auch er war mittlerweile gut bepackt. Die beiden beschlossen, zur nächsten Bahnstation mit einem Fuhrwerk, das des Weges kam und dieselbe Richtung hatte, zu fahren und dafür mit Geld zu bezahlen. Sie fanden jemanden, der sie mitnahm, ihr Feldzug erwies sich auch hier als durchaus erfolgreich.

Nachdem sie das Dorf verlassen hatten, wandte sich der Besitzer des Fuhrwerks zu denen um, die er hatte aufsitzen lassen, musterte sie und sagte dann zu Wassja:

»Wenn ich dich so ansehe, dann bist du wohl nicht von Adel, siehst aber auch nicht wie ein Genosse aus. Dann nenne ich dich eben Herr.«

Protassow fragte:

»Und wie sehe ich aus?«

Der Bauer erwiderte unwirsch:

»Was weiß ich denn! Einer aus der Stadt, keiner von uns. Man kann wohl annehmen, ein Militär.«

Das Fuhrwerk kam vor allem auch deshalb zupass, weil Wassja, derartige Abenteuer nicht gewöhnt, ziemlich entkräftet war, in der Nacht zuvor hatte er sogar einen leichten Fieberschub gehabt.

Das Schwierigste war, sich selbst und die Säcke in den Zug zu bekommen, der wie üblich überfüllt war. Einen Tag und eine Nacht saßen sie auf der Station fest, am nächsten Tag war das Glück ihnen wieder hold, und es gelang ihnen unter Mühen, einen Platz zu ergattern, zunächst auf der Bremse, später sogar auf der Plattform. An den nächsten Stationen wurden sie von weiteren Rückkehrern des Feldzugs tiefer in den Zug hineingedrängt, Trittbretter und Wagendächer waren nun auch wieder besetzt, die Luft reichte wieder kaum zum Atmen, und von nun an mussten sie im Stehen weiterreisen. Doch sie hatten es in den Zug geschafft und waren dem Schicksal dafür dankbar.

Dieses Mal fuhr der Zug schneller, ohne nennenswerte Aufenthalte, und schon am dritten Tag war Moskau nah. Den ersten Kontrollpunkt ließen sie mit Leichtigkeit hinter sich, das Schmiermittel, das sie investieren mussten, war gering. Voller Ungeduld erwartete Wassja Moskau, denn er fühlte seine Kräfte zu Ende gehen. Um Luft hereinzulassen, waren alle Fenster im Wagen geöffnet, und Wassja fröstelte stark. Gegen Abend bekam er Fieber, und beim Blick auf seinen jungen Gefährten schüttelte der Ingenieur skeptisch seinen Kopf.

»Was ist denn mit Ihnen los? Hoffentlich haben Sie sich keine fiese Semaschka eingefangen!«

»Nein, nein, es geht schon. Hauptsache, wir sind bald zu Hause.«

Kurz vor Moskau trafen sie erneut auf eine Einheit an einem Kontrollpunkt. Mit Schreckschüssen wurden die auf den Dächern Sitzenden heruntergejagt. Die in den ersten Wagen Reisenden mussten aussteigen, vielen wurden ihre Säcke abgenommen. Offensichtlich hatten die Wachposten aber schon bald genug und waren nicht mehr allzu schonungslos. Die Rückkehrer des Feldzugs verteidigten ihr Gut mit Kniffen und Pfiffen, umklammerten ihre Säcke fest, schimpften und schmeichelten, gaben Bestechung, versuchten als undurchdringliche Masse den Wachposten keinen Durchgang zu gewähren, zwängten ihr Gut unter Bänke und Röcke, unters Hemd. Wassja und sein Gefährte hatten wieder einmal Glück: Sie saßen im letzten Wagen, und für ausgiebige Kontrollen hatten die Zöllner nicht Zeit noch Lust. Nachdem der Zug mehr als zwei Stunden gestanden hatte, setzte er sich schließlich wieder in Bewegung. Bis Moskau waren es wohl noch fünf Stunden. Die größte Gefahr, nämlich der unter größten Schwierigkeiten erworbenen Habe entledigt zu werden, war vorüber. Protassow riet:

»Wenn Sie zu Hause sind, waschen Sie sich erst einmal gründlich, suchen sich nach Semaschki ab, trinken so viel Tee, wie Sie können, und dann ab ins Bett. Am besten wäre es, wenn Sie auch einen Arzt kommen lassen, so Sie denn einen kennen.«

Wassja ging es wirklich schlecht. Nach der nervlichen Anspannung aufgrund der Kontrollen fühlte er sich nun schrecklich kraftlos. Er saß auf seinem Sack, gleichsam selbst ein Sack. Das Hämmern in seinen Schläfen war von Zeit zu Zeit so laut, dass es das Dröhnen des Zuges übertönte. Sein von den Läusebissen juckender Körper war über und über mit kaltem Schweiß bedeckt.

»Vor meinen Augen verschwimmt und schwankt alles.«

»Wie sollte es anders sein«, antwortete der Ingenieur und blickte seinen Weggefährten voller Mitleid an. »Damit, mein Freund, ist nicht zu spaßen. Wie gut, dass wir demnächst in Moskau sind. Die Säcke kriegen wir auch noch irgendwie nach Hause. Vielleicht finden wir ja eine günstige Droschke.«

Über die Weichen polternd, in den Kurven aufstöhnend, langsam, als wolle er die Ankunft mutwillig verzögern, behäbig, schwerfällig, erbittert kroch der Zug dem Moskauer Bahnhof entgegen.

Wassja versuchte, sich etwas Bewegung zu verschaffen und den glühenden Kopf hochzuhalten. »Offensichtlich steht es wirklich schlecht um mich«, dachte er. »Aber trotz allem – ich habe doch einiges mitgebracht. Jetzt werden es Tanjuscha und der Professor etwas leichter haben.«

Und noch ein Gedanke ging ihm durch den Kopf und zauberte ein Lächeln auf sein krankes Gesicht: »Bald sehe ich sie wieder. Tanjuscha.«

# »Shmuriki«

**D**er Domkom-Vorsitzende hatte den Bewohnern des Hauses am Abend mitgeteilt, dass sich alle, die kein Dokument einer sowjetischen Dienststelle vorweisen könnten, am nächsten Morgen um drei mit Spaten bei der Miliz einzufinden hätten.

»Von da geht es dann zur Arbeit für das Gemeinwohl.«

Fast alle konnten ein Dokument vorlegen, Arbeiter wurden nicht zum Dienst verpflichtet. Zweien ohne Dokument erließ der Domkom-Vorsitzende aus eigenem Ermessen den Dienst, einem wegen Krankheit (er hatte Typhus und lag im Sterben), dem anderen aufgrund hohen Alters. Es blieben nur sieben ohne Bescheinigung, drei Frauen und vier Männer, unter ihnen der Privatdozent für Philosophie Astafjew.

»Ich arbeite als Schauspieler in Arbeiterklubs, das wissen Sie doch.«

Denissow war es aber augenscheinlich ziemlich zufrieden, dass Astafjew sich als nicht vorausschauend erwiesen hatte.

»Da Sie keine Bescheinigung haben, müssen Sie, Genosse Astafjew, auf jeden Fall.«

»Ich komme aber erst spät am Abend von der Arbeit.«

»Davon weiß ich nichts. Wenn Sie nicht gehen, bin ich gezwungen, das zu melden, dann wird man Sie unter Zwang vorführen, und möglicherweise kommen Sie dann gar nicht mehr wieder. Es wird Ihnen also noch schlechter ergehen. In den heutigen Zeiten, Genosse Astafjew, kennt man mit der Bourgeoisie kein Pardon. Sie möchten dann also bitte um drei Uhr dort sein, hier Ihr Nachweispapier für das Domkom. Das wird dort ausgefüllt, und das bringen Sie mir dann wieder. Spaten geben wir Ihnen aus. Es tut mir sehr leid, Genosse Astafjew, aber ohne den Nachweis versucht jeder, sich zu drücken.«

Astafjew wusste, dass er, so er denn wollte, dies abwenden könnte, denn Denissow war durchaus nicht unbestechlich. Doch nachdem er kurz darüber nachgedacht hatte, verzichtete er darauf: »Auch so etwas muss man schließlich einmal ausprobieren, und im Prinzip ist das ja auch nur gerecht.«

Um drei Uhr war das Tor der Miliz noch verschlossen, gegen halb vier hatte sich eine beträchtliche Gruppe eingefunden, Männer und Frauen, widerspruchslose, bunt zusammengewürfelte Menschen, die meisten ohne einen Spaten. Wer sie waren, war schwer feststellbar: Allesamt schlecht angezogen, waren sie in der Mehrzahl offensichtlich Bürgerliche und Intellektuelle. Zwei der Männer, recht betagt bereits, trugen aus der Form geratene, schmuddelige, abgetragene und mit gewöhnlichen Knöpfen versehene Offiziersmäntel. Überhaupt bestand die Gruppe vor allem aus älteren Menschen.

Um vier wurde das Tor geöffnet und die Gruppe eingelassen, die Nachweispapiere des Domkom wurden eingesammelt und ausgefüllt. Man war ungehalten, dass nur wenige einen Spaten hatten, und gab ein Dutzend gegen Quittung aus. Vier Aufseher wurden gerufen, die die Gruppe von etwa sechzig Personen begleiten sollten.

Über die finsteren nächtlichen Straßen zogen sie zunächst in Reih und Glied, später in kleineren Grüppchen. Sich abzusetzen wäre sinnlos gewesen, denn erst am Ziel wurden die ausgefüllten Nachweise wieder ausgegeben. Auf die Frage, um welche Arbeit es sich handele, erwiderten die übernächtigten und grimmigen Aufseher, sie wüssten es selbst nicht. Ihr Befehl laute, die Gruppe bis zum zwei Werst entfernten Außenposten zu bringen, dort würde sie übergeben.

»Letzte Nacht haben wir welche zum Schienenputzen an die Bahnstrecke Richtung Nikolajewo gebracht, heute geht es laut Befehl woanders hin.«

Ein rühriges und abgefeimtes Weibsbild – ihre Ausdrucksweise offenbarte kleinbürgerliche Herkunft – erzählte allen leutselig, dass sie nicht zum ersten Mal dabei sei, und zwar freiwillig, da sie eine Bekannte sozusagen fast ohne Gegenleistung vertrete. Und dass es heute vermutlich nicht zum Schienenputzen gehe, sondern zum Verbuddeln von »Shmuriki«.

Die Arbeit sei zwar nicht schwer, wohl aber mache man sich schmutzig, doch dafür werde man ja auch fürstlich mit Brot entlohnt, manchmal gebe es sogar ein ganzes Pfund für jeden, und zwar von bester Qualität.

Was »Shmuriki« waren, wusste Astafjew nicht.

Sie marschierten länger als eine Stunde, bis sie zu dem Ort kamen, an dem sie von den anderen Aufsehern übernommen wurden. Ganz in der Nähe, so stellte sich heraus, war auch der Einsatzort für ihre Arbeit. Es hieß, es sei keine Zeit sich auszuruhen, denn bald kämen die Lastautomobile. Ausruhen könnten sie später, wenn das Brot ausgegeben würde.

Sie wurden nebeneinander aufgereiht und mussten auf dem freien Feld eine große Grube ausheben. Diejenigen, die keinen Spaten hatten, warteten und lösten die anderen später ab.

Was »Shmuriki« waren, erfuhr Astafjew alsbald, besser gesagt, er erriet es. Mit diesem zärtlichen Kosenamen bezeichnete man Leichname. Die Aufseher erklärten auf Nachfragen, es müssten an Typhus und anderen Krankheiten Verstorbene aus den Krankenhäusern und von den Bahnhöfen begraben werden.

Die Erde war feucht wie im Frühling, und die Arbeit ging zügig voran, wenngleich die, die sie ausführten, eine derartige Arbeit nicht gewohnt waren. Sie mussten nicht allzu tief graben, vor allem sollten die Gruben ausreichend breit sein. In der Gruppe fanden sich ein paar, die Anweisungen gaben, bisweilen schrien sie auch und brüsteten sich mit ihrer Fertigkeit und ihrem Sachverstand sogar ein wenig.

Gegen sechs kam das erste Lastautomobil, rangierte lange schnaufend auf dem unwegsamen Grund, bis es schließlich dicht an den Rand der Grube herangefahren war. Eine der Gruben war da bereits fertig ausgehoben, mit einer zweiten hatten sie nahebei bereits begonnen. Im bleichen regnerischen Morgengrauen begann die Besatzung des Lastautos, vier Männer in Schürzen, ihre schaudererregende Fracht abzuladen und in die Grube zu werfen – teils in Fetzen gekleidete und teils auch gänzlich nackte »Shmuriki«. Astafjew stand ganz in der Nähe. Er spürte, wie es ihm den Atem nahm, und es schien ihm, dass die Regentropfen plötzlich nicht mehr frisch und rein waren.

Später kamen noch zwei weitere Lastautos, Astafjew zählte insgesamt bis zu vierzig Leichname. Nach jeder Ladung wurde befohlen, die Grube zuzuschütten und dabei nicht zu viel Platz zu verschwenden. Die erste Grube war aber schon bis an den Rand voll, sodass die Erde zu einem Grabhügel aufgeschichtet werden musste.

Die Routinierten unter ihnen tauschten ihre Ansichten dazu aus.

»Beim nächsten großen Regen wird der weggespült.«

Die Grabenden blickten finster, runzelten die Stirn und wandten sich ab. Die Frauen hielten sich besser als die Männer und tuschelten. Allein das rührige Weibsbild zeigte, als sei sie an all dies bereits gewöhnt, weder Angst noch Abscheu und nahm jedes neue Lastauto mit lebhaftem Interesse in Empfang, blickte hinein und störte beim Ausladen. Sie seufzte laut und erläuterte:

»Wieder eine Ladung aus den Krankenhäusern oder von den Bahnhöfen. Und alle bis aufs letzte Hemd ausgezogen. Und natürlich nimmt man ihnen zuerst die Stiefel, ganz gleich, ob sie nun Typhus hatten.«

Das letzte Lastauto kam nicht bis an die Grube, es fuhr sich mit seinen Rädern im nassen, aufgewühlten Boden fest. Zwei Soldaten mit Helmen, auf denen ein von schwarzer Schnur umsäumter roter Stern war, hatten die Fracht begleitet. Sie forderten, jemand solle sich freiwillig für die Entladung melden. Sagten, dafür gebe es ein Pfund Brot als Zugabe.

»Sonst bestimmen wir jemanden.«

Astafjew blickte sich in der Gruppe um, schaute in fassungslose und düstere Gesichter und trat als Erster heraus. Beim Lastauto machte sich bereits das Weibsbild zu schaffen. Die Soldaten beorderten noch zwei weitere, nämlich die beiden älteren Männer in den umgearbeiteten Offiziersmänteln.

»Keine Angst, die hier sind nicht ansteckend, die sind ganz frisch.«

Die neuen »Shmuriki« waren noch schauderregender als die ersten. Fast alle bis auf die Schuhe vollständig bekleidet, war ihre Kleidung blutdurchtränkt. Man befahl, sie ohne lange zu fackeln an den Beinen herunterzuziehen und die Leichname nicht zu schultern:

»Da gibt es nichts zu sehen. Eine Leiche ist eine Leiche.«

Mit zusammengebissenen Zähnen, bemüht, ihm nicht ins Gesicht zu schauen, griff Astafjew nach dem ersten toten Körper. Durch den Stoff der besudelten Kleidung spürten seine Hände unversehens die glitschige Kälte des Todes. Er nahm seine ganze Manneskraft zusammen, doch das übliche skeptische Schmunzeln legte sich nicht auf seine Lippen. Es gelang ihm nicht, den Gedanken daran zu verjagen, dass dieser schaudererregende »Shmurik« ein Mensch gewesen war, quicklebendig und gesund, bis vor vielleicht nicht einmal einer Stunde. Ihm schien, er habe diesen Menschen gekannt, es könne gar nicht anders sein, als dass dieses Opfer des nächtlichen Terrors jemand aus seinem Bekanntenkreis sei, möglicherweise ein einstiger Kommilitone oder ein befreundeter Offizier.

Wie als Antwort auf diesen Gedanken sagte einer der Soldaten zum anderen:

»Die meisten sind doch Banditen.«

Plötzlich bemerkte Astafjew, dass seine Kollegin, das rührige Weibsbild, die den Leichnam bei den Schultern genommen hatte, mit ihrer Hand unter dessen zerschlissenen Kragen fuhr. Sie tat, als könne sie ihn nicht mehr halten, und ließ ihn kurz auf den Boden herab. In ihrer Hand blitzte ein Goldkettchen mit einem Kreuz. Ebenso emsig wie zuvor griff sie wieder an die Schulter, zischte Astafjew etwas zu, suchte mit ängstlichem Blick seine Augen und lächelte ihm komplizenhaft zu.

Einer der Wachsoldaten rief ihr zu:

»Griffel da nicht herum. Du hast dich selbst gemeldet, also mach deine Arbeit.«

Etwas leiser setzte er hinzu:

»Was für ein Weib! Für sie ist es, als ob sie Brot in den Ofen schiebt. Ihre Lieblingsbeschäftigung.«

Astafjew arbeitete mechanisch, ohne Gedanken, ohne Zeitgefühl, ohne Entsetzen oder Ekel zu empfinden. Er zählte, wenn er wieder einen »Shmurik« von der Ladefläche hinunterzog, »der dritte, fünfte, sechste …«. Es waren fast zwanzig Leichname; die zuunterst lagen, waren noch schauderhafter als die anderen, gequetscht, von eigenem und fremdem Blut triefend.

Den Weg von der Grube zurück zum Lastauto legte Astafjew festen und sicheren Schrittes zurück, den Kopf hoch erhoben, blickte er geradeaus. Neugierig beobachteten die Wachsoldaten den hochgewachsenen Mann mit dem blassen, versteinerten, glatt rasierten Gesicht, der besser als die anderen gekleidet war. Zur Freude seiner emsigen Helferin lenkte er die Aufmerksamkeit der Wachposten von ihren geschickt suchenden Händen ab.

Dann erteilten sie den Befehl, die Grube zuzuschaufeln. Astafjew ging, um seinen Spaten zu holen, doch als er ihn ergriff, merkte er plötzlich, dass seine Handflächen und Ärmel klebrig-nass und tiefrot gefärbt waren. Er ließ den Spaten fallen und trat zur Seite, sank auf die Knie und begann mit demselben Gefühl stumpfer Gleichgültigkeit, seine Hände an der Erde und im frischen jungen Gras abzureiben.

Die Welt existierte. Doch die Welt war leer, tot und sinnlos.

Astafjew trocknete seine Hände mit einem Taschentuch, warf es dann weg und ging am Lastwagen und an den Wachen vorbei geradewegs zur Straße. Als er an ihnen vorüberging, schwiegen die Soldaten und ließen ihn passieren. Der eine brummte: »Wohin?«, doch er wiederholte die Frage nicht. Der andere sagte: »Lass ihn, die anderen können ja auch gleich gehen.«

Astafjew kam an die Straße und ging, ohne sich umzublicken, stadteinwärts. Nach etwa einer halben Werst war er erschöpft und ließ sich an der Mauer eines verlassenen Hauses am Straßenrand nieder.

Das leere Lastautomobil schnaufte mit den beiden Soldaten an ihm vorbei, und bald darauf zogen müden, aber schnellen Schrittes, nun nicht mehr in Begleitung der Aufseher, in kleinen Gruppen oder allein, die bürgerlichen Elemente nach ihrem Arbeitseinsatz an ihm vorüber. Viele von ihnen kauten im Gehen das Brot, das ihnen ausgegeben worden war.

Die behände Kleinbürgerin war nicht unter ihnen. Astafjew erblickte sie in der Ferne, sie war weit hinter den anderen zurückgeblieben. Sie ging allein, den Spaten geschultert.

»Ach, ich habe ja meinen Spaten dort vergessen«, fiel Astafjew ein.

Er erhob sich und ging der Frau entgegen. Als sie auf gleicher Höhe waren, wollte sie, offensichtlich verlegen, zur Seite treten, um ihm auszuweichen.

Da trat Astafjew direkt auf sie zu, packte sie mit fester Hand an der Brust am Kragen ihres Herrenmantels und sagte:

»Rück sie raus. Rück die Kreuze raus.«

Die Frau sank nieder, wollte sich losreißen, in ihren Augen, die freundlich zu blicken versuchten, stand Todesangst. Mit winselnder Stimme heischte sie:

»Was soll ich denn rausrücken, mein Bester, ich hab doch nichts.«

»Rück sie raus«, wiederholte Astafjew, »sonst bring ich dich um.«

Mit zitternden Händen kramte die Frau beflissen in ihren Manteltaschen, zog vier Kreuze hervor, von denen zwei an durchgerissenen Ketten hingen, und einen Ring.

Ohne ein weiteres Wort durchsuchte Astafjew noch einmal eigenhändig ihre Taschen, schüttelte ihr Taschentuch aus, fand zwei weitere Kreuzanhänger, warf ihr den Ring hin, drehte sich um und ging, ohne ihr zischelndes Gezeter wahrzunehmen, im Nieselregen zurück an den Ort des Arbeitseinsatzes.

Niemand war mehr dort. Auf dem Boden Fußspuren, die Erhebungen der aufgeschütteten Lehmhügel und die glänzenden Reifenspuren der Lastautos.

»Meinen Spaten haben sie mitgehen lassen«, murmelte Astafjew.

Er trat an die zweite Grube heran und warf die Kreuze auf die Erde, mit der sie zugeschüttet war. Er dachte kurz nach, stieg dann auf den kleinen Hügel, trat die Kreuze mit dem Stiefelabsatz tief in die Erde und warf mit den Händen noch etwas frische Erde darauf.

Er war nicht gläubig, bekreuzigte sich nicht und machte auch kein Kreuzzeichen über den Gräbern, entbot ihnen keinen Gruß zum Abschied. Jäh wandte er sich um, blickte zu Boden und machte sich wieder auf den Weg zurück nach Moskau.

# »Ich weiß um die Liebe«

**D**er Ornithologe vermisste Wassja Boltanowski entschieden. Vor mehr als einer Woche war er zu seinem Vorrats-Feldzug aufgebrochen und immer noch nicht zurück.

»So langsam könnte er wieder nach Hause kommen, Tanjuscha.«

»Sie haben ihn ja lieber als mich, Großvater.«

»Lieber oder nicht, ja, ich habe ihn lieb. Er ist wirklich eine Seele von Mensch, dieser Wassja.«

Poplawski schaute vorbei, mit dicker Strickjacke unter einem alten schwarzen Gehrock, in durchnässten Galoschen, die er vor der Tür auszog.

»Sonst mache ich Ihnen ja lauter Tapsen auf dem Boden. Meine Galoschen sind durch, ich muss Gummileim auftreiben. Es wird doch niemand sich meine Galoschen krallen, Herr Professor? Jemand von den Einquartierten?«

Poplawski hatte sich früher ausschließlich für Themen der Physik und Chemie interessiert, nun aber erwachte er nicht einmal mehr zum Leben, wenn der Name Einstein fiel, von dessen Veröffentlichung man selbst in Moskau Gerüchte vernommen hatte. Im Schriftstellerbuchladen, dem kulturellen Zentrum Moskaus jener Zeit, zu dem sich auch der Ornithologe im Zusammenhang mit seiner Handelstätigkeit von Zeit zu Zeit begab, disputierte man hinterm Ladentisch über die Relativitätstheorie. Mit einer Reißzwecke war, als Kuriosum gewissermaßen, am Schreibpult ein Zettel mit der Formel vom Weltende befestigt. Selbstverständlich war auch Poplawski bekannt, dass die Ätherhypothese widerlegt worden war, doch dem noch jungen Professor lagen solche Themen mittlerweile fern. Sein ganzes Denken kreiste, wie das der meisten anderen, nur noch um Sacharin, Melasse und den Mangel an Fetten und Ölen. Sowie um das Grauen des einsetzenden Terrors.

»Haben Sie gehört? Gestern sind wieder vierzig Mann erschossen worden!«

Der Ornithologe wiegte gequält den Kopf und bemühte sich, das Gespräch auf andere Dinge als den Tod zu bringen. Das Haus in der Straße Swizew Wrashek schirmte sich von der Welt ab, wollte das frühere geruhsame Leben weiterleben.

Pünktlich wie immer kam um acht auch, sehr mager und alt geworden, Eduard Lwowitsch. Sein schief sitzender Pincenez, der ihm immer wieder von der Nase rutschte, war nun, statt mit dem schwarzen Lederband, das sich abgenutzt hatte, mit einer einfachen dünnen Schnur verziert.

Es klopfte erneut (die Klingel funktionierte, wie überall, nicht mehr), und Tanjuscha sprang schneller als sonst auf, um zu öffnen. Wie beflügelt kam sie zurück, und nach ihr trat Astafjew ins Zimmer.

In letzter Zeit kam er oft und blieb lange, bisweilen blieb er sogar noch, nachdem sich der Hausherr, der früh zu Bett ging und dort noch ein wenig las, zurückgezogen hatte.

Astafjew war Tanjuscha beim Aufstellen des Samowars behilflich, und bald klimperte des Professors Löffel in seiner großen Tasse. Der betagte Ornithologe liebte es, wenn kluge Menschen sich um sein Lagerfeuer versammelten, mit denen man gemütlich beisammensitzen und sich unterhalten konnte.

»Wir müssen die Wissenschaft beschützen. Generationen gehen dahin, der Glanz der Wissenschaft aber wird bleiben. Die Wissenschaft ist unser Stolz.«

Poplawski trank schweigend seinen Tee und aß Zwieback aus Schwarzbrot. Er war hungrig. Astafjew nahm den Gesprächsfaden auf.

»Worauf sollen wir denn stolz sein, Herr Professor? Unsere Logik? Ich denke manchmal, dass die Wissenschaften, vor allem die Naturwissenschaften, uns vom Weg des richtigen Denkens abgebracht haben, vom bildlichen Denken. Der primitive Mensch dachte nicht logisch, für ihn war alles miteinander verbunden, und deshalb war die Welt für ihn voller Geheimnis und Schönheit. Wir jedoch haben ›la loi de participation‹

erfunden, und die Welt wurde farblos, verlor ihre Schönheit und Märchenhaftigkeit. Und dabei haben wir, selbstverständlich, einen Verlust erlitten.«

Aus Gewohnheit rührte Astafjew im Tee, ohne Zucker hineingetan zu haben, aber als Tanjuscha ihm von dem Zucker auf dem Tellerchen anbot, antwortete er:

»Nein danke, ich habe eigenen dabei.«

Er zog aus der Westentasche ein Döschen hervor und warf eine Sacharintablette in den Tee.

»Aber warum nehmen Sie denn nicht? Wir haben genügend.«

Doch Astafjew schob das Tellerchen trotzig zurück.

»Tatjana Michailowna, wir wollen doch nicht die guten alten Regeln der Sparsamkeit verletzen.«

Der Professor warf ein:

»Man muss es vermögen, das logische Denken mit dem bildlichen Denken zu vereinen.«

»Herr Professor, das ist nicht möglich. Da kann es keine Synthese geben. Ich verweise hier auf Eduard Lwowitsch. Er lebt in der Welt musikalischer Bilder, in der Welt der Schönheit – kann er die Logik unserer heutigen Welt annehmen? Das hieße doch, dass er der Kunst entsagen müsste.«

Eduard Lwowitsch wurde ein wenig rot, rutschte auf dem Stuhl hin und her und murmelte:

»Ich muss sagen, dass ich Sie wohr nicht ganz verstanden habe. Die Musik hat ihre eigenen Gesetze und somit auch so etwas wie eine eigene Rogik, aber dies ist eine ganz andere Rogik ars jene, von der Sie sprechen. Das näher zu erräutern färrt mir schwer.«

Der Ornithologe nickte Eduard Lwowitsch beipflichtend zu und ergänzte:

»Auch ich kann Ihnen nicht ganz folgen, Alexej Dmitritsch. Ich verstehe wohl Ihren Gedanken, Sie selbst aber bleiben mir irgendwie fremd. Mir scheint, es fällt Ihnen leichter als anderen, die heutige Zeit anzunehmen und zu verteidigen. Sie negieren selbst die Wissenschaft und wollen zum vorlogischen, primitiven Denken zurückkehren. Tatsächlich aber ist das rein verstandesmäßig bei Ihnen, es kommt nicht von Herzen. Die Gegenwart, unser Heute, negiert doch sowohl Kultur als auch Logik. Sie entbehrt selbst jeglicher Logik.«

»Ganz im Gegenteil, Herr Professor, unsere Gegenwart ist tatsächlich ein gänzlich aus dem Verstand geborenes Gefüge, wahrhafte Mathematik, ein gelehrtes Gedankenspiel. Logik und Technik – das sind sie, unsere neuen Gottheiten, sie haben die gestürzten Götter abgelöst. Dass sie nun aber nicht in der Lage sind, uns zu Hilfe zu kommen, das ist nicht ihre Schuld. Das beeinträchtigt ihre Heiligkeit keineswegs.«

Tanjuscha hörte Astafjews Reden zu und unwillkürlich erinnerte sie sich anderer Worte, die er einst in diesem Hause gesprochen hatte. Astafjew war ein einziger Widerspruch in sich. Warum nur führte er solche Reden? Um des Paradoxes willen? Und morgen schon würde er wieder genau das Gegenteil behaupten. Warum? Gleichwohl war er aufrichtig. Oder gab er nur vor, dies zu sein? Warum war er nur so …? Aus Verzweiflung?

Sie hörte Astafjews Reden, zerbrach sich über den Sinn seiner Worte aber nicht mehr den Kopf. Seine Worte einzeln betonend, ganz offenbar nur weiterredend, um das Gespräch aufrechtzuerhalten, nicht weil er es wollte, fuhr Astafjew fort:

»Die Menschen, die ich am meisten hasse, das sind die Flieger, die Wagenführer, die Ableser von Strom und Gas. Es kümmert sie absolut nicht, dass der Lärm ihrer Propeller und das durch nichts gerechtfertigte Knattern ihrer Motoren mir Unbehagen verursacht. Sie dringen ungefragt in unser Leben ein und fühlen sich nicht nur im Recht, sondern geradezu als höhere Wesen.«

»Die Menschen der Zukunft.«

»Ja, man hat ihnen dieses furchtbare Mal aufgedrückt. Aus der Menge negativer Typen sind mir sogar die Fußballspieler lieber. Die sind zwar ausgesprochene Idioten, aber sie wissen es. Bei den Piloten und manchen Ingenieuren hingegen spürt man einen gewissen Intellekt, wenngleich er auch fehlgebildet ist.«

Tanjuscha wandte den Blick auf den Großvater. Der Ornithologe hörte Astafjew mit Missvergnügen zu, schenkte seinen Worten keinen Glauben und versuchte, den aufkeimenden Widerwillen zu ersticken. Geschwätz, nur Geschwätz, noch dazu nicht einmal geistreich. Wohlfeile Scherze in Bezug auf ernste Themen waren absolut unangebracht.

»Warum redet er nur so daher«, ärgerte sich Tanjuscha.

An jenem Abend spielte Eduard Lwowitsch nicht und verabschiedete sich früh. Der Ornithologe ging mit Poplawski in sein Zimmer, um dessen Rat zu den Büchern einzuholen, die er für den Verkauf ausgewählt hatte. Astafjew und Tanjuscha blieben allein zurück.

»Warum reden Sie so, Alexej Dmitrijewitsch? Sie glauben doch Ihren eigenen Worten nicht.«

»Nun, ich rede deshalb so, weil ich weder mir noch sonst irgendjemandem glaube. Ja, vielleicht sollte ich tatsächlich nicht so reden. Obwohl Sie ein wenig übertreiben: In manchem habe ich ja recht.«

Er schwieg und fuhr dann fort:

»Ja, es ist dumm. Ich habe den Herrn Professor wohl mit meinen Gymnasiasten-Schmähreden brüskiert. In Wirklichkeit aber bin ich des Denkens und Redens müde. Und worum es mir eigentlich geht – ich weiß es selbst nicht.«

»Ich hätte Sie für stärker gehalten.«

»Ich war stark. Jetzt bin ich es nicht mehr.«

»Wie das?«

»Vermutlich haben meine eigenen Reden mich verwirrt. Ich glaube, dass dies auch ein wenig Ihre Schuld ist.«

»Meine? Wie denn das?«

Astafjew, der im Sessel saß, legte seine Hand auf den Diwan neben Tanjuscha. Diese streifte die Hand mit einem kurzen

Blick und rückte unwillkürlich und kaum merklich ein Stück zur Seite.

»Sie wissen, warum, Tatjana Michailowna. Oder sollten es wissen. Ich gebe mir keine große Mühe, meine Gefühle zu verbergen, das ist auch gar nicht meine Absicht, obgleich sie mir möglicherweise gar nicht zu Gesicht stehen. Insbesondere fehlen mir die richtigen Worte, ich weiß nicht, wie man solche Gefühle ausspricht ... Meinen Sie nicht, dass ich möglicherweise so etwas wie Liebe für Sie empfinde?«

Dies war nicht sein erstes Geständnis. Das erste Mal hatte er sich ihr damals, als sie am Tor standen, erklärt. Und jenes Geständnis war ebenso kühl gewesen wie dieses.

Tanjuscha antwortete langsam:

»Nein, das meine ich nicht. Vielleicht gefalle ich Ihnen, und deshalb wünschen Sie es sich. Aber es sieht mir nicht wie Liebe aus.«

Astafjews Lächeln geriet unansehnlich:

»Was wissen Sie von der Liebe, Tanja?«

Niemand nannte Tanjuscha je Tanja, sie mochte diese Namensform nicht. Warum nur ...

Sie hob ihren Blick, schaute Astafjew unverwandt an und sagte:

»Ich? Ich weiß um die Liebe!«

Sie sagte es gänzlich ungekünstelt, so wie sie es empfand. Und Astafjew spürte, dass dies die Wahrheit war: Sie wusste um die Liebe. Wusste viel mehr darüber als er, der so vieles vom Leben wusste, der geliebt hatte und erfahren war.

»Ich weiß um die Liebe«, wiederholte Tanjuscha. »Und deshalb kann ich Sie beruhigen: Sie lieben mich nicht wirklich. Sie lieben vermutlich niemanden. Und können niemanden lieben. Sie sind so.«

»Und Sie, Tanja?«

»Ich bin anders. Ich kann und will lieben. Es gibt nur niemanden. Sie? Vielleicht könnte ich Sie lieben. Früher hätte ich es gekonnt. Aber wenn ich mit Ihnen zusammen bin, empfinde ich nur Kälte, entsetzliche Kälte. In manchem Augenblick, früher, schien mir … und es war schön. Aber nur in manchem Augenblick. Denn Sie sind nicht immer so.«

»So ungefähr habe ich es mir gedacht«, sagte Astafjew. Er zog langsam seine Hand vom Diwan zurück. Die Welt war kleiner und dunkler geworden, und nun war Astafjew tatsächlich unglücklich. Er schwieg.

Als spräche sie zu sich selbst, fuhr Tanjuscha ernst und schlicht fort:

»Ich habe eine Zeit lang gedacht, dass ich Sie liebe. Und da war ich über Sie erstaunt. Nun aber glaube ich, dass ich Sie nicht liebe. Wenn man schon darüber nachdenken muss, heißt das, nein. Wenn man aber ohne nachzudenken …«

Astafjew schwieg. Gleich würden wohl der Großvater und Poplawski wieder ins Zimmer kommen. Tanjuscha sagte laut:

»Alexej Dmitritsch, wann ist noch einmal unser Auftritt im Basmanny-Bezirk? Am Mittwoch oder am Donnerstag?«

Astafjew antwortete entschieden:

»Am Donnerstag. Dort treten wir immer donnerstags auf.«

Als der Ornithologe ins Zimmer trat, erhob sich Astafjew und verabschiedete sich.

Als sie sich zu Bett begab, sann Tanjuscha über vieles nach: darüber, dass sich der Zucker für den Großvater dem Ende zuneigte, dass sie am Mittwoch frei habe, dass Eduard Lwowitsch angeschlagen aussah. Auch dachte sie an Wassja, der langsam zurück sein müsste. Und sie dachte, dass Astafjew recht hatte: Die Logik tötet die Schönheit, das Geheimnis, die Märchenhaftigkeit. Tanjuscha blickte in den Spiegel, sah sich selbst im weißen Nachthemd, mit bloßen Armen und dem aufgelösten blonden Haar, mit müden Augen, die niemanden liebten außer den Großvater, warf sich aufs Bett und verbarg ihr Gesicht im Kopfkissen, damit der geliebte Großvater nicht hören möge, wenn sie plötzlich aus irgendeinem Grund anfinge zu weinen.

# Der Mann mit den gelben Gamaschen

**A**ls er mit ihm auf gleicher Höhe war, warf der Mann mit den gelben Gamaschen Astafjew einen kurzen Blick zu, ging für einen Moment etwas langsamer, beschleunigte dann wieder seinen Schritt und bog um die nächste Ecke.

Sein Gang oder irgendetwas in seinem Anblick schien Astafjew bekannt, obwohl man Leute mit ähnlichen Gesichtern und ähnlich zusammengewürfelter, halb ziviler, halb militärischer Garderobe häufig sah.

Zu Hause machte sich Astafjew an die Erledigung der Obliegenheiten des Haushalts: Der Sparofen mit der gewellten Heizfläche musste gereinigt werden, er gab gute Wärme und brauchte nur wenig Holz, das eiserne Ofenrohr, das den Rauch durch das Lüftungsfenster nach draußen leitete, musste kontrolliert und statt mit Klammern mit einer leeren Kondensmilchdose befestigt werden, überhaupt mussten Vorbereitungen für den Winter getroffen werden, denn bald würde es ordentlich kalt. Brennholz hatte er bisher nicht, doch von irgendwoher würde er schon noch welches bekommen, im äußersten Fall müsste er sich eben an seinen Nachbarn Sawalischin wenden. Der war zwar ein Mistkerl und, ja, auch ein Tschekist, aber was sollte es ...

Es klopfte an der Eingangstür. Mit rußverschmierten Händen schob Astafjew Türkette und Riegel zurück und schloss auf. Diese komplizierte Sicherung hatte Sawalischin eingebaut, der in letzter Zeit ein überaus hasenfüßiges Verhalten an den Tag legte. Vielleicht hatte er ja Angst um seine Vorräte.

»Genosse Astafjew?«

»Ja, der bin ich«, antwortete Astafjew. Vor seiner Tür stand der Mann mit den gelben Gamaschen.

»Kann ich Sie kurz sprechen?«

Astafjew trat unwillkürlich einen Schritt zurück.

»Ja, natürlich, aber ... Sie erlauben ... aber Sie sind doch ... wer sind Sie?«

»Wir wollen doch nicht hier stehen bleiben, Alexej Dmitritsch«, antwortete der Mann halblaut und trat ein. »Wie geht es Ihnen? Welche Tür? Diese hier?«

»Hier hinein, hier.«

Astafjew führte den Gast in sein Zimmer und ging, ohne dass sie einander begrüßt hätten, wieder zurück in den Flur, zu Sawalischins Tür, und horchte daran. Dann klopfte er leise, und da niemand antwortete, öffnete er. Sawalischin war nicht zu Hause. Astafjew nickte.

»Nun, da haben wir ja noch einmal Glück! Weiß der Teufel, wozu er fähig ist.«

Der Gast wartete geduldig, er hatte nicht abgelegt und auch noch nicht Platz genommen.

»Wissen Sie denn nun, wer ich bin?«

»Natürlich, obwohl Sie ein bemerkenswert guter Schauspieler sind. Sie können frei sprechen, wir sind allein, die Türkette liegt vor. Was haben Sie da nur für abenteuerliche Gamaschen? Die ziehen doch alle Blicke auf sich.«

»Deshalb trage ich sie ja, damit man vor allem auf die Gamaschen und nicht in mein Gesicht schaut. Je auffälliger, desto unauffälliger.«

»Und so ziehen Sie durch Moskaus Straßen? Ganz ohne Ihr Gesicht zu verändern? Sie sind ja gut …, so werden Sie sicher gefasst.«

Obgleich außer ihnen beiden niemand zugegen war, sprach Astafjew instinktiv den Namen seines Gastes nicht aus.

»Früher oder später werde ich gefasst. Besser später. Hören Sie, Alexej Dmitritsch, Sie sind ein Mensch ohne falsche Scheu, deshalb frei heraus: Können Sie mir bis morgen Obdach gewähren?«

»Ist die Not groß?«

»Sehr groß. Es gibt absolut niemanden, zu dem ich könnte.«

»Nun, in so einem Fall kann ich natürlich helfen. Ich frage deshalb, ob die Not groß ist, weil meine Wohnung nicht eben geeignet ist. Ich bin hier im Haus der einzige Bourgeois, und bei mir in der Wohnung lebt jemand, der so etwas wie ein Tschekist und noch dazu ein Trinker ist. Er ist allerdings nur selten zu Hause, bleibt oft über Nacht aus. Passt das für Sie?«

»Absolut nicht, aber wenn Sie nichts dagegen haben, würde ich trotzdem gern bleiben, ich habe keine andere Wahl. Es wäre schön, wenn man es einrichten könnte, dass Ihr Tschekist mich nicht zu Gesicht bekommt.«

»Er hat hier keinen Zutritt. Er ist auch nicht unbedingt von der neugierigen Sorte, sondern, wie ich schon sagte, überzeugter Trinker. In Angelegenheiten des Bösen ist er übrigens mein Zögling, er ist überzeugt, dass ich ihn auf diesen Weg gebracht habe.«

»Besteht die Gefahr einer Haussuchung? Überall gibt es jetzt allgemeine Razzien, sie nehmen sich ganze Häuser vor.«

»Eigentlich rechne ich nicht damit. Hier im Haus wohnen Arbeiterfamilien. Obwohl natürlich alles möglich ist.«

»Natürlich. Das heißt also, es geht?«

»Das heißt: Legen Sie ab. Mein Vorrat an Fressalien ist nicht vom Feinsten, doch wir kreieren einen kleinen Schmaus.«

»Auch das ist nicht unwichtig.«

Sie bereiteten schweigend gemeinsam das Essen zu. Der Mann mit den gelben Gamaschen steuerte ein Stück Speck bei, Astafjew Kascha aus Buchweizen. Es wurde ein köstliches Mahl.

»Wenn Ihr Tschekist nach Hause kommt, sollten wir uns besser nicht mehr unterhalten. Ich lege mich hin, bin todmüde.«

»Das ist doch noch zu früh. Auch sonst habe ich mitunter Besuch. Ach übrigens, hat Sie auf dem Hof irgendjemand gesehen?«

»Nur ein Mann. Gezwirbelter Schnurrbart, Kommis-Visage.«

»Gezwirbelter Schnurrbart? Das ist Denissow, Domkom-Vorsitzende. Das ist schlecht. Aber auch kein Drama, woher soll er denn wissen, wer Sie sind.«

»Kurz gesagt: Wir hoffen das Beste. Sie müssen wissen, Astafjew, dass ich Ihnen überaus dankbar bin. Sie sind ein prächtiger Kerl, deshalb bin ich auch zu Ihnen gekommen. Haben Sie mich auf der Straße denn nicht erkannt?«

»Ich habe nicht auf Sie geachtet. Natürlich ist mir nicht entgangen, dass Sie mich überholt haben.«

»Ich wollte nicht mit Ihnen zusammen ins Haus gehen. Bin drei Mal die Straße auf und ab gegangen, in der Hoffnung, Ihnen zu begegnen.«

»Warum?«

»Es soll mir Glück bringen.«

»Haben Sie denn im Allgemeinen Glück?«

»Nun ja, es geht, Astafjew. Könnte besser sein. In ein paar Tagen wird hoffentlich ein Erfolg zu verbuchen sein.«

Astafjew schmunzelte.

»Wenn Sie von einem Erfolg sprechen, dann heißt das wohl, dass Donnerhall ganz Moskau oder Russland erschüttern wird. Aber das ist Ihre Sache, ich bin nicht neugierig.«

Nach dem Essen plauderten sie noch eine halbe Stunde, tauschten Erinnerungen an ihre Begegnungen in Russland und auf Reisen im Ausland aus und an gemeinsame Freunde, die sie noch aus Zeiten der ersten Revolution kannten. Nur wenige derer, die noch am Leben waren, waren nun nicht auf der Flucht.

»Widmen Sie sich, Astafjew, mittlerweile ganz der Wissenschaft und haben dem früheren Leben vollkommen abgeschworen?«

»Ja, das habe ich. Man kann kein Kämpfer sein, ohne an irgendetwas zu glauben.«

Der Blick des Mannes mit den gelben Gamaschen wanderte in die Tiefe, und er sagte langsam:

»Nun, unter uns sind nur wenige, die wirklich an die Sache glauben, vor allem die Dummen und Einfältigen. Aber darum geht es nicht, Astafjew. Man braucht etwas, wofür man leben und sterben kann. Man kann doch nicht nur für einen

Teller saurer Kohlsuppe leben, sich in Müßiggang und Phrasendrescherei ergehen. Wenn man schon untergeht, dann wenigstens … Ach, wissen Sie, ich bin müde. Wo findet sich ein Plätzchen für mich? Meine Kleider behalte ich an.«

Als der Morgen zu dämmern begann, erwachte Astafjew, der im Sessel schlief, an den er zwei Stühle geschoben hatte – dem Gast hatte er sein Bett überlassen –, vom Lärm lauter Schritte auf dem Asphalt des Hofes. Er stand auf, ging zum Fenster und sah, dass die Wohnung gegenüber hell erleuchtet war und dass mit Gewehren bewaffnete Soldaten auf dem Hof auf und ab gingen. Möglicherweise eine Haussuchung. In einem der Fenster war kurz eine Gestalt mit Soldatenmütze zu sehen, dann jemand mit Koppel. Ja, kein Zweifel, eine Haussuchung.

»Er scheint ja wirklich Pech zu haben«, schoss es Astafjew durch den Kopf.

Bei diesem Gedanken zeigte sich sein übliches ironisches Schmunzeln, doch der Mund zuckte nervös. »Zur Verantwortung werden wir beide gezogen«, dachte er. »Nun ja, vielleicht durchsuchen sie ja auch nur die Wohnung dort.«

Im hell erleuchteten Fenster waren weiterhin Personen zu sehen und verschwanden dann wieder. Astafjew beobachtete das Geschehen lange, versuchte sich abzulenken und im Sessel sitzend zu rauchen, aber das Fenster zog ihn in Bann. Etwa eine halbe Stunde später wurde es in der Wohnung, die eine Etage höher lag, hell, und Astafjew spürte, wie Eiseskälte ihn erfasste. »Eine Razzia also. Das heißt, das ist das Ende.«

Der Aufgang zu seiner Wohnung lag zum Hof. Soweit er, ohne das Fenster zu öffnen, sehen konnte, waren an allen Aufgängen und Durchgängen des Hofes Wachen postiert.

»Ob ich ihn wecken soll? Oder soll er lieber noch etwas schlafen?«

Ihn zu wecken schien nicht unbedingt notwendig. Warum sollten sie beide sich verrückt machen? Ohnehin war es nicht möglich, irgendwie aus der Wohnung herauszugelangen. Vielleicht würden die Haussuchungen ja auch gar nicht bis zu ihnen vordringen.

Astafjew schob leise den Sessel ans Fenster und verfolgte die Entwicklung, ohne den Blick abzuwenden. Nun ging das Licht in der dritten, der obersten, Etage an. »Unten wohnt niemand«, fiel ihm ein, »deshalb ist es dort auch dunkel. Vermutlich sind sie von dort gleich weiter, da gibt es ja nichts. Jetzt gehen sie gleich zum nächsten Aufgang. Zu welchem wohl?«

Die Haussuchung im letzten Stockwerk zog sich in die Länge. Es wurde allmählich hell, und die schattenhaften Gestalten auf dem Hof waren nun deutlicher als Männer in Soldatenmänteln zu erkennen. Die Soldaten saßen auf den Stufen zu den Aufgängen oder einfach auf dem Boden, sie waren offenbar vollkommen übermüdet.

»Sie suchen lange, das heißt, sie sind nicht hinter jemand Bestimmtem her, sondern auf der Suche nach Vorräten. Eine ganz gewöhnliche allgemeine Haussuchung. Aber natürlich verhaften sie jeden, der nicht gemeldet ist, und seinen Gastgeber nehmen sie auch gleich mit. Ob er wohl irgendein Ausweisdokument hat? Aber natürlich werden sie ihn, sobald sie ihn einmal in Händen haben, auch schnell identifizieren. Ein besonderes Schmankerl für die Tscheka!«

Wieder hallten Schritte, aus dem Aufgang kam eine kleine Gruppe Lederjacken. Es verging eine schreckliche Minute, Astafjews Herz schlug laut.

Nachdem sie eine Weile auf dem Hof gelärmt hatten, wandten sich die Männer zu dem Aufgang, der Astafjews Fenster gegenüberlag.

Ein erneuter Aufschub. Der nunmehr letzte.

Die Fenster der Wohnungen der unteren beiden Etagen dieses Aufgangs wurden hell, kurz darauf der im zweiten Stockwerk, wenig später der im dritten. Die Fahnder hatten sich offenbar in zwei Gruppen aufgeteilt, und die Arbeit schritt schneller voran. Die Soldaten auf dem Hof schliefen im Sitzen, ihre Gewehre hatten sie auf die Knie gelegt.

Astafjew hatte aufgehört, die Minuten zu zählen. Seine nervliche Anspannung war großer Müdigkeit gewichen. »Es ist doch ganz gleich … Mir bleibt nichts als abzuwarten.«

Er rauchte mit geschlossenen Augen und hob die Lider nur, wenn wieder Schritte über den Hof hallten oder Wortfetzen der Gespräche zwischen den Soldaten zu hören waren. Das Licht des Morgens verschmolz mit den Lichtflecken der Fenster. Der Himmel hatte sich rosa gefärbt. Die Papirossa war zu Ende geraucht, und Astafjew dämmerte ein. Seit die Geräusche vom Hof ihn zum ersten Mal in Aufruhr versetzt hatten, waren drei Stunden vergangen, vielleicht auch mehr. Ach, was soll's, ist das denn nicht ganz gleich?

Erneut waren Schritte zu hören, Astafjew sprang auf und trat näher ans Fenster. Er stand hinter dem Vorhang und beobachtete die Gruppe von Männern, die sich in der Mitte des kleinen Hofes versammelt hatte. Auch die Soldaten standen bei ihnen. Es war nicht auszumachen, worüber sie sprachen, doch es war deutlich, dass sie beratschlagten. Schließlich setzte sich die Gruppe in Richtung des Aufgangs zu Astafjews Wohnung in Bewegung, einige Soldaten aber gingen in eine andere Richtung und winkten ungehalten ab.

Im selben Moment hallte Lärm von Schritten durch das Treppenhaus.

»Jetzt ist es wohl an der Zeit, ihn zu wecken.«

Astafjew ging in das andere Zimmer, seine ehemalige Bibliothek, wo nun die Bücher auf dem Boden gestapelt waren und sein Gast schlief.

»Wachen Sie auf, aufstehen!«

Er rüttelte ihn an der Schulter. Der Gast, von schlaflosen Nächten erschöpft, schlief tief und fest. Grunzte nur zur Antwort. »Warum sollte er denn eigentlich aufstehen?«, dachte Astafjew. »Ohnehin kann er nirgendwohin. Ich wecke ihn, wenn sie an die Tür klopfen. Sie sind ja noch ganz unten, und wir sind im zweiten Stock.«

Er war nun vollkommen ruhig. So ruhig, wie man es in tragischen Momenten ist. Aus dem gewöhnlichen Bürger war wieder der Philosoph geworden. Mit seinem schiefen Schmunzeln blickte er dem schlafenden Mann mit den gelben Gamaschen ins blasse, leicht aufgedunsene Gesicht, wandte sich um, sah im Halbdunkel sein eigenes Gesicht im Spiegel, fuhr sich durch das Haar, zündete sich noch eine Papirossa an und trat in den Flur.

Er wartete nicht lange. Wieder lärmten Schritte auf der Treppe, und die Gruppe kam, laute Reden führend, nach oben.

Astafjew erschreckte nicht, als mit Fäusten gegen seine Wohnungstür gehämmert wurde. Er zog kräftig an der Papirossa und blieb an der Tür stehen.

Von der Treppe war ein Durcheinander von Stimmen zu vernehmen. Astafjew konnte Folgendes verstehen:

»So geht es nicht, Genosse! Die Männer können sich nicht mehr auf den Beinen halten, außerdem ist es schon taghell.«

»Gut, dann ist das hier die letzte, danach Abmarsch.«

Wieder ein Klopfen und eine Stimme.

»Die haben einen festen Schlaf, wir kriegen sie nicht wach.«

»Jetzt brechen sie gleich die Tür auf«, dachte Astafjew. »Ich muss ihn wecken.«

Lauter als zuvor begannen hinter der Tür gleichzeitig mehrere Stimmen zu sprechen.

»Lass gut sein, Genosse, das müssen wir verschieben. Es ist jetzt schon die zweite Nacht hintereinander ... Das geht doch nicht an ... Wir sind doch auch Menschen.«

Astafjew warf die Papirossa weg und legte sein Ohr an die Tür. Die Unruhe dahinter wurde größer. Schließlich brüllte eine Stimme durchdringend und gereizt:

»Also gut, macht kehrt und dann ab zum Rückzug. Nicht einmal einen Aufgang schaffen sie noch. Weichlinge, wie die Weiber. Morgen gibt es hier nichts mehr zu tun, bis dahin bringen die hier alles in Ordnung.«

Zur Antwort hieß es:

»Wir sind schließlich keine Ackergäule. Mach du erst mal unsere Arbeit.«

Und schon lärmten die schweren Absätze die Treppe wieder hinunter. In dem Moment, als Astafjew sein Ohr von der Tür nehmen wollte, wurde es von einem neuen Schlag fast taub. Und die durchdringende Stimme rief ärgerlich:

»Hier habt ihr was zum Abschied! Schlaft weiter, bürgerliches Pack!«

Mit vor Aufregung zitternden Fingern zog Astafjew eine Papirossa aus der Schachtel und hörte, wie die letzten Schritte im Treppenhaus verhallten.

Er drehte sich langsam um, und sein Blick traf den des Mannes mit den gelben Gamaschen.

»Es scheint Unannehmlichkeiten zu geben, Alexej Dmitritsch?«

Astafjew blies den Rauch in Ringen aus.

»Im Gegenteil, alles bestens. Haben Sie gut geschlafen?«

»Wunderbar. Sie sind ganz offensichtlich auch kein schlechter Schauspieler.«

»Das ist der Beruf, dem ich nunmehr nachgehe. Ich glaube, jetzt sind sie endgültig weg.«

Der Mann mit den gelben Gamaschen antwortete im gleichen Tonfall:

»Hoffen wir es. Ach, übrigens, ich hatte gestern Abend ganz vergessen, Ihnen zu sagen, dass ich mich nicht kampflos ergeben werde und nicht gedenke, mich lebendig in deren Hände zu begeben. Das hätte absolut keinen Sinn.«

»Ich verstehe«, antwortete Astafjew. »Und ich sehe es. Aber bis auf Weiteres können Sie Ihr Spielzeug wieder einstecken.«

Ehrlich erleichtert und erheitert lachte er auf:

»Es hat sich doch alles ganz großartig gefügt! Sie haben aber wirklich Glück. Was sagen Sie zu einer Tasse Möhrenkaffe? Wissen Sie, wie man einen Primuskocher anmacht?«

# Der edle Ritter

**A**ls sie auf das Klopfen die Tür öffnete, sah Tanjuscha einen ihr unbekannten Mann, der zwei mit einem Lederriemen zusammengebundene Säcke geschultert hatte. Der Unbekannte trug halbmilitärische Kleidung und Kneifer und entsprach dem Typus des leicht verschluderten Intellektuellen.

»Nun«, sagte er, »da ist wohl kein Zweifel möglich. Sie sind Tatjana Michailowna?«

»Ja, die bin ich.«

»Dann ist diese Warensendung für Sie: Mehl, Graupen und so weiter. Das ist die erste Lieferung, den Rest bringe ich später, alles auf einmal war zu schwer. Ich habe Order, dies bei Ihnen abzuliefern.«

»Von wem ist das?«

»Ich soll sagen: ›Vom edlen Ritter‹.«

Tanjuscha freute sich, doch sogleich fragte sie besorgt:

»Von Wassja? Aber wo ist Wassja denn? Ist er schon zurück?«

»Nun ja, zurück ist er wohl, wir waren zusammen unterwegs, aber er war in ziemlich schlechter Verfassung, als wir ankamen. Er ist krank. Und ich glaube, ziemlich krank. Hat sich irgendwas auf der Fahrt eingefangen.«

Der gute Wassja krank, der beste Freund und edle Ritter!

Tanjuscha bat Wassjas Gefährten einzutreten.

Dieser nahm die beiden Säcke von der Schulter, stellte sich als Pjotr Pawlowitsch Protassow vor und fügte hinzu:

»Früher war ich Ingenieur, nun aber bin ich hauptsächlich damit beschäftigt, Naturalien zu organisieren.«

Er berichtete, dass Wassja sich bis zum Schluss tapfer gehalten habe, bei der Ankunft in Moskau jedoch vollkommen zusammengeklappt und nicht mehr in der Lage gewesen sei, seine Siebensachen zu tragen, er habe es gerade noch geschafft, sich selbst bis zur nächsten Droschke zu schleppen. Er, Protassow, habe ihn nach Hause gebracht, ihn überredet, sich auszuziehen und sich mehr schlecht als recht zu waschen, seine Wäsche habe er dann mitgenommen, um sie auszukochen.

»Ich habe einen guten Kochofen mit Kessel. Und Brennholz habe ich auch. Also ist alles dafür eingerichtet. Ich lebe nämlich ganz wie ein Bourgeois.«

»Und wo ist Wassja jetzt?«

»Bei sich zu Hause. Ich sollte seine Errungenschaften zu Ihnen bringen. Die Säcke habe ich natürlich genauestens inspiziert, nicht dass ich Ihnen Ungeziefer ins Haus schleppe.«

»Glauben Sie, dass er Typhus hat?«

»Ja, das fürchte ich, das sage ich Ihnen ganz ehrlich. Er braucht einen Arzt. Ich rechne auf Sie, Tatjana Michailowna, wenn Sie keine Angst haben, sich anzustecken. Man infiziert sich an Flecktyphus freilich nicht über die Luft, aber trotzdem ...«

Der Ingenieur lächelte Tanjuscha voller Zuversicht an: Eine wie sie würde keine Angst haben, so eine war sie nicht!

»Aber natürlich, um Gottes willen, ich gehe sofort zu ihm. Ich kenne auch einen Arzt hier ganz in der Nähe, er wohnt auf dem Arbat. Ich bringe ihn zu Wassja. Er ist Großvaters Arzt.«

»Großartig. Gehen Sie schnellstmöglich zu ihm. Und ich mache mich erst einmal auf den Weg nach Hause.«

Tanjuscha nahm Wassjas neuem Freund das Versprechen ab, dass er sie am nächsten Tag unbedingt am Abend nach dem Essen noch einmal besuchen müsse. Und bedankte sich sehr herzlich für das, was er ihnen vorbeigebracht hatte.

»Morgen bringe ich den Rest.«

»Sie sind vermutlich furchtbar müde von Ihrer Reise?«

»Nur ein wenig. Ich bin ein Arbeits- und Gewohnheitstier, ich werde nicht so schnell müde.«

Sie unterhielten sich, als seien sie schon lange miteinander bekannt. Protassow war um die fünfunddreißig Jahre alt, er war unrasiert und wirkte ein wenig heruntergekommen, obgleich er sich offensichtlich bereits umgekleidet hatte. Er wirkte aufgeräumt und selbstlos. Mit Tanjuscha sprach er, wie man mit jemandem spricht, der viel jünger ist als man selbst, und zugleich mit Respekt.

»Als ich Sie gesehen habe, habe ich sofort gewusst, dass Sie das sind.«

»Warum?«

»Er sagte mir, wenn Sie klopfen, wird sie vermutlich selbst an die Tür kommen, Tanjuscha, Tatjana Michailowna.«

»Dann war es ja wirklich nicht allzu schwer, gleich zu wissen, dass ich das bin.«

»Er fügte noch hinzu: Sie ist ein ganz außergewöhnliches Mädchen, etwas ganz Besonderes. Auch das habe ich sofort erkannt.«

Tanjuscha wurde ein wenig verlegen.

»Ach, dieser Wassja, was ist er doch für ein Dummkopf!«

Doch zugleich gefiel es ihr, von einem Unbekannten Derartiges zu hören, er sagte es gänzlich ungekünstelt, frei heraus, mit wohlwollendem Lächeln.

»Sie haben sich miteinander angefreundet auf Ihrer Fahrt?«

»Ja, er ist ein großartiger Junge, ein richtiger Prachtkerl. Ein großer Idealist, und das ist viel wert.«

»Wassja ist ein wunderbarer Kamerad. Auch Sie sind sicher ein außergewöhnlicher Freund. Sie haben ihm zur Seite gestanden.«

»Das war doch nichts Besonderes. Ich bin unverwüstlich und komme mit allem zurecht.«

Auf dem Arbat, an dem Haus, in dem der Arzt wohnte, verabschiedeten sie sich voneinander. Noch einmal nahm Tanjuscha Protassow das Versprechen ab, dass er am nächsten Abend gleich nach dem Essen unbedingt bei ihnen vorbeischaue.

»Großvater wird sich sehr freuen, Sie kennenzulernen. Er hat Wassja überaus gern und hat ihn sehr vermisst. Sie müssen ihm unbedingt von Ihrer Fahrt aufs Land erzählen.«

Als sie wieder allein war, dachte Tanjuscha: »Welch netter Mensch! Unglaublich liebenswert. So ein sanftes Lächeln, so taktvoll und wohlgemut, als könne ihn nichts erschüttern. Und so wunderbar hat er sich um Wassja gekümmert.«

Der Ingenieur flanierte nach Hause, reckte die Schultern, die seine schwere Last niedergedrückt hatte. Dachte an seine eigenen Angelegenheiten und Verpflichtungen. Und auf seinen Lippen lag ein Lächeln, das die angenehme Begegnung auf sein Gesicht gezaubert hatte.

Wassja Boltanowski lag im Bett.

Die Konturen seines Zimmers, die ihm wohlvertraut waren, lagen nur noch undeutlich vor ihm: Die Ecken liefen nicht mehr spitz zu und es stand wabernder Nebel in ihnen, das Fenster schwankte und seine übergroße Helligkeit brannte in seinen Augen, der Kupferstich, der an der dem Bett gegenüberliegenden Seite hing, war verschwommen.

Besonders unbequem und unruhig war das Kopfkissen: Es gelang Wassja absolut nicht, seinen Kopf irgendwie bequem darauf niederzulegen. Wie ein Stein drückte es in den Nacken, lag plötzlich schief, rutschte herunter, stand unvermittelt aufrecht und eine Ecke kitzelte, rutschte über das Gesicht und störte beim Atmen, glitt unter die Schulter und hob den ganzen Körper in die Höhe. Die Decke war viel zu warm und ließ doch die Füße kalt werden, und es war so heiß und stickig, dass Wassja kaum Luft bekam, zugleich aber suchten seine vor Kälte zitternden Füße ein Ende der Bettdecke, um sich fester einzuwickeln. Das Zimmer war von Dröhnen erfüllt, das an das Rattern der Räder des Zuges gemahnte, jeder Stoß war in den Schläfen und in der linken Seite des Rumpfes zu spüren. Wassja verspürte Durst und wollte trinken, aber die Karaffe mit Wasser, die Protassow auf den Nachttisch gestellt hatte, rückte in unerreichbare Ferne und machte sich einen Spaß daraus, vor der ausgestreckten Hand zurückzuweichen.

Wenn Wassja die Augen schloss, begann seine Brust sich bis zur Zimmerdecke zu heben und langsam wieder zu senken, wogte hin und her wie bei Wellengang und ließ den Kopf schwindelig werden. Deshalb konnte er nicht einschlafen. Auch eine Vielzahl unbekannter Gesichter raubte ihm den Schlaf, die sich um die Bank drängten, auf der er sich mit seinen Säcken einzurichten versuchte, obgleich sie doch viel zu kurz und zu schmal war. Es war merkwürdig, dass der Zug ständig über die Gleise ratterte, obwohl Wassja sich sehr gut daran erinnerte, dass er in Moskau angekommen war und es sogar geschafft hatte, sich auszuziehen. Und nun bewegte er sich wieder durch die Menschenmasse seiner Mitreisenden und versuchte den Sack mit Getreide zu finden, der besonders wertvoll war, da er ihn gegen die Jagdstiefel des Professors eingetauscht hatte. Der Ornithologe war ungehalten und stampfte mit dem Fuß auf – so hatte Wassja ihn noch nie gesehen. Dann stellte sich heraus, dass Wassja die Stiefel angezogen hatte und dass seine Füße deshalb schrecklich kalt waren. Sie auszuziehen war nicht möglich, und es war dafür auch gar keine Zeit, denn dann würde er womöglich keinen Platz im Wagen finden und Protassow führe ohne ihn ab. »Wie gut«, dachte Wassja, »dass ich Protassow gebeten habe, die Säcke zu Tanjuscha zu bringen, sonst hätte ich warten müssen, bis einmal jemand hier bei mir vorbeischaut und nach einem Arzt telefoniert. Wenn ich Flecktyphus habe, so muss ich mir wohl den Kopf rasieren.«

Wassjas Ohr vernahm unerwartet diese Worte, und er erriet: »Ich rede wirr! Das habe ich ja selbst gesagt. Das bedeutet wohl, dass ich ziemlich krank bin.«

Er öffnete die Augen und sah, dass es dunkel geworden war. Es dröhnte immer noch im Zimmer, doch vielleicht war ja gerade ein Automobil auf der Straße vorbeigefahren. Unter Mühen richtete Wassja sich auf, griff nach der Karaffe mit Wasser, trank gierig daraus, und seine Zähne schlugen klappernd gegen das Glas. Das Wasser ließ ihn vor Kälte erschauern, als hätte jemand Eis auf Brust und Bauch geschüttet, aber die Füße wurden wärmer und der Kopf fühlte sich frischer an. Der

Boden der Karaffe schlug fest auf der Fläche des Nachttischs auf, und Wassjas Kopf fiel zurück auf das Kissen.

»Ja, ich bin richtig krank. Richtig, richtig krank. Ich brauche Hilfe.«

Nur Tanjuscha würde ihm zu Hilfe kommen. Allen anderen stand der Sinn nicht nach Wassja – seinen Wohnungsnachbarn, der Zimmerwirtin, seinen Bekannten. Und sie hätten auch Angst.

Da ihm kalt war, wickelte Wassja sich fieberhaft in die Decke. Wieder hämmerte es in den Schläfen, und der Kopf schmerzte furchtbar. Und wieder begann das harte und schwankende Kopfkissen seinen unruhigen Tanz.

Es tat Wassja gut, als eine kühle Hand seine Stirn berührte. Die unbekannte Stimme eines Mannes sagte:

»Tatsächlich – er hat hohe Temperatur. Es gibt keinen Zweifel, dass er ins Krankenhaus müsste. Nur in welches? Alle Krankenhäuser sind überfüllt.«

Die Worte drangen nicht ins Wassjas Bewusstsein, doch eine andere, wohlbekannte Stimme, ja, ohne Zweifel, Tanjuschas Stimmer, die ihn sogleich ruhig machte und mit Glück erfüllte.

»Was sollen wir tun, Herr Doktor? Kann er denn nicht zu Hause bleiben?«

»Das muss er wohl. Aber wer wird sich um ihn kümmern?«

»Ich könnte das tun.«

Ja, ohne Zweifel, Tanjuschas Stimme. Wassja lag ganz ruhig da – als ob er liebkost würde. Sofort war das Gefühl, dass das Kopfkissen zu hart sei, verschwunden, sein Körper wurde wieder warm und der Kopfschmerz war wie weggeblasen. Die Augen wollte er jedoch nicht öffnen, um diesen Traum noch weiterträumen zu können.

»Aber, aber«, sagte der Arzt, »das können Sie nicht. Hier braucht es eine richtige Krankenwärterin. Mit Typhus ist nicht zu scherzen.«

»Ich würde die Tage übernehmen, und eine Krankenwärterin findet sich auch.«

»Eine Wärterin kann ich Ihnen vermitteln, aber sie müsste bezahlt werden ... Mit Naturalien, Mehl und Ähnlichem. Ich habe schon eine im Auge, sie ist erfahren, hat im Krankenhaus gearbeitet, ihr Mann war Arzt. Ich müsste ihn nur noch untersuchen, und das ganze Zimmer muss gründlich gereinigt werden. Er ist, sagen Sie, von einer Reise zurückgekommen?«

»Erst heute Morgen.«

»Das ist wohl der Grund. Wir müssen vorsichtig sein. Sie bleiben also erst einmal bei ihm?«

»Ja. Sagen Sie, Herr Doktor, was soll ich tun?«

»Sie können erst einmal nichts tun ... Die Medikamente, die er braucht, muss ich selbst besorgen. In den Apotheken gibt es sie nicht, und wenn, dann wird man sie nicht an Privatpersonen ausgeben. Ich besorge sie und bringe sie vorbei. Sie müssten wohl zwei Stunden mit ihm allein bleiben.«

»Ich bleibe, solange es notwendig ist.«

Wassja hörte die Stimmen und wusste, dass sie über ihn sprachen und dass Tanjuscha sprach. Er wusste, dass er krank war, und er wusste, dass er glücklich war. Mehr musste Wassja nicht hören und verstehen.

»Wassja, tut Ihnen etwas weh?«

Für einen Augenblick öffnete er die Augen und sah die ihm so liebe und vertraute Gestalt, lächelte und versank wieder in die lang ersehnte Leere und Ruhe. Der edle Ritter war glücklich. Wassja schlief. Wäre nicht das vom Fieber erhitzte Gesicht gewesen, so hätte es scheinen können, als schliefe hier friedlich ein gesunder und glücklicher Mensch.

So verging eine Minute oder eine Stunde oder eine Ewigkeit, bis Wassjas Schlaf wieder vom harten und schwankenden Kopfkissen gestört wurde.

Aber nun bändigte eine starke Hand sein ungestümes Treiben. Und eine Stimme flüsterte:

»Wassja, mein armer Ritter, mein armer, armer Wassja!«

# Gespräche

Die Suche nach dem alten Sozialrevolutionär wurde beharrlich vorangetrieben. Es bestand kein Zweifel daran, dass er in Moskau war. Man wusste, dass er nicht nur seine Bekannten aufsuchte, sondern dass er sogar die Unverfrorenheit besessen hatte, einen profunden Vortrag über die Lage im Süden des Landes vor einer Gruppe von Intellektuellen zu halten. Bei dieser Versammlung hatte der in die Jahre gekommene Terrorist gelbe Gamaschen getragen.

Ein Subjekt armenischen Typs mit runder Lammfellmütze und farbenfroher Weste unter dem offenen Mantel unterhielt sich in aller Ruhe an der Brüstung der Uferstraße der Moskwa mit einer schwarzhaarigen jungen Frau mit Kopftuch.

»Natürlich weiß ich das alles, deshalb habe ich mich ja in einen Armenier verwandelt. Die können doch alle ihre Zunge nicht im Zaum halten. Wissen Sie, was mit meinen Gamaschen ist? Ich habe sie höchstpersönlich auf dem Smolenski-Markt verkauft. Ich brauchte dringend Geld, und Gamaschen sind ein hervorragendes Handelsgut.«

Zum Abschied drückte er die kleine Hand der jungen Frau.

»Also dann, meine Liebe, leben Sie wohl. Vielleicht auch auf Wiedersehen. Wunder geschehen. Lassen Sie mich Sie küssen. Und nun gehen Sie, ohne sich umzudrehen.«

Sie wollte gehen, doch er rief sie noch einmal zurück.

»Warten Sie, meine Freundin. Ich darf davon ausgehen, dass Sie für den Fall, dass eine Panne oder etwas Unvorhergesehenes geschieht, die Adresse noch haben? Dort können Sie eine Nachricht hinterlassen.«

»Ja, ich weiß alles.«

»Sie glauben nicht an Gott? Ich auch nicht. Doch ich werde auf meine Art für Sie beten. Für unseren Erfolg!«

Als sie um die Ecke gebogen und verschwunden war, zog der Armenier seine Mütze tiefer ins Gesicht, knöpfte den Mantel zu und ging in Richtung Samoskworetschje.

Wie ein Blitz verbreitete sich kurz darauf in Moskau das Gerücht von einem Attentat, wie ein Blitz flammten Angst und Hoffnung auf. Niemand zweifelte daran, dass der Mann mit den gelben Gamaschen an dieser Sache beteiligt war. Niemand zweifelte aber auch daran, dass für dieses Attentat viele zur Verantwortung gezogen würden, die mit dieser Verschwörung nichts, aber auch gar nichts zu tun hatten.

Man erzählte sich, dass die Soldaten, als sie in einer Scheune auf die Brust eines hageren jüdischen Mädchens zielten, danebenschossen und dass einer von ihnen einen hysterischen Anfall bekam, als ein ehemaliger Arbeiter, der nun in der Lubjanka Dienst tat, ein hemmungsloser Trinker und erbarmungsloser Vollstrecker, die Verwundete mit einem Schuss aus seinem Revolver in den Kopf schließlich ganz ins Jenseits beförderte.

Es gab viele Gerüchte, phantastische, beunruhigende, wahnwitzige, manche entsprachen der Wahrheit. Moskau rückte zusammen, zog sich zurück und wartete angstvoll auf das, was da kommen werde.

Es musste nicht lange warten.

Der Gemüsehändler, der Freund des ehemaligen Hausknechts Nikolaj (Hausknechte waren ja jetzt abgeschafft), hatte seine Geschäfte wieder ein wenig saniert. Natürlich konnte keine Rede davon sein, dass er wie früher das Gemüse, das im Umkreis von Moskau angebaut wurde, in seinem Fuhrwerk direkt auf den Markt am Arbat-Platz bringen konnte. Nunmehr war er gezwungen, etwas verschwiegener und umsichtiger Handel zu treiben. Jedenfalls waren Möhren, Kohl und Rüben ja keine Ware, die man requirieren, in einen Keller werfen und dann der Bevölkerung im Namen des Volkes in kleinen Rationen zuteilen konnte. Hier war Fachkenntnis gefragt und schnelle Handlungsweise geboten. Der Gemüseanbau am Stadtrand Moskaus erlebte eine Blütezeit, denn nicht wenige waren auf die Idee gekommen, mit ihren Spaten in den Gärten zu ackern.

Allein, es kostete gewissen Aufwand, die Ernte im Auge zu behalten – die Menschen kennen einfach nichts mehr.

Dies alles berichtete der Gemüsehändler ausführlich seinem Freund Nikolaj, als sie zusammen in dessen Hausknechtshütte des Professorenhauses in der Siwzew Wrashek saßen.

Nikolaj pflichtete ihm bei:

»Ja, es gibt wirklich nur noch Diebe! Schau dir doch einmal einen Hund an – selbst der weiß, was er darf und was nicht. Aber der Mensch ist nur darauf aus, den anderen zu beklauen, sobald er ihm nur den Rücken zudreht. Und selbst wenn man hinsieht, greift er sogar noch zu.«

»Das alles hat mit dem Krieg angefangen.«

Dann sprachen sie über die Politik und schimpften über den Machorkatabak.

»Das ist ja nur noch wie reines Sägemehl.«

»Das ist Sägemehl.«

»Schmeckt überhaupt nicht, wie es schmecken soll.«

In der Hausknechtshütte war die Luft von den Pfeifen schwer, dick und behaglich geworden.

Der Gemüsehändler, Fjodor Ignatitsch, ein in vielem bewanderter und erfahrener Mann, ließ sich über das Tagesgeschehen aus.

»Es wird erzählt, dass wieder wer weiß wie viele erschossen worden sind. Manch einer sicher, weil er sich was zuschulden hat kommen lassen, weil er ein Dieb, Räuber, Plünderer oder weiß ich was war. Aber viele einfach ohne Grund, nur, um im Volk Angst zu verbreiten.«

Nikolaj antwortete streng:

»Jemanden zu töten ist nicht recht. Wenn jemand sich was hat zuschulden kommen lassen, dann bring ihn vor Gericht. Der eine wird freigesprochen, der andere kommt ins Zuchthaus, damit er sich bessern kann. Einen Menschen zu töten ist unrecht.«

»Ich will ja gar nichts sagen, wenn jemand, zum Beispiel, sich etwas hat zuschulden kommen lassen. Aber diese Leute haben sie einfach so verhaftet, sie festgesetzt und dann zur Abschreckung einfach alle umgebracht. Der eine mag zum Beispiel ein alter Mann gewesen sein – was kann man ihm schon noch nehmen? –, aber ein anderer war vielleicht noch fast ein Kind und hatte von nichts eine Ahnung? Man schert sie alle über einen Kamm. Und dabei hätte aus dem Jungen noch ein Mann werden können, der vielleicht besser ist als alle anderen.«

»Ein Kind umzubringen ist das Letzte. So etwas wird nicht vergeben.«

»Das sage ich ja. Bei einer meiner Herrschaften, ich habe die Dame früher mit Kohl beliefert, haben sie den Sohn abgeholt und ihn umgebracht. Einen Kerl von gerade einmal siebzehn Jahren. Sie haben eine Liste zusammengestellt, und alle, die auf dieser Liste standen, wurden abgeholt. Und er hatte, sagt sie, überhaupt nichts verbrochen.«

»Das sind richtige Tiere«, sagte Nikolaj streng.

»Ja, das sind sie, und bringen noch nicht einmal irgendwelchen Nutzen.«

»Was soll ein Mord denn für einen Nutzen bringen? Wer zum Schwert greift, kommt durch das Schwert um.«

»Aber etwas aufbauen, das können sie nicht. Nur als Beispiel, wenn du etwas kaufen willst. Wo kannst du es heute kaufen? Was es in Moskau früher nicht alles zu kaufen gab!«

»Alles haben sie geplündert.«

»Das sage ich doch. Sich einfach etwas zu nehmen ist nicht schwer, aber dann geh doch bitte einmal her und bring wieder etwas. Dafür braucht man Verstand. Wer hat denn zum Beispiel jetzt das Kommando in unserem Bezirk? Euer Soldat doch, der Bruder von Dunjascha, Andrjuschka, der Desentör.«

»Andrjuschka ist verschwunden.«

»Ja, hat man ihn denn fortgejagt?«

»Er ist von selbst stiften gegangen. Es waren welche hier und haben nach ihm gefragt. Ist bei irgendeiner Sache aufgeflogen, hat sich wohl überall bedient oder so. Er hat nicht schlecht gelebt, hatte von allem im Überfluss, es ging ihm besser als den Herrschaften. Der Herr, der alte Mann, hat nichts, seine Enkelin hat nichts als Heringe zu essen, aber Andrjuschka und Dunjascha hatten dieweil immer Bonbons von Landrin zum Tee. Auch ich habe davon abbekommen, es hieß, wir haben davon, soviel du nur willst. Und Fleisch gab es auch jeden Tag.«

»Er ist also getürmt?«

»Er ist weg. Hat nicht einmal Dunjascha etwas gesagt. Ist sicher in sein Dorf, zu seiner Familie. Aber vielleicht haben sie ihn ja auch festgenommen, wir wissen es nicht. Nur, dass der Kommandant verschwunden ist, und das, obwohl er die Obrigkeit war.«

»Das war er. Also auch bei ihnen kriegt man welche am Wickel. Da ist er wohl irgendwie angeeckt.«

Dann berichtete Nikolaj von seinen Plänen. Viel sei es ja nicht, was er zum Leben brauche, aber nur von einem Viertel Brot kann man doch nicht leben. Das gnädige Fräulein, die Tatjana Michailowna, gibt ihm zwar ab und an etwas vom Hering ab, sie sagt, wir haben ja genug. Aber woher soll sie denn genug davon haben? Auch Dunjascha hat dann und wann geholfen. Aber jetzt, wo Andrej nicht mehr da ist, hat sie ja selbst kaum was zu beißen. Sie will wohl wieder die Bedienstete beim gnädigen Fräulein werden, aber die kann sie ja auch nicht durchfüttern, und sie braucht ja auch gar kein Mädchen, sie wohnen ja jetzt nur noch in zwei Zimmern. Sie wolle nun also auch zurück in ihr Dorf. Ein bisschen Geld habe Andrjuschka ihr wohl immer wieder zugesteckt, sie habe ein wenig gespart, aber jetzt sei das ja kaum noch etwas wert. Für die Fahrt aber würde es wohl reichen. Sie stamme ja nicht von weit her, aus Tula, für ihn, Nikolaj, sei der Weg aber weiter. Und für umsonst nehme ihn ja keiner im Fuhrwerk mit.

»Schwierige Sache.«

Sie verblieben damit, dass es eine schwierige Sache sei, da steige ihrereiner nicht durch. Der Gemüsehändler erhob sich, um nach Hause zu gehen, und Nikolaj begleitete ihn hinaus, um etwas Luft zu schnappen.

»Es sieht so aus, als ob bald der Winter vor der Tür steht.«

»Das wird er wohl. Der wartet nicht. Dagegen schreibst du kein Dekret.«

Am Tor verabschiedeten sie sich voneinander. Aus alter Gewohnheit wedelte Nikolaj mit dem ausgefransten Besen ein wenig über den Bürgersteig, blickte gen Himmel, fixierte den Besen, indem er ihn zwei Mal auf den Boden stieß, und sinnierte: »So ist's schlecht und anders auch. Früher hat man auch welche aufgehängt oder ausgepeitscht, aber gebracht hat es nichts. Es sind doch alle gleich.«

Und auch wenn er es warm und vom Tabak verraucht mochte, öffnete er für kurze Zeit die Tür zu seiner Stube: »Wenn man sich im Qualm der heutigen Machorka schlafen legt, dann wird man garantiert ersticken. Woraus machen die die nur? Es ist doch der reine Betrug!«

# Schwester Aljonuschka

**A**n Wassjas Bett standen der Arzt und die Krankenschwester. Der Name des Doktors war Kuporossow, er hatte einst das Priesterseminar besucht und war nun schon hochbetagt, ein etwas ungewandter, aber guter Mann. Er war der einzige Arzt, den der Ornithologe schätzte.

»Ihm kann man sich anvertrauen. Er versteht, dass die Medizin nicht Gott weiß was für eine Wissenschaft ist. Ein gutes Wort hilft dem Kranken mehr. Er ist ein guter Mensch, dieser Kuporossow! Wie kommt er nur zu diesem Namen? Ein unerschütterlicher Mann und gründlich.«

Kuporossow war Aglaja Dmitrijewnas behandelnder Arzt gewesen und der des Professors, und auch Tanjuscha war seine Patientin, seit sie damals Scharlach gehabt hatte. Er erschien nur, wenn man ihn rief, denn er war mit seiner Praxis, in der er vor allem wenig bemittelte Menschen behandelte, vollkommen ausgelastet.

Der Arzt hatte die Schwester Jelena Iwnanowna höchstpersönlich an Wassjas Krankenbett gebracht, sie war noch furchtbar jung, aber schon Witwe. Ihr Mann, auch ein Arzt, war an Typhus gestorben. Doktor Kuporossow hatte seinen jungen Kollegen sehr gern gehabt und sich nach dessen Tod um die Witwe gekümmert, hatte ihr Arbeit besorgt, sie in der mühevollen Profession der Krankenwärterin unterwiesen und war ihr wie ein Vater. Er nannte sie zärtlich Aljonuschka, aber auch ihr gegenüber ließ er, wie es seiner Wesensart entsprach, hinsichtlich der Pflege eines Schwerkranken keine Milde walten, sondern war durchaus streng.

»Es geht hier, Aljonuschka, um das Leben eines Menschen, da dürfen Sie keinerlei Nachlässigkeiten zulassen! Das Wichtigste sind absolute Sauberkeit und frische Luft, mit Medikamenten kommen wir hier nicht weit. Das ist ja noch ein junger Kerl, den müssen wir wieder hinbekommen. Haben Sie das verstanden, Aljonuschka?«

Aljonuschka, Jelena Iwanowna, war eine kleine, rundliche Frau von blühender Gesundheit, hatte eine Stupsnase und überaus große blaue Augen. Sie war absolut nicht hübsch und doch bezaubernd. Im Gymnasium hatte man sie Pummelchen gerufen und während der Stunden gezwickt. Sie hatte dann immer gequietscht, da sie nichts so sehr fürchtete, als gekitzelt zu werden.

Am köstlichsten aber war Aljonuschkas Lachen. Es war nicht zu zügeln, begann wie ein helles Glöckchen und schlug gegen Ende in ein merkwürdig basstönendes Schluchzen um, etwa in der Art eines grunzenden Ferkels. Dieses Lachen rief bei ihren Freundinnen höchstes Entzücken hervor, Aljonuschka aber erschrak jedes Mal ob ihres Grunzens und wurde sogleich vollkommen ernst. Diese kleine Unzulänglichkeit bereitete ihr großen Kummer, denn sie wusste nicht, wie sie sich ihrer entledigen könnte.

Später kam sie freilich zu dem Schluss, dass dies kein Grund sei, sich Kummer zu machen, denn ihr Bräutigam, der junge Herr Doktor, hatte ihr unterbreitet, sie habe ihn mit ebendiesem ihrem Lachen erobert. Als sie verheiratet waren, nannte er sie in Anwandlungen von Zärtlichkeit bisweilen sein geliebtes Ferkelchen.

Mit ihm hätte Aljonuschka glücklich werden können, aber ihre Ehe währte nicht lange, gerade einmal ein halbes Jahr. Man schickte ihn an die Front, zum Kampf gegen den Typhus, und schon bald erhielt Aljonuschka einen Brief von ihm, dass er ein wenig kränkele. Und dies war seine letzte Nachricht.

Danach lachte Aljonuschka lange nicht mehr ihr ansteckendes Lachen, und da aus ihr keine Dame geworden war, nahm der Herr Doktor Kuporossow sich ihrer wie ein Vater an, und sie wurde sein Zögling. Er war es denn auch, der sie in der Krankenpflege unterwiesen hatte.

»Ich mache mich jetzt auf den Weg zu meinen anderen Patienten, gegen sieben Uhr bin ich wohl zu Hause. Wenn es dem Patienten schlechter geht, bitte umgehend zu mir, entweder kommen Sie selbst, oder besser: Schicken Sie jemanden. Geben Sie ihm zu trinken, soviel er möchte, und wechseln Sie den Essigwickel, sobald er nicht mehr kühlt. Alles andere wie sonst auch, Aljonuschka, Sie wissen ja Bescheid.«

»Ja, ich weiß Bescheid, Herr Doktor.«

»Nun denn also. Ich zähle auf Sie. Lassen Sie niemanden zu ihm, außer dem jungen Fräulein, das Sie hier bereits gesehen haben, und seinem Freund, der auch hier war. Die beiden sind ganz wunderbare Menschen, sie werden Sie unterstützen und, sollte etwas sein, auch ablösen.«

»Gut, Herr Doktor. Und wer ist sie?«

»Das Fräulein? Sie ist die Enkelin eines Professors, eines alten Patienten von mir. Sie wird Tanjuscha gerufen, an ihren Vatersnamen erinnere ich mich nicht. Sie ist ein großartiges Mädchen, ich glaube, sie spielt ganz gut Klavier oder etwas Ähnliches.«

»Sie ist sehr schön!«

»Ach ja, schön ist sie? Mag sein, da bin ich überfragt.«

In Bezug auf weibliche Schönheit war Doktor Kuporossow kein Experte. Möglicherweise war ja auch Aljonuschka eine Schönheit, vielleicht aber auch ein hässliches Entlein. Darüber mochten sich andere ein Urteil bilden.

Als Kuporossow gegangen war, blickte Aljonuschka sich im Zimmer um, rückte den ungepolsterten Lehnstuhl ans Bett, bedauerte, dass kein Kissen darauf lag, und nahm aus dem kleinen Korb, den sie bei sich hatte, ein kleines gelbes Buch, »Viktoria« von Knut Hamsun. Sie hatte diesen Roman schon früher einmal gelesen, er hatte ihr so gut gefallen, dass sie ihn noch einmal lesen wollte, und es war ihr auf die Schnelle auch kein anderes Buch zur Hand gewesen. Als sie im Lehnstuhl Platz genommen und es sich so eingerichtet hatte, dass sie lange Zeit dort sitzen bleiben konnte, betrachtete sie voller Neugier das Gesicht des schlafenden Kranken.

Wassja Boltanowski schlief unruhig und warf seinen Kopf unentwegt auf dem Kissen hin und her. Aljonuschka musste ihm das Kissen zurechtlegen und den Essigwickel auf der Stirn zurückschieben. Sein Kinn war unrasiert, und auf dem vor Fieber glühenden Gesicht lagen Schatten. Doch das Grübchen im Kinn war deutlich zu sehen, und dieses Grübchen nahm Aljonuschka sofort für ihn ein.

»Der Arme, welch feines Gesicht!«

In Wassjas Zimmer war fein säuberlich aufgeräumt, das hatten Tanjuscha und der Ingenieur übernommen. Auf dem Nachttisch lag ein sauberes Taschentuch mit der in einer Ecke mit Kreuzstich aufgestickten Initiale »W«.

Jene Strähne, die Wassja stets Sorge und Verdruss bereitete, lag über der Kompresse, nass und wirr. Aljonuschka strich sie in Richtung Kissen zurück.

»Man wird ihm den Kopf rasieren müssen.«

Dann begann Knut Hamsun seine zartfühlende Erzählung über die Liebe. Aljonuschka begriff die Liebe ganz genau so wie Knut Hamsun. Sie ist ein unstetes Ding, und es war dem Roman keineswegs abträglich, dass Aljonuschka sich immer wieder vom Buch losreißen musste, einmal um die Kompresse zurechtzuschieben, ein anderes Mal um den Sauertrunk an die flammenden und ausgedörrten Lippen Wassjas zu führen, dann um dem Kranken gut zuzulächeln, der dies weder zu begreifen noch zu würdigen wusste: Wassja Boltanowski kam nur selten zu Bewusstsein.

Auf dem Nachttisch stand ein Wecker, und die Stunden wurden lang. Es würde eine schlaflose Nacht werden, vielleicht würde sie ja ein wenig im Lehnstuhl dösen können. Am Morgen würde sie das schöne junge Fräulein, die Enkelin des Herrn Professor, ablösen, oder der Herr, der bei ihr gewesen war. Vielleicht waren sie ja Braut und Bräutigam? Aber vielleicht war ja auch der Kranke ihr Bräutigam?

Und wieder begann Knut Hamsun von der Liebe zu erzählen. Wie wunderbar er doch über sie schrieb!

Als es dunkel zu werden begann, entzündete Aljonuschka die Lampe auf dem Nachttisch, schirmte das Licht von Wassja ab, holte aus ihrem Korb ein Stück Kommissbrot, ein Glas mit Futterage, etwas Salz, das in Papier gewickelt war, und einen Apfel hervor. An Wassjas Schreibtisch aß sie ihr Abendbrot und las dabei weiter, Knut Hamsun gegen das Tintenfass gelehnt. Als sie gegessen hatte, wischte sie sich die Hände mit dem Papier sauber, fegte mit der Hand die Krümel zusammen, tat das Glas mit dem Rest des Essens wieder in den Korb. Den großen rotbackigen Apfel wollte sie später beim Lesen essen, und bevor sie es sich wieder auf dem Lehnstuhl einrichtete, trat sie an den Spiegel, um das Kopftuch zurechtzurücken.

Wenn Aljonuschka in den Spiegel blickte, pflegte sie den Kopf ein wenig nach unten zu neigen, damit die Nase nicht allzu sehr in die Höhe ragte.

Wassja sagte leise im Halbschlaf:

»Aber was soll ich machen? Was soll ich machen? Fährt er jetzt ab?«

Und schrie laut auf:

»So warten Sie doch wenigstens. Ich kann nicht so schnell ...«

Aljonuschka ging zu ihm, wechselte die Kompresse auf der Stirn, drückte sie mit ihrem pummeligen Händchen aus, und in diesem Moment öffnete Wassja die Augen und fragte erstaunt:

»Wer sind Sie?«

»Bleiben Sie ruhig liegen.«

»Nein, wer sind Sie denn?«

»Ich bin Ihre Krankenwärterin. Wie geht es Ihnen, etwas besser?«

Wassja schloss die Augen wieder für einen Augenblick, dann sagte er laut:

»Ich habe großen Durst.«

Aljonuschka nahm das Glas und half ihm beim Trinken, und Wassja blickte sie erneut mit brennenden und aufmerksamen Augen an:

»Wie heißen Sie?«

»Ich bin Jelena Iwanowna. Sie dürfen nicht sprechen, versuchen Sie besser, wieder einzuschlafen.«

Wassja lächelte beklagenswert, sagte »Ich werde mir Mühe geben«, und schlief dann tatsächlich wieder ein. Aljonuschka dachte: »Welch feines Lächeln! Der Arme, wie muss er doch leiden.«

Die Zimmerwirtin klopfte an die Tür, sie war durch die Krankheit ihres Mieters in Schrecken versetzt. Aljonuschka ging zu ihr in den Flur, und weil sie die Wirtin beruhigen konnte, da Flecktyphus nicht ansteckend sei, wenn man die Regeln der Propretät peinlich beachtete, schlossen die beiden sogleich Freundschaft. Sie besprachen, was notwendig war. Die Wirtin bot an, sie könne Wasser abkochen, sollte welches gebraucht werden. Wassja war ihr längster und liebster Mieter. Als sie ging, machte sie Aljonuschka ein großes Kompliment:

»Sie sind so jung und rotwangig, bei Ihnen wird ein jeder wieder gesund. Wie ein junges Mädchen. Sie sind doch noch nicht verheiratet?«

»Ich bin Witwe.«

Das rührte die Wirtin so sehr, dass sie sagte:

»Wenn Sie kurz einmal weg müssen, dann geben Sie mir Bescheid, ich bleibe dann bei ihm. Und wie werden Sie denn nur schlafen?«

»Ach, irgendwie wird das schon gehen, ich bin daran gewöhnt, im Sitzen zu schlafen.«

Daraufhin brachte ihr die Zimmerwirtin ein kleines und ein großes Kissen für den Stuhl, damit es sich bequemer schliefe.

»Wenigstens ist es bei uns warm, sodass Sie nicht frieren müssen. Wir sind mit Brennholz gut versorgt, und ich heize den Ofen jeden zweiten Tag, hier, direkt hinter dieser Wand. Alle sind direkt neidisch. So ist es auch hier im Zimmer schön warm.«

Am Abend schaute Doktor Kuporossow kurz vorbei, fühlte den Puls, ordnete an, die Fiebertemperatur auf einem Blatt

Papier zu notieren, war mit allem zufrieden und küsste Aljonuschka auf die Stirn.

»Ich gehe nun, und Sie, meine Liebe, ruhen sich ein wenig
im Lehnstuhl aus. Dann also auf morgen. Ich schaue gegen
neun Uhr herein.«

Knut Hamsun setzte seine Erzählung fort, und es war bemerkenswert, auf welch eindrückliche Weise Aljonuschka
sich die Liebe und Qualen seines Helden vorzustellen vermochte.

# Die fünfte Wahrheit

S eit der Zeit des Bojaren Kutschko bis in unsere Tage werden fünf Wahrheiten in Moskau gezählt.

Die erste Wahrheit ist die reine Wahrheit, die man unter Züchtigung verrät. Diese Wahrheit lebte auf dem Getreidespeicher am Kalugaer Stadttor in der Untersuchungskanzlei. Bei der Vollstreckung des Urteils prügelte der Schinderknecht sie mit Daggen und Zuchtruten heraus, nachdem er den Menschen nackt auf die Streckleiter gespannt hatte. Und am Tisch saß ein Beamter des Fürsten mit seinem Federkiel und reihte Zeile um Zeile.

Die zweite Wahrheit ist die geheim gehaltene Wahrheit, die unter den Fingernägeln herausgetrieben wird. Zu diesem Zweck spannte man die Hand in eine Zwinge und die Finger in Zangen, und sodann trieb man kleine Holzkeile unter die Nägel. »Wenn du die Wahrheit unter Züchtigung nicht verrätst, treiben wir sie dir unter den Fingern heraus.«

Die dritte Wahrheit lebte bei Peter und Paul in der Preobrashenski-Kanzlei, der Fürst-Cäsar Fjodor Jurewitsch Romodanowski vorstand, »ein Mensch von partikulärem Charakter, mit dem Aussehen eines Monstrums und dem Wesen eines Tyrannen, der allen Menschen vom tiefsten Grunde seines Herzens nur Schlechtes wünschte«. Angesichts seiner Grausamkeit »kratzten sich die Teufel im Genick«.

Fast hätte sich auch noch eine vierte Wahrheit eingenistet an der Auferstehungskirche in Kadaschi hinter dem Fluss Moskwa, wo in den fünfziger Jahren des 19. Jahrhunderts ein angesehener Kaufmann lebte, der Stadtvorsteher Schestow, ein Fürsprecher der armen Leute von Moskau. Aber diese, seine Wahrheit, die nicht die richtige war, konnte sich nicht lange halten.

Dann hörte man auf, die Wahrheiten zu zählen und jede einzelne im Volk mit Sprichwörtern zu charakterisieren, weder die Butyrskaja- noch die Taganskaja- und auch nicht die

Gnesdikowskaja-Wahrheit. Das Volk war weiser geworden und führte all diese Wahrheiten zu einer zusammen, und dies war die eine und einzige, welche es »einst gab und die nun im Wald verschwunden ist.«

»Deine Wahrheit ist wahr, meine ist wahr, Wahrheit ist überall und nirgends.«

Die fünfte Wahrheit wurde unserer Tage an der Lubjanka geboren.

Sobald die Wahrheit herausgepresst war, pflegte man den nunmehr entbehrlichen Menschen um »anderthalb Viertel kürzer zu machen«. Zu diesem Zweck fanden sich in Moskau viele Plätze, die sich im Gedächtnis des Volkes eingeprägt haben. Allein auf dem Roten Platz zwischen dem Nikolski- und dem Spasski-Tor erheben sich einige kleine Kirchen »auf Gebein und Blute« und eine »am Graben«. Der Schreckliche ließ die Leute »an der Unbefleckten auf dem Platz« kürzer machen, direkt vor Iwan dem Heiligen, welcher später der Große genannt wurde. »Und die Köpfe warf man vor den Hof des Bojaren Mstislawski« – damit die Teufel mit ihnen spielen konnten.

Plätze dieser Art gab es zu verschiedenen Zeiten auch am Serpuchowski-Tor und in Samoskworetschje in der Nähe des Sumpfes sowie bei der Großmärtyrerin Warwara und an der Ecke der Mjasnitskaja und der Furmannyj-Gasse, wo immer es sich traf, im Winter gar auf der zugefrorenen Moskwa.

Viele, sehr viele Plätze gab es in Moskau, wo man »den Ziegen die Hörner zurechtrückte«, »die Zunge an die Fußsohle nähte«, jemanden »an die Knochen-Waage hängte«, »auf der grünen Straße ausführte«, »mit einem trockenen Badequast peitschte«, jemandem »den Kopf wusch«, »die Wolle reinigte«, »die Seite verzinnte«, »den Knebel im Mund herumdrehte«, also »in drei Umläufen folterte«.

Reich, schön und unendlich klangvoll ist die russische Sprache. Reich ist sie und wird noch reicher gemacht.

Während der Zeiten der fünften Wahrheit, der Wahrheit der

Lubjanka, hieß es »mit Gepäck ans andere Ende der Stadt«, »liquidieren«, »an die Wand stellen« und auf vielerlei andere Weise »als Abgang verbuchen«. Neue Plätze in Moskau entstanden: der Petrowski-Park, die Keller der Lubjanka, die Versicherungsgesellschaft »Anker«, die Garage in der Warsonofjewski-Gasse – wo auch immer es gerade anfiel.

Die Leute, die früher dort gelebt hatten, hatten Handel getrieben, und ihr Interesse galt der Frage des acht- oder zehnprozentigen Gewinns. Acht oder zehn Prozent ist ein riesiger Unterschied. Acht bedeuten ein gutes, zehn jedoch ein glänzendes Geschäft. All dies war nunmehr Vergangenheit. Neue Menschen, die nicht weit in die Zukunft blickten, wussten genau, dass das Leben nur heute galt, dass selbst hundert Prozent bedeutungslos waren, dass sie entweder die ganze Welt erobern mussten oder ihnen morgen schon ein schmachvolles Ende beschieden war.

Die neuen Menschen hatten sich vom Glauben befreit, aber vielleicht schien es ihnen auch nur so. Zweifellos schien es ihnen nur so. Es gab einen Glauben, und dieser war naiv: der Glaube an die unselige Macht einer Browning, eines Nagants oder Colts, an die Macht der raschen Handlung. Woher hätten sie denn wissen sollen, dass das Gras in Übereinstimmung mit unabänderlichen Gesetzen wächst, dass die Überzeugung eines Menschen sich nicht beugen lässt, indem man ihn zwingt, den Kopf zu beugen, dass man Glauben oder Unglauben nicht mit einer Kugel einhämmern kann.

Ein riesiger Hof, alte Gebäude, die Eingangstüren mit Tagesbefehlen beklebt. Hier herrscht die Macht der Gewalt und der unverzüglichen Vollstreckung. Von der Straße kommt der unterwürfige Bürger, bittet stotternd, versucht durchsichtige Listigkeiten, geht wieder fort, weinend. Die Macht aber ist bis obenhin zugeknöpft in Uniformmantel und Lederjacke.

Vom Eingang nach links gelangt man über zwei Höfe um eine Ecke herum an eine niedrige Tür und weiter zum ehemaligen Warenlager – jetzt: »die Grube« –, ein heller Kellerraum, der gestern noch nach druckfrischen Büchern, nach feuchtfrischen Warenmustern roch. Dies ist nun das berüchtigte Totenschiff. Der Boden gefliest.

Am Eingang eine den Raum umlaufende Galerie, auf der die Wachen stehen, in eine Spezialeinheit beförderte junge Rotarmisten, jungenhaft, unwissend, verdorben von Militärdisziplin und Angst vor Strafe. Von dieser Galerie führt eine Wendeltreppe in »die Grube«, wo siebzig Menschen auf Bänken, Pritschen, dem Boden, dem blanken großen Tisch und zwei auch unter dem Tisch ihres Schicksals harren.

Aus frischen Brettern hat man zwei kleine Verschläge gezimmert, in der Tür ein kleines Fenster – für die zum Tode Verurteilten. Ein kleiner Ameisenhaufen überflüssiger Ameisen.

An den Wänden der Verschläge Bleistiftinschriften der dem Tode Geweihten:

Mein Leben war Kurz
Meine Jugend war min Verderben
Unschuldig germordet
Leb wohl, mein Leben!

Ein hoher Grabhügel daneben und ein Totenschädel, lustig, an ein Gesicht erinnernd, unter dem Totenschädel zwei gekreuzte Knochen und darunter ein Name. Dieser junge Bandit wollte auf schöne Weise aus dem Leben scheiden, wollte, dass eine Erinnerung an ihn bliebe, so, wie es auf jenem dünnen Heftchen geschrieben stand, das er einst am Iljinski-Tor gekauft hatte: »Der berühmte Räuber und berüchtigte Bandit Iwan Kasarinow, genannt Wanka der Feurige«.

Neben ihm, im Rumpf des Totenschiffes, die Bedeutungslosen: die Konterrevolutionäre, Sozialrevolutionäre, ein Menschewik mit schütterem Bärtchen, Brille und faulen Zähnen, ein Feigling ohne Feuer und Vorwitz, sie alle – menschliches Ungeziefer.

Auf die Galerie tritt der Fänger Iwanow mit Lederkoppel, der Kommissar des Todes, bei ihm der Vollstrecker, ein stämmiger, standfester Mann mit unstetem Blick, stets leicht angetrunken, ein schrecklicher und gemeingefährlicher Mensch mit Namen Sawalischin, der die Seele des jungen Banditen ins Jenseits beförderte.

Auf einer Pritsche sitzt, ein Buch in der Hand, ein Subjekt aus der Mottenkiste der Geschichte, Minister des Zaren mit akkurat geschnittenem grauem Bart, an die Umstände hat er sich bereits gewöhnt, man hat ihn aus Petersburg hierhergeschafft. Neben ihm ein Menschewik, der streitlustig Eingaben schreibt und giftig jedem Untersuchungsführer Fangfragen stellt. Neben diesem ein Spekulant, der eine Partie Stiefelleder verkauft hat und dabei erwischt wurde. Und neben diesem wiederum sitzt mit herabbaumelnden Beinen auf der Pritsche der arme Stjopa, ein Bandit, der noch nicht identifiziert ist. Ähnlich guter Gesellschaft entstammt auch der Kommissar Iwanow, der seinesgleichen sogleich erkennt.

»Grüß dich, Stjopa. Wohin geht's?«

»Ich muss wohl ins Gouvernement Mogiljow.«

Bleich ist er, seine achtzehn Jahre und das Leben des Kokainisten lasten auf seinen Schultern.

Und bald darauf wird er in den Verschlag gebracht. Leb wohl, Stjopa, du armer Junge, deiner Eltern zügelloser Sohn!

Mit trunkenen Augen blickt Sawalischin in die Grube, der Vollstrecker, der nach Stückzahl und mit Sonderrationen bezahlt wird. Blut steht in seinen Augen. Bevor es Nacht wird, pflegt Sawalischin sich zu betrinken und gibt dann gern einen aus, aber nicht alle schätzen seine Gesellschaft. Sawalischin jagt Angst ein, denn er ist immerhin ein Scharfrichter, der kein Pardon kennt, selbst die eigene Mutter würde er »als Abgang verbuchen«, wenn der Befehl erginge und er eine Flasche aus Vorkriegszeiten dafür bekäme. Sein Bart ist ungekämmt und der Blick aus den geschwollenen, vom Brennspiritus umnebelten Augen trübe.

Über die Straße aber, über die Furkasowski-Gasse, liegt das Hauptquartier dieses Kampfes, die Sonderabteilung der Allrussischen Tscheka. Hier herrscht Ordnung und alles läuft wie am Schnürchen, es gibt weder Poesie noch grundlose Aufregung. Über allem hier liegt der kluge und bleierne Genius des Kampfes und der Vergeltung, er gebietet über alles und erteilt unhörbar seine Befehle, ein finsterer und hoher Genosse der alten Garde, der aufs Verrecken die Kerker des Zaren auskosten durfte, ein Idealist, Altruist, nicht für jeden zu sprechen, der Rächer des Volkes, der alles Blut auf sich nimmt und dessen Namen die Nachkommen vergessen mögen.

Direkt aus einem Automobil, das am Platz gehalten hat, führt man das neue Opfer herein – einen weiteren Volksfeind und Gegner der Revolution. Im kleinen Dienstzimmer eine erste Überprüfung, dann für eine kurze Zeit in eine kleine Zelle mit Pritschen, von dort Überführung in eine größere mit Wanzen, das allen bekannte einstige Amtszimmer Awanessows, danach mit persönlichem Laufzettel direkt über den Hof ins alte Gebäude, das nach zaristischem Prototyp als Gefängnis angelegt wurde, ins schrecklich schweigsame Gebäude der Sonderabteilung, wo es durch lange, leere und kalte Korridore im Zickzack in die Bureaus der Untersuchungsführer geht.

Hier wird die fünfte Wahrheit, die Wahrheit der Lubjanka, zur Vollendung gebracht.

# Genosse Brikman

Ein kleiner, dünnhaariger Mann mit eingefallener Brust reihte, die Ellenbogen weit abgespreizt und das linke Auge dicht über dem Papier, kleine Buchstaben wie Perlen aneinander.

Das Telefon auf dem Tisch klingelte.

»Ja, ja, ich bin's. Gut. Wann wurde er verhaftet? In Ordnung, Genosse. Aber lassen Sie mir die Akte schnellstens zukommen, ich kenne den Fall ja nicht. Also gut. Ich lasse ihn vorführen und verhöre ihn selbst, gut.«

Die dünne Stimme des Männleins klang wie die einer Frau, mit leicht schrillem Duktus.

Als er seinen »Bericht« beendet hatte, blätterte er mit den dünnen Fingern seiner mageren Kinderhändchen in der Akte, die man ihm gebracht hatte, öffnete den Packen Papiere, die bei der Haussuchung konfisziert worden waren, runzelte die Stirn und brummte vor sich hin:

»Da haben die doch wieder nur unnützes Zeug zusammengesammelt, die wissen doch überhaupt nicht, worauf es ankommt.«

Er telefonierte, unterzeichnete die Order und übergab sie dem Soldaten der Einheit für besondere Aufgaben, der hereingekommen war.

»Bringen Sie das in die Kommandantur, Genosse. Er soll unverzüglich vorgeführt werden.«

Er erhob sich und ging ein wenig im Zimmer auf und ab, hustete in eine Ecke, warf einen Blick in den Flur und bat, man möge ihm heißen Tee bringen. Den Tee, der dünn und nur mäßig warm war, brachte eine kleine, forsche und selbstsichere Frau mit unter dem Kopftuch hervorlugenden Locken.

»Wissen Sie, Genosse Brikman, ob heute Zuteilung ist?«

»Keine Ahnung.«

»Es hieß, dass Preiselbeeren und vielleicht auch gestrickte Pullover ausgegeben werden.«

»Keine Ahnung.«

»Aber wer soll es denn sonst wissen!«

Der Wachsoldat meldete, der Verhaftete sei gebracht worden.

»Dann bringen Sie ihn zu mir. Und warten Sie dann im Flur an der Tür, bis ich Sie rufe.«

Der Untersuchungsführer hatte es plötzlich eilig, nahm am Tisch Platz, legte den bereits abgeschlossenen Bericht vor sich hin, nahm die Feder zur Hand und tat, als schriebe er.

Die Tür ging auf, der Soldat im Flur sagte:

»Nach links, zum Tisch.«

Astafjew trat ein. Hochgewachsen, unrasiert, der Anzug etwas knittrig, schien er durchaus gelassen.

Der Untersuchungsführer hob den Kopf und zeigte, den Eintretenden kaum eines Blickes würdigend, auf den Stuhl vor seinem Tisch.

»Setzen Sie sich. Sie sind der Bürger Astafjew?«

»Ja.«

»Setzen Sie sich.«

Er blätterte wohl noch zwei Minuten in seinem »Bericht«, wanderte aber nur mit den Augen darüber und dachte sich währenddessen eine Frage aus. Dann legte er den Bericht in den Aktendeckel, schob diesen zur Seite, nahm sich Astafjews Akte vor und fragte:

»Sie sind Professor?«

»Privatdozent.«

»Das ist doch egal. Philosoph?«

»Ja.«

»Warum hat man Sie verhaftet?«

Astafjew lächelte.

»Das sollten Sie wohl besser wissen als ich.«

»Natürlich weiß ich es. Aber was glauben Sie?«

»Ich glaube, dass man mich einfach so, ohne Grund verhaftet hat.«

»Das heißt also, Sie glauben, wir würden grundlos Leute verhaften?«

Astafjew lachte herzlich.

»Ich glaube, dass dies vorkommt. Von zwanzig vermutlich neunzehn.«

»Da liegen Sie falsch. Selbstverständlich kommen Fehler vor, aber Fehler werden korrigiert. Wir müssen sehr wachsam sein, denn die Sowjetmacht ist von Feinden umgeben. Deshalb ist es besser, wenn ein Dutzend grundlos einsitzt, als dass sich uns auch nur ein einziger Feind entzieht. Meinen Sie nicht?«

»Nein, das meine ich nicht. Ich meine ganz im Gegenteil, dass es besser ist, wenn ein Schuldiger durch die Maschen schlüpft, als ein Dutzend Unschuldiger der Freiheit zu berauben.«

»Nun, da sind wir anderer Ansicht. Das Proletariat hat schließlich nicht die Macht errungen, um sie wegen gewisser intellektueller Sentimentalitäten aufs Spiel zu setzen. Solange die Sowjetmacht von Feinden umgeben ist …«

Mit seiner dünnen und knarzenden Stimme trug der Untersuchungsführer nun ohne Punkt und Komma lang und ausgedehnt vor, was Astafjew viele Male bereits in den Leitartikeln der »Iswestija« und »Prawda« gelesen hatte, Worte, deren man bereits überdrüssig war, weil sie Wahrheit und zugleich Lüge waren, weil sie überstrapaziert und allzu phantastisch klangen. Zerstreut hörte Astafjew ihm zu, gepeinigt von der in ihm aufsteigenden Langeweile, und wartete, dass der Untersuchungsführer zum Ende komme. Zur gleichen Zeit versuchte er sich zu erinnern:

»Irgendwoher kenne ich doch diese Stimme und dieses Gesicht. Woher nur?«

Jäh unterbrach der Untersuchungsführer seine populäre Vorlesung und fragte, ohne den Tonfall zu verändern:

»Letzte Woche hat Sie ein Mann mit gelben Gamaschen besucht. Wie ist sein Name?«

Astafjew antwortete gleichgültig:

»Mag sein, dass jemand mit Gamaschen bei mir zu Besuch war, ich kann mich nicht daran erinnern.«

»Ist er lange geblieben?«

Astafjew blickte finster:

»Wenn ich doch sage, dass ich mich nicht erinnern kann, was ist das denn dann für eine Frage?«

»Wer hat Sie letzte Woche aufgesucht, nennen Sie alle Namen.«

»Wessen werde ich eigentlich beschuldigt?«

»Wir sitzen hier nicht zu Gericht, ich bin nicht verpflichtet, Ihnen zu antworten. Wenn wir alles ermittelt haben, werden Sie es erfahren. Und nun antworten Sie auf meine Frage.«

Der hochgewachsene, gut gebaute und gutaussehende Mann blickte auf die kleine, kränkliche Gestalt von Untersuchungsführer herab.

»Lassen Sie doch diese Fragerei. Wie soll ich Ihnen antworten, wenn ich noch nicht einmal weiß, wessen man mich beschuldigt. Wenn ich Ihnen jetzt irgendeinen Namen nenne, dann wird derjenige doch von Ihnen verhaftet. Für wen halten Sie mich?«

»Ich muss davon ausgehen, dass Sie offensichtlich ein Feind der Sowjetmacht sind.«

»Gehen Sie davon aus, wenn Sie wollen.«

»Ja, wissen Sie denn, Bürger Astafjew, was das für Sie bedeutet?«

»Ich kann es mir denken, aber das vermag mich nicht zu überzeugen. Aber verraten Sie mir doch, Herr Untersuchungsführer, wo ich Sie schon einmal gesehen haben könnte? Sie kommen mir irgendwie bekannt vor.«

Der Untersuchungsrichter zuckte nervös, und seine Stimme wurde schriller:

»Das tut absolut nichts zur Sache. Wollen Sie nun meine Fragen beantworten?«

»Bin ich Ihnen vielleicht irgendwo im Ausland begegnet? Vielleicht in Berlin? Waren Sie vielleicht in den Emigrantenzirkeln anzutreffen? Ich entsinne mich, ja, das war auf einer dieser Emigrantenversammlungen ... Warten Sie, ist Ihr Name nicht Brikman? Aber wenn ich mich recht erinnere, waren Sie doch damals Menschewik? Habe ich recht?«

Genosse Brikmann rutschte auf seinem Stuhl hin und her, drückte auf den Klingelknopf und schrie:

»Wollen Sie sich also herablassen, meine Fragen zu beantworten?«

Astafjew fügte mit breitem Grinsen und spöttisch hinzu:

»Und Sie sind doch damals, jetzt erinnere ich mich, in der Diskussion in Berlin gegen Lenin aufgetreten. So etwas aber auch!«

Brikman kreischte dem eintretenden Wachsoldaten entgegen:

»Abführen.«

»Den Laufzettel bitte.«

Während Brikman den Zettel unterschrieb, sagte Astafjew sanft:

»Aber so regen Sie sich doch nicht so auf, Genosse Brikman, das tut Ihnen nicht gut, schauen Sie sich doch an, wie klapprig Sie sind. Nehmen Sie sich ein Beispiel an mir. Das alles ist doch nichtig, das lohnt die Aufregung doch nicht.«

»Ich brauche Ihren Rat nicht, Bürger Astafjew, aber Sie werden wohl lange sitzen, so nicht noch etwas Schlimmeres geschieht. Sie können gehen.«

Als der Wachsoldat Astafjew weggebracht hatte, beugte der Untersuchungsführer seine eingefallene Brust mit weit abgespreizten Ellenbogen wieder tief über den Schreibtisch und nahm in seiner Schönschrift lange Eintragungen in dem der Akte beigelegten Formular vor. Als er damit fertig war, erhob er sich, ging ein wenig im Zimmer auf und ab, hustete wieder in eine Ecke, fühlte seinen Puls, blickte zur Tür und trat zum fast blinden Spiegel, der in einem Rahmen neben dem Fenster hing. Der Spiegel warf sein hageres Gesicht mit dem spärlichen blonden Bärtchen, den großen Augen unter geschwollenen Tränensäcken und allzu weit abstehenden Ohren mit mattem Bild zurück.

331

Seine Brust, im Durchgangsgefängnis von Gewehrkolben zerschmettert, als er noch Student war, hatte seither nie mehr frei geatmet. In seinem Leben gab es keine Freude, und ertragen konnte er, der Schwindsüchtige, der niemandem etwas bedeutete, dieses Leben nur, weil er sich auf den Glauben an die Revolution und das dereinst kommende Heil der Menschheit stützte, auf den Glauben an jenes goldene Zeitalter, das unweigerlich anbrechen würde nach einer Phase des beharrlichen und erbarmungslosen Kampfes gegen die Feinde der Arbeiterklasse. Er selbst war eingestandenermaßen kein Arbeiter, mit seiner malträtierten Gesundheit war ihm das ja auch gar nicht möglich. Gleichwohl war er, Brikman, dazu auserkoren, einer der Helden und Verteidiger der neuen Gesellschaftsordnung zu sein, die in Russland als dem ersten Land der Welt zum Leben erwacht war und von dort ausgehend den ganzen Erdball erobern sollte. Er, der er von schwacher Gesundheit war, musste besonders standhaft, stählern und unbeugsamen Willens sein – dies war die einzige Berechtigung seines Lebens.

Genosse Brikman trat noch einmal vor den Spiegel, neigte den Kopf ein wenig zurück und versuchte strammzustehen. Und wieder warf der Spiegel das matte Bild einer schwächlichen Gestalt mit roten, fieberhaft blickenden Augen zurück. Die Taschen des Frenchs wölbten sich vor, doch die Brust spannte den Stoff nicht.

Genosse Brikman rauchte nicht, denn vom Rauch musste er lange und quälend husten. Er mochte frische Luft und fürchtete doch, das Fenster zu öffnen, denn auch Kälte löste bei ihm Husten aus. In seiner Tasche trug er stets ein kleines Glasgefäß mit hermetischem Verschluss, in das er spuckte.

Heute hatte er sich hinreißen und aus dem Gleichgewicht bringen lassen. Das war schlecht und durfte sich nicht wiederholen! Es lagen noch nicht genügend Beweise gegen Astafjew vor, aber seinem Tonfall, seinen Aussagen und seinem Auftreten nach war er ein echter und gefährlicher Feind. Seines

Falles musste man sich annehmen, er musste überführt werden, unbedingt!

In Brikmans Erinnerung blitzte Astafjews breitschultrige,
gut gebaute, spöttische Gestalt auf.

Der Untersuchungsführer nahm den Telefonhörer und begann, ungeduldig auf die Gabel drückend, mit seinem dünnen
Stimmchen:

»Hallo, hallo …«

# An seinem Bett

**W**ie es in der sich neu entwickelnden Moskauer Kanzlei-
sprache hieß, hatte Aljonuschka mit der Zimmerwirtin der Wohnung, in welcher Wassja Boltanowski krank
darniederlag, »Kontakt geknüpft«. Dieser Kontakt hatte dazu
geführt, dass mit vereinten Anstrengungen Weizengrieß und
etwas Zucker im Tausch gegen die von Wassja mitgebrachte
Hirse aufgetrieben worden war.

»Sie sorgen für ihn, Jelena Iwanowna, als sei er Ihr Bräutigam.«

»Was sagen Sie denn da. Er braucht jetzt einfach etwas
Leichtes. Schauen Sie doch, wie dünn er geworden ist!«

Aljonuschka, die gerade dabei war, dem Patienten ein neues
Nachthemd anzuziehen (das frische hatte sie vorsorglich am
Ofen der Zimmerwirtin gewärmt), blickte voller Mitleid auf
die tiefen Gruben unter Wassjas Schlüsselbeinen und die deutlich hervortretenden Rippen. Seine Hilflosigkeit rührte Aljonuschka sehr und erweckte in ihr zärtliche Gefühle für den
Patienten. Ohne Aljonuschka kam Wassja nicht zurecht, und
in Augenblicken des Bewusstseins und schlimmster Schwäche überwand er seine Scham und nahm ihre uneigennützige
krankenschwesterliche Hilfe an.

Die kritische Phase seiner Krankheit war überwunden. Er
war nun wieder bei Bewusstsein, aber unendlich geschwächt.
Doktor Kuporossow nahm Aljonuschka nach jeder seiner Visi-
ten mit in den Flur hinaus und sagte eindringlich:

»Beobachten Sie aufmerksam seine Temperatur, Aljonuschka. Wir müssen ihn aufpäppeln, geben Sie ihm oftmalig, aber
in kleinen Portionen zu essen. Heute Morgen hatte er fünfunddreißig Komma zwei? Sie müssen wissen, dass das genauso gefährlich ist wie hohes Fieber. So wird er uns noch völlig
auskühlen. Geben Sie ihm heißen Brei mit viel Butter. Auch
Milch ist gut. Wenn er etwas gestärkt ist, kann er auch Fleisch
bekommen, Faschiertes. Kalbfleisch und Huhn bekommt man

aber heutzutage leider nicht. Er darf sich nicht anstrengen, verbieten Sie ihm, im Bett zu sitzen oder zu viel zu sprechen, er soll ruhig noch etwas liegen bleiben. Und auch Sie, Aljonuschka, plappern bitte nicht allzu viel, sonst wird ihm der Kopf schwindelig. Nun denn also. Ein netter Kerl, er tut einem leid.«

Bereits zum zweiten Mal hatte man Wassja den Kopf und auch gleich vorsichtig den Bart rasiert. Rein, weiß, hager, braunäugig, mit seinem Grübchen im Kinn lag er nun da. Er sprach nur wenig und mit leiser Stimme, vor allem Worte des Dankes.

»Danke, Jelena Iwanowna, warum machen Sie denn das alles selbst, Maria Sawischna könnte Ihnen doch wenigstens bei den unangenehmen Dingen helfen. Das ist mir wirklich peinlich.«

»Das ist doch Unsinn. Es muss ein wenig aufgeräumt werden, Sie bekommen ja gleich Besuch.«

Besuch – das bedeutete, Tanjuscha und Pjotr Pawlowitsch kämen.

Seit jenem Moment, da die kritische Phase der Krankheit überwunden und Wassja wieder gänzlich bei Bewusstsein war, erfreute er sich ruhig im Bett liegend seiner Rückkehr ins Leben und versuchte, soweit sein noch schwacher Geist es zuließ, sich angestrengt darüber klar zu werden, welche Erinnerung aus der Zeit seiner Krankheit lediglich Fiebertraum und Vision gewesen war und inwieweit reales Geschehen dort seinen Widerhall gefunden hatte. Absolut real schien ihm allein die Krankenwärterin Jelena Iwanowna, die der Arzt freundschaftlich Aljonuschka nannte, und dass sie die ganze Zeit über bei ihm gewesen war.

Aljonuschka hatte er sowohl im Fiebertraum als auch im Bewusstsein wahrgenommen. Sie war immer da gewesen, wenn seine Lippen ausgetrocknet waren und das Fieber ihm den Atem geraubt hatte, wenn sein Herz fast stehen geblieben oder allzu schnell gerast war, wenn ihm der Kopf geflammt hatte und sein Blick die lilafarbenen Nebel vor seinen Augen kaum durchdringen konnte. Kaum war Aljonuschka an sein Bett gekommen, war es ihm gleich viel besser gegangen. Ihre Stimme hatte ihn beruhigt.

Bisweilen aber waren andere Schatten an Aljonuschkas Stelle getreten, hatten andere Stimmen die ihre verdrängt. Das waren, natürlich, Tanjuscha und Protassow. Immer waren die beiden zu zweit, zusammen gewesen. Zwei Stimmen, die flüsternd entweder mit ihm, Wassja, oder miteinander gesprochen hatten.

Tanjuschas Stimme, die geliebte und ersehnte, die zugleich jedoch stets mit einer zweiten zu hören war, war ihm nicht Beruhigung gewesen, sondern hatte ihn in Aufregung versetzt. Mitunter hatte er versucht, zu begreifen, was sie sagte, und gehofft, dass sie auch zu ihm spreche, Worte, die ihm unabdingbar waren, furchtbar wichtige Worte oder zumindest Worte des Trostes und des Mitgefühls. Dies aber wurde gestört durch jene zweite Stimme, die eines Mannes, die gleichmäßig, ruhig, sicher, ja fast fröhlich klang. Aljonuschkas Stimme hatte ausschließlich zu Wassja gesprochen, die anderen beiden Stimmen, so schien es, zueinander, obgleich sie möglicherweise auch über ihn und zu ihm gesprochen hatten. Dies war schwierig zu erklären, aber er hatte es gefühlt. Und wenn Wassja diese beiden Stimmen gehört hatte, hatte er sich unruhig hin- und hergeworfen, im Fieberwahn geredet und aufgeschrien.

Eine weitere Erinnerung tauchte auf, so sie kein Traum war. Von Zeit zu Zeit zu Bewusstsein kommend, hatte Wassja auf Fragen, ob er trinken möchte oder ob man ihm das Kopfkissen aufschütteln solle, Antwort gegeben und jene, die ihn angesprochen hatten, ganz klar wahrgenommen. Aber nachdem er sie wahrgenommen hatte, hatte er sie sogleich wieder vergessen, sie hatten die Sphäre dessen, was ihn beschäftigte, verlassen und waren wieder hinter die Schranke zu seiner Welt getreten, in der er seinen Kampf auf Leben und Tod führte.

Doch es hatte auch längere lichte Perioden gegeben. So hatte er einmal lange Aljonuschkas Gesicht beobachtet, die im Lehnstuhl schlief, und sich über ihre gesunde Gesichtsfarbe und die kindliche Rundung ihrer Lippen gewundert. Ein anderes Mal, eines Morgens, hatte er das Gesicht des sich über ihn beugenden Arztes bis ins kleinste studiert und gelächelt, als dieser zu ihm sagte: »Nun, die Augen sind ja schon wieder klar, es ist Zeit, dass Sie wieder gesund werden, werter Bürger.« Auch Tanjuscha hatte Wassja deutlich gesehen, die ihn erschreckt und derart von Mitleid erfüllt ansah, dass er am liebsten geweint hätte. Aber in ihrem ihm so lieben Gesicht war etwas Fremdes gewesen. Und einmal hatte er auch seine beiden Freunde gesehen, aber vielleicht hatte er es sich ja auch nur eingebildet, Tanjuscha und den Ingenieur, nebeneinander sitzend, ganz nah an seinem Bett und ganz nah beieinander, sie hatten nicht gesprochen, nur einander angeblickt, und in ihren Gesichtern hatte ein Ausdruck gelegen, den Wassja nicht hatte begreifen können.

Wassja hatte, so schien es, ruhig und fest geschlafen. Dann war er aufgewacht mit dem Gefühl wunderbarer Klarheit und Befreiung vom Joch der Krankheit, sodass er sich gar nicht hatte bewegen wollen, um dieses Gefühl der Klarheit und Befreiung nicht zu vertreiben. Als er die Augen geöffnet hatte, hatte er sein Zimmer deutlich vor sich gesehen und im Schein der Lampe zwei Gesichter, die einander schweigend anblickten, gleichsam in Betrachtung versteinert. Auch war ihm so gewesen, als hätten ihre Hände ineinander gelegen. Er hätte dies wohl gar nicht bemerkt, hätte nicht Tanjuscha, als er den Versuch unternahm, seinen Kopf näher zu den dort Sitzenden zu bewegen, eine jähe Bewegung gemacht, als risse sie ihre Hand zurück. Da hatte Wassja seine Augen wieder geschlossen und bemerkt, wie Ruhe und Klarheit von ihm wichen und ihn abermals jener qualvolle Zustand zwischen Bewusstsein und Bewusstlosigkeit ergriff, jener Druck auf der Schädeldecke und jener Schmerz in den Schläfen. An all dies erinnerte er sich nun, aber es lag irgendwie im Nebel, möglicherweise war es in Wirklichkeit gar nicht geschehen.

Am gestrigen Tage war Wassja zum ersten Mal wieder ganz bei Bewusstsein gewesen. Aber er hatte, da er sehr schwach war, fast die ganze Zeit geschlafen und Tanjuscha deshalb nicht gesehen.

»Schwester, war Tatjana Michailowna denn gestern auch hier?«

»Ja, das war sie. Sie kommt jeden Tag um drei Uhr, wenn ich nach Hause gehe. Die ganze Zeit Ihrer Krankheit gab es nur zwei oder drei Tage, an denen sie aus irgendwelchen Gründen nicht kommen konnte. Da hat dann Maria Sawischna nach Ihnen geschaut.«

»Wie viel Ungemach ich Ihnen allen doch bereitet habe. Ich war wohl sehr krank?«

»Was war, ist vorbei. Es stand schlecht um Sie.«

»Ging es denn lange?«

»Erinnern Sie sich denn nicht? Heute sind es drei Wochen.«

»So lange! Und Sie waren die ganze Zeit hier bei mir, Jelena Iwanowna?«

»Die ganze Zeit.«

»Auch jede Nacht? Wann haben Sie denn da geschlafen?«

Aljonuschka lachte ihr glöckchenhelles Lachen.

»In der Nacht, manchmal habe ich auch am Tag etwas gedöst.«

»Hier im Lehnstuhl haben Sie geschlafen?«

»Solange es Ihnen sehr schlecht ging, hier im Lehnstuhl, wenn Sie sich nicht allzu sehr herumgeworfen haben, habe ich noch einen Stuhl herangerückt und auf beiden so gut geschlafen wie zu Hause. Maria Sawischna hat mir Decken und Kissen gegeben, und so habe ich mir ein richtiges Bett bauen können. Aber ich hatte doch ein wenig Angst, allzu fest einzuschlafen.«

»Wie konnten Sie das nur aushalten? Sie sind sicher müde.

Aber Sie sehen aus wie das blühende Leben, da könnte man richtig neidisch werden.«

»Ich bin unverwüstlich, das macht mir nichts. Außerdem bin ich es gewohnt. Aber Sie reden schon viel zu viel, der Herr Doktor hat das verboten.«

»Mit Ihnen zu reden ist doch nicht abträglich.«

Und tatsächlich war Wassja schon wieder schrecklich müde.

Als es etwa fünf Minuten später leise an der Tür klopfte und Tanjuschas Stimme flüsternd fragte: »Wie geht es ihm heute?«, öffnete Wassja die Augen nicht, obgleich er auch Aljonuschkas Antwort hörte:

»Heute geht es ihm richtig gut.«

»Schläft er?«

»Es scheint so.«

Auch als es ein zweites Mal klopfte und Wassja den leichten Schritt eines Mannes vernahm, öffnete er nicht die Augen. Gleich darauf verließ Aljonuschka mit einem Gruß zum Wiedersehen das Zimmer. So dazuliegen war doch besser, öffnete er die Augen, müsste er doch nur sprechen. Aber bevor er etwas sagte, müsste er ja nachdenken, und dies war allzu anstrengend und schwer.

In seiner erschöpften Reglosigkeit hörte er Geflüster und vernahm, wie der Ingenieur sagte:

»Ich muss gleich wieder fort. Es macht doch nichts, dass Sie alleine bleiben?«

»Nein, natürlich nicht, wenn Sie denn fort müssen. Aber am Abend schauen Sie noch einmal zu uns herein?«

»Ja, wie immer. Bis dahin also auf Wiedersehen, Tanjuscha.«

»Wie immer? Und er nennt sie Tanjuscha?«

Wassja schlug die Augen auf und erblickte Tanjuscha, die seinen Reisegefährten mit einem solch zärtlichen Blick verabschiedete, wie sie ihn ihm, Wassja, niemals geschenkt hatte.

Und Wassja fiel wieder ein: »Was hat Aljonuschka gesagt? Heute sind es drei Wochen …«

# Verräter

J ene, die dort die ganze Nacht in der Schlange standen und darauf warteten, dass die brettervernagelte Tür unter dem weißen Schild mit der bereits ausgeblichenen roten Schrift geöffnet und damit begonnen werde, bittere Hirse gegen Lebensmittelkarten für Kinder auszugeben, dachten am wenigsten daran, dass irgendwo noch Krieg geführt wurde und dass Russland an diesem Krieg nicht mehr beteiligt war. Sie hatten genug eigene Sorgen und Kummer und den Krieg längst vergessen. Das Einzige, das vom Krieg geblieben war, waren Gräber, Witwen, auseinandergerissene Familien und eine verfluchte, vom Leid der Gegenwart verdrängte Erinnerung.

Der Jurist Mertwago, den Onkel Borja einst im Semgor untergebracht hatte (dessen Uniform Mertwago so gut zu Gesicht stand), der Jurist Mertwago, dessen Gattin ihren Schmuck hatte retten können, litt keine besonders große Not. Gleichwohl hatte er den beträchtlichen Fehler begangen, nicht zur rechten Zeit nach Kiew oder noch weiter zu reisen, wie es andere getan hatten, die vorausschauender gewesen waren. Er bereitete seine Abreise erst jetzt vor, die nun bedeutend schwieriger war, und war überzeugt, dass wir Russen uns als Verräter an der Sache der Alliierten erwiesen hätten und dass der schmachvolle (zu Hause sagte er »schändliche«) Frieden von Brest-Litowsk die Ehre des russischen Volkes unwiderruflich beschmutze.

Die Verräter standen im Schneeregen in den Schlangen, kauten Brot, das zur Hälfte aus Spreu und sonstigem Ausschuss bestand, versuchten mit Essig den muffigen Geschmack des Stutenfleisches zu verbrämen, aus dem sie sich in Rizinus- oder Mineralöl Fleischküchlein brieten.

In den Städten und ausgehungerten Dörfern gingen sie abgerissen, zerlumpt einher, ohne ein Lächeln auf den Gesichtern, ohne das Verlangen, das Leben weiter hinzuziehen, an das sie sich nur aus Gewohnheit und tierischem Instinkt krallten und klammerten. Unerschütterlich in ihrem Verbrechertum, waren sie weder in ihrem Handeln noch in ihren Gedanken dort, wo man die Soldaten, die in den Tod zogen, wenigstens mit Kleidung und Essen gut versorgte.

Onkel Borja, der früher für die Landesverteidigung gearbeitet hatte und dann eine Zeit lang Sabotage betrieben hatte, war nun, erfahrener Spezialist, der er war, im Wissenschaftlich-Technischen Bereich des Rats für Volkswirtschaft untergekommen. Bei ihm hörte sich das folgendermaßen an:

»Ich arbeite im WSNCh, aber, selbstverständlich, arbeite ich nicht mit ihnen zusammen, sondern im wissenschaftlichen Bereich, fernab jeglicher Politik. Man muss schließlich sein Leben und die Wissenschaft retten. Unsere Abteilung ist unabhängig.«

Ins Dienstzimmer des Vorgesetzten, eines jungen und etwas kleinlauten Kommunisten, der vor den Wissenschaftlern Achtung empfand und fürchtete, sich vor ihnen als nicht sachverständig zu zeigen, trat Onkel Borja zugeknöpft bis zum letzten Knopf, der nur noch an einem Faden hing und abzufallen drohte. Beim Eintreten verbeugte er sich, hielt den Kopf schräg geneigt und wusste nicht, wohin mit seinen Händen. Der Vorgesetzte bot Onkel Borja verlegen an, er möge sich doch setzen, und Onkel Borja ließ sich auf die Vorderkante des Stuhls nieder.

Vom Standpunkt des Juristen Mertwago aus gesehen, dessen Sachverstand derweil von niemandem mehr benötigt wurde, war auch Onkel Borja ein Verräter, da er in sowjetische Dienste getreten war. Allerdings verurteilte er ihn nicht allzu streng, schließlich sei es ja nicht jedem gegeben, Prinzipientreue zu bewahren.

Onkel Borja ging mit seinem Portefeuille zur Arbeit, in dem Entwürfe für die Standardisierung von Traktoren und deren landwirtschaftlichem Zubehör lagen, sowie mit einem robusten Schweizer Rucksack, für den Fall, dass eine Lebensmittelzuteilung erfolgte. Aber da die Traktoren noch nicht fertiggestellt waren und die Lösung der Frage ihrer Standardisierung deshalb keine besondere Eile hatte, ging Onkel Borja, nachdem er kurz in seiner Abteilung vorbeigeschaut und ein paar Dokumente zur Abschrift weitergeleitet hatte, in eine andere Abteilung, die gleich um die Ecke lag, wo möglicherweise ebenfalls eine Lebensmittelzuteilung stattfand. Jeden Tag kam der selbstsüchtige Verräter Onkel Borja erst spätabends nach Hause und brachte in seinem Rucksack ein Glas schwarzen Sirup, einen Fingerhut Hefe, ein halbes Dutzend nicht mehr ganz frische Heringe und bisweilen ein Stück dickes Gummi zum Besohlen von einem Paar Schuhe mit. In den Augen anderer, die selbst keine Spezialisten waren, war Onkel Borja ein Glückspilz. Am Abend, wenn er mit der Pelzmütze auf dem Kopf unter Decken und Pelzen lag (der Kanonenofen ging in der Nacht immer aus), sagte er vor dem Einschlafen zu seiner Frau:

»Vielleicht gibt es demnächst eine besondere Zuteilung für Akademiker.«

»Tatsächlich?« Onkel Borjas nicht eben hübsche und vertrocknete Frau wurde lebendig und steckte ihre Nase aus dem Haufen alter Decken.

»Es ist nicht gesagt, aber auch nicht unmöglich. Es wurde sogar die Frage einer Kremlration aufgeworfen, aber nur für ganz wenige.«

»Und gehörst du dann zu denjenigen, die so eine bekommen? Das wäre nicht schlecht.«

»Ich weiß es nicht, vielleicht.«

Bei der Kremlration wurde bisweilen Weißmehl ausgegeben. Und echtes Fleisch.

Wenn selbst Onkel Borja sich so verhielt, was soll man da über einen Soldaten sagen, der, als er von der Front desertierte, sein Bajonett mitgehen ließ und auch etwas aus dem aufgebrochenen staatlichen Magazin. Dass er staatlichen Besitz entwendete, war dem Soldaten zutiefst bewusst, und er war ganz und gar sicher, dass er Unrecht getan habe. Wenn er zu Hause mit dem rostigen Bajonett das abgenutzte Kummet säuberte, dachte er vielleicht an seinen Diebstahl, doch er ahnte nichts von seinem Verrat, seinem schändlichen Verrat an den Alliierten. Und hätte ihm jemand dieses auf alle Ewigkeit entehrende Wort entgegengeworfen, wären ihm vor Erstaunen die blauen slawischen Augen herausgefallen.

Die Bauernkittel, langen Gehröcke, Blusen und Jacken mit zerschlissenen Ellbogen, die frierende, hungernde, in Krieg und Frieden ausgeplünderte, durch Revolution und Blockade entkräftete und außer Fassung geratene, die große und vielsprachige Nation, das russische Volk, Unmensch und selbstloser Streiter, Märtyrer und Peiniger, war zum Verräter geworden. Hatte Europa verraten, das es nicht kannte, dem es keinen Eid geschworen hatte, von dem es nichts bekommen hatte und dem es, der Teufel weiß, warum, grundlos Millionen von Leben hingegeben hatte – allein Europas schöner Augen wegen.

Aus all diesen Gründen wurde der 11. November des Jahres 1918 in Moskau und Russland ganz und gar nicht besonders begangen.

Alle standen früh auf, denn es gab zahlreiche unaufschiebbare Dinge, um die man sich zu kümmern hatte. Alle gingen früh zu Bett, denn die Stromversorgung funktionierte nur schlecht, und Kerosin war teuer und nur schwer zu bekommen. Das zentrale Elektrizitätswerk verfeuerte aufgrund des Mangels an Heizmaterial notariell beurkundete Akten, Kaufverträge, Wertpapiere, alte Geldscheine und die Archive der zaristischen Behörden.

Weder der 11. November noch die darauffolgenden Tage hoben sich in der Abfolge der kalten und schneereichen Tage besonders hervor. In den Zeitungen, die niemand las, wurde der Waffenstillstand, der an den europäischen Fronten geschlossen worden war, in kurzen Notizen vermeldet; aber dieser war in den Augen der Menschen, die in den Schlangen anstanden und von Fett und Zucker träumten, von keinerlei Interesse oder Bedeutung. In denselben Zeitungen wurden mit beachtlicher Freimütigkeit auch die Listen der Erschossenen der letzten Woche veröffentlicht. Dies war für deren Anverwandte und Freunde von Interesse, die anderen wiederholten eine Zahl, die sie irgendwo aufgeschnappt hatten, aber nicht glaubten, und ein paar Namen, die ihnen bekannt vorkamen. Ebenso wie Hunger, Frieren und Typhus gehörten die Erschießungen zum Alltag mittlerweile dazu und beunruhigten die Gedanken nur des Nachts, wenn die Ängste sich über den Köpfen der unruhig schlafenden Bürger des freiesten Landes der Welt zusammenbrauten.

Auf den Straßen der europäischen Städte lasen die Menschen die Extraausgaben der Zeitungen, sangen, umarmten sich, tanzten. Glücklicherweise drang dieses jubelnde Gelärm nicht bis in die russischen Städte und Dörfer, zu den Ohren jener, die Europa mit dem Mal des Verräters gebrandmarkt hatte.

Die Tugend triumphierte, das Laster war bestraft worden.

Hätte sich im Himmel, über den Schneewolken, zu jener Zeit ein Aeropag der höchsten Richter versammelt – ihr Urteil hätte sich wohl kaum von dem der Menschen unterschieden. Das russische Volk, der Verräter und Märtyrer, hatte weder dort noch hier einen Fürsprecher, und in seinen eigenen Sorgen ertrinkend, erschien es weder vor dem göttlichen Gericht noch vor jenem der Menschen. Das Urteil wurde in Abwesenheit verkündet.

# Jener, der da kommen sollte

**W**ie nimmt die Liebe ihren Anfang?

Ach, Tanjuscha, das weiß niemand zu sagen. Man wartet auf sie, und dann kommt sie doch unerwartet. Man malt sie sich in allen nur bekannten und Lieblingsfarben aus, und sie versteckt sich gebeugt in einem billigen, grauen, unauffälligen Mantel. Aber deswegen ist sie nicht weniger schön und begehrt.

Sie liebt es, durch Unerwartetes und Unlogisches zu verblüffen. Astafjew hatte die Wahrheit gesagt: Die Logik tötet die Schönheit und Märchenhaftigkeit. Und auch Tanjuscha hatte ihm die Wahrheit gesagt: »Wenn man darüber nachdenkt, heißt das, dass man nicht liebt. Aber wenn man, ohne nachzudenken ...«

Tanjuscha dachte nicht darüber nach, sie wusste es einfach. Jemand hatte an ihre Tür geklopft, ein ganz und gar nicht besonderer, sondern ein ganz und gar normaler und gewöhnlicher Mann, gestern noch war er ein Fremder gewesen, heute aber ... – möge es nur schnell Abend werden, dann würde er wieder bei ihr sein.

Seine Hand war rau, von der Arbeit und dem häufigen Waschen mit grauer Teerseife. Andere Hände, die Hände anderer, mögen sie auch glatt, warm, zärtlich und liebevoll sein, sind doch unwillkommen, unangenehm, gleichgültig. Ihm aber, der sogleich vertraut war, gab sie glücklich und für immer die Hand. Erklären kann man das nicht, es gibt keine Erklärung. Es versteht sich von selbst.

Acht Uhr. Tanjuschas Augen bewegen sich über die Zeilen des Buches, doch das Buch schweigt gekränkt: Es ist Zerstreutheit nicht gewöhnt. Der Großvater ist tief im Sessel versunken, natürlich kann der Großvater nicht mehr so fein hören. Unter den Schritten auf der Straße hört er jenen nicht heraus, der so sehr erwartet wird, an der Tür Halt macht, einen Augenblick wartet (warum nur?) und schließlich – ein Klopfen.

345

Dann legt Tanjuscha, ihre Ungeduld zügelnd, das Buch zur Seite und geht öffnen.

»Wer ist denn das, Tanjuscha?«

»Das ist Pjotr Pawlowitsch, Großvater.«

»Ach er, wie schön. Seien Sie sehr herzlich gegrüßt, welche Neuigkeiten bringen Sie uns?«

»Nichts Neues. Wie ist das werte Befinden, Herr Professor?«

»Es geht, es geht. Wie schön, dass Sie gekommen sind, Tanjuscha konnte es kaum erwarten.«

»Aber was sagen Sie da, Großvater!«

»Ja, was denn, was ist denn dabei? Ohne Sie, Pjotr Pawlowitsch, ist uns doch etwas trist.«

Der Ingenieur lässt sich neben Tanjuscha auf dem Diwan nieder und sagt:

»Ich konnte es tatsächlich kaum erwarten, endlich hier zu sein. Wegen einer banalen Sache musste ich halb Moskau abklappern. Sie wissen ja sicher, Herr Professor, dass im Donbass kaum noch Kohle gefördert wird. Und dabei bräuchten wir die doch so dringend.«

Protassow erzählt von seinen Plänen, die Tanjuscha nicht interessieren und die sie nicht versteht. Und dennoch lauscht Tanjuscha seinen Reden aufmerksam und stolz: Was ist er nur für ein tüchtiger Mann! Wenn er sich etwas vorgenommen hat, wird er es auch erreichen.

»Ein Plan ist ein Plan«, sagt der Professor, »wird man Ihnen denn ermöglichen, Ihren Plan auch umzusetzen? Dass nur Ihre ganze Energie nicht im Ofenrohr verpufft.«

»Es ist schwierig, wirklich schwierig. Überall Chaos und nur wenig Mittel. Für alles Mögliche haben sie Geld, für das Wichtigste und Unabdingbarste jedoch muss man um jede Kopeke betteln. Aber was soll man denn machen, Herr Professor, Russland darf doch nicht einfach untergehen. Man muss sich an so vieles gewöhnen, wenn man erreichen will, dass das Leben früher oder später endlich wieder seinen normalen Lauf nimmt.«

Sie trinken Tee. Währenddessen erzählt Protassow, wie er während des Krieges nach Spitzbergen abkommandiert wurde und wie sie vom Eis eingeschlossen wurden. Er erzählt davon wie von einer Vergnügungsreise, kurzweilig und mitreißend. Der Professor fragt, ob der Herr Ingenieur nicht zufällig eine seltene Vogelart dort gesehen habe, die in der Tat zwar schon bestens beschrieben sei, von der bis jetzt aber keine ausgestopften Exemplare existierten. Diese Vogelart hatte der Ingenieur nicht zu Gesicht bekommen, doch auch in der Vogelkunde ist er durchaus bewandert. Und so ergibt sich zwischen ihm und dem Professor ein für beide recht interessantes Gespräch. Der betagte Herr Professor lebt plötzlich auf und wirft mit Begriffen um sich. Protassow kennt viele davon nicht und fragt nach. Aber vieles weiß er auch, und Tanjuscha blickt voller Stolz auf ihn und von ihm oft zum Großvater hinüber. Sie sieht, dass dem Großvater der neue Gast des Hauses in der Siwzew Wrashek gefällt. Und das wiederum gefällt ihr.

Als der Großvater sich zurückzieht, wie immer pünktlich wie seine Kuckucksuhr, bleiben Tanjuscha und Protassow zu zweit zurück.

»Ich danke Ihnen sehr, dass Sie den Großvater so wunderbar zerstreut haben, er hat ja sonst so wenig Unterhaltung.«

»Was hat er doch für einen hellen Verstand«, sagt Protassow. »Und über welches Wissen er verfügt. Solche Menschen gibt es in Russland noch zur Genüge. Aber solche, die sich wirklich hineinknien, gibt es nur wenige. Die Wissenschaft ist ein hohes Gut, in ihr ist alles von Belang. Die Politik hingegen ist Treibgut, etwas Zufälliges, das einmal hierhin und einmal dorthin getrieben wird, nichts in ihr ist von Belang.«

Sie sprechen über den Großvater, über Spitzbergen, über verschiedenes aus dem Leben des Ingenieurs, von dem Tanjuscha bisher nichts wusste. Sie sprechen ganz und gar nicht über die Liebe, erwähnen sie mit keinem Wort. Aber Tanjuscha ist so von Interesse an allem erfüllt, was dieser ihr fremde Mensch erzählt, der plötzlich so nah ist, und Protassow erzählt so leidenschaftlich, dass die Minuten und Stunden viel schneller verfliegen, als ihnen beiden lieb ist.

Beim Abschied fragt Protassow:

»Sind Sie morgen um drei bei Wassja?«

»Unbedingt.«

»Ich schaue auch einmal herein. Er ist wohl auf dem besten Weg der Genesung. Warum aber ist er so traurig? Wir müssen ihn irgendwie aufheitern.«

Sie beide, Tanjuscha und er, haben längst erraten, warum der genesende Wassja so traurig ist. Aber bald wird er nicht mehr im Bett liegen, und dann haben sie keinen Grund mehr, ihn täglich zu besuchen.

Einmal hatten die beiden nichts, worüber sie sich unterhalten konnten. Und saßen schweigend da. Beide dachten darüber nach, was wohl geschehen würde, wenn ihre Hände sich einander annäherten und sie sich, vielleicht, berührten. Es gibt Minuten, die man durchleben muss. Dies war eine solche Minute. Und dann ergriff Protassow, sich jäh seiner Sache sicher, Tanjuschas Hand, führte sie an seinen Mund und küsste sie.

Und Tanjuscha entzog ihm ihre Hand nicht, sondern neigte vertrauensvoll und zärtlich ihren Kopf. So saßen sie lange aneinandergeschmiegt. Die Minuten vergingen, der Kuckuck rief, und sie sagten nicht ein einziges Wort.

Am nächsten Tag warteten sie, ob eine solche Minute wiederkehre. Sie kam, und dieses Mal war es schon leichter, und doch war es so wenig nur, obgleich es schön war.

Ach Tanjuscha, niemand weiß, wie die Liebe ihren Anfang nimmt, obgleich sie seit Generationen und Jahrhunderten immer auf gleiche Art beginnt.

Beschwingten Schrittes ging Protassow mit einem Lächeln auf den Lippen nach Hause. Tanjuscha, allein geblieben, begab sich zu Bett und bewegte sich ganz vorsichtig, um den mit einem neuen Gefühl gefüllten Freudenbecher nicht zu verschütten. Lange konnte sie nicht einschlafen, erinnerte sich an das Geschehene und konnte es in ihrem Herzen, das noch nie geliebt hatte, doch nicht ganz begreifen. Aber es schien ihr nun, dass das Leben doch einen Sinn und Nutzen habe und voller Erwartungen sei.

Jener, der da kommen sollte, kam einfach, unerwartet und im richtigen Moment.

# Moskau, neunzehnhundertneunzehn

Die Häuser Moskaus waren mit Mauern und Zäunen zusammengefroren und fest verhaftet. Der vorausschauende Meister des Holzschnitts Iwan Pawlow hielt die schwindende Schönheit der kleinen Holzhäuser schnell noch in Zeichnungen und Holzschnitten fest. Bereits in der auf den Tag seiner Zeichnung folgenden Nacht kamen Schatten in Walenki, furchtsam und frech, und schlugen, aufmerksam um sich sehend und horchend, die Bretter, beim Zaun beginnend, ab, brachten sie auf Schlitten fort und hofften dabei nur, der Miliz nicht zu begegnen.

Schatten um Schatten kam, in Mützen mit Ohrenklappen oder einen Schal um den Kopf gebunden, in Handschuhen mit zerschlissenen Fingern, und sie arbeiteten mit ganzer Kraft, wer besonders mutig war, hatte sogar eine Axt mitgenommen. Sie bohrten sich in die Tiefe vor, nahmen die Treppe auseinander und hoben die Tür aus den Angeln. Wie Ameisen trugen sie alles fort, jede Latte und jeden Span, und ritzten mit den hervorstehenden Nägeln eine Spur in den niedergetretenen Schnee und in ihre Haut.

Eine Tür ging durch die Straßen, an die Zäune gedrückt.

Auf zwei Schultern schaukelte schweigend ein Balken.

Gebückten Ganges trug ein Großmütterchen einen Haufen kleiner Leisten, ein kräftiger Mann eine Bohle.

Und gegen Morgen ragte an der Stelle, an der einmal ein altes Holzhäuschen gestanden hatte, ein Schornstein aus Ziegelstein mit der Schlafstelle auf dem Ofen aus dem mit Mörtel vermischten Schnee. Das Holzhaus war verschwunden. Dafür stand über den Nachbarshäusern aus Stein eine Säule wohltuenden Rauches, dort wärmten sich die Menschen und kochten sich etwas.

Mit Tagesanbruch kamen wie immer aus allen Häusern die störrischen Menschen mit Körben und Säcken, suchten mit ihrem Blick das im Wind flatternde weiße Schild aus Glanzkattun mit den ausgeblichenen roten Buchstaben und stellten sich in die Schlange, obgleich sie selbst nicht einmal wussten, was es gab. Die Tür öffnete sich erst viel später, und die vor Kälte zitternden Menschen traten ein, streng nach der Nummer, die man ihnen mit Kreide auf den Ärmel oder mit Kopierstift auf die Handfläche geschrieben hatte. Sie nahmen entgegen, was man ihnen gab, nicht das, was sie am meisten gebraucht hätten, sondern das, was eben gerade vorhanden war: ein Stück grauer Teerseife, ein Glas Marmelade, ein Fläschchen Tee-Essenz. Wer etwas bekommen hatte, ging unter den neidischen Blicken jener, die noch warten mussten, hinaus. Und dann fiel die Tür zu, es gibt nichts mehr, kommen Sie morgen oder wann auch immer wieder.

In der Granat-Gasse schlummerte, verziert mit Säulen und Schnee, hinter schmiedeeisernem Gartenzaun ein Bürgershaus. Ein Dach hatte es nicht mehr, vor langer Zeit hatte man es seiner beraubt. Auch die Mauern waren bis zur Hälfte niedergerissen, einzig die Säulen waren unversehrt. Das Dahinsterbende, Behagliche, Adlige, Überlebte. Am Tor stand noch zu lesen: »Dienstbotenklingel«. Der Schnee im Garten lag hoch, weiß, rein.

Von Schnee bedeckt waren auch die bunten Kuppeln der Kathedrale des seligen Basilius. Drinnen eilte ein Pope mit seiner Kamilawka durch die niedrigen, ausgemalten Bogengänge. In der Seitenkapelle, in der ein Gottesdienst gehalten wurde, bewegten alte, in ihre Umhängetücher gehüllte Frauen in Schwarz die Lippen. Der Diakon trug unter dem Gewand aus Brokat einen Halbpelz und Walenki an den fröstelnden Füßen. In der Kälte dampfte im Turibulum der billige Weihrauch.

»Um gedeihliche Witterung, um reichlichen Ertrag der Früchte der Erde und um friedliche Zeiten lasset uns beten zum Herrn.«

Am Denkmal des ersten Buchdruckers Fjodorow, auf dessen Schulter ein hungriger Spatz saß, flog, vom Lubjanskaja-Platz kommend in Richtung Teatralnaja-Platz, über die Schneehaufen ein Fuhrknecht mit seinem Pferd dahin, das irgendwie noch überlebt hatte. Ein junger, kräftiger Kerl. Fuhrknechte konnte man mittlerweile an einer Hand abzählen – Arbeit gab es für ihn also mehr als genug! Die Fuhrknechte, die es noch gab, brauchten die Zukunft nicht zu fürchten: Sie konnten sich selbst mit Brennholz versorgen, und auch für ihr Pferd trieben sie immer etwas Heu auf. Hafer aufzutreiben war aber schon etwas schwieriger. Ein Fuhrknecht verdiente in diesen Zeiten gut, viel besser als alle anderen, alle begegneten ihm mit Respekt.

Vom Wladimirski-Tor bis zum Iljinski-Tor, an den Mauern Kitaj-Gorods – überall Feuerzeuge und die dazugehörigen Zündsteine. Die Feuerzeuge wurden in den Fabriken von Arbeitern hergestellt, die dafür keinen Lohn erhielten, denn es war kein Geld da. Woher die Zündsteine stammten, war unklar. Man erzählte sich, ein Händler habe durch Zufall eine ganze Kiste davon aufbewahrt, und nun sei er der reichste Mann Moskaus. Wenn man, vertraulich mit einem Auge zwinkernd, nach einem Stück Speck fragte, konnte man auch dies bekommen. Allerdings nicht hier, sondern in einem der Hofeingänge, wo kein anderer es sah. Zigarettenpapier hingegen konnte man hier kaufen, soviel man nur wollte, es war wie eine besonders schöne Ware ausgelegt, akkurat aus alten Handelskopierbüchern ausgerissen. Die Genossen kauften sie stückweise und rauchten Briefe: »Sehr geehrter Herr ... In Beantwortung Ihres geschätzten B ... Mit vorzüglicher Hochachtung«. Es hieß, man könne von einem dieser Bücher, bogenweise verkauft, eine ganze Woche lang bestens und sorgenfrei leben.

Auf der Twerskaja gingen vermummte Menschen mit Portefeuilles und Reisesäcken über der Schulter. Dienst ist Lebensmittelration. Die Tintenfässer eingefroren, die Schreibmaschinen ohne Farbbänder, doch man hatte gehört, dass es eine Lieferung Honig aus der Ukraine gegeben habe, der ausgegeben werde. Die Lippen verlangtem nach Süßem, vom verfluchten Sacharin war der Mund schon ganz verzogen.

An eine Mauer der Iwerskaja-Kapelle hatte jemand etwas Unverständliches über Opium geschrieben, auch vieles andere stand an den Wänden zu lesen. Die Futuristen hatten eine Mauer des Strastnoj-Klosters bemalt, und auf dem Zaun der Alexander-Hochschule stand eine Liste von Namen der Großen aus aller Welt. Unter diesen großen Namen fand sich auch mancher Pygmäe, viele der Großen waren bereits getilgt und vergessen. Die Menschen lasen und staunten, aber sie hatten keine Zeit, darüber nachzudenken.

Was heute hingeschrieben worden war, war morgen schon verblasst.

Der Kreml, von gezackten Mauern umgeben. Hinter diesen Mauern Menschen, denen der Kreml fremd ist. An den Toren Bajonette, an ihnen spießte man die Passierscheine auf. Aber selbst wenn man ein Dokument mit Stempeln vorweisen konnte, fand man nicht an allen Toren Einlass: nur am Nikolski- und am Dreifaltigkeitstor. Kalt ragte Iwan der Große in die Höhe, er war ebenso tot wie alles um ihn herum: die Kanone, die Glocke, die Paläste. Immer schon war es kalt im Moskauer Kreml, nur zum Frühgottesdienst an Ostern wurde es etwas wärmer. Aber nun gab es weder Ostern noch Frühgottesdienst.

Der Arbat aber war noch am Leben. Die Menschen, die vom Smolenski-Markt kamen oder dorthin wollten, gingen über ihn. Ein ehemaliges gnädiges Fräulein trug eine Penduluhr (man hörte das Quietschen der Feder) und ein Paar weiße Schuhe. Das bedeutete, dass sie das Letzte, das ihr geblieben war, auf den Markt trug – wer würde denn im Winter weiße Schuhe kaufen. Und auf dem Weg vom Smolenski-Markt zurück hatte das ehemalige gnädige Fräulein einen wie einen Teppich gemusterten Sack geschultert, was sich darin befand, war unbekannt, vielleicht ja gefrorene Kartoffeln. Die Kartoffeln musste man zuerst in kaltes Wasser legen, damit sie langsam auftauten, und dann konnte man sie, nachdem man die schwarzen Stellen abgeschnitten hatte, wie gewöhnlich kochen. Nicht jeden Tag war man schließlich in der Lage, ein Stück Fleisch von einem Pferd, mit dem es zu Ende gegangen war, zu ergattern. Aber wenn man nicht wusste, wie man die Kartoffeln zu kochen hatte, bekam man einen Brei mit einer Farbe wie Tinte. Hering konnte man, nachdem man ihn in Zeitung eingeschlagen hatte, wunderbar im Schornstein des Samowars räuchern. Alles musste man wissen, an alles sich gewöhnen.

Die störrischen Menschen wollten leben. Sie kauten Hafer, stopften ohne Appetit bittere Hirse in sich hinein, versteckten die Sacharintabletten voreinander. »Gewonnener« Zucker war im Umlauf und war hochgeschätzt, bei den Soldaten war er Einsatz beim Kartenspiel. Er wurde etwas billiger verkauft, war aber, wenn man es verstand, ihn unter Dampf zu säubern und dann, nachdem er wieder getrocknet war, in kleine Stücke zu schneiden, nicht schlechter als der andere, und immerhin war es Zucker.

Am Abend hatten die Menschen sich abgemüht, waren müde und schliefen ein. Schliefen in Kleidern, eine Mütze auf dem Kopf, an den Füßen Walenki. Schliefen zumeist in der Küche, in der es vom Kochen noch warm war. Mit Lappen wurden die Ritzen unter den Türen zu den anderen Zimmern verschlossen, in denen eisige Kälte herrschte. Gab es einen Kanonenofen, so schlief man sternförmig, die Füße am Ofen. Wer Strom hatte, knipste ihn ohne ans Sparen zu denken an, denn mittlerweile war ja alles umsonst. Manch einer kam auf die Idee, die Walenki mit je einer Glühbirne zu heizen, und so schlief er denn auch, so hatte er es wenigstens ein bisschen wärmer. Die Menschen waren weise geworden. Allerdings gab es nicht jederzeit und allerorts Strom, viele Leitungen waren beschädigt und unterbrochen. Dann musste man sich aus einer Flasche ein qualmendes Nachtlämpchen basteln, bei dessen Licht man arbeiten konnte. Öl war teuer, und in der Nachtlampe brannte stinkendes Kerosin. Der beste Docht von allen ist ein alter Schnürsenkel. All dies musste man wissen! Und als die Menschen eingeschlafen waren, kamen aus zahlreichen neu gegrabenen Kellergängen die Ratten hervorgekrochen, frech, dreist, mit dicken Schwänzen und Augen wie schwarze Perlen. Liefen durch Zimmer und Küchen, klirrten zwischen Gläsern und Flaschen, stießen Pfannen zu Boden, zischten und bissen und kletterten bis zur Decke hinauf, an der die Frau des Hauses an Schnüren die ranzige Butter und ein Stück Fleisch aufgehängt hatte. Die Ratten kamen mittlerweile nicht mehr allein, sondern in ganzen Horden und Meuten, unverschämt, sicher, und wenn sie nichts zu fressen fanden, bissen sie die Schlafenden ins bloße Fleisch.

Im Jahr neunzehnhundertneunzehn wurde Moskau von den Ratten erobert. Man lieh sich bisweilen bei den Nachbarn über Nacht den großen grauen Kater gegen ein ganzes Pfund Mehl. Andere zogen, mit Blick auf die Zukunft, ein Kätzchen groß, sein Futter sparten sie sich vom Munde ab. Es war sehr wichtig, eine Katze im Haus zu haben. Man musste sie nur irgendwie durchbringen, später würde sie selbst für ihr Futter sorgen, ja und vielleicht auch noch ihren Besitzern zum Vorteil gereichen.

Der größte Feind war der Mensch, der zweitgrößte die Ratten, an dritter Stelle kam die blasse, böse Laus. An Orten wie dunklen Kaschemmen, auf Bahnhöfen und Märkten konnte man ihr nicht entgehen. Aber das Sterben war mittlerweile auch nicht mehr billiger als das Leben und für die Angehörigen wirklich ein großer Aufwand.

Es gab jedoch nicht nur Betrübliches, sondern durchaus auch Erfreuliches. Man freute sich über jedes Stück Brot, das man unerwartet auftreiben konnte, über jedes unerwartete Geschenk des Schicksals. Man freute sich über die Hilfe des Nächsten, der selbst nichts hatte und doch gekommen war, Mitgefühl zeigte und dabei half, den feuchten Balken in kleine Stücke zu sägen. Man freute sich, wenn es Morgen wurde, darüber, dass die Nacht ohne Zwischenfälle vorübergegangen war, ohne Schrecken und ohne Verlust. Man freute sich, wenn am Tag die Sonne schien, sie wärmte wenigstens ein bisschen.

Man freute sich über das Wasser, das in der dritten Etage aus dem Hahn kam. Man freute sich, wenn einem nichts Schlimmes zustieß, oder wenn nicht einem selbst, sondern dem Nachbarn etwas zugestoßen war.

Das Leben in jenem Jahr war schwer, und man liebte seinen Nächsten nicht. Die Frauen gebaren nicht mehr, fünfjährige Kinder wurden wie Erwachsene behandelt und waren erwachsen.

In jenem Jahr zog sich die Schönheit zurück und die Weisheit kam. Seit jener Zeit gibt es niemanden, der weiser wäre als ein Russe.

# Auf den Pritschen

**A**stafjew lag auf seiner Pritsche und beobachtete den unruhig an der Decke wabernden Schatten. Der Schatten war verschwommen und waberte, da das Licht der Laterne auf dem Hof, auf der anderen Seite des weiß gekalkten Fensters, unruhig flackerte.

In der Zelle der Abteilung für Besondere Angelegenheiten, die für eine Person gedacht war, waren sechs Personen untergebracht, und eine Pritsche berührte die andere. Neben Astafjew schlief friedlich der ehemalige General Iwan Iwanowitsch Klark, der aufgrund einer Namensähnlichkeit verhaftet worden war, vielleicht aber auch, weil man ihn als Geisel brauchte, obgleich er alt, still und durch nichts bemerkenswert war. Auf der anderen Seite lag, wie Astafjew mit offenen Augen, ein älterer Arbeiter aus Presnja, der erst vor zwei Tagen aufgrund einer Denunziation oder eines unvorsichtigen Wortes festgenommen worden war. Man hatte ihn soeben von einem nächtlichen Verhör zurückgebracht, bei dem ihm der Untersuchungsführer, ein ungehobelter Lette, mit Erschießung gedroht hatte, weswegen, hatte Timoschin nicht verstanden.

Nun konnte Timoschin nicht schlafen und war so verzweifelt, dass es ihm das Herz verzehrte. Früher war ihm dieses Gefühl ebenso unbekannt wie die Schlaflosigkeit, und er konnte damit allein nicht fertig werden. Deshalb fragte er flüsternd:

»Alexej Dmitritsch, Sie schlafen doch nicht?«

»Nein, ich schlafe nicht. Ich kann nicht schlafen.«

»Ich auch nicht.«

»Haben die Sie beim Verhör fertiggemacht?«

»Ja, ich bin richtig am Ende. Vor allem kann ich nicht begreifen, warum ich verhört werde. Und dann sagen die dauernd, sie würden kurzen Prozess machen. Wofür? Wie können die das denn machen, Alexej Dmitritsch?«

Astafjew setzte sich auf, lehnte sich mit dem Rücken an die Wand und umfasste die hochgezogenen Beine mit den Armen.

»Die können alles. Haben Sie große Angst?«

»Wie soll ich denn keine Angst haben? Die bringen mich ums Leben für nichts und wieder nichts, ich habe doch Familie. Meinen Sie wirklich, dass die das machen?«

»Woher soll ich das denn wissen. Die können Sie morgen erschießen oder auch freilassen.«

»Aber ich bin doch Arbeiter, obwohl ich ja ein kleines Haus in meinem Dorf habe.«

»Haben Sie sich denn etwas zuschulden kommen lassen? Wessen beschuldigt man Sie?«

»Nichts habe ich mir zuschulden kommen lassen, Alexej Dmitritsch, Gott ist mein Zeuge. Bearbeitet hat er mich, warum, fragt er mich, steckst du mit dem Direktor unter einer Decke, ich soll ihn versteckt haben. Aber der Direktor von unserer Fabrik ist schon lange geflohen, wohin, das weiß ich doch nicht. Und ich soll ihm jetzt dabei geholfen haben. Das ist absolut nicht wahr, ich weiß überhaupt nichts. Wofür also soll ich erschossen werden, Alexej Dmitritsch?«

»Wie ist Ihr Vorname, Timoschin?«

»Meiner? Auch Alexej.«

»Und der Vatersname?«

»Platonytsch. Mein Vater hieß Platon, also heiße ich Alexej Platonytsch.«

»Nun denn, Alexej Platonytsch, haben Sie keine Angst. Der Untersuchungsführer droht Ihnen nur beim Verhör, weil er irgendwas aus Ihnen herausbekommen will. Die werden Sie nicht erschießen.«

»Werden sie nicht, Alexej Dmitritsch? Und wenn doch? Gegen die kann man doch gar nichts machen, Sie sagen ja selbst, dass die es könnten.«

Astafjew schloss die Augen. Würde er wirklich die ganze Nacht wieder nicht schlafen können?

»Und selbst wenn ich dem Direktor geholfen hätte, kann man denn dafür jemanden zum Tode verurteilen?«

»Wie alt sind Sie, Timoschin?«

»Wie alt? Zweiundfünfzig, werde dreiundfünfzig.«

»Und wollen Sie alt werden?«

»So alt, wie es mir bestimmt ist, das liegt ja nicht in meiner Hand.«

»Wie alt Sie auch immer werden mögen, Alexej Platonytsch, Sie werden ja doch nichts Neues mehr sehen in Ihrem Leben. Sie brauchen also nicht traurig zu sein.«

»Aber ich habe doch Familie in meinem Dorf. Und ich bin doch noch gar nicht alt, Alexej Dmitritsch. Ich kann noch gut arbeiten.«

»Ja, macht Ihre Arbeit Ihnen denn so große Freude?«

»Das natürlich nicht, aber sie bringt Geld. Das ist heutzutage natürlich nichts mehr wert, und man hat nichts zu beißen. Aber irgendwie schlägt man sich ja durch.«

»Sehen Sie. Warum also sollten Sie Angst haben? Wenn die Sie umbringen wollen – sollen sie doch. Sie haben doch nichts zu verlieren.«

»Aber wie können Sie so etwas sagen, Alexej Dmitritsch? Einfach so aus dem Nichts heraus, es fehlt einem nichts und dann wird man einfach umgebracht. Wo ist denn da die Gerechtigkeit?«

Astafjew gähnte. Schön wäre es ja, wäre das Gähnen von der Müdigkeit hervorgerufen und nicht, weil das Gespräch ihn langweilte. Da führt ein Mensch ein unnützes, freudloses Leben, und dann erwartet er auch noch Gerechtigkeit.

»Timoschin, beruhigen Sie sich und schlafen Sie. Die schüchtern Sie bloß grundlos ein und lassen Sie demnächst wieder frei. Und dann können Sie so lange leben, wie es Ihnen bestimmt ist.«

Astafjew saß nun schon vier Monate in dieser Zelle. Drei Mal hatte man ihn zum Verhör beim schwindsüchtigen Genossen Brikman gebracht. Es war offenkundig, dass der Mann mit den gelben Gamaschen der Grund für seine Verhaftung war. Was für ein Kauz! Warum hat er nur diese Gamaschen getragen. Aber auch ungemein mutig: Drei Monate lang hatte man in Moskau nach ihm gefahndet und ihn doch nicht erwischt. Sogar Referate hatte er noch in verschiedenen »Freiheitsverbänden« gehalten. Und für den Anschlag war er natürlich verantwortlich.

»Wenn man mir nachweist, dass er bei mir übernachtet hat, dann bin ich natürlich dran. Wie haben sie das nur herausbekommen? Wer hat das weitertragen können? Sawalischin, der Nachbar? Sawalischin, ja, der ist natürlich Tschekist. Aber er war das nicht, er hätte das nicht getan. Er war ja in dieser Nacht auch gar nicht zu Hause. Nein, Sawalischin nicht. Eher dieser Denissow vom Domkom. Ach, sollen sie sich doch alle …«

Astafjew erhob sich von seiner Pritsche und schlich langsam zum Fenster. Vor der weißen Scheibe war ein kleiner Schatten erschienen. Der Schatten krabbelte auf dem Fensterrahmen auf der anderen Seite der Scheibe langsam in Richtung des geöffneten Lüftungsfensterchens. Astafjew trat nah ans Fenster heran, hob die Hand und machte sich bereit. In dem Augenblick, als die Maus ihr Schnäuzchen durch das Lüftungsfenster hineinsteckte und in die Zelle schlüpfen wollte, schnippte er ihr mit dem Finger leicht zwischen die zitternden Barthaare auf die Nase, und die Maus fiel mit einem Piepsen zurück auf das Fensterbrett.

Treffer!

Astafjew legte sich zufrieden und schmunzelnd wieder auf die Pritsche. Sonst hätte dieses freche Ding doch wieder das Brot angeknabbert. In der vergangenen Nacht hatte die Maus, weil sie keines hatte finden können, ein paar der in einer Schachtel liegenden Schachfiguren gefressen, die der General, ein großer Meister seines Faches, aus Brot geknetet hatte. Deshalb musste er nun die Dame, einen Turm und zwei Bauern noch einmal kneten.

Die Maus lebte auf dem Fensterbrett und hatte sich zwischen den Scheiben des doppelten Fensters einen Gang gekratzt. Des Nachts kam sie in die Zelle und bediente sich vom Tisch und aus den Verpflegungspaketen. Und wenn sie nichts

Essbares fand, kletterte sie auf die Pritschen. Einmal hatte sie den General Iwan Iwanowitsch in den Zeh gebissen, denn seine Decke war zu kurz und rutschte ständig herunter.

Plötzlich ergriff Astafjew eine leidenschaftliche Sehnsucht nach der Freiheit. »Es ist doch verrückt! Dort, auf der anderen Seite des Fensters, der Mauer, ist die Straße, sind Menschen. Zwei Fensterscheiben und ein paar Backsteine. Und ein paar grobschlächtige Menschen, die etwas anderes wollen als man selbst, die man mit einem Wort, einer Geste, einer Überzeugung hinwegfegen könnte. Welch eine Komödie! Den Tod nicht fürchten und zugleich nicht kämpfen, nicht die Türen aufbrechen, die Faust gebrauchen, sich nicht der Kugel entgegenstellen.«

Er biss die Zähne zusammen und ballte die Faust: »Sie alle auseinanderjagen!«

Lustvoll spürte er, wie sich in Armen und Rücken die Muskeln spannten, deren Kraft im Gefängnis nur wenig schwächer geworden war. Er schlug, stürmte, biss, riss sich los, trieb die Affenhorde mit einem Tischbein auseinander, rannte die Treppe hinunter, wich auf dem Hof den Schüssen aus, warf den Wachposten am Eingang zu Boden, rannte auf die Straße und versteckte sich hinter einer Ecke, um die, die ihm nachsetzten, zu täuschen, schlug dann in anderer Richtung ruhig den Weg nach Hause ein und beobachtete dabei aus der Ferne die Verwirrung der Tschekisten, die rasenden Automobile und die vergebliche Hast der an der Nase herumgeführten Schergen.

Nein, nicht nach Hause, wo man ihn sogleich aufspüren würde, sondern auf Umwegen durch kleine Straßen wie durch ein Labyrinth in die Siwzew Wrashek, um dort an das Fenster zu klopfen und zu warten, bis das Lüftungsfenster sich öffnete, und leise zu rufen:

»Tanja, erschrecken Sie nicht, ich bin es, Astafjew, der Schauspieler Smechatschow. Man ist mir auf den Fersen, geben Sie mir Zuflucht, Tanja.«

Und sie würde sagen:

»Gott im Himmel, Sie? Aber natürlich, schnell.«

Und wenn er eingetreten wäre, würde er sie umarmen, das erste Mal, fest und lange.

Von der Pritsche neben ihm vernahm er ein Flüstern:

»Schlafen Sie, Alexej Dmitritsch? Auch Sie haben es ja nicht leicht!«

Und, als er schwieg:

»Ich habe gesehen, wie geschickt Sie der Maus einen Nasenstüber versetzt haben. Welch seltsames Tierchen das doch ist, lebt freiwillig im Gefängnis.«

# Bittgänge

O nkel Borja wies die Bitte unmissverständlich zurück. »Nein, Tanjuscha, da kann ich dir wirklich nicht helfen. Ich sehe ihn hin und wieder, wenn wir eine Sitzung haben, die zumeist sehr bürokratischen Charakter hat, es geht um Angelegenheiten der Verteidigung, aber ich stehe mit ihm in keinerlei persönlicher Beziehung. Guten Tag und Auf Wiedersehen, und das war's auch schon. Wie du weißt, ist unsere Abteilung unabhängig und ausschließlich der Wissenschaft verpflichtet, wir befassen uns nicht mit der Politik. Und deshalb ist es mir unmöglich, dir zu helfen, Tanjuscha.«

»Ich verstehe, dass es Ihnen unangenehm ist. Aber ich brauche ja nur eine Rekommandation, damit ich zu ihm vorgelassen werde.«

»Das spielt keine Rolle, Tanjuscha, denn es handelt sich um eine politische Sache, und dann gleich um eine derart ernste.«

»Onkel Borja, Astafjew ist doch nur aufgrund eines Versehens und völlig ohne Grund verhaftet worden, er hat mit dieser Sache doch gar nichts zu tun.«

»Das weiß ich nicht, und auch du kannst es nicht wissen.«

»Ich bin davon überzeugt, Onkel Borja. Wenn sich jemand für ihn verwendet, dann wird er bestimmt sogleich entlassen. Man bräuchte nur jemanden, der einem den Weg ebnet.«

»In Zeiten wie heute, Tanjuscha, ist es besser, sich nicht für andere zu verwenden, sondern einfach abzuwarten. Sonst kompromittiert man sich nur selbst, und dem anderen ist trotzdem absolut nicht geholfen. Unser Name ist viel zu bekannt. So er sich nichts hat zuschulden kommen lassen, wie du sagst, wird man ihn, auch ohne dass sich jemand für ihn verwendet, freilassen.«

»Onkel Borja, er ist doch ein Freund von uns, und er hat niemanden, der sich für ihn einsetzen könnte.«

»Ich verstehe, Tanjuscha, und … Ich sehe das ja auch von seinem Standpunkt aus. Vielleicht wird ja, wenn sich jemand für ihn verwendet, erst recht ihr Interesse auf ihn gelenkt, und man macht alles dadurch nur noch schlimmer. Wenn wir mit ihm verwandt wären, aber so …«

»Er hat niemanden.«

»Siehst du!«

»Was sehe ich?«

»Ich sage doch, dass ich damit absolut nichts zu tun habe. Und vor allem fürchte ich, dass eine Rekommandation von mir … nun, dass ich vielleicht nicht allzu gut bei ihnen angesehen bin. Das heißt, das ist jetzt nichts Außergewöhnliches, aber wir Spezialisten sind bei ihnen nicht sehr gut gelitten.«

»Das heißt also, Sie möchten nicht, Onkel Borja?«

»Ich möchte schon, Tanjuscha, ich möchte sogar sehr, aber ich kann nicht, kann absolut nicht. Es tut mir wirklich leid. Ich würde so gern behilflich sein, aber ich kann es nicht. Es sind einfach verfluchte Zeiten heute. Ach, Tanjuscha, ob wir jemals wieder bessere Zeiten erleben, ich weiß es nicht. Es ist ein Alptraum.«

Tanjuscha schwieg, dachte nach, dann hob sie den Kopf und blickte ihren Onkel aufmerksam an. Er duckte sich ein wenig unter ihrem Blick und murmelte: »Ja, das ist wirklich ein Alptraum. Da gibt es keinen Ausweg.« Darauf erhob sich Tanjuscha, nahm ihre Tasche und sagte:

»Onkel Borja …«

»Ja, Tanjuscha, was ist, meine Liebe?«

»Nichts. Auf Wiedersehen, Onkel Borja.«

Er begleitete sie bis zum Ausgang, ging dabei einen Schritt hinter ihr. An der Portiersloge, in der sich ein paar Angestellte befanden, gab er ihr die Hand und flüsterte verlegen und gewollt liebevoll:

»Ich verstehe, Tanjuscha, ich verstehe dich. Du bist wirklich großartig, wirklich herzensgut. Und doch rate ich dir abzuwarten.«

Tanjuscha schwieg. Er blickte sich um und senkte die Stimme noch mehr:

»Und für alle Fälle möchte ich dir doch entschieden abraten ..., selbst wenn du einen Weg finden solltest, meinen Namen zu erwähnen. Mir persönlich ist das natürlich ganz gleich, ich habe nichts zu befürchten, aber um der Sache nicht zu schaden. Ich bin ja ein Spezialist, ein gefährliches Element, in ihren Augen durchaus verdächtig. Das könnte der Sache abträglich sein ...«

Ohne ein Lächeln und ohne sich zu ihrem Onkel umzuwenden, sagte Tanjuscha laut:

»Sie brauchen keine Angst zu haben, Onkel Borja. Ich werde Ihnen keine Scherereien bereiten.«

Und ging hinaus.

Als am Abend wie gewöhnlich der neue Freund des Hauses in der Siwzew Wrashek, Wassjas Gefährte Protassow, kam, beratschlagte sich Tanjuscha lange mit ihm. Sie gingen verschiedene Namen durch und überlegten, an wen man sich wenden und wer am ehesten einen Weg ebnen könnte. Protassows Kreis von Bekannten mit Beziehungen war nicht sehr groß. Gleichwohl nahm er sich für den nächsten Tag ein paar Aufwartungsbesuche bei einigen von ihnen vor.

»Man muss es versuchen, ob dabei etwas herauskommt oder nicht. Ich setze meine Hoffnungen auf einen Freund, der vielleicht an ihn herankommen kann. Er ist recht in Ordnung, auf ihn kann man sich verlassen. Einen Rat wird er mir auf jeden Fall geben können. Aber ob er auch eine Rekommandation geben kann, das weiß ich wirklich nicht.«

Am nächsten Morgen war Protassow bei seinem Freund, den er schon lange nicht mehr gesehen hatte. Sie begrüßten sich herzlich.

»Was machst du denn mittlerweile?«

»Ich? Ich mache Geschäfte.«

»Du bist ja lustig. Kann man denn davon leben?«

»Nun ja, man schlägt sich so durch.«

»Aber warum arbeitest du denn nicht in deinem Beruf? Leute wie du werden jetzt gebraucht.«

Protassow legte seine Bitte dar: Ob es möglich sei, bei den entsprechenden Stellen Erkundigungen darüber einzuholen, warum Astafjew verhaftet worden sei und was ihm drohe. Der Freund versprach, wenngleich nicht eben erfreut, seine Hilfe.

»Nun gut, es gibt da so eine Person, die ich anrufen könnte, aber bei ihm ist Vorsicht geboten, wundere dich also nicht.«

Er telefonierte:

»Hallo? Sind Sie es? Ja, ja. Sie haben mich gleich an der Stimme erkannt? Sagen Sie, mein Bester, wie war es denn gestern noch? Ging es noch lange? So, so. Glauben Sie, dabei kommt etwas heraus? Nun ja, wie auch immer, gut. Ja. Das heißt also, nicht vor übermorgen? Gut, ich rufe Sie dann an. Also dann … Warten Sie, irgendetwas wollte ich Sie noch fragen … Genau, können Sie vielleicht etwas für mich in Erfahrung bringen, hier rennt man mir die Tür ein wegen eines Untersuchungshäftlings, ich schaue mal, ob ich mir den Namen aufgeschrieben habe. Wie? Nein, nein, es handelt sich wohl um eine Bagatelle, er wurde angeblich ohne Grund verhaftet, und ich habe einfach genug davon, dass man mich ständig damit belästigt. Sein Name ist …«

Auf die Antwort mussten sie etwa eine halbe Stunde warten. Und sie war nicht eben beruhigend.

»Man hat bisher nichts beweisen können, aber es besteht ein starker Verdacht. Der Fall wird von Genosse Brikman untersucht, und der hält sie gern etwas länger fest.«

»Und wenn jemand sich für ihn verwendete?«, fragte Protassow.

»Das hilft bisweilen. Kennst du ihn denn persönlich?«

»Persönlich nicht, aber wir haben gemeinsame Bekannte. Eine junge Frau versucht etwas für ihn zu erreichen.«

»Wer denn?«

Protassow dachte nach und nannte dann Tanjuschas Namen. Seinem Freund konnte er vertrauen.

»Ist sie mit dem Professor verwandt?«

»Seine Enkelin.«

»Nun, das ist gut. Der Professor ist ein bekannter Mann mit gutem Ruf. Könnte er sich nicht selbst der Sache annehmen?«

»Er ist schon recht alt.«

»Dann soll ich dir also eine Rekommandation auf ihren Namen geben?«

»Ja, wenn es möglich ist.«

»Nun gut. Du verbürgst dich für sie?«

»Aber selbstverständlich.«

»Nur für alle Fälle. Es gibt ja doch so einiges. Bist du denn in sie verliebt? Ist sie hübsch? Zu wem möchte sie denn vorgelassen werden? Ich könnte ihr nur einen Zugang zu dem verschaffen, mit dem ich eben telefoniert habe. Mit ihm stehe ich in gutem Kontakt, mit den anderen weniger.«

»Und wer ist es?«

Der Freund nannte den Namen einer »Person« in ausreichend hoher Stellung, sodass auch Protassow bereits von ihm gehört hatte. Es war nicht jener, zu dem Tanjuscha vorgelassen werden wollte, aber Protassows Freund lachte nur laut auf, als er hörte, dass Tanjuscha versuchte, eine Rekommandation zu ihm zu erlangen.

»O je, mein Guter, zu ihm vorgelassen zu werden ist aussichtslos. Absolut aussichtslos, denn er empfängt niemanden. Und selbst wenn, er würde sich den Fall nicht einmal anhören. Mein Bekannter ist eher mit diesen kleinen Angelegenheiten befasst. Nur eines, unter uns ... er ist nicht unbedingt ein feiner Mensch, oder besser gesagt, er ist eigentlich ein richtiges Schwein. Aber er hat eben jetzt Macht. Mit ihm muss man vorsichtig sein und darf nichts Überflüssiges sagen. Schärf das deinem Mädchen ein.«

»Bist du mit ihm befreundet?«

»Mit ihm? Ich kenne ihn schon lange, noch aus der Zeit meiner Verbannung. Wir sind nicht befreundet, aber wir sehen uns häufig. Ich bin ja selbst kein Kommunist und befasse mich nicht mit Politik, sondern sitze nur in verschiedenen Ausschüssen. Aber dass du, Protassow, nicht irgendwo Dienst tust.

Leute wie du werden jetzt gebraucht, sonst gibt es ja niemanden mehr, der noch Anstand besitzt. Du bist doch ein hervorragender Fachmann.«

»Und das ist vermutlich auch der Grund, warum ich entlassen worden bin.«

»Man hat dich entlassen? Nun, das war sicher nicht so gewollt, ein Fehler, es wurden ja alle Ingenieure entlassen, ohne dass man sie sich genau angeschaut hätte. Wenn du möchtest, kann ich dir irgendwo eine Stellung verschaffen. Du hast doch im Moment keine?«

Protassow nannte das Institut, in dem er als Mitarbeiter geführt wurde, ohne dass er tatsächlich dort arbeitete. Es hatte keinerlei Verbindung zur Technik oder zum Bergbau.

»Was ist das denn für ein Quatsch! Da hast du ja wirklich nichts verloren.«

»Ich arbeite dort ja auch nicht. Gehe nur manchmal dort vorbei und hole mir ein Päckchen Hefe oder ein Glas Sirup ab.«

»Das ist doch Unsinn, ich verschaffe dir irgendwo eine Stellung als Ingenieur.«

Protassow dachte nach.

»Nun ja, ich würde gern irgendwo arbeiten. Aber ich glaube kaum an den Sinn der Arbeit heutzutage. Und vergeblich will man sich ja nicht bemühen.«

»Natürlich ist es jetzt schlecht um die Arbeit bestellt. Aber es wird schon langsam besser.«

»Durch wen denn?«

»Durch wen? Auch durch dich. Durch dich, mich und andere, kurz, durch die richtigen Leute. Zurzeit sind nur Dummköpfe und grüne Jungen am Ruder, deshalb geht alles den Bach runter. Aber warte nur ab, es wird sich mit der Zeit alles beruhigen und ins richtige Gleis kommen. Das geht nicht von heute auf morgen, Protassow.«

»Ich weiß. Aber bis es so weit ist, wird es nicht eine einzige funktionstüchtige Maschine mehr geben.«

»Dann produzieren wir eben neue.«

»Dafür wird es keine Mittel geben.«

»Und die Mittel dafür treiben wir auch irgendwie auf. Was bist du doch für ein Pessimist, Protassow. Soll das heißen, dass du der Ansicht bist, dass Russland untergehen wird?«

»Vielleicht auch das.«

»Nein, mein Lieber, das wird nicht geschehen. Das sieht vielleicht im Moment so aus, weil man der Sache müde ist. Ich bin selbst ein Mensch ohne Illusionen und kenne die jetzigen Machthaber bestens. Eines sage ich dir: Russland wird nicht untergehen, das Land ist nicht derart beschaffen. Und auch du, Protassow, glaubst das eigentlich nicht, du sagst das nur so.«

Sie verabschiedeten sich herzlich, und Protassow nahm eine Rekommandation für Tanjuscha mit.

»Eigentlich ist er ja ein ganz netter Kerl«, dachte Protassow, »selbstverständlich wird Russland nicht untergehen, aber dafür müsste man natürlich etwas tun. Aber mit einem Scherz auf den Lippen ins Telefon zu lügen und sich mit jedem Stück Dreck gemein zu machen – das ist nicht jedem gegeben. Doch man darf ihn auch nicht zu streng beurteilen: Verhielte er sich anders, könnte er mir in dieser schwierigen Angelegenheit auch nicht so mühelos weiterhelfen. Arbeiten müsste ich natürlich. Wenn es sich nur etwas leichter atmete und etwas weniger Dummköpfe gäbe.«

# Der Wolf zieht seine Kreise

Es war merkwürdig, wie wenig die Wölfe den Menschen noch fürchteten.

Der Winter war schneereich, und auf dem Weg aus dem Wald zum Dorf sank der Wolf mit seinen Hinterläufen oft tief ein. Der Mond beschien die schwarze Spur, die er hinter sich herzog, die aber nicht direkten Weges ins Dorf führte, sondern einen leichten Bogen zum kleinen Waldstreifen nahm, als zöge es den Wolf dorthin, ins Dunkel.

Der Weg über die Brücke wurde als Fahrweg benutzt, obgleich die Brücke im Winter kaum zu sehen war, denn der kleine Flusslauf war von Schnee bedeckt, und Ufer und Felder lagen nun auf gleicher Höhe. Nur Weidenruten säumten schwarz den Flusslauf.

Am Rand des Fahrwegs ließ der Wolf sich nieder und heulte dumpf und tief. Die Hunde antworteten – von ferne und widerwillig. Und der Wolf lief weiter, seitwärts, mit eingezogenem Schwanz.

Die zweite Kate am Dorfrand gehörte den Koltschagins, den Eltern von Andrej und Dunjascha. Eine recht große Bauernkate. In der Hälfte zur Linken, dort, wo der Vorgarten war, lebte Dunjaschas ältere Schwester mit ihrem Mann und ihrem Kind.

Die Wölfe zeigten keine Furcht mehr, weil es im Dorf nur noch wenige Männer gab – die einen waren im Krieg gefallen, die anderen waren in der Stadt. Außerdem gab es kein Pulver, mit dem man auf die Wölfe hätte schießen können, es wurde ja nunmehr überwiegend auf Menschen geschossen. Und die Hunde zu füttern wurde auch immer schwieriger.

Dunjaschas Mutter war noch jung, fünfundvierzig. Sie hieß Anna, auch die Schwester hatten die Eltern Anna, Anjuta, genannt. Sie lebten bescheiden, und als Dunjascha aus der Stadt zurückgekommen war, hatte die Familie – obgleich Dunjascha das ein und andere und auch etwas Geld mitgebracht hatte – eine Sorge mehr. Von Andrej hatten sie lange nichts gehört noch gesehen.

Die Hündin der Koltschagins hieß Pryska, irgendjemand hatte ihr diesen sonderbaren Namen gegeben. Pryska war alt und unansehnlich, nicht sehr groß. Die Wölfe witterte sie kaum, es gab da ja auch nichts, das sie zu behüten gehabt hätte. Die Schafe waren eingesperrt, die Kuh stand an ihrem Platz gleich hinter der Wand zu den Eltern. Es gab also nichts, das es zu behüten gab, es sei denn aus Solidarität mit den anderen Hunden. Pryska drückte sich an die warme Wand und versuchte zu schlafen – obgleich der beste Schlaf natürlich der am Tage im Haus war.

Dass alles eingegattert war, wusste selbstverständlich auch der Wolf. Aber was sollte er tun? Es zog ihn ins Dorf, roch es dort doch nach Stall und Schaf. Er hatte schon lange nichts mehr gefressen und war furchtbar hungrig. Es konnte ja sein, dass auf dem Kehricht gefrorene Därme oder Knochen lagen. Oder er wollte einfach die mit dem Geruch der Schafe gesättigte Luft einatmen. Er näherte sich den Häusern von der Seite der Gemüsegärten, nicht von der Straße. Und nicht ein einziger Hund kläffte – alles schlief.

Er streckte die Schnauze in die Luft und sog die Luft ein. Seine Nase war mit Reif überzogen. Langsam schlich er zum Kehricht. Dort waren viele Spuren von Hundepfoten – auch die Hunde litten Hunger.

An den Stellen, an denen die Hunde gewühlt hatten, wühlte der Wolf mit Zähnen und Krallen noch tiefer. Doch kaum hatte er damit begonnen, fing Pryska an zu bellen, und dann alle anderen Hunde des Dorfes.

Pryska gab den Ton an und winselte und heulte, rannte über den Hof und mit Schwung die Treppe hinauf. Fegte hin und her, hatte Angst, drohte, zitternd und aufgebracht, weil der Wolf gekommen war. Aber sich gleich auf den Wolf stürzen … nein, Pryska konnte es doch nicht mit dem Wolf aufnehmen. Sie drückte sich gegen die Tür und heulte bis zur Heiserkeit.

Niemand im Dorf regte sich. Die Leute wachten kurz auf und wussten dann, dass die Wölfe gekommen waren. Aber das taten sie doch jede Nacht. Warum nachsehen? Alles war eingegattert.

Der Wolf lief von einem Kehrichthaufen zum nächsten, scharrte, nagte. Einmal führte ihn seine Witterung unter Hundegebell bis zum Schafstall. Der warme Geruch der Schafe zog ihm in die Nase, der Speichel lief ihm herunter und gefror zu Eiszapfen.

Die Ohren schmerzten ihm vom Hundegebell. Aber das Dorf schlief.

Es schlief das Dorf.

Der Hunger des Wolfes ging im Dorf um, von Kehricht zu Kehricht, von Haus zu Haus. Zwei Kreise zog der Wolf um das Dorf. Sein giftiger, hungriger Geifer tropfte auf seine Spur.

Als er die Einfriedung des Dorfes verlassen hatte, ließ er sich nieder, putzte sich, heulte das Dorf an, verfluchte es für seinen Hunger.

Pryska kauerte sich am Haus der Koltschagins zusammen und duckte sich vor dem Fluch weg. Die Menschen verstanden den Fluch nicht. Pryska aber verstand den Fluch des Wolfes.

Etwas würde geschehen!

Inmitten des Dorfes stand eine Stange. Auf dieser Stange war ein Starenkasten und daran hing eine Glocke. Diese Glocke müsste jemand schlagen, damit alle es wüssten: Der Wolf hat das Dorf verflucht, ihm den Hunger gewünscht, ihm gewünscht, dass die Menschen im Kehricht wühlen und ihre Hunde vertilgen sollten.

Dass auch bei ihnen der warme Dunst der Schafe, der nicht satt machte, Gelüste wecken möge.

Dass sie wie die Wölfe den Mond anheulen und einander die Pest an den Hals wünschen sollten.

Und dass sie vor ihren eigenen Schatten erschrecken, die Schwänze einzögen und selbst zu Schatten würden.

Dass es nichts mehr gäbe, das sie unter Verschluss halten

und vor dem Hunger des Wolfes verstecken könnten, und dass der Hunger des Menschen schlimmer als der des Wolfes sein möge!

Die Glocke müsste doch das herannahende Leid ankündigen, die Menschen müssten doch vor Angst aufgeschreckt hin- und herlaufen, mit den Zähnen klappern und ihnen müsste vor Hunger der Speichel herunterlaufen.

Der Mond lachte, als er vernahm, wie der Wolf das Dorf verfluchte. Er glaubte ihm nicht. Oder er glaubte ihm, aber der Wolf und die Menschen waren ihm gleich.

Und als der Wolf einen kleinen Hasen sah, der schnell, blitzschnell aus den Gemüsegärten davonhüpfte, in denen noch ein paar Kohlstrünke standen, wurde er wieder jung und machte sich auf, den Hasen zu jagen. Der Hase hüpfte leichtfüßig über den verharschten Schnee, der Wolf sank schwer ein und biss sich in die feuchte Zunge. Er erriet, wohin der Hase fliehen wollte, und lief in einem Bogen zum Wald, um ihm den Weg abzuschneiden.

Er fraß ihn schon mit den Augen, winselte vor Erregung, flößte seinem Opfer mit dem Feuer in seinen Augen Angst ein.

Als sie den Waldrand erreicht hatten, hätte der Wolf mit seinen gelben Zähnen den kurzen Hasenschwanz fast gepackt. Doch der Hase schlüpfte schnell unter einen Busch: Der Wolf konnte ihn sehen, aber nicht zu fassen bekommen. Er reckte den Kopf in die Höhe, um über das schneebedeckte Geäst hinwegsehen zu können, und begann, auf die Deckung des Hasen loszurücken, doch da schoss das weiße Langohr vollkommen unbemerkt davon und huschte, mit den Hinterbeinen ausschlagend, noch weiter in den Wald hinein. Ihn nun noch einzuholen war, selbstredend, unmöglich.

Auch der Wolf strich noch tiefer im Wald herum, ohne jegliche Hoffnung allerdings, und ging zu seiner Höhle, um im hungrigen Schlummer und in Träumen von der Wärme der Schafe und der Gier der Menschen über den Hunger hinwegzuschlafen.

Es ward Morgen. Das Dorf erwachte. Pryska wedelte mit dem Schwanz und zwängte sich ins Haus, um im Warmen eine Mütze voll Schlaf zu nehmen.

Der Dienst, den der Hund zu verrichten hatte, war zu Ende. Die Nacht war vorüber. Der Tag war da.

# Jugendfreunde

Wassjas Herz klopfte heftig, als er in die Straße Siwzew Wrashek einbog, sich dem vertrauten Haus näherte und an die Tür klopfte.

Er trug einen Halbpelz, Walenki mit rotem Muster, wie sie in Kasan gefertigt werden, einen dicken Schal und eine warme Mütze mit Ohrenklappen. Nachdem er vom Typhus wieder gesundet war, hatte er fast einen Monat noch im Bett verbracht, denn der Arzt hatte befürchtet, es könne zu Komplikationen kommen. Als die dramatische Phase seiner Krankheit überwunden war, hatte Tanjuscha ihn nicht mehr so oft besucht. Sie hatte es nicht leicht: Um den Haushalt musste sie sich kümmern, hatte zu kochen und zu waschen, bisweilen verkaufte sie etwas Kleinkram auf dem Smolenski-Markt, und abends trat sie meist irgendwo auf, an den Wochenenden auch nachmittags. Aufgrund der allgemeinen Not bezahlten die Arbeiterklubs die Künstler mittlerweile schlechter, und mit Musikstunden war in diesen Zeiten kaum etwas dazuzuverdienen, vor allem im Winter, da fast nirgendwo mehr Unterricht stattfand. Die Schulen wurden nicht geheizt, und die Kinder und Jugendlichen waren ebenso wie die Erwachsenen damit beschäftigt, das zum Leben Notwendige mühselig aufzutreiben.

Ein weiterer Grund für Wassjas Aufregung war, dass es eigentlich nichts gab, worüber er sich mit Tanjuscha hätte unterhalten können. Wenn sie bei ihm gewesen war, hatte sie ihm von den Ereignissen und den Gerüchten darüber zu erzählen versucht, aber sowohl Ereignisse als auch Gerüchte waren derart traurig und verworren, dass sie nicht zur Zerstreuung eines Kranken taugten. Manchmal war Tanjuscha allein bei ihren Besuchen, manchmal in Begleitung Protassows, meist aber hatten sich die beiden wie zufällig bei ihm getroffen. Aljonuschka hatte ihn weiterhin täglich aufgesucht, obwohl Wassja eigentlich gar keiner Hilfe mehr bedurfte. Und Aljonuschka konnte lediglich zum Thema des allgemeinen Preisanstiegs etwas beitragen. Zwischen Tanjuscha und Wassja hatte ein gewisses Unbehagen geherrscht, etwas Unausgesprochenes hatte zwischen ihnen gestanden, und ihnen beiden war bewusst, was es war, das zwischen ihnen unausgesprochen war. Und deshalb hatte Tanjuscha Wassja immer seltener besucht.

Als Wassja sein Krankenbett verließ, lag längst Schnee in den Straßen Moskaus, die niemand mehr räumte. Von Pferdehufen aufgewühlte und von Schlittenkufen geschliffene Schneemassen bedeckten die Wege. Mancherorts hatte jemand den Schnee zu Haufen zusammengeschippt und einen kleinen Pfad zu Tor und Hauseingang gebahnt. Es gab niemanden mehr, der vor dem Haus in der Siwzew Wrashek den Schnee hätte wegschaufeln können, denn der Hausknecht Nikolaj war im Spätherbst in sein Dorf zurückgekehrt.

»Was soll ich noch hier, ich bin Ihnen ja doch nur eine Last. Mag sein, dass das Leben wieder leichter wird, wenn der Frühling kommt, dann komme ich im nächsten Jahr wieder. Es wird doch nicht ewig so bleiben.«

Seine Hütte war abgetragen und verfeuert worden. Zuvor, noch bevor er seine Reise nach Hause angetreten hatte, war auch schon die Banja abgerissen worden. So hatte man wenigstens Brennholz für den Winter gehabt.

An jenem Tag kam Wassja also zum ersten Mal wieder in die Siwzew Wrashek, obgleich er bereits seit einer Woche auf den Beinen war. Die ganze Zeit hatte er diesen Besuch hinausgeschoben. Zuerst hatte er sich vorgenommen, es so einzurichten, dass er nur den Herrn Professor anträfe. Dann aber hatte er beschlossen, dass es doch einerlei sei, denn irgendwann musste er schließlich den Mut finden, Tanja in ihrem Zuhause, in der altvertrauten Umgebung zu begegnen. Denn tatsächlich war ja rein gar nichts geschehen. Alles war, wie es sein sollte.

Als er kam, war Tanjuscha allein zu Hause. Der Ornithologe war zu einem Spaziergang aufgebrochen und hatte sein Portefeuille mit ein paar Büchern mitgenommen.

Tanjuscha freute sich über Wassjas Besuch, aber sie war auch ein wenig verlegen. Sie bemerkte, dass Wassja irgendwie seltsam war, dass er sich verhielt, als sei ihm das Haus, in das er kam, nicht seit langem vertraut, sondern fremd. Und Tanjuscha wusste, dass der Grund dafür bei ihr lag. Aber sie trug doch keine Schuld daran! Hatte sie denn Wassja irgendetwas versprochen?

Er hatte gedacht, es sei schwierig, das Gespräch mit Tanjuscha zu beginnen, um sich zumindest ein wenig mit ihr auszusprechen, und deshalb hatte er Angst vor diesem Gespräch gehabt. Doch er spürte, dass es notwendig war. Es war notwendig, ihr zu sagen, dass er, Wassja, alles verstehe, und dass er, Wassja, ihr alles Glück auf der Welt wünsche. Danach wäre es leichter, einander wieder zu begegnen, und alles könnte sein wie früher. Auch wenn es natürlich nicht wie früher wäre, könnten sie doch wieder ganz unbefangen miteinander plaudern. Und das Unbehagen zwischen ihnen wäre verschwunden. Aber alles war dann doch viel einfacher als gedacht, das Gespräch kam wie von selbst in Gang.

»Wer wohnt eigentlich jetzt im oberen Stock, in Ihrem Zimmer?«

»Dort wohnt gerade niemand. Dunjascha ist nicht mehr bei uns, ihr Bruder, der Kommissar, ist ja schon früher plötzlich nicht mehr aufgetaucht. Dann sind die Zimmer offenbar in Vergessenheit geraten, und sie wurden nicht mehr in die Belegungslisten aufgenommen. Deshalb stehen sie immer noch leer. Aber vielleicht zieht demnächst wieder jemand ein.«

»Jemand, den Sie kennen?«

»Ja. Vielleicht, ja, ziemlich sicher sogar, zieht Pjotr Pawlowitsch bei uns ein. Er hat natürlich eine eigene Wohnung, sogar mit Badezimmer, aber im Moment sind ja ohnehin überall die Rohre eingefroren, und das Badezimmer kann deshalb nicht benutzt werden ... Großvater hat es ihm vorgeschlagen.«

Tanjuscha erklärte lange und weit ausholend, warum es für Protassow bequemer sei, die Wohnung zu wechseln – einerseits hätte er es zu seiner Dienststelle sehr viel näher, zum anderen fielen die beiden Zimmer dann nicht der Requirierung zum Opfer, da er auch ein Anrecht auf ein Arbeitszimmer habe –, aber Tanjuscha spürte, dass all dies zu erklären müßig sei und Wassja ohnehin nicht zuhörte.

Dann schwiegen sie eine Zeit lang.

Und plötzlich fragte Wassja:

»Werden Sie ihn heiraten?«

Tanjuscha war, als habe sie diese Frage erwartet, gar nicht überrascht und antwortete, ohne den Kopf zu wenden:

»Ich weiß es nicht. Ich mag Pjotr Pawlowitsch, wir sind sehr gute Freunde geworden.«

Und im selben Tonfall fügte sie hinzu:

»Halten Sie das für falsch?«

Dann blickte sie Wassja an. Er saß unbewegt, schaute zum Fenster, und in seinen Augen standen Tränen.

»Wassja, Sie werden doch nicht …, Sie weinen doch nicht, Wassja?«

Wassja wandte den Blick nicht vom Fenster ab, kramte mit seinen Händen nach seinem Taschentuch. Aber wie sich selbst zum Tort hatte er keines eingesteckt.

»Aber wie kann man nur, Wassja!«

Er wandte sich zu ihr um und sagte mit zitternder, geradezu kindlicher Stimme:

»Ach, es ist nichts, es ist nur, wissen Sie, Tanjuscha, ich bin nur von der Krankheit so schwächlich, das heißt so geschwächt …«

Und weil er aus Versehen das falsche Wort benutzt hatte, begann Wassja nun richtiggehend zu heulen.

Tanjuscha beruhigte ihn wie eine Mutter ihr Kind. Wischte ihm mit ihrem Taschentuch die Tränen trocken, streichelte seinen kurzgeschorenen kugelrunden Schopf, hielt seine Stirn, die sich in ihre Hand schmiegte – das erste Mal im Leben so in ihre Hand schmiegte. Vielleicht hatte er zuvor oft davon geträumt, und nun, in dieser Situation erst, war es eingetreten.

378

Und dann wusste Wassja nicht, wie er den Kopf wieder heben sollte. Er schämte sich für seine Schwäche, und außerdem hätte er sich unbedingt die Nase putzen müssen, doch er hatte nichts, womit er dies hätte tun können. Aber er war tatsächlich sehr geschwächt nach seiner Krankheit, und nur deshalb war alles so gekommen.

»Wassja, Sie müssen unbedingt wieder zu Kräften kommen, Sie sind furchtbar mager geworden.«

»Ach, bitte entschuldigen Sie, Tanjuscha, diese Torheit.«

»Aber was denn, Wassja.«

»Ich habe das ja alles auch schon gewusst, Tanjuscha, es gespürt, natürlich ... Es ist nur ... Aber ich wünsche Ihnen alles Glück der Welt. Ich bin gekommen, um Ihnen das zu sagen.«

»Danke, Wassja, das weiß ich ja. Sie sind doch mein bester Freund, waren es schon immer, seit Kindertagen. Und jetzt lassen Sie uns von etwas anderem sprechen.«

»Ja, das ist doch ganz gleich. Kann ich Ihr Taschentuch haben? Ich werde es waschen und gebe es Ihnen dann wieder«, und er fügte hastig hinzu. »Kommt der Herr Professor bald zurück? Wie schade, dass ich ihn nicht angetroffen habe.«

»Möchten Sie nicht noch ein wenig bleiben?«

»Lange kann ich nicht, ich muss nach Hause.«

»Bekommen Sie Besuch?«

Sie fragte, obwohl sie doch wusste, dass Aljonuschka zu Wassja kommen würde, so wie sie es jeden Tag tat. Und sie blickte Wassja forschend an, ob er nicht wieder verlegen aussah. Aber er antwortete ganz unbefangen:

»Jelena Iwanowna kommt zu mir, sie kommt doch jeden Tag.«

»Wie lieb und fürsorglich sie ist. Dass Sie wieder gesund geworden sind, haben Sie ihr zu verdanken, Wassja, ohne sie wäre es Ihnen viel schlechter ergangen.«

»Ja, natürlich. Sie ist wundervoll. Vor allem, weil sie dies alles so uneigennützig tut, dabei ist ihr Leben ja auch nicht gerade leicht. Wie viel Zeit sie mir geopfert hat!«

Tanjuscha lächelte in sich hinein.

»Sie sind während Ihrer Krankheit wohl sehr mit Aljonuschka vertraut geworden?«

Wassja antwortete: »Aber ja, natürlich!«, und dachte: »Das hätte sie nicht sagen sollen!« Er verstand, dass es Tanjuscha sehr gelegen käme, wenn er, Wassja, Aljonuschka nähergekommen und sie ihm auch weiterhin unersetzlich wäre. Sie, Tanjuscha, könnte sich dann freier fühlen, obgleich er sie ja in keiner Weise bedrängte und dies weder wollte noch konnte. Soll sie doch Protassow lieben und ihn heiraten. Dass er, Wassja, wie ein Gymnasiast zu heulen begonnen hatte, war natürlich töricht und lächerlich. Aber jetzt über Aljonuschka zu sprechen war absolut unangebracht – als könnte ihm dies Trost sein.

Und dann fühlte sich Wassja auch noch im Namen Aljonuschkas gekränkt. Denn sie hatte ihn ja tatsächlich gesundgepflegt und kümmerte sich immer noch um ihn. Natürlich war sie nicht wie Tanjuscha, sondern ein sehr viel schlichterer Mensch. Sie war nicht sehr gebildet, und wenn sie lachte, zog sie die Luft glucksend durch die Nase ein. Aber zugleich war sie herzensgut und überaus lieb, mit ihr war leicht auszukommen. Warum nur musste Tanjuscha andeuten, dass Wassja bei ihr möglicherweise Trost gefunden hätte, dafür, dass sie ihn nicht liebte und Protassow heiraten würde.

Und Wassja sagte:

»Jelena Iwanowna ist ein einfacher Mensch und mir sehr wohlgesonnen. Ich habe großen Respekt vor ihr. Sie hat im Leben schon vieles durchgemacht. Ich stehe zutiefst in ihrer Schuld.«

Tanjuscha verstand, dass Wassja dies sagen musste. Und gleichzeitig dachte sie als Frau bei sich: »Das macht doch nichts. Irgendwie wird Wassja seine Schuld Aljonuschka gegenüber schon begleichen.«

Und ihr ward heiter zumute.

Der Professor kehrte müde, aber sehr zufrieden zurück. Zum einen war der Tag zwar kalt, doch sonnig und angenehm. Zum anderen hatte man ihm im Schriftstellerbuchladen, in den er wieder ein paar Bücher gebracht hatte, die Nummer einer englischen Zeitschrift für Ornithologie aus dem vergangenen Jahr gezeigt, die durch einen Zufall ihren Empfänger erreicht hatte. Darin war ein Kapitel über den Vogelzug aus einem seiner Bücher abgedruckt, und ein paar Zeilen, voller Hochachtung und englischer Liebenswürdigkeit, waren dem Autor des Buches, »dem bekannten russischen Ornithologen und unermüdlichen Erforscher der gefiederten Welt«, gewidmet.

In früheren Zeiten hatte der Professor solche Widmungen häufig zu lesen bekommen, sie hatten ihn stets mit Freude erfüllt, aber nicht euphorisch werden lassen. Nun aber, in derart schweren Zeiten, in vollkommener Abgeschiedenheit, abgeschnitten von der europäischen Gelehrtenwelt, war er außerordentlich gerührt. Und während er über den Twerskoj-Boulevard nach Hause ging, die Aktenmappe mit der ihm zum Andenken geschenkten Zeitschrift fest an sich gedrückt, spürte er, wie seine Augen erst warm wurden und dann die Tränentropfen in den Wimpern froren. Er schämte sich ein wenig und zugleich war ihm überaus wohl zumute.

»Trotz allem haben sie mich alten Mann dort noch nicht vergessen!«, dachte er. »Ach, wäre ich doch noch jünger, dann könnte ich, sobald die Zeiten wieder besser sind, mit Tanjuscha ins Ausland reisen, nach Paris, London. Dann könnte ich ja sogar vielleicht einen Vortrag auf Englisch in der dortigen ornithologischen Gesellschaft halten.«

Doch dann fiel ihm voller Sorge ein:

»Aber ich habe ja gar keinen Gehrock mehr! Den habe ich ja gegen Kartoffeln eingetauscht. Den Frack habe ich noch, einen Frack nimmt ja niemand, wegen der Schöße. Den kann man nicht in ein für den Alltag gebräuchliches Kleidungsstück umändern. Aber in England braucht man ja gerade am Abend unbedingt einen Frack.«

Und dann dachte er:

»Wenn ich doch nur mein Buch veröffentlichen könnte. Es ist ja so weit fertig, müsste nur noch einmal ins Reine geschrieben werden. Mehr als zehn Jahre habe ich daran gearbeitet. Aber an eine Veröffentlichung ist momentan nicht einmal zu denken. Heutzutage publizieren nur die jungen Burschen ihre Gedichte, irgendwie kriegen die das hin. Und sie denken sich so erstaunliche Titel für ihre Bücher aus: ›Das Pferd als Pferd‹. Gott weiß, was das bedeuten mag, vielleicht ist das ja auch nur eine Lausbüberei.«

Trotz allem war der Professor an jenem Tag bester Stimmung.

Er freute sich sehr, Wassja zu sehen.

»Du bist ja ganz kahlrasiert, mit einem Kopf, rund wie eine Kugel. Wie wunderbar, dass du endlich wieder gesund bist. Jetzt kannst du uns ja wieder oft besuchen.«

Er trat von einem Fuß auf den anderen, lächelte, doch dann hielt er es nicht mehr aus und zog die englische Zeitschrift aus seinem Portefeuille und zeigte sie verschämt Wassja:

»Schau mal, welch seltenes Stück mir hier untergekommen ist – eine neue Nummer, zwar schon aus dem letzten Jahr, aber immerhin. Jetzt bekommt ja nicht einmal mehr die Universität Sendungen aus dem Ausland. Darin bin sogar ich alter Mann bedacht worden. Das tut doch recht wohl.«

Wassja blätterte die Zeitschrift durch, betrachtete die Illustrationen und sagte:

»Ja, das ist wirklich schön. Eine prachtvolle Ausgabe.«

»Das ist sie, sie verstehen ihr Handwerk, und auch an Geld fehlt es ihnen nicht.«

Tanjuscha hatte ein zweites Frühstück zubereitet, aber Wassja hatte es eilig:

»Ich muss leider gehen.«

»Aber möchten Sie denn nicht etwas mitessen?«

»Nein, ich habe keine Zeit, ich habe versprochen, um zwei Uhr wieder zurück zu sein.«

»Schauen Sie bald einmal wieder vorbei, Wassja.«

»Ja, ja. Alles Gute, Herr Professor.«

»Warum hast du es denn so eilig?«

»Ich muss aufbrechen.«

»Nun, du musst es ja wissen. Ich habe mich sehr gefreut, dich zu sehen, wirklich sehr.«

Als Wassja gegangen war, rief der Großvater Tanjuscha zu sich und streichelte ihr über das Haar.

»Nun, wie fandest du Wassja? Er ist irgendwie ruhig geworden.«

»Ich habe ihn ja regelmäßig gesehen.«

»Nun ja. Und wie geht es ihm? Hat er Kummer?«

»Warum sollte er Kummer haben, Großvater?«

»Nun ja, wegen seiner Herzensangelegenheiten. Hab Mitleid mit ihm, Tanjuscha. Er ist dir so treu ergeben.«

Tanjuscha schmiegte sich an den Großvater:

»Ich glaube, Großvater, dass Wassja schon bald Trost finden wird. Und es wird ihm sogar besser ergehen als zuvor.«

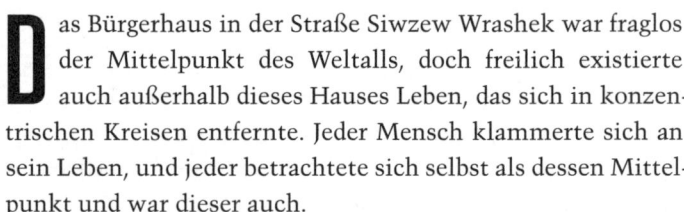

# Zwei

**D**as Bürgerhaus in der Straße Siwzew Wrashek war fraglos der Mittelpunkt des Weltalls, doch freilich existierte auch außerhalb dieses Hauses Leben, das sich in konzentrischen Kreisen entfernte. Jeder Mensch klammerte sich an sein Leben, und jeder betrachtete sich selbst als dessen Mittelpunkt und war dieser auch.

Mittelpunkt seiner Welt war auch Andrej Koltschagin, der Deserteur des Großen Krieges, wie man früher gesagt hatte, oder des Imperialistischen Krieges, wie er von denselben Leuten nunmehr genannt wurde, ehemaliger Kommandant des Sowdep von Chamowniki, nunmehr Kommandeur eines zusammengewürfelten Detachements im Bürgerkrieg. Wieder Hunger, Kälte, Läuse. Aber es gab einen Unterschied: In jenem Krieg ein stummer Sklave, Kanonenfutter, war er in diesem nun Kämpfer für das Allgemeinwohl der Menschheit.

Worin das Allgemeinwohl der Menschheit bestehen sollte, wusste Koltschagin freilich nicht, aber jetzt gab es für den Hunger, die Kälte und die Läuse eine durchaus nachvollziehbare Erklärung: Der innere Feind musste besiegt werden, koste es, was es wolle, andernfalls wartete auf solche wie Koltschagin schreckliche Bestrafung und Rache. Jetzt war der Feind real. Es war nicht mehr der deutsche Hans, mit dem man nichts gemein hatte, sondern ebenjener Offizier, der Koltschagin und seinesgleichen mit voller Wucht Maulschellen verpasst hatte. Im Übrigen trieb sie weniger das Gefühl des Hasses, das schon längst verloschen war, als vielmehr die Angst vor der Zukunft. Aber diese Angst einzugestehen, sogar sich selbst, war unmöglich. Die Angst ist kein Banner. Und wie man früher für Koltschagin und seinesgleichen Losungen wie »Für Glaube, Zar und Vaterland« erdacht hatte, schrieb man nun mit weißen Buchstaben auf roten Grund: »Für Sozialismus und Sowjetmacht«. Worte, die, ebenso wie jene zuvor, nicht verstanden und nicht gebraucht wurden, und so verstand ein jeder sie,

wie zuvor, ganz wie er es wollte. Koltschagin und seinesgleichen verstanden sie folgendermaßen: Bring dich selbst und die
Deinen in Sicherheit. Und die Koltschagins kämpften gewissenhaft gegen ihre Angst.

Seit seiner Desertation hatte Andrej Koltschagin Geschmack an vielem gefunden: an der Freiheit von Verpflichtungen, die ihm von oben auferlegt worden waren, an der Macht,
an einem schönen, fast herrschaftlichen Leben. Und er hatte
das Denken gelernt. Früher war dies für einen gemeinen Soldaten absolut nicht zwingend gewesen. Er hatte die Schönheit
wohlklingender Sprache zu lieben und selbst in ihr zu sprechen gelernt, war ganz vom Berufssoldatentum durchdrungen,
hatte den Sinn des Heldentums und den geringen Wert des
fremden sowie den hohen Wert des eigenen Lebens begriffen.
Nunmehr war Andrej Koltschagin am Ruder, und alle Wege
standen ihm offen. Er war kein grauer Soldat mehr, einer unter
Tausenden, ja Millionen, sondern auserwählt, einer, mit dem
man menschlich umging, den man ehrenvoll als Genosse ansprach. Allein aufgrund der Überzeugung, dass nicht die auf der
Militärhochschule oder lediglich aufgrund hochwohlgeboren-
er Herkunft erworbenen Epauletten jemandem einen hohen
Posten einbrachten, sondern der eigene Heldenmut, also der
eigene Witz und die eigene Kühnheit. Allein aufgrund dieser
Überzeugung entschieden Andrej Koltschagin und viele andere Andrejs, auf wessen Seite ihr Platz, ihre Liebe und ihre
Hoffnung sei. Vielleicht war es ja bei näherer Betrachtung auch
nicht ganz so, wie es ihnen schien, aber im Feldlager der goldenen Epauletten brauchte man nicht näher hinzusehen. Koltschagin und seinesgleichen hatten in der Vergangenheit un-
umstößliche, untrügliche und schwerwiegende Erfahrungen
gemacht, und hier nun war alles neu, und alles war möglich.

Wie zwei Mauern standen sich zwei Armeen von Brüdern
gegenüber, und eine jede hatte eine eigene Wahrheit und Ehre.
Es gab die Wahrheit jener, die Vaterland und Revolution entweiht sahen von neuer Despotie und neuer Gewaltherrschaft,

die nun lediglich eine andere Farbe trug, und es gab die Wahrheit jener, für die Vaterland etwas anderes bedeutete, die eine andere Auffassung von Revolution hatten und sie nicht durch den schändlichen Friedensschluss mit den Deutschen entweiht sahen, sondern durch den Betrug an der Hoffnung des Volkes.

Ehrlos wäre ein Volk, fänden sich in ihm keine Verteidiger der Idee vom Vaterland als Kulturnation, der Idee von der Nation, die ihr gegebenes Wort hält, der Idee von immerwährendem Heroismus und anerzogener Menschlichkeit.

Unfähig wäre ein Volk, das im Augenblick der Entscheidung eines jahrhundertelangen Streits nicht versucht hätte, die alten und verhassten Götzenbildnisse vollständig zu zerstören, das Leben, die Weltanschauung, die Ökonomie und die gesamte Gesellschaftsordnung vollständig neu zu erschaffen.

Helden und Menschen reinen Herzens gab es hier wie dort, ebenso Opfer, Heldentaten, Verbitterung, erhabene, echte Menschlichkeit und viehische Unmenschlichkeit, Angst und Enttäuschung, Kraft und Schwäche und dumpfe Verzweiflung.

Viel zu einfach wäre es doch für die Lebenden und die Geschichte, gäbe es nur eine einzige Wahrheit, die mit der Unwahrheit kämpfte. Doch es gab und es kämpften zwei Wahrheiten und zwei Ehren, und das Schlachtfeld wurde durch sie mit Leichnamen der Besten und Ehrlichsten übersät.

In jenen Tagen fiel ein blutjunger Junker, den alle Aljoscha nannten – ein Bursche mit grauen Augen, der vor nicht allzu langer Zeit noch Gymnasiast gewesen war. Mit anderen zusammen hatte er gemordet und war nun selbst gemordet worden. Er lag auf dem Rücken und sein leerer Blick schaute in den Himmel – warum so früh? Hätte er nicht noch ein paar wenige Tage leben können? Seine Brust war bereits mit dem Georgsband geschmückt – für seine Tapferkeit im Bruderkrieg. Aljoscha war gefallen.

In jenen Tagen starb auch der Soldat und Kommandeur, Held des roten Banners, Andrej Koltschagin. Mit einer schweren Verwundung am Kopf stolperte er über den Leichnam Aljoschas und fiel neben ihm nieder.

Und ohne nach ihren Namen, nach ihrer Lauterkeit oder Sündhaftigkeit zu fragen, deckte die Nacht der Ewigkeit sie mit einem Leichentuch zu.

# Sawalischins Reich

Wenn er nicht im Einsatz war, schlenderte Sawalischin durch die Flure und Dienstzimmer seiner Dienststelle, verschlafen, ungepflegt, mit verquollenen Augen. Alle kannten ihn, aber er stand mit keinem der Kollegen auf besonders gutem Fuße.

Manche hielten sich sogar von ihm fern, gaben ihm niemals die Hand und versuchten zumeist, ihn einfach zu übersehen. Das grauenerregende Metier Sawalischins schreckte sie ab.

Manchmal suchte Sawalischin auch Kommandantur und Verwaltung auf, ließ sich wortlos auf der Bank nieder und erkundigte sich schließlich, wann die Ausgabe der Lebensmittelrationen erfolge und wann er seine Lohnabrechnung erhalten werde. Die Aufstellungen für die Lohnabrechnung schrieb er gewissenhaft, mit schiefer, aber leserlicher Handschrift für einen jeden Fall, setzte Datum, Stückzahl und die Vollzugsbefehls-Nummern hinzu und hängte das entsprechende Dokument an. Was dies betraf, war Sawalischin pedantisch, und selbst in betrunkenem Zustand erledigte er seine Arbeit nur dann, wenn er den Vollzugsbefehl mit Unterschrift und Stempel erhalten hatte.

Sawalischin hatte eine Bekannte, Anna Klimowna, die er früher immer samstags aufzusuchen pflegte. Nun hatte er sie bei sich in der Wohnung untergebracht. Sie sahen sich meist nur am Tage, zur Mittagszeit. Anna Klimowna war noch jung, aber eine gute Hausfrau mit großer Umsicht. Über Sawalischins Arbeit wusste sie bestens Bescheid, aber sie zeigte kein besonderes Interesse daran. Als sie davon erfahren hatte, war sie zwar etwas erschrocken, hatte sich aber sogleich damit abgefunden, denn der gute Verdienst ihres Gefährten freute sie doch sehr. Wenngleich er nicht gern von seiner Arbeit erzählte, suchte sie doch immer wieder zu erfahren, ob wieder viele an der Reihe seien und ob nicht der allgemeinen Teuerung wegen und weil ja das Geld auch schon wieder an Wert verloren

habe die Saldierung pro Kopf erhöht werde. Sie nahm wohlmeinend zur Kenntnis, wenn ihr Gefährte in einem neuen Anzug oder neuen Stiefeln von der Arbeit nach Hause kam, und
wusste, dass er wieder einmal eine Zuteilung an Kleidung erhalten hatte, die vom Vorbesitzer nicht mehr benötigt wurde.
Sie änderte um, ließ die Ärmel heraus, wenn sie zu kurz waren,
und wusch die schmutzige Leibwäsche, die er mitgebracht
hatte. All dies tat sie voller Gelassenheit, umsichtig, ganz erfahrene Hausfrau. Wenn Sawalischin betrunken nach Hause
kam, half sie ihm ohne allzu großes Gezeter beim Zubett-
gehen, denn sie konnte nachempfinden, dass seine Arbeit, die
ja durchaus nicht leicht war, ohne zu trinken kaum zu ertragen war. Mit dem Domkom-Vorsitzenden stand Anna Klimowna in guter Beziehung, möglicherweise traf sie sich sogar
an jenen Tagen, an denen Sawalischin Überstunden einlegen
musste und deshalb kaum zu Hause war, mit ihm.

Tage, an denen Sawalischin Überstunden einlegen musste,
gab es im August und im September, als Liquidationen von Ge-
setzesbrechern anstanden. An diesen Tagen weigerte er sich,
nüchtern zu arbeiten. Es wurde stets Hochprozentiges für ihn
vorrätig gehalten, darum musste er sich also nicht selbst kümmern. Mitunter musste sogar tagsüber gearbeitet werden. Einmal hatte sich Sawalischin gerade in die Kleiderkammer in
der Sretenka begeben, wo er die beantragte Mütze in Empfang
nehmen wollte, und bevor er eine passende hatte auswählen
können, war schon nach ihm geschickt worden. Schlecht gelaunt ging er, erledigte seine Arbeit, schrieb seine Aufstellung,
gab sie ab, und als er schließlich wieder in die Kleiderkammer
kam, waren die besten Ledermützen schon weg. Er war lange
ungehalten und konnte sich gar nicht wieder beruhigen.

Als jemand, der unverzichtbar und wichtig war, hatte Sawalischin Zutritt zu allen Räumen seiner Dienststelle, und er
suchte mit besonderer Vorliebe den zum Hof gelegenen Seiten-
flügel des Hauses Nr. 14 auf, in dessen Keller sich jene Gemeinschaftszelle befand, die Totenschiff genannt wurde. Es

zog ihn dorthin, weil in diesem Bau vor allem Kriminelle saßen, ein verwegenes Volk, an deren Schuld es keine Zweifel
gab. In der Politik kannte Sawalischin sich nicht sonderlich
aus, er begriff nicht vollständig, warum diese einsaßen, jene
in Freiheit waren und wieder andere als Abgang verbucht wurden. Hier aber war ihm dies verständlich, das waren irgendwie seine Leute. Entweder er bringt dich um oder du ihn. Sie
fluchen, was das Zeug hält, kennen sich untereinander alle
und gehen feierlich in den Tod, wollen aber unbedingt zuvor
noch eine letzte Papirossa rauchen. Der »Kommissar des Todes« Iwanow kannte viele von ihnen noch, als sie frei herum-
gelaufen waren, und erzählte Sawalischin Geschichten über
sie. Man konnte sie ganz einfach von der Galerie, die um ihre
Grube führte, betrachten. Manche von ihnen kannte er bereits,
denn sie saßen schon lange dort.

Auch sie kannten Sawalischin. Wenn er kam, träge, gelangweilt, tumb und gleichgültig, trat im Rumpf des Schiffes
vollkommenes Schweigen ein, eine Totenstille, die jene noch
übertraf, die herrschte, wenn der Kommissar des Todes Iwanow erschien und die Namen von seiner Liste aufrief, vielleicht weil Iwanow selbst einmal ein Krimineller gewesen war
und vielen von denen, die dort saßen, irgendwie als einer von
ihnen zu sein schien.

Durch alle diese Räume schlenderte Sawalischin, wenn er
nichts zu tun hatte, nicht allzu betrunken war und sich langweilte. Der Ort, an dem er seine Arbeit verrichtete, war ein
niedriger dunkler Keller im selben Gebäude, zu dem ein eigener Eingang vom Hof, von der Malaja Lubjanskaja führte, die
erste Tür links vom Tor.

Bisweilen hatte er auch in der Garage in der Warsonofjewski-Gasse zu tun, in der Nähe der Auferstehungskirche. Der
Raum dort war viel größer und heller als sein Keller, gleichwohl gefiel er Sawalischin nicht sonderlich, denn er war ihm
nicht so vertraut. In der ersten Zeit, als die »Operationen« hinter der Stadtgrenze durchgeführt wurden, musste Sawalischin

des Öfteren zusammen mit den Verurteilten auf dem Lastautomobil eingepfercht zum Petrowski-Park fahren. Das war nun wirklich aufwendig und unliebsam, doch die Arbeit war neu und er hatte sich damit abzufinden, damals arbeitete er auch noch nicht allein. Später wurde dann die Neuerung eingeführt, dass nicht mehr die noch Lebenden, sondern nur die »Shmuriki« hinter die Stadtgrenze gefahren wurden, und zwar nicht direkt vom Einsatzort, sondern nach einer Zwischenstation im Leichenhaus von Lefortowo.

In seinem Keller arbeitete Sawalischin allein, ganz ohne Gehilfen. Welche Hilfe sollte bei dieser Arbeit auch benötigt werden, da gäbe es nur unnötige Hektik und überflüssige Gespräche. Die Verurteilten wurden, wie es Vorschrift war, bis zum Korridor gebracht und in Richtung der offenen Tür gestoßen, die Wachen gingen dann zurück und schlossen die Außentür, die verschlossen blieb, bis Sawalischin seine Arbeit erledigt hatte. Alles andere war allein seine Angelegenheit, und es war bisher nie zu irgendwelchen Missverständnissen gekommen, jeder hatte den Weg durch den dunklen Korridor ins Licht gefunden. Die Vollzugsbefehle waren Sawalischin zuvor ausgehändigt worden, nach dieser Vorgabe empfing er seine Kundschaft, glich die Namen nicht ab, sondern arbeitete genau nach Stückzahl – nicht mehr und nicht weniger.

Wenn er nichts zu tun hatte, suchte Sawalischin den Keller nur selten auf, er mochte ihn nicht. Manchmal allerdings kam es vor, dass er vollkommen betrunken dorthin ging und sich einschloss, sich auf die Bank gegenüber der von den Kugeln durchlöcherten Wand setzte und wehmutsvolle Lieder grölte, manchmal schoss er auch, einfach so, damit es nach Pulver rieche und nicht nur muffig nach Keller. Aber schlafen konnte er dort nicht, denn er hatte Angst vor Wiedergängern. Den Kellerschlüssel trug er immer bei sich, überließ ihn nur den Frauen, die dort putzten, Männer waren dieser Arbeit äußerst abgeneigt.

Sawalischin kannte kaum jemanden von den höheren Vorgesetzten, es war ihm auch nicht daran gelegen, ihre Bekanntschaft zu machen. An Versammlungen, Besprechungen und Wahlen nahm er nicht teil und interessierte sich außer für seine Arbeit nur für die Termine der Lohnabrechnung und der Lebensmittelzuteilung. In der Personalliste wurde er sogar nur als gewöhnlicher Aufseher geführt, aber so niedrig seine Stellung auch war, wusste er doch, dass er unter all den anderen einen besonderen Rang einnahm, unverzichtbar und unabhängig war und deshalb großzügige Lebensmittelrationen erhielt und gefürchtet wurde. Auf jeden anderen konnte man verzichten, jeder andere war zu ersetzen. Aber auf Sawalischin zu verzichten war unmöglich, jemanden zu finden, der ihn hätte ersetzen können, wäre nicht leicht gewesen. Deshalb erlaubte Sawalischin sich an Tagen, an denen er sich langweilte, weil er nichts zu tun hatte, Launen und drohte mitunter mit seiner Kündigung. Dann erhöhte man ihm den Lohn oder stimmte ihn durch eine Flasche guten Branntweins gnädig.

Tage besonderen Arbeitseinsatzes fielen im Oktober an, nach der Explosion in der Leontjewski-Gasse. In jenen Tagen musste er unter Hochdruck arbeiten.

# Audienz

**E**s war sehr kalt. Aber glücklicherweise hatte Tanjuscha noch ein altes Paar Halbstiefel. Wenn sie zu ihren Konzerten in den Arbeiterklubs fuhr, zog Tanjuscha gewöhnlich ihre Walenki über die Schuhe und zog sie erst kurz, bevor sie auf die Bühne ging, wieder aus. Nach dem Auftritt und der Zugabe schlüpfte sie voller Erleichterung sogleich wieder in die warmen Walenki und wartete dann auf das Lastautomobil, das die Künstler des Abends nach Hause fuhr.

Aber dazu, in Walenki in den Kreml zu gehen, konnte Tanjuscha sich nicht durchringen, es war ja immerhin der Kreml. Und so kamen die alten Halbstiefel gut zupass.

Der Soldat am Dreifaltigkeitstor nahm ihren Passierschein entgegen, brachte ihn in die Wachstube, und händigte ihn ihr mit einem Stempel versehen wieder aus. Dann ging Tanjuscha vorsichtig den kleinen, ausgetretenen Weg neben der Palastmauer entlang, neben dem der weiße Schnee hoch aufgeschüttet lag. Auch über den Platz führte ein kleiner ausgetretener Weg. Am Eingang zum ehemaligen Senat musste sie ihren Passierschein erneut vorweisen, ein drittes und letztes Mal an der Tür. Im Gebäude erklärte man ihr den Weg: Die Treppe hinauf und dann den rechten Korridor entlang.

Sie brauchte nicht allzu lange zu warten. Der Sekretär warf einen kurzen Blick auf ihren Passierschein, nahm ihr Rekommandationsschreiben entgegen und sagte:

»Gleich. Nehmen Sie Platz. Sie werden sicher demnächst vorgelassen.«

Durch das Vorzimmer gingen Leute in warmer Kleidung, die aber offenbar hier arbeiteten. Die Räume waren kalt, und deshalb schienen sie größer, als sie waren, und seltsam leer. Tanjuscha kam sich in diesem riesigen Kreml-Gebäude klein und verloren vor. Im Vorbeigehen blickten die Leute sie erstaunt und neugierig an.

Dann kam der Sekretär zurück und sagte:

»Bitte schön, Genossin. Hier entlang.«

Er war ausgesucht höflich und ließ ihr sogar den Vortritt, als sie durch die Tür gingen. Tanjuscha hatte noch nie zuvor wichtige und mächtige Amtspersonen aufsuchen müssen, und in jenen sowjetischen Dienststuben, die sie von ihren Behördengängen in nichtigen Alltagsangelegenheiten kannte, war es stets schmuddelig, hektisch und chaotisch und die Diensthabenden dort übellaunig und unhöflich. Hier war es ganz anders. Früher hatte Tanjuscha gedacht, es sei hier wie in einer Festung, in der sie stets und überall Bajonetten und Misstrauen begegne.

Sie betrat einen großen Raum mit hoher Decke. Es standen fast keine Möbel darin, nur ein Diwan und drei Polsterstühle um einen edlen runden Tisch ohne Tischtuch. Auf dem Tisch lagen ein Telefonbuch und zwei Zeitungen. Auf dem Fensterbrett stand ein Telefon. An der Tapete waren Spuren der Möbel zu sehen, die früher dort gestanden hatten. In einer Ecke am anderen Ende stand ein Schrank mit einer zerbrochenen Scheibe. Hier war es sauber und warm. Tanjuscha war es plötzlich peinlich, dass sie in Halbstiefeln den Raum betreten hatte.

Ein Mann in French, die Hosenbeine über den Stiefeln, untersetzt, mit hervorstehenden Wangenknochen und Glatzenansatz, offensichtlich kein Russe, trat eilig ein und kam geradewegs auf Tanjuscha zu.

»Ich grüße Sie. Sind Sie das mit dem Schreiben? Ja, nun, nehmen Sie doch hier Platz. Worum geht es also?«

»Ich möchte für einen in Arrest befindlichen Mann ein gutes Wort einlegen.«

»Ja, das weiß ich, das steht hier. In welcher Beziehung stehen Sie denn zu diesem Astafjew?«

»Er ist unser Freund.«

»Wer ist uns?«

»Er ist ein guter Bekannter von mir und meinem Großvater.«

»Das heißt des Professors? Ihr Großvater beschäftigt sich, wenn ich mich nicht irre, mit der Erforschung von Vögeln?«

»Ja, er ist Ornithologe.«

»Nun denn, was also haben Sie in Bezug auf diesen Astafjew zu sagen?«

»Er wurde grundlos verhaftet.«

»Was soll das heißen, grundlos? Wir verhaften niemanden ohne Grund. Er ist aufgrund einer sehr ernsten Angelegenheit dingfest gemacht worden.«

»Astafjew interessiert sich überhaupt nicht für Politik. Er ist Philosoph, hat aber zuletzt als Schauspieler in den Bezirken gearbeitet. Wir sind im selben Programm aufgetreten.«

»Sind Sie Sängerin?«

»Nein, ich spiele Klavier.«

»Sie haben am Konservatorium studiert?«

»Ja.«

»Dann könnten Sie doch auch einmal bei uns ein Konzert geben. Wir bezahlen gut, die Künstler erhalten zusätzliche Lebensmittelrationen. Spielen Sie doch einmal bei uns.«

»Das wäre dann wo?«

Der Mann im French hob erstaunt die fahlen Augen.

»Nun, bei uns, in der Außerordentlichen Kommission. Wir haben hier immer mal wieder Konzerte. Sie sind doch kein Sozialrevolutionärin?«

»Ich? Nein, ich gehöre keiner Partei an.«

»Aber warum pflegen Sie dann Freundschaft mit Sozialrevolutionären wie diesem Ihrem Astafjew?«

»Er ist ganz und gar kein Sozialrevolutionär. Er steht der Politik vollkommen fern, ich kenne ihn gut.«

»Nun, ich denke, wir kennen ihn besser. Was also wollen Sie?«

»Ich dachte, dass … vielleicht wäre es ja möglich, ihn auf freien Fuß zu setzen? Er hat sich absolut nichts zuschulden kommen lassen.«

»Wenn er sich nichts hat zuschulden kommen lassen, dann wird er entlassen, da braucht es Ihre Bitte nicht.«

»Aber er ist ja bereits einige Monate in Haft.«

»Das ist ja kein Malheur. Möglicherweise sitzt er ja noch ein ganzes Jahr. Dann hätte er sich eben nicht an einer Verschwörung beteiligen sollen. Und Sie wären gut beraten, sich nicht so für ihn einzusetzen. Von solchen Freunden hält man sich besser fern. Wir sehen in ihm einen gefährlichen Feind der Sowjetmacht, in diesem Ihrem Astafjew. Da wollen Sie sich doch besser nicht einmischen. Ist er vielleicht Ihr Bräutigam?«

»Nein.«

»Warum also geht Ihnen sein Schicksal so nahe?«

Der Mann im French wischte sich über die Stirn und sagte dann:

»Sei's drum. Ich frage mal nach. Wo wohnen Sie?«

Tanjuscha nannte ihre Adresse.

»Gut. Ohne Grund sitzt bei uns niemand ein. Wenn er sich nichts hat zuschulden kommen lassen, wird er entlassen, wenn doch, dann wird er bekommen, was er verdient, da können Sie ganz beruhigt sein. Kennen Sie einen Sawinkow?«

»Sawinkow? Nein, den kenne ich nicht.«

Er erhob sich.

»Im Vorzimmer erhalten Sie einen Passierschein für den Rückweg.«

Der Mann im French nahm die Hand aus der Hosentasche. Tanjuscha trat schnell einen Schritt zurück und sagte:

»Ich danke Ihnen.«

Er steckte die Hand wieder in die Hosentasche.

»Auf Wiedersehen. Treten Sie doch auch bei uns einmal auf, wir bezahlen gut.«

Im geräumigen Empfangszimmer notierte der Sekretär noch einmal Tanjuschas Adresse und händigte ihr den Passierschein aus.

»Gehen Sie wieder durch das Dreifaltigkeitstor.«

Der Kreml war von weißem Schnee bedeckt. Iwan der

Große stach in eisiger Größe empor. Hell leuchteten die goldenen Kuppeln der Uspenski-Kathedrale. Als sie über den kleinen ausgetretenen Weg zwischen dem aufgeworfenen Schnee zurückging, fühlte Tanjuscha sich wieder unendlich klein und überflüssig an diesem Ort, in dieser fremden Welt. Am Dreifaltigkeitstor nahm der Soldat ihren Passierschein entgegen und spießte ihn auf sein Bajonett.

Nachdem Tanjuscha gegangen war, ging der Mann im French zum Telefon und nannte eine Nummer.

»Hören Sie, Genosse Brikman, wie sieht es bei Ihnen aus im Fall Astafjew? Und weiter? Sie haben ihm hoffentlich einen gehörigen Schrecken versetzt. Aber gut, das ist Ihre Sache. Ich denke trotzdem, dass es besser ist, seinen Fall gesondert zu betrachten, werfen Sie ihn nicht mit den anderen in einen Topf, dann sehen wir weiter. Ja, ich höre. Ja, das ist natürlich ... ich sage ja gar nichts. Dann soll er eben sitzen. Gut. Nein, nein, hier war seine Braut oder so etwas in der Art, ein ziemlich hübsches Mädchen übrigens. Nun, bis dann also! Natürlich, heute Abend komme ich auch.«

# Das Schwein

**A**nna Klimowna, Sawalischins Geliebte, war keine habgierige Frau, das hätte wirklich niemand über sie sagen können, aber sie wirtschaftete sparsam. Sie führte, und zwar nicht nur im Vergleich dazu, wie es den meisten nunmehr erging, sondern sogar gemessen am Standard der Vorkriegsjahre, ein außergewöhnlich gutes Leben. Sawalischin brachte in Säcken und Bündeln, Gläsern und Paketen allerlei Vorräte mit nach Hause, und zwar nicht irgendwelches minderwertiges Zeug wie Preiselbeerblätter oder Lehmseife, sondern wirklich gute Ware, die bei der Rationierung nur den wichtigsten Leuten zugeteilt wurde: Weißmehl und Lindenblütenhonig, Bruchzucker und Hochprozentiges. Ebenso erhielt er Tuchwaren sowie Galoschen und Stiefel, sogar in der richtigen Größe. Er gab Anna Klimowna auch Geld, sogar große Summen, das allerdings zählte kaum, denn am nächsten Tag war das Geld ja schon wieder viel weniger wert.

Niemand im Haus in der Dolgorukowskaja hatte ein so gutes Auskommen wie Sawalischin, selbst der Domkom-Vorsitzende Denissow reichte da nicht heran, obgleich dieser von allen Seiten mit Aufmerksamkeiten bedacht wurde, dafür, dass er jemanden im Haus angemeldet hatte, der gar nicht dort wohnte (das bedeutete zusätzliche Lebensmittelkarten), dafür, dass er die Augen davor verschloss, dass jemand im Haus mit Reserven aus besseren Zeiten handelte, oder auch einfach nur für alle Fälle, denn Denissow war als Domkom-Vorsitzender ein überaus wichtiger Mann.

Anna Klimowna hätte also, angesichts der günstigen Umstände, in denen sie lebte, einen stattlichen Haushalt führen können, hätte Sawalischin beispielsweise ein kleines Häuschen am Stadtrand Moskaus besessen oder zumindest eine richtige Wohnung von wenigstens zwei Zimmern mit Küche und Speisekammer. Tatsächlich aber hausten sie in einem Zimmer, und die beiden anderen, in denen früher Astafjew gewohnt hatte, waren immer noch versiegelt. Im kleinen Vorraum hätte man beim besten Willen nicht noch ein Zimmer abteilen können, die Küche aber, obgleich auch sie klein war, hatte Anna Klimowna ganz in Beschlag genommen und mit Bündeln und Gläsern vollgestellt.

Sie hatte auch überlegt, ob sie Hühner in der Küche halten sollte, wie es andere taten, aber sie fürchtete, die Hühner könnten den Schlaf stören, außerdem machten sie Dreck und rochen nicht sonderlich gut. Und wozu auch? Eier konnte man schließlich jederzeit für Geld irgendwo auftreiben. Aber nachdem sie vor einiger Zeit erfahren hatte, dass eine ihrer alten Freundinnen, die einen Gemüsegarten besaß, ein Schwein aufgezogen und damit einen Haufen Geld verdient hatte, hatte sie beschlossen, es ihr nachzutun. Es ging ihr dabei nicht ums Geld, sondern darum, einen richtigen Haushalt zu haben und für die Feiertage einen schönen fetten Schinken zu räuchern, denn auf derlei Dinge verstand sich Anna Klimowna, die aus dem Süden stammte, vorzüglich. Als Futter für das Schwein würden ihr die Nachbarn mit Vergnügen Gemüseabfälle und Spülicht bringen, all das, was selbst das hungrige Volk nicht mehr essen mochte. Und selbst an richtigem, für einen fetten Speck notwendigem Futter würde es nicht fehlen. Denn sobald das kleine Ferkel einmal zu einem richtigen Schwein herangewachsen wäre, würde sich seine Aufzucht schließlich bezahlt machen. Die Unterbringung würde auch kein Problem darstellen. Am Anfang könnte sie es in der Küche halten, das Ferkel musste ja regelmäßig gebadet und im Warmen gehalten werden. Und für die Zeit danach hatte Denissow, der Anna Klimownas Vorhaben durchaus begrüßte, ihr einen der kleinen Unterstände im Hof zur vollständigen Verfügung zu überlassen versprochen, denn die stünden ja ohnehin nur leer.

Anna Klimowna fuhr also in eines der nahe gelegenen Dörfer und erstand im Tausch gegen Salz, Zucker und hauptsächlich Hochprozentiges ein schönes kleines Ferkelchen.

Zu Anfang stand Anna Klimowna große Ängste aus, sie

fürchtete, das Ferkel könnte an Gewicht verlieren, krank werden, oder die Ratten könnten über es herfallen. Als es dann größer war, richtete sich ihre ganze Sorge darauf, dass das Schwein nicht gestohlen würde, dass es sich so wenig wie möglich bewege, ohne Verschnaufpause fresse und rundherum Speck ansetze. In all diesen Punkten war Anna Klimowna uneingeschränkter Erfolg beschert. Die Nachbarn, denen Anna Klimowna das Schwein zeigte, waren sprachlos und gratulierten ihr. Wäre nicht allgemein bekannt gewesen, dass dem Domkom-Vorsitzenden Denissow am Wohlergehen und an der Sicherheit des Schweins (ihm hatte sie bereits ein gutes Stück versprochen) und an Anna Klimownas Gewogenheit persönlich gelegen war, so hätte der eine oder andere Neider gewiss einen Weg gefunden, die Schlösser Sawalischins zu prüfen.

Sawalischin, der zu Hause stets finster und angetrunken war, zeigte kein besonderes Interesse an dem Schwein. Einen Monat vor Ostern nahm Anna Klimowna ihn einmal in den kleinen Schuppen mit, damit er sich das stämmige, vor Fett kugelrunde, frisch gewaschene, rosafarbene Schwein, das sich kaum auf den Beinen halten konnte, einmal ansehe. Zwei Wochen vor Ostern sagte sie ihm dann:

»Es ist an der Zeit, das Schwein zu schlachten. Bis wir den Speck gepökelt und den Schinken geräuchert haben – das braucht seine Zeit.«

»Wenn es so weit ist, dann schlachte es doch.«

»Aber doch nicht ich. Das kannst du besser.«

»Was hab ich denn mit diesem Schwein zu schaffen?«

»Was soll das heißen, ›was hab ich damit zu schaffen?‹ Du wirst es doch auch essen.«

»Ich werd davon nichts essen. Ich darf nichts Schweres essen, der Arzt hat es mir verboten.«

»Geht es dir wieder schlechter, oder warum warst du beim Arzt?«

»Das liegt ja wohl auf der Hand.«

»Was hat er denn gesagt, der Arzt?«

Sawalischin brummte finster:

»Was hat er gesagt ... Er hat gesagt, wenn es so weitergeht, dann kann man das nicht mehr kurieren, dann bleibt nur eine Operation, den Wanst müssen sie mir dann aufschneiden. Den sollte man selbst einmal aufschneiden.«

»Glaub einfach nicht alles, was der dir sagt. Die Ärzte reden viel. Vielleicht vergeht das ja auch einfach wieder.«

Sawalischin schwieg. Das Wort »Operation« schreckte ihn auch deshalb, weil man auf seiner Dienststelle in Bezug auf seine Arbeit gleichfalls von »Operationen« sprach. Noch öfter sprach man freilich von »Abgängen« oder davon, dass jemand »mit Gepäck ans andere Ende der Stadt« geschickt würde. Obwohl die Bauchschmerzen ihm zu schaffen machten, konnte er sich zu einer Operation nicht entschließen. Beim letzten Besuch hatte der Arzt ihm gesagt:

»Es steht wirklich schlecht mit Ihren Nieren, damit ist nicht zu spaßen. Warten Sie lieber nicht zu lange mit Ihrer Entscheidung, sonst könnte es zu spät sein.«

Anna Klimowna wartete, bis ihr Hausgenosse wieder einmal frei hatte, und verlautbarte erneut:

»Jetzt müssen wir aber unbedingt das Schwein schlachten. Du musst mir da schon helfen, für dich ist das doch nichts Besonderes, und du bist ja auch stärker als ich.«

Sawalischin erhob sich und legte das Holster mit dem Revolver um.

»Wozu brauchst du den? Es wird doch nicht erschossen! Dazu nimmt man ein Messer. Ich hab die Messer geschliffen, damit wir nachher das Fett abschneiden können. Auch ein Beil hab ich.«

Als sie in den Schuppen kamen, sah Sawalischin, dass Anna Klimowna schon einen Tisch aus einem halben Türblatt auf Kisten vorbereitet hatte, neben dem ein sauberer Eimer stand und einige Messer und saubere Tücher lagen – alles, was man für eine solche »Operation« brauchte, war vorhanden. Sie selbst hatte sich bereits umgezogen und trug ein altes ausgedientes Kleid, um das gute nicht dreckig zu machen, auch zwei Küchenschürzen hatte sie mitgenommen.

»Zieh eine an, sonst besudelst du dich noch.«

Der Schuppen hatte ein Fenster, die Tür schlossen sie hinter sich, damit niemand neugierig zuschauen konnte, es war ja schließlich eine durchaus delikate Angelegenheit.

Das fette Schwein, das sich kaum bewegen konnte, grunzte, während Anna Klimowna ihm mütterlich den Rumpf wusch und die Beine zusammenband.

»Hilf mir, es auf den Tisch zu heben.«

Unter Mühen hoben sie es hoch, und wieder rieb Anna Klimowna mit einem feuchten Lappen über den fetten rosigen Rumpf.

Als sie damit fertig war, trocknete sie sich die Hände und bat mit zärtlicher Stimme leise:

»Den Rest machst du jetzt allein, ohne meine Hilfe, das ist keine Weibersache. Hier sind die Messer ...«

Sie schreckte zurück, als sie sah, wie Sawalischins Bart zu zittern begann und seine Augen weiß wurden.

»Was ist? Wovor hast du Angst?«

Sawalischin zitterte am ganzen Körper. Er ging rückwärts zur Tür und zog mit der rechten Hand den Revolver aus dem Holster.

»Lass den Revolver, hörst du, man kann doch ein Vieh nicht damit ..., du ruinierst ja den Kopf.«

Sawalischin nahm die Hand zurück, ihm war plötzlich flau geworden, und er musste sich setzen.

»Mach es selbst. Ich kann kein Schwein abstechen. Hörst du nicht, wie es schreit!«

»Was bist du denn plötzlich für ein mitfühlender Mensch. Hast Angst vor einem Schweinchen. Und das will ein Mann sein.«

»Sei ruhig, Anna, ich kann es nicht.«

»Was heißt hier, ›sei ruhig‹. Ich komm auch ohne dich zurecht.«

Anna Klimowna nahm das große, scharf geschliffene Messer, packte mit einem Lappen in der linken Hand den rosigen Rüssel des Schweins, drückte ihn nach hinten, sodass der Hals sich hob, und säbelte, unentschlossen und ungeschickt, von oben nach unten eine Schmarre hinein. Blut ergoss sich, das Schwein zuckte heftig und begann zu schreien. Anna Klimowna wollte eilig noch einmal zustechen, aber eine kräftige Hand packte sie bei der Schulter und riss sie von ihrem Opfer zurück.

Mit blutunterlaufenen Augen und verzerrtem Gesicht fuchtelte Sawalischin mit dem Revolver herum und schrie heiser:

»Verschwinde, fass es nicht an, sonst bring ich dich um!«

Sie schrie, ganz genau wie zuvor das Schwein, riss sich los, stieß die Tür auf und rannte aus dem Schuppen. Sie hörte, wie die Tür knarrend zuschlug, und eilte, ohne sich umzusehen, zum Aufgang, der zur Wohnung des Domkom-Vorsitzenden führte.

Wenige Minuten später näherten sich Denissow und Anna Klimowna vorsichtig dem Schuppen. Drinnen war es ruhig, nur leise war das Quietschen des sterbenden Schweins zu hören. Die beiden blieben an der Tür stehen.

Denissow rief:

»He, Sawalischin, komm doch mal kurz raus.«

Keine Antwort.

»Vielleicht gehen Sie einmal rein, Anna Klimowna, und schauen nach, was er da macht?«

»Gehen Sie doch selbst rein. Der erschießt mich noch. Der ist völlig übergeschnappt. Bei Menschen stellt er sich nicht an, aber bei einem Vieh!«

Denissow ging auf Zehenspitzen um den Schuppen herum und warf einen Blick durch das vergitterte Fenster. Gleich unter dem Fenster lag der rosafarbene Körper des Schweins, und etwas weiter entfernt, zur Hälfte hinter einer Kiste verborgen, saß Sawalischin und stierte Richtung Fenster. Der große Revolver lag vor ihm auf der Kiste.

Denissow sprang schnell zurück und ging wieder zu Anna Klimowna.

»Ich weiß wirklich nicht, was wir tun sollen. Vielleicht ist er ja tatsächlich verrückt geworden, Ihr Bekannter. Ob wir ihn einschließen und die Miliz rufen sollen?«

»Das Schloss ist drinnen.«

»Wir können ein anderes nehmen.«

In diesem Augenblick ertönte ein Schuss, und die beiden sprangen von der Tür weg und ergriffen die Flucht.

Nach dem ersten Schuss ertönte ein zweiter, ein dritter und noch einer und noch einer. Sawalischin schoss das gesamte Magazin leer. Denissow und Anna Klimowna versteckten sich im Hauseingang, ängstlich wurden ein paar Türen zugeschlagen.

Dann lärmten Sawalischins schwere Schritte über den Hof. Gebeugten Ganges und gesenkten Kopfes, die Hand am Holster, ging er, ohne sich umzublicken, geradewegs zum Aufgang seiner Wohnung und schloss, als er dort angekommen war, hinter sich die Tür.

Dann fasste Anna Klimowna Mut und ging in den Schuppen. Beim Eintreten schrie sie auf: Der von ihr hergerichtete Tisch war voller Blut, und der Kopf des Schweins, der wunderbare, dem Domkom-Vorsitzenden für seine Unterstützung und Protektion versprochene Kopf war von den großkalibrigen Kugeln aus Sawalischins Revolver vollkommen zerschunden.

»Was hat er denn nur getan! Wie kann man denn ein Vieh totschießen. Ohne jegliches Erbarmen. Den ganzen Kopf hat er mir versaubeutelt.«

Und in ihre Augen traten Tränen echter Trauer.

# Wassjas Verrat

D ie Uhr in der Wohnung der Zimmerwirtin schlug sieben Mal. Wassjas Uhr zeigte schon zehn nach sieben, sie ging immer etwas vor, denn das war durchaus praktisch: So kam man nicht zu spät. Doch wie dem auch sei: Normalerweise kam Aljonuschka stets gegen halb sieben. Natürlich konnte es sein, dass sie auf dem Weg vom Krankenhaus irgendwo aufgehalten worden war.

Wassja legte das mit dem Schriftzug »Zur Erinnerung« bestickte Lesezeichen ins Buch, leerte den Aschenbecher in der Küche aus, sammelte das Papier vom Boden auf und zog den Bezug des Lehnstuhls zurecht. Wieder waren fünf Minuten vergangen. Er könnte natürlich den Primuskocher schon einmal anzünden und selbst Tee kochen. Früher, vor seiner Krankheit, hatte er ja auch alles selbst gemacht. Jetzt aber war er wirklich verwöhnt von Aljonuschka, und es verging kaum ein Tag, an dem sie auf ihrem Weg vom Dienst nach Hause nicht bei Wassja vorbeikam, denn sie wohnte ganz in der Nähe und fühlte sich daheim etwas ungemütlich. So war es mittlerweile zur Gewohnheit geworden, dass sie den Abendtee gemeinsam nahmen und Aljonuschka erst gegen kurz nach zehn nach Hause ging. Nach dem Tee plauderten sie oder Wassja las etwas vor, während Aljonuschka strickte oder nähte. Sie verdiente sich mit Nähen ein wenig hinzu, fertigte einfache Hüte, stickte. Sie hatte auch Wassjas Lesezeichen gestickt. Auch seine Wäsche besserte sie aus, dies hatte sich so eingebürgert, obgleich Wassja anfangs protestiert hatte:

»Ich kann das doch alles selbst!«

Daraufhin hatte Aljonuschka ihm eine Socke gezeigt, die er gestopft hatte.

»Meinen Sie, das geht so? Sie haben einfach alle Enden zu einem Knoten zusammengezogen und so statt einer Ausbesserung etwas fabriziert, das aussieht wie ein Männchen.«

»Aber wie geht es denn richtig?«

Aljonuschka trennte Wassjas Arbeit wieder auf, holte ein kleines Wollknäuel aus ihrer Tasche, und innerhalb einer Viertelstunde hatte sie die Stelle, an der Wassjas kleines Männchen gewesen war, erstaunlich kunstvoll gestopft.

»Die Wolle passt farblich nicht ganz, aber das ist nicht so schlimm. Ich habe keine andere dabei.«

Wassja schaute es sich an und seufzte anerkennend:

»Das ist wirklich bewundernswert!«

Ihren endgültigen Sieg über Wassja errang Aljonuschka mit einer abgestoßenen Manschette, die sie vom Ärmel abtrennte, umdrehte und wieder an den Ärmel nähte – so sah sie wieder aus wie neu. Wassja war derart erstaunt darüber, dass er mit offenem Mund sprachlos dasaß, worauf Aljonuschka in ihr glockenhelles Lachen ausbrach, dabei zu grunzen begann und verlegen wieder verstummte.

Sollte er nun den Kocher schon anzünden oder noch etwas warten?

Aber dann musste er doch nicht mehr warten, denn es klingelte drei Mal. Das war für ihn. Für jeden der Mieter galt eine bestimmte Anzahl von Klingelzeichen, damit man nicht für einen anderen zur Tür musste, um dessen Besuch zu öffnen. An der Klingel hing ein Schild mit der Angabe, wie oft für die verschiedenen Mieter zu klingeln war. Wenn man zu Wassja wollte, drei Mal.

Aljonuschka war müde und ein wenig verstimmt. Sie kam deshalb so spät, weil heute ziemlich viele Typhuserkrankungen im Krankenhaus aufgenommen worden waren.

»Wir haben so schon jetzt keine Betten mehr, und trotzdem schickt man uns immer noch welche.«

Und auch zu Hause hatte Aljonuschka Unannehmlichkeiten. Sie hatte ein großes Zimmer, das die Wohnraumnorm überstieg, und deshalb wollte das Domkom noch jemanden in ihrem Zimmer unterbringen. Oder sie sollte in ein ganz kleines Zimmer umziehen, das wirklich nur eine Rumpelkammer war. Sie wusste nicht, was sie tun sollte. Vielleicht ja doch in die Rumpelkammer ziehen, dann bliebe sie wenigstens allein.

»Mich lässt man hier ganz und gar in Ruhe leben«, sagte Wassja. »Obwohl mein Zimmer eigentlich auch mit zwei Personen zu belegen wäre. Wenn es sein müsste, könnte ich mir sogar einen Berechtigungsschein von der Universität besorgen.«

»Sie haben es gut!«

Aljonuschka konnte nicht allzu lange trüb gestimmt sein. Nach dem Tee besserte sich ihre Laune langsam.

»Sie haben übrigens einen lila Tintenfleck auf der Nase.«

»Wann habe ich Sie nur so weit, dass Sie endlich einmal etwas ordentlicher werden!«

»Wo denn?«, wunderte sich Wassja.

»Wo? Ich sage doch, auf der Nase. Schauen Sie doch in den Spiegel.«

Wassja warf einen Blick in den kleinen Wandspiegel.

»Da ist ja gar nichts, nur ein kleiner Fleck. Ich habe heute ein wenig gearbeitet.«

Er feuchtete einen Finger mit Spucke an und wischte den Fleck weg.

»Pfui«, rief Aljonuschka, »dass Sie sich nicht schämen! Und so etwas schimpft sich Assistent der Universität. Kommen Sie einmal her.«

Sie holte aus ihrem kleinen Korb (es fehlte ihr wirklich an nichts!) ein kleines Tüchlein, befeuchtete es mit warmem Wasser und rieb den kleinen Fleck nun gänzlich fort.

»Jetzt ist er weg, und Sie können sich Ihr Gesicht mit dem Handtuch abtrocknen.«

»Ach was, das trocknet auch so«, erwiderte Wassja entschieden.

Aljonuschkas Augen schienen Wassja in diesem Augenblick besonders schön und besonders liebevoll. Zuvor hatte er das noch nie bemerkt, ja vielleicht hatten sie früher auch noch nie so geblickt. Und er wollte gar nicht mehr von Aljonuschka weichen. Als sie ihm mit dem Tuch die Nase sauber wischte, hatte er ihre Hand genommen, denn er hatte Angst gehabt, das Tuch könne zu heiß sein. Und als sie fertig war, wollte Wassja ihre Hand gar nicht mehr loslassen.

Aljonuschka zog sie nicht zurück und tat das Tuch in die andere Hand. Ihre Hand war warm, weich und klein. Und an jenem Tag gefiel Wassja dies überaus.

So standen sie da, bis Aljonuschka sagte:

»Was ist denn? Sie sehen mich an, als sähen Sie mich zum ersten Mal. Was untersuchen Sie da an meiner Hand? Das ist eine Hand wie jede andere auch, schauen Sie einmal, hier habe ich noch eine, die ganz genau so ist.«

Wassja ergriff auch die andere Hand.

Da rief Aljonuschka:

»Und wenn ich Sie an den Ohren packe? Sehen Sie, so, an beiden!«

Und sie trat ganz nah an ihn heran. Der Kragen ihrer Bluse war offen, ihr Hals weiß und rein.

Wassja musste sich wehren – man kann einem Assistenten der Universität doch nicht einfach die Ohren langziehen!

An diesem Abend las Wassja nicht vor, die beiden saßen lange ganz nah beieinander, das Licht der Tischlampe mit einem aufgeklappten Buch abgeschirmt.

Es stellte sich heraus, dass sich bei beiden viele interessante Eindrücke angesammelt hatten, die sie einander früher nie mitgeteilt hatten. Aljonuschka empfand es als überaus merkwürdig, dass gerade sie für die Pflege ausgewählt worden war, als Wassja an Typhus erkrankt war. Der Herr Doktor hätte ja auch eine ganz andere Schwester empfehlen können, zum Beispiel eine, die schon alt war.

Wassja sagte darauf:

»So eine hätte ich ja wirklich nicht gebrauchen können. Das wäre doch absolut nicht unterhaltsam gewesen.«

»Sie sind also zufrieden, dass ich es war?«

Wassja nahm seinen ganzen Mut zusammen und zeigte ihr, dass er zufrieden sei.

Wassja seinerseits erinnerte sich daran, wie er einmal, als die kritische Phase seiner Krankheit vorbei war, in den ersten Tagen, als er wieder zu Bewusstsein kam, Aljonuschka betrachtet hatte, die in ihrem Lehnstuhl saß und schlummerte, und sich überlegt hatte, welche Farbe ihre Augen wohl haben mochten. Aus irgendeinem Grund hatte er beschlossen, sie seien grün.

»Ich soll grüne Augen haben? Da haben Sie aber wirklich Unsinn geträumt.«

»Ich habe ja gar nicht geschlafen.«

»Einerlei. Ich habe doch blaue Augen, die allerblausten, die man haben kann.«

»Ja, jetzt weiß ich das auch.«

»Gar nichts wissen Sie. Sie sind nämlich immer ganz furchtbar unaufmerksam, wirklich ganz furchtbar. Sie begreifen wirklich rein gar nichts. Und überhaupt – mit welchem Recht haben Sie mich eigentlich angeschaut, als ich geschlafen habe?«

»Sie haben im Lehnstuhl gesessen und geschlafen.«

»Ja, was denn sonst. Und überhaupt. Sie reden unmögliches Zeug.«

Wassja wurde regelrecht verlegen. Doch der Austausch ihrer Erinnerungen war derart fesselnd, dass Aljonuschka länger blieb als gewöhnlich. Erst als die Uhr in der Wohnung der Zimmerwirtin zwölf schlug, sprang sie erschrocken auf:

»Mein Gott, ich muss morgen kurz nach sechs aufstehen.«

Beim Abschied reichten sie sich nicht nur die Hand, wie sie es früher immer getan hatten. Das schien Wassja befremdlich, aber es gefiel ihm auch sehr.

Als er zu Bett ging, riss er den Kragen seines Nachthemds kaputt und dachte: »Wie dumm! Aljonuschka wird mit mir schimpfen.«

Vor dem Schlafen wollte er an etwas Trauriges denken, wie er es früher immer getan hatte: wie unglücklich er doch sei und wie glücklich alle anderen. Aber es gelang ihm nicht.

Ganz im Gegenteil, auf seinem Gesicht lag ein Lächeln, und seine Gedanken waren sogar etwas unschicklich.

Sie waren unschicklich und unrecht, weil Wassja an jenem Abend einen Verrat begangen hatte, und dieser Verrat war süß und schön, aber vor allem tat er niemandem weh und bereitete niemandem Qualen.

# Explosion

A m 25. September ging der Ornithologe nach einer langen Pause wieder einmal in den Buchladen in der Leontjewski-Gasse. Der Professor hatte eine Aktenmappe voll Büchern dabei und war vom Tragen ganz erschöpft.

»Erlauben Sie, dass ich mich erst einmal etwas ausruhe. Ich setze mich da auf die Kiste, machen Sie keine Umstände.«

»Wir haben Sie lange nicht mehr hier gesehen, Herr Professor.«

»Ja, ich war eine Weile nicht mehr hier. Die Umstände haben es nicht zugelassen.«

Die Umstände, die den Professor an einem abermaligen Besuch gehindert hatten, bestanden darin, dass sein Bücherschrank mittlerweile leer war. In den Regalen standen nur noch für seine wissenschaftliche Arbeit unabdingbare Nachschlagewerke sowie je ein Exemplar seiner eigenen Veröffentlichungen. Wie schwer es ihnen auch ergangen war, hatte Tanjuscha es doch nicht zugelassen, diese Bücher zu verkaufen.

»Aber sollte es uns wirklich um sie leid tun, Tanjuscha? Vielleicht hatte Alexej Dmitritsch ja doch recht – niemand braucht heute noch die Wissenschaft.«

»Nein, Großvater, er glaubt das ja selbst nicht, er sagt das nur so dahin.«

»Und von mir altem Mann ist ja ohnehin nichts mehr zu erwarten.«

»Hören Sie auf, Großvater, so etwas dürfen Sie nicht sagen! Bitte machen Sie mich nicht traurig.«

Der Großvater war hocherfreut, dass seine Enkelin noch an die Wissenschaft glaubte und an ihn, der er zwar alt, jedoch ein echter Gelehrter war, kein Vergleich mit den jungen Burschen, die fast noch Gymnasiasten, aber schon mit wissenschaftlichen Titeln ausgestattet waren und in einer Zeit der Wirren, in der es an Wissenschaftlern mangelte, Karriere machten.

»Nun ja, wir werden uns auch so irgendwie durchschlagen.«

Trotzdem hatte der Ornithologe am 25. September, an jenem schicksalhaften und schrecklichen Tag, wieder einmal ein mit Büchern vollgepacktes Portefeuille in den Laden gebracht.

»Ach, Sie interessieren sich auch für Numismatik, Herr Professor?«

»Davon habe ich absolut keine Ahnung.«

»Sie haben hier ja wirklich interessante Dinge. Aus Ihrem Fachgebiet ist nichts dabei?«

»Ich muss ehrlich gestehen, dass ich dieses Mal keine eigenen Bücher bringe. Ich habe sie sozusagen in Kommission genommen. Ich habe ja schon Erfahrung im Handel mit Ihnen, und deshalb versuche ich es mal im Auftrag von ein paar Bekannten. Sie schlagen einen Preis vor, wie immer. Ich vertraue Ihnen vollkommen.«

»Sie arbeiten auf Provisionsbasis?«

»Ich bekomme Prozente, das will ich gar nicht verhehlen.«

Und niemand war darüber verwundert, dass der honorige Professor mit Namen von europäischem Rang auf Provisionsbasis Handel mit Büchern von Bekannten betrieb. Und deshalb war es dem Professor nicht ganz so unangenehm. Niemand fand etwas Anstößiges daran. Vermutlich war er also nicht der Einzige, der so etwas tat.

Als er mit seinem leeren Portefeuille umterm Arm den Buchladen wieder verließ, sah der Ornithologe zufrieden aus – nun würde die Lage in Tanjuschas Haushalt wieder etwas leichter. Freilich nur ein wenig, denn es waren ja nicht die eigenen Bücher und deshalb war ihm der Verkauf auch nicht schwergefallen. Er hatte nur einen kleinen Gewinn erzielt, aber immerhin konnte er so wenigstens durch sein eigenes Bemühen und seine großväterliche Fürsorge eine kleine Summe beisteuern.

Am Tor des Nachbargebäudes, das zurückgesetzt hinter einem geschmiedeten Gitter lag, stand ein junger Rotarmist mit seinem Gewehr Wache. Die Leute, die dort hineingingen, zeigten einen Passierschein vor.

Der Professor bemühte sich, in gerader Haltung und selbstbewusst vorüberzugehen, und schlug den Weg in die Bolschaja Nikitskaja ein.

Ein Flügel des von dem Soldaten bewachten Gebäudes hatte einen Vorgarten und lag zur Tschernyschewski-Gasse. In diesem Vorgarten, der ebenfalls hinter einem geschmiedeten Gitter lag, wuchsen hohe Bäume, deren Blätter bereits gelb waren. Zu einem Balkon im ersten Stock führte aus dem Garten eine Treppe hinauf. Eine Pforte gab es dort nicht, denn niemand betrat das Gebäude von dieser Seite.

Als es dämmerte und die kleine Straße sich leerte, gingen in diesem Flügel des Hauses die Lichter an. Für acht Uhr war dort eine wichtige Versammlung anberaumt, und vor dem Haupteingang in der Leontjewski-Gasse kamen viele Personen an. Automobile hielten und parkten vor dem Tor.

In der Tschernyschewski-Gasse aber näherte sich erst nach neun Uhr eine einzige Person dem Gebäude, blickte sich nach allen Seiten um, kletterte, ihre Tasche festhaltend, leichtfüßig über das Gitter und kauerte sich dann bewegungslos auf dem Boden nieder.

Von der kleinen Straße aus war nicht zu sehen, wie die dunkle Gestalt im Schutz der Bäume die Treppe zum Balkon hochstieg und vorsichtig durch das Fenster blickte. Hinter dem vorgezogenen Vorhang zeichnete sich der Umriss eines breiten Rückens ab, durch einen Spalt war die Ecke eines Tisches zu erkennen, an dem dicht gedrängt Menschen saßen.

Dann schleuderte die dunkle Gestalt, von der Mauer hervortretend, etwas durch das Fenster.

Die Explosion war bis zum Stadtrand Moskaus zu hören. In den anliegenden Straßen zerbarsten die Fensterscheiben, weiter entfernt klirrten sie nur.

Die Moskauer Bürger, seit langem an nächtliche Schießereien gewöhnt, begriffen sogleich, dass dies weder der Schuss aus einem Gewehr oder einem Maschinengewehr noch ein Kanonenschuss war.

Das Gebäude mit den zwei Flügeln hatte kein Dach mehr, und auch eine Seitenmauer hatte es weggerissen.

An jenem Tag war Sawalischin seit dem Morgen nüchtern und düster. Gegen Abend hatte er sich aus der Lubjanka auf den Weg nach Hause gemacht, denn er hatte frei. Zu Hause zog er seine neue Jacke aus, die ihm erst kürzlich nach einer »Operation« zugefallen war, und setzte sich aufs Bett. Anna Klimowna machte sich in der Küche zu schaffen, feuerte den Samowar an und bereitete das Abendessen zu.

Nicht, dass Anna Klimowna habgierig gewesen wäre, aber sie konnte sich einfach nicht damit abfinden, dass die Türen zu Astafjews Zimmern immer noch versiegelt waren.

»Er ist jetzt schon so lange weg, vielleicht kommt er ja überhaupt nicht wieder, und seine Zimmer stehen unnütz leer. Vielleicht kannst du dich ja mal erkundigen, ob nicht die Siegel entfernt werden können. Und eigentlich könntest du die Siegel auch einfach selbst entfernen, dir wird schon nichts passieren.«

»Was willst du denn mit seinen Zimmern?«

»Warum sollen wir denn nur in einem Zimmer mit Küche wohnen? Wir haben so viel Zeug, das herumliegt, und wissen nicht, wohin damit.«

»Ich kann da nichts machen.«

»Und warum denn nicht, bitte schön?«

»Wenn ich es sage, dann ist es auch so. Vielleicht kommt er ja wieder und dann sind seine Zimmer belegt. Dort sind ja noch alle seine Sachen.«

»So etwas aber auch, da tut ihm doch wirklich dieser Bourgeois leid. Du bist ja wirklich maßlos um ihn besorgt.«

»Hör auf, Anna, geh mir nicht auf die Nerven. Du hast ihn ja nie gesehen, aber ich kenne ihn.«

»Ein schöner Freund.«

»Vielleicht ist er ja wirklich mein Freund! Vielleicht hat er auch mein Leben zerstört, aber ich habe Achtung vor ihm, wie vor einem besten Freund.«

Er schwieg und fügte dann hinzu:

»Wir haben ab und zu gemeinsam einen gehoben, und weiter? Ein sehr kluger Kopf, was der nicht alles wusste. Und dass man ihn abgeholt hat, beweist gar nichts. Ein dummes Weib wie du hat darüber nicht zu befinden. Mit einem Gelehrten wie ihm können wir einfachen Menschen uns nicht vergleichen.«

»Ein Gelehrter ... Was hat er dich denn gelehrt, dein kluger Mann?«

»Was er mich gelehrt hat, weiß ich selbst am besten. Und selbst wenn ich dir sage, dass er vielleicht mein größter Feind ist, habe ich doch Achtung vor ihm und erlaube es nicht, dass irgendjemand ihm auch nur einen Finger krümmt. So. In seinen Zimmern gibt es mehr gelehrte Bücher, als wie du Fetzen zum Anziehen hast. Und alle diese Bücher hat er gelesen, er weiß alles. Und hat trotzdem mit mir ungebildetem, einfachem Mann zusammengesessen und getrunken. Was das heißt, muss man verstehen, Anna. Aber das kann ein Weib wie du mit seinem Spatzenhirn natürlich nicht.«

Das Wasser im Samowar hatte gerade zu kochen begonnen, als der Domkom-Vorsitzende Denissow klopfte und durch die Tür rief:

»Eh, Genosse Sawalischin, man schickt nach dir.«

»Wer schickt nach mir?«

»Ein Automobil ist vorgefahren, sie fragen nach dir, du sollst gleich kommen.«

Sawalischin wurde nervös, zog seine Jacke an und nahm das Holster mit dem Revolver vom Haken.

»Warum musst du denn an deinem freien Tag zur Arbeit?«

»Weiß der Teufel. Bei uns kann es an jedem Tag etwas zu tun geben.«

»Trink doch wenigstens noch Tee.«

»Aber wenn ich doch gehen muss. Schenk mir schnell ein

halbes Glas von dem Sprit ein, der da auf dem Regal an der Wand steht.«

Und wütend darüber, dass man ihn gestört hatte, schrie er von der Schwelle Anna Klimowna noch zu:

»Und dass du mir die Siegel nicht anfasst! Hörst du? Steck deine Nase nicht in fremde Angelegenheiten. Das eine Zimmer, verstehst du, ist ihr plötzlich zu klein geworden, der gnädigen Frau.«

Und schlug die Tür hinter sich zu.

# Leere

**N**ach einem weiteren Verhör, dem vierten, wurde Astafjew in eine Einzelzelle überstellt.

Das Verhör war kurz gewesen. Genosse Brikman, der bei Frühlingsanbruch gewöhnlich von Fieberschüben geplagt wurde, war in einen rötlichen Pullover eingepackt, darüber trug er wie üblich seinen French mit dem für seinen Hals viel zu großen Kragen.

Beim Eintreten dachte Astafjew mitleidsvoll: »Der sieht aber ganz schön mitgenommen aus, der Ärmste! Röchelt immer noch wie früher und gibt die Hoffnung nicht auf.«

»Bürger Astafjew, es hat wohl jemand aus Ihrer Verwandtschaft versucht, Ihre Entlassung zu erreichen. Ich habe deshalb entschieden, Sie noch einmal vorführen zu lassen, vielleicht kommen wir ja dieses Mal überein.«

»Worin sollen wir übereinkommen?«

»Sie leugnen Ihre Beteiligung an der Verschwörung, und dass Sie einen der größten Feinde der Sowjetmacht bei sich versteckt haben. Jetzt sagen Sie doch einmal, was Sie selbst von der neuen Regierung halten? Erkennen Sie sie an?«

»Aber ist es denn notwendig, dass ich sie anerkenne? Ich bin doch keine fremde Staatsmacht.«

»Es wird Ihnen nicht weiterhelfen, Ausflucht in Aperçus zu suchen. Ich rate Ihnen, eine ernsthafte Antwort zu geben.«

»Sie hegen wohl kaum den Verdacht, Genosse Brikman, ich wäre der Regierung, die mich, vertreten durch Ihre Person, nun schon ein halbes Jahr grundlos im Gefängnis sitzen lässt, in Liebe verbunden.«

»Das heißt also, Sie sind ihr feindlich gesinnt?«

Astafjew schlug ein Bein über das andere und lehnte sich auf dem Stuhl zurück.

»Feindlich – nein. Das entspricht nicht meinem Wesen. Ich verachte sie eher.«

»Sie verachten die Arbeiter- und Bauernregierung?«

»Aber Brikman, lassen Sie das doch! Wo sind denn da Arbeiter und Bauern, schämen Sie sich denn nicht, einen derar-
tigen Unfug zu reden?«

Der Untersuchungsführer zuckte zusammen.

»Bürger Astafjew, ich sage es Ihnen ganz offen: Es liegen nur
wenig Beweise gegen Sie vor, wir haben lediglich einen anony-
men Hinweis, dass jemand, der dem Gesuchten ähnlich sah,
bei Ihnen übernachtet hat. Aber Sie, Astafjew, sind ein kluger,
respektloser und für uns gefährlicher Mann. Sie sind gefährlicher als all die unbedeutenden Personen, die ihre Feindschaft
der Regierung gegenüber offen zeigen. Jemand hat sich um
Ihre Entlassung bemüht, aber ich werde Sie nicht freisetzen.«

Astafjew spürte, wie in ihm heftige Wut gegen diesen Menschen aufstieg, in dessen Händen sein Schicksal lag. Am liebsten wäre er ihm an den abgemergelten Hals gesprungen und
hätte zugedrückt – und weg mit dieser Kreatur.

Die Worte, wie es seine Gewohnheit war, einzeln betonend,
sagte er:

»Ihre persönliche Gemütslage ist nicht zu überhören, Brikman. Aus Ihnen spricht der Hass auf einen gesunden und un-
abhängigen Menschen. Sie sind Erfüllungsgehilfe der Staatsgewalt, ich dagegen bin ein freier Mann, Sie pfeifen auf dem
letzten Loch, ich dagegen bin, Gott sei es gedankt, gesund. Es
liegt auf der Hand, dass Sie mich vernichten müssen, obglcich
Sie wissen, dass mir absolut nichts vorzuwerfen ist.«

Der Untersuchungsführer zuckte erneut zusammen, lief
rot an und sagte schrill, mit heiserer und sich überschlagen-
der Stimme:

»Ja, ich pfeife auf dem letzten Loch, wie Sie es auszudrücken
belieben. Man hat mir im Gefängnis den Brustkorb mit Gewehrkolben eingeschlagen, ich habe Schwindsucht. Das alles
haben Sie wunderbar ausgeführt, Astafjew, allerdings ist das,
wie ich finde, nicht sehr anständig. Aber Sie und Ihresgleichen
hasse ich nicht aus diesem Grund, sondern … sondern …«

Genosse Brikman begann zu husten, zog sein Glasgefäß aus

der Tasche, spuckte hinein, steckte es wieder ein, wischte sich den Mund mit dem Taschentuch ab und blickte Astafjew mit seinen kranken Augen von unten an.

»Genau das meine ich«, sagte Astafjew. »Wofür wollen Sie denn noch kämpfen! Sie sollten besser in den Süden fahren.«

Schwer atmend röchelte der Untersuchungsführer:

»Ich brauche von Ihnen keine medizinischen Ratschläge.«

Während Brikman sich den Schweiß abwischte, blickte Astafjew sich gelangweilt im Zimmer um. Die Fenster waren schon lange nicht mehr geputzt worden. In der Ecke lag ein staubiger Haufen Zeitungen und Papiere, an der Wand hing ein fast blinder Spiegel.

»Sie haben es ja wirklich hübsch hier! Wenigstens die Fenster könnten aber mal geputzt werden, dann wäre es zumindest etwas heller.«

Der Untersuchungsführer, der wieder zu sich gekommen war, erwiderte:

»Sie können von mir halten, was immer Sie wollen. Eines sage ich Ihnen, Astafjew, noch ist nicht entschieden, wer von uns ...«

Er stockte.

»Sie wollen sagen, wer von uns dem Jenseits näher ist?«

Statt einer Antwort sagte der Untersuchungsführer scharf, förmlich und betont offiziell:

»Ich kann Sie entlassen, wenn Sie, Bürger Astafjew, sich bereit erklären, mit uns zusammenzuarbeiten.«

Astafjew schmunzelte:

»Sie wollen mich beleidigen? Sie sind wirklich hartnäckig. Aber Sie können mich nicht beleidigen, Brikman. Sie doch nicht!«

»Sehr gut. Sie können gehen.«

Er klingelte. Astafjew erhob sich, zog die zerknitterte Anzugjacke zurecht, ordnete das lang gewordene Haar und sagte, auf sein Gegenüber von oben herabblickend, mit einem freundlichen Lächeln:

»Wirklich, Brikman, Sie sollten in den Süden fahren, lassen Sie dieses Zimmer und all diese Widerwärtigkeit hinter sich. Ich sage das nicht, weil ich Ihnen Böses will. Sie sehen schrecklich aus.«

Der Wachsoldat trat ein.

In seiner Einzelzelle saß Astafjew in gewohnter Pose: an die Wand gelehnt, die angezogenen Beine mit den Armen umfassend.

Er hatte keine Bücher, denn Lesen war den Gefangenen nicht gestattet. Es gab weder Papier noch einen Stift, ja nicht einmal ein selbstgebasteltes Schachspiel. In der Gemeinschaftszelle hatte Astafjew täglich Leibesübungen gemacht und auch die anderen darin angeleitet. Hier hatte er keine Lust dazu. Er litt keinen Hunger, obgleich das Essen ekelerregend war: Suppe aus Dörrfisch, zerkochte Hirse ohne Öl und ein Viertelpfund Brot. Und trotzdem gäbe es in Freiheit viele, die ihn um diese Kost beneidet hätten. Möhrentee, der Kaffee genannt wurde. Auch Machorka gab es – wenigstens etwas, dafür konnte man der Tscheka doch so einiges verzeihen.

In den ersten Monaten im Gefängnis dachte Astafjew oft, man würde ihn demnächst »als Abgang verbuchen«. Doch dieser Gedanke war mit der Zeit stumpf geworden und hatte an Heftigkeit eingebüßt. Die allgemeine Ermüdung an Körper und Geist war schlimmer. In der ersten Zeit waren die Erinnerungen an das Leben außerhalb des Gefängnisses noch lebendig: sein Zuhause mit den geliebten Büchern, die Straßen Moskaus, die Abende beim Professor und seiner Enkelin, das merkwürdige Gespräch mit Tanjuscha, die Auftritte auf den Bühnen der Arbeiterklubs, die in weiterer Vergangenheit liegende Arbeit an der Universität und die in noch weiterer Vergangenheit liegenden Reisen im Ausland. Aber auch diese Erinnerungen wurden blasser und schwanden. Die anfängliche Sehnsucht nach Freiheit und sogar der anfängliche Hass auf die Gefängnismauern waren ihm abhandengekommen.

Er dachte über das letzte Gespräch mit dem Untersuchungs-führer nach. »Ich habe ihm ganz schön zugesetzt. Ich hätte ihn besser geschlagen, als so mit ihm zu reden. Das war nicht schön.«

Ihm fiel das widerwärtige Glasfläschchen wieder ein, und er schüttelte sich mit dem Ekel eines Gesunden.

»Was hat so jemand denn vom Leben!«

Und was hat er, Astafjew, vom Leben? Welchen Sinn hat sein Leben? Ist es denn tatsächlich nicht ganz gleich, ob Ge-nosse Brikman ihn in den nächsten Tagen liquidiert oder in Freiheit entlässt?

»Genug des elenden Lebens, des Murrens und des äffischen Benehmens! Warum bist du unruhig, was findest du hier so unerhört? Was bringt dich außer Fassung? Es ist ja einerlei, ob du dies hundert oder nur drei Jahre anstellst.«

Und des Weiteren hieß es bei Marc Aurel:

»Und wenn du dreitausend Jahre leben solltest, ja noch zehnmal mehr, es hat ja doch niemand ein anderes Leben zu verlieren als eben das, was er lebt, so wie niemand ein anderes lebt, als das er einmal verlieren wird. Niemand kann verlieren, was vergangen oder was zukünftig ist, denn wie kann jemand etwas verlieren, das er nicht hat.«

Und König Salomon sagt:

»Was geschehen ist, wird wieder geschehen, was man ge-tan hat, wird man wieder tun: Es gibt nichts Neues unter der Sonne.«

»Wie merkwürdig«, dachte Astafjew, »es gibt so viele hei-tere und ermutigende Bücher und so viele brillante und scharf-sinnige philosophische Wahrheiten, und doch gibt es nichts Trostreicheres als die Sprüche des Predigers Salomo.«

Über den Korridor hallten Schritte, dann war die Stimme eines Wärters zu hören:

»Klopf noch mal! Klopf noch mal!«

Der Wärter konnte nicht erkennen, an welcher Zellentür es klopfte.

»Noch mal, klopf noch mal!«

Ein Astafjew durchaus bekannter Ruf. Einer der Gefangenen versuchte, eine besondere Vergünstigung zu erhalten, nämlich außerhalb der vorgegebenen Zeit auf die Latrine zu dürfen. Doch man ließ ihn anscheinend nicht. Und nun litt der arme Häftling wohl.

»Wenn das Leid unerträglich ist, tötet es. Zieht es sich hin, ist es offensichtlich zu ertragen. Nimm all deine geistige Kraft zusammen und bleibe gelassen.«

So steht es dem Philosophen an, sich selbst Trost zuzusprechen. Ja, der Bürger hasst den Philosophen nicht ohne Grund.

»Tatsächlich«, dachte Astafjew, »sind mir jegliche konterrevolutionären Hirngespinste absolut fremd. Ich verachtete das Volk, hätte es nicht getan, was es getan hat, auf halbem Wege stehen zu bleiben und gelehrten Schwätzern zu erlauben, Russland nach englischer Mode zu bürsten: ein Parlament, höfliche Polizei, wohlfrisierte Lüge. Und gleichwohl hat Brikman ja recht: Ich bin sein Feind und der ihre. Denn es ist einerlei, wer die Gedankenfreiheit erstickt, die unwissende oder die aufgeklärte Hand, beide natürlich im Namen der Freiheit und im Namen des Volkes. Ach, sei's drum, das ist doch alles müßig.«

Wenn sie in diesem Augenblick gekommen wären mit dem Befehl: »Mit Gepäck ans andere Ende der Stadt« Astafjews Puls hätte sich nicht beschleunigt.

»All diese Ereignisse«, setzte Astafjew seinen inneren Monolog fort, »Revolution, Hinrichtungen, Kampf, Hoffnung, unser gesamtes Dasein und unser gesamtes Sein – all dies ist doch lediglich, als hätte der Flügelschlag einer Schwalbe für einen Augenblick merklich die Luft bewegt. Nicht mehr als das, nicht mehr. Und was existiert denn in Wirklichkeit? Nur die Leere. Ein Gedanke, wie ausgewrungen, der sich selbst verzehrt. Eine runde Null und Le-e-re.«

»Le-e-re.«

Astafjew streckte die Beine aus und döste ein.

# Die Begegnung

Bei Anbruch der Nacht wurden zahlreiche Häftlinge aus dem Butyrka-Gefängnis, den Lagern und anderen Anstalten gebracht. Eilig wurden die aus nichtigen Gründen oder als Zeugen Verhafteten aus dem Totenschiff weggebracht. Ihre Plätze nahmen jene ein, die entweder als Geiseln oder als gefährliche Feinde für die Explosion in der Leontjewski-Gasse schnell zur Verantwortung gezogen werden sollten. Die Listen wurden in aller Hast auf Grundlage von Hinweisen der Untersuchungsführer sowie nach Gutdünken der Kollegien zusammengestellt. Umgehende, unverzügliche, grausame Repressionsmaßnahmen waren unerlässlich. Über Fehler oder Zufälligkeiten konnte man sich nicht den Kopf zerbrechen. Person und Name waren ohne Belang, wichtig war nur, eine vorgegebene Zahl mit Namen aufzufüllen.

Aufgrund der Eile wurden einige Lastwagen in den Petrowski-Park delegiert, eine große Ladung wurde aus dem Butyrka-Gefängnis direkt in die Warsonofjewski-Garage gebracht. Gleichwohl blieben noch zahlreiche für den Keller, in dem Sawalischin arbeitete.

Allen war bekannt, warum sie hergebracht worden waren: Gerüchte über die Explosion waren bis zu den Gefangenen vorgedrungen. Die Wachen machten an jenem Tag im allgemeinen Wirrwarr und Gehetze keine Anstalten, irgendetwas zu verbergen. Selbst bleich und aufgeregt, trieben sie die Häftlinge an und griffen beständig nervös an ihre Holster.

Im Rumpf des Totenschiffs, der randvoll besetzt war, herrschte Stille. Nur einer, ein schmächtiger, unscheinbarer Mann, lief von einer Pritsche zur nächsten und legte in schnellem Flüsterton dar, er sei nur aus Versehen hierhergeraten und ihn werde man, natürlich, nicht abtransportieren. Die anderen hörten ihn schweigend an, niemand versuchte ihn zu beruhigen, denn alle dachten nur an ihr eigenes Schicksal und horchten auf die Schritte von oben.

Gegen drei Uhr am Morgen betrat ein Kommissar mit drei Wachsoldaten die Galerie. Er wirkte sehr geschäftig und rief in nüchternem Ton:

»He, wie viele haben wir da unten?«

Der Wärter antwortete:

»Siebenundsechzig.«

»Wie, siebenundsechzig? Es ist eine Grube für neunzig ausgehoben worden!«

Er blickte skeptisch und schlug sich dann mit der flachen Hand an die Stirn:

»Ach, richtig. Dreiundzwanzig kommen ja noch aus der Sonderabteilung. Dann sind wir bei neunzig.«

Beruhigt ging er eiligen Schrittes ab.

Auf einer Bank saß ein alter General, grau und heruntergekommen, und polierte unermüdlich seine Fingernägel am Ärmelaufschlag. Einer hatte keinen Platz zum Sitzen. Er lehnte an der Wand, holte immer wieder einen kleinen Kamm aus seiner Hosentasche und zog seinen Scheitel gerade. Ein untersetzter Mann hatte auf dem großen blanken Tisch, direkt unter der Glühbirne, ein Papier mit ein paar Scheiben Speck ausgebreitet und aß schweigend, als fürchte er, es nicht mehr rechtzeitig zu schaffen, die Reste der ihm von seiner Frau geschickten Essensvorräte aufzuessen. Ein anderer wiegte sich, den Kopf aufgestützt und das Gesicht in den Händen verborgen, im Sitzen hin und her. Ein Mann mit schwarzem Haar in gebeugter Haltung blickte gehetzt von einem zum anderen, kniff die Augen zu und bleckte von Zeit zu Zeit die Zähne, als versuche er zu lächeln. Einige lagen mit hinter dem Kopf verschränkten Armen auf ihren Pritschen. Niemand legte seine Kleider ab.

Kurz nach drei kam mit laut hämmernden Absätzen erneut der »Kommissar des Todes« herbeigeeilt, dieses Mal ohne seine Liste, und rief den Wärtern zu:

»Beeilung, zwei zu uns!«

Die auf den Pritschen lagen, schreckten auf. Der Mann mit dem schwarzen Haar bleckte die Zähne. Jemand gestikulierte mit der Hand vor dem Gesicht. Der alte General senkte den Kopf und begann wieder, langsam seine Fingernägel am Ärmelaufschlag zu polieren. Er und der schmächtige unansehnliche Mann, der allen erklärt hatte, er sei nur aus Versehen verhaftet worden, wurden herausgegriffen und schnell weggeführt, indem man sie auf der Wendeltreppe vorwärtsstieß.

Sawalischin war betrunken und furchterregend. In den Pausen zwischen seinen Verpflichtungen lag er wie ein Sack auf der Bank, die links vom Eingang in der Ecke stand, griff nach der Flasche und trank einen Schluck. Sobald draußen gerufen wurde: »Übernimm!«, erhob er sich schwerfällig, warf einen Blick auf seinen Revolver, ging zur Tür und lehnte sich an den Rahmen. Im kleinen Gang, der zu seinem Keller führte, waren Schritte zu hören: Zwei Wachsoldaten brachten jemanden, einer von ihnen hielt ihm den Lauf seiner Pistole in den Nacken. Etwa fünf Schritte vor der Tür blieben sie stehen, und einer rief:

»Los, geradeaus weiter, aber schleunigst.«

Das war der Moment, in dem Sawalischin die Hand hob.

Gegen Morgen wurden die Verhafteten der Sonderabteilung gebracht. Zwei Mal schaute Kommissar Iwanow im Keller, in dem Sawalischin arbeitete, vorbei. Er kam nicht herein, sondern rief von draußen und blickte voller Argwohn auf die Abflussrinne an der Wand:

»Bist du noch da, Sawalischin?«

»Ja. War das jetzt alles?«

»Noch ein paar. Bald haben wir es. Soll ich dir noch eine Flasche bringen?«

»Nicht nötig. Aber beeilt euch mal ein bisschen, ich will Schluss machen.«

Und kurz darauf ertönte wieder der Ruf:

»Übernimm!«

»Auf geht's«, antwortete die betrunkene Stimme aus dem Keller. Nach jedem dritten kamen die Wachsoldaten und brachten die Leichen weg.

»Übernimm!«

Sawalischin versuchte fest auf seinen Beinen zu stehen, ging zur Tür und hob den Revolver.

Die lauten Schritte blieben stehen, leise und gleichmäßig auftretend kam jemand zur Tür des Kellers. Als ein Hemd zu sehen war, gab Sawalischin mit heiserer Stimme den Befehl:

»Nach rechts!«

Der Mann, der eintrat, wandte daraufhin den Kopf nach rechts, und Sawalischins Hand sank nieder.

Die Schritte im kleinen Flur waren verhallt, die Eingangstür schlug zu. Der zum Tode Verurteilte und der Vollstrecker blickten einander an. Sawalischin zitterte am ganzen Körper, der Revolver glitt ihm fast aus der Hand.

Der zum Tode Verurteilte blickte ihn aufmerksam an und zeigte ein furchterregendes Lächeln:

»Ah, ein alter Bekannter! Na, wie geht's uns, Sawalischin?«

Die blutleeren Lippen des Betrunkenen stammelten:

»Alexej Dmitritsch …«

»Ebender, Ihr Nachbar.«

Beide verharrten schweigend einen Augenblick.

Astafjews Blick glitt durch den Keller, schaute voller Ekel nach unten auf den glitschigen Boden und sagte bestimmt:

»Nun denn also, das ist doch ganz gleich, bring's zu Ende, ja.«

Er schloss die Augen und wartete, die Zähne zusammengebissen. Hörte dumpfes Stottern neben sich.

Da ballte Astafjew die Faust, drehte sich jäh zu dem betrunkenen Vollstrecker um und schrie:

»Du Mistkerl! Bring es zu Ende, aber schnell! Sonst nehm ich dir den Revolver weg und erschieße dich wie einen Hund. Bring es zu Ende, du elender Feigling!«

Sawalischin hob die Hand und ließ sie erneut sinken. Seine trunkenen Augen waren voller Entsetzen.

Da sagte Astafjew laut und jedes Wort einzeln betonend, seine Stimme klang wie üblich spöttisch und verächtlich:

»Ach, Sawalischin! Ich habe Ihnen doch gesagt, dass Sie zu nichts zu gebrauchen sind. Und Sie haben noch geprahlt. Nicht einmal einen Mann kann er erschießen. Was also ist jetzt, soll ich schlafen gehen?«

Er ging an seinem Vollstrecker vorbei, setzte sich auf die Bank und ließ den Kopf sinken. In jenem Augenblick, als Sawalischin erneut den Revolver hob, blickte Astafjew ihm direkt ins Gesicht und lachte auf:

»Na, jetzt aber! Endlich. Also, eins, zwei ... Los jetzt, du Schweinehund, los jetzt ... Feuer frei!«

# »Opus 37«

In ungezügelter Wut einander überflügelnd, lärmten in der Küche zwei Primuskocher. Zwei Hausfrauen waren sich in die Haare geraten, denn eine der beiden hatte bemerkt, dass ihre Nadel, die sie zum Reinigen der Düse des Kochers benötigte, abgebrochen war. Nun schauten sie einander nicht mehr an und blickten sich auch nicht um, als Eduard Lwowitsch in die Küche kam.

Eduard Lwowitschs Putztuch hing zerschlissen und dreckig zwischen Tür und Herd. Er nahm es mit abgespreizten Fingern, wollte es ausschütteln, aber das war ihm dann doch zu unangenehm, und er nahm es mit in sein Zimmer.

Eduard Lwowitsch versuchte, sein Zimmer ordentlich und sauber zu halten. Aber er besaß keinen Besen, um den Boden zu fegen. Den Besen hatte irgendwer verfeuert oder sich einfach angeeignet. Eduard Lwowitsch hatte nicht die nötige Energie aufbringen können, diesbezüglich eine Untersuchung unter den Bewohnern der überbelegten Wohnung durchzuführen. Er hatte sich mit dem Verlust abgefunden und behalf sich nunmehr mit dem Putztuch, das richtig auszuwaschen er nicht in der Lage war.

Mit diesem Tuch wischte Eduard Lwowitsch zuerst den Staub auf dem Deckel des Flügels, dann auf dem kleinen Notenregal an der Wand und auf dem Tisch. Dann beugte er sich ungelenk herunter und wedelte mit dem Tuch in Richtung Ofen über den Boden. So fegte Eduard Lwowitsch etwas Staub und ein paar Fäden vor dem Ofen zusammen, nahm den Kehricht mit einem festen Notenpapier auf und warf ihn in den Ofen.

Der Hausputz war beendet.

Die Tasten des Flügels berührte Eduard Lwowitsch mit diesem Putztuch niemals, sondern wischte den Staub auf ihnen mit seinem Taschentuch, das er im Anschluss ausschüttelte und zurück in die Tasche steckte. Die Tasten waren heilig.

Er öffnete den Vorderdeckel über der Klaviatur, stellte ein Notenmanuskript mit der Überschrift »Opus 37« auf den Notenhalter und legte einen Bleistift daneben.

»Opus 37« war das jüngste von Eduard Lwowitsch geschriebene Werk. »Opus 37« war beendet, und vermutlich benötigte er den Bleistift nicht mehr. »Opus 37« war ein eigenartiges, einer Melodie entbehrendes Stück, das Eduard Lwowitsch innerhalb von drei Tagen niedergeschrieben hatte und das sogar für ihn selbst vollkommen neuartig und überraschend war.

Früher hätte ein derart peinvolles, die Nerven erregendes musikalisches Werk in ihm Missfallen und Ablehnung hervorgerufen, nun war er selbst sein Komponist.

Das Präludium war eingängig und regelkonform. So begannen viele Werke. Das Präludium verfügt über Logik und liegt im Stück begründet. Aber plötzlich erklingt ein Thema, das, kaum hat es angesetzt, noch vor Beginn der Ausführung von einer – ja, wie kann man das erklären – musikalischen Szissur durchtrennt wird, die es im Weiteren von oben nach unten zerschneidet. Das Thema will sich beharrlich ganz traditionell den musikalischen Gesetzen folgend entwickeln, aber die Szissur wird immer tiefer, zerreißt die gespannten Fäden der musikalischen Erzählschnur, bringt die Enden in Unordnung und verwirrt schließlich alles zu einem Knäuel tragischen Wirrwarrs. Ein Momentum verzweifelten Kampfes, dessen Ausgang unbestimmt ist.

Dann folgt das Grundlegendste und in seinen Auswirkungen Fruchtbarste. Die Fäden entwirren sich, aus dem Knäuel lugen ihre Enden hervor, schon erklingt ein autoritärer und willensstarker Befehl (die Bässe!), plötzlich jedoch kommt alle Logik zum Erliegen, und in den nämlichen willensstarken Bässen wird der Verrat geboren! Es war nur geschickter Betrug, ein Angriff aus dem Hinterhalt.

Wenn Eduard Lwowitsch diese furchterregende Seite spielte, fühlte er, wie der Schlag seines alten müden Herzens langsamer wurde und fast stehen blieb, wie sein schütteres Haar im

Nacken hin und her flog und die Augenbrauen zuckten. Eine Seite, die verwerflich und wider die musikalischen Gesetze war – aber genau deshalb war sie wahr, wie das Leben selbst! Hier durfte nicht eine Sechzehntel-Note verändert werden! Der Komponist handelte gegen das Gesetz, aber der Komponist ist ein Schöpfer. Diener der Wahrheit, der er lauschte. Und wenn die Welt auch unterging und alles zerstört wurde – hier durfte man nicht zurückweichen. Dann rissen alle Fäden, mit einem Mal, mit einem Schlag. Mit einem fernen Widerhall erstickten alle Enden der musikalischen Erzählschnur und verklangen rasch, das Thema erstarrte und erstarb – und jenes Neue ward geboren, das den Künstler über alles erschreckte: Es entstand etwas, das dem Chaos Sinn verlieh. Der Sinn des Chaos! Ja, kann denn das Chaos einen Sinn ergeben?

Es lag in Eduard Lwowitschs Hand, diese Seite aus dem Notenheft zu reißen, sie zu zerknüllen, zu zerstampfen, diese letzten Seiten, dieses Produkt des schrecklichen Verrats an seiner gesamten Vergangenheit, an der Tradition des klassischen Musikers, des Erben und Schülers der Großen, in Fetzen zu reißen. Doch dazu hatte er keine Kraft: Der Verbrecher liebt sein Werk. Versammelten sich in diesem Moment die empörten Geister Bachs, Haydns, Beethovens und Mozarts um den Flügel von Eduard Lwowitsch, überschütteten sie ihn mit Verwünschungen, vernichteten ihn mit Verachtung und versuchten, ihm seine Notenschrift zu entreißen, so erwehrte er sich ihrer mit Händen, Bleistift und dem dreckigen Putztuch, setzte sich auf das Heft – aber solange er lebte, würde er es niemandem geben, nicht Lebenden noch den Schatten der Toten, selbst dem Geist seiner Mutter nicht. Auch wenn sie ihn unter Tränen anflehte – er würde selbst in Tränen zerfließen und sterben, doch er könnte sogar dem Bitten der Mutter nicht nachgeben. Das ist sie, die Tragödie des Schöpfertums.

Als Eduard Lwowitsch geendet hatte, sprang er auf, rieb die Hände aneinander, blickte sich verloren um und lief vor lauter Aufregung von einer Ecke des Zimmers in die andere.

Beim Umdrehen blieb er mit seinem Rock am kleinen Notenregal hängen, bekam einen Schrecken, hob das zu Boden gefallene Notenheft auf und wusste nicht, was er weiter tun sollte. Es gab keinen Zweifel, dass »Opus 37« ein grandioses Werk war.

Grandios, ja. Aber wer hatte es ihm eingeflüstert? Der Teufel? Der Tod? Etwa jene Kugel, die einst in der Nacht das Fenster durchschlagen hatte, in sein Zimmer geflogen war und sich in den Putz unter der Tapete gebohrt hatte? Hatte sie ihm womöglich ins Ohr geraunt, dass im Chaos Sinn liegen kann, dass im Chaos Sinn ist? Im Tod ist Sinn! Im Wahnsinn, in der Sinnlosigkeit ist Sinn. Die Absurdität setzt den Kontrapunkt, schlägt ihn mit der Jagdpeitsche und zwingt ihn, ihr zu Diensten zu sein – kann das denn möglich sein! Ein kleiner weißer Faden lag noch vor dem Ofen. Eduard Lwowitsch beugte sich hinunter, kratzte den Faden mit einem Nagel seiner musikalischen Finger vom Boden und warf ihn durch die offene Ofentür. Er kam nicht ohne Schwierigkeiten wieder nach oben, der Rücken schmerzte. Und als sein Blick auf das Notenheft fiel, das aufgeschlagen auf dem Notenhalter stand, war ihm plötzlich klar:

»Ein geniales Werk!«

Diese unerwartete Entdeckung ließ ihn mit offenem Mund dastehen. Er schloss die Augen und öffnete sie wieder und sagte laut und deutlich:

»Ich bin ein Genie. Mein ›Opus 37‹ ist das Werk eines Genies.«

Eduard Lwowitsch setzte sich auf den Stuhl an der Wand und legte die Hände auf die Knie. Aus der Küche drangen das Fauchen der Primuskocher und das zänkische Gekeife der beiden Hausfrauen herüber, aber Eduard Lwowitsch hörte es nicht. Er saß da, aus der Fassung geraten durch die merkwürdige, plötzliche Erkenntnis, dass »Opus 37« das Werk eines genialen Musikers war. Dieser Augenblick fiel zusammen mit dem Beginn des Alters – ist das denn möglich? Und dann war da noch die beunruhigende Sicherheit, dass das Publikum sein letztes Werk niemals begreifen würde.

Es war bereits spät, als Eduard Lwowitsch, der ganz vergessen hatte, zu Abend zu essen, mit langsamen Bewegungen, als fürchte er, den Kelch voll Erfüllung und Erkenntnis zu vergießen, den Paletot mit dem karierten Futter über die hageren Schultern zog, seinen Hut mit dem breiten Rand schief auf den Kopf setzte, sich abwesend im Zimmer umblickte, die Tür öffnete und hinausging.

Eduard Lwowitsch brauchte frische Luft. »Opus 37« stand auf dem Notenhalter des Flügels.

# Die Kuckucksuhr

**D**ie Sonne ging auf, erklomm gleichgültig ihren Zenit und ging im Westen unter. Auf den Sommer folgte der Herbst, der auf dem Land herrlich ist, in der Stadt jedoch trübe. Der Winter ließ das Wasser gefrieren, deckte die Straßen zu, begrub die von den Bäumen gefallenen Blätter. Dann wurde es wieder wärmer, der Frühling war zurück und betrog die Menschen mit Hoffnungen, indem er die Natur reich mit grünem Flitterwerk beschenkte.

– Die Kuckucksuhr zählte die Minuten, folgte der gemächlichen Bewegung der beiden Zeiger, die in dem von zwölf Zeichen unterteilten Kreis keine Spuren hinterließen. –

Jene, deren Stunde gekommen war, gingen ein in die ewige Ruhe, neue Leben wurden geboren. Neue Wunden wurden geschlagen, schmerzten, vernarbten, das Seufzen verstummte und erste Glückseligkeit loderte auf, neue Ängste keimten auf in der Dämmerstunde. Im Strom des Lebens wurden die Menschen, die von eilig zusammengezimmerten Flößen heruntergespült worden waren, hin und her geworfen. Mit dem gewohnten Brausen floss der Strom der Zeit dahin.

– Die Kuckucksuhr, die alte Uhr des Herrn Professor, tickte im Sekundentakt, spulte gleichmütig und gesetzt, sich den angehängten Gewichten unterwerfend, die Feder ab. Zu jeder Stunde und jeder halben Stunde sprang aus dem kleinen Häuschen der Kuckuck aus Holz hervor, nickte mit dem Kopf und ließ seinen Ruf erklingen, so oft, wie die Stunde zeigte. –

Und der Professor sagte:

»Was meinst du, Tanjuscha, ob es für deinen Großvater nicht an der Zeit wäre, zu Bett zu gehen? Ich lese noch ein bisschen vor dem Einschlafen.«

»Aber natürlich, Großvater, gehen Sie ruhig schlafen.«

»Pjotr Pawlowitsch kommt wohl heute spät?«

»Er hat heute eine Sitzung, Großvater, vor Mitternacht wird die sicher nicht zu Ende sein.«

»Macht es dir denn nichts aus, allein zu bleiben?«

»Aber nein. Ich bleibe noch ein bisschen auf und gehe dann auch zu Bett.«

»Nun gut.«

Der Ornithologe war müde. Er war ja nicht mehr der Jüngste.

Das Haus verließ er nur noch selten. Doch an jenem Tag war er ausgegangen. Und ihm war ein großes Glück beschert worden.

An einer Straßenecke des Arbat hatte er eine Bauchladenverkäuferin gesehen, deren Ware unter einem sauberen Tuch versteckt lag. Und unter diesem Tuch lugte ein golden gebackenes Brötchen hervor – ein echtes Brötchen aus Weißmehl, so wie es sie früher gegeben hatte. Die Frau blickte sich immer wieder ängstlich nach allen Seiten um, ob nicht von irgendwoher ein Milizionär sich nähere. Denn man konnte ja nie wissen, ob der einem gewogen wäre, und man wusste ja auch nicht, ob man hier überhaupt Handel treiben durfte.

Der Professor tastete nach dem Geldbündel in seiner Jackentasche – ein Bündel aus Scheinen, auf die große Zahlen gedruckt waren, Hunderttausender, Millionen –, trat zu der Frau und erkundigte sich unsicher nach dem Preis. Die Frau antwortete ängstlich. Und der Professor bezahlte den von ihr genannten Preis und nahm ein Brötchen.

Er setzte seinen Spaziergang dann nicht weiter fort, sondern trippelte, so schnell seine alten Beine ihn trugen, nach Hause. Das Brötchen war für Tanjuscha, für die geliebte, um ihn so besorgte Enkelin – das erste weiße Brötchen. Wie ein Schneeglöckchen! Nicht für den Magen, sondern zur Freude: Hier, ein richtiges weißes Brötchen, so wie es sie früher gab!

»Das isst du aber bitte ganz allein, ich schaue zu.«

»Wir teilen, Großvater.«

»Teilen kommt gar nicht in Frage, das ist nur für dich. Trink, wenn du es gegessen hast, noch etwas Milch.«

»Großvater, Sie verwöhnen mich, allein kann ich das wirklich nicht essen. Ich wärme Kaffee auf, und dann essen wir es zusammen. Bitte Großvater, ich bitte Sie.«

»Nun, wenn es sein muss, aber nur ein winziges Stück. Wie schade, dass Pjotr Pawlowitsch nicht da ist, sonst könnten wir es mit ihm …«

Sie aßen das Brötchen, als sei es geweihtes Abendmahlsbrot. Die Krümel sammelten sie in der Hand und aßen auch sie.

»Siehst du, Tanjuscha, jetzt gibt es sogar wieder Brötchen.«

»Jetzt ist es insgesamt wieder leichter geworden, Großvater. Man kann alles bekommen, wenn man nur Geld hat.«

»Im letzten Jahr hatten wir, wenn ich mich recht erinnere, Weißmehl, das Wassja von seiner Reise mitgebracht hatte.«

»Das stimmt. Und einmal habe ich sogar Piroggen gebacken.«

»Ja, ja, Piroggen. Wie geht es Wassja? Er ist lange nicht mehr bei uns gewesen.«

»Ich glaube, es geht ihm gut. Jelena Iwanowna bemuttert ihn, sie ist eine gute Hausfrau.«

»Das hat er verdient, unser Wassja. Er ist ein guter Junge. Und auch Jelena Iwanowna ist ein herzensguter Mensch, bescheiden und brav. Zu zweit ist es leichter.«

Auch Wassja war also nicht allein. Und es gab auch jemanden, der sich um Tanjuscha kümmern würde, wenn Aglaja Dmitrijewna aus jener Welt ihm zuriefe:

»Was ist, mein lieber Alter, ist es nicht an der Zeit für dich, dich zur Ruhe zu legen?«

Die kleine Tür der Uhr wurde aufgestoßen, und der Kuckuck zählte laut, wie viele Minuten wieder in die Ewigkeit entschwunden waren.

Der Großvater schlief, sein grauer Bart lag über der Decke. Tanjuscha war noch nicht zu Bett gegangen, sie wartete auf Pjotr Pawlowitschs Rückkehr nach seiner Sitzung.

Ach ja, wenn sie sich daran erinnerte, was sie vom Leben erwartet hatte, auf welches Leben sie sich vorbereitet hatte. Doch nicht nur auf jene zufällige Begegnung mit dem einen, der früher oder später immer kommen würde, erhofft und doch unverhofft. Aber alles andere würde wieder kommen – die Wissenschaft, die Musik. In Zeiten wie diesen musste sie eben vor allem dafür Sorge tragen, dass der Großvater auch am nächsten Tag nicht hungrig sein müsste, und dafür, einem lieben und vertrauten Menschen eine Freude zu bereiten, der müde von der Arbeit in der Fabrik oder von einer Sitzung am Abend nach Hause kam. Und war es nicht ihrem langen Studium zu verdanken, dass sie Konzerte in den Arbeiterklubs gab? War das denn etwa keine richtige Arbeit? Eduard Lwowitsch war natürlich ungehalten und brummte:

»Sie verschwenden Ihr Tarent! So dürfen Sie mit der Musik nicht umgehen.«

Oh ja, er war eine bedeutende Autorität im Bereich der Musik, Tanjuschas alter Lehrer. Aber was verstand er schon vom Leben? Hatte er jemals die Harmonie unerwarteter, unlogischer, zufällig entstehender Gleichklänge erfahren? Hatte er jemals geliebt, nicht nur »im Allgemeinen«, nicht nur sein musikalisches Werk, sondern einen realen, lebendigen, ganz bestimmten Menschen?

Der Kuckuck flog aus seinem Häuschen heraus und zählte die vergangenen Stunden. Aber nur die des heutigen Tages. Von den Tagen und Jahren, die der nunmehr ganz kahle und gebeugt gehende Eduard Lwowitsch gelebt hatte, wusste der Kuckuck nichts. Vielleicht gab es ja gar kein Geheimnis im Leben des Musikers, vielleicht aber hatte es irgendwann einmal eines gegeben.

So viele Geheimnisse schien das Leben für Tanjuscha bereitzuhalten, als sie noch ein Kind war, und wie einfach war alles nun doch! Schlicht und gewöhnlich. Tanjuscha war eine keineswegs außergewöhnliche Frau, sondern ganz wie die anderen. Aber das war nicht kränkend, sondern es war gut so. Und sie liebte einen ebenso gewöhnlichen Menschen, wie sie selbst einer war, die es vermutlich sehr zahlreich gibt. Einen guten, aufrichtigen, tüchtigen, klugen Menschen. Viele, die so waren wie er, hätten Tanjuscha begegnen können. Warum hatte sie gerade ihn liebgewonnen, warum war gerade er ihr vertraut geworden? War das einfach nur ein Zufall? Nein, das musste wohl so sein. Und würde es das ganze Leben lang so bleiben?

Über all dies kann der Kuckuck nichts sagen. Er bilanziert nur die Zahlen der Vergangenheit. Er hatte bereits den Anbruch der Mitternacht und den neu beginnenden Tag ausgerufen. Und wieder begann der große Zeiger den Lauf einer neuen halben Stunde.

Und bevor der Kuckuck wieder die kleine Tür aufgestoßen hatte, klapperte im Korridor leise das englische Schloss. Er war zu Hause. Endlich. Jetzt war alles gut.

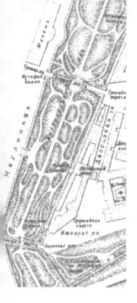

# Ein chirurgischer Eingriff

**E**in neuer Patient war in der chirurgischen Klinik an der Ostoshenka eingeliefert worden. Eine gesetzte und sorgenvolle Frau, vermutlich seine Gattin, hatte ihn mit einer Droschke gebracht. Im Kontor, wo die Aufnahme des Kranken registriert wurde, sagte sie:

»Ich bitte, ihn möglichst sorglich zu behandeln. Wir können für alles bezahlen. Wenn Sie wünschen, auch in Naturalien, Mehl oder was auch immer. Wir sind einfache Leute, aber er hat eine gute Stellung, wo er Verantwortung trägt.«

Der schwere, leicht aufgedunsene, aber kräftige Körper des Kranken wurde gebadet und im Einzelzimmer Nr. 9 untergebracht. Der Patient stöhnte und litt fürchterlich. Er hatte eine Nierenkolik, die unverzügliche Operation war notwendig. Er antwortete kaum auf die Fragen des Arztes und blickte ihn von unten misstrauisch und ängstlich an.

Als man ihn untersuchte, fragte er unter Stöhnen:

»Muss ich jetzt sterben?«

»Aber warum denn sterben? Wir operieren Sie, und dann wird es Ihnen wieder besser gehen. Sie haben Steine und Eiter in den Nieren und haben das verschleppt.«

»Das heißt, Sie werden mich aufschneiden?«

»Da brauchen Sie überhaupt keine Angst zu haben. Das geschieht unter Narkose, davon werden Sie gar nichts merken.«

Es war eine schwere und komplizierte Operation. Nachdem sein massiger Körper auf den Operationstisch gelegt worden war, betrachtete der Patient die Ärzte und Schwestern, warf einen argwöhnischen Blick auf die bereits vorbereitete Narkosemaske und sagte mit dumpfer Stimme:

»Aber vielleicht würde es ja auch ohne Operation besser? Ich bin nicht versessen darauf zu sterben.«

Als man ihm die Maske aufs Gesicht legte, begann er zu brüllen und den Kopf hin und her zu werfen, aber bald hatte man ihn beruhigt. Während er hinwegdämmerte, murmelte er Unverständliches.

Anderthalb Stunden später brachte man den Patienten auf einer Trage in sein Zimmer.

Nachdem er erwacht war, lag er unbewegt da und blickte sich mit wie trunken umnebelten Augen um.

Seiner Gattin, die gegen Abend kam, um sich nach ihm zu erkundigen, sagte man, die Operation sei gut verlaufen, aber der Patient sei noch zu schwach und dürfe nicht gestört werden. Man werde sehen, wie es ihm morgen gehe.

»Ist die Lage denn gefährlich? Er wird doch nicht sterben? Sie geben sich doch Mühe, wir bezahlen für alles gut.«

»Eine Gefahr besteht natürlich immer. Es war eine schwere Operation, und er hat viel Blut verloren. Hat er denn viel getrunken?«

»Getrunken hat er, sicher. Bei seiner Arbeit ist das ja gar nicht anders möglich.«

»Was hat er denn für eine Arbeit?«

»Eine Stellung mit Verantwortung eben. Er hat meistens nachts gearbeitet.«

»Dass er trinkt, ist natürlich schlecht.«

»Ich weiß, das habe ich ihm auch immer wieder gesagt. Vielleicht hängt die Krankheit ja damit zusammen.«

Man notierte die Adresse der Frau, sie wohne in der Dolgorukowskaja und heiße Anna Klimowna, alle würden sie kennen, auch der Domkom-Vorsitzende, mit dem sei sie gut befreundet.

In seinem akkuraten Einzelzimmer lag Sawalischin unbewegt da und starrte an die Decke. Er hatte keine besonders großen Schmerzen, aber sein Kopf fühlte sich dumpf an, und diese Dumpfheit breitete sich im gesamten Körper aus. In seinem tumben Hirn bewegten sich die Gedanken widerwillig und unklar. Wenn die Schwester und vor allem wenn der Arzt in seinem weißen Kittel ins Zimmer kam und die Decke zurücklegte, blickte Sawalischin nach wie vor misstrauisch und seine Wangen zuckten.

Am Tag nach der Operation begann der Patient, der nur halb bei Bewusstsein war, plötzlich laut zu stöhnen. Er war blass, fast vollkommen weiß: Jedes Haar seines Bartes zeichnete sich deutlich ab. Die Schwester rief den diensthabenden Arzt. Dieser stellte fest, dass der Verband blutdurchtränkt war. Der Arzt wies an, den Patienten vorsichtig ins Behandlungszimmer zu bringen, damit der Verband gewechselt würde. Es stellte sich heraus, dass die Ligaturen, mit denen die großen Blutgefäße der Nieren abgebunden waren, sich gelöst hatten und dass die parenchymatöse Blutung nicht gestillt war.

Unter großen Schwierigkeiten gelang es, die Ligaturen um die größeren Gefäße wieder zu befestigen und die anderen sowie das blutende Zellgewebe temporär abzuklemmen.

Der Arzt schärfte der Schwester ein:

»Lassen Sie ihn nicht allein und beobachten Sie ihn aufmerksam. Sein Zustand ist gefährlich, er hat viel Blut verloren. In vierundzwanzig Stunden können wir, wenn sich stabile Thromben gebildet haben, vorsichtig versuchen, die Klemmen zu entfernen und die Wunde nur noch tamponieren.«

Sawalischin hörte die Stimmen und ihm unverständliche Worte, fühlte sich wie im Nebel. Er empfand dumpfen Schmerz, in seinen Ohren sauste und in den Schläfen hämmerte es ohne Unterlass. Er fühlte eine an ihm zerrende und reißende innerliche Beklemmung, die Schlaf und Ruhe verscheuchte.

Erneut erschien Anna Klimowna, um sich nach seinem Befinden zu erkundigen, aber man konnte ihr nichts sagen, das sie beruhigt hätte.

Die Hoffnungen der Ärzte bestätigten sich nicht. Als sie nach vierundzwanzig Stunden die Klemmen lösen wollten, erwies sich, dass sich nicht einmal in den abgebundenen Gefäßen Thromben gebildet hatten, und an den Stellen, an denen die Klemmen angelegt worden waren, starben sowohl Gewebe als auch Gefäße offenkundig ab. Auch dieses Mal waren die Verbände durchtränkt vom elenden Blut Sawalischins.

»Ein ungewöhnlicher Fall«, sagte der Arzt. »Sicher, er ist Alkoholiker, trotzdem ist es erstaunlich, dass das Blut absolut nicht gerinnen will. Wir werden es bei der Tamponade belassen müssen.«

Man verschwieg Anna Klimowna nicht, dass die Dinge schlecht stünden. Sie wurde sogar in sein Zimmer gelassen, aber man bat sie, nicht mit ihm zu sprechen, sondern nur eine kleine Weile an seinem Bett zu sitzen. Anna Klimowna setzte sich auf das äußerste Ende des Stuhls, blickte angstvoll ins Gesicht ihres Hausgenossen, sah unter den halb geschlossenen Augenlidern den weißen Rand seiner Augen, seufzte und verließ das Zimmer wieder, da ihr die Schwester dies bedeutet hatte.

»Muss er denn wirklich sterben?«

Der Arzt sagte:

»Sein Zustand ist sehr ernst. Sein Blut ist schlecht, wir können die Blutungen nicht stillen.«

»Es kann also sein, dass er verblutet?«

»Das kann passieren. Aber wir hoffen das Beste.«

Anna Klimowna seufzte tief.

»Das ist dann wohl sein Schicksal. Und dabei war er doch so ein vor Kraft strotzender Mann.«

Als sie zu Hause dem Domkom-Vorsitzenden dies alles erzählte, fügte Anna Klimowna noch hinzu:

»Sie haben bei der Operation vielleicht einen Fehler gemacht. Und ich habe ihm noch gesagt: Geh nicht in die Klinik. Vielleicht wäre es ja auch von selbst wieder besser geworden.«

»Die Ärzte wissen das besser.«

»Dann hätte er wenigstens noch ein bisschen gelebt. Wenn er doch wenigstens noch bis zum nächsten Monat ausgehalten hätte, er bekommt ja am ersten immer seine Lebensmittelration und den Lohn.«

»Aber wie hätte er denn noch warten sollen, er hat doch fürchterliche Schmerzen gehabt. Ihm war das alles doch schon ganz egal.«

»Das stimmt natürlich. Das ist dann also sein Schicksal.«

Es war Nacht. Sawalischin war kaum bei Bewusstsein, die kleine Lampe war abgedunkelt. Er fühlte keinen Schmerz, er fühlte nicht einmal seinen Körper. Bisweilen schienen ihm die Schulter oder die Beine kalt zu werden, und seine Zunge lag wie ein trockener, salziger Klumpen im Mund und störte ihn. Wenn er die Augen öffnete, schien es ihm, er sehe Schatten über die Zimmerdecke laufen und sich in den Ecken verstecken.

Einmal lag er mit geschlossenen Augen da und glaubte, er sei zu Hause. Dann meinte er, es klopfe an der Tür, gleichmäßig, beharrlich, wie mit einer weichen Faust. Er wollte Anna Klimowna rufen und brüllte auf. Aber es kam die Schwester, fragte leise irgendetwas, und Sawalischin fiel wieder ein, dass er im Krankenhaus war. Und Anna Klimowna war zu Hause, allein. Nun hatte sie dort in den drei Zimmern ja genügend Platz. Sie hatten ja jetzt eine große Wohnung, es war niemand anders einquartiert worden, die Bücher hatten sie alle in der Kammer verstaut.

Plötzlich hörte er eine Stimme:

»Übernimm!«

Und eine andere Stimme, die ihm noch gut im Gedächtnis war, sagte ironisch:

»Ah, ein alter Bekannter! Na, wie geht's uns, Sawalischin?«

Sawalischin zuckte, wollte schreien und fühlte plötzlich einen unerträglichen Schmerz im Rumpf.

Die Schwester rief nach dem Arzt und dieser eilte herbei. Sawalischins massiger Körper schwamm in Blut, alle Verbände waren durchtränkt, auch das Bettlaken triefte vor Blut. Es war schrecklich viel Blut, das Blut des Vollstreckers, das nicht zum Stillstand kommen wollte.

Der medizinischen Wissenschaft ist die Rache des Blutes unbekannt. In der Krankenakte des Patienten hieß es lakonisch: »Dissolutio sanguinis«.

Anna Klimowna kam früh am nächsten Morgen und erhielt die Mitteilung, dass ihr Hausgenosse in der Nacht verstorben sei.

Sie weinte nicht, zog nicht einmal ihr Taschentuch hervor, sondern fragte lediglich, wie sie nun weiter verfahren solle, ob sie selbst für die Beerdigung sorgen müsse oder ob man sich von Seiten des Krankenhauses darum kümmere. Unten am Eingang erzählte sie der Frau, die dort als Concierge arbeitete, mit klagender Stimme, den Kopf hin und her wiegend:

»Das Wichtigste war ja, dass er eine gute Stellung hatte, eine besondere, obwohl er doch ein einfacher Mann war, ein ehemaliger Arbeiter. Er bekam seinen Lohn und seine Lebensmittelration und besondere Zulagen, sozusagen nach Stückzahl. Manchmal gleich eine große Summe auf einmal. Und Kleidung. Und immer wurde ihm Weißmehl zugeteilt und Honig, oft auch Stoff oder Galoschen, einfach alles. Natürlich, nicht jeder will so eine Arbeit machen, aber bezahlt hat man ihn wirklich gewissenhaft, man hat ihn geschätzt. Wir haben eine Wohnung mit drei Zimmern und Küche und alles, was man so braucht, zu Ostern habe ich sogar ein Schwein gemästet.«

Und in dem Augenblick, als Anna Klimowna das Schwein einfiel, begann sie zum ersten Mal zu schluchzen, holte ihr sauberes Taschentuch hervor und wischte sich über die trockenen Augen.

# Ein Abend in der Straße Siwzew Wrashek

**D**ie Stufen der Holztreppe begrüßten die wohlbekannten Schritte mit freundlichem Knarren, die Tür öffnete sich mit liebenswürdiger Gastfreundschaft, die Garderobe nahm mit höflicher Zurückhaltung Mäntel und Hüte entgegen, die Mauern des alten Hauses vernahmen den Klang altbekannter Stimmen.

Am Geburtstag des Herrn Professor versammelte das Haus in der Siwzew Wrashek all jene, die sich seiner einstigen großzügigen Gastfreundschaft erinnerten. Sogar Lenotschka, die früher das Mädchen mit den erstaunt gewölbten Augenbrauen war und nun schon Mutter zweier Kinder, sogar Lenotschka, jetzt nur noch ein seltener Gast, war gekommen, um den betagten Professor und ihre Schulfreundin zu besuchen.

Als Erster kam der Physiker Poplawski, in vollkommen zerschlissenem schwarzem Gehrock, aber neuen Galoschen, die er erst jüngst erstanden hatte – viele Stunden des Wartens in einer Schlange hatten sie ihn gekostet. Poplawski war von seinen Galoschen ganz hingerissen und deshalb der Ansicht, das Leben sei nun wieder viel leichter, schlecht sei lediglich, dass es selbst mit Beziehungen fast unmöglich sei, neu veröffentlichte Bücher aus dem Ausland zu erhalten.

»Auf diese Weise werden wir zu Europa derart in Rückstand geraten, dass wir ihn in zehn Jahren nicht werden aufholen können. Dort gibt es, stellen Sie sich das einmal vor, allein zu Einstein eine umfangreiche Forschungsliteratur.«

Protassow war gelassener:

»Das ist doch kein Unglück. Vorläufig sind unsere eigenen Kenntnisse vollkommen ausreichend. Man müsste dieses Wissen eben nur entsprechend anwenden.«

Auch Onkel Borja beruhigte seinen Kollegen:

»Was sollen wir denn mit neuen Büchern? Erst einmal brauchen wir Kopierpapier und Farbbänder für die Schreibmaschinen. In unserer technischen Forschungsabteilung …«

Auch Wassja und Aljonuschka waren gekommen. Wassja wirkte sehr erwachsen und solide, obgleich er immer noch seinen Bart rasierte, weil Aljonuschka sein Grübchen so gut gefiel. Alle Knöpfe an Wassjas Jacke waren dort, wo sie hingehörten, sein Kragen sauber, das Taschentuch fein gesäumt und mit seinen Initialen versehen. Seine Befangenheit war verflogen, mit Tanjuscha unterhielt er sich höflich-freundschaftlich, mit Protassow tauschte er Erinnerungen an die gemeinsame Fahrt über die Dörfer aus. Aljonuschka war unkompliziert freundlich, aber sie hatte Angst zu lachen. Gegen Ende des Abends aber platzte es nach einem Scherz des Herrn Professor doch einmal aus ihr heraus, sie lachte glockenhell, dann grunzte sie und wurde verlegen, als sie sah, wie sich die Augenbrauen der ihr unbekannten Lenotschka erstaunt hoben.

Aljonuschka saß neben dem Ornithologen, der sich die ganze Zeit über mit ihr unterhielt und dabei gerührt immer wieder auf Wassja Boltanowski blickte.

Es fehlten jene, die nicht mehr kommen konnten, deren Namen alle leise und mit ernsten Mienen aussprachen. Es fehlte jener, mit dem Poplawski, der fragwürdige Paradoxa nicht mochte und nicht verstand, in ebendiesem Zimmer nicht nur einmal disputiert hatte. Sein tragischer Abschied von dieser Welt war so frisch und neu, dass die Trauer darüber in diesem Hause noch nicht überwunden war. Und obgleich das Leben in Moskau die Menschen auch an ständige Verluste und Prüfungen zu gewöhnen versuchte, war man doch bemüht, den Namen Astafjews in der beschaulichen Atmosphäre des Bürgerhauses nicht zu erwähnen. Die Zeit würde kommen, in der sein Name in der Liste des Synodikons neben jenem des jungen Ehrberg, des unglücklichen Stolnikow und vieler anderer Freunde und Verwandter stehen würde.

Um Punkt neun Uhr nahm die Garderobe im Vorraum einen Paletot mit kariertem Futter entgegen und hängte ihn am äußersten Haken auf.

Eduard Lwowitsch trat ein, kniff die vom hellen Licht ge-

445

blendeten Augen zusammen und rieb die Hände aneinander, begrüßte alle Anwesenden und nahm am Teetisch seinen angestammten Platz neben dem Samowar ein, zur rechten Seite der Hausherrin – früher Aglaja Dmitrijewnas, nunmehr Tanjuschas.

Aus Anlass des festlichen Tages wurde echter Tee gereicht, und in der Mitte des Tisches lag auf einem großen Teller eine große Geburtstagskrendel aus süßem Hefeteig. In einem kleinen Schälchen war Zucker, in einem anderen Konfekt von Landrin. Es gab Tafelbutter und einen ganzen Teller voll dünn geschnittener Scheiben geräucherter Wurst. Ein festlich und reich gedeckter Teetisch zu Ehren des Großvaters.

Und es gab noch etwas, das Tanjuscha eigens für Eduard Lwowitsch aufgetrieben hatte und das allgemeine Bewunderung hervorrief: süßen Zwieback, seine Lieblingsnäscherei. In früheren Zeiten hatten weder Aglaja Dmitrijewna noch Tanjuscha es je versäumt, dem Komponisten süßen Zwieback zu kredenzen. Zwei Jahre lang hatte dieser Geschmack nun Eduard Lwowitschs Gaumen nicht mehr geschmeichelt, denn man konnte ihm nur Kanten von Schwarzbrot rösten. Anlässlich des heutigen Tages aber hatte Tanjuscha für den Großvater und den verehrten Lehrer irgendwo einen ganzen Teller süßen Zwieback erstehen können.

»Der Zwieback ist ausschließlich für Eduard Lwowitsch! Essen Sie alle auf, es darf keiner übrig bleiben.«

Eduard Lwowitsch wurde verlegen, doch selbst diese besondere Aufmerksamkeit Tanjuschas vermochte es nicht, seine Schwermut zu vertreiben. Schon seit langem blieb der Komponist, selbst wenn das Gespräch auf die Musik kam oder er sich ans Klavier setzte, seltsam gleichgültig.

Der Ornithologe saß im Sessel, neben ihm Aljonuschka, die er scherzend aufzog, indem er behauptete, Wassja könne ohne ihre Hilfe nicht einmal mehr den Tee umrühren.

»Dabei war er früher so selbstständig. Er hat ja gemeinsam mit Pjotr Pawlowitsch Tauschhandel mit den barbarischen

Völkern Russlands getrieben. Meine Jagdstiefel hat er gegen Goldstaub und Elfenbein eingetauscht. Ja, so einer war er früher!«

Onkel Borja versuchte das Thema auf die grandiosen Pläne und Vorhaben seiner wissenschaftlich-technischen Forschungsabteilung insbesondere im Bereich der Elektrifizierung zu lenken. Protassow machte sich darüber lustig:

»Ach, Sie mit Ihren Projekten. Hauptsache, Sie erschweren mit Ihren Projekten nicht die Produktion, die ordinäre Arbeit in der Fabrik. Nun ja, wirkliches Unheil kann man mit Projekten natürlich nicht anrichten. Irgendwann können Ihre wissenschaftlichen Forschungen ja vielleicht sogar einmal von Nutzen sein.«

Tanjuscha kam den Pflichten der Hausherrin nach, blickte sich im kleinen Kreis der Freunde des Hauses um und dachte: »Großvater ist glücklich. Es tut ihm gut, dass niemand ihn vergessen hat. Hoffentlich ist Eduard Lwowitsch einverstanden, uns etwas vorzuspielen.«

Als der Teller mit der Wurst geleert war und von der Geburtstagskrendel nur noch süße Krümel geblieben waren, entzündete Tanjuscha die Kerzenleuchter am Flügel.

»Spielen Sie uns etwas vor, Eduard Lwowitsch?«

Zu ihrer Überraschung erklärte er sich sogleich bereit.

»Ja, ich würde sehr gern etwas spieren. Ich würde gern ein Stück spieren, das ich noch nie ...«

»Eine neue Komposition?«

»Nun, sie ist schon mehr ars ein Jahr art, aber ich habe das Stück noch nirgends gespiert. Es heißt ... also eigentrich hat es gar keinen Namen, aber es ist mein retztes Werk. Es ist mein Opus siebenunddreißig.«

Er löschte die Kerzen und wartete, bis alle ihre Plätze eingenommen hatten.

Man schob Großvaters Sessel näher an den Diwan, auf dem Aljonuschka, Lenotschka und Wassja saßen. Poplawski saß auf einem Stuhl im Halbdunkel der Ecke, Onkel Borja und Pjotr

Pawlowitsch blieben am Teetisch. Tanjuscha ließ sich zu Füßen des Großvaters auf dem Teppich nieder und legte ihren Kopf auf seine Knie.

Nur Tanjuscha konnte gewahren und begreifen, wie groß das Opfer Eduard Lwowitschs war, als er sich einverstanden erklärt hatte, sein letztes Werk für sie zu spielen. Sie lauschte aufmerksam jedem Ton und litt mit ihrem Lehrer, vielleicht litt sie auch an seiner Stelle.

Sie bemerkte, dass sich im Schaffen des Komponisten ein Bruch, eine Katastrophe vollzogen hatte, dass er, ohnmächtig, der musikalischen Idee, der er sein ganzes Leben lang gedient hatte, zu entsagen, plötzlich deren Grundfesten eingerissen hatte und dadurch der von ihm selbst erbaute Tempel auf ihn niedergestürzt war und er nun unter dessen Trümmern rang. Etwas Neues war daraus erwachsen, das nicht zu seinem Leben gehörte, das er zu verstehen, zu meistern und gleichsam zu rechtfertigen suchte, doch ihm fehlte die musikalische Sprache, es auszudrücken, und so geriet sein Werk zu einem von anderen, ihm feindlich gesinnten und unbekannten Stimmen übertönten Schmerzensschrei.

Tanjuscha bemerkte, wie Eduard Lwowitschs schlanke Finger sich in die Tasten bohrten, wie er sich selbst zu überzeugen suchte, wie sein hageres, schmales Gesicht zuckte, wie er litt. »Warum habe ich ihn nur gebeten, uns etwas vorzuspielen!«

Eduard Lwowitsch endete mit einem unvollständigen Akkord, sprang sogleich vom Hocker auf, griff mit zitternden Fingern nach dem Deckel, ließ ihn fallen, zuckte zusammen, als füge ihm dies Schmerz zu, und erstarrte verloren, so wie er dastand, den anderen den Rücken zugewandt.

Tanjuscha wusste, dass sie ihm zu Hilfe eilen musste. Sie ging zu ihm und legte, ohne ein Wort zu sagen, ihre Hand auf seinen Arm.

Eduard Lwowitsch blickte auf und murmelte:

»Ja, das arso ist mein retztes Opus siebenunddreißig ...«

Dann rieb er die Hände aneinander und ging rasch ohne Abschied aus dem Zimmer.

Tanjuscha folgte ihm. Aber sie wusste nicht, was sie sagen sollte. Gibt es dafür denn Worte?

Eduard Lwowitsch riss seinen Paletot von der Garderobe, fuhr schnell in einen Ärmel und suchte lange nach dem anderen. Tanjuscha half ihm. Da drehte er sich zu ihr um, zog aus der Manteltasche ein Notenmanuskript hervor, das zu einer Rolle gedreht und mit einem dünnen Faden mehrmals umschlungen war, und drückte es Tanjuscha in die Hand.

»Das ist für Sie. Ich habe Opus siebenunddreißig Ihnen gewidmet, mein retztes Werk. Es ist ganz arrein für Sie. Ja, das muss sein, auf Wiedersehen.«

»Danke, Eduard Lwowitsch. Aber warum verlassen Sie uns so?«

»Es muss sein. Ich muss gehen.«

Er ging zur Tür, griff nach dem Riegel, kam dann noch einmal zurück, blickte Tanjuscha noch einmal an und sagte wie gehetzt:

»Opus siebenunddreißig ist das Werk eines Genies. Auf Wiedersehen.«

Tanjuscha hörte, wie Eduard Lwowitsch die Treppe hinunterstolperte und wie sich seine Schritte dann schnell entfernten.

# Wenn die Schwalben wiederkehren

**D**ie Gäste verabschiedeten sich früh.

»Großvater, Sie sind sicher sehr müde? Vielleicht möchten Sie heute etwas früher zu Bett gehen?«

»Ja, ich bin tatsächlich ein wenig erschöpft, aber schlafen möchte ich noch nicht. Ich sitze noch ein wenig bei euch, ruhe mich etwas aus und gehe dann zu Bett.«

Tanjuscha räumte den Tisch ab, rückte die Möbel wieder an ihren Platz und legte die Decke über den Flügel. Pjotr Pawlowitsch half ihr bei allem. Der Professor saß in seinem tiefen Sessel, die Augen fast geschlossen. Tanjuscha ließ sich wieder zu seinen Füßen nieder.

»Wenn es so still ist und wir beieinandersitzen«, begann der Ornithologe und strich seiner Enkelin über das Haar, »scheint es mir immer, dass die Wände flüstern. Das Haus ist ja alt, es hat so vieles gesehen. Dieses Haus, Pjotr Pawlowitsch, wurde zu Zeiten meiner Mutter erbaut, Tanjuschas Urgroßmutter. Damals galt es als hochherrschaftliches Haus, mit vielen Zimmern, für eine angesehene Familie. Es war sehr schön. Auf dem Hof gab es allerlei Wirtschaftsgebäude, einen Stall für die Pferde, wir hatten Geflügel und selbstverständlich eine Banja. Die Banja mussten wir vor gar nicht langer Zeit abtragen lassen, da wir kein Brennholz hatten. Hier habe ich mein ganzes Leben verbracht. Und sein Ende muss ich jetzt auch noch erleben. Jetzt gehört dieses Haus niemandem mehr, und mit uns wohnen fremde Leute hier.«

»Sie sind verträglich, Großvater, sie behelligen uns nicht.«

»Nein, das meinte ich nicht, jeder muss ja irgendwie leben. Ich will mich auch gar nicht beschweren, erinnere mich nur daran, wie es früher war. Die Zeiten haben sich geändert.«

Er schwieg und fuhr dann fort:

»Sagen Sie, Pjotr Pawlowitsch, wie wird es euch jungen Leuten weiter ergehen? Wird euer Leben besser sein als das unsere oder genauso wie unseres oder schlechter?«

»Ich glaube, Herr Professor, dass unser Leben komplizierter sein wird. Dass man in einem Haus sein ganzes Leben verbringt, das wird nun wohl nicht mehr möglich sein.«

»Aber wird es den Menschen denn besser gehen? So wie es jetzt ist, ist es doch furchtbar. Es ist natürlich eine besondere Zeit, eine Übergangszeit. Die muss man aushalten. Vermutlich wird sie lange dauern.«

»Das wird unsere Generation wohl müssen.«

»Ich glaube es auch. Es wird viele Jahre brauchen, bis das Leben sich wieder ordentlich eingerichtet hat. Poplawski beklagt sich, dass wir von Europa abgeschnitten sind, dass wir seine Entwicklung nicht werden einholen können. Einem Wissenschaftler bleibt so etwas nicht unbemerkt. Ihn schmerzt so etwas.«

»In manch anderem, Herr Professor, werden wir Europa schneller einholen, als Poplawski meint. Die wirtschaftliche Lage ist schwer, alles ist zerstört, es herrscht schreckliche Armut. Und es gibt nur noch wenige tüchtige Leute.«

»Die werden kommen, an Menschen ist Russland reich.«

»Ja, sie werden kommen«, antwortete Protassow, »es werden vollkommen neue Menschen sein, die viel stärker sind als die alten.«

Der Alte schwieg, dann strich er Tanjuscha noch einmal übers Haar.

»Hörst du, Tanjuscha, es ist gut, dass Pjotr Pawlowitsch Hoffnung hat. Versuch auch du, daran zu glauben.«

»Ich glaube auch daran, Großvater.«

»Es werden neue Menschen kommen, die danach streben werden, alles auf ihre Art neu zu machen. Und dann, wenn sie das von ihnen Erschaffene betrachten, wenn sie meinen, etwas errungen zu haben, werden sie herausfinden, dass das Neue ohne das Fundament des Alten nicht bestehen kann, dass es in sich zusammenbricht, dass man ohne die Errungenschaften der Kultur nicht weiterkommt, und dass die alte Kultur nicht einfach auf den Müllhaufen geworfen werden kann. Und dann wird man wieder zu den alten Büchern greifen, das, was zuvor erforscht wurde, studieren, das alte Wissen suchen. Das ist unvermeidlich. Und ebendann, Tanjuscha, wird man sich unserer erinnern, uns Alter, vielleicht auch deines Großvaters, und seine Bücher wieder in die Regale stellen. Auch seine Wissenschaft wird wieder zu Würden kommen.«

»Aber ganz gewiss, Großvater.«

»Die Vögel werden wieder zu Würden kommen. Unbedingt werden meine Vögel wieder zu Würden kommen! Auch für sie wird es wieder einen Platz im Leben geben. So ist es doch, Tanjuscha?«

»Großvater, es ist ja bald Frühling, und unsere Schwalben kommen wieder.«

»Sie werden wiederkommen, das ist gewiss. Der Schwalbe ist es ganz gleich, worüber die Menschen streiten, wer gegen wen kämpft, wer den Sieg erringt. Heute wird mich der eine besiegen, morgen besiege ich den anderen, und dann beginnt wieder alles von neuem. Die Schwalbe aber hat ihre eigenen Gesetze, die unvergänglich sind. Und diese Gesetze sind viel wichtiger als unsere. Wir wissen nur wenig erst darüber, müssen sie noch viel genauer erforschen.«

Sie schwiegen lange. Und tatsächlich war das Flüstern der alten Mauern zu vernehmen. Der Ornithologe neigte seinen Kopf zu Tanjuscha hinunter, sein Bart berührte ihre Stirn, und er sagte zärtlich:

»Schreib es auf, Tanjuscha, trag es ein.«

»Was soll ich eintragen, Großvater?«

»Wann in diesem Jahr die Schwalben wiederkehren, notiere den Tag. Vielleicht werde ich das ja selbst nicht mehr können. Aber du trag den Tag unbedingt ein.«

»Großvater …«

»Ja, trag den Tag ein, entweder im Kalender oder in meinem kleinen Buch, in dem ich ihn immer eingetragen habe. Dann wird es wieder ein Eintrag mehr sein. Das, Tanjuscha, ist überaus wichtig, wichtiger vielleicht als alles andere. Wirst du das tun, mein Kind? Das würde mich freuen.«

Die Hand des Großvaters strich wieder zärtlich über Tanjuschas Haar.

»Großvater, lieber Großvater ... Aber natürlich ... ich werde den Tag eintragen, Großvater ...«

**ПЛАНЪ**
**ГОРОДА МОСКВЫ**
**СЪ ПРИГОРОДАМИ**

Изданіе Т-ва А. С. Суворина «Новое Время»

16 **ein kleiner serbischer Gymnasiast**

Gavrilo Princip (1894–1918), Mitglied der national- und
sozialrevolutionären Bewegung von Studenten und
Schülern Mlada-Bosna (»Junges Bosnien«), deren Ziel die
Befreiung Bosnien-Herzegowinas von der habsburgischen
Regierung sowie der Zusammenschluss der südslawi-
schen Provinzen Österreich-Ungarns mit Serbien und
Montenegro war. Am 28. Juli 1914 erschoss Princip in
Sarajevo den österreichischen Thronfolger Erzherzog
Franz Ferdinand und dessen Gattin Sophie Chotek. Dieses Attentat diente der Habsburgermonarchie als Vor-
wand für die Kriegserklärung gegen Serbien und wurde
so zum Auslöser des Ersten Weltkriegs. Princip wird bis
heute in Serbien als Volksheld verehrt, anlässlich des
100. Jubiläums des Attentats wurde ihm in Sarajevo ein
Denkmal gewidmet.

17 **die Brust des Erzherzogs von Österreich**

Franz Ferdinand Carl Ludwig Joseph Maria von Öster-
reich-Este (1863–1914), österreichischer Erzherzog und
seit 1896 Thronfolger von Österreich-Ungarn (vgl. Anm.
zu S. 16).

19 **Michelson-Morley-Experiment**

Nach den Physikern Albert Abraham Michelson (1852–
1931) und Edward Williams Morley (1838–1923) benann-
tes Experiment, bei dem die Bewegung der Erde in Rela-
tion zum Lichtäther ermittelt werden sollte. Beim Lichtäther handelte es sich um ein hypothetisches Medium,
in dem sich, so wurde angenommen, Lichtwellen analog
zu Wasserwellen und Schallwellen ausbreiten. Das
Experiment gilt als eines der bedeutendsten Experimente
in der Physik, da durch sein Scheitern die Theorie der

Ätherphysik des 19. Jahrhunderts überwunden und die Grundlage der von Albert Einstein entwickelten Relativitätstheorie gelegt werden konnte.

27 **Ameise der Gattung Lasius flavus**
»Gelbe Wiesenameise« oder »Gelbe Wegameise«, auch »Bernsteingelbe Ameise«. Eine der am häufigsten anzutreffenden Ameisen in Mitteleuropa.

– **Formica fusca**
Auch »Grauschwarze Sklavenameise«. Die Formica fusca gehört allerdings nicht, wie Ossorgin meint, zu den Treiberameisen oder Heeresameisen, die »Heerzüge« in Gruppen unternehmen. Sie ist auch keine Puppen raubende Art und steht in der Dominanzhierarchie unter der Lasius-Art. Deshalb weicht sie kämpferischen Begegnungen mit einzelnen Arbeiterinnen dieser Gattungen meist aus.

31 **auf dem Exerzierplatz der Flügelmann**
Erster und letzter Mann eines Gliedes einer Einheit, je nach Stellung rechter oder linker Flügelmann genannt. Die Flügelmänner sichern das Einhalten von Abständen und Richtung und geben auch die Geschwindigkeit für das Vorrücken vor; deshalb müssen Flügelmänner besonders zuverlässige Soldaten sein.

– **beim Ablegen seines Junkermantels**
»Junker« war bis 1918 eine Rangbezeichnung in der zaristischen Armee für Unteroffiziere in Anwartschaft auf den Rang des Oberoffiziers.

– **das Theater Stanislawskis**
Konstantin Sergeevič Stanislavskij (eigentlich Alekseev, 1863–1938) war ein russischer Schauspieler, Regisseur, Theaterreformer und -pädagoge. Gründete 1898 zusam-

men mit Vladimir Nemirovič-Dančenko (1858–1943) das berühmte »Moskauer Kunsttheater« (»Moskóvskij Chudóžestvennyj Teátr«), für dessen Ensemble Anton Tschechow seine späten Dramen schrieb. Seine schauspielmethodischen Forschungen wurden zur Grundlage des sozialistischen Theaters dogmatisiert und waren zugleich prägend für das »Method-Acting« Lee Strasbergs (1901–1982).

34 **um wenige Linien**
Russ.: »línija«, altes russisches Längenmaß = 2,54 mm.

37 **zweitausend Werst**
Russ.: »verstá«, altes russisches Längenmaß = 1,067 km.

40 **mille baci**
Ital.: »Tausend Küsse«.

– **»L'amore e invicibile, come la forza italiana.«**
Ital.: »Die Liebe ist unbesiegbar, wie die Stärke Italiens«.

– **das Wappen des Hauses Savoyen**
Die Dynastie des Hauses Savoyen stellte von 1861 bis 1946 die Könige Italiens, ihr Stammwappen ist ein weißes Kreuz auf rotem Grund.

50 **in der Etappe an Feiertagen zu tragen**
Etappe ist ein militärischer Terminus, im 18. Jahrhundert aus frz.: »étape« entlehnt. Es handelt sich dabei um eine Marschstation, also um einen militärisch eingerichteten Ort an einer Militärstraße (Etappenstraße) als Ruhepunkt marschierender Truppen im Rücken einer operierenden Armee. Etappe bezeichnet demzufolge im militärischen Sinne auch ganz allgemein das Gebiet hinter der Front.

52 **das hatte der Feldscherer geraten**
In der zaristischen Armee Bezeichnung der Sanitäts-
unteroffiziere. Die russische Bezeichnung »fél'dšer« ist
aus dem Deutschen entlehnt. Im *Grammatisch-Kriti-
schen Wörterbuch der Hochdeutschen Mundart* von
Johann Christoph Adelung (Wien 1811) heißt es unter
dem Stichwort »Feldscherer«: »Im gemeinen Leben der
Feldscher, ein Barbier oder Wundarzt, so fern er bey den
Truppen Dienste leistet.«

54 **De Profundis**
»De profundis clamavi ad te Domine« (»Aus der Tiefe
rufe ich, Herr, zu dir«) ist der Beginn von Psalm 130, der
zu den Totengebeten des katholischen Ritus gehört. Die
Verse dieses Psalms wurden vielfach vertont und litera-
risch verarbeitet.

– **Sashen**
Altes russisches Längenmaß = 2,1336 m. 500 sážen entsprechen 1 verstá.

55 **Lass dir einen Georg für Tapferkeit verleihen**
Gemeint ist das Georgskreuz, seit 1807 eine militärische
Auszeichnung für Soldaten und Unteroffiziere im zaristischen Russland (nicht zu verwechseln mit dem Orden
des Heiligen und Siegreichen Großmärtyrers Georg).

61 **Der Splitter eines Schrapnells**
Von dem britischen Offizier Henry Shrapnell (1761–1842)
erfundene Granatkartätsche, die mit Metallkugeln
gefüllt ist, welche kurz vor dem Ziel durch eine Treib-
ladung nach vorn ausgestoßen und dem Ziel entgegen-
geschleudert werden. Fälschlicherweise werden manchmal auch Splitter, die bei der Explosion gewöhnlicher
Granaten oder Fliegerbomben entstehen, als Schrapnell
bezeichnet.

71 **Der Glanz der Sonne ist anders als der eines trüben kleinen Lichts**
Anspielung auf einen Vers im ersten Brief des Paulus an die Korinther, Kap. 15, 41–42: »Der Glanz der Sonne ist anders als der Glanz des Mondes, anders als der Glanz der Sterne; denn auch die Gestirne unterscheiden sich durch ihren Glanz. So ist es auch mit der Auferstehung der Toten. Was gesät wird, ist verweslich, was auferweckt wird, ist unverweslich.«

73 **French-Jacket**
Eine nach dem hochdekorierten britischen Feldmarschall John Denton Pinkstone French (1852–1925), Earl of Ypres, benannte Militärjacke mit vier aufgesetzten Taschen, auch kurz »French«. In den Jahren 1924–43 trugen die Kommandierenden und Vorgesetzten der Roten Armee diesen Militärjackentyp.

– **So war er es, der den Juristen Mertwago [...] im Semgor untergebracht hatte**
Die russ. Abkürzung »Zemgor« für »Ob''edinënnyj komitét Zémskogo sojúza i Sojúza gorodóv« (»Vereintes Komitee des Zemstvo- und Städtebundes«) bezeichnet eine im Sommer 1915 gegründete Organisation zur Unterstützung der Regierungsverwaltungen zwecks Waffenlieferungen an die Armee, nachdem die zaristische Armee im Mai 1915 aufgrund unzureichender Ausrüstung aus Polen und Galizien abziehen musste. 1918 wurde das Komitee von den Bolschewiki aufgelöst.

75 **Zu Mittag aß Wassja in der Troizkaja-Mensa**
Die »Tróickaja (auch: Studénčeskaja) stolóvaja« war ein am Tverskoj-Boulevard gelegenes Speisehaus, das vor allem von Studenten und Kursistinnen frequentiert wurde. In dem dreigeschossigen Gebäude befand sich auch eine Pension für Studenten. Während der bewaffneten Aus-

einandersetzungen, nach denen die Bolschewiki im Oktober 1917 die Macht ergriffen, wurde das an einer der strategisch wichtigen Magistralen Moskaus gelegene Gebäude einige Zeit von den Revolutionsgegnern, unter denen zahlreiche Studenten und Gymnasiasten waren, gehalten und war deshalb heiß umkämpft. Im Verlauf dieser Kämpfe brannte das Gebäude nieder.

76 **Den Mann mit dem kleinen Buckel und der Kokarde**
Die »Cocarde« (frz.: »Abzeichen«, »Hutschleife«) ist ursprünglich ein kreisförmiges Abzeichen, z. B. als Aufnäher auf Kleidern und Uniformmützen, meist in den Nationalfarben.

– **zum Nachtisch gab es Kissel**
»Kisél'« ist ein gallertartiger säuerlicher Mehlbrei.

77 **»Vi – roza, vi – roza, vi – roza, belle Tatjana.«**
Ossorgin zitiert hier den Refrain eines Couplets aus Pjotr Tschaikowskis Oper *Eugen Onegin*, das der französische Hauslehrer Monsieur Triquet, ein »Mann mit Witz [...] Brille und roter Perücke«, auf dem »heiteren Namenstagsfest« der »belle Tatjana«, der weiblichen Hauptperson Tatjana Larina, zum Besten gibt. In Alexander Puschkins Versepos *Eugen Onegin*, der literarischen Vorlage zur Oper, heißt es:

> »Das war ein richtiger Franzose,
> er brachte, Hand und Fuß in Pose,
> für Tanja auf die Melodie
> ›Réveillez-vous, belle endormie‹
> vier Verse mit, die er entdeckte
> gedruckt in einem Almanach,
> als er sich seinen Kopf zerbrach,
> ob nicht für heut ein Reim drinsteckte,

und siehe da: statt belle Niná
ersann er: belle Ta-ti-aná.«
(Alexander Puschkin: *Eugen Onegin*. Kapitel 5, 27,
übersetzt von Ulrich Busch)

Das erwähnte Couplet fehlt im Versroman. Vladimir Na-
bokov führt in seinem ausführlichen kulturhistorischen
Kommentar zu seiner Übersetzung des *Eugen Onegin*
aus: »Gemeint ist hier eine der vielen Imitationen von
La Belle Dormeuse (um 1710), die Charles Rivière Du-
fresny (1648–1724) zugeschrieben wird, der [...] Melodien
für Singspiele komponierte, ohne Noten zu kennen. [...]
Es ist typisch für Tschaikowskis hingepfuschte Oper
Eugen Onegin, dass *sein* Triquet eine ganz andere Melo-
die singt.« In Tschaikowskis Oper unterstreicht das
Couplet in der russischen Version durch seine sprach-
lichen Eigenheiten, einer Mischung aus fehlerhaftem
Russisch und Französisch, die Buffo-Rolle des Franzosen
Triquet. Die sprachliche Komik ist in der deutschen Fas-
sung des Librettos der Übersetzung zum Opfer gefallen,
die das Couplet zur Gänze in Französisch präsentiert.
Hier lautet der Refrain: »Brillez, brillez toujours, belle
Tatjana!«

80 **Dann war er zu Hause, in Girschi**
Girši ist ein im historischen Zentrum Moskaus gelegenes Viertel in der Nähe der Patriarchenteiche (vgl. Anm.
zu S. 112), benannt nach Viktor Nikolaevič Girš, dem
Eigentümer einiger Häuser in der Malaja Bronnaja Ulica,
in denen möblierter Wohnraum preisgünstig vermietet
wurde. Seit Mitte des 19. Jahrhunderts wohnten hier
zahlreiche Studenten, das Viertel wurde deshalb auch
»Moskaus Quartier Latin« genannt. Auch Michail Ossorgin wohnte dort als Student.

86 **Georgskreuz**
vgl. Anm. zu S. 55.

87 **aus einer Zigarettenhülsenschachtel der Marke »Katyk«**
Die Zigarettenhülsenfabrik »Katyk & Co« wurde etwa
1880 von den Brüdern Abram Il'ič (1860–1936) und Iosif
Il'ič (1862–1923) Katyk in Moskau gegründet. Die Ziga-
rettenhülsen der Marke »Katyk« galten als besonders
hochwertig, die Fabrik wurde zu einer der größten Ziga-
rettenhülsenfabriken weltweit.

– **Dann schwand sein Geld bei drei hohen Points dahin**
Frz.: »Point«: Höhe des Minimaleinsatzes beim Kartenspiel.

96 **»… aus Erde geformt sind wir und müssen zurück zu
derselben Erde […]«**
Fragment aus dem sechsten Hymnus des Totengeden-
kens im orthodoxen Ritus: »Du allein bist unsterblich,
der Du geschaffen und gebildet hast den Menschen.«

97 **Denn Staub bist du, und zum Staub wirst du zurückkehren**
1. Buch Moses, 3, 19.

100 **ein ganzes Pud**
Altes russisches Getreidemaß. Ein Pud entspricht
40 Funt = ca. 16,3805 Kilogramm.

101 **die dicken Walenki mussten gegen die Stiefel getauscht
werden**
»Válenki« sind traditionelle russische Winterstiefel
aus Filz. Das Wort ist abgeleitet von russ. »valját'« =
dt. »walken, durch Kneten verfilzen« (vgl. auch engl.
»to walk«, ursprünglich: »mit den Füßen treten«,
entstanden aus dem Walken mit den Füßen in der Tuch-
herstellung).

103 »Und in Piter erst«
»Piter« ist die umgangssprachliche Abkürzung des
Städtenamens Sankt Petersburg (1914–1924: Petrograd,
1924–1991: Leningrad), Hauptstadt des russischen Kaiser-
reiches sowie bis März 1918 der neu gegründeten Sowjetunion.

– »Die Dinger sind kaputt!«
»kaputt« im Original deutsch.

104 Die Zeitungen seien nicht erschienen, weil die Redakteure
immer noch mit Mrosowski verhandelten.
Iosif Ivanovič Mrozovskij (1857–1934), Artilleriegeneral
der zaristischen Armee, Kommandeur der Truppen des
Moskauer Militärbezirks und seit Oktober 1915 Stadt-
kommandant Moskaus mit besonderen Befugnissen.
Nach den revolutionären Ereignissen im Februar 1917 in
Petrograd (vgl. Anm. zu S. 103) begannen auch in Moskau
Demonstrationen. Mrozovskij rief daraufhin den Aus-
nahmezustand in der Stadt aus und verhängte ein Ver-
öffentlichungsverbot bezüglich der Geschehnisse in der
Hauptstadt, die Zeitungen konnten deshalb nicht er-
scheinen. Im März 1917 wurde über den einstigen Stadtkommandanten der Hausarrest verhängt, kurz darauf
erfolgte seine Entlassung aus der Armee. Nach der Oktoberrevolution emigrierte Mrozovskij nach Frankreich,
er starb in Paris.

– »Russkije wedomosti«
»Russische Nachrichten«. Eine der wichtigsten russi-
schen Tageszeitungen liberaler Ausrichtung jener Zeit.
Unter den Autoren waren zahlreiche Intellektuelle, auch
Lew Tolstoj und Anton Tschechow veröffentlichten dort.

– es heiße sogar, der Zar habe abgedankt

Nach dem Petersburger Blutsonntag im Januar 1905 und
den darauffolgenden Unruhen stimmte Zar Nikolaj II.
im sogenannten Oktobermanifest der Einführung demo-
kratischer Strukturen zu. Ein Parlament, die Staatsduma,
das als zweite Kammer neben dem vor allem mit Vertretern der Aristokratie besetzten Staats- bzw. Reichsrat
fungieren sollte, wurde gewählt und trat am 27. April /
10. Mai 1906 erstmals zusammen. Ungeachtet der Wahl
und Einberufung eines Parlaments bestand der Absolu-
tismus jedoch unverändert fort, eine Konstitution wurde
nicht verabschiedet. Die Machtbefugnisse der Duma waren extrem begrenzt, der Zar konnte bei Beschlüssen des
Parlaments ein unbeschränktes Vetorecht ausüben. Die
ersten beiden Dumas wurden jeweils nach nur wenigen
Monaten wieder aufgelöst (1906 und 1907), die vierte
Duma musste auf Anordnung des Zaren während des
Ersten Weltkriegs zeitweilig ihre Sitzungen aussetzen.
Nachdem die russische Armee nach anfänglichen Schein-
erfolgen bereits in den ersten Monaten nach Beginn des
Ersten Weltkriegs vernichtende Niederlagen hinnehmen
musste, wich die patriotische Kriegsbegeisterung in
Russland ab Sommer 1915 einer allgemeinen Kriegs-
müdigkeit. Die Versorgungslage der Bevölkerung verschlechterte sich dramatisch und Petrograd wurde von
Unruhen und Streiks erschüttert. Am Jahrestag des Blut-
sonntags fanden im Januar 1917 in Petrograd und anderen Städten große, gegen den Krieg gerichtete Demonstrationen statt, die Zahl der Streikenden ging bald in
die Hunderttausende. Überall fanden revolutionäre Mee-
tings statt. Am 27. Februar (12. März) 1917 wurde das
Gebäude der Duma von bewaffneten Soldaten und Arbeitern besetzt, am Abend versammelte sich im Sitzungs-
saal der erste Arbeiter- und Soldatensowjet. Am Tag
darauf brach auch in Moskau ein großer Aufstand aus,
der einen ähnlichen Verlauf nahm wie in Petrograd, wo

die Revolutionäre wichtige öffentliche Einrichtungen
unter ihre Kontrolle brachten. Zugeständnisse des Zaren
kamen zu spät, in der Nacht auf den 2.(15.)März wurde
der Zar für abgesetzt erklärt und die Bildung einer
provisorischen Regierung sowie die Einberufung einer
konstituierenden Nationalversammlung beschlossen.

106 **Uliza**
Russ.: »úlica« = »Straße«.

– **Unsterbliche Opfer, ihr sanket dahin**
Trauermarschlied, das seit Ende des 19. Jahrhunderts in
den Reihen der russischen revolutionären Bewegung bei
Beerdigungen der in Kämpfen mit der Staatsgewalt getö-
teten Genossen gesungen wurde. Später auch in der DDR
populärer Trauermarsch, der beispielsweise alljährlich
anlässlich des Todestags von Rosa Luxemburg und Karl
Liebknecht erklang. Die ersten beiden Strophen der
deutschen Übersetzung existieren im russischen Original nicht. Der russische Text beginnt mit Strophe 3 der
deutschen Übersetzung:
>»Als Opfer seid ihr gefallen im Streit,
>in heiliger Liebe zum Volke.
>Ihr waret für die Menschheit zu geben bereit,
>die Freiheit und Glück und das Leben.«

– **Sie überquerten die Sucharewka**
Eigentlich Sucharew-Platz (»Sucharevskaja ploščad'«).
Gegenüber dem Sucharew-Turm (vgl. Anm. zu S. 257)
gelegener Platz, auf dem seit dem russischen Sieg über
die napoleonische Armee sonntags eine Art Trödelmarkt
stattfand: »Nach dem Kriege von 1812«, so erfährt man
aus Giljarowskis Moskauer Stadtgeschichte, »erließ der
Generalgouverneur einen Befehl, in dem es hieß, dass
alle Sachen, gleich, woher sie stammten, unveräußer-
liches Eigentum dessen seien, der sie gerade besitze, und

jeder Besitzer sie weiterverkaufen könne, aber nur einmal in der Woche – am Sonntag – und nur an einem Ort –
auf dem Platz gegenüber dem Sucharew-Turm. Am
ersten Sonntag türmten sich Berge von geplündertem
Hab und Gut auf dem riesigen Platz, und ganz Moskau
strömte auf den ungewöhnlichen Markt. Das war die
feierliche Eröffnung der hundertjährigen Sucharewka.
[...] Jeden Sonntag herrschte fortan um den Turm ein
geschäftiges Treiben, ganz Moskau kam hierher wie zu
einem Fest – der Bauer, der in der Umgebung der Stadt
wohnte, ebenso wie der durchreisende Kleinstädter. [...]
Über Nacht wurden Hunderte Verkaufszelte aufgebaut,
die nur für einen Tag bestimmt waren. Vom Morgengrauen bis zum Anbruch der Dunkelheit wogte auf dem
Markt ein Meer von Köpfen, nur einen schmalen Weg zu
beiden Seiten der hier erweiterten Sadowaja Uliza für die
Durchfahrt lassend.« (Wladimir Giljarowski: *Kaschemmen, Klubs und Künstlerklausen, Sittenbilder aus
dem alten Moskau*. Berlin (DDR) 1988, S. 54–55. Russ.:
*Moskva i Moskviči*. Moskau 1934.) Der deutsche Kommunist Arthur Holitscher (1869–1940) besuchte den
Markt 1920: »Hier kann man von früh bis spät eine dicht
gedrängte Menge, Tausende tauschen, feilschen, kaufen,
verkaufen, sich gegenseitig bewuchern und bestehlen
sehen. Es ist der geduldete Markt der großen Stadt, der,
da ja alle Läden zugesperrt sind, die Verteilung von Lebensmitteln aber bei weitem nicht den Bedarf des ver-
armten Städters decken kann, unter den Augen der
Sowjets besteht und blüht – wenn auch zuweilen grim-
mige Razzien und Verhaftungen von Käufern und Ver-
käufern vorgenommen werden und die Außerordentliche Kommission Gefängnisse, Klöster und Konzentra-
tionslager mit Spekulanten neu auffüllen kann. Bauern
kommen aus der Umgebung hierher und halten Lebensmittel aller Art feil; Buden mit Gebrauchsgegenständen
reihen sich einige Werst aneinander; Schleichhändler

stopfen sich die Taschen mit Gegenständen voll, die die
Bourgeoisie an einem geschützten Teil der Sucharewka
an den Mann zu bringen sucht.« (Arthur Holitscher:
*Drei Monate in Sowjetrussland.* Berlin 1921, S. 183 f.; vgl.
auch die Beschreibungen des Marktes bei: Walter Ben-
jamin: *Moskauer Tagebuch.* Frankfurt a. M. 1980, S. 99 ff.,
Egon Erwin Kisch: *Zaren, Popen, Bolschewiken.* Berlin
(DDR) [2]1977, S. 41 f.). Der Markt wurde von den Sowjets
1920 geschlossen, 1922 jedoch wieder geöffnet, da die
Stadt aufgrund der katastrophalen Versorgungslage auf
ihn angewiesen war. 1930 wurde der Markt endgültig
geschlossen. (Zur Geschichte der Sucharewka vgl. das
Kapitel: Gegenwelt Sucharevka. Moskaus größter Trödelmarkt. In: Rüthers, Monica: *Moskau bauen von
Lenin bis Chruščev. Öffentliche Räume zwischen Uto-
pie, Terror und Alltag.* Wien 2007).

112 **bis zu den Patriarchenteichen**
Russ.: »Patriaršie prudy«. Anfang des 17. Jahrhunderts
wurde auf Geheiß des Moskauer Patriarchen Germogen
(1530–1612) ein unweit des Kreml am damaligen Stadtrand gelegenes Sumpfgebiet trockengelegt und dort die
Residenz des Patriarchen erbaut. In den Jahren 1683–1684
wurden in der Nähe der Residenz für den Patriarchen Joakim (1621–1690) drei Teiche für die Fischzucht ausgehoben. Später verloren die Gewässer ihre ursprüngliche Bedeutung und versumpften in den folgenden Jahren. Im
19. Jahrhundert, als die Gegend nicht mehr am Rande der
Stadt lag und zunehmend besiedelt und bebaut wurde,
wurde sie komplett umgestaltet. Dabei schüttete man
zwei der drei Teiche zu und legte am Ufer des verbliebe-
nen Sees einen gut zwei Hektar großen Park an, der
einem Boulevard ähnelt. Das Viertel zwischen den heutigen Straßen Tverskoj-Boulevard, Bolšaja Sadovaja,
Bolšaja Nikitskaja und Tverskaja Ulica wurde zum be-
liebten Wohn- und Ausflugsort der Moskauer, im Winter

traf man sich beim Eislaufen. Der Teich ist auch Schauplatz in zahlreichen literarischen Werken, so in *Anna Karenina* von Lew Tolstoj und im Roman *Der Meister und Margerita* von Michail Bulgakow. Obwohl heute nur noch einer der von Patriarch Joakim angelegten Teiche existiert, behielt der Volksmund die Bezeichnung »Bei den Patriarchenteichen« für Teich, Park und Stadtviertel bei.

119 **Je näher man Puschkin kam**
Das Puschkin-Denkmal wurde 1880 am Tverskoj-Boulevard errichtet und 1950 auf dem Strastnaja-Platz (»Strastnaja Plošcad'«) aufgestellt, der in Puschkin-Platz umbenannt wurde.

– **die Konstituierende Versammlung**
Nach der Februarrevolution 1917 wurde eine Konstituierende Versammlung gewählt, die über die künftige Staatsform sowie über eine Verfassung Russlands entscheiden sollte. Nach dem Oktober-Coup, durch den die Bolschewiki, die in der Konstituierenden Versammlung in der Minderheit waren, die Macht übernahmen, lösten diese die Konstituierende Versammlung, deren Mehrheit die Sowjetmacht und ihre Dekrete nicht anerkennen wollte, am 6. Januar 1918 auf und installierten die Russische Sozialistische Sowjetrepublik.

132 **unweit des Nikitski-Tores**
An der Kreuzung des Boulevardrings und Bol'šaja Nikitskaja Ulica gelegener Platz im Zentrum Moskaus. Das Nikitski-Tor, auf das der Name des Platzes zurückgeht, wurde bereits im 18. Jahrhundert abgerissen. Zwischen dem 27. Oktober und 3. November 1917 war der Platz Schauplatz gewalttätiger Auseinandersetzungen zwischen den Einheiten der Rotarmisten und den Junkern der Alexander-Militärfachhochschule, die sich schließlich ergaben.

134 **das Arsenal**
Nach einem Brand im Moskauer Kreml im Jahr 1701
sollte auf Erlass Peters I., des Großen, an der Westmauer
des Kreml ein repräsentatives Gebäude für die Lagerung
der Artilleriebestände der Festung entstehen, dessen Bau
1736 fertiggestellt wurde. Ein Jahr später während eines
erneuten Brandes erheblich beschädigt, dauerte der Wie-
deraufbau des Kremlarsenals wiederum mehrere Jahr-
zehnte. Das heutige Gebäude entspricht in seiner äuße-
ren Gestalt weitgehend dem des 1796 abgeschlossenen
Wiederaufbaus. Heute beherbergt das Arsenal Dienst-
räumlichkeiten der Kreml-Kommandantur sowie Kasernen des Kreml-Regiments (auch als Hauptwachdienst
des Russischen Präsidenten bekannt). Während der revolutionären Auseinandersetzungen des Jahres 1917 war
das Kremlarsenal eine der strategisch wichtigen Verteidi-
gungsstellungen der gegen die Bolschewiki kämpfenden
Junker der Alexander-Militärfachhochschule.

135 **Kirche St. Boris und Gleb**
Die zu Ehren der ersten kanonisierten orthodoxen
Heiligen Boris und Gleb benannte Kirche stand in der
Povarskaja Ulica. Die Kirche wurde auf Anordnung des
Moskauer Stadtsowjets 1930 geschlossen und 1936 abge-
rissen. An ihrer Stelle befindet sich heute die berühmte
Musikakademie Gnessin-Institut Moskau.

– **das Chomjakow-Haus**
Palais der Familie des Publizisten, Philosophen und
Dichters Aleksej Stepanovič Chomjakov (1804–1860),
eines der Begründer der slawophilen Bewegung.

138 **sie wohnte an den Sauberen Teichen**
Russ.: »Čístye prudý«. Aus mehreren Teichen ent-
standener Teich am Boulevardring. Ursprünglich
»pogánnye prudý« (»schmutzige Teiche«), da dort die

Abfälle der nahe gelegenen Schlachtereien entsorgt wurden. Nachdem Fürst Alexander Danilovič Menšikov (1673–1729), ein Vertrauter Zar Peters I., sich Ende des 17. Jahrhunderts dort niederließ, ließ er die Teiche reinigen und untersagte die Abfallentsorgung. Seitdem wurden sie »Saubere Teiche« genannt und waren zu allen Jahreszeiten ein beliebtes Ausflugsziel der Moskauer.

139 **Tanjuscha öffnete das kleine Lüftungsfenster**
Das »kleine Lüftungsfenster« (russ.: »fórtočka«, von dt.: »Pforte«, mit russischer Diminutivendung -očka, also »kleine Pforte, Pförtchen«) ist ein kleiner Teil im oberen Viertel des Fensters, der sich unabhängig öffnen lässt, damit der Raum beim Lüften im Winter nicht auskühlt.

147 **Er ging geradewegs zum Sowdep**
»Sovdep« ist die russische Abkürzung für »Sovét deputátov«, (»Rat der Deputierten«, »Deputiertensowjet«). Die Räte der Arbeiter- und Soldatendeputierten (nach 1918 auch der Bauerndeputierten) wurden nach der Februarrevolution gegründet und übernahmen nach der Machteroberung der Bolschewiki die Organisation der staatlichen Aufgaben. Die alten Verwaltungsstrukturen wurden aufgelöst und durch die Räte (»Sowjets«) ersetzt. Auf dem II. Allrussischen Sowjetkongress, der am 25. Oktober 1917 in Petrograd eröffnet wurde, wurde die Übergabe aller Machtstrukturen an die Räte festgeschrieben. Als oberstes Machtorgan wurde der Allrussische Sowjetkongress erklärt, dieser bestimmte eine Regierung, den Rat der Volkskommissare. Die junge Sowjetunion wurde in der russischen Emigrantenliteratur der 1920er-Jahre abschätzig mit der Verballhornung »Sovdépija« (»Sowdepien«) bezeichnet.

**148 Nach Chamowniki**

Chamowniki ist einer der zentralen Bezirke Moskaus. Seit dem 18. Jahrhundert, damals noch am Stadtrand gelegen, beliebte Wohngegend in Adels- und Intellektuellenkreisen, beispielsweise hatte Lew Tolstoj (1828–1910) hier seinen Moskauer Stadtwohnsitz. Das Haus der Familie Tolstoj, in dem diese bis 1901 vor allem die Winter über wohnte, ist seit 1921 Staatliches Lew-Tolstoj-Literaturmuseum.

**162 Seine Worte prallten auf den Sockel des Skobelew-Standbilds**

Michail Dmitrievič Skobelev (1843–1882), General der zaristischen Armee. Aufgrund seiner militärischen Erfolge im Russisch-Osmanischen Krieg (1877–1878) war Skobelev im Volk ungemein beliebt, sein Porträt hing in vielen Häusern neben den Heiligenikonen, es gab Konfekt, Schokolade, Lebkuchen u. Ä., das seinen Namen trug. 1912 wurde ein ihm zu Ehren aus Spenden gestiftetes Reiterstandbild gegenüber dem Sitz des Generalgouverneurs von Moskau auf dem Twerskaja-Platz errichtet, das ihn mit erhobenem Säbel auf einem Pferd sitzend zeigte. Nach dem Erlass des Dekrets *Über das Entfernen von Denkmälern zu Ehren der Zaren und ihrer Diener und zur Ausarbeitung von Projekten für Denkmäler der Russischen Sozialistischen Revolution* am 12. April 1918 wurden zahlreiche Denkmäler von »hässlichen Götzen […] ohne jeden künstlerischen und historischen Wert« aus den Stadtbildern des Sowjetreiches entfernt, an ihrer Stelle sollten dem Volk zeitgemäße Bildnisse präsentiert werden. Das Skobelew-Denkmal wurde 1918 zerstört, an seiner Stelle wurde zum ersten Jahrestag der Oktoberrevolution mit dem *Monument der sowjetischen Verfassung* eines der zentralen Denkmäler der Leninschen Monumentalpropaganda geschaffen. Der Platz wurde in »Sowjetplatz« umbenannt. Heute heißt er wieder

Twerskaja-Platz, gegenüber dem Sitz des Bürgermeisters
steht seit 1954 ein von Josef Stalin im Jahr 1946 in Auftrag gegebenes Reiterstandbild zu Ehren des Gründers
von Moskau, Jurij Dolgorukij (1090–1157). Der Dichter
Anatoli Marienhof schrieb über diesen Ort: »Der Platz
[...] wechselte die Denkmäler, wie die moderne Frau von
heute ihre Ehemänner wechselt. Vor dem Empire-Palast
stand zunächst ein weißer General mit Namen Skobelev,
ihm folgte eine die Freiheit verkörpernde Moskauer
Schönheit in altrömischem Gewande. Sie war in grauen,
rauen Stein gehauen und hielt in der Hand eine glän-
zende Kugel. [...] Und nun erhebt sich auf diesem Platz
das Monument zu Ehren des Gründers von Moskau, Jurij
Dolgorukij.«

175 **bis hinter die Dorogomilowskaja-Wache**
Die Dorogomilowskaja-Wache (»Dorogomílovskaja
zastáva«) des im Westen der Stadt gelegenen Dorogomi-
lowo war bis Mitte des 19. Jahrhunderts offizielle westliche Stadtgrenze. Der hinter der damaligen Stadtgrenze
befindliche Friedhof, der seit der zweiten Hälfte des
18. Jahrhunderts existierte und auf dem zahlreiche bekannte Wissenschaftler des 19. und 20. Jahrhunderts ihre
letzte Ruhestätte hatten, wurde 1948 eingeebnet und auf
seinem Territorium ein Viertel mit Wohnhäusern für die
Parteielite erbaut.

177 **Appoggiatura**
Ital.: »Vorschlag« (Musik). Im *Damen Conversations
Lexikon* (1838) heißt es: »In der Musik die bekannte Ver-
zierungsmanier, wo der Hauptnote eine ganze oder halbe
Stufe über oder unter ihr ein Ton vorgesetzt wird. Der
lange V. gilt die Hälfte der Hauptnote, von welcher er
abgezogen wird; der kurze hingegen muß so geschwind
als möglich und ohne Accent ausgeführt werden.«
(Bd. 10., S. 361).

183 **Nagant**

Der Nagant M1895 ist ein von dem belgischen Waffen-konstrukteur Henri-Léon Nagant (1833–1900) und sei-nem Bruder Émile Nagant (1830–1902) in der 1859 ge-gründeten, später international renommierten Waffen-schmiede »Fabrique d'Armes Émile et Léon Nagant« in Lüttich entwickelter Revolver, der besonders in Russ-land und in der Folge in der Sowjetunion Verbreitung fand. Obwohl das Modell bereits bei seiner Einführung technisch veraltet war, erwarb Russland alle Rechte auf die Herstellung und auch Maschinen für deren Fertigung.

200 **»Ira«**

Die Papirossa-Marke »Ira« der Firma »Laferme« wurde seit Beginn des Ersten Weltkriegs als Fronttabakmarke produziert. Die 1852 von dem aus Galizien stammenden Unternehmer Josef Michael Freiherr von Huppmann-Valbella (1814–1897) in Sankt Petersburg gegründete »Tabak- und Cigaretten-Fabrik« war die größte Tabak-fabrik Russlands, Huppmann-Valbella wurde aufgrund der herausragenden Qualität seiner Produkte 1868 zum Kaiserlichen Hoflieferanten ernannt. 1862 gründete Huppmann-Valbella in Dresden mit der »Compagnie Laferme« als Zweigwerk seines Petersburger Unter-nehmens die erste Zigarettenfabrik Deutschlands. Nach der Revolution wurde das Unternehmen in Russland enteignet und in »Erste Volkseigene Tabakfabrik« (»Pérvaja naródnaja tabáčnaja fábrika«) umbenannt. Die Papirossa-Marke »Ira« war äußerst beliebt und wurde mit dem von dem Dichter Vladimir Majakowski 1924 erdachten eingängigen Werbeslogan »Námi ostavljájutsja ot stárogo míra tól'ko papiróssy ›Ira‹« (»Von der alten Welt behalten wir nur die Papirossa ›Ira‹«) beworben.

204 **»Frag doch dort drüben, im Domkom [...]«**
Russ.: »Domovój komitét«, abgekürzt »Domkom«
(»Hauskomitee«, »Hausbeirat«). Schon kurz nach der
Februarrevolution 1917 rief die Petrograder Stadtverwaltung die Bewohner der Stadt auf, sich, zunächst aus
Gründen des Selbstschutzes, in »Hausbeiräten« zu organisieren. Dieser Organisation innerhalb der Wohnhäuser
wurden von der Stadtverwaltung schon bald zahlreiche
Verwaltungsaufgaben wie etwa die Ausgabe von Bezugs-
scheinen für Lebensmittel und Kleidung, die Über-
wachung der Hausordnung und des sanitären Zustands
sowie später auch die Registrierung der Hausbewohner
übertragen. Seit Oktober 1917 war die Organisation in
»Domkom«, die in Versammlungen der Hausbewohner
durch Wahl ernannt wurden, in Moskau verpflichtend.
Den »Domkom« wurde auch die Aufgabe übertragen,
Listen der der Enteignung unterliegenden Wohnungen
aufzustellen und diese in Abstimmung mit den »Sowdep« (vgl. Anm. zu S. 147) neu zu belegen.

206 **Der Alte aus der Kirche St. Johannes des Gottesgelehrten**
Der Apostel und Evangelist Johannes, der Lieblings-
jünger Jesu, wurde bei den Griechen »Theologos«, d. i.
»der von Gott Redende«, »der Gottesgelehrte« genannt.
So auch in der russisch-orthodoxen Kirche.

208 **Axios**
Beim Sakrament der Handauflegung wird in der Orthodoxie der in den Stand des Diakons, Priesters oder
Bischofs Eingesetzte als »Axios!« (»[er ist] würdig!«) pro-
klamiert. In den altkirchenslawischen Gesängen antwortet die Gemeinde mit dem Ausruf »Axios!« und erkennt
damit die Würde des durch Handauflegen Erwählten an.

212 **und wanderte [...] Richtung Kiew**
Kiew, die erste Hauptstadt des altrussischen Staates, gilt
als »Mutter aller russischen Städte«. In der Kiewer Rus
vollzog sich mit der Taufe des Großfürsten Wladimir im
Jahr 988 die Christianisierung der Ostslawen, mit der
die Geschichte der russisch-orthodoxen Kirche begann.
Wegen der zahlreichen Kirchen und Klöster und seiner
Bedeutung für die russische Orthodoxie wird Kiew seit
dem Mittelalter auch als »Jerusalem des Ostens« bezeichnet.

214 **die alte Rus**
Seit dem 9. Jahrhundert wurde in den historischen Quel-
len das Staatswesen der Ostslawen als »Rus« bezeichnet,
daraus entstand schließlich der Name für die Bewohner
dieses Gebiets als »Russen«. Bis Anfang des 12. Jahrhunderts lautete die Bezeichnung des Staates »Kiewer Rus«.

221 **Machorka**
Stark nikotinhaltiger Pfeifen- und auch Zigarettentabak
aus den Blättern, Blattrippen und Blattstängeln der Nico-
tiana rustica. Der deutsche Journalist und Wirtschafts-
wissenschaftler Alfons Goldschmidt (1879–1940) berichtet in seinem Moskauer Tagebuch: »Es ist ein Männer-
tabak. Er schmeißt um, man muss sich erst daran gewöhnen. Ganz Moskau, das pfeifenrauchende Moskau
und auch ein Teil des zigarettenrauchenden Moskaus,
schmaucht Machorka. Es ist sozusagen ein Landschafts-
gehäksel mit Tabak darunter. Ganz klein gehackt, weiße
Hartnäckigkeiten darin. [...] Machorka ist (auch im
Frieden schon geraucht) Kleinleutemarke, eine Ersatz-
marke, ein Notgewächs, ein Behelfsgemengsel. [...] Alles
Papier, jedes Papier ist in Moskau Zigarettenpapier. Sie
rauchen Machorka in Packpapier, in Zeitungspapier, in
Klosettpapier, in allem und jedem Papier. Die Sache ist
höchst einfach. Es wird nicht geklebt, kaum gespeichelt.

Man dreht eine kleine Tüte aus Packpapier oder Zeitungspapier und raucht. Eine höchst einfache Sache. Nicht kostspielig und beschleunigt.« (Arthur Goldschmidt: *Moskau 1920. Tagebuchblätter.* Berlin 1920).

227 **Im Speisezimmer des Hauses wohnten nun Fremde**
Nach dem Umsturz durch die Bolschewiki begannen die neuen Machthaber sogleich mit der Umsetzung ihrer Vorstellung von der Lösung eines der größten Probleme des zaristischen Russland, der Wohnungsfrage. Aufgrund der in der zweiten Hälfte des 19. Jahrhunderts einsetzenden Industrialisierung hatten Städte einen massiven Bevölkerungszuwachs zu verkraften, und die als Arbeiter in die Städte strömende Landbevölkerung lebte in elendsten Verhältnissen. Die Bolschewiki hatten bereits 1903 in ihrem ersten Parteiprogramm skizziert, wie sie die allgemeine Wohnungsnot zu bekämpfen gedachten: Die »Bourgeoisie« (ein in der Sowjetpraxis sehr dehnbarer Begriff) sollte enteignet und aus ihren Wohnungen ausgesiedelt werden, die dann mit Arbeitern aus den Elendsquartieren belegt werden sollten. Entsprechend dem am 20. August 1918 vom »Vserossíjskij Centrálnyj Ispolnítelnyj Komitét« (»Allrussisches Zentrales Exekutivkomitee«), der von 1917 bis 1937 obersten gesetzgebenden Behörde der Staatsmacht in der Russischen Sozialistischen Föderativen Sowjetrepublik, erlassenen Dekret »Über die Aufhebung des Privateigentums an städtischem Grund- und Hausbesitz« wurde privater Haus- und Wohnungsbesitz unter die Verwaltung der städtischen Behörden gestellt. In manchen Städten waren die Enteignungen bereits früher begonnen worden. In Moskau beispielsweise wurde die erste diesbezügliche Verordnung bereits im November 1917 erlassen. Zunächst galt hier, dass jede Person Anrecht auf ein Zimmer habe, später wurde jeder Person ein Anrecht auf etwa 9 qm Wohnraum zugestanden. Als Folge dieser Ver-

ordnungen mussten in Moskau etwa 15 000 Angehörige
der »Bourgeoisie« ihre Wohnungen räumen. Im günstige-
ren Fall wurde das Nutzungsrecht der »bourgeoisen«
Wohnungsbesitzer auf ein oder zwei Zimmer in ihrer
eigenen Wohnung beschränkt. In den auf diese Weise frei
gewordenen Wohnungen oder Zimmern wurden Arbeiter
und ihre Familien und aktive Verfechter der Sowjetmacht wie Angehörige der Roten Armee oder Mitarbeiter der Tscheka (vgl. Anm. S. 267) einquartiert.

228 **Schriftstellerbuchladen in der Leontjewski**
s. Nachwort S. 509.

– **Originalausgabe von Lavoisier**
Antoine Laurent de Lavoisier (1743–1794), französischer
Chemiker, Rechtsanwalt, Hauptzollpächter und Direk-
tor der staatlichen Schießpulververwaltung Frankreichs.
Durch die Entdeckung des Sauerstoffs revolutionierte er
die Chemie des 18. Jahrhunderts und zählt noch heute zu
den größten und bedeutendsten Persönlichkeiten in der
Geschichte der Chemie.

– **das erste in Russland gedruckte Mathematikbuch**
Das 1682 von einem unbekannten Autor veröffentlichte
Buch *Ščitánie udóbnoe, kotórym vsjákij čelovék
kupújuščij íli prodajúščij zélo udóbno izyskáti móžet
číslo vsjákija véšči* war eine Tabellensammlung von
Multiplikationsoperationen.

229 **»Beschreibung eines Huhns mit menschenähnlichem
Profile«**
Ossorgin beschreibt hier das 1815 in Moskau erschienene
Büchlein *Gotthelf Fischers Beschreibung eines Huhns
mit menschenähnlichem Profile nebst einem unter dem
Auge des Verfassers von Herrn Valeri nach der Natur
gezeichneten und ausgemalten Bildnisse desselben.*

Johann Gotthelf Fischer von Waldheim (1771–1853) war ein aus Sachsen stammender Naturforscher, der nach einer Professur für Naturgeschichte an der Universität Mainz seit 1804 bis zu seinem Tod in Russland als Professor der Naturgeschichte und Direktor des Naturhistorischen Museums an der Universität Moskau tätig war. Er gründete dort 1805 die »Société Impériale des Naturalistes de Moscou«. Seine Leistungen auf den Gebieten der Zoologie und Paläontologie fanden europaweit Anerkennung, er war Mitglied von über 70 Akademien und gelehrten Gesellschaften, russischer Wirklicher Staatsrat (1822), Präsident der medico-chirurgischen Akademie Moskau und Träger des Sankt Annen-Ordens 1. Klasse mit Krone. Acht zoologische Gattungen und 105 rezente und fossile Arten, vier Pflanzengattungen sowie ein Aluminiumphosphat-Mineral (»Fischerit«) wurden nach Fischer von Waldheim benannt.

230 **Gedichtbände der Imaginisten**
Die Gruppe der russischen Imaginisten (von engl.: »image«), deren Hauptvertreter Anatoli Marienhof (1897–1962), Sergej Jessenin (1895–1925), Wadim Scherschencwitsch (1893–1942) und Rjurik Ivnev (eigentlich Michail Aleksandrovič Kovalev, 1891–1981) waren, trat 1919 mit einem Manifest an die Öffentlichkeit und machte fortan mit Almanachen und einer Zeitschrift von sich reden. Die Imaginisten grenzten sich von den Futuristen ab, indem sie statt des Wortes das Bild für absolut erklärten. Das »Bild als solches« sollte den Sinn »auffressen«, das Wort nur noch in seiner bildlichen Funktion verwendet werden.

234 **Genosse Smechatschow**
»Smechatschow«, abgeleitet von russ. »smeját'sja«, »lachen, sich lustig machen«, ist ein »sprechender Name«.

**241 Samoskworetschje**

Wörtlich: »hinter der Moskwa«, einer der ältesten Stadt-
teile Moskaus, am rechten Ufer der Moskwa südlich des
Kreml gelegen. Erste Ansiedlungen in dieser an einem
in die Goldene Horde führenden Weg gelegenen Gegend
gab es wohl schon seit Zeiten der Stadtgründung Moskaus, also um 1200. Seit Mitte des 18. Jahrhunderts sie-
delten sich hier vor allem Handwerker und Kaufleute an.
Einer der bis heute am besten erhaltenen Teile der Moskauer Altstadt mit prachtvollen Stadtvillen wie z. B.
jener, in der im August 1893 die »Moskauer städtische
Kunstgalerie Pawel und Sergei Michailowitsch Tretja-
kow« ihre Pforten für die Öffentlichkeit öffnete.

– **durch die enge Durchfahrt des Roten Tores**

Das Rote Tor (»Krásnye voróta«) wurde im Auftrag Peters I. nach dem Sieg über die Schweden im Nordischen
Krieg im Jahr 1709 als erster Triumphbogen Russlands
errichtet. Nachdem das ursprüngliche Holztor durch
einen Brand zerstört worden war, wurde 1753–57 unter
der Leitung des Architekten Dmitrij Vasil'evič Uchtoms-
kij (1719–1774), eines herausragenden Vertreters des russischen Barock, ein neues Tor aus Stein erbaut, das 1928
den Plänen zur Umgestaltung der Stadt zum Opfer fiel.
Der Platz am Gartenring, an dem es einst stand, trägt
heute noch seinen Namen, ebenso eine Station der Moskauer Metro.

**243 Bolschoj Kamenny Most**

Die »Große Stein-Brücke« führt vom Kreml über die
Moskwa und ist wohl die bekannteste Brücke Moskaus.
Ursprünglich im 17. Jahrhundert aus Stein erbaut, wurde
die heutige von Protagonisten der Stalin-Architektur
entworfene Stahlbogenbrücke an dieser Stelle 1938 fertiggestellt.

244 **Uliza Kusnezki-Most**
Die Uliza Kusnezki-Most ist eine der ältesten Straßen
Moskaus. Sie wurde angelegt während der Zeit der Er-
bauung des Kanonenhofes, in dessen Umgebung sich
zahlreiche Schmiede ansiedelten. Der Name erinnert
an eine Brücke (russ. »most« = »Brücke«), die im historischen Moskau über einen kleinen Nebenfluss der
Moskwa, die Neglinnaja, führte, sowie an die historische
Ansiedlung von Schmieden in dieser Gegend (russ.
»kuznéc« = »Schmied«). Bis zur Revolution war die Kusnezki-Most eine der elegantesten Flanierstraßen Moskaus mit repräsentativen Ladengeschäften, beispielsweise befand sich hier eine Niederlassung des Kaiserlichen Hofjuweliers Peter Carl Fabergé (1846–1920).
Auch heute ist die Uliza Kusnezki-Most wieder eine der
repräsentativen Einkaufsstraßen Moskaus.

245 **die Kirche der Immerjungfrau Maria**
Eigentlich: Kirche der Einführung unserer allheiligen
Gebieterin, der Gottesgebärerin und Immerjungfrau
Maria, in den Tempel. Die Kirche wurde 1514–1518
von dem italienischen Baumeister Aleviz Novyj (d. i.
»Aleviz der Neue«) erbaut, nach dessen Plänen auch die
Erzengel-Kathedrale im Kreml errichtet worden war.
1924 wurde die Kirche abgerissen.

247 **Sucharew-Turm**
Die »Súchareva básnja« wurde in den Jahren 1692–1695
errichtet. Bis 1934 war der im heutigen Stadtzentrum
befindliche Sucharew-Turm zusammen mit den Türmen
und Kuppeln der Kreml-Anlage Wahrzeichen Moskaus
und wurde »Braut Iwan des Großen« genannt (russ.
»básnja« ist ein Femininum und wurde deshalb als quasi-
weibliches Gegenstück zu »Iwan« aufgefasst). Der auf
Anordnung von Zar Peter I. an der Stelle des einstigen
Sretenski-Tors erbaute und nach dem Kommandanten

des Strelitzen-Regiments Lavrentij Pankrat'evič Sucharev benannte Wach- und Aussichtsturm wurde im Laufe der Jahre vielfältig genutzt. Er enthielt ein Wasserreservoir, diente zunächst als Kaserne für die Garde der Strelitzen, später befand sich dort die Moskauer Schule für Mathematik und Navigation sowie die Admiralität. Der schottischstämmige Gelehrte und Generalfeldzeugmeister der russischen Armee, Jacob (James) Daniel Bruce (1670–1735), richtete 1702 im Sucharew-Turm eines der ersten astronomischen Observatorien Russlands ein, in dem der im Volk als »Russischer Faust« geltende Universalgelehrte nicht nur der Astronomie frönte, sondern auch, so heißt es in der Großstadtfolklore, einen künstlichen Menschen erschaffen und sich mit der Frage nach der Verjüngung des Menschen beschäftigt haben soll. In der Bibliothek seiner Studierstube im Sucharew-Turm habe Bruce ein geheimnisumwittertes Schwarzes Buch aufbewahrt, das von dunklen Kräften auf ihn gekommen sei und ihm magische Kräfte verliehen habe. Vor seinem Tod habe er, so erzählte man sich, das Buch irgendwo im Turm eingemauert, damit niemand in den Besitz seines okkulten Wissens komme. Im Zuge des 1931 begonnenen Projekts der Umgestaltung der Moskauer Innenstadt unter Stalin, die die Stadt, in der das »Herz der Weltrevolution schlägt«, zur Vorzeigehauptstadt der sozialistischen Heimat mit breiten Magistralen und Hochhäusern machen sollte, wurde der imposante Turm, dessen Grundmauern einen Umfang von bis zu zwei Metern hatten, 1934 geschleift.

259 **in der Ferne war Archangelskoje zu erahnen**
Südwestlich von Moskau gelegenes Anwesen der Fürstenhäuser Odojevskij, Golicyn und Jusupov. Der Park des weitläufigen Herrensitzes mit seinen prachtvollen Gebäudeensembles am Ufer der Moskwa ist heute ein beliebtes Ausflugsziel.

**260 Ganz hier in der Nähe fängt der richtig alte Wald an,
der Bannforst**
Seit dem 15. Jahrhundert wurde in Russland per Herr-
scherurkunden das Recht zur Nutzung von Waldungen
an hochgestellte weltliche und geistliche Persönlichkeiten und Klöster verliehen. Die Nutzung durch die
Allgemeinheit zur Jagd, Fischerei und Rodung in diesem
eingeforsteten, in Bann gelegten Gebiet war bei Strafe
verboten.

– **Dort stehen noch Fichten aus Zeiten des Zaren Alexej
Michailowitsch**
Aleksej I. (Aleksej Michailowitsch), »der Sanftmütigste«
(1629–1676), von 1645 bis 1676 Zar von Russland. Zweiter
Zar aus der Dynastie der Romanovs, Vater Peters I.

**267 Tschekist!**
Mitarbeiter des Geheimdienstes. Die Bezeichnung
»Tschekist« ist abgeleitet von der Abkürzung »Tscheká«
(»ČK«), die für »Vserossíjskaja Čresvyčájnaja komíssija
po borb'bé s kontrrevoljúciej i sabotážem« gebräuchlich
war. Die »Allrussische Außerordentliche Kommission
zur Bekämpfung von Konterrevolution und Sabotage«
wurde im Dezember 1917 im Auftrag Vladimir Lenins
gegründet, ihr erster Leiter war Felix Dzierżyński (1877–
1926). Sie unterstand dem im November 1917 gegründeten berüchtigten NKWD (»Volkskommissariat für innere Angelegenheiten der UdSSR«), aus dem später das
Ministerium für Innere Angelegenheiten hervorging. Im
Februar 1922 wurde die Tscheka aufgelöst und ging in
der neu gegründeten GPU (»Staatliche Politische Verwaltung«), nach 1923 in der der sowjetischen Regierung
des Rates der Volkskomissare unterstellten OGPU pri
SNK SSSR (»Vereinigte Staatliche Politische Verwaltung«) auf. Sie galt als »bewaffneter Arm der Diktatur
des Proletariats«, Lenin bezeichnete die Tscheka als

»unser Werkzeug gegen die zahllosen Verschwörungen und Angriffe auf die Sowjetische Macht«.

271 **»Die Kontrollpunkte zu passieren ist nicht leicht.«**
Während der Jahre des Bürgerkriegs wurden an Landstraßen und Bahnhöfen Kontrollpunkte eingerichtet. Mit Hilfe von Kontrollen sollte der Schwarzhandel mit Lebensmitteln, der sich aufgrund der verheerenden Versorgungslage zunehmend ausbreitete, eingedämmt werden. Lebensmittel, die die vorgegebene Norm (etwa 8 kg pro Person) überschritten, wurden konfisziert.

275 **Hoffentlich haben Sie sich keine fiese Semaschka eingefangen!**
Russ. »semáška«, umgangssprachlich für Laus, nach dem Arzt und Politiker Nikolaj Aleksandrovič Semaško (1874–1949), der als Volkskommissar für Gesundheitswesen in den Jahren 1918–1930 für den Aufbau des sowjetischen Gesundheitssystems zuständig war. Dort war er in den ersten Jahren mit der Bekämpfung von Infektionskrankheiten wie Typhus befasst, die sich in der jungen Sowjetunion während der Jahre des Bürgerkriegs aufgrund katastrophaler hygienischer Bedingungen rapide verbreiteten. Vladimir Lenin rief auf dem VII. Allrussischen Kongress der Sowjets im Dezember 1919 die Devise aus: »Genossen, auf dieses Problem muss all unsere Aufmerksamkeit gerichtet werden. Entweder fressen die Läuse den Sozialismus oder der Sozialismus besiegt die Läuse!«

277 **»Shmuriki«**
Aus der Sprache der russischen kriminellen Subkultur stammende Bezeichnung für »Leichnam«, abgeleitet von russ. »žmúrit'sja«, eigentlich: »die Augen fest zusammenkneifen«, im Soziolekt »sterben«.

483

285 **wenn der Name Einstein fiel**
Gemeint ist wohl Albert Einsteins 1916 verfasster und
1917 im Braunschweiger Wissenschaftsverlag Vieweg ver-
öffentlichter Essay *Über die spezielle und die allgemeine
Relativitätstheorie*. In diesem mit dem Zusatz »gemein-
verständlich« versehenen Essay stellte Einstein die
Grundideen seiner Relativitätstheorie einer wissenschaft-
lich und philosophisch interessierten Leserschaft vor.

286 **»la loi de participation«**
Frz.: »Partizipationssatz«. Von dem Philosophen und An-
thropologen Lucien Lévy-Bruhl (1857–1939) in seiner Stu-
die *Les Fonctions mentales dans les sociétés inférieures*
(1910) postuliertes Theorem zur Beschreibung »primitiven« Denkens bzw. »primitiver« Kollektivvorstellungen,
die nicht den Gesetzen der formalen Logik unterliegen
würden. Differenzierungen, die für die westliche Logik
essentiell seien, wie Unterschiede zwischen Realität und
Traum, Gegenwart, Vergangenheit und Zukunft, Auslöser
und Ausdruck eines Ereignisses, einem und vielem, Glei-
chem und Anderem sowie Belebtem und Unbelebtem,
seien in diesen Denkstrukturen nicht vorhanden.

292 **Der Mann mit den gelben Gamaschen**
Prototyp dieser Figur ist der Politiker, Autor und Terro-
rist Boris Viktorovič Savinkov (1879–1925). Savinkov war
einer der führenden Vertreter der 1901/02 gegründeten
Partei der Sozialrevolutionäre (SR), deren Mitglied
Ossorgin auch eine Zeit lang war. Als Befürworter der
Ideologie des individuellen Terrors gehörte Savinkov der
Kampforganisation der Partei an, die durch zahlreiche At-
tentate das zaristische Regime zu Fall bringen wollte. Sa-
vinkov war an der Ermordung des Ministers des Inneren
Vjačeslav Konstantinovič von Plehwe (1846–1904) sowie
an dem Mordanschlag auf den Großfürsten Sergej
Alexandrovič Romanov (1857–1905) beteiligt. Nach seiner

Verurteilung zum Tod durch Erhängen gelang ihm 1906 die Flucht aus dem Gefängnis. Bis April 1917 lebte er in der Emigration; im Russland nach der Februarrevolution wurde er Kriegsminister in der Übergangsregierung unter Alexander Kerenskij (1881–1970). Nach dem Oktober-Umsturz durch die Bolschewiki war Savinkov überzeugter Gegner des Sowjetregimes, gründete die »Vereinigung zur Verteidigung von Vaterland und Freiheit« (»Sojús zaščhíty ródiny i svobódy«) und organisierte Attentate gegen die Bolschewiki. Nach 1919 schloss er sich den »Weißen« an und begab sich ins Ausland. Aufgrund illegalen Übertritts der sowjetischen Grenze wurde er 1924 verhaftet und kam nach Umwandlung seiner Todesstrafe in eine zehnjährige Haftstrafe durch einen Sturz aus einem Fenster im fünften Stock der Lubjanka zu Tode. Der offiziellen Version zufolge handelte es sich dabei um Selbstmord. Seine Autobiographie *Erinnerungen eines Terroristen* erschien 1917/18 in mehreren Nummer der Zeitschrift *Byloe* und wurde 1929 ins Deutsche übersetzt; erschienen als Band 4 der Andere Bibliothek, Nördlingen 1985.

308 **Die Suche nach dem alten Sozialrevolutionär**
vgl. Anm. zu S. 292.

309 **Wie ein Blitz verbreitete sich kurz darauf in Moskau das Gerücht von einem Attentat**
Ossorgin nimmt hier Bezug auf ein Attentat auf Vladimir Lenin, dessen Organisation neben einigen anderen Anschlägen Boris Savinkov (vgl. Anm. zu S. 292) zur Last gelegt wurde. Als der Revolutionsführer am 30. August 1918 nach einer Versammlung von Arbeitern in einer Waffenfabrik in sein Auto stieg, wurde er von zwei Schüssen getroffen. Die vermeintliche Attentäterin, die Sozialrevolutionärin Fanny Kaplan (eigentlich: Fejga Chaimovna Rojdman, 1890–1918), wurde sofort ergriffen.

Bei der Befragung durch die Tscheka am selben Abend gestand sie ihre Täterschaft, im Protokoll heißt es: »Ich heiße Fanny Efimovna Kaplan, das ist der Name, unter dem ich in der Katorga [zaristisches Strafarbeitslager] in Akatuj als Gefangene geführt wurde. [...] Ich habe heute auf Lenin geschossen. Ich habe aus eigener Überzeugung auf ihn geschossen. Wie oft ich geschossen habe, weiß ich nicht mehr. Ich werde keine Details über die Waffe verraten. [...] Ich habe auf Lenin geschossen, weil ich in ihm einen Verräter der Revolution sehe und seine Existenz den Glauben an den Sozialismus zerstören wird.« Kaplan wurde ohne weitere Untersuchung und Gerichtsprozess am 3. September 1918 erschossen. Ihre Rolle beim Anschlag auf Lenin ist allerdings bis heute nicht geklärt. Es gibt zahlreiche Indizien, die gegen Kaplan als Verantwortliche für die Schüsse sprechen. Gleichwohl war der 30. August 1918 ein willkommener Anlass für die Bolschewiki, zum Generalangriff auf ihre Gegner überzugehen und den Roten Terror auszurufen. Im November 1918 erklärte Martyn Latsis (1888–1938), einer der Stellvertreter des Tscheka-Vorsitzenden Felix Dzierżyński, womit in der Zukunft zu rechnen sei: »Wir führen nicht Krieg gegen Einzelne. Wir vernichten die Bourgeoisie als Klasse. Während der Untersuchung suchen wir nicht nach Beweisen, dass der Beschuldigte in Worten und Taten gegen die Sowjetmacht gehandelt hat. Die ersten Fragen, die gestellt werden müssen, lauten: Zu welcher Klasse gehört er? Was ist seine Herkunft? Was sind seine Bildung und sein Beruf? Und es sind diese Fragen, die das Schicksal des Beschuldigten bestimmen sollen. Darin liegen die Bedeutung und das Wesen des Roten Terrors.« Die folgende Szene von der Erschießung »eines hageren jüdischen Mädchens« bezieht sich auf Gerüchte um die Erschießung Fanny Kaplans.

309 **der nun in der Lubjanka Dienst tat**
Lubjanka ist bis heute die inoffizielle Bezeichnung für
das am Lubjanskaja-Platz gelegene Hauptquartier des
sowjetischen Geheimdienstes. 1897/98 als Verwaltungs-
sitz der »Allgemeinen Versicherungsgesellschaft Rossija« in der Ul. Bol'šaja Lubjanskaja Nr. 2 erbaut, wurde
das Gebäude nach der Auflösung aller privaten Versiche-
rungsgesellschaften im Dezember 1918 in staatlichen
Besitz überführt und war seit Mai 1919 Sitz der Tscheka
(vgl. Anm. zu S. 267). Dort befanden sich die Haftanstalt
für politische Gefangene sowie Verhörräume und
Liquidationskeller. Der Neoklassizismusbau ist heute
der Sitz des russischen Geheimdienstes. In Moskau
»scherzte« man in jenen Jahren: »Byl Gosstrách, a stal
Gosúžas«. Dieses Wortspiel beruht auf der Ambiguität
von »strach« in der Abkürzung »Gosstrách« für »Gosu-
dárstvennaja strahovál'naja [kompánija«] (»Staatliche
Versicherungsgesellschaft«): Zum einen ist »strach«
Akronym für »strahovál'naja«, zugleich ist es aber auch
das russische Wort für »Angst«. »Strach«, also »Angst«,
wird ersetzt durch »úžas«, das russische Wort für
»Schrecken, Entsetzen«. Die Neuschöpfung »Gosúžas«,
bedeutet demnach so viel wie »Staatlicher Schrecken«.
Mit dem Satz »Früher war es ›Gosstrach‹, nun ist es
›Gosužas‹« ist das Regime jener Jahre also prägnant beschrieben.

311 **Wer zum Schwert greift, kommt durch das Schwert um**
Matthäus 26, 52: »Und siehe, einer aus denen, die mit
Jesus waren, reckte die Hand aus und zog sein Schwert
aus und schlug des Hohenpriesters Knecht und hieb ihm
ein Ohr ab. Da sprach Jesus zu ihm: Stecke dein Schwert
an seinen Ort! Denn wer das Schwert nimmt, der soll
durchs Schwert umkommen.«

312 **Bonbons von Landrin**
Fedor Matveevič Landrin (1817–1882), Petersburger Süßwarenfabrikant, Kaiserlicher Hoflieferant.

314 **Wie kommt er nur zu diesem Namen?**
Russ. »kuporós«, eigentlich »Vitriol, Mistbrühe, giftiges Zeug«, im übertragenem Sinne »Ekelpaket, Giftschleuder«.

321 **Seit der Zeit des Bojaren Kutschko**
In *Meyers Konversationslexikon* aus den Jahren 1885–1892 heißt es: »Die Gründung von Moskau verliert sich im Dunkel. Die ersten historischen Nachweise stammen aus dem 12. Jahrhundert; damals stand hier Kutschkowo, die reiche Besitzung des Bojaren Kutschko, welchen Juri Dolgorukij hinrichten ließ, und dessen Güter er einzog.« Der in den Legenden zur Stadtgründung Moskaus beschriebene »starke und stolze« Bojar Stefan Ivanovič Kučko und seine Ermordung durch Fürst Jurij Dolgorukij (um 1090–1157), den Gründer von Moskau, finden in den historischen Chroniken keine Erwähnung. Wohl aber sind ein Jakim Kučkovič (d. i. Jakim, der Sohn Kučkos) und ein »Pjotr, Schwiegersohn des Kučko« (»zjat Kučkov«) als Köpfe einer Verschwörung gegen den Sohn Jurij Dolgorukijs, Fürst Andrej Bogoljubskij (1111–1174), der 1174 ermordet wurde, sowie der Name »Kučkovo, das heißt Moskau« in der Hypatiuschronik aus dem 15. Jahrhundert historisch belegt.

– **die reine Wahrheit, die man unter Züchtigung verrät**
Die unübersetzbare russ. Wendung »pódlinnaja právda« spielt auf die Etymologie von »pódlinnyj« (»echt, wahr, tatsächlich«) und »pódlinnik« (»Original«) an. Im *Ėtimologičeskij slovar' russkogo jazyka* (»Etymologisches Wörterbuch der russischen Sprache«, Moskau 2003) heißt es: »Ursprünglich wurden als ›pódlinniki‹ lange

Stöcke [russ. »dlinnyj« = »lang«] bezeichnet, mit denen
Verdächtige bei Befragungen in Strafprozessen gezüchtigt
wurden, um die Wahrheit von ihnen zu erfahren.« Der
»pódlinnik« war also im mittelalterlichen Russland
ein Instrument zur Wahrheitsfindung; die Wahrheit, die
der Delinquent während der im Wortsinne peinlichen
Befragung unter den Schlägen »gestand«, wurde als
»pódlinnaja právda«, also als »echte, reine Wahrheit«
bezeichnet. Diese Etymologie ist laut Max Vasmer allerdings nicht gesichert (vgl. *Russisches etymologisches
Wörterbuch*, Heidelberg 1953–1958).

- **Diese Wahrheit lebte auf dem Getreidespeicher am
  Kalugaer Stadttor**
  Im 17. Jahrhundert befand sich der Moskauer Getreidespeicher (»Žítnyj dvor«) des Zaren innerhalb des Kreml
  zwischen Troickij und Nikolskij-Tor. Nach einem Brand
  im Jahr 1701 wurde auf Anordnung Peters I. an seiner
  Stelle das Arsenal (vgl. Anm. zu S. 134) erbaut. Ein neuer,
  größerer Getreidespeicher wurde außerhalb des Kreml in
  Zamoskvoreč'e (vgl. Anm. zu S. 241) am Kalugaer Stadttor erbaut, dessen Gebäude dem Brand während der Besetzung Moskaus durch Napoleons Truppen im September 1812 zum Opfer fielen.

- **in der Untersuchungskanzlei**
  Bis 1750 befand sich die Untersuchungskanzlei (»Sysknój
  prikáz«), die Strafkammer für Moskau und den Bezirk
  Moskau, mit ihrem Gefängnis in der Nähe des Kreml.
  Das Gefängnis der Untersuchungskanzlei war zugleich
  Durchgangsgefängnis für die in der gesamten zentral-
  russischen Region zur Verbannung in Sibirien Verurteil-
  ten. Aufgrund von Beschwerden des Hochadels und der
  Kaufleute der anliegenden Geschäfte, die sich durch die
  Schreie der der Folter unterzogenen Gefangenen sowie
  durch deren zerlumpten und »unästhetischen« Anblick

(die Körper der Gefangenen waren oftmals mit entstellenden Wunden, die von der Folter herrührten, übersät) belästigt fühlten, erging im August 1752 die Anordnung durch den Petersburger Senat, die Untersuchungskanzlei zum Getreidespeicher am Kalugaer Stadttor an den Stadtrand zu verlegen.

– **Daggen**
Auch: »Endje«. Tauende zur Züchtigung (von Matrosen).

– **Preobrashenski-Kanzlei**
Der Name Preobraženskoe ist vor allem mit Zar Peter I. assoziiert. Östlich von Moskau gab es seit dem 17. Jahrhundert ein Dorf mit dem Namen Preobraženskoe Seló, das zugleich Zarensitz war. Hier wuchs Peter auf und bildete als Jugendlicher aus Gleichaltrigen zwei Regimenter, mit denen er auf dem Exerzierplatz der Ortschaft Krieg spielte. Aus diesen Freizeitregimentern entwickelten sich Ende des 17. Jahrhunderts die Preobraženskij- und Semënovskij-Garderegimenter, die seit 1700 Leib-Garderegimenter waren. Zur Unterbringung der Offiziere und Soldaten wurde eine weiträumige Kasernenstadt angelegt, in deren Zentrum die Preobraženskij-Kanzlei (»Preobraženskij prikáz«) lag, der zunächst die Leitung der Regimenter unterstellt war. Seit 1695 war die Preobraženskij-Kanzlei das erste zentralisierte Verwaltungsorgan, das ausschließlich mit der Verfolgung von Majestätsverbrechen, also gegen den Herrscher und seine Regierung gerichtete Verbrechen, befasst war. Die Preobraženskij-Kanzlei existierte bis 1729. Da sie in der Nähe der Kirche St. Peter und Paul lag, hieß es im Volksmund bald: »Die Wahrheit wohnt bei Peter und Paul« (»Živët právda u Petrá i Pávla«). (Zum »Preobraženskij prikaz« vgl.: Rustemeyer, Angela: *Dissens und Ehre. Majestätsverbrechen in Russland 1600–1800*, Wiesbaden 2006).

- **Fürst-Cäsar Fjodor Jurewitsch Romodanowski**
  Günstling Peters I., hatte an dessen Kriegsspielen in
  Preobraženskoe teilgenommen (vgl. vorhergehende
  Anm.). Fürst Fedor Jurevič Romodanovskij (um 1640–
  1717) stand in den Jahren 1686–1717 der Preobraženskij-
  Kanzlei vor. Während der Abwesenheit des Zaren bei den
  Asowfeldzügen (1695/96) sowie bei der Großen Gesandt-
  schaft Peters I. (1697/98) fungierte Romodanovskij als
  dessen Statthalter; aus diesem Grund verlieh Peter ihm
  den neu erdachten Titel »Fürst-Cäsar«.

- **»ein Mensch von partikulärem Charakter [...]«**
  Zitat aus den Erinnerungen eines engen Weggefährten
  Peters I., des Politikers und Diplomaten Fürst Boris
  Ivanovič Kurakin (1676–1727), *Gistórija o Petré I. i
  blížnych k nemú ljúdjach, 1682–1695 gg.* In: *Rússkaja
  stariná*, 1890, Bd. 68, Nr. 10, S. 238–260 (»*Geschichte
  Peters I. und ihm nahestehender Menschen in den Jah-
  ren 1676–1695*«).

- **»kratzten sich die Teufel im Genick«**
  Russ. »česát' zatýlok«, Redensart für »verlegen, ratlos,
  mutlos sein«.

- **an der Auferstehungskirche in Kadaschi**
  Die Christi-Auferstehungskirche zu Kadaschi wurde
  1687–1695 erbaut und liegt im einstigen Böttcherviertel,
  der Kadaschi-Vorstadt (Kadáši slobóda), einer der ehe-
  mals größten und wohlhabendsten Vorstädte Moskaus in
  Zamoskvoreč'e.

- **der Stadtvorsteher Schestow**
  Andrej Petrovič Šestov (1783–1847), Kaufmann der
  1. Moskauer Gilde, Kommerzienrat und erblicher Ehren-
  bürger der Stadt Moskau, Stadtvorsteher 1843–1845.

– **weder die Butyrskaja- noch die Taganskaja- und auch nicht die Gnesdikowskaja-Wahrheit**
Gemeint sind die Gefängnisse Butyrskaja und Taganskaja tjurma in Moskau. Die Gnesdikowskaja-Wahrheit bezieht sich auf die »Abteilung zum Schutz der allgemeinen Sicherheit und Ordnung der Stadt Moskau« (»Otdelénie po ochranéniju obščéstvennoj bezopásnosti i porjádka v Moskve«), eine der gefürchteten zaristischen politischen Geheimpolizei (im Volksmund »Ochranka« genannt) zugeordnete Abteilung, die sich in den Jahren 1880–1917 in der Gnezdikovskij Pereulok Nr. 5, unweit der Residenz des Generalgouverneurs der Stadt, befand.

322 **kleine Kirchen »auf Gebein und Blute« und eine »am Graben«**
Die Mariä-Schutz-und-Fürbitte-Kathedrale am Graben (auch: Kathedrale des seligen Basilius, Basilius-Kathedrale). Die am südlichen Ende des Roten Platzes stehende, 1551–1561 erbaute Basilius-Kathedrale mit ihren neun farbenprächtigen Kuppeln, die »steinerne Blume« Moskaus, ist eines der Wahrzeichen der Stadt.

– **Der Schreckliche**
Iwan IV., »der Schreckliche«, eigentlich »der Gestrenge« (»Gróznyj«, 1530–1584), erster Großfürst von Moskau, der sich zum Zaren von Russland krönen ließ. Iwan IV. schuf als Gewaltherrscher die Grundlagen des russischen Imperiums. Seit 1565 setzte Iwan IV. seine Machtansprüche mit Hilfe der »Opríčniki« durch, einer dem Zaren ergebenen Garde. Mit dieser schwarz uniformierten Truppe (anfangs etwa 1000, später etwa 6000 Mann), die sich als eine Art religiöser Orden empfand, brach er durch massiven Terror den Widerstand des Hochadels und der Kirche gegen seine Politik. Als die Opríčnina bei der Verteidigung Moskaus gegen die Krimtataren (1571) militärisch versagte, löste der Zar sie 1572 auf.

- »an der Unbefleckten auf dem Platz«
  Ossorgin zitiert hier aus einer Chronik aus dem Jahr
  1574, die in Sergej Solov'evs »*Geschichte Russlands
  seit den ältesten Zeiten*« angeführt ist (Solov'ev, Sergej
  Michajlovič: *Istorija Rossii s drevnejšich vremen.*
  Moskau 1896, Band VI, S. 235).

- direkt vor Iwan dem Heiligen
  Der auf dem Kathedralenplatz des Moskauer Kreml ste-
  hende Glockenturm Iwan der Große (»Kolokól'nja Ivána
  Velíkogo«). Im 16. Jahrhundert für die in unmittelbarer
  Nähe befindlichen Erzengel-Michael-Kathedrale, Mariä-
  Entschlafens-Kathedrale und Mariä-Verkündigungs-
  Kathedrale, die nicht über eigene Glockenstühle ver-
  fügen, errichtet, ist er mit seiner Höhe von 81 Metern
  das höchste Gebäude des Moskauer Kremls.

- »Und die Köpfe warf man vor den Hof des Bojaren
  Mstislawski«
  Fürst Ivan Fëdorovič Mstislávskij (gest. 1586), Politiker
  und Militär. Nach Einführung der Opričnina stand er
  gemeinsam mit Fürst Ivan Dmitrievič Bel'skij (gest. 1571)
  der »Zémščnina«, dem unter der Bojaren-Duma stehenden Teil des Russischen Reiches, vor. Zar Iwan IV. ver-
  dächtigte Mstislavskij des Verrats und ließ ihm zur Warnung die Köpfe der Hingerichteten vor sein Anwesen
  werfen (vgl.: Zabelin, Ivan Egorovič: *Istorija goroda
  Moskvy,* Moskau 1905).

- in der Nähe des Sumpfes
  Unweit eines zuerst »Große Wiese« und bis zum 19. Jahrhundert »Sumpf« (russ.: »bolóta«) genannten unbebau-
  ten Areals (heute: »Bolótnaja plóščad'«), das bei der
  Schneeschmelze im Frühjahr regelmäßig unter Wasser
  stand, befand sich in der Zeit vom 17. bis zum 18. Jahrhundert der Richtplatz der Stadt Moskau. Hier wurden

1775 Emel'jan Ivanovič Pugačёv (um 1742–1775), der Anführer des nach ihm benannten Bauernaufstands, und
seine Weggefährten hingerichtet.

– **bei der Großmärtyrerin Warwara**
1514 von dem italienischen Baumeister Aleviz Novyj (d. i.
»Aleviz der Neue«) in der Nähe des Kreml erbaute Kirche
der hl. Großmärtyrerin Varvara (vgl. Anm. zu S. 245).

– **Badequast**
Blätterzweige, Reisigquast zum Gebrauch in der Banja. In
der »Unterweisung, wie der Angeklagte zu martern ist«
(»Obrjád, káko obvin'' ёnnyj pytáetsja«) heißt es: »Der
Scharfrichter [...] streckt den an der Streckleiter Hängen-
den und führt den Reisigquast, nachdem er ihn entzündet
hat, über dessen Rücken, wofür es drei oder mehr Rei-
sigquaste braucht, je nach Befinden des Befragten.« (vgl.
Anisimov, Evgenij: *Russkaja pytka. Političeskij Sysk v
Rossii XVIII veka* (»*Folter in Russland. Verfolgung politischer Verbrechen im Russland des 18. Jahrhunderts*«
Sankt Petersburg 2004).

– **»in drei Umläufen folterte«**
»Der Dieb ist in drei Umläufen zu foltern« heißt es in der
»Unterweisung, wie der Angeklagte zu martern ist« auch
(vgl. vorhergehende Anm.), was so viel bedeutet, als dass
der Delinquent drei Verhören unter Folter zu unterziehen
war, denn es herrschte die Vorstellung, dass ein Beschul-
digter, der nach drei Verhören unter Folter kein Geständnis abgelegt hatte, die Wahrheit sagte.

323 **der Petrowski-Park**
Am 5. September 1918 erließ die Sowjetregierung das
berüchtigte Dekret *Über den Roten Terror* (vgl. Anm. zu
S. 309), in dem es hieß: »In der augenblicklichen Situation ist die Verstärkung des Terrors im vom Krieg ver-

schonten Gebiet eine absolute Notwendigkeit, [...] ist es notwendig, die Klassenfeinde der Sowjetrepublik in Konzentrationslagern zu isolieren und so die Republik gegen sie zu schützen; jeder, der in weißgardistische Organisationen, in Verschwörungen, Aufstände und Erhebungen verwickelt ist, ist zu erschießen, die Namen der Erschossenen mit Angabe des Erschießungsgrundes zu veröffentlichen.« Noch am Tag der Verabschiedung des Dekrets fand im Petrowskí-Park, einem weitläufigen Park im Nordwesten Moskaus, eine öffentliche Massenhinrichtung von 80 Staatsbeamten des einstigen Russischen Reiches statt.

– **die Versicherungsgesellschaft »Anker«**
Im Gebäude der Versicherungsgesellschaft »Anker« (»Jákor'«) in der Ulica Bol'šaja Lubjanskaja Nr. 11 befand sich nach der Verlegung der Hauptstadt von Petrograd nach Moskau im März 1918 der Sitz der Außerordentlichen Kommission (»Tscheka«) (vgl. Anm. zu S. 267). Im Mai 1919 wurde der Sitz ins ehemalige Verwaltungsgebäude der Versicherungsgesellschaft »Rossija« in der Ulica Bol'šaja Lubjanskaja Nr. 2 verlegt, das bis heute Sitz des russischen Geheimdienstes ist (vgl. Anm. zu S. 309).

– **die Garage in der Warsonofjewski-Gasse**
In der Warsonof'évskij Pereúlok befindet sich bis heute der Fuhrpark des Geheimdienstes. Dort fanden bis 1948 Erschießungen statt, bei denen die Motoren der Automobile des Fuhrparks die Schüsse übertönten. Die Moskauer nannten diesen Ort des Schreckens »Erschießungsgarage«.

325 **ein Menschewik**
Vertreter des Menschewismus (von russ. »menšinstvó« = »Minderheit«). Die Menschewiki waren die Fraktion der gemäßigten Minderheit in der Sozialdemokratischen Arbeiterpartei Russlands (SDAPR), im Gegensatz zur

radikalen Fraktion der Bolschewiki. Die Menschewiki
spielten in den Arbeiterräten (Sowjets) von 1905 und
1917 eine wichtige Rolle. Nach der Oktoberrevolution
wurden sie von den Bolschewiki verfolgt.

– **ins Gouvernement Mogiljow**
Im übertragenen Sinne für »sterben, zu den Vätern gehen,
sich ins Jenseits verabschieden« (von russ. »mogíla« =
»Grab«).

326 **dessen Namen die Nachkommen vergessen mögen**
Die Rede ist von Michail Sergeevič Kedrov (1878–1941),
der seit Dezember 1919 Vorsitzender der Sonderabteilung
der Tscheka war. Er stand an der Spitze der geheim-
dienstlichen Verfolgung der »Volksverräter« und »Konterrevolutionäre« und zeichnete sich durch besondere
Grausamkeit aus. Im Zuge des stalinistischen Großen
Terrors wurde Kedrov 1939 verhaftet und ohne Gerichtsurteil am 1. November 1941 auf persönlichen Befehl
des 1938 zum Geheimdienstchef ernannten Lavrentij
Pavlovič Berija (1899–1953) erschossen.

– **das allen bekannte einstige Amtszimmer Awanessows**
Varlaam Aleksandrovič Avanesov (eigentl. Suren Karpo-
vich Martirosyan, 1884–1930), armenischer Kommunist,
seit Februar 1917 Mitglied des Präsidiums des Exekutiv-
komitees des Moskauer Arbeiter- und Soldatensowjets.
Seit März 1919 Mitglied des Kollegiums der Tscheka,
1920–1924 stellvertretender Volkskommissar der Arbei-
ter- und Bauerninspektion und später Stellvertreter des
Volkskommissars für Außenhandel.

340 **der schmachvolle [...] Frieden von Brest-Litowsk**
Ein halbes Jahr nach der mit Hilfe der Regierung des
deutschen Kaisers Wilhelm II. ermöglichten Rückkehr
Lenins aus dem Schweizer Exil nach Russland stürzten

die Bolschewiki die Provisorische Regierung und übernahmen die Macht in Russland. Etwa einen Monat
später begannen im Dezember 1917 in Brest-Litowsk
Friedensverhandlungen zwischen dem deutschen Kaiser-
reich und seinen Verbündeten einerseits und der Sowjet-
Regierung andererseits. Die deutsche Oberste Heeres-
leitung sah nach dem Sturz des Zaren im Februar 1917
eine günstige Gelegenheit, durch einen Separatfrieden
mit Russland den Zweifrontenkrieg zu beenden, und der
Revolutionsführer Lenin hoffte, dass sich die Verhand-
lungen so lange hinziehen würden, bis es auch in
Deutschland zu einer Revolution komme. Im Rat der
Volkskommissare forderte er: »Ihr müsst diesen Schand-
frieden unterschreiben, um die Weltrevolution zu retten,
um ihren einzigen Brückenkopf zu erhalten – die Republik der Sowjets«, und am 3. März 1918 unterzeichneten
Russland und die Mittelmächte den Friedensvertrag von
Brest-Litowsk. Finnland, Polen, die baltischen Staaten,
die Ukraine, ein Teil des heutigen Weißrussland und des
Kaukasus schieden aus dem Territorium Russlands aus,
das damit ein Viertel seines Landes und mehr als 50 Millionen Einwohner verlor sowie sechs Milliarden Reichs-
mark Entschädigung zu zahlen verpflichtet war.

341 **Onkel Borja, der früher [...] eine Zeit lang Sabotage
betrieben hatte**
Die Angehörigen des Beamtenapparats des zaristischen
Russland verweigerten zahlreich die Zusammenarbeit
mit der neuen Staatsmacht und sabotierten die Maß-
nahmen zur Neuordnung von Wirtschaft und Gesellschaft.

– **erfahrener Spezialist, der er war**
Obwohl Lenin und die Bolschewiki die »bürgerlichen«
Spezialisten im Staatsdienst und an anderen Stellen der
Volkswirtschaft verachteten, waren sie doch auf sie an-

gewiesen. Aufgrund der weit verbreiteten Sabotage herrschte jedoch ein großes Misstrauen gegenüber diesen »Spez«, so die verächtliche Abkürzung für »Spezialisten«. Sie und ihre Arbeit wurden von Vertretern der Sowjetregierung deshalb streng überwacht.

- **»Ich arbeite im WSNCh«**
  Der »Výssij sovét naródnogo chozjájstva«, der »Oberste Rat für Volkswirtschaft«, war in Sowjetrussland ab 1917 und dann in der Sowjetunion bis 1932 das oberste Verwaltungsorgan für die Volkswirtschaft.

343 **der 11. November des Jahres 1918**
  Am 11. November 1918 schlossen das Deutsche Reich und die Alliierten den Waffenstillstand von Compiègne, mit dem die Kampfhandlungen des Ersten Weltkriegs endeten. Der Friedensvertrag von Brest-Litowsk (vgl. Anm. zu S. 340) wurde daraufhin annulliert.

350 **Meister des Holzschnitts Iwan Pawlow**
  Ivan Nikolaevič Pavlov (1872–1951), bekannt für seine Ansichten des »Alten Moskau« (»Stáraja Moskvá«).

- **Schlafstelle auf dem Ofen**
  Russ. »ležánka« wird oft fälschlich als »Ofenbank« übersetzt. Die »ležánka« ist aber keine um einen großen Ofen herum gebaute Bank, sondern eine entweder an der Seite des Ofens angebaute oder auf dem Ofen befindliche Koje, die die Wärme speicherte und auf der geschlafen wurde. In seinen Anmerkungen zur ersten ins Deutsche übersetzten russischen Märchensammlung schreibt Anton Gotthelf Dietrich (1797–1868): »Die Öfen sind sehr groß und behalten die Wärme lange; darum dienen sie auch im Winter zur Schlafstelle für ganze Familien, die bei dem Mangel an Federbetten und guten Matratzen ein warmes Lager zu suchen genöthigt sind. Um den Raum

zu erweitern, legt man ohngefähr in der Mitte der Stube unmittelbar neben dem Ofen Breter, auf besonders dazu angebrachte Balken. Auf diesen Bretern, welche im Sommer wieder weggenommen werden, liegen die Kinder und in müßigen Minuten die Erwachsenen fast den ganzen Tag.« (*Russische Volksmärchen*. In den Urschriften gesammelt und ins Deutsche übersetzt von Anton Dietrich. Mit einer Einleitung von Jacob Grimm. Leipzig 1831)

351 **Drinnen eilte ein Pope mit seiner Kamilawka**
Die Kamilavka ist die schwarze zylinderförmige Kopfbedeckung der Geistlichen und – mit nach hinten fallendem Schleier – auch der Mönche der orthodoxen Kirche.

– **Um gedeihliche Witterung [...] lasset uns beten zum Herrn**
Verszeile aus der Ektenie. Die Ektenie (griech.»ekténeia« = »Eifer, Inbrunst«) ist ein litaneiartiges Fürbittengebet, bei dem ein Diakon vom Lesepult aus die Fürbitten ausruft, wobei der Chor auf jede Fürbitte »Herr, erbarme dich« (»Góspodi pomíluj«) oder »Gib, o Herr!« (»Podáj, Góspodi!«) singt.

– **Am Denkmal des ersten Buchdruckers Fjodorow**
Ivan Fëdorov (Fëdorovič) (zwischen 1510 und 1525–1583) gilt in der Nachfolge von Johannes Gutenberg als Begründer der Buchdruckerkunst im russischsprachigen, kyrillisch schreibenden Raum. Er stand der ersten, von Zar Ivan IV. im Jahr 1563 gestifteten Druckerei vor, in der 1564 das erste genau datierte Buch Russlands gedruckt wurde. Mit der Veröffentlichung eines Evangeliars und mindestens sechs weiterer Bücher durch den urkundlich als »Meister der Druckkunst« erwähnten Maruša Nefed'ev datiert der Beginn des Buchdrucks in Russland allerdings bereits auf das Jahr 1553. Ivan Fëdorov war vermutlich ursprünglich einer der Mit-

arbeiter Maruša Nefed'evs. Das Denkmal Ivan Fëdorovs wurde 1909 in der Nähe der ersten Buchdruckerei errichtet.

353 **Iwerskaja-Kapelle**
Am Auferstehungstor gelegene Kapelle mit einer Kopie der wundertätigen Gottesmutterikone von Iveron.

– **Iwan der Große**
Vgl. Anm. zu S. 322.

357 **ein älterer Arbeiter aus Presnja**
Eigentlich Presenskij Rajon, einer der Moskauer zentralen Bezirke. Seit jeher ein Arbeiterbezirk und somit Epizentrum der revolutionären Ereignisse der Jahre 1905 und 1917.

360 **Und für den Anschlag war er natürlich verantwortlich**
Vgl. Anm. zu S. 309.

382 **»Das Pferd als Pferd«**
Russ.: »*Lóšad' kak lóšad*«, Titel eines Gedichtbands von Vadim Gabrielёvič Šeršenevič (1893–1942), Moskau 1920. Šeršenevič war einer der Begründer und wichtigsten Theoretiker des Imaginismus (vgl. Anm. zu S. 230).

389 **Einmal hatte sich Sawalischin gerade in die Kleiderkammer in der Sretenka begeben**
Diese Szenen und andere Charakterisierungen Sawalischins legen ein reales Vorbild nahe, das der Sozialrevolutionär Viktor Michailovič Černov (1873–1952) in dem Anfang der 1920er-Jahre in Berlin veröffentlichten Buch »*Tscheka. Materialien zur Tätigkeit der Außerordentlichen Kommissionen*« (*ČK. Materialy po dejatel'nosti črezvyčajnych komissij*, Berlin 1922) beschreibt: »Pankratov war mittelgroß und breitschultrig, war sehr hellhäutig. [...] Besonders fielen seine funkelnden grauen Augen im von ständiger Trinkerei geröteten Gesicht auf. Er hatte

stets eine Fahne. In der Sretenka hatte er ein Zimmer, sein Leben teilte er mit der 25-jährigen Jefrosin'ja Ivanovna, einer Prostituierten vom Tverskoj Boulevard. Er kam jeden Tag zu seiner Dienststelle und saß bis zum Nachmittag ohne Beschäftigung herum. [...] Wenn es dunkel war, begab er sich in den Keller und begann seine Schergentätigkeit. Wenn es keine ›Arbeit‹ für ihn gab, ging er seiner Wege, hinterließ aber, ›für alle Fälle‹, wo er anzutreffen sei. Solche ›Fälle‹ gab es mitunter. Einmal ging er mit einem Freund zum Schuhmacher, um neue Stiefel zu probieren. Kaum dort angekommen, traf ein Bote ein, der ihn zurück zum Dienst beorderte. Pankratov ging, kehrte aber nach etwa 40 bis 50 Minuten wieder zurück und setzte die unterbrochene Stiefelanprobe angelegentlich fort. Während seiner Abwesenheit hatte er einen Menschen erschossen. [...] Er lebte in Wohlstand und ohne Hunger. Neben dem guten Lohn, den er erhielt, fiel ihm auch fast der gesamte Besitz zu, den der Erschossene bei sich trug. Die Sachen von geringer Qualität verkaufte er, die anderen trug er selbst. Auch die Wertsachen, die aus Zufall bei den Ermordeten verblieben waren, fielen ihm zu. Nach jedem ›Arbeitstag‹ fertigte er eine ordentliche Aufstellung für das Buchhaltungskontor an.«

391 **Leichenhaus von Lefortowo**
Lefortovo ist ein Stadtviertel östlich des Zentrums von Moskau, benannt nach dem Schweizer Admiral François Le Fort (1656–1699), einem engen Vertrauten von Zar Peter I. Ende des 17. Jahrhunderts war dort am linken Ufer der Jausa, eines Nebenflusses der Moskwa, die Einheit Le Forts stationiert. Bis heute hat Lefortovo die Bedeutung als wichtiger Standort mehrerer Militäreinheiten und Akademien beibehalten. Dort befindet sich auch das 1881 erbaute Lefortovo-Gefängnis, ein Militärgefängnis, das in der Sowjetunion ein dem Geheimdienst un-

terstelltes Untersuchungsgefängnis war. Das Lefortovo-Leichenhaus wurde 1848 als kirchliche Einrichtung erbaut und noch vor der Revolution der Gerichtsmedizin zugeordnet.

392 **Explosion in der Leontjewski-Gasse**
Am 25. September 1918 fand in der Leont'evskij Pereulok Nr. 18 (heute Ul. Stanislavskogo), wo sich das Hauptquartier des Moskauer Komitees der Partei der Bolschewiki befand, eine Versammlung hochrangiger Parteifunktionäre statt, auch der Revolutionsführer Lenin wurde erwartet. Gegen 21 Uhr wurde dort ein von der Gruppe »Anarchisten im Untergrund« und einer Gruppierung linker Sozialrevolutionäre organisiertes Bombenattetant verübt, bei dem 12 Personen getötet und 55 verletzt wurden. Unter den Verletzten war auch Nikolaj Ivanovič Bucharin (1888–1938), einer der führenden Vertreter der Bolschewiki. Bucharin wurde 1938 Opfer des stalinistischen Terrors. Als Vergeltungsmaßnahme erschossen die Bolschewiki nach dem Anschlag in der Leontjewski-Gasse Hunderte Repräsentanten oppositioneller Parteien, Offiziere und sonstige »bourgeoise Elemente«.

393 **Palastmauer**
Der Große Kremlpalast, dessen zentraler Teil 1838–1849 erbaut wurde, war ursprünglich die Moskauer Hauptresidenz des Zaren und der Zarenfamilie. Heute gehört der Große Kremlpalast zum Dienstgebäudekomplex des Präsidenten Russlands.

– **Am Eingang zum ehemaligen Senat**
Der 1776–1787 an der Ostmauer des Kreml unweit des Arsenals erbaute Senatspalast war ursprünglich Hauptsitz des sogenannten Regierenden Senats, der seit seiner Gründung im Jahr 1711 unter Peter I. formell als höchstes Aufsichtsgremium und legislatives Staatsorgan des Russi-

schen Kaiserreichs galt. Nach der Oktoberrevolution 1917 und der Verlegung der sowjetrussischen Regierung nach Moskau wurde der Senatspalast als Regierungssitz und Austragungsort von Tagungen genutzt. Staatschef Lenin ließ sich 1918 im zweiten Obergeschoss des Senatspalastes eine Dienstwohnung einrichten, wo er bis 1923 lebte. Auch sein Nachfolger Josef Stalin hatte im Senatspalast im Hochparterre eine Dienstwohnung. Seit den 1990er-Jahren Dienstsitz des russischen Präsidenten.

**396  Kennen Sie einen Sawinkow?**
Vgl. Anm. zu S. 292.

**413  Die Explosion war bis zum Stadtrand Moskaus zu hören**
Vgl. Anm. zu Seite 392.

**421  »Genug des elenden Lebens, des Murrens und des äffischen Benehmens! [...]«**
Zitat aus Marc Aurels *Selbstbetrachtungen*, Neuntes Buch, 37.

– **»Und wenn du dreitausend Jahre leben solltest«**
Zitat aus Marc Aurels *Selbstbetrachtungen*, Zweites Buch, 11.

– **»Was geschehen ist, wird wieder geschehen, was man getan hat, wird man wieder tun [...]«**
Buch Kohelet, Kapitel 1, 9.

**442  »Dissolutio sanguinis«**
Lat.: »Auflösung des Blutes«.

**445  in der Liste des Synodikons**
Das Synodikon ist das Totengedenkbuch, in das die Namen der Verstorbenen eingetragen werden, um ihrer im Gottesdienst zu gedenken.

# NACHWORT

»Das Leben verschwindet in der gerundeten Ziffer.« – Dieser Satz aus einem der ersten Kapitel des Romans *Eine Straße in Moskau* könnte als Epigraph über dem Narrativ der Geschichte des beginnenden 20. Jahrhunderts stehen, das mit einem Krieg begann, dessen Grausamkeit und Opferzahlen zuvor unvorstellbare Dimensionen annahmen. Der Erste Weltkrieg und das Epochenjahr 1917 mit seinen zwei Revolutionen zerschmetterten die alte Weltordnung – drei Kaiserreiche fanden ihr Ende, neue Staaten entstanden, und in Russland wurde eine »Diktatur des Proletariats« installiert. Der Strom der epochalen Ereignisse riss die Menschen mit sich, warf sie hin und her, der Krieg nahm Millionen von Menschen Leben oder Gesundheit, die Oktoberrevolution Hunderttausenden Hab und Gut, Familie und Heimat.

Unter den aus der Heimat Vertriebenen war auch der Journalist und Schriftsteller Michail Ossorgin. 1878 als Michail Andrejewitsch Iljin – das Pseudonym Ossorgin nahm er 1907 an – in der im Ural gelegenen Gouvernementshauptstadt Perm geboren, schloss der Spross einer Adelsfamilie 1902 das Studium der Rechtswissenschaften an der Moskauer Universität ab und nahm eine Anstellung bei Gericht an. »Ich habe einen kleinen Schnurrbart, einen Frack, eine Ehefrau, eine Schreibmaschine und Stempel mit Aufdrücken wie ›Abschrift‹, ›Mit vorzüglicher Hochachtung‹ sowie ein Büchlein über ›Die Entschädigung von Arbeitern nach Unfällen‹ geschrieben«, erzählte der Schriftsteller über seine Tätigkeit als Jurist. 1904 trat er der zwei Jahre zuvor gegründeten Partei der Sozialrevolutionäre bei, und während der revolutionären Unruhen des Jahres 1905 wurde seine Wohnung und Kanzlei konspirativer Treffpunkt für die von der politischen Polizei unerbittlich verfolgten Kämpfer für eine neue Gesellschaftsordnung und Versteck für ihre Waffen und in Konfektschachteln transportierten Bomben. »Recht bald schliefen auf dem Diwan in meinem

Vorzimmer dubiose Gestalten, die aus der politischen Gefangenschaft geflohen waren«, berichtete Ossorgin in seinen posthum 1955 in Paris erschienenen Erinnerungen, »auf meiner Schreibmaschine wurden leidenschaftliche und flammende Proklamationen geschrieben, mit welchen dann mein anwaltliches Portefeuille vollgestopft wurde, die Wohnung wurde zum Ort von Versammlungen, und dass die unterschiedlichsten jungen Leute, die gleichwohl wenig Ähnlichkeit mit Klienten hatten, bei mir verkehrten, konnte mit meinem Beruf erklärt werden.«

Im Zusammenhang mit den revolutionären Ausschreitungen des Jahres 1905 wurde Ossorgin im Dezember 1905 verhaftet, verbrachte ein halbes Jahr in Untersuchungshaft und floh, nachdem er gegen Zahlung einer Kaution entlassen worden war, ins Ausland. Für die nächsten zehn Jahre wurde er in Italien sesshaft und arbeitete als ständiger Autor angesehener liberaler russischer Zeitschriften und Zeitungen. Allein für die renommierte *Russkije Wedomosti*, in der namhafte Schriftstellerkollegen wie Lew Tolstoj und Anton Tschechow publiziert hatten, verfasste er während dieser Zeit über vierhundert Artikel und feuilletonistische Essays.

Zwei Jahre nach Beginn des Ersten Weltkriegs kehrte Ossorgin ins Zarenreich zurück, das kurz vor seinem Ende stand. Die Revolutionen des Jahres 1917 erlebte er in Moskau. »Die zweite Revolution ist folgerichtig aus der ersten hervorgegangen, der Februar ist ohne den Oktober nicht vorstellbar«, heißt es in seinen Erinnerungen. »Der Umsturz der sozialen Ordnung war unvermeidbar und notwendig, und er konnte sich nur auf grausame und blutige Weise vollziehen. Das ist mir bewusst, und ich halte dies für unausweichlich und schicksalhaft. Dennoch war es meinem Empfinden nach unmöglich, die Rückkehr zur organisierten Gewaltanwendung, die vollständige Abkehr von all jenem zu rechtfertigen, das in meinen Augen die Grausamkeiten des Umsturzes gemildert hätte – nämlich die Abkehr von der Konstituierung einer bürgerlichen Freiheit. [...] Dafür, dass die alte Knechtschaft gegen eine neue eingetauscht wurde, hätte niemand sein Leben geben müssen.«

Nach dem Oktober-Coup der Bolschewiki war Ossorgin an Versuchen beteiligt, das literarische Leben wieder in Gang zu bringen. Er wurde zum Vorsitzenden des neu gegründeten Allrussischen Journalistenverbandes gewählt und wirkte federführend an der Ausarbeitung der ersten Satzung des Schriftstellerverbandes mit. Im September 1918 gründete er gemeinsam mit anderen Intellektuellen den Schriftstellerbuchladen in der Leontjewski-Gasse, eine Kommissionsbuchhandlung, die in den Jahren des Zusammenbruchs aller Bereiche des gesellschaftlichen Lebens sowohl den Ladeninhabern als auch zahlreichen Angehörigen der Intelligenzija, die dort ihre Bibliotheken zum Verkauf anboten, eine gewisse Lebensgrundlage sicherte. »In der Leontjewski-Gasse hatten sich Ossorgin, [der Schriftsteller] Boris Saizew, der Dichter Wladislaw Chodassewitsch, Professor Berdjajew und noch irgendwer [...] niedergelassen«, berichtet der Dichter Anatoli Marienhof in seinen Erinnerungen *Roman ohne Lüge.* »Die Firma war solide, ihre Inhaber hatten außer der Künstlermähne ihren festen Platz im Regalfach ›Geschichte der russischen Literatur‹. Provinzintellektuelle mit Tschechowbärtchen verließen den Laden mit einer Träne der Rührung, ganz wie alte Bettelweiber die wundertätige Iwerskaja.«

Die Versorgungslage der Bevölkerung verschlechterte sich in den Jahren des Bürgerkriegs und der wirtschaftlichen Verwüstung nach dem bolschewistischen Umsturz zunehmend. Auf dem Speiseplan der Moskauer standen, so erinnerte sich Ossorgin später, »Suppe aus Kartoffelschalen«, »Braten von verblichenem Arbeitsgaul«, »in Schmieröl gebratene Hirsegrütze«, »im Schornstein des Samowars geräucherter Hering« und »Brot des Jahres 1921, dessen gehaltreichster Bestandteil Melde war«. Nach einer Missernte im Jahr 1921 wurde die Lebensmittelknappheit dramatisch, in mehreren Regionen des Landes kündigte sich eine katastrophale Hungersnot an. Eine Gruppe von Intellektuellen, Ärzten und Agronomen um den Schriftsteller Maxim Gorki gründete im Juli 1921 das Allrussische Komitee zur Hilfe der vom Hunger Betroffenen (»Pomgol«), dessen Leitung der Vorsitzende des Moskauer Stadtsowjets Lew Kamenew übernahm. Ossorgin wurde die Redaktion der vom Komitee herausgegebenen Zeitung »Hilfe« (»Pomošč«) übertragen. »Das Komitee, das keinerlei staatlicher Macht unterstellt war, sondern sich ausschließlich auf die moralische Autorität seiner Gründer stützte, errang nicht nur sogleich das Vertrauen der russischen Öffentlichkeit, sondern auch jenes internationaler Organisationen«, erinnerte sich Ossorgin. »Es waren nur wenige Tage vonnöten, bis in die hungernden Gouvernements Zugladungen mit Kartoffeln, tonnenweise Roggen und ganze Waggons voll Gemüse geschickt wurden, […] und die Kasse des Komitees füllte sich mit Spenden von überallher.« Bereits einen Monat nach ihrer Gründung jedoch wurde die Organisation auf Anordnung Vladimir Lenins aufgelöst, ihre Mitglieder wurden verhaftet. Die Zerschlagung des Hungerhilfe-Komitees im August 1921 war der Beginn des Kampfes der Bolschewiki gegen die »bürgerliche Intelligenzija«, in deren Engagement Lenin »konterrevolutionäre« Bedrohung sah.

Wie zu Zeiten des zaristischen Regimes fand sich Ossorgin im Gefängnis wieder. Nach zweieinhalb Monaten Untersuchungshaft wurde er ins Gouvernement Kasan verbannt. »Vor meiner Verbannung wusste ich nicht«, so Ossorgin, »dass mir mit fünf anderen die ›Liquidation‹ drohte, vor der uns allein die Fürsprache Fridtjof Nansens bewahrte.« Im Sommer 1922 erhielt Ossorgin sein Urteil: Binnen einer Woche hatte er das Land zu verlassen, ohne Recht auf Rückkehr innerhalb einer Frist von drei Jahren – ein Euphemismus für »Ausweisung auf Lebenszeit«.

In den Monaten zwischen Sommer und Herbst 1922 entledigten sich die Bolschewiki auf diese Weise zahlreicher sogenannter »bürgerlicher Volksverderber«, »antisowjetischer Elemente« und »Konterrevolutionäre«. Unter dem Codenamen »Operation Philosophenschiff« wurde auf persönlichen Befehl Lenins eine Gruppe von insgesamt 224 zum Teil hoch angesehenen Vertretern der russischen Intelligenzija, großenteils Geisteswissenschaftler, Schriftsteller und Journalisten, ohne Gerichtsurteil, ohne reguläre Anklage gar des Landes verwiesen und von Odessa oder Petrograd aus über den Seeweg ins Ausland abgeschoben. »Wir haben diese Leute ausgewiesen, weil es keinen Grund gab, sie zu erschießen, sie zu ertragen aber war unmöglich«, kommentierte Lenins Kampfgefährte Leo Trotzki die beispiellose Aktion.

Ossorgin verbrachte einige Monate in Berlin, das in der Zwischenkriegszeit nach der Oktoberrevolution 1917 und dem deutschen Überfall auf die Sowjetunion im Juni 1941 als die »Hauptstadt Russlands jenseits der Grenzen« galt. In den Jahren 1922 und 1923 fand der Zustrom russischer Emigranten seinen Höhepunkt: 600000 Flüchtlinge aus dem einstigen Zarenreich reisten ins Reichsgebiet ein, von denen mehr als die Hälfte für Monate oder Jahre in Berlin Quartier nahmen.

»Ich bin Deutschland für seine Gastfreundschaft sehr dankbar«, schrieb Ossorgin 1923, »aber seine Sprache und der Charakter Berlins gefallen mir nicht.« Er reiste einige Male von Berlin aus in seine zweite Heimat Italien, in der mittlerweile Mussolini an der Macht war. Auch dort fühlte sich Ossorgin nunmehr fremd, und so ließ er sich schließlich in Paris nieder, das bis zum Zusammenbruch der Dritten Republik 1940 neben Berlin das Zentrum der russischen Diaspora war.

Das Leben in der Emigration war hart. Im Gegensatz zu zahlreichen anderen Intellektuellen unter den russischen Emigranten konnte Ossorgin zwar vom Schreiben leben, allerdings mehr schlecht als recht. »Ich bin ein alter Zeitungsarbeiter [...], wie Sie wissen, und ich verdiene kaum genug für die Miete, für Essen reicht es schon nicht mehr«, berichtete er im November 1933 in einem Brief an die in Berlin lebende russische Dichterin Vera Lourié. Ossorgin war gezwungen,

Kompromisse einzugehen und in Zeitschriften zu veröffentlichen, deren politische Ausrichtung nicht mit seinen Überzeugungen übereinstimmte, und entsprechend niedergeschlagen klang er zu Beginn des Jahres 1929 in einem Brief an Maxim Gorki: »Ich schreibe alles, nur nicht das, was ich schreiben möchte: Sitze über einem Haufen unbedeutender Zeitungsnotizen, die ich nicht einmal mit meinem Namen unterschreiben mag. Das Recht, einen Tag nur ›für's Gemüt‹ zu schreiben, muss mit einem Monat Arbeit ›für den Umsatz‹ erkauft werden. Das war allerdings schon immer so und ist deshalb keine Neuigkeit.«

Von den einander politisch unversöhnlich gegenüberstehenden Emigrantenzirkeln des russischen Paris hielt Ossorgin sich fern, zu verschieden waren die Ansichten, zu zerstritten die unterschiedlichen Fraktionen. Er insistierte trotzig, kein heimatloser Emigrant zu sein: »Die russische Regierung hat mich, bevor sie mich aus dem Land warf«, schrieb er 1923 in dem Artikel *Brief aus Italien*, »vorausschauend mit einem Auslandspass mit rotem Umschlag versehen, in dem einerseits steht, der Besitzer dieses Passports sei aus Sowjetrussland ausgewiesen worden, andererseits aber in knöcherner Formulierung die Proletarier aller Länder aufgefordert werden, sich zu vereinigen. Es wäre doch wirklich kleingeistig, ein derart interessantes Dokument gegen den ›weißen‹ Passport einzutauschen und auf Heimat- und Staatenlosigkeit zu bestehen. Nein, ich bin Russe, Sohn Russlands und russischer Staatsbürger! Ich wünsche, Verantwortung für dieses Land zu tragen, für sein sonderbares Gebaren, für die natürlichen Eigenschaften seines Volkes und für die Ausfälle seiner Regierung.«

Mit dieser kompromisslosen Haltung erregte Ossorgin Missfallen bei den Russen hüben wie drüben. Die Verlängerung seines sowjetischen Passes wurde ihm 1937 vom Konsul mit der Begründung verweigert, er sei nicht »auf Linie« der sowjetischen Regierung. Und der einflussreiche Herausgeber der populären Emigrantenzeitung *Poslednyje Nowosti*, Pawel

Miljukow, prophezeite seinem Mitarbeiter: »Es wird einsam um Sie sein.« Dieses Urteil bestätigte sich jedoch nicht. Ossorgin war eng befreundet mit jüngeren Schriftstellern und Künstlern wie Gajto Gazdanow und Jurij Annenkow und unterstützte sie, wo er nur konnte.

Seit 1926 war Ossorgin in zweiter Ehe verheiratet mit Tatjana Alexejewna Bakunina, einer Großnichte des Anarchisten. Die beiden verband unter anderem das Interesse für die Freimaurerei. Ossorgin war um 1914 einem Orden der Großloge Italiens beigetreten und schrieb später einen Roman über einen russischen Emigranten in Paris mit dem Titel *Der Freimaurer*, Tatjana trat später als Verfasserin von Studien über das russische Freimaurertum in Erscheinung. Mit seiner Frau verbrachte Ossorgin die meiste Zeit in der unweit von Paris gelegenen Gemeinde Sainte-Geneviève-des-Bois. »Ich besaß nichts, bis auf ein winziges Stück Land unweit von Paris, wo wir mit unserer eigenen Hände Arbeit einen Garten angelegt haben, der uns absolut bezaubernd schien. Aus dem dünnen Holz gefällter Bäume habe ich dort eine kleine Hütte für die Gerätschaften gebaut, und an der Hütte gab es einen überdachten Vorbau, unter dem wir Schutz fanden, wenn es regnete. Außer geliebten Menschen war dies mir das liebste, das mir geblieben war.«

Die Lage der russischen Emigranten verschärfte sich mit der Besetzung Frankreichs durch die Nationalsozialisten im Juni 1940. Das Ehepaar Ossorgin konnte buchstäblich nur das nackte Leben retten. »Als meine Frau und ich zu Fuß von der Bahnstation eines kleinen Städtchens kommend die feindliche Linie zu einem anderen kleinen Städtchen überquerten, trugen wir nur einen Koffer, in dem sich etwas Wäsche zum Wechseln befand, sowie einen Karton mit Konserven und eine Flasche frischen Wassers mit uns – das war die gesamte Habe, die uns geblieben war, alles andere hatten wir in Paris zurücklassen müssen – die Bibliothek, das Archiv, die Bilder und den gesamten Hausstand unseres Heims.« Die letzten fünf Jahre bis zu seinem Tod lebte Ossorgin ohne Pass und starb als staatenloser Flüchtling am 27. November 1942 im zentralfranzösischen Chabris.

»Ich schreibe keine Literatur, ich beschreibe das Leben«, hielt Ossorgin in seinen Erinnerungen fest. Seine Romane sind Zeitromane, die eine authentische Sicht auf die physischen und psychischen Zerstörungen zeigen, die das Kriegs- und Revolutionsgeschehen in Russland zu Beginn des 20. Jahrhunderts nach sich zog. In seinem 1928 in einem Pariser Emigrantenverlag erschienenen Erstlingswerk schildert Ossorgin die »große Katastrophe« Russlands mit ihrer »Umwälzung der Klassen, der Götterdämmerung und der Geburt neuer Götzen« aus dem Blickwinkel des Zeugen jener Epoche.

Der Plan zum Roman war noch in Russland geboren worden. Ossorgin war bei einer Pianistin zu einem Hauskonzert eingeladen. Der gesamte Besitz der alten Dame war bereits requiriert worden, nur ihr Flügel befand sich noch in der Wohnung, und seine Besitzerin hatte einen kleinen Kreis zu einem Konzert zusammengerufen, um sich von ihrem Instrument zu verabschieden, denn man hatte ihr bereits angekündigt, ihr auch dieses Letzte noch zu nehmen. Nach diesem Konzert habe er einen »Schatz«, die »Idee zu einem Roman« nach Hause getragen. »Aber erst drei Jahre später begann ich, die ersten Zeilen zu schreiben.«

Der Titel des Romans – im russischen Original *Siwzew Wrashek* – ist Reminiszenz an das alte Russland, das die Emigranten in ihren Herzen mitgenommen hatten und dessen Verlust sie beweinten. Im Mittelpunkt des Romans steht ein altes Bürgerhaus im Zentrum Moskaus, an der unweit des von Dichtern viel besungenen Arbat gelegenen Straße Siwzew Wrashek. »In einer fremden Stadt entlieh ich den Titel meines ersten großen Romans bei einer der bemerkenswertesten Straßen meiner Heimatstadt«, so der Autor. Diese Straße mit nur etwa vierzig Häusern, deren Namen sich von einem kleinen Graben (russ.: »vrážek«) ableitet, durch den das Flüsschen

Siwka floss, war seit Mitte des 19. Jahrhunderts bevorzugte Wohnadresse bei der Moskauer Intelligenzija. Hier lebte der junge Lew Tolstoj nach dem Tod seiner Mutter im Palais einer Großtante, hier fand Marina Zwetajewa ihr erstes Quartier, nachdem sie ihr Elternhaus verlassen hatte, und hier spielte später ein Teil der Handlung von Boris Pasternaks Revolutionsroman *Doktor Schiwago*. In dieser Straße lebte auch der bekannte russische Zoologe Michail Alexandrowitsch Mensbir, der Vorbild für den Ornithologen in Ossorgins Roman war.

Die defekte Kuckucksuhr im Haus des alten Ornithologen ist Symbol dafür, dass die Zeit aus den Fugen geraten ist. »In der alten und geliebten Uhr des Professors, der Kuckucksuhr, war vor langer Zeit schon eine Schraube locker geworden, an welcher der Haken befestigt war, der die Aufziehfeder hielt.« Eines Nachts fällt die Schraube herunter, und die Zeit rast dahin.

Der Roman beginnt im Frühjahr 1914, am Vorabend des Ersten Weltkriegs, und endet in Erwartung des Frühlings im Winter des Jahres 1920. Er ist gleichsam Chronik der Ereignisse, die aber nicht linear erzählt, sondern zu einem Mosaik montiert werden. Der Wechsel zwischen hartem Realismus und parabelhaften Sequenzen, die Sprunghaftigkeit und die ständigen Perspektivwechsel entsprechen dem Unbehaustsein und der Unsicherheit einer Zeit, in der alles ins Wanken geraten ist. Wie durch ein Brennglas werden die Ereignisse der Epoche im Mikrokosmos des Professorenhaushalts um den Ornithologen Iwan Alexandrowitsch und seine Enkelin Tanjuscha betrachtet. Sie und die dem Hause nahen Freunde stehen als Vertreter der alten Werte im Zentrum des Romans, werden durch die Kataklysmen jener Jahre hin- und hergeworfen. Alles, was in und mit ihrem Leben geschieht, ist bedeutender als Krieg und Revolution. Die Szenen um Tanjuscha, ihren Großvater und den Verehrer Wassja muten bisweilen geradezu trivial an, gönnen dem Leser in ihrer fast süßlichen Rührseligkeit jedoch immer wieder Atempausen zwischen den in expressionistischer Drastik beschriebenen Kriegsgräueln und Grausamkeiten des Revolutionsgeschehens.

Aus der größtmöglichen Entfernung, aus der Unendlichkeit des Weltalls, nimmt der Autor zu Beginn das im Mittelpunkt der Erzählung des Romans stehende Bürgerhaus in der Straße Siwzew Wrashek in den Fokus, das einerseits nur ein verschwindender Punkt in den Weiten des Kosmos, andererseits jedoch für seine Bewohner bis hin zu den Mäusen und »mikroskopischen Organismen« gar selbst ein ganz eigener Kosmos ist.

Der realen Ebene des Professorenhaushalts wird eine symbolisch-parabelhafte Ebene gegenübergestellt. Eine Schlüsselepisode ist hier die Alptraumszene des kriegsversehrten Offiziers Stolnikow, dem eine feindliche Bombe alle Gliedmaßen abgerissen und ihn zu einem menschlichen Stumpf gemacht hat. Er wird heimgesucht von Phantasmagorien eines letzten Aufstands der Krüppel und Missgestalten, einer neuen, letzten Revolution, bei der unter der Losung »Alle Menschen seien gleich!« den Gesunden und Unversehrten Arme und Beine abgehauen werden, um sie so den Krüppeln und Missgestalten gleich zu machen. »Auf den Scheiterhaufen mit jenen, die anders zu denken wagen!«

Der Roman ist kein politischer Roman im eigentlichen Sinne, die historischen Ereignisse, die Moskau durchtoben, werden allein durch die Augen der Protagonisten geschildert. Der Universitätsassistent Wassja Boltanowski, gleichsam das Alter Ego des Schriftstellers, taumelt am Morgen nach jener Nacht im Oktober, in der die ersten Schüsse durch die Stadt hallten, auf dem Weg zur Arbeit wie ein Narr Gottes durch die Straßen, ohne zu merken, dass die Kugeln, die um ihn herum fliegen, ihm gelten. Er will doch nur eines: seiner Arbeit nachgehen, und dass Tanjuscha glücklich sei. Tanjuscha, deren Weltsicht sich eben erst ausbildet, die, wie alle Jugendlichen auf der Welt, in pubertären Nöten steckt und Antworten sucht auf die ewigen Fragen nach dem Sinn des Lebens, promeniert an einem Frühsommervormittag des Jahres 1918 im frisch gestärkten weißen Kleid durch ihr geliebtes Moskau, und ihre Erinnerungen an die Eindrücke der Kindheit kontrastieren mit der Realität der auf den Oktober 1917 folgenden Monate, die sie trotz des strahlenden Sonnentags frösteln lässt. Ihr Großvater, der Professor für Ornithologie, dessen Forschungen von den neuen Machthabern vorerst nicht mehr benötigt werden, spaziert mit vollgepacktem Portefeuille regelmäßig in die Kommissionsbuchhandlung um dort die Bücher seiner Bibliothek zum Verkauf anzubieten und mit dem bescheidenen Erlös ein wenig zur Haushaltsführung beizutragen, die nunmehr ganz auf den Schultern der Enkelin lastet. Bei einem seiner Spaziergänge entdeckt er im Herbst 1919 eine Verkäuferin, die golden gebackene Brötchen feilbietet – eine Kostbarkeit, die ihn, der den neuen Zeiten mit fassungslosem Unverständnis gegenübersteht, in der Überzeugung bestärkt, dass nun bald alles wieder ins Lot kommen werde. Der Privatdozent der Philosophie, Alexej Dmitrijewitsch Astafjew, wie der Professor und seine Enkelin ein Vertreter der den neuen Machthabern verhassten »Bourgeoisie«, muss nach dem Umsturz als Genosse Smechatschow mit Auftritten in Arbeiterklubs sein Auskommen verdienen. Durch einen an den Hebel der Macht gelangten Nachbarn erniedrigt, marschiert Astafjew mit geschultertem Spaten mit anderen zur Zwangsarbeit verpflichteten klassenfeindlichen Elementen im Morgengrauen an den Stadtrand, wo Massengräber auszuheben sind. Andrej Koltschagin, der Bruder des Hausmädchens Dunjascha, der später als Bezirkskommandant von sich reden macht, zieht in einem Menschenstrom, Schatten in zerlumpten Soldatenmänteln, als Deserteur des Großen Krieges durch die Stadt. – Die Eindrücke, die den Leser durch das Erleben der Protagonisten erreichen, sind zutiefst verstörend, aber Ossorgin lässt den Leser trotz allem nicht ohne Hoffnung. Der Roman endet mit der Zuversicht auf die Wiederkehr der Schwalben nach dem strengen Winter des Jahres 1919, und alles Unheil, das sich seit der Wiederkehr der Schwalben im Frühjahr des Jahres 1914 ereignet hat, mit der der Roman beginnt, ist angesichts der sich stetig wiederholenden Zeitläufte nur unscheinbare Episode.

Ossorgin ist ein virtuoser Stilist und meisterlich komponierender Schriftsteller, dessen Werk in der Tradition der russischen Klassiker steht. Boris Saizew, ein herausragender Vertreter der russischen Emigration, verglich den Roman *Siwzew Wrashek* mit Lew Tolstojs *Krieg und Frieden* und bezeichnete ihn als »Epos über die Zeit der Revolution«. Und der Dichter und Literaturkritiker Georgi Adamowitsch konstatierte: »Gleich beim ersten Kapitel begreift der Leser, dass er das Buch lesen wird, ohne es aus der Hand zu legen, und dass dies dem Roman auch gebührt.« Zugleich beweist Ossorgin in seinem Roman innovatorische Kraft. Durch einen stetigen Wechsel der Perspektive und von Ort und Zeit entstehen »Bilder wie auf dem durch die Linse des Projektors laufenden Filmstreifen«, so der Autor selbst.

Michail Ossorgin, der sich erst im Alter von fünfzig Jahren der großen Form zugewandt hat, gehört zu jenen Schriftstellern der russischen Emigration, denen bereits zu Lebzeiten auch internationale Anerkennung zukam. Gleich sein erster Roman brachte dem aus der Heimat Vertriebenen internationale Berühmtheit. Im Jahr der Veröffentlichung erlebte sein Erstlingswerk zwei Auflagen in russischer Sprache, Übersetzungen ins Deutsche (1929 unter dem Titel *Der Wolf kreist*), Französische und Englische erschienen in rascher Folge. Die englische Ausgabe *A Quiet Street*, 1930 in London veröffentlicht, wurde im selben Jahr vom Book-of-The-Month-Club in den USA als Buch des Monats ausgezeichnet und avancierte zum Bestseller. Im postsowjetischen Russland entdeckte man den Autor in den 1990er-Jahren, und Ossorgins Werk konnte erstmals auch in der Heimat des Schriftstellers publiziert werden. Mittlerweile hat sich die russische Literaturwissenschaft Ossorgins angenommen, die Grundlagen zur Erforschung seines Lebens und Werks wurden gelegt. Michail Ossorgin ist einer der herausragenden Vertreter der russischen Emigration, und der Schriftsteller und sein von tiefer Menschlichkeit geprägter Roman können nun endlich auch vom deutschen Publikum wiederentdeckt werden.

# INHALT

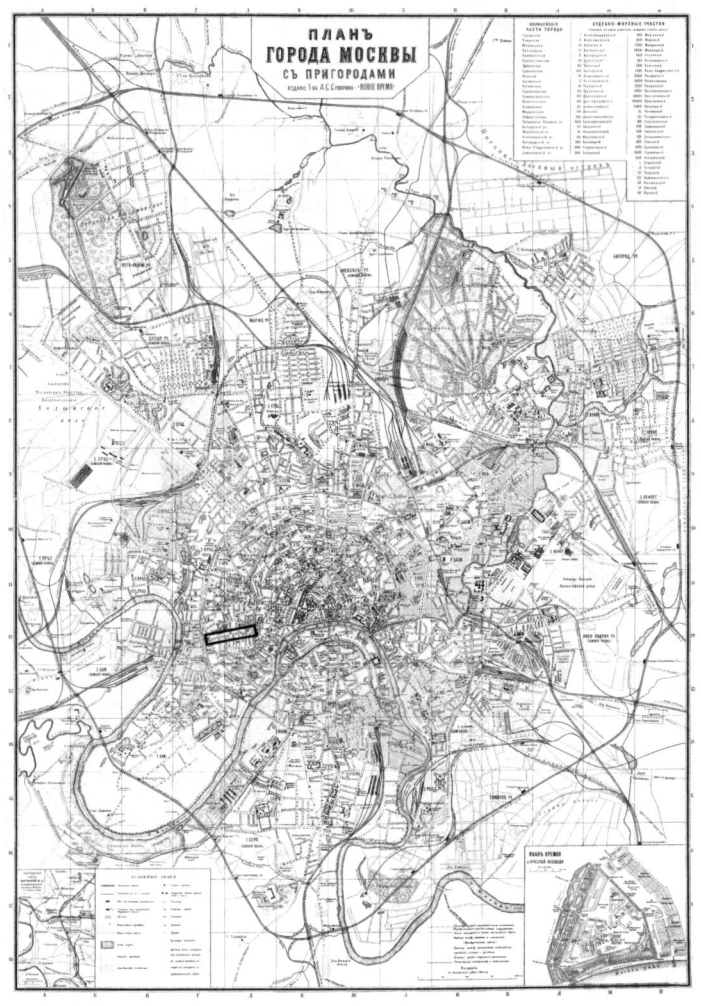

ПЛАНЪ
ГОРОДА МОСКВЫ
СЪ ПРИГОРОДАМИ

издаетъ Т-во А. С. Суворина «НОВОЕ ВРЕМЯ»

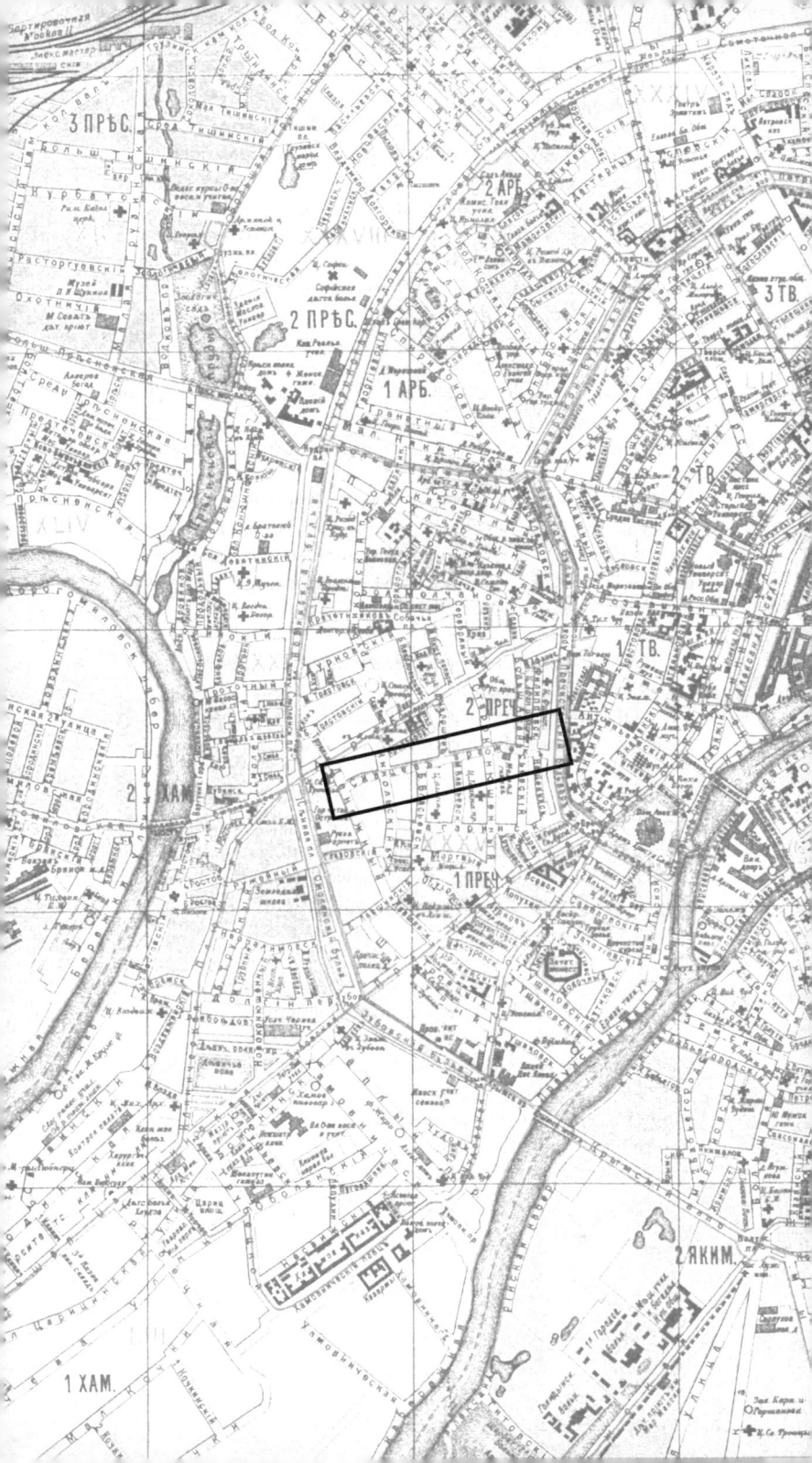

Die Geschichte der 1985 von Hans Magnus Enzensberger und dem Schriftsetzer, Drucker und Verleger Franz Greno noch im Bleisatz aus der Taufe gehobenen Buchreihe DIE ANDERE BIBLIOTHEK ist längst zum Bestandteil unserer deutschsprachigen Lesekultur geworden. Monat für Monat ist seitdem ein Band erschienen. Am Anspruch, intellektuelles und visuelles Vergnügen zu verbinden, hat sich bis zum heutigen Tag nichts geändert. Haltung, Gestaltung und Programm belegen: »Die Andere Bibliothek lebt.« (Hans Magnus Enzensberger)

Seit Januar 2011 wählt Christian Döring monatlich sein Buch aus und gibt es im neuen Verlag DIE ANDERE BIBLIOTHEK unter dem Dach des Aufbau Hauses am Berliner Moritzplatz heraus.

Das Programm der Anderen Bibliothek folgt inhaltlich seit Anbeginn nur einem Maßstab: genre-, epochen- und kulturraumübergreifend wird entdeckt und wiederentdeckt, die branchenübliche Einteilung in Sachbuch und Literatur hat nie interessiert, nur Originalität und Qualität sollen zählen.

– Jeden Monat erscheint ein neuer Band, von den besten Buchkünstlern gestaltet.
– Die ORIGINALAUSGABE erscheint in einer einmaligen Auflage von 4.444 Exemplaren, limitiert und nummeriert.

Sind die limitierten und nummerierten ORIGINALAUSGABEN vergriffen, bieten wir Ihnen unsere EXTRADRUCKE der Anderen Bibliothek, damit Sie alle an den Erfolgen unserer schönen Bücher teilhaben können. Gewohnte beste Inhalte, durchgesehen und aktualisiert, zum moderaten Preis in einer fein bedruckten Ausgabe.

*Unser Vorschlag:*
Werden Sie Mitglied im Club unserer Abonnenten, so erhalten Sie garantiert jede ORIGINALAUSGABE zum Vorzugspreis. Und als persönliches Dankeschön: eine exklusive Abo-Prämie.

030 / 639 66 26 90 oder 030 / 28 394–228
info@die-andere-bibliothek.de
www.die-andere-bibliothek.de

EINE STRASSE IN MOSKAU
von Michail Ossorgin ist als ORIGINALAUSGABE
im Juli 2015 als dreihundertsiebenundsechzigster
Band der ANDEREN BIBLIOTHEK erschienen.
Als EXTRADRUCK wurde *Eine Straße in Moskau*
im Dezember 2015 wiederaufgelegt.
Die Herausgabe lag in den Händen von Christian Döring.

Dieses Buch wurde von Iris Farnschläder
(Farnschläder & Mahlstedt, Hamburg)
gestaltet und aus der Trump Mediäval gesetzt.
Die Herstellung betreute Katrin Jacobsen, Berlin.
Gedruckt und gebunden wurde
bei CPI books GmbH, Leck, Germany.
Als Inhaltspapier wurde
80 g/qm Werkdruckpapier 1,5 fach
von der Firma Schleipen eingesetzt.

ISBN 978-3-8477-2012-6
AB – Die Andere Bibliothek GmbH & Co. KG
Berlin 2015